b
www.b-books.co.kr

당향
www.b-books.co.kr

솔직히 말해서 너를 좋아해

1

DAHYANG
ROMANCE STORY

솔직히 말해서 너를 좋아해

욱수진 장편 소설

목 차

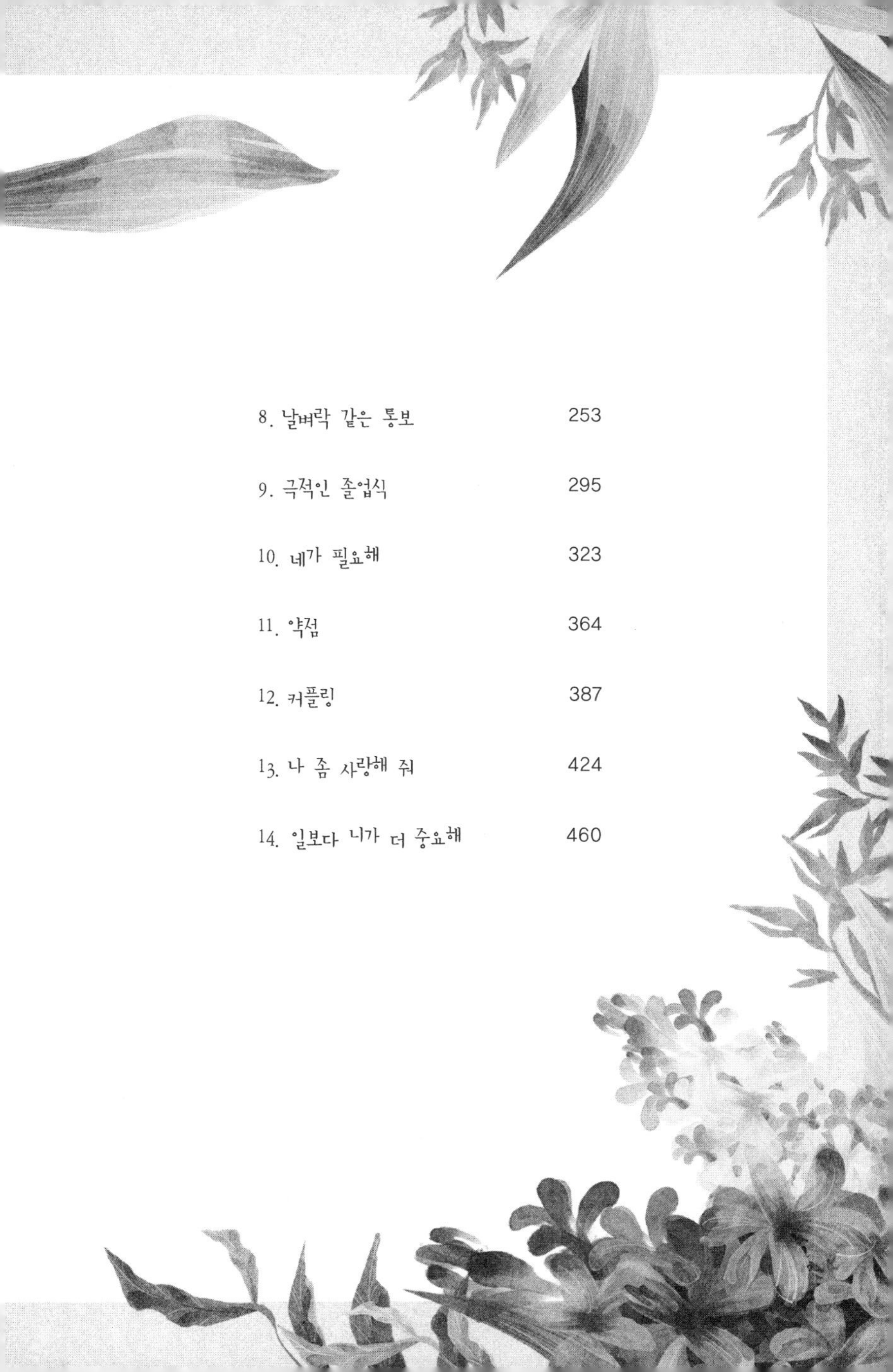

1.
너의 이름은

"유경아 입봉하고 싶지?"

영화 제작사 〈실버필름〉의 대표 황정식이 유경에게 물었다.

사무실 책상을 정리하고 있던 유경은 시큰둥한 표정으로 황 대표를 쳐다봤다.

'저 인간 또 시작이군.'

그렇게 생각하며 유경은 마음을 단단히 먹었다. 황 대표의 콧속에서 삐져나온 흰 털을 보니, 그간 자신의 노고가 주마등처럼 스쳐 지나갔다.

친구 따라 영화 촬영장으로 알바하러 간 날이었다. 하필 그날 땜빵이 생긴 연출부 막내 자리가 돈을 많이 준다기에 들어갔더랬다. 그리고 촬영이 끝나자마자 토낀 영화사 대표에게 돈 받아 내기 위해 이 바닥에 뛰어든 지도 어언 7년.

나 우유경은 바로 오늘 황 대표와 함께한 7년의 종지부를 찍으려고 한다.

"대표님. 저 드릴 말씀이 있습니다."

유경이 비장한 표정으로 말했다.

그러자 그녀의 눈치를 힐끔 보던 황 대표가 먼저 선수 쳤다.

"내가 유경이 널 지금까지 쭈욱 봐 왔는데 말이야. 7년 전 그때 니 돈 떼먹길 잘했단 생각이 들어."

"아, 그래요? 저는 그때 대표님 죽여 버리고 싶었는데."

"오늘 눈이 온다더니. 하늘이 새까맣구먼."

황 대표가 못 들은 척 귀를 후비적거리며 창밖을 내다봤다. 그러거나 말거나 유경은 웃는 얼굴로 말을 계속했다.

"저요, 대표님 만나서 지난 7년간 정말 교과서에 없는 것들 많이 배웠잖아요. 아부, 접대, 캬. 그동안 정말 감사했습니다."

"고렇지! 지금의 우유경이 다 내가 만든 거잖아. 이제 입봉할 일만 남았는데 말이야. 근데 내가 어디서 듣기로는 우유경이가 천동원 감독 따라서 회사 옮긴다는 소문이 있더라?"

유경이 천동원 감독에게 스카우트 제의를 받은 건 바로 오늘 점심 때였다. 4시간도 지나지 않은 일을 황 대표가 어찌 알았을까. 하여튼 이 바닥 참 좁다니까.

유경은 새삼 놀라웠다.

"의리 빼면 시체 우유경이가 그럴 리 없지. 암, 그렇고말고."

황 대표가 자신감에 찬 얼굴로 말했다.

반면, 유경은 기가 찼다. 그녀는 7년간 조감독이 아니라 황 대표의 개인 비서나 다름없이 살아왔다. 그 때문에 억울한 일도 많이 있었다.

현장에선 '황 대표 따까리', '제작사에서 보낸 스파이'라는 오명을 쓰고 감독과 스태프들에게 견제와 조롱을 당했다. 하지만 유경은 내색하지 않고 묵묵히 일만 했다.

작품의 완성도가 중요한 감독과 제작비 절감이 우선인 황 대표 사이를 조율하는 것도 그녀의 일이었다. 좋게 말해서 조율이지. 감독한테 가서 대표 대신 욕먹고, 대표한테 가서 감독 대신 까여 주는 일이었다. 모두가 하기 싫어하는 일이지만, 누군가는 꼭 해야 하는 일이었다.

물론 그녀의 배려를 고마워하는 사람들도 있었지만, 그녀의 배려를 역으로 이용하는 사람도 많았다.

대표적인 예로, 바로 눈앞에 있는 이 사람.

"유경아 그거 기억나니? 우리 와이프 장례 치를 때 니가 다 도와줬었잖아. 우리 애들 생일도 다 기억해서 챙겨 주고. 그나저나 우리 애들 어쩌니. 아직 학교 졸업하려면 멀었는데, 나 빨리 다음 작품 만들어서 대출금도 갚아야 하는데."

"네. 돈 많이 벌어서 빨리 갚으세요."

"너한테 감독이랑 작가, 스태프들 번호 다 있잖니. 나한텐 하나도 없어. 너 없으면 나 아무것도 못 해. 알잖아."

"아니요. 대표님은 하실 수 있어요. 유능한 제작 PD를 구하면 되거든요. 자꾸 잊으시는데, 저는 감독이 되고 싶은 사람이에요. 그러니 우리의 인연은 여기까지인 것 같습니다."

유경은 다부진 눈빛으로 바닥에서 빈 박스를 들어 책상 위에 올려놓았다. 그러곤 책상 위 얼마 남지 않은 물건들을 박스 안에 차곡차곡 쌓기 시작했다.

"너 진짜 가려고? 우유경이 너, 니가 어떻게 나한테 이럴 수가 있어?"

아주 빠른 손길로 짐을 싸고 있는 유경을 황 대표가 불안한 눈길로 쳐다봤다. 황 대표는 초조했다. 이유는 어제 만났던 남자가 했던 말 때문이었다.

'감독은 무조건 그 여자로 하세요. 우유경.'

거만한 표정과 고압적인 말투.

그 남자는 감독 자리에 유경을 앉히면 계약금으로 10억 원을 주겠다고 했다. 이유가 뭔지, 왜 하필 우유경이냐고 물으니, 돈 받고 싶으면 입 다물고 시키는 대로 하라고 했다.

싸가지 없는 새끼!

나이도 어린 놈이 반말 찍찍 하는 게 열받았지만, 그 남자가 가진 명성과 재산을 떠올리면 절로 고개가 숙여졌다.

1억 원도 아니고 10억 원이다. 무슨 수를 써서라도 우유경을 잡아야 돼. 황 대표의 눈빛이 번뜩였다.

"우유경이 못 가! 절대 못 가!"

황 대표가 소리치자, 유경은 흠칫 놀라며 서둘러 박스를 들고 출입문으로 향했다.

"자, 잠깐! 유경아 내 말 좀 들어 봐. 감독 되고 싶으면 내 옆에 있는 게 제일 빠른 길이야. 내가 너 입봉시켜 준다니까!"

유경이 들은 척도 하지 않고 나가려고 하자 황 대표의 말이 더욱 빨라졌다.

"스톱, 스토옵! 알았어. 알았다고. 내년…… 아니, 올해 8월! 8월 크랭크 인 어때?"

유경이 잠시 멈칫, 했다가 다시 나가려는데!

"계약서! 여기에 도장 찍자."

황 대표가 갑자기 계약서를 들고 와 들이밀더니, 유경의 팔을 억지로 끌어 자리에 앉혔다.

"계약서 천천히 보고 조건 마음에 안 드는 거 있음 바로 얘기하고. 당장 고쳐 줄게."

"이거 진짜예요?"
"당연하지."
"왜요? 갑자기 저한테 왜 이러세요? 이거 엄청 수상한데."
유경의 날카로운 질문에 황 대표가 멈칫하더니, 곧 점잖게 말했다.
"사실 나한테 죽이는 프로젝트가 하나 있거든."
"그거 야한 거죠? 나 안 할래요."
"에헤이! 그런 거 아니야! 아니라니까!"
유경이 자리에서 벌떡 일어나려고 하자, 황 대표가 놀래서 유경의 어깨를 눌러 다시 자리에 앉혔다. 유경은 의심쩍은 눈빛으로 황 대표를 쳐다보며 물었다.
"진짜 성인물 아니에요?"
"아니야. 원작 있는 작품이야. 그것도 아주 초대박으로 히트 친 원작."
"무슨 작품인데요?"
궁금해진 유경은 어느새 귀를 쫑긋 세웠다. 황 대표가 의기양양한 얼굴로 말했다.
"너도 들어 본 적 있을 거야. 한국의 히가시노 게이고. 추리 소설의 '신성'으로 떠오른, 성별도 나이도 모든 것이 베일에 싸인 작가 채서하."
"헐, 대박."
너무 놀란 나머지 유경은 저도 모르게 손으로 입을 가렸다.
"혹시 그 작가 판권 대표님한테 있어요?"
"그건 아니고."
"아, 진짜. 놀랐잖아요. 그럼 도대체 뭔데요?"
"채서하 작가의 최고 히트작 「피어싱」 판권이 중국에 팔렸는데."
"그럼 게임 끝난 거잖아요. 왜 다 지난 이야기를……."

"이거 대외빈데, 그거 엎어졌대."

"그렇다면?"

"붕 뜬 거지. 누가 먼저 잡느냐에 달렸어."

"잡으면 어떻게 되는 건데요?"

"연출하는 거지. 우유경 니가."

"정말이에요? 제가 연출한다고요? 베스트셀러…… 그 초대박 난 원작을?"

유경은 어안이 벙벙해진 상태였다. 황 대표가 그 틈을 놓치지 않고 잽싸게 계약서를 건넸다.

"그럼 계약하는 거다?"

유경은 여전히 의심을 풀지 않은 채 계약서를 대충 읽어 내려가고 있는데.

어? 이거 진짜잖아.

황 대표의 도장까지 버젓이 찍혀 있는 진짜 계약서였다. 이제껏 황 대표의 구두 계약에 몇 번 속은 적은 있지만, 이렇게 계약서까지 들이밀었던 적은 없었다. 유경은 어찌할 바를 몰랐다.

속는 셈 치고 한번 믿어 볼까?

잠시 고민하던 유경이 마침내 입을 열었다.

"원작은 얼마에 잡을까요? 얼마까지 줄 수 있어요?"

이 말은 하겠다는 거였다. 유경에게서 긍정적인 답변을 들은 황 대표의 얼굴에 화색이 돌았다.

"작가가 판다고만 하면 얼마든지 줄게."

"돈 없으시잖아요."

"내가 돈이 왜 없어. 이제 10억 원이 통장에 딱 찍힐……."

황 대표가 화들짝 놀라 얼른 손으로 입을 가렸다.

"방금 뭐라고 하셨어요? 10억 원이요?"

유경의 물음에 당황해 하던 황 대표가 서둘러 말을 돌렸다.

"맞다. 판권 따려면 서둘러야 돼. 지금 판권 사려고 골든에서도 물밑 작업 시작했다더라."

〈골든픽쳐스〉와 황 대표의 〈실버필름〉은 이 바닥에서도 유명한 앙숙 관계였다. 황 대표가 두 주먹을 불끈 쥐었다.

"너도 알지? 나 골든 김 대표 때문에 쫄딱 망해서 아직도 빚 갚고 있는 거. 유경아, 이번 작품은 내 숙원 사업의 일종이야. 진짜 너만 믿는다. 니가 무조건 잘해야 해. 알았지?"

"알았어요. 이왕 하기로 한 거 제대로 해야죠. 작가 만나려면 출판사로 가면 되죠?"

"출판사로 갈 필요 없어. 내가 벌써 다 알아 놨지."

"어떻게요? 그 작가 프로필 베일에 싸여 있다면서요. 성별도 나이도 사는 곳도 전부 다."

"그것까진 니가 알 거 없고. 자, 여기 주소."

황 대표가 기세등등하게 메모지 한 장을 불쑥 내밀었다.

이 양반이 웬일이래? 본인이 직접 이런 것까지 다 준비하고. 게다가 오늘따라 나한테 왜 이렇게 호의적이지? 이거 정말 덥석 물어도 되는 거야?

유경이 메모지를 받으려다 말고, 또다시 황 대표를 의심스럽게 쳐다봤다.

"뭐 해? 빨리 받아. 팔 떨어지겠네."

"대표님, 저한테 진짜 뭐 숨기는 거 없죠?"

"숨기다니 뭘."

"솔직히 이상하잖아요. 내가 그렇게 입봉시켜 달라고 할 땐 들은 척도 안 하시더니. 갑자기 이런 중요한 프로젝트에 감독을 맡으라고 하니까."

"하기 싫어? 하기 싫음 말아. 너 말고도 하겠다는 감독 깔렸다 이거야!"

황 대표가 괜히 발끈해서 소리쳤다. 그러곤 메모지를 주머니에 넣으려는데, 그것을 유경이 가로챘다. 황 대표가 몰래 안도의 한숨을 내쉬더니 의기양양한 목소리로 말했다.

"하기 싫으면 안 해도 된다니까."

"제가 언제 하기 싫댔어요? 그냥 대표님이 좀 평소랑 다르니까 그러죠."

"당연히 평소랑 다르지. 「피어싱」 그 소설 지금 장난 아니잖아. 얼마 전에 영문판 미국에서 출간되자마자 아마존 베스트셀러 1위 해서 난리 난 거 못 봤어?"

"봤죠. 뉴스에서도 여러 번 나오고."

"그래. 지금 전 세계적으로 제일 잘 팔리는 글이야. 너도 그 소설 들고 다니더만. 다 읽었지?"

잠시 망설이던 유경이 고개를 끄덕이자마자 황 대표가 감탄사를 연발했다.

"와, 진짜 잘 쓰지 않았냐? 막 영상이 떠오르지 않아? 카메라 들고 현장 달려가고 싶어 미치겠지?"

유경은 격하게 고개를 끄덕였다. 유경의 마음은 이미 현장에 가 있었다. 그곳에서 맘껏 연출할 생각으로 가슴이 두근거렸다. 유경은 떨리는 마음으로 메모지에 적힌 주소를 유심히 봤다.

"어? 문화시?"

"맞아. 채 작가 고향이 문화시더라고."

"문화시…… 문화3동 23번지이? 23번지?"

"왜 그래?"

"여기 저희 본가 바로 옆집인데요?"

"뭐라고? 지저스! 하늘이 돕는구나! 그럼 유경이 니가 채서하 작가랑 동향이라는 거야? 것도 이웃사촌?"

"아, 잠깐, 잠깐만요."

순간, 유경의 머릿속이 갑자기 복잡해졌다. 유경이 머리를 쥐어뜯으며 생각에 잠겨 있자, 황 대표가 그녀의 눈치를 보며 조용히 말했다.

"뭔데 그래? 서두르지 말고 천천히 생각해 봐."

유경의 얼굴이 점점 더 심각해졌다.

"맙소사. 그 채서하가 그 채서하라고?"

왜 이제야 생각이 난 걸까. 그 녀석 이름도 '채서하'라는 것을.

"옆집 살았으면 채 작가에 대해 잘 알겠네."

"글쎄요. 잘 아는 것 같기도 하고, 아닌 것 같기도……."

유경은 불현듯 떠오른 생각에 자리에서 벌떡 일어났다. 그리고 뭐에 홀린 듯 서둘러 가방을 둘러멨다.

"대표님, 저 나갔다 올게요."

"어디 가려고?"

"서하…… 아니 채서하 작가 지금 어딨는지 알아요!"

"채 작가 문화시에 있는 거 아니야?"

"네. 아니에요. 지금 망원동에 있어요."

"망원동? 거기 유경이 너 지금 사는 동네잖아. 어떻게 서울까지 와서도 이웃이야? 이거 완전 하늘이 준 기회네 기회."

"그런…… 거겠죠? 기회……."

남들은 나이와 직업조차 제대로 파악하지 못한 그 베일에 싸인 작가 채서하를 사실 오늘 아침에도 봤다. 아, 어제 아침에도 봤구나. 그저께도…….

바쁜 출근 시간에 녀석은 늘 혼자 편의점에서 느긋하게 뭔가를 먹고 있었다. 오늘은 샌드위치를, 어제는 핫바를.

그렇게 그 동네에서 녀석을 본 게 한 1년쯤 된 것 같다.

"이럴 줄 알았으면 아침에 샌드위치 먹을 때 우유라도 사 줄걸."

"우유? 채 작가 우유 좋아해? 유경아 지금이라도 늦지 않았어. 법인카드 가지고 있지? 팍팍 써!"

"정말이죠?"

"그게 다 제작비에 포함되는 것만 알아 두고."

그럼 그렇지 저 짠돌이가. 유경은 작게 눈을 흘기곤 서둘러 사무실을 뛰쳐나갔다.

휘잉.

"엣취!"

사무실을 나온 유경이 코를 훌쩍이며 얼음 왕국이라 불리는 상암동의 겨울 날씨를 탓했다.

상사한테 깨지고, 프로젝트가 엎어지고, 혼자 이 도시를 걸어 보지 못한 사람들은 알지 못한다. 남들에겐 화려하게만 보이는 이곳이 얼마나 춥고 외로운 곳인지.

유경은 추위에 바들바들 떨며 신호등 앞에 섰다. 그런데 그때였다.

— 속보입니다.

대형 스피커와 전광판이 달린 방송국 트럭이 지나가며 자기네 방송사 뉴스를 내보냈다. 소리가 어찌나 큰지 상념에 젖어 있던 유경이 화들짝 놀라 전광판을 올려다봤다.

— 문화시에서 20대 여성이 실종돼 경찰이 수색에 나섰습니다. 경찰은 비공개에서 공개수사로 전환하고…….

남자 앵커의 어두운 목소리 위로 유년 시절 소풍으로 자주 갔던 문화산을 수색하는 경찰견과 경찰들의 모습이 자료 화면으로 송출됐다.

"도대체 이게 무슨 일이야."

작고 조용한 도시, 범죄율 낮기로 소문난 청정 지역 문화시가 뉴스에 이런 식으로 크게 보도된 것은 처음 있는 일이었다.

유경은 어쩐지 기분이 이상했다. 실종됐다던 20대가 혹시 자신이 알고 있는 사람은 아닌지 걱정도 되었다.

"집엔 별일 없겠지? 이따 엄마한테 전화해 봐야겠다."

불안과 걱정을 뒤로하고 유경은 뒤늦게 초록색 불이 켜진 것을 발견하곤 횡단보도를 건넜다.

영하의 칼바람을 가르며 지하철역으로 향하던 중. 문득 오래전 일이 떠올랐다.

역대급 태풍으로 인해 강풍이 몰아치던 그 어느 날, 우리 집 지붕이 날아갔고. 그런 이유로 일주일 정도 옆집에서 신세를 지게 됐는데…….

그렇다. 그 옆집이 바로 녀석의 집이었다.

그때 그 애는 열세 살. 또래들보다 키가 컸지만, 여잔지 남잔지 분간하기 어려울 정도로 얼굴이 예쁘장했다.

'넌 남자애가 왜 이렇게 예쁘게 생겼니? 누나 질투 나게.'

가끔 한 번씩 그 애의 볼을 꼬집고 도망갔던 기억이 있다. 살짝, 아주 살짝 말이다. 수능 스트레스로 이마와 볼에 뾰루지가 올라오던 나는 가끔 그렇게 스트레스를 해소했던 것 같다.

지금 생각해 보니 나 정말 못났었구나.

"아, 그딴 거 말고, 또 뭐가 있지? 서하…… 채서하……에 관한 기억을 끄집어내자. 친해지려면 뭔가 더 있어야 되는데.”

지하철에 오르면서도 유경은 머릿속 어딘가에 존재하는 녀석과 관련된 정보를 쥐어짜기 바빴다.

채서하는 외동아들이었다. 공부를 꽤나 해서 수재 소리를 들었던 것 같다. 말수는 적었고, 내가 서울에 있는 대학에 합격해 고향을 떠나오기 전까지 그 애는 계속 우리 옆집에 살았다.

“아, 맞다!”

중요한 걸 잊고 있었다.

그 녀석, 내 친구를 좋아했었다. 지붕이 날아가 일주일간 녀석의 집에 머무를 때 그 애 방에서 내 친구의 사진을 발견했다. 그 어린 녀석이 내 친구를 짝사랑하고 있었다.

간도 큰 녀석. 그땐 귀여워서 모른 척했는데 어찌나 티가 나던지. 내 친구가 가는 곳마다 늘 그 녀석이 뒤에 있었다. 심지어 졸업식 날에도 자기 얼굴보다 더 큰 꽃다발을 들고.

‘야, 그거 내놔. 내가 전해 줄게.’

‘네?’

‘그거 은설이 주려고 가져온 거잖아. 그리고 내가 너 특별히 예뻐서 해 주는 말인데, 은설이 남친 있어. 그러니까 너도 이만 포기하고, 가서 공부나 해. 혹시 모르지. 니가 나중에 돈도 잘 벌고 유명해지면 은설이가 너랑 사귀어 줄지도. 그러니까 공부 열심히 해라. 응?’

젠장, 이것도 그 녀석에겐 썩 좋은 추억은 아니겠구나. 어린 소년의 마음에 비수를 꽂았으니. 아니지, 그래도 그때 내가 애정 어린 조언을 해 준 덕분에 열심히 공부해서 지금 여기까지 온 거 아니야?

스물넷에 베스트셀러 작가라니, 그것도 세계적으로 유명한. 생각해 보니 녀석 정말 대단하네.

그나저나 녀석이 날 기억 못 하면 어떡하지? 어머, 정말 그 생각을 못 했네? 아, 몰라! 일단 만나고 보자!

나중 일은 나중에 생각하고 일단 저지르고 보는 것이 특기인 유경은 힘차게 망원동으로 향했다.

그런데 문제가 하나 있었다. 분명 이 골목에서 여러 번, 저 편의점에서 꽤 여러 번 봤는데 녀석이 정확히 어디에 사는지 모른다는 것이다.

이럴 땐 뭐, 몸으로 때우는 수밖에 없지.

유경은 골목 초입에 서서 무작정 녀석을 기다리는 것을 택했다. 딱히 선택의 여지가 없었다.

녀석이 좋아하는 편의점에서 라면이나 먹으며 기다릴까 했는데 하필 편의점 문이 닫혀 있었다. 점주의 개인 사정으로 일찍 문을 닫았단다. 하필이면 오늘…….

"엣취! 으으…… 추워."

바람이 더욱 거세지기 시작했다. 제발 눈만 내리지 말아라, 그렇게 하늘을 향해 비는 순간. 콧등에 차가운 것이 내려앉았다.

"젠장……."

까만 밤하늘에서 하얀 눈이 쏟아지기 시작했다. 폭설이다. 하필이면 오늘. 이대로 철수할까 생각해 봤지만 오기가 생겼다. 넌 안 된다며 하늘이 날 시험하는 것만 같았다. 오늘 기필코 녀석을 만나고 말겠어.

패딩에 달린 모자를 뒤집어쓰고 매의 눈으로 골목을 지켜보며 서 있던 그때였다. 눈이 멈췄다. 아니, 내게만 멈춘 걸까. 이게 어떻게 된 일이지?

머리 위에 씌워진 커다란 우산을 천천히 올려다보던 유경은 놀라 뒤를 돌았다. 우산 든 손을 쭉 내민 누군가가 있었다. 하얀 눈을 맞으며 서 있는 녀석은 여전히 예쁘고 반짝거렸다. 질투가 날 만큼.

변한 게 있다면 내가 고개를 들고 한참 올려다봐야 할 정도로 키가 컸고, 어깨가 넓어졌고, 우산을 쥐고 있는 손등에 도드라진 힘줄…… 옴마낫.

우유경! 정신 차리자, 정신!

"어머, 안녕? 이게 얼마 만이야. 엄청 오래간만이다."

"오래간만이라고?"

녀석이 굉장히 황당해하며 내 말을 곱씹었다.

어머, 무서워. 얘 왜 이래? 원래 이런 캐릭터였나?

졸지에 할 말을 잃은 유경은 두 눈을 껌뻑이다 억지로 입을 열었다.

"미, 미안! 오래간만은 아니구나. 우리 어제, 아니 그저께도, 그끄저께도? 암튼 오며 가며 봤었지. 하하하. 근데 너 많이 컸다. 완전 멋있어졌네!"

너무 당황해서 말까지 더듬었다. 유경은 어색하게 웃으며 겨우 화제를 돌렸다. 웃는 얼굴에 침 못 뱉으랴, 환하게 웃으며 주절거리고 있는데 녀석은 여전히 표정을 풀지 않은 채 유경을 잡아먹을 듯이 쳐다보고 있었다. 그 눈빛이 너무 뜨거워 유경은 얼굴이 다 화끈거렸다.

"저기…… 서하야. 날 왜 그렇게 봐? 내가 무슨 말실수라도 했니?"

"이제 생각났어? 내 이름."

"응?"

"기다렸어."

"……."

"내 이름 언제 불러 주나."

뭔가 사연이 있는 듯한 녀석의 눈빛을 마주한 유경은 문득 그런 생각이 들었다.

녀석이 기다렸다는 게 혹시…….

이 골목길에서, 저 편의점에서, 1년 동안……은 아니겠지?

에이, 설마…….

유경의 표정이 알쏭달쏭해졌다.

그리고 두 사람 사이에선 소복소복, 눈 내리는 소리가 들릴 정도로 아주 무거운 정적이 흘렀다. 어색함을 더는 견디지 못하고 유경이 서둘러 말을 이었다.

"그러는 너는? 너야말로 이 누나 이름은 아니?"

'그걸 질문이라고 하냐?' 그런 표정으로 녀석이 고개를 끄덕였다. 그 바람에 녀석의 머리 위에 쌓여 있던 눈이 스르륵 바닥으로 떨어졌다.

"이리 들어와."

보다 못한 유경이 녀석의 옷을 잡고 우산 안으로 끌어당겼다. 그는 얼떨결에 구부정하게 허리와 머리를 숙인 채 우산 안으로 들어갔다.

눈은 피해서 다행인데, 그녀가 바로 눈앞에 있었다. 서로의 숨결이 느껴질 만큼 가까운 거리였다. 그녀와 지근거리에서 눈이 정면으로 마주치자 서하는 고개를 휙 돌려 버렸다.

갑자기 왜 저래? 춥나? 귀가 빨개졌네. 컨디션이 별로 안 좋아 보이는 서하 때문에 유경의 마음이 급해졌다.

"추워? 안 되겠다. 우리 빨리 들어가자."

"들어가? 어딜?"

"따라오면 알아."

유경은 우산 손잡이에 달린 끈을 잡아끌고 어디론가 향했다. 하지만 따라오라며 호기롭게 말한 주제에 목적지를 정하지 못한 유경은 이 골목 저 골목 갈피를 못 잡고 방황했다.

유경이 이끄는 대로 끌려가던 서하는 그녀가 눈에 맞지 않도록 우산을 씌우느라, 그녀의 발을 밟지 않으려고 보폭을 맞추느라 정신이 없었다. 그의 신경이 온통 유경의 작은 몸에 쏠려 있었다.

"이상하네, 여기 근처였는데……."

중얼거리며 걸음을 멈춘 유경은 서하를 올려다보며 멋쩍게 웃었다. 이 녀석, 춥다고 그냥 집에 간다고 하면 어떡하지? 나 아직 판권의 '판' 자도 못 꺼냈는데…….

유경은 애써 난처한 기색을 숨긴 채 녀석을 향해 배시시 웃음을 흘렸다.

유경의 뒤통수만 내려다보며 졸졸 따라가던 서하는 유경과 다시 눈이 마주치자 귀에 이어 얼굴마저 빨개졌다.

"미안. 많이 춥지? 빨리 안으로 들어가야 되는데."

"도대체 여기가 어디……."

뒤늦게 우산 밖이 어딘지 확인한 서하가 말끝을 흐렸다. 골목 저 끝까지 휘황찬란한 모텔 간판들로 번쩍거렸다. 서하는 저도 모르게 침을 꼴깍 삼키곤 애써 태연한 척 유경을 바라봤다.

"우리 진짜 여기 들어가?"

"어디 들어갈 데 있어? 있으면 아무 데나 들어가자."

"많은데."

서하가 말이 끝나자마자 유경은 '어디?' 하며 주변을 둘러봤다. 작은 카페라도 있으면 좋으련만, 주변을 아무리 둘러봐도 모텔밖에 없었다.

자, 잠깐. 모텔? 설마 이 녀석? 유경은 서하를 힐끔 쳐다봤다. 녀석은 말간 얼굴로 빨간 간판들을 눈에 담고 있었다.

"아이고머니나! 길을 잘못 들어왔네! 푸하하하."

유경이 일부러 오버하며 크게 웃었다.

"미안, 미안. 내가 길치라서. 저런 데 가려던 거 절대 아니야. 빨리 저쪽으로 가자!"

"……."

어쩐지 표정이 굳어진 서하의 눈치를 보며 유경은 서둘러 골목을 벗어났다.

두 사람은 가까스로 찾은 작은 이자카야로 들어갔다. 유경은 자리에 앉자마자 녀석에게 따뜻한 사케 한 잔을 건넸다.

"우리 건배할까?"

유경의 건배 제의에도 녀석은 주머니에 양손을 꽂은 채 아까부터 계속 뚱한 표정이다. 나랑 술 마실 생각이 없는 모양이다.

"싫으면 나 혼자 마시지 뭐."

유경은 홀짝홀짝 술을 마시며 판권 얘기를 꺼낼 타이밍을 찾고 있었다. 하지만 녀석의 표정이 아까부터 계속 얼음장이라 말이 나오려다가도 다시 쏙 들어가 버렸다.

저 녀석 아직도 내가 지를 모텔로 데려가려 했다고 오해하고 있나? 이러면 안 되는데, 이 자리가 이렇게 끝나면 안 된다고! 우유경 정신 차리자! 유경은 술도 들어갔겠다, 헤헤 웃으며 너스레를 떨었다.

"야, 너는 누나를 알아봤으면 니가 먼저 알은척 좀 하지 그랬어."

그랬다면 진작 친해졌을 텐데, 그랬다면 채서하의 원작 판권은 내가 꽉 쥐고 있었을 텐데, 그랬다면 녀석의 판권이 중국에 먼저 팔리는 일 따윈 없었을 텐데.

유경은 싸구려 조명 밑에서도 찬란하게 빛나는 녀석의 뽀송뽀송한 얼굴을 바라봤다. 와, 진짜 말도 안 되게 잘생겼다. 저렇게 생긴 인간이 글도 잘 쓰다니. 세상 참 불공평해.

속으로 중얼거리며 술을 마시고 있는데 앞에서 부스럭거리는 소리가 났다. 고개를 들어 보니 녀석이 패딩을 벗고 있었다. 실내가 약간 더웠던 모양이다. 술도 안 마셨는데 녀석의 얼굴이 약간 달아올라 있었다.

얼굴도 얼굴이지만, 세상에……! 녀석이 패딩을 벗자 화이트 니트를 입은 다부진 몸이 드러났다. 움직일 때마다 니트 위로 근육 굴곡이 보이는데, 그게 너무 매력적이었다.

유경은 눈을 떼지 못했다. 저건 분명 운동해서 만든 몸이야. 신이 저런 몸까지 공짜로 주진 않았을 거야.

"어딜 그렇게 봐?"

녀석이 미간을 찌푸리며 유경을 향해 물었다. 유경이 대답이 없자 재차 물었다.

"뭘 보냐고."

"어? 아…… 너 혹시 운동해?"

"운동하는 남자 좋아해?"

"좋아하지. 근데 막 엄청 많이 한 몸은 좀 그렇고. 너 정도가 딱 좋은데……."

"알았어."

녀석은 단답형으로 말하고 패딩을 곱게 접어 의자 위에 올려놓았다. 뭘 알았다는 거야. 저렇게 말을 끊어 버리면 내가 할 말이 없잖아. 저 녀석 아주 말 끊는 데 선수라니까!

하지만 나도 아무 말 선수거든. 오늘 누가 이기나 해보자.

"채서하. 너 편의점 음식 좋아해?"

아무 말은 맞았지만, 궁금하던 것이긴 했다. 영미권에서 베스트셀러 작가가 될 정도면 인세 부자에 중국에 판권까지 팔았으니 돈도 많을 텐데, 왜 맨날 편의점에서 끼니를 때우는 걸까?

"차라리 밥을 사 먹어. 왜 아침마다 샌드위치, 핫바 그런 것만 먹어?"

"그게 왜 궁금한데?"

"궁금하지. 몸에도 안 좋은 거 매일 먹고 있으니까."

"몸에 해로운 거 매일 먹고 있었는데 왜 보고만 있었어?"

"어?"

녀석의 공격에 유경은 또 할 말이 없어졌다. 젠장, 또 졌다. 유경은 이내 자포자기하는 심정으로 털어놓았다.

"그래! 내가 너 편의점에서 몸에 해로운 거 주구장창 먹고 있는 거 많이 봤는데, 니 이름 생각 안 나서 그냥 쌩깠다. 어쩔래."

"어쩌긴 책임져야지."

"뭐래. 너 혹시 아까부터 나한테 막 까칠하게 구는 거, 그거 내가 니 이름 기억 못 했다고 삐져서 그러는 건 아니지?"

"맞는데?"

녀석은 아주 당연하다는 얼굴이었다. 유경은 어이가 없었지만, 녀석이 삐졌다면 어르고 달래야 하는 자리였다. 오늘은.

"맞다면 사과할게."

"하."

녀석이 피식 웃었다. 저건 분명 비웃음이야. 유경은 속에서 천불이 났지만, 꾹 참고 메뉴판을 들었다.

"사과의 의미로 니가 좋아하는 안주 맘껏 시켜. 몸에 좋은 걸로."

"맘껏? 알았어. 그러면……."

"잠깐! 세 개…… 아니 두 개. 두 개만!"

녀석이 메뉴를 몽땅 시킬 기세로 메뉴판을 보자, 유경이 다급하게 외쳤다. 그러자 서하가 장난이었다는 듯 메뉴판을 탁, 접으며 말했다.

"누나 먹고 싶은 거 아무거나 시켜. 난 그거 먹을 테니까."

"정말? 알았어. 그럼 나 좋아하는 거 하나, 너 좋아하는 거 하나 시키자. 난 국물 먹을래, 오뎅탕. 넌? 넌 뭐 좋아해?"

"궁금해? 내가 뭘 좋아하는지?"

"어? 어! 당연하지."

"……."

녀석의 얼굴이 아주 진지해졌다. 무슨 안주 고르는데 저렇게 심각한 표정인 건지 유경은 의아했다.

"내가 좋아하는 건……."

지이잉. 지이잉.

유경이 귀를 쫑긋 세우고 있던 그때였다. 하필이면 그때, 핸드폰 진동음이 울렸다.

녀석이 말을 하려다 말고 한숨을 크게 내쉬었다. 그리고 주머니에서 핸드폰을 꺼내 액정에 찍힌 발신인을 확인하곤 자리에서 일어났다.

"전화 좀 받고 올게."

"어? 어, 그래. 꼭 다시 와야 해! 알았지?"

녀석이 대꾸도 없이 패딩을 도로 입더니 밖으로 나가 버렸다.

홀로 남은 유경은 먼저 오뎅탕을 시켰고, 금세 나온 오뎅탕과 함께 술을 마셨다.

"캬, 달다. 오늘따라 술은 왜 이렇게 단 거야. 할 일도 많은데."

그나저나 저 녀석과 언제 친해져서 언제 판권 얘기 꺼내지? 만나자마자 판권 얘기 꺼내는 건 너무 속 보이려나?

하긴, 저 녀석 표정을 보니 오늘 무슨 기분 안 좋은 일이라도 있었던 것 같은데. 다음에 천천히…… 하기엔 나한테 시간이 별로 없구나. 다른 제작사에서 특히 골든에서 녀석의 존재를 알아차리기 전에 먼저 얘기라도 꺼내 놔야 할 텐데.

"근데 앤 왜 안 들어와? 혹시 도망간 거 아니야?"

녀석이 도망갔을지도 모른다는 생각에 유경이 화들짝 놀랐다. 애써 초조한 기색을 숨긴 채 술잔을 기울이던 유경은 결국 자리에서 벌떡 일어나 밖으로 달려 나갔다.

"몇 번을 말해. 싫다고. 안 한다고!"

건물 뒤쪽에서 소리가 들렸다. 유경은 본능적으로 소리를 따라갔다. 그곳엔 벽에 기댄 채 통화를 하고 있는 녀석이 있었다. 싸늘하게 굳은 얼굴로 담배를 피우고 있는 녀석의 모습을 몰래 숨어서 지켜보던 유경의 가슴이 쿵, 하고 내려앉았다. 이유는 알 수 없었다.

'담배 피우네……. 하긴, 글 쓰는 게 보통 힘든 게 아니지. 근데 누구랑 통화하는 거지? 엄청 화났네…….'

가게로 들어가려던 유경은 다시 벽에 붙어 녀석을 몰래 훔쳐봤다. 단순한 호기심 때문이었는데.

"마지막 경고야. 영화든 드라마든 판권 안 넘겨. 이번엔 절대."

마치 녀석이 자신에게 경고하는 것 같아 유경의 가슴이 철렁 내려앉았다. 전화를 끊고 담배를 입에 무는 녀석의 쓸쓸한 옆모습을 멍하니 바라보던 유경은 힘없이 가게로 들어갔다.

테이블에 도착한 유경은 다리에 힘이 풀려 의자에 털썩 주저앉았다. 그러곤 한숨을 길게 내쉬었다.

"하긴……. 내 주제에 입봉은 무슨."

어쩐지 오늘 내 인생이 너무 순조롭다 했다. 유경이 허탈하게 웃으며 술잔을 들었다.

에라이, 술이나 마시자.

얼마나 마셨을까. 알딸딸한 게 기분이 좋아졌다. 문득 정신을 차리고 보니 녀석이 앞에 앉아 있었다.

"어? 너 언제 왔어?"

"아까부터 계속 있었거든?"

"그래? 그럼 우리 아까 하던 얘기 계속해야지. 무슨 얘기 했더라? 맞다. 좋아하는 안주! 너 뭐 좋아해? 얼른 말해 봐. 나 엄청 궁금해."

"됐어. 내일이면 기억도 못 할 거잖아. 저번에도……."

"짜식, 비싸게 굴긴. 맞다 너 이 녀석! 옛날에 은설이 좋아했지? 으히히. 걔 다음 달에 귀국하는데 이 누나가 니 첫사랑 한번 만나게 해 줄까?"

"……."

첫사랑이라는 단어에 진지해진 서하의 표정을 보며 유경은 술이 확 깨는 느낌이 들었다.

"너 설마…… 아직도?"

"……."

"세상에! 어떻게 그럴 수가 있지? 1년도 아니고 자그마치 10년 동안이나?"

"어쩌라고. 내 맘이야. 누굴 10년 동안 좋아하든 말든."

서하가 취한 유경을 바라보며 한숨을 짧게 내쉬었다.

"어머, 너 진짜구나. 진짜 많이 좋아했어. 내가 딱 보면 알거든."

"알긴 개뿔."

개뿔? 유경은 자신의 귀를 의심했다. 방금 개뿔이랬냐. 유경이 녀석을 살짝 흘겨봤다.

"너 자꾸 이렇게 삐딱하게 나오면, 은설이 만나는 거 안 도와준다?"

"누난 가만히 있는 게 도와주는 거야."

"그래? 그럼 가만히 안 있어야지. 너 그거 알아? 은설이 걔 연하 엄청 싫어하는 거."

유경의 도발에 서하의 미간이 구겨졌다. 못마땅한 눈빛으로 유경을 쳐다보던 서하는 멀리 치워 놓았던 잔에 술을 따르더니 단숨에 들이켰다.

"오, 이제야 먹는군! 술이 확 당기지?"

"누난 어때?"

"난 항상 당기지. 오늘따라 술이 너무 달다."

"술 말고. 누나도 연하 싫어하냐고."

"음…… 나도 뭐 그닥 선호하진 않아."

"……."

서하는 또 말없이 술을 들이켰다. 화난 얼굴로 안주도 안 먹고 계속 술만 마시는 서하를 지켜보던 유경은 손을 뻗어 녀석의 어깨를 툭툭 두드렸다.

"야, 힘내! 그래도 너 정도면 가능성 있어."

서하는 제 어깨에 닿은 유경의 손을 응시하며 느리게 물었다.

"가능성…… 있다고?"

유경은 당황스러웠다. 그냥 가볍게 던진 위로였는데 녀석이 진지하게 받아쳤다. 뭐라고 대답하지? 에라, 모르겠다! 취한 와중에도 아부 모드가 발동했다.

"그럼! 너 나이 어린 거 빼고 어디 흠잡을 데가 없잖아. 얼굴도 잘생겼고…… 또 잘생……겼고."

대놓고 녀석의 얼굴을 감상하던 유경은 자신을 빤히 쳐다보고 있는 서하의 눈빛을 느끼곤 먼저 시선을 피해 버렸다.

앤 아까부터 날 왜 저렇게 쳐다보지? 방금 발언은 너무 놀리는 것 같았나? 그래서 화났나? 아, 어색해. 그래, 이럴 땐 술이지.

유경이 멋쩍게 웃으며 술을 물처럼 벌컥벌컥 들이켜고 있는데.

"잘생긴 거 좋은 거야?"

"그럼! 좋은 거지."

"잘생긴 거 좋아해?"

"누구? 은설이? 걔 완전 좋아하지."

"누나는?"

"나도 완전 좋아하지. 히히."

철없이 웃으며 술을 마시느라 유경은 보지 못했다. 서하의 입가에 살짝 미소가 번지고 있는 것을.

"맞다, 너 바쁘면 집에 먼저 가도 돼. 난 좀 더 마시다 갈 거야."

"마셔. 다 마시면 데려다줄게."

"가려면 멀었어. 그러지 말고 먼저 가."

너 보니까 자꾸만 판권 얘기 꺼내고 싶고, 판권 나한테 팔 수 없겠느냐며 조르고 싶고 막 그러니까.

"너 내가 좋게 보내 줄 때 가는 게 좋을걸?"

"지금 가면 등신이지."

"응?"

"나도 아직 갈 생각 없다고."

"거참 말 안 듣네. 다 컸다 이거냐?"

주정처럼 주절거리며 술을 마시는 유경을 바라보는 서하의 표정이 순간 심각해졌다.

"밤에 늦게 퇴근할 때마다 이러고 술 마시고 다녔던 거야?"

"늦게 퇴근? 아…… 뭐 그랬겠지."

"남자랑?"

"당연하지."

황 대표도 남자는 남자니까. 유경은 서하의 날카로워진 눈매를 보지 못한 채 술잔에 술을 따랐다.

"채서하, 넌 좋겠다. 꿈을 이뤘잖아."

"무슨 꿈?"

"그게……. 사실 나 오늘 알았어. 너 베스트셀러 작가 된 거."

"그렇겠지. 내 이름도 오늘 알았으니까."

그놈의 이름 타령. 이 녀석 생긴 거와는 달리 뒤끝 작렬이구만. 녀석은 내가 자기 이름을 기억 못 한 것에 대한 불만이 굉장히 많은 듯했다.

그나저나 이름 얘기만 나오면 왜 이렇게 작아지는 거야. 또 불리해진 유경은 다급히 말을 돌렸다.

"아무튼 축하해. 너 진짜 완전 부럽다."

"별로."

"별로긴…… 치이. 야, 이 누난 7년째 조감독 생활에서 못 벗어나고 있어. 이번에도 입봉 못 하면 그냥 확 결혼이나 해 버릴까 봐."

"……."

"더 늦으면 아예 못 할 것 같기도 하고. 그동안 엄마 속 많이 썩였는데 효도라도 해야 할까 봐. 그게 맞겠지?"

"……."

"하긴, 넌 모르겠지. 앞길이 창창한 넌…… 이 누나 맘 모를 거야."

"누나도 모르잖아. 내 맘."

서하가 굉장히 낮은 목소리로 말했다. 유경은 녀석을 걱정스레 쳐다봤다. 문득 아까 밖에서 누군가와 통화로 싸우던 녀석의 모습이 떠올랐다.

“너 무슨 고민 있어? 무슨 일인데? 나한테라도 얘기해 봐. 내가 다 들어 줄게.”

“어디까지 들어 줄 건데?”

“고민이 많아?”

“많지.”

“그래? 그럼 일단 오늘은 하나만 들어 줄게.”

“그럼 나머지 3599개는 내일부터 하루에 하나씩 말하면 되나?”

“뭐? 삼천…… 몇 개? 너 지금 나 놀리는 거지?”

“놀리는 것처럼 보여?”

녀석의 표정은 아주 진지했다. 정말 삼천 개가 넘는 고민을 가진 사람 같았다.

“알았어, 알았어. 알았으니까 일단 하나 얘기해 봐.”

“내가 좋아하는 여자가 날 안 좋아할 것 같아.”

“그게 고민이야?”

“어. 제일 큰 고민이야.”

“그거 은설이 얘기지? 그러게 왜 짝사랑을 하니, 너같이 잘난 녀석이. 그리고 걔가 널 좋아할지, 안 좋아할지 니가 무슨 수로 알아. 고백은 해 봤어?”

“아니. 바빠서 남자 안 만난다고 해서 얌전히 기다렸지. 내 이름도 모르고……. 근데 도대체 언제까지 바쁠 예정이야?”

“글쎄……. 그건 나도 잘 모르겠는데. 하긴 걔가 무지 바쁘긴 하지. 그래도 용기를 내 봐! 남자답게 고백을 하라고.”

“뭐라고 고백을 하는데?”

“뭐라고 하긴. 그냥 솔직하게 말하는 거지. 누나 좋아해요, 예전부터 지금까지, 한결같이, 변함없이! 사랑해요! 날 가져요, 딱!”

"취했어?"

"조금?"

조금이 아니라 많이 취했나 보다. 내가 지금 뭐라고 지껄이고 있는 거지? 지금 이러고 있을 때가 아닌데.

유경은 자신의 이마를 쥐어박으며 한숨을 길게 내쉬었다. 그러다, '고백이라…….' 하며 중얼거리는 서하의 심각한 얼굴이 시야에 들어왔다. 이런, 쟤한텐 농담을 하면 안 되겠구나. 특히 은설이와 관련해선.

유경은 각설하고 진지한 얼굴로 녀석을 향해 물었다.

"근데 너 은설이랑 10년 동안 무슨 교류가 있었어?"

"그런 건 왜 물어?"

"아니, 그 감정이라는 게 말이야 뭔가 쌓아 놓은 게 있어야 이게 무뎌지지 않는데 둘이 그런 게 전혀 없었던 것 같아서. 너 혼자…… 아, 미안. 내가 잘 모르는 거겠지?"

"어. 모르는 것 같아."

"하긴, 남녀 사이 일은 아무도 모르는 거지."

"내 얘기 그만하고. 이제 누나 얘기 해."

"나? 무슨?"

"나한테 할 말 있잖아. 아까부터 계속."

눈치 빠른 놈.

"저기 그게……."

머뭇거리던 유경은 지금이 기회라는 생각이 들었다. 그래서 용기를 내 입을 열었다.

"서하야. 나 좀 도와줄 수 있어?"

"뭘?"

"나 사실 오늘 너한테 니 책 「피어싱」 판권 우리 회사에 팔라는 얘기 하려고 너 여기 데리고 온 거야."

"……."

"미안해. 오래간만에 만나서 이런 부탁 진짜 너무 염치없는 거 아는데……."

"……."

"저기…… 화났니?"

앙다문 입술, 깊어진 눈빛, 팔짱을 낀 채 무표정한 얼굴로 있던 녀석이 한참 후에야 입을 열었다.

"내 판권 가지고 싶어?"

"어? 어! 당연하지. 있잖아 우리 회사 규모는 작지만 니가 판권만 넘긴다면, 내가 무슨 수를 써서라도 음향, 조명, 미술, 의상 등등 진짜 끝내주는 스태프들로……."

"알았어. 누나 가져."

유경의 어필이 다 끝나기도 전에 서하의 입에서 허락이 떨어졌다. 녀석은 편의점에서 샌드위치 고르는 일만큼 쉽게 판권을 넘겼다. 유경은 어안이 벙벙했다.

"가져? 정……말?"

"응. 대신……."

"어! 대신 뭐? 뭐든 말해. 내가 다 들어줄게."

유경은 정말 뭐든 다 할 기세로 두 눈을 반짝였다. 그런 유경을 흥미롭게 바라보던 서하가 대뜸 말했다.

"나도 가져."

유경은 자신의 귀를 의심하며 고개를 갸웃거렸다.

'판권도 가지고, 지도 가지래……. 이게 대체 뭔 소리야?'

유경은 곰곰이 생각에 잠겼다. 하지만 도통 무슨 소린지 해석이 불가능했다. 취해서 그런 걸까? 뇌가 제대로 작동하지 않았다.

유경은 일단 딴청을 피우며 시간을 벌기로 했다. 괜히 홀짝홀짝 술을 마시는 척하며 녀석의 얼굴을 흘끔 훔쳐보려다가…… 어이쿠. 눈이 딱 마주치고 말았다. 녀석은 계속 나를 뚫어져라 쳐다보고 있었다.

"건배할까?"

유경은 결국 어색함을 견디지 못하고 또 잔을 내밀었다. 하지만 녀석은 여전히 팔짱을 낀 채로 꼼짝도 하지 않았다. 보기 좋게 거절당했다.

어떡해. 더 어색해졌어. 저 녀석 뭔가 내 대답을 기다리는 눈친데. 내가 뭐라고 대답을 해야 되지? 둘 다 가진다고 그래? 아니면 판권만 달라고 할까? 근데 쟤는 판권을 준다는 거야 만다는 거야? 나도 가지라는 말은 무슨 의미야?

설마 이거…….

해석이 될 듯 말 듯 하자 유경의 표정이 점점 더 심각해졌다.

"아, 이제 알았다!"

유경은 확신에 찬 얼굴로 녀석을 쳐다봤다.

"너도 가지라는 말, 그거 시나리오도 니가 쓰고 싶다는 말이지?"

"……."

"판권이랑 각본 계약 같이 해 달라는 거, 맞지?"

서하는 한숨을 길게 내쉬었다. 도대체 왜 그 얘기가 이 얘기로 귀결이 되었는지는 모르겠지만, 유경의 표정은 그 어느 때보다 진지했다. 서하는 가만히 듣고만 있을 수밖에 없었다.

"근데 서하야 냉정하게 말할게. 그건 곤란해."

"……."

"소설이랑 시나리오랑은 달라. 그게 비슷해 보여도 갭이 엄청 크다고. 미안하지만 너라는 사람을 예로 들어 볼게. 주인공은 짝사랑을 10년 동안이나 한 남자야. 소설에선 이 남자의 내면 묘사만으로도 이야기를 끌고 갈 수 있어. 근데 시나리오는 절대 그럴 수 없어. 그 남자가 움직여야 해. 행동을 한다고. 그 여자를 쟁취하기 위해서 어떤 노력을 해야 한다는 거지."

"……."

"여자 근처에서 서성여 보기도 하고, 편지도 써 보고, 다시 찢어 버리기도 하고, 몰래 숨어서 여자를 훔쳐보다 들킬 뻔도 하고, 그러다 된통 차여도 보고, 울어도 보고. 뭔가 소동이 있어야 한다는 거야. 그 사건 때문에 주인공의 감정이 변화돼야 하고. 그러니까 결론은…… 시나리오는 시나리오 작가한테 맡기는 게 좋을 것 같아. 니 생각은 어때? 표……정을 보니, 싫구나? 그럼 아쉽지만 우리 회사랑은 안 되겠다."

"……안 된다고?"

난생처음 거절이라는 것을 당해 본 사람처럼 녀석은 당황한 기색이 역력했다. 유경은 괜히 미안해졌다. 그래도 동네 누나라고 기껏 생각해서 판권 주겠노라 어렵게 결심한 것 같은데.

"미안. 너도 프로페셔널인데 내 얘기 불쾌했다면 사과할게."

"누나 머릿속엔 일밖에 없구나?"

"어?"

"그럼 나도 지금부터 일 얘기 한번 해 볼까?"

갑자기 녀석의 표정이 돌변했다. 아까 건물 뒤에서 봤던 표정과 비슷하게 아주 날이 선 얼굴이었다.

"우유경 씨, 내 책 안 읽었지?"

갑자기 이름 공격을 받은 유경의 두 눈이 크게 떠졌다가, 살벌한 녀석의 표정에 놀라 곧바로 내리깔았다.

"내 책을 읽고 사람들이 제일 많이 하는 말이 뭔지 알아? '영화 한 편 본 것 같다.' 갈등이 아주 세거든. 생동감 있거든. 왜? 주인공이 계속 움직이니까."

"……!"

"책도 안 읽고 판권을 사겠다고 원작자를 찾아와? 내가 만만해?"

"……."

유경은 입이 열 개라도 할 말이 없었다. 명백한 자신의 실수였다. 입봉에 눈이 멀었었다. 친분을 이용해서라도 이번만큼은 꼭 성공하고 싶었다. 성공은 거저 오는 것이 아닌데, 내 인생에 한 번도 운이나 공짜는 없었는데, 그 사실을 잊고 있었다.

점점 더 무거워지는 머릿속 때문에 유경은 아예 고개를 푹 숙여 버렸다. 이대로 땅으로 꺼져 버렸으면 좋겠다는 생각을 했다.

그나저나 저 녀석 너무 무섭잖아. 내가 예전에 알던 채서하가 아니야. 지금 보니까 더더욱 그래.

"고개 들어. 얼굴 안 보이니까."

들라기에 얼른 고개를 들었다.

녀석은 술이 당겼는지 술병을 향해 손을 뻗고 있었다. 유경은 접대 모드로 들어가 냉큼 술병을 들어 녀석의 잔에 술을 따라 주었다.

서하는 잔뜩 주눅이 든 유경을 보며 한숨을 크게 한 번 내쉬었다. 그 소리에 놀란 유경은 흘끔 눈치를 보며 몰래 테이블 밑에서 가방을 챙겼다.

"나도 다 해 봤어."

"……."

"근처에서 서성여도 봤고, 편지도 써 봤고, 다시 찢어도 봤고, 숨어서 지켜보다 들킬 뻔도 했고, 간접적으로 차여도 봤고, 울어도 봤어."

갑자기 녀석이 고해성사하듯 말하며 긴 팔을 뻗더니 유경의 가방을 뺏어 버렸다. 유경은 뺏긴 가방에 정신이 팔려 녀석의 말을 제대로 귀담아듣지 않았다. 하지만 서하는 계속 말을 이었다.

"난 내 나름대로 열심히 움직였어. 그 사람 눈에만 안 보이고 안 들리고 그 사람만 몰랐을 뿐이지. 내가 이렇게 옆에 있는데도 딴생각……."

"그래. 그렇구나. 근데…… 저기 내 가방 좀 줄래?"

"왜? 도망가려고?"

"니가 불편할까 봐……."

"불편한 건 내가 아니라 누나겠지."

"사실 조금 그래. 너 볼 면목도 없고 쪽팔리기도 하고."

"그럼 판권은?"

"뭐 어쩔 수 없지. 내 잘못인데 물 건너간 거지."

"만회할 방법이 있는데, 알려 줄까?"

그런 방법이 있다면 뭐든 할 자신이 있었다. 유경은 고개를 끄덕이며 녀석의 대답을 기다렸다. 그러자 녀석이 간단명료하게 말했다.

"우리 집으로 가자."

"……."

순간 정적이 흘렀다. 유경이 당황스러운 표정으로 서하를 쳐다봤다.

"뭐라고?"

"우리 집에 가자고."

"저기…… 다시 말해 봐."

"우리 집에 내가 쓴 시나…… 윽!"

"이 녀석이!"

유경이 눈에 쌍심지를 켜고 녀석의 양 볼을 꼬집어 당겼다.

"뭐? 어딜 가? 지이입? 내가 이 시간에 니네 집엘 왜 가니? 가서 뭐 하게? 너 이 녀석 판권을 빌미로 여자한테 집에 가자는 말이나 하고! 내가 사람을 잘못 봐도 한참 잘못 봤네. 너 진짜 최악이다. 가방

이리 내놔!"

유경이 손을 내밀자 때리는 줄 알고 움찔했던 서하는 얼떨결에 가방을 유경에게 넘기며 조심스레 말했다.

"저기 뭔가 오해를 한 것 같은데. 내가 누나랑 뭘 할 생각이 아예 없는 건 아니긴 하지만…… 오늘은 아닌……."

"잘 있어. 계산은 내가 할게."

유경은 서둘러 자리에서 일어나 카운터로 달려갔다. 계산을 하고 도망치듯 밖으로 나온 유경은 뒤도 돌아보지 않고 곧장 집으로 향했다.

뒤늦게 가게에서 나온 서하는 유경의 뒤를 따라가려다가 제자리에 멈춰 섰다. 그는 그저 점점 더 멀어지는 그녀의 뒷모습을 멍하니 바라볼 뿐이었다.

지이잉. 지이잉.

핸드폰이 울렸다. 마침 씻고 나온 유경은 핸드폰을 집어 들었다. 액정에 뜬 발신인을 확인한 유경은 시큰둥한 얼굴로 전화를 받았다.

— 선배! 진짜 이럴 거예요?

권오영의 흥분한 목소리가 스피커를 뚫고 나왔다. 유경은 핸드폰을 귀에서 조금 멀리 뗐다.

오영과는 작년에 촬영을 끝낸 영화에서 조감독과 막내로 만났다. 막내가 많이 힘들어하길래 몇 번 밥을 사 준 게 다였는데, 그 뒤로 오영은 유경을 아주 깍듯이 모시며 잘 따랐다. 아주 귀찮을 정도로.

— 어제 내 전화랑 문자 다 씹었던데. 아직도 바빠요?

"오냐. 바빠야지. 우리 일은 안 바쁘면 굶어 죽는 거야."

— 굶어 죽기 전에 시간 좀 내 줘요.

“뭐라고? 너 또 소개팅 소리 하려고 그러지?”

— 어찌 아셨습니까. 그럼 이번 주말 콜?

“됐거든.”

— 아, 왜요. 걔 진짜 끝내주는데. 제 후배라서 하는 소리가 아니라 진짜 외모면 외모, 재력이면 재력…….

“너도 나보다 세 살이나 어린데, 니 후배면 도대체 몇 살이냐? 됐거든. 연하는…….”

연하라는 단어와 동시에 녀석의 얼굴이 떠올랐다. 판권을 빌미로 당당하게 제집으로 가자던 뻔뻔한 얼굴. 유경은 고개를 절레절레 흔들며 제게 다짐하듯 소리쳤다.

“연하는 절대 사절이야!”

2.

아낌없이 펴 주는 남자

“죄송합니다. 판권 못 따 왔어요.”

“인마, 너 미쳤어? 제정신이야? 아 씨, 내 10억……. 너 때문에 다 망쳤어! 젠장.”

어제와는 180도 달라진 황 대표의 태도에 유경은 괜히 억울했다.

“급하다고 하셨잖아요.”

“그래도 그렇지 책도 안 읽고 작가를 찾아가냐! 어젠 읽었다며!”

“그게…… 죄송해요.”

“됐다, 됐어. 하긴, 니가 채서하 작가 책을 수백 번 읽고 갔어도 판권 못 따 왔을 거다.”

“그게 무슨 말이에요?”

“미국의 3대 배급사 중 하나 〈빅토리픽쳐스〉 알지? 맞다, 거기 니 친구 근무한다며. 최은설이라고 했던가? 그 친구한테 못 들었어?”

“뭘 못 들어요?”

"내가 오늘 아침에 들은 얘긴데. 채 작가가 「피어싱」 시나리오로 각색해서 빅토리 본사로 보낸 모양이야. 지금 그거 때문에 빅토리 발칵 뒤집어졌대. 당장 작가 잡으라고. 알아보니까 채서하 연극영화과 출신이더라? 굵직한 시나리오 공모전은 다 휩쓸었더만."

뭐? 시나리오 공모전을 휩쓸어? 그런 사람한테 나 어제 무슨 개소리를 한 거니.

"채서하 문화시에서 꽤 유명했다던데. 열여덟 살에 카이스트 입학해서 졸업 앞두고 돌연 자퇴. 그러다 군대 가서 쓴 소설로 등단. 제대하고 연극영화과 편입. 작년엔 골든에서 주최한 1억 원 시나리오 공모전에도 당선했고. 놀라운 건 이 모든 걸 다 했는데도 아직 스물넷이라는 거야."

"근데 왜 절 그런 눈으로 쳐다보세요?"

"서른 살 너는 채서하 옆집 살았다면서 도대체 아는 게 뭐냐?"

"아는 거 없어요. 없었으면 좋겠네요……."

빌어먹을. 어제 술을 그렇게 많이 마셨는데도 기억은 왜 이리 선명한 것인지. 미치고 팔짝 뛸 노릇이었다.

어제 내가 '시나리오란 말이지…….' 하며 훈계를 할 때 녀석이 기막혀하던 표정이 아주 생생하게 떠올랐다. 그 녀석 내가 얼마나 우스웠을까. 얼마나 우스웠으면 이미 빅토리에 넘길 생각이었던 판권을 나한테 준다느니 어쨌느니 하며 집으로 가자는 말까지……. 나쁜 놈!

"맞다, 그리고 중국 쪽 계약은 파기당한 게 아니라 채서하가 파기한 거랜다. 위약금 다 뱉어 내고. 아마 빅토리 가려고 그랬나 봐."

"아…… 그랬군요. 그런 거였군요……."

역시 이미 판을 다 짜 놓고 날 가지고 논 거였어.

"……개자식."

"우유경이 드디어 미쳤어? 실성했구먼."

기가 차서 웃음밖에 안 나왔다. 미친년처럼 실실 쪼갰다가 욕을 하며 이를 악물었다가, 얼빠진 유경을 보며 황 대표는 고개를 절레절레 흔들었다.

"정신이 완전 나간 것 같은데 쉬는 김에 푹 쉬어."

"네? 뭘 쉬어요?"

유경은 정신이 번쩍 들었다. 황 대표가 박스에 짐을 싸고 있었다.

"설마…… 에이, 아니죠?"

"아니긴. 정확해! 이제는 우리가 잠시 헤어져야 할 시간이야. 각자 휴식기를 갖자고. 다음 작품 때까지 머리도 좀 식히고."

"그럼 저 입봉은요?"

"알 만한 사람이 왜 이래. 빈손으로 왔을 때 이미 각오한 거 아니었어?"

"대표님! 저 입봉작 기획하려고 천 감독님 스카우트도 마다하고 남았는데……."

"지금이라도 가 봐. 자리가 있을진 모르겠다. 아마 없을걸? 조감독 자리도 치열하잖아. 그러게 어제 잘하지 그랬어. 안 되면 몸으로라도 승부를 봤어야지."

"대표님!"

"아이고 귀청이야. 야, 그냥 말이 그렇다는 거지. 그만큼 노력을 했느냐 그걸 묻는 거잖아. 내가 너 그렇게 가르쳤냐? 아무리 급해도 그렇지 책도 안 읽어 보고 판권 사러 가는 놈이 어딨어! 쉬는 동안 독서도 좀 하고 머리에 많이 채워 놔라. 갈 때 문단속 잘하고. 그럼 나중에 연락하마."

대충 짐을 다 챙긴 황 대표가 도망치듯 사무실을 나갔다. 저 망할 인간! 텅 빈 사무실에 홀로 남은 유경은 울컥했다.

"다음 달 월세 어떡하지? 공과금은? 카드값은? 이제 나 뭐 먹고 살지……. 알바라도 구해야 하나?"

절망에 빠진 유경은 사무실 책상에 엎드려 버렸다.

그러다 문득 시야로 책꽂이에 꽂혀 있는 책들이 눈에 들어왔다. 유독 '피어싱'이라는 글자가 선명하게 보였다. 베스트셀러인 이 책을 산 지가 벌써 한 달 전이다. 읽어야지, 읽어야지 하면서도 못 읽었다.

바빴다. 촬영장에서 쪽잠 자며 날밤 새우느라, 제때 치료를 받지 못한 어금니가 언제 빠져서 없어졌는지도 모를 정도로 정신없이 바빴다. 하지만 그것도 그저 남들에겐 핑계로 들리겠지만. 그래, 내가 게을렀던 거지.

유경은 고민했다. 책을 읽을까, 알바 자리를 찾으러 나가 볼까.

생각이 미처 다 정리되기도 전에 유경은 이미 책을 펼치고 있었다.

서하가 차에서 내렸다. 그는 차에 기대선 채 담배를 입에 물었다. 라이터로 불을 붙인 후, 하얀 담배 연기를 내뱉으며 무심하게 주변을 둘러보았다. 멀리 산기둥 너머로 관람차가 보였다.

이곳은 대한민국 최대 규모의 놀이공원 드림월드였다. 그가 이곳을 찾은 이유는.

"채서하!"

누군가 그의 이름을 불렀다. 서하가 고개를 돌렸다. 멀리서 권오영이 손을 흔들며 달려오고 있었다.

권오영은 서하의 대학 선배였다. 이렇게 말하면 대부분 두 사람이 연극영화과 선후배인 줄 알지만, 서하와 오영은 카이스트 선후배였다. 서하는 화학과였고 오영은 물리학과였다.

두 사람이 연구소가 아닌 영화판에서 다시 재회한 것은 2년 전이었다. 오영은 단편 영화제에 출품할 영화를 제작하기 위해 시나리오가 필요했고, 그때 아는 교수님에게 소개받은 사람이 서하였다.

비록 영화는 제작비 부족으로 엎어졌지만, 오영에겐 작가 채서하를 만났다는 것이 가장 큰 행운이었다. 오영은 그가 추리 소설 작가 '채서하' 라는 것을 아는 몇 안 되는 사람 중 한 명이었다.

"차 막혔어?"

"아니."

"근데 왜 이렇게 늦게 왔어? 보고 싶어서 죽는 줄 알았잖아."

서하가 미간을 확 구겼다. 머쓱해진 오영은 빨리 들어가자며 먼저 앞장섰다.

"여긴 갑자기 왜 오라고 한 거야?"

"너 차에 관심 많잖아. 내가 죽이는 거 보여 줄게. 분명 글 쓸 때 도움 될 거야."

오영이 스피드웨이 쪽으로 향했다. 오영을 뒤따르던 서하가 주변을 살폈다. 드림월드 내에 있는 스피드웨이는 4킬로미터가 넘는 대형 서킷이었다. 인상적인 것은 서킷 주변이 자연 호수와 잘 어우러지도록 만들어졌다는 점이다.

이 서킷은 대한민국 재계 1순위 명성그룹의 것이었다. 더 정확히 말해 명성그룹 서 회장의 소유였다. 1년에 몇 번 명성자동차에서 신차 출시가 열릴 때나 개방되는 곳. 주로 서 회장의 주행 연습이나, 서 회장 일가의 개인적인 용도로만 사용되고 있는 비밀스러운 곳이었다.

부아아앙. 끼이이익.

서킷 입구로 들어서자 폭발음과 같은 차량 엔진음과 타이어가 바닥에 갈리는 굉음이 머릿속을 울렸다.

서하는 고개를 돌려 서킷 위를 바라봤다. 빨간 스포츠카가 서킷을 홀로 질주하고 있었다. 바로 옆 차고에는 포르쉐, 페라리, 람보르기니

등 10여 대의 최고급 스포츠카가 진열되어 있었고, 그 주변을 양복 입은 사내들이 지키고 있었다.

끼이이익.

질주하던 차가 멈추고, 그 차에서 누군가 내렸다. 카레이서 복장을 완벽하게 갖춘 남자였다.

그는 거칠게 헬멧을 벗어 경호원이 있는 쪽으로 던졌다. 온몸을 던져 간신히 헬멧을 받은 경호원은 안도의 한숨을 내쉬었다. 남자가 손가락을 까닥하자 누군가는 생수를 대령했고, 누군가는 장갑을 벗겼다. 사람을 부리는 것이 아주 익숙한 남자였다.

그 남자를 멀리서 지켜보던 서하의 표정이 굳었다. 땀에 살짝 젖은 머리카락을 매만지던 남자가 뒤늦게 서하를 발견했다. 남자의 입꼬리가 살짝 올라갔다.

반면 서하는 오영을 싸늘하게 쳐다봤다.

"선배, 지금 나랑 뭐 하자는 거야?"

"그게, 그러니까……. 내가 아까 말했잖아. 너 글 쓰는 데 도움 될 거라고. 너도 알지? 명성그룹. 저 사람은 서지웅이라고 명성그룹 막내아들이야."

"……."

"나랑 친한 형인데, 저 인간이 「피어싱」에 꽂혔거든. 작가를 엄청 만나고 싶어 하는데, 내가 모른 척하기도 그렇고."

"그래서?"

"어?"

"저 사람이 원하는 게 뭐냐고."

"당연히 「피어싱」 판권이지."

"알았어."

웬일로 얌전하게 말을 듣는 서하를 보며 오영은 한시름 내려놓았다.

"그럼 얘기 잘하고 와. 난 먼저 갈게."

오영은 이쪽으로 걸어오고 있는 서지웅에게 눈인사를 건넨 후 서킷을 빠져나갔다.

"반가워요. 서지웅입니다."

어느새 서하 앞에 선 지웅이 손을 내밀어 악수를 청했다.

"제 소개는 생략하죠. 이미 다 아시는 것 같으니."

서하는 차갑게 말하며 왼손에 쥐고 있던 핸드폰을 오른손으로 옮겨 잡았다. 악수를 거부당한 지웅은 악수를 청했던 오른쪽 손을 허공에 몇 번 털며 피식 웃었다.

"재밌네."

벌써 여러 번 표정이 바뀐 지웅과 달리 서하의 표정은 덤덤했다. 당장 눈앞에서 사람이 죽어도 전혀 동요하지 않을 것 같았다.

지웅은 자신을 쳐다보는 서하의 서늘한 눈빛이 묘하게 신경 쓰였다.

"혹시 나 알아요?"

"알면요."

"나쁠 건 없겠죠. 그쪽도 나도. 서로 원하는 걸 줄 수 있으니까."

"난 그쪽한테 원하는 거 없는데요?"

"난 있는데."

서하는 그게 뭐든 관심 없고 귀찮다는 얼굴로 그를 쳐다봤다. 그러자 지웅이 기다렸다는 듯이 본론을 꺼냈다.

"채서하 씨 작품 「피어싱」 나한테 팔아요."

"얼마 줄 건데요?"

"판권 1년 계약에 10억 원. 너무 적나? 그럼 원하는 액수를 불러 보든가."

"서지웅 씨가 가진 거 다 주세요."

"내가 얼마를 가졌는 줄 알고?"

"그건 중요하지 않지. 내가 판권을 안 준다는 얘길 돌려서 한 거니까."

지웅은 당황했다. 살면서 말로 이길 수 없는 상대를 만난 것은 처음이었다. 슬슬 승부욕이 끓어오르기 시작했다. 오늘 이 자식을 밟아 놓지 않으면 못 견딜 것 같았다. 지웅이 표정을 굳히고 말했다.

"안 주면 내가 뺏을 건데? 뺏기면 억울할 거고."

"억울해하고 가만히 있을 놈이 아닌데 나는."

위협적인 단어 하나 없이 상대방의 기를 죽여 버린다. 지웅은 크게 웃었다. 너무도 재밌는 상대를 만났다.

"하하, 역시 작가라 그런지 말로 못 당하겠네. 그럼 나 뭐 하나만 물어봅시다. 작품 관련해서 궁금한 게 하나 있는데."

"작품 관련해서 궁금한 게 있으면 책을 한 번 더 읽어요. 작가는 글로 다 말하니까."

"열 번 넘게 읽었는데?"

"이해력이 딸리시나?"

"너 사람 많이 죽여 봤지? 말로."

지웅의 예상치 못한 질문에도 서하는 무덤덤하게 답했다.

"말로만 죽였게? 죽이는 게 내 일이야. 오늘 아침에도 죽이고 왔는데."

"어떤 놈을 죽였는데?"

"돈이면 다 되는 줄 아는 재벌 2세, 어떻게 하면 가장 고통스럽게 죽일까 고민하다가 결국 죽였지. 여러 방법으로."

"궁금하군. 그 방법이 뭔지."

"궁금하면 날 건드려 보든가."

마지막 말을 하며 서하는 지웅을 노려봤다.

지웅은 서하의 눈빛을 무시한 채 반격할 말을 찾느라 바빴다. 태연하게 턱을 매만지며 생각에 잠겨 있는 지웅을 한심하게 보던 서하가 몸을 돌려 가려는데.

"「피어싱」 채서하 씨 본인 얘기지?"

"……."

"나의 가족을 파멸시킨 놈들의 입을 피어싱으로 봉합해 버린다. 주둥이 잘못 놀린 대가가 아주 처참하더군."

서하가 아무런 반응이 없자, 지웅이 말을 계속했다.

"최고의 복수였어. 아주 훌륭해. 난 왜 그 생각을 못 했을까? 나도 내 인생을 망가뜨린 놈들을 어떻게 하면 최고로 고통스럽게 죽일 수 있을까 고민하고 있었거든. 그놈들 입을 아주 찢어 죽여 버리고 싶었는데. 그런 방법이 있었어."

서하가 지웅의 눈을 응시했다. 지웅의 눈동자가 작게 흔들리고 있었다.

"책을 읽으면서 그런 생각이 들었어. 이 작가도 나랑 같은 생각을 하고 있었구나."

"오버하지 마. 책에 감정 이입을 너무 하셨네."

"그러니까. 그래서 내가 작가가 엄청 궁금했어. 근데 기대 이상이야."

"그쪽은 기대 이하야. 대놓고 이렇게 갖고 싶다고 하면 더 주기 싫거든. 사업하는 사람이라 나보다 더 잘 알 텐데? 일부러 이러는 건가? 나 자극하려고. 그런 거라면 그것도 실패야. 난 그쪽이 더 하찮게 느껴졌거든. 하찮은 인간한테 내 작품 절대 안 주지. 가진 거 전부를 다 준다고 해도."

말을 다 마친 서하가 미련 없이 뒤를 돌았고, 출구로 향해 가는 그의 뒷모습이 지웅의 시야에서 점점 멀어지고 있었다.

지웅은 그를 붙잡아 받은 말을 되돌려 주고 싶었지만, 그를 찌를 수 있는 날카로운 말들이 떠오르지 않았다.

"젠장!"

지웅이 거칠게 머리를 헝클어뜨리며 욕을 읊조렸다.

"사장님, 황 대표가 시간을 좀 더 달라면서 통화를 꼭 하고 싶어 합니다."

그때 비서가 달려와 핸드폰을 내밀었다.

콰앙!

하지만 지웅이 핸드폰을 건네받자마자 바닥으로 세게 던져 버렸다. 간신히 화를 억누르며 지웅이 최 비서를 향해 말했다.

"최 비서. 너 회사 하나 차려야겠다. 직종은 영상 제작. 당장 준비해."

"이 시간엔 웬일? 오늘 아침엔 안 보이시더니 무슨 일 있어요?"

편의점 알바생 상혁은 계산을 마친 카드를 서하에게 돌려주며 물었다. 하지만 돌아오는 대답은 없었다. 그는 이미 샌드위치를 들고 자신의 지정석으로 향한 뒤였다.

골목 입구가 정면으로 보이는 창가, 그곳이 그가 아침마다 서 있는 자리였다.

"어젠 기분 엄청 좋아 보이더니 오늘은 저기압이네. 왜 저러실까."

상혁은 중얼거리며 진열대를 정리했다.

서하는 아까 만났던 지웅에 대해 생각하느라 신경이 곤두서 있었다.

지이잉. 지이잉.

마침 주머니에서 핸드폰이 울렸다. 액정을 확인한 서하는 통화 버튼을 눌렀다.

— 서하야, 진짜 미안해.

사죄하는 오영의 목소리가 들렸다. 서하가 차분하게 대답했다.

"됐어. 어차피 선배가 안 가르쳐 줬으면, 내 뒷조사라도 할 인간이었어."

— 형이 너한테 무례하게 굴었구나? 내가 대신 사과할게. 그 형이 그냥 원래 그래. 그렇게 살아왔거든.

"남의 성장 과정 따윈 안 궁금하고. 할 말 다 했으면 끊어."

— 잠깐! 이 와중에 이런 얘기 하면 안 될 것 같긴 하지만……. 내가 오늘 일 미리 만회하고 싶어서 어제 유경 선배한테 전화해서 소개팅할 생각 없냐고 물어봤거든.

전화를 끊으려던 서하가 가만히 통화 목소리에 귀를 기울였다.

— 근데 그 누나가 연하는 싫대.

"뭐라고?"

— 원래 그런 소리 한 번도 한 적 없는데. 이상하게 어제는 연하 싫다고 난리더라. 저기, 서하야. 내 말 듣고 있어? 그래서 말인데 소개팅은 물 건너 갔…….

뚝.

서하가 통화를 종료한 뒤 핸드폰을 바 테이블 위에 툭, 던졌다.

연하가 싫다고? 그건 내가 싫다는 거잖아. 미치겠네. 어제 집에 가자는 소리만 안 했어도.

"하아."

서하는 긴 한숨을 내쉬며 샌드위치 포장을 뜯었다. 먹을까 말까 고민하다가 한입 베어 물려고 입을 벌리는 순간.

"밥을 먹으라니까. 왜 또 그런 걸 먹어?"

"컥. 캑캑."

갑자기 불쑥 얼굴을 들이밀며 나타난 유경 때문에 서하는 사레가 들려 기침만 연거푸 내뱉었다.

"마셔!"

이번엔 그녀가 우유를 까서 불쑥 내밀었다. 서하는 얼떨결에 유경이 내민 우유를 마시며 그녀의 얼굴을 흘끔 훔쳐봤다.

"뭘 봐."

"다시는 얼굴 안 보여 주는 줄 알았는데……."

"나도 그럴 생각이었어. 근데……."

"……."

"내가 니 책을 봐 버렸어."

유경이 손에 든 책을 들어 보이며 말했다.

"마지막 장을 덮으니까 어제 니가 나한테 왜 그렇게까지 했는지 이해가 되더라고. 나 같아도 이 귀한 작품 나 같은 초짜한테 팔기 싫겠더라. 어젠 나 떼어 내려고 그런 거지?"

"그런 거 아니야."

"그래? 그럼 니네 집엔 왜 가자고 한 거야?"

"그냥 뭐 보여 줄게 있어서……."

"보여 줘? 뭘?"

"시나리오."

"혹시 빅토리에 보낸 그거?"

"누가 그래? 내가 거기에 시나리오 보냈다고."

"그냥 어디서 들었어. 이 바닥 좁잖아. 근데 그걸 왜 나한테 보여 줘?"

"내 맘이야. 내 글을 누구한테 보여 주든 말든."

"그건 그렇지만……. 근데 나 보여 주지 마. 보면 욕심날 것 같아.

막 갖고 싶어질 거야 분명. 그럼 또 앞뒤 안 재고 너한테 달려들겠지. 어제처럼. 그러니까 넌 그냥 빅토리랑 계약해. 뭐, 너도 알겠지만 거기 정말 좋은 회사잖아."

"그럼 누나는? 입봉해야 된다며."

"나? 난 좀 더 굴러야지. 오늘 알았어. 난 아직 멀었다는걸."

서하는 뒤늦게 유경의 손에 든 짐 가방을 발견하곤 놀라 물었다.

"어디 가?"

"나 오늘부터 백수거든. 알바라도 할까 하다가 좀 쉬고 싶기도 하고, 당분간 집에 가 있으려고. 잔소리 듣는 게 굶어 죽는 것보단 낫겠지."

"……."

"왜 그렇게 봐? 한심하냐?"

하긴, 그럴 만도 하겠지. 서른 살에 백수라니. 유경은 왠지 자신이 초라하게 느껴졌다. 그냥 바로 터미널로 갈걸, 얘는 왜 하필 내 눈에 띄어선.

"그럼 간다. 잘 지내."

유경은 황급히 인사를 하고 편의점을 나와 버렸다. 뒤에서 지켜보고 있을 녀석을 의식하며 어깨를 펴고 당당하게 걸으려고 노력했다. 하지만 이놈의 가방은 어찌나 무거운지 팔이 빠질 것만 같았다. 다리도 후들거린다.

봤겠지? 보였겠지? 나 방금 다리 살짝 삐끗한 거. 백수가 된 것도 서러운데 늙어서 의지도 기력도 뭣도 없는 모습. 정말 모양 빠진다. 마지막 뒷모습이라도 아름답게 기억되고 싶었는데, 그것마저도 실패다.

뒷모습이고 나발이고 이제 유경의 머릿속엔 빨리 이곳을 벗어나야겠다는 생각뿐이었다.

그때 마침 택시가 앞에 섰다. 평소엔 그렇게 잡으려고 해도 잡히지 않던 택시가 웬일이래. 유경은 구세주를 만난 것처럼 달려가 택시에 올라탔다.

그리고 택시가 출발함과 동시에 곁눈질로 편의점 쪽을 흘끔 쳐다봤다.

“어? 쟤 왜 저래?”

두 눈이 휘둥그레진 유경은 창문에 딱 달라붙었다. 갑자기 편의점에서 뛰어나온 녀석이 어디론가 미친 듯이 달려가고 있는 모습이 보였다.

무슨 일 있나? 어딜 저렇게 뛰어가는 거야. 유경은 점점 더 멀어지는 녀석의 뒷모습을 걱정스레 바라봤다.

버스 터미널. 매표소 앞에 길게 늘어선 줄. 가장 끝에 서 있던 유경은 자꾸만 어디론가 달려가던 녀석의 뒷모습이 떠올라 멍해졌다.

“어디 가세요?”

“그러게요, 어딜 그렇게 달려갔을까요.”

“이봐요, 아가씨! 목적지가 어디냐고요.”

“네? 아, 죄송합니다.”

매표 직원의 매서운 눈빛에 뒤늦게 정신을 차린 유경은 재빨리 사과했다. 그러곤 제대로 된 목적지를 말했다.

“문화시청 한 장이요.”

표를 받아 대기실로 향하며 유경은 고개를 절레절레 흔들었다.

미쳤어. 왜 자꾸 그 녀석 생각을 해? 지금 누가 누굴 걱정하는 거야. 내 코가 석 잔데. 집에 가면 엄마한테 뭐라고 하지? 백수 됐다고 죽어도 말 못 해.

유경은 한숨을 길게 내뱉으며 대기실 의자에 털썩 앉았다.

버스는 언제 올는지. 어제 내린 눈 때문인지, 도로에 사고라도 났는지, 예상 도착 시간이 훌쩍 지나도록 버스는 오지 않았다.

긴 기다림에 지쳐 갈 무렵.

"우유경."

머리 위에서 뜨거운 숨결이 느껴졌다. 유경은 천천히 고개를 들었다. 바로 앞에 녀석이 서 있었다. 어딜 그렇게 급히 뛰어갔는지 궁금했던 녀석이 내게로 와 있었다. 얼마나 뛰었는지 헝클어진 머리카락, 상기된 얼굴, 거친 숨결을 내뱉으며.

타악—

녀석은 들고 있던 종이 뭉텅이를 유경의 무릎 위에 던지듯 올려놓았다. 그리고 말했다.

"가져."

"……."

"그거 줄 테니까, 가지 마."

유경은 서하가 던져 준 종이 뭉텅이를 펼쳤다.

"이건……."

100장은 족히 넘는 시나리오였다. 표지 제목엔 '피어싱' 이라고 적혀 있었다. 유경은 놀란 눈으로 자리에서 벌떡 일어났다.

"이걸 왜 나한테……."

"나 감독 우유경이랑 일하고 싶어."

"……."

유경은 멍한 얼굴로 서하를 쳐다봤다. 너무 과분하다며 손에 쥔 시나리오를 다시 돌려줘야 되는데 그게 맘처럼 쉽게 되질 않았다. 욕심이 났다.

망설이는 유경을 향해 서하가 덧붙였다.

"그 시나리오 훼손해도 괜찮아. 감독이 찍고 싶은 대로 원하는 대로 마음대로 다 하게 해 줄게."

"너 빅토리는? 거기서 너랑 계약하기를 원한다고 하던데……."

"내가 원하는 건 우유경이야."

유경의 가슴이 철렁 내려앉았다. 엄청난 프러포즈였다. 머리가 띵하고 울릴 정도로, 가슴이 두근거려 숨이 찰 정도로. 그래서 말문이 막힐 정도로.

직장에서 나는 늘 소모품 같은 존재였다. 사용 기간이 다 끝나거나 쓸모가 없어졌을 땐 죄의식 없이 버려도 되는 그런 소모품. 수많은 사람들과 일해 오는 동안 나를 이토록 원했던 사람이 있었던가.

쿵쿵.

갑자기 유경의 심장이 세차게 뛰었다. 살이 떨릴 정도로.

이게 웬 떡이야, 하고 덥석 먹어 버리고 싶었지만, 그러기엔 이 떡은 장인이 곱게 빚어 명품 그릇에 예쁘게 담은 그냥 먹기에도 아까운 그런 떡이었다. 한마디로 그림의 떡. 그림은 그림일 뿐, 먹을 순 없다는 걸 알면서도 자꾸만 심장이 쿵쿵 뛰어 댔다.

나 왜 이러지? 왜 이렇게 심장이……. 정신 차리자 정신.

겨우 다시 현실로 돌아온 유경은 두 눈을 질끈 감고선 시나리오를 서하의 품에 안겼다.

"미안해."

서하는 다시 제 품으로 돌아온 시나리오를 손에 든 채 유경을 바라봤다. 슬며시 눈을 뜬 유경은 텅 빈 두 손을 만지작거리며 풀 죽은 얼굴을 하고 있었다.

어제 술집에서부터 그랬던 것 같다. 그녀는 자신감이 바닥까지 떨어진 상태처럼 보였다. 어제 내가 너무 몰아붙였나. 서하는 유경이 풀이 죽은 게 다 자신 때문인 것 같아 마음이 좋지 않았다. 그래서 더욱 조급해졌다.

“미안하면 그냥 내가 하라는 대로 해. 계약하자 당장.”

“안 돼. 제안은 고마운데 널 담기에는 내 그릇이 너무 작은 것 같아.”

“어제 일 때문에 그래? 내가 내 책 안 읽었다고 혼내서? 그건…….”

“혼나서 그런다기보다 사실 어제 나 자신한테 엄청 실망했어. 솔직히 지금까지 난 왜 항상 이 모양 이 꼴로 살고 있을까, 입봉 안 시켜 주는 회사 탓, 대표 탓 그렇게 남 탓만 했는데……. 아니었어. 모든 게 다 나 때문이었어. 내가 게으르고 무지하고 그래서…… 하아. 내가 왜 이런 얘길 너한테 하고 있는지 모르겠다. 아무튼 곧 버스 오겠다. 이만 가 볼게.”

마침 정류장으로 버스가 들어오고 있었다.

“잠깐.”

버스로 향하려는 유경의 손목을 서하가 붙잡았다.

“내 책 들고 다니는 거 봤어.”

꽉 잡은 그녀의 손목을 천천히 놓으며 서하가 말을 계속했다.

“누가 내 책을 거의 한 달쯤 들고 다니더라. 책갈피가 계속 같은 페이지 어디쯤에 꽂혀 있었던 걸로 봐선…….”

“저기 근데 그건 어떻게 알았어?”

“내 책이 그렇게 재미가 없었나?”

“아니! 그게 아니라…….”

“바빴겠지.”

계속 말을 치고 들어오는 녀석 때문에 유경은 꿀 먹은 벙어리가 될 수밖에 없었다. 서하는 자신의 시나리오를 다시 유경의 손에 쥐여 주며 말했다.

"이제 덜 바쁘지?"

"어? 어……."

"잘됐네."

녀석이 웃으며 말했다.

"그건 그냥 가면서 읽어. 버스에서 심심하잖아."

누군가에겐 당신 전부를 다 줘도 안 넘긴다고 했던 자신의 작품을 유경에겐 심심할 때 읽으라며 던져 주었다. 서하는 스스로도 놀라는 중이었다. 하지만 그냥 마음이 시키는 대로 했다. 물러서지 않고.

"계약 건은 천천히 생각해 봐."

갑작스러운 녀석의 호의에 유경은 얼떨떨했다.

"저기 서하야……. 근데 너 나한테 왜 이래? 왜 이렇게 잘해 줘?"

"그것도 가면서 생각해 봐."

"……."

"시나리오 뒤에 내 핸드폰 번호 있으니까 생각 정리되면 전화해."

"……."

"아, 그리고 도착하면 문자 해. 그리고……. 됐다. 갈게."

뭔가 할 말이 더 있는 듯했지만 녀석은 억지로 발길을 돌리는 듯했다. 유경은 뒤돌아 가는 서하의 뒷모습을 멍하니 바라보다가 뒤늦게 정신을 차리고 버스로 향했다.

창가 자리에 앉아 시나리오를 한 장 한 장 넘겨 보던 유경의 눈에 순식간에 눈물이 차올랐다. 큰 눈에 그렁그렁 맺혀 있던 눈물이 주룩 흘러내렸다.

사실 오전에 짐을 싸며 감독이 되는 걸 포기하려고 했다. 포기할 수 있을 줄 알았다. 하지만 시나리오를 읽으며 가슴이 마구 뛰고, 어느새 머릿속으론 콘티를 상상하는 자신을 발견했다.

순간 깨달았다. 난 죽을 때까지 이 일을 포기할 수 없겠구나.

유경은 결국 시나리오에 얼굴을 파묻고 펑펑 울어 버렸다.

"역시, 울 엄마."

"가시나 손 떼라 마."

식탁 위에 차려진 진수성찬으로 달려드는 유경의 손을 장덕희 여사가 막았다.

"에이, 뭐야. 이거 나 먹으라고 만든 거 아니야?"

"당연히 아니지. 사모님네 가져다줘야 돼."

"엄마! 아직도 그 집에서 일해?"

"그럼 해야지 안 해? 니가 이 엄마 먹여 살릴 처지가 되는 것도 아니고, 니 오빠도 이직한다고 멀쩡한 회사 때려치우고선 도서관에 처박혀 있고. 아이고, 내 팔자야."

장 여사가 한숨을 푹푹 내쉬며 음식들을 쇼핑백에 집어넣기 시작했다. 괜히 미안해진 유경은 가방을 싸는 장 여사를 거들며 말을 돌렸다.

"근데 그 집 무슨 일 있어? 웬 음식?"

"못 들었어? 오늘 은설이 귀국한대."

"은설이가? 다음 달 아니었어?"

"일 때문에 앞당겨졌대. 얘, 내가 은설이한테 혹시 미국 그 영화사에 자리 있으면 너 좀 어떻게 안 되겠냐고 부탁 좀 해 볼까?"

"무슨 소리야. 나 지금 회사 열심히 다니고 있는데."

"내가 널 몰라? 너 잘렸잖아. 그래서 집에 온 거 아니야?"

"아니거든? 휴가 낸 거야. 주말 지내고 갈 겁니다."

일주일 정도 쉬려고 했는데 내일모레 가게 생겼네. 유경은 작게 한숨을 내뱉으며 외투를 걸쳤다.

"옷은 왜 입어?"

"무겁잖아. 들어 줄게. 같이 가자."

"됐어. 오래간만에 집에 왔는데 쉬어야지. 베란다에 한우 재어 놓은 거 있으니까 구워 먹어."

장 여사가 씩씩하게 가방을 들고 현관으로 향했다.

"엄마."

유경은 달려가 장 여사에게 안겼다.

"얘가 징그럽게 왜 이래? 너 또 돈 떨어졌냐? 그러게 내가 그 딴따라 그만두랬지. 그 돈도 안 되는 짓을 도대체 왜 하는 거야. 지금이라도 늦지 않았어. 그만두고 이참에 너 내일 주말에 선보자. 그렇지 않아도 내가 괜찮은 놈으로다가……."

"엄마 무겁겠다. 빨리 가."

유경은 얼른 정신을 차리고 장 여사를 현관 쪽으로 밀었다.

"맞다. 유경이 너 오늘 집에 꼭 붙어 있어. 뉴스 봤지? 동네에서 웬 여자 한 명이 실종됐대. 그러니까 밤늦게 싸돌아다닐 생각 말고."

"알았어요, 알았어. 집에 꼭 붙어 있을 테니까 잔소리 그만하고 엄마나 조심히 잘 다녀와."

환하게 웃으며 손을 흔드는 딸을 밉지 않게 흘겨보던 장 여사가 어쩔 수 없이 웃어 버리곤 밖으로 나갔다.

골목을 내려가는 엄마의 뒷모습을 창밖으로 내려다보던 유경은 문득 생각에 잠겼다.

"은설이가 귀국했다고?"

갑작스러운 은설의 귀국 소식에 제일 먼저 생각난 사람이 있었다. 바로 그 녀석.

녀석한테 알려 줘야 하나? 녀석이 이 사실을 알면 당장 문화시로 달려오겠지?

그리고 또 하나. 빅토리에 은설이가 근무하고 있다는 사실을 알면 나한테 넘기겠다는 판권 도로 가져갈지도.

"싫다……."

저도 모르게 내뱉은 혼잣말에 유경은 화들짝 놀랐다.

'근처에서 서성여도 봤고, 편지도 써 봤고, 다시 찢어도 봤고, 숨어서 지켜보다 들킬 뻔도 했고, 간접적으로 차여도 봤고, 울어도 봤어.'

어젯밤 쓸쓸한 눈빛으로 말하던 녀석의 얼굴이 떠올랐다.

작게 한숨을 내쉬며 유경은 핸드폰을 꺼냈다. 버스에서 저장해 둔 녀석의 번호를 주소록에서 찾는 건 쉬웠다. 하지만 뭐라고 문자를 써야 할지 머릿속이 하얘졌다.

그때였다.

지이잉. 지이잉.

핸드폰이 진동을 했다. 모르는 번호였다. 받을까 말까 고민하다가 혹시나 하는 마음으로 전화를 받았다.

"여보세요?"

— 유경아, 나야.

젠장. 괜히 받았다.

— 유경아, 내 목소리 안 들리니?

"저기 누구시죠?"

— 누구긴 누구야. 내 목소리 모르겠어? 태은이 오빠야. 너 설마 내 번호 지운 거야?

"아…… 제가 핸드폰을 바꿔서요."

— 야. 아무리 그래도 너무한다 진짜. 너 지금 문화시라며.

"네."

— 저녁이나 먹자. 내가 맛있는 거 사 줄게.

"지금요?"

— 응. 집 앞으로 나와. 나 지금 너희 집 쪽으로 가고 있어. 5분 후면 도착할 거야.

"아니요. 저는 싫……."

— 그럼 이따 보자.

뚝.

그는 자기 할 말만 하고 전화를 끊어 버렸다. 예전이나 지금이나 제멋대로인 건 여전했다.

유경은 잔뜩 화난 얼굴로 현관으로 갔다가 다시 방으로 돌아갔다. 저도 모르게 손이 립스틱으로 향하고 있었다. 거울을 보니 몰골이 말이 아니었다. 립스틱만 바르려다 비비크림도 찍어 바르고, 머리를 묶었다가 풀었다가 반복하더니 결국 풀고 나가기로 했다.

유경은 거울을 보며 다짐했다. 절대 그 인간에게 미련이 있어서 이러는 게 아니야. 오늘은 절대 휘둘리지 말자.

"여기야!"

유경이 나오자마자 스포츠카 앞에 서 있던 태은이 손을 흔들었다. 국내 야구 선수 미모 원톱답게 큰 키와 다부진 몸매, 서글서글한 눈매까지. 연예인에게도 뒤지지 않는 미모로 그는 여성 팬들이 독보적으로 많았다.

그가 승을 챙긴 날이면 하루 종일 실시간 검색어에서 그의 이름이 순위권을 벗어날 줄 몰랐다. 학창 시절에도 그랬다. 그는 언제나 스타였다.

청바지에 롱 코트 하나 입었을 뿐인데 런웨이를 걷는 모델 같았다. 저 인간은 여전히 멋있네.

"핸드폰 줘 봐."

"왜요."

"내 번호 빨리 등록해."

"싫거든요."

"어쭈? 이게 다 컸다 이거냐? 옛날엔 아주 번호 알려 달라고 일주일 넘게 쫓아다니던 녀석이."

태은이 개구지게 웃으며 유경에게 헤드록을 걸었다. 이어 유경의 볼을 꼬집으며 장난을 쳤다.

"오빠 번호 저장할래 안 할래?"

"백날 천날 이러고 있어 봐. 내가 하나 안 하나. 나 절대 안 할 거야."

"유경아."

정색하는 유경을 보며 사태의 심각성을 깨달은 태은의 표정이 굳어졌다. 그는 유경을 놓으며 조심스레 물었다.

"너 무슨 일 있어?"

"오빠야말로 무슨 일인데요? 나 왜 찾아왔어요? 이 밤에."

"우리 사이에 밤이고 낮이 어딨어. 난 그냥 너 오래간만에 문화시에 왔다길래 맛있는 거 사 주려고 왔지. 아, 맞다. 이거 선물."

태은은 차 안에서 쇼핑백을 꺼내 유경에게 내밀었다. 명품 로고가 박힌 쇼핑백을 가만히 바라보고 있는 유경을 향해 태은이 말했다.

"가방이야. 가져."

"이렇게 비싼 걸 나한테 왜……."

"왜긴. 오래간만에 만난 동생한테 선물도 못 하냐? 자, 이제 먹으러 가 볼까?"

태은은 유경의 손목을 잡아끌어 조수석에 태웠다. 그는 손수 안전벨트까지 매주며 그녀와 눈이 마주치자 환하게 웃었다.

그 순간 유경의 가슴이 두근거렸다. 마치 그를 짝사랑하던 고등학생 때로 다시 돌아간 것 같았다.

젠장. 휘둘리지 않기로 했잖아. 정신 차려 우유경.

다시 정신 똑바로 차리기로 한 유경과 마냥 신이 난 태은이 도착한 곳은 고급 레스토랑이었다. 두 사람이 올라간 2층엔 손님이 아예 없었다.

"2층은 비워 달라고 했어. 난 괜찮은데 니가 불편할까 봐. 근데 뭐 먹을래? 너 먹고 싶은 거 맘껏 시켜."

"그냥 오빠가 알아서 주문해 주세요."

유경은 메뉴판을 접어 한쪽으로 치웠다. 시큰둥한 유경의 눈치를 보며 태은은 주문을 했다.

"우리 얼마 만이지?"

"3년 전인가? 저 야구 영화 취재할 때 만났었잖아요."

"맞다. 그때 그 영화……."

"엎어졌죠."

"일 힘들지?"

"지금까진 힘든 것도 모르고 살았는데 이젠 조금 버거워요. 생각이 많아져서 그런가? 아니면 철이 든 건지. 선배들이 이 일은 철들면 안 된다고 했는데."

"이제껏 잘해 왔잖아. 조금만 더 견디면 분명 잘될 거야. 아, 맞다. 이거."

태은은 지갑에서 백화점 로고가 새겨진 봉투를 꺼내 내밀었다.
"이게 뭐예요?"
유경은 봉투를 열어 안에 든 내용물을 확인했다. 십만 원짜리 백화점 상품권이 대략 스무 장은 들어 있는 것 같았다.
"구단에서 준 건데 난 쓸 일이 없어서. 너 가지라고. 아, 그리고 이것도."
이번엔 주머니에서 작은 머리핀을 꺼내 내밀었다.
"내가 아시는 분이 액세서리 공예 하시거든 그래서 하나 얻었어. 너 가져."
가져, 라는 말이 참 정감 있게 들렸다. 어제오늘 저 말을 도대체 몇 번이나 듣는 건지. 유경은 괜히 서글퍼졌다. 하지만 구겨지려는 얼굴을 숨긴 채 웃어 버렸다.
"풉."
"왜 웃어?"
"오빤 예나 지금이나 그대로네요. 어쩜 이렇게 수법이 한결같을까?"
"하하. 미안. 들켰어?"
"……또 뭔데요."
"유경아, 나 진짜 한 번만 도와줘라. 내가 은설이한테 니가 우리 둘 불렀다고 했거든?"
"……."
"그래서 곧 있으면 은설이 올 거야. 오면…… 알지?"
어렸을 적부터 항상 그랬다. 나한테 접근하는 남자들 반 이상은 은설이 때문이었다. 그중 하나가 바로 눈앞에 있는 이 사람. 내 첫사랑이자, 은설이의 첫 남자 친구.
"어, 은설이 왔다. 은설아! 여기야!"
태은은 긴장된 얼굴로 자리에서 벌떡 일어났다. 은설이 오자 태은은 유경을 창가 쪽으로 가라고 밀더니 그 자리에 은설을 앉혔다. 구석으로 밀려난 유경은 태은을 흘겨보았다. 그러거나 말거나 태은의 시선은 은설에게만 향해 있었다.

문화시 김태희라 불리는 그녀는 얼굴도 예쁜 데다 공부도 잘했다. 미국에 있는 유명 대학을 졸업하고 현재는 〈빅토리픽쳐스〉에서 일하는 유일한 한국인. 덕분에 국내 인터뷰나 각종 TV 프로그램에도 출연해 얼굴 꽤나 알려진 유명 인사였다.

에라이, 다 가진 년.

"어머, 유경아 너 왜 이렇게 늙었어? 도대체 그동안 무슨 일이 있었던 거야?"

"푸하하."

태은이 크게 웃자 유경은 이를 악물고 들고 있던 포크를 손에 꽉 쥐었다. 그 모습에 태은은 합죽이가 되었다.

은설은 자신보다 더 친밀해 보이는 유경과 태은을 기분 나쁘게 쳐다보며 입을 다물었다. 이를 눈치챈 유경이 재빨리 화제를 돌렸다.

"근데 넌 다음 달에 귀국한다더니?"

어느 자리에서건 주인공이 되기를 바라는 그녀는 이야기의 포커스가 저에게 맞춰지자 환하게 웃으며 대답했다.

"나 「피어싱」 판권 때문에 서둘러 왔지. 맞다, 유경이 너 그거 알아?"

"……뭘?"

"너희 옆집 살던 남자애 말이야. 그 애가 「피어싱」의 채서하 작가래."

"니가 그걸 어떻게 알았어?"

"모르는 게 이상하지. 채서하 걔가 나한테 직접 시나리오 보내왔으니까."

"뭐라고? 너한테 직접 보냈다고?"

"어. 그러니까 내가 이렇게 만나러 왔지. 이제 계약서에 도장 찍는 일만 남았어."

은설은 당황해하는 유경을 흘끔 보더니 무슨 좋은 수가 떠올랐는지 말을 계속했다.

"너 채서하 전화번호 알지? 내가 걔 연락처를 미국에 놓고 와서 그러는데 번호 좀 알려 줘."

"……."

"우유경. 나 채서하 번호 좀 알려 달라니까."

"나도 몰라! 그걸 왜 나한테 물어?"

"얘가 왜 화를 내고 그래. 난 니가 아는 줄 알았지. 그나저나 너 많이 변했다?"

"내가 뭘!"

"오래간만에 만나서 왜들 싸우고 그래."

두 여자 사이의 기류가 좋지 않자 태은이 나섰다.

"자자, 일 얘기 그만하고 우리 와인 한 잔씩 할까?"

태은은 와인을 따르며 유경에게 눈치를 줬다. 이쯤에서 빠지라는 거였다. 저 망할 자식. 밥도 제대로 안 먹었는데. 하지만 여기서 눈칫밥 먹느니 그냥 일어나는 게 좋을 것 같았다.

"난 이만 가 볼게."

유경이 자리에서 벌떡 일어났다.

"가다니 어딜? 사람을 불러 놓고 왜 가?"

은설이 황당해하며 묻자, 유경은 갑자기 아픈 척 엄살을 부렸다.

"갑자기 속이 좀 안 좋아서. 나중에 연락할게."

"잠깐! 유경아, 이거 가져가야지."

가려는 유경을 태은이 붙잡았다. 그는 유경의 손에 쇼핑백을 들려

주며 오늘은 고마웠다고 속삭였다.

유경은 손에 쥔 쇼핑백을 황당한 얼굴로 보다가 그를 째려봤다. 태은이 흠칫 놀라자 유경은 쇼핑백을 태은의 품에 내던지고 도망치듯 그곳을 빠져나왔다. 이 순간에도 배는 눈치도 없이 꼬르륵 소리를 냈다.

배고픔을 견디지 못하고 근처 포장마차에 들어온 유경은 국수와 소주를 시켰다.

"그렇게 당하고도 또 당할 뻔했잖아."

자조 섞인 중얼거림. 잠시 잠깐 태은이 자신에게 마음이 있어 만나러 온 건 아닐까? 오해했었다. 아닌 걸 알면서도 혹시나 했다.

"짜증 나……."

유경은 술을 들이켰다. 너무 속이 상했다. 그게 태은 때문인지 아니면 다른 누군가 때문인지 알 수 없어 더욱 답답했다.

한 병, 두 병, 세 병…….

몸도 제대로 가누지 못할 정도로 술을 마신 유경은 테이블 위에 엎드렸다. 차가운 테이블에 볼을 댄 채 한숨을 길게 내쉬었다.

"그 녀석 대체 뭐야……. 나랑 일하고 싶다더니 은설이한테 시나리오는 왜 보낸 거야?"

너무 싫어. 싫다고. 더 이상 누구한테도 휘둘리고 싶지 않아. 흔들리고 싶지 않다고.

"어? 눈…… 또 눈이다."

포장마차 천막 사이로 하얀 눈이 내리고 있었다. 어젯밤처럼. 순간 녀석과 함께 하얀 눈밭을 걷던 일이 떠오르자 마음은 더욱 심란해졌다.

술을 그만 마시기로 한 유경은 자리에서 일어나 계산을 했다. 휘청거리며 포장마차를 나온 유경은 어두운 골목길을 걸어 올라갔다.

그때 유경은 알지 못했다. 왼쪽 주머니에 칼을 숨긴 누군가가 뒤에서 따라오고 있다는 것을.

"이게 뭐야, 앞이 하나도 안 보여."

어두운 골목길을 올라가던 유경은 어쩐지 으스스한 기분이 들었다. 서둘러 가방에서 핸드폰을 꺼내 플래시 라이트를 켰다. 플래시 라이트를 비춘 골목은 반전의 모습을 하고 있었다. 쏟아지는 눈이 빛에 반짝거렸다. 게다가 아무도 밟지 않은 하얀 길.

술의 힘인 건가. 유경은 무서운 것도 잊고 연신 감탄사를 연발했다.

"와, 멋있다."

뽀드득뽀드득.

눈을 밟으며 신나게 걷고 있던 그때, 뒤에서 바스락거리는 소리가 들렸다. 의아함에 고개를 갸웃하며 뒤를 돌아보려던 찰나였다.

지이잉. 지이잉.

"으악! 깜짝이야."

손에서 진동이 느껴지자 화들짝 놀란 유경은 핸드폰 진동임을 깨닫곤 가슴을 쓸어내렸다. 그 순간에도 진동은 계속되고 있었다.

이 시간에 전화할 사람은 엄마밖에 없는데. 유경은 엄마의 잔소리 폭격을 각오하고 발신인이 누군지 확인도 안 한 채 핸드폰 통화 버튼을 눌렀다.

"네네. 지금 집에 가고 있습니다."

— 지금 시간이 몇 신데 밖이야?

"어? 이거 엄마 목소리가 아닌데……."

웬 남자 목소리였다. 유경이 놀라 얼른 액정을 확인했다. 발신자는 뜻밖의 인물이었다.

"어? 너 내 번호 어떻게 알았어?"

— 알면 안 돼?

"어? 아, 아니 뭐 그런 건 아닌데……."

너무도 당당한 녀석의 어투에 유경은 당황해서 말까지 더듬었다. 그러다 문득 아까 은설이 했던 말이 떠올랐다.

'채서하 걔가 나한테 직접 시나리오 보내왔으니까.'

그런 주제에 시나리오를 가지라는 둥 같이 일하고 싶다는 둥……. 도대체 나한테 그런 말은 왜 한 거야? 유경은 샐쭉해져서 퉁명스럽게 말했다.

"근데 왜 전화했어?"

— 집에 도착 안 했어?

"했지. 했다 나왔지."

— 도착하면 문자 하라고 했잖아.

"맞다. 그랬지. 그랬었지……. 근데 내가 뭐 니가 하라는 대로 다 해야 되는 법이라도 있냐?"

— 걱정했잖아.

"……."

갑자기 심장이 쿵, 하고 내려앉더니 미친 듯이 뛰기 시작했다. 아, 나 왜 이러지? 미쳤나 봐. 유경은 열심히 고개를 가로저으며 제 마음을 외면하려고 애썼다.

정신 차려, 우유경. 이 녀석이 정말 너 걱정돼서 그러는 것 같아? 아니야. 아니라고…….

— 위험하니까 집에 빨리 들어가.

"있잖아, 너 왜 나 걱정해? 왜 다 가지래? 왜 잘해 줘?"

도대체 내가 지금 무슨 말을 하고 있는 건지. 울컥해서 속에 있는 말을 쏟아 낸 유경은 자신의 주둥이를 꼬집었다.

그사이 녀석의 한숨 섞인 목소리가 들렸다.

— 가면서 생각해 보라고 했잖아. 아직도 몰라?

"아니, 알아. 사실 알고 있었어. 너 은설이 때문이잖아."

— 하아…….

긴 한숨. 다음으로 딸깍, 라이터 소리가 들렸다. 녀석이 담배를 피우려는 모양이다.

정적이 흘렀고 묘한 긴장감이 얼굴까지 뜨겁게 만들었다. 어색함을 견디지 못하고 유경이 먼저 입을 열었다.

"너 은설이 만나고 싶어서 나한테 잘해 준 거 맞잖아. 근데 그런 거짓말은 하지 말지 그랬어."

— 거짓말?

"은설이한테 들었어. 너 은설이한테 직접 시나리오 보냈다면서. 그런 주제에 나한테 같이 일하고 싶다느니 그런 소린 왜 한 거야?"

— 그건…….

"됐어. 나도 사실 조금은 눈치채고 있었어. 아, 맞다. 니가 그토록 애타게 기다리던 최은설 한국 왔어. 아마 은설이가 곧 너 찾아갈 거야."

— …….

"그러니까 패딩 같은 거 입고 있지 말고 간지나는 슈트 같은 거 딱 차려입고 예쁘게 하고 있어. 좋겠네. 그렇게 기다리던 첫사랑도 다시 만나고……."

— 헛소리 그만하고 내일 술 깨면 다시 연락해.

뚝. 화가 난 목소리로 녀석이 전화를 끊어 버렸다.

"나쁜 놈. 헛소리라니."

유경은 중얼거리며 핸드폰 액정을 째려봤다. 지금 화를 낼 사람이 누군데. 감히 시나리오 가지고 양다리를 걸쳐?

"아우 씨. 나 진짜 왜 이러지? 왜 이렇게 화가 나지?"

마치 애인이 양다리를 걸치는 현장을 직접 목격한 여자처럼 화가 났다. 순간 술이 확 깨는 기분이 들었다.

유경은 이런 기분으론 도저히 집에 들어갈 수 없었다. 가까운 편의점이라도 가서 맥주 한 잔을 더 해야겠다는 생각으로 휙 뒤로 돌았다.

스윽―

……아무도 없는 골목. 하지만 왠지 이곳에 나 아닌 다른 누군가도 존재하는 것 같은 기분이 들었다. 유경은 다시 핸드폰 플래시 라이트를 켜서 자신이 걸어 올라왔던 골목을 비추었다.

"……!"

그 순간 유경의 얼굴이 하얗게 질렸다. 골목을 걸어 올라온 자신의 발자국 뒤엔 누군가 쫓아온 듯한 발자국이 선명하게 남아 있었다. 어느 지점에서부터는 발자국이 따라오지 않았지만, 되돌아가는 발자국은 있었다.

유경은 눈으로 되돌아가는 발자국을 따라갔다. 발자국은 전봇대 앞에 멈춰 있었고 전봇대 뒤에 까만 그림자를 발견한 순간, 유경은 뒷걸음질을 쳤다.

타닥. 다다닥.

유경이 뒷걸음질 치는 동시에 전봇대에서 검은 그림자가 튀어나와 달려오기 시작했다. 유경은 미친 듯이 도망가기 시작했다. 소리를 질러 도움을 요청해야 하는데 너무 무서워 말이 나오지 않았다. 문화시에서 실종 사건이 일어났으니 밤에 나가지 말라는 엄마의 말이 떠올랐다.

엄마, 미안해. 엄마 말 들을걸…….

후회의 눈물을 흘리며 유경은 정말 혼신의 힘을 다해 달리고 또 달렸다.

"꺄악!"

눈이 쌓여 미끄러운 내리막길. 유경은 발을 헛디뎌 넘어지는 바람에 내리막길을 데굴데굴 굴러서 골목 어귀까지 내려오고 말았다. 눈 쌓인 바닥에 대자로 뻗어 버린 유경은 점점 다가오는 까만 그림자를 느끼곤 두 눈을 꽉 감아 버렸다.

"사, 살려 주세요!"

"술 많이 드셨나 보네. 잠꼬대 그만하고 일어납시다. 잠은 집에 가서 자야죠."

친근한 말투에 유경의 두 눈이 번쩍 떠졌다. 바로 앞에는 경찰 제복을 입은 지구대 순경이 유경을 한심하게 쳐다보고 있었다.

"얼른 일어나요!"

20대 중반으로 보이는 순경이 소리쳤다. 그러곤 경광등이 번쩍거리고 있는 경찰차 문을 열었다.

"타세요. 집까지 데려다줄게요."

유경은 두 눈을 끔뻑이며 있다가 조금 전 상황이 떠올라 자리에서 벌떡 일어났다.

"골목에서 수상한 사람을 봤어요. 취해서 뻗은 게 아니라 누군가 쫓아와서 도망치다가……."

"아무도 없는데요?"

순경은 아무도 없는 골목을 올려다보며 대수롭지 않게 말했다.

"발자국! 저기 발자국 확인해 보세요. 분명……."

다시 생각해 봐도 소름 돋는 일이었다. 유경이 말끝을 흐리자 심상치 않음을 느낀 순경은 무전기를 들어 골목 수색을 요청했다.

"지구대에서 CCTV 확인해 보겠다고 하네요."

그제야 안심을 한 유경은 경찰차에 올라탔다. 그리고 순경에게 감사의 인사를 건넸다. 순경은 멋쩍은 얼굴로 미소만 지을 뿐 아무 말이 없었다.

그렇게 얼마 지나지 않아 집 앞에 도착했고, 차에서 내린 유경은 집에 들어가며 그런 생각을 했다.

근데 저 사람 우리 집은 어떻게 알았지? 내가 우리 집이 어딘지 말했었나?

3. 첫사랑의 법칙

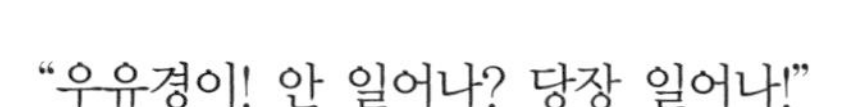

"우유경이! 안 일어나? 당장 일어나!"

"으으음. 왜…… 나 더 잘래. 엣취!"

재채기 때문에 자동으로 기상하게 된 유경은 비몽사몽 한 얼굴로 엄마를 쳐다봤다.

"이년아 내가 너 밤에 돌아다니지 말라고 했지."

"아얏! 왜 때려."

장 여사에게 등짝을 세게 얻어맞은 유경이 엄살을 부렸다. 하지만 장 여사의 표정이 평소와는 달랐다.

"엄마 왜 그래? 무슨 일 있어?"

"너 문화횟집 딸내미 알지?"

"알지. 수정이. 걔 나랑 고2 때 같은 반이었잖아."

"어제 죽었대. 길 가다가 웬 정신 나간 놈한테 칼에 찔렸댄다. 요즘 들어 동네가 왜 이러는지 몰라."

"……."

"너 표정이 왜 그래? 무섭긴 하나 보지? 무서운 줄 아는 년이 그 밤에 술이 떡이 돼서 들어와? 눈 바닥에 뒹굴어서 옷은 엉망에. 쯧쯧."

"엄마……."

어제 일이 떠오르자 유경은 울먹이며 장 여사를 와락 안아 버렸다.

"얘가 왜 이래. 너 이런다고 내가 그냥 넘어갈 것 같아?"

"그냥 넘어가 줘. 나 어제 진짜 죽을 뻔했단 말야."

"죽을 뻔해?"

"응!"

눈에 눈물이 그렁그렁한 채 유경이 격하게 고개를 끄덕였다. 그 모습을 빤히 보던 장 여사의 눈빛이 잠시 잠깐 흔들렸다가 다시 다부지게 변했다.

"우유경이 죽기 전에 이 엄마 소원 하나 들어주라."

"엄만 딸한테 무슨 그런 소릴 해!"

잔뜩 서운한 얼굴로 서 있는 유경에게 장 여사는 옷을 던져 주었다. 유경은 장 여사가 던져 준 블라우스와 정장 치마를 보며 고개를 갸웃했다.

"오후 2시. 농협 앞 엔젤커피숍."

"엄마 커피 마시고 싶어?"

"커피는 남자랑 마셔, 이년아!"

"내가 남자가 어딨어. 그리고 나 이제 커피 끊을 거야."

"오늘까지만 마셔."

"뭐래……."

"직업은 변호사. 사모님이 주선해 주신 거야. 그러니까 실수하면 안 돼. 알았지?"

"엄마! 나 선 안 본다니까."

"유경아. 엄마 요새 힘들어. 온몸이 안 아픈 데가 없어. 언제까지 일할 수 있을지도 모르겠고."

"……."

"미래도 불투명한 직업에 하루 벌어 하루 먹고사는 너랑 백수인 니 오빠, 나 너무 무겁다. 너희 언제까지 이 엄마 등에 업혀 있을래?"

울먹거리는 장 여사의 눈치를 보며 유경은 방문을 열고 나갔다.

"씻고 나올게."

욕실로 들어가는 유경의 축 처진 뒷모습을 보던 장 여사의 입가에 희미하게 미소가 번졌다.

암막 커튼이 쳐진 깜깜한 방 안. 침대에 누워 있던 서하가 상체를 벌떡 일으켜 앉았다. 밤새 한숨도 못 잔 얼굴이었다.

― 그 누나 술 취해서 길바닥에 누워 있더라고.

어젯밤 그녀가 너무 걱정이 되어 근처 지구대에서 근무하는 친구 녀석에게 연락을 했더니, 마침 순찰 중이라기에 혹시라도 그녀가 보이면 잘 부탁한다고 했다.

얼마 지나지 않아 친구에게서 술 취한 그녀를 집에 잘 데려다줬다는 문자를 받고서야 잠자리에 누웠는데, 새벽에 전화벨이 울렸다.

― 너 그 누나랑 무슨 사이야?

'갑자기 그런 건 왜 물어.'

― 이 동네 지금 살인 사건 발생해서 비상이야.

'얼마 전 그 사건?'

— 아니, 다른 사건이야. 이번엔 묻지마 칼부림. 그나저나 어젯밤에 그 누나가 했던 말이 맞았어. 수상한 사람을 목격했다고 했거든. 지금 그 남자가 유력 용의자야. 하마터면 어제 피해자 대신 그 누나가 살해당할 뻔했다니까.

친구와의 통화 내용이 떠오른 서하는 머리를 헝클어뜨리며 길게 한숨을 내뱉었다.

"신경 쓰여 미치겠네."

침대에서 내려온 서하는 어두운 방을 나와 1층 거실로 내려갔다.

"이제 일어났니?"

중년 여성의 카랑카랑한 목소리에 서하가 뒤를 돌았다. 그의 표정은 이미 얼음장처럼 차갑게 굳어 있었다.

"얘는, 엄마한테 인사도 안 하니?"

50대라고는 믿기지 않을 정도로 동안인 외모를 가진 여성이 창가에 서서 여유롭게 커피를 마시고 있었다.

"내 집에 함부로 들어오지 말라고 했잖아."

"엄마가 아들 집에 오는 데 허락받는 것도 웃기잖니."

"내가 왜 당신 아들이야!"

감정이 격해져 결국 큰 소리를 내고 말았다. 서하가 마른세수를 하며 모친을 노려봤다. 하지만 그의 모친 윤성희는 눈 하나 깜짝하지 않고 소파에 다리를 꼬고 앉았다. 여전히 우아한 자태로 커피를 마시며 윤성희가 말했다.

"너 낳고 미역국 먹은 건 나야. 문화시에 있는 내 언니가 아니라. 몇 번을 말해야 알겠니. 유전자 검사 결과지 봤잖아."

모친의 말에 화를 억누르며 서하는 냉장고에서 생수를 꺼내 마셨다. 차가운 물로 속을 달랜 후 다시 평정심을 되찾은 서하가 입을 열었다.

"내가 진짜 궁금한 게 있는데."

"듣던 중 반가운 소리구나. 뭐든 물어보렴. 성실히 답변할 테니."

"서 회장도 알아? 당신이 내 생물학적 모친이라는 사실 말이야."

"아직은 알면 안 되지. 그래서 내가 마음이 좀 급해. 어서 빨리 니가 회장님과 대면할 수 있을 정도로 사회에서 영향력 있는 사람이 되어야 할 텐데."

"그래서 남의 작품 멋대로 가져다 팔아먹었나?"

"팔아먹다니. 빅토리는 할리우드에서 제일 잘나가는 제작사야. 니 작품이 할리우드에서 영화로 만들어진다고 생각해 봐. 얼마나 좋아."

모친의 뻔뻔한 모습에 서하는 기가 막혀 피식 웃어 버렸다.

"빅토리가 아니라 서지웅이랑 일을 해 볼까?"

"뭐?"

"서지웅 몰라? 당신 호적상 아들."

윤성희의 표정이 돌연 굳어졌다.

"너 설마……. 아, 아니지?"

"뭐가 아닌데? 서지웅이랑 만났냐고?"

"너 만났구나! 대체 어쩌려고 지웅이를 만나! 니가 뭔데!"

"이렇게 겁을 먹을 거면서, 날 왜 건드려?"

"서하야, 아직은 안 돼. 넌 이 엄마가 시키는 대로만……."

"나가."

"……."

"당장 그 새끼 찾아가서 죽여 버리기 전에 나가라고."

서하가 살벌한 눈빛으로 윤성희를 쳐다봤다. 정말 그의 말처럼 당장 무슨 일이라도 저지를 것 같았다. 아들의 성격을 잘 아는 윤성희는 다급히 자리에서 일어나 집을 나갔다.

서하는 천천히 거실을 가로질렀다. 눈 쌓인 도시의 전경이 한눈에 내다보이는 창가. 그 앞에 선 그의 얼굴은 지독히도 쓸쓸해 보였다.

"조감독은 무슨 일 해요?"

"감독이 하기 싫은 일이요."

"네?"

"연출 빼고 이것저것 닥치는 대로 다 하고 있어요. 연출은 감독 고유 권한이라."

"아…… 그렇구나."

맞선남은 코끝으로 내려온 안경을 올려 쓰며 유경을 쳐다봤다. 와플에 이어 치즈케이크까지 바닥을 보이고 있었다. 열심히 먹는 유경을 황당하게 쳐다보던 맞선남이 넌지시 물었다.

"한국엔 여자 감독이 별로 없지 않나요?"

"별로 없지만, 있기도 하죠."

"다른 일 할 생각은 없어요? 사실 저는 저를 내조해 주실 분을 찾고 있거든요."

"아, 그러시구나. 저도예요. 저도 저를 외조해 줄 남자를 찾고 있어요."

"어딘가 있을 겁니다."

"그쪽도요."

"어른들 이목도 있고, 시간은 채우고 헤어지죠. 유경 씨도 유경 씨 일 보세요."

맞선남이 서류 가방에서 책을 꺼내 읽기 시작했다. 하필 그 책은

「피어싱」이었다. 유경은 괜히 심술이 났다. 시큰둥한 얼굴로 딸기 셰이크를 빨대로 쪽쪽 빨며 말했다.

“그거 범인 승대예요.”

맞선남이 놀라 고개를 번쩍 들었다. 흡사 나라를 잃은 표정이었다.

“이봐요, 우유경 씨! 미치셨어요? 그걸 왜 말합니까?”

“아, 아니…… 그게 그러니까……. 몰랐어요? 복선 다 깔려 있는데.”

“몰랐습니다! 전혀!”

“그, 그러시구나……. 하하.”

갑자기 미친놈처럼 화를 버럭 내는 맞선남의 행동에 당황한 유경은 억지로 웃으며 몰래 가방을 챙겨 들었다. 도망가야지.

살금살금 자리에서 일어나 도망가던 유경은 쿵, 하고 어딘가에 머리를 박았다.

“앗, 죄송합니……. 어?”

고개를 들어 바로 앞에 선 사람의 얼굴을 확인한 유경은 화들짝 놀랐다. 눈앞에는 몸에 예쁘게 핏된 슈트를 입은 녀석이 서 있었다.

“니가 여길 왜…….”

유경의 물음에 서하는 맞선남을 쳐다보며 한숨을 크게 내쉬었다. 그리고 유경을 한심스럽게 쳐다보며 말했다.

“잘생긴 거 좋아한다며.”

“어? 응…….”

“나와.”

나오라고 해서 나오긴 했는데, 쟨 왜 혼자 가는 거야? 혼자 성큼성큼 걸어 횡단보도를 건너고 있는 녀석의 뒤를 따라가며 유경은 이마

를 긁적였다.

나오라곤 했지만 따라오라곤 안 했으니 그냥 집에 가도 되려나? 오래간만에 구두를 신었더니 발바닥도 아프고, 치마 입은 자신의 모습도 영 어색하고 불편했다.

이런 자신과 달리 녀석은 마치 이제야 제 옷을 입은 듯 슈트가 끝장나게 잘 어울렸다. 뒤태 죽이네. 비율 보소. 어리고, 천재적인 재능에, 수려한 외모, 큰 키와 다부진 몸매. 도대체 이유가 뭘까? 신은 왜 녀석에게 온갖 좋은 것들을 죄다 몰빵한 걸까?

"분명 단점이 있을 거야."

유경은 중얼거리며 녀석의 뒤태를 감상했다.

그런데 그때였다. 갑자기 녀석이 횡단보도를 건너다 말고 고개를 돌려 뒤를 쳐다봤다. 녀석과 눈이 마주친 유경은 저도 모르게 제자리에 우뚝 멈춰 섰다.

왜 저래. 날 왜 째려보지? 유경은 괜히 주눅이 들어 어색한 웃음만 흘리고 있는데.

"안 건너고 뭐 해!"

서하가 갑자기 소리를 버럭 질렀다. 신호등이 빨간불로 바뀌려고 하자 녀석은 아주 빠른 속도로 달려왔다. 그 기세에 눌려 유경은 뒷걸음질 쳤다.

"깜짝이야. 갑자기 왜 소릴 질러. 나한테 뭐 화난 거 있어?"

"뒤로 걷지 마. 위험하니까."

유경이 자리에 우뚝 멈췄다. 녀석은 여전히 딱딱한 표정으로 말했다.

"그리고 제발 정신 좀 똑바로 차리고 살아. 세상이 얼마나 위험한 줄도 모르고 그 밤에……. 됐다. 앞이나 제대로 보고 걸어."

오늘 유난히 히스테릭해 보이는 녀석의 눈치를 보며 유경은 작게 중얼거렸다.

"단점 찾았네. 완전 예민해."

유경은 입을 삐죽 내밀며 걸었다.

"맞아. 나 예민해. 한 가지에 몰두할 땐 더더욱. 그러니까 조심해."

중얼거리는 유경의 목소리를 들었는지 녀석이 경고했다. 유경은 멋쩍게 웃으며 이마를 긁적였다.

"넌 어째 애가 청력도 좋냐. 사람 민망하게."

"정력도 좋아."

"……!"

"뛰어."

서하가 유경의 손을 덥석 잡고 뛰었다. 녀석의 손에 끌려 빠르게 횡단보도를 건넌 유경의 뺨이 발그레해졌다.

뭐어? 정력도 좋아? 갑자기 웬 섹드립. 아주 짧은 순간에 망측한 상상을 해 버렸다. 얘 섹스는 해 봤을까? 나이가 몇인데, 해 봤겠지? 누구랑? 그 여자 좋았겠……. 옴마낫. 나 미쳤나 봐.

그 순간 명치가 간질간질해지며 온몸이 확 달아올라 버렸다. 손에 땀은 왜 이리 많이 나는지. 축축해진 손과 새빨개진 얼굴 때문에 민망함은 더욱 커졌다.

괜히 혼자 어쩔 줄 몰라 하던 유경은 황급히 녀석의 손을 뿌리치며 헛기침을 했다. 서하가 유경을 빤히 쳐다봤다.

"남자 손 처음 잡아 봐?"

"무, 무슨! 얘는, 내가 나이가 몇 갠데."

이러면 녀석이 그렇지, 댁의 나이가 몇인데 그럴 리 없지, 하며 수긍할 줄 알았다. 하지만 녀석은 발끈하는 내 모습에 고개를 연신 끄덕였다. 그럼 그렇지, 라는 표정으로 말이다.

하지만 유경은 물러나지 않았다.

"너 설마 내가 남자 손 처음 잡아 봐서, 쑥스러워서 손을 뺐다고 생각하는 거야? 그게 아니고…… 엣취! 맞다. 나 감기 걸렸어. 그러니까 나한테서 멀리 떨어지는 게 좋을 거…… 엣취!"

기막힌 타이밍이었다. 오늘 아침부터 감기 기운이 있긴 했는데 정말 감기가 제대로 왔나 보다.

감기 핑계로 민망한 상황에서 벗어날 수 있겠다는 생각에 기쁜 유경과 달리 녀석의 표정은 심각했다.

"감기?"

녀석이 걱정스레 묻자, 유경은 얼떨떨한 표정으로 고개를 흔들었다.

"심한 건 아니고 그냥 기침 조금……."

"오른쪽에 공영 주차장 4821. 차에 들어가 있어. 히터 켜고."

갑자기 녀석은 유경의 손에 차 키를 쥐여 주고 어디론가 달려갔다.

유경은 녀석의 뒷모습을 가만히 바라보다가 뒤늦게 주차장으로 향했다. 그리고 생각에 잠겼다.

"근데 저 녀석 커피숍엔 왜 왔지? 나 만나러 왔나? 왜?"

녀석이 저를 만나러 커피숍에 왔다는 가정하에 그 이유가 무엇인지 유경은 곰곰이 생각했다. 수많은 이유들을 머릿속에 나열하던 유경의 얼굴이 별안간 빨갛게 달아올랐다.

"에이, 아니야. 재가 날 왜 좋아해? 그건 절대 아니야. 은설이 때문이겠지."

정신 차려, 우유경! 또 혼자 김칫국 드링킹하고 개망신당하지 말고. 그럼 그게 무슨 개쪽이냐. 나보다 나이도 한참 어린 녀석한테…….

유경은 서하가 말한 '4821' 번호판을 달고 있는 검은색 차 앞에 섰다. 주인도 없는 차에 선뜻 타기가 그래서 그냥 문 앞에서 기다리기로 했다.

얼마 지나지 않아 멀리서 녀석이 달려왔다.

"뭐 해? 들어가 있으라니까."

녀석은 못마땅한 얼굴로 유경이 들고 있던 차 키를 뺏은 후, 약 봉투를 내밀었다.

"얼른 타."

서하가 먼저 운전석에 올라탔다. 유경은 약 봉투를 손에 꽉 쥔 채로 조수석에 앉아 또 생각에 잠겼다.

진짜 쟤 나한테 왜 이러지? 혹시 나를……?

"뭐 해? 빨리 약 먹어."

"어? 어……. 고마워."

유경은 따뜻한 쌍화탕과 함께 감기약을 먹으며 정신을 차리려 노력했다. 서하는 유경이 약을 다 먹은 것을 확인한 후 차에 시동을 걸었다.

차는 주차장을 벗어나 도로를 달렸다. 아무 생각 없이 창밖을 내다보던 유경의 두 눈이 휘둥그레졌다.

"어? 우리 집은 반대쪽인데."

"내가 언제 집에 데려다준다고 했어?"

"그럼 지금 어디 가는 건데……."

말을 하면서 답을 알아차리고 말았다. 차는 문화시청 방면으로 가고 있었다. 시청을 지나 전원주택 단지에 은설의 본가가 있다는 사실이 떠오른 유경은 쓴웃음을 지었다.

"야, 너 진짜 웃긴다. 거길 너 혼자 가지 나는 왜 끌고 가?"

"싫어?"

"당연하지. 나 어제 은설이한테 니 번호 모른다고 거짓말했단 말이야. 근데 우리 둘이 이렇게 같이 있는 거 보면 걔가 뭐라고 생각하겠어."

"뭐라고 생각하든 말든. 상관없어."

"너나 상관없지. 난 완전 상관있거든?"

무덤덤한 녀석의 태도에 유경은 한숨을 크게 내쉬었다.

"근데 거긴 가서 뭐 하게?"

"고백하려고."

"뭐?"

유경이 화들짝 놀라며 서하를 쳐다봤다.

"갑자기 웬 고백? 무슨 계획이라도 있어? 어떻게 할 건데?"

"글쎄. 어떻게 하는 게 좋겠어?"

이 녀석이 그런 걸 왜 나한테 물어? 유경은 손에 쥔 약 봉투를 보고 뒤늦게 깨달았다.

"역시 이거 뇌물이었구나?"

"뇌물?"

"그래. 알았다, 알았어. 도와주면 되잖아. 은설이 불러내 주면 되지?"

"누굴 불러?"

서하가 당황한 얼굴로 그녀를 흘끔 쳐다봤다. 뭔가 불길한 기운이 스쳤다. 마침 정지 신호를 받고 신호등 앞에 차를 세울 수 있었다.

서하는 고개를 돌려 그녀를 바라봤다.

"맞다. 채서하, 너 태은 오빠 알지?"

"알지. 아주 잘 알지. 누구 첫사랑."

서하가 뚱한 얼굴로 유경을 흘겨봤다.

"왜 날 째려봐? 내가 지금 너한테 엄청난 정보를 주려 하고 있는데."

녀석은 정보라는 단어에 솔깃해했다. 그 모습에 유경의 마음은 더욱 무거웠다. 그녀가 진지한 표정으로 말했다.

“너 상처받지 말고 잘 들어. 은설이 어제 태은 오빠한테 프러포즈 받았을 거야.”

“잘됐네.”

이 반응은 뭐지? 일부러 센 척하는 건가? 속은 말이 아니게 속상하면서. 유경은 녀석을 더욱 안쓰럽게 쳐다봤다. 얘기를 그만할까 생각도 해 봤지만, 녀석이 나중에 더 큰 상처를 받기 전에 말해 줘야 한다고 생각했다.

“물론, 너도 누구에게 뒤처지지 않을 만큼 멋진 사람이지만, 태은 오빠 그렇게 만만한 상대가 아니야. 내가 알기론 은설이가 제일 오래 사귄 남자가 태은 오빠일걸? 아무튼 내가 어제 오빠 차 뒷좌석에서 뭘 봤는지 알아?”

유경은 어제 태은의 차에서 내리며 봤던 엄청난 크기의 꽃다발과 케이크 그리고 반지 케이스를 떠올렸다. 솔직히 그때, 혹시…… 정말 혹시, 했었다. 그 꽃의 주인이, 그 케이크의 주인이, 그 반지의 주인이 혹시 나일까? 그런 생각을 잠시 잠깐 했던 것 같다.

아니, 했다. 분명히. 이런 자신의 속마음을 태은이 알지 못하는 게 천만다행이었다. 알았다면 아마, ‘내가 너한테 프러포즈를 왜? 무슨 근거로?’ 하며 비웃을지도.

하지만 짝사랑은 그런 거다. 구질구질한 거 알면서도 포기가 안 되고, 잊었다고 생각했는데 막상 그 사람만 보면 심장이 떨려 주체가 안 되고.

채서하, 너는 알겠지? 너도 짝사랑 중이니까.

유경은 동병상련의 아픔을 가진 서하를 애틋하게 바라봤다. 짝사랑하는 은설이가 프러포즈를 받았을지도 모른다는 소식이 가슴 아팠는지, 녀석의 표정이 굳어 있었다. 아주 심각하게.

“하아…… 미치겠네.”

녀석이 길게 한숨을 내쉬며 혼잣말을 했다.

그래 니 마음 내가 다 알아. 다 이해해. 유경은 가슴이 아팠다. 녀석을 어떻게 위로해야 할지 고민하다가 어렵게 입을 열었다.

"서하야, 고백하는 건 니 자유지만 지금이라도 그만두는 게 어때? 분명 너 상처받을 거야."

"이미 받았어. 상처."

"미안. 내가 괜한 말을 했네."

"너 어제 황태은 만났냐?"

"어?"

누나한테 너, 라니? 이 녀석이! 하고 혼을 내야 하는데 입이 떨어지지 않았다. 녀석의 표정이 아주 무섭게 변해 있었다.

"황태은 차는 왜 탔어? 둘이 만나서 뭐 했는데. 그 자식은 왜 밤에 여잘 불러내서 집에 데려다주지도 않고 위험하게."

운전대를 잡은 서하의 손에 힘이 잔뜩 들어갔다. 그걸 알아차리지 못한 유경은 갑자기 설움이 밀려왔다.

생각해 보니 녀석의 말이 맞았다. 어제 문화시 거리에는 사람이 거의 없을 정도로 실종 사건으로 인한 파장이 컸었다. 그런 위험한 날에 불러낸 것도 모자라서, 혼자 간다는데 말리지도 않고 빨리 가라고 등을 떠밀었지.

나쁜 놈. 내가 더럽고 치사해서 이놈의 지긋지긋한 짝사랑 오늘부로 쫑내고야 만다.

"채서하, 넌 부디 나의 전철을 밟지 말 거라."

"황태은 만나지 마. 그 양아치 새끼."

"양아치라니. 에이, 그래도 그건 아니다."

"그리고 선봐서 결혼할 생각도 접어. 차라리 원래 하던 대로 죽어라 일만 해."

"뭐라는 거야. 아, 맞다! 근데 너 나 그 커피숍에 있는 거 어떻게 알고 왔어?"

"동네에 소문 다 났어. 농협 앞에서 우유경 선본다고."

"그래? 하여튼 울 엄마……."

변호사 사위 얻는다고 신나서 온 동네방네 자랑하고 다녔을 엄마를 떠올리니 유경의 마음이 무거워졌다.

그런데 인연이란 게 내가 노력한다고 해서 붙잡아지고 내 의지만으로 끊어 낼 수 있는 게 아니지 않은가. 그게 쉬웠다면 태은 오빠를 만날 때마다 마음이 흔들리거나 이용당하는 일 따윈 없었겠지.

그간 그를 잊을 만큼 좋은 상대를 만나지 못한 것도 이유 중 하나였다.

왜 내 주변엔 좋은 남자가 없을까? 내가 좋은 여자가 아니라서 그런 걸까? 문득 맞선남의 행동이 떠오른 유경은 시무룩해졌다.

"20분이나 늦게 와 놓고선 사과 한마디 없더라."

저도 모르게 혼잣말처럼 속에 있는 말을 하고 말았다.

"그러더니 다짜고짜 수입이 어떻게 되냐고 묻더라고. 그래서 내가 굶어 죽지 않을 만큼은 버는데요, 하니까…… '그런 일을 왜 하지?' 그러는 거야."

마침 직진 신호가 켜졌다. 서하는 창밖을 바라보는 유경의 쓸쓸한 옆모습을 바라보다가, 뒤에서 빵빵거리는 소리에 뒤늦게 차에 속도를 높였다. 차가 해안 도로에 진입하자 유경은 바다를 애틋하게 바라봤다.

"나 울 아빠 임종도 못 지켰어. 비금도에서 촬영하느라. 하필 그날 태풍이 와서 배가 안 뜨는 거야. 헤엄이라도 쳐서 가고 싶었는데…… 내가 수영을 못하거든."

"……."

"생각해 보면 난 언제나 내가 하고 싶은 대로 살아왔던 것 같아. 영화 일도 아빠가 반대했는데 결국 대학 중퇴까지 하고 멋대로 현장 뛰면서 아빠 속 많이 썩였고, 일 핑계로 집에 자주 못 간 것도 너무 후회가 돼."

"……."

"나 정말 열심히 일했는데……. 너무 어렵다."

"……."

"누가 그러더라. 올 수 있는 모든 기회와 운이 나에게 집중될 때 감독이 된다고."

"……."

"근데 난 살면서 운 같은 거 좋았던 적 단 한 번도 없었으니까. 죽어라 노력하는 수밖에 없잖아."

끼이익.

서하가 브레이크를 잡으며 어딘가 차를 세웠다. 그러곤 그녀를 향해 말했다.

"누가 그러더라. 올 수 있는 모든 기회와 운이 집중되어도 준비가 안 된 사람은 입봉 못 한다고."

"응?"

"죽어라 노력한 거 아깝지 않게 해 줄게. 내려."

"여기가 어딘데…… 우와."

눈이 수북이 쌓인 넓은 들판. 녀석을 따라 차에서 내린 유경은 눈앞에 펼쳐진 풍경에 눈이 맑아진 기분이 들었다.

눈 덮인 정원 한가운데에는 모던 스타일의 저택이 자리 잡고 있었다. 하얀색 각진 외관이 들판에 쌓인 눈과 잘 어울렸다. 2층은 외벽이 통유리로 되어 있어 멀리 포구의 풍경을 내려다볼 수 있을 것 같았다.

세상에. 문화시에 이런 곳이 있었어?

"여기가 어디야?"

"작업실."

"진짜? 완전 멋지다. 근데 고백한다더니 여긴 왜 왔어? 설마 은설이 이쪽으로 부르려고?"

"쓸데없는 소리 그만하고 따라와."

서하는 그녀를 못마땅하게 쳐다보다가 뒷좌석에서 노트북 가방을 꺼냈다. 그리고 하얀 눈을 밟으며 현관을 향해 걸어갔다. 유경은 주변 경치를 두리번거리며 서하를 따라갔다.

"오예. 여기 장소 리스트에 올려놔야겠다. 서하야, 나 나중에 여기 장소 섭외…… 으악!"

철퍼덕.

누군가 눈을 쓸어 마당 옆에 산처럼 쌓아 놓았는데, 하필 유경이 그쪽으로 넘어져 버렸다. 그야말로 눈 속에 제대로 파묻혀 버렸다.

유경의 비명 소리에 서하가 고개를 돌렸다. 그는 노트북 가방을 문 앞에 내던지고 유경에게로 달려갔다.

"괜찮아?"

유경은 바동거리며 간신히 눈 더미 속에서 빠져나왔다. 머리부터 발끝까지 온몸에 눈이 덕지덕지 붙은 우스꽝스러운 모습이었다.

"눈 따가……."

눈을 비비며 고개를 든 유경의 시야에 애써 웃음을 참고 있는 녀석의 모습이 보였다.

"야, 그냥 대놓고 웃지그래. 아우 아퍼."

유경은 엉덩이를 어루만지며 투덜거렸다.

그런데 그때, 머리카락을 쓰다듬는 따뜻한 손길이 느껴졌다. 유경은 천천히 고개를 들었다. 녀석이 진지한 얼굴로 유경의 머리카락과 어깨에 묻은 눈을 털어 내고 있었다.

두근두근.

나 또 왜 이러지? 심장아 제발 나대지 마라. 진짜 요즘 왜 이래, 미쳤나 봐. 아니야. 너무 가까워서 그래. 맞아, 그거야. 가. 까. 워. 서.

"됐어. 내가 할게."

유경은 녀석에게서 한 발자국 뒤로 물러섰다. 그러곤 스스로 머리와 옷에 묻은 눈들을 털어 내다가 치마가 찢어진 것을 발견했다. 다리를 쫙 벌리고 넘어진 탓에 치마 옆 재봉선을 따라 치마가 찢어진 것이다. 이미 허벅지가 다 드러난 상태였다.

유경은 살짝 고개를 들어 녀석을 쳐다봤다. 녀석도 이 망측한 꼴을 이제야 봤는지 헛기침을 하며 고개를 돌려 버렸다.

아우 씨, 쪽팔려. 고개를 푹 숙인 채 찢어진 치마를 손으로 꽉 쥐고 이러지도 저러지도 못하고 있는데…….

그때였다. 녀석이 유경의 허리를 와락, 안아 버렸다. 놀란 유경의 두 눈이 커다래졌다.

녀석은 허리를 숙인 채 진지한 얼굴로 유경의 허리춤에 재킷을 묶어 주고 있었다. 유경의 시야로 재킷을 벗은 녀석의 넓은 등짝이 보였다.

"흐읍."

유경은 저도 모르게 숨을 들이마셨다. 그 바람에 그녀의 가슴이 위로 쑤욱 올라오며 서하의 귀에 닿았다. 순간, 바쁘게 움직이던 서하의 손이 돌처럼 굳었다. 그녀의 가슴이 닿았던 귀가 터질 것처럼 뜨거웠다.

그는 애써 아무렇지 않은 척 다시 손을 움직였다. 가까스로 옷을 다 묶고 허리를 폈다.

"근데 너 추위를 많이 타나 봐."

유경은 녀석의 빨개진 귀를 가리켰다. 영하의 날씨에 달랑 셔츠 한 장 입었으니 춥기도 하겠지. 유경은 괜히 더 미안해졌다.

"미안. 추운데 나 때문에……."

"알면 제발 조심 좀 해."

녀석이 퉁명스럽게 말했다. 그리고 휙, 뒤로 돌아 현관을 향해 성큼성큼 걸었다.

"하여튼 까칠해. 그나저나 추운 거 엄청 싫어하나 보네."

유경은 중얼거리며 녀석을 따라 안으로 들어갔다.

녀석이 주방에서 물을 벌컥벌컥 마시고 있었다. 아무리 마셔도 갈증이 해소되지 않는지 계속 물만 마시던 녀석은 갑자기 셔츠 맨 위 단추를 풀었다.

"너 왜 그래? 어디 아파?"

"저리 가."

서하는 자신에게 바짝 다가온 유경을 밀쳤다. 뒤로 살짝 밀려난 유경은 당황한 기색으로 서하를 쳐다봤다. 그녀가 무안한 표정으로 서 있자 서하가 둘러댔다.

"얼른 저리 가서 구경하라고. 여기 장소 리스트에 올린다며."

"어? 어. 알았어."

그녀가 금세 활짝 웃었다.

"근데 작업실 너무 좋다. 여기 자주 와?"

"글 안 써질 때마다."

"요즘은 어때? 잘 써져?"

"아니. 누구 생각하느라 잘 안 써져."

하여튼 최은설이 어딜 가나 문제구만. 저번엔 대한민국 최고의 투수를 슬럼프에 빠뜨리더니, 이번엔 세계적인 베스트셀러 작가 글도 못 쓰게 만들고.

유경은 시큰둥한 표정으로 녀석을 향해 물었다.

"넌 은설이가 왜 좋아?"

질문을 받자마자 녀석의 표정이 뭐 씹은 것처럼 굳어졌지만 유경은 포기하지 않았다.

"최은설이 왜 좋냐니까. 나 진짜 궁금해서 그래."

"지겹다. 그 은설이 소리."

"지겹긴……. 10년 동안이나 좋아한 주제에."

"나 솔직히 그 은설이라는 여자 얼굴도 기억 안 나."

"아, 그러세요?"

그걸 나더러 믿으라고? 유경은 녀석을 흘겨봤다. 거기에 지지 않고 녀석은 유경을 똑바로 쳐다보며 말했다.

"궁금하지 않아? 최은설이 아니라 내가 진짜 좋아하는 사람이 누군지."

"은설이가 아니라고? 에이, 뭔 소리야. 내가 옛날에 니 방에서 은설이 사진 봤는……."

"어디서 봤는데?"

"상자……일걸?"

"쓰레기통이겠지."

"……."

"좋아하는 여자 사진을 찢어서 쓰레기통에 버릴 리가 없잖아. 고이 모셔 뒀겠지. 안 그래?"

"어? 어…… 그, 그렇지."

유경은 고개를 갸웃했다.

"저기…… 그럼 오늘 고백한다는 여자는 누구야? 혹시 내가 아는 사람이야?"

"이따 말해 줄게. 일단 기다려. 나 차에서 뭐 좀 갖고 올 테니까."

"어? 어……."

녀석이 황급히 밖으로 나갔다. 그를 대수롭지 않게 여기며 유경은 본격적으로 작업실 구경을 했다.

"우와, 책 엄청 많네."

유경은 집을 구경하는 데 정신이 팔려 허리춤에 묶여 있던 옷이 흘러 내려온 줄도 모르고 돌아다녔다. 그러다 뒤늦게 바닥에 떨어진 옷을 발견하곤 후다닥 달려 옷을 들어 올렸다. 먼지가 묻진 않았을까, 옷을 탈탈 털고 있는데.

툭.

바닥으로 뭔가가 떨어졌다. 지갑이었다. 유경이 지갑을 주워 들었다.

"이게 뭐지?"

유경은 지갑 속에서 살짝 삐져나온 사진을 호기심 가득한 눈으로 응시했다.

설마 그 여자 사진인가? 녀석이 오늘 고백한다던 여자. 누굴까? 궁금해 죽겠네.

볼까 말까 갈등에 휩싸인 유경은 에라 모르겠다! 하고 사진을 쑤욱, 잡아당겼다.

"어?"

지갑에서 꺼낸 사진을 확인한 유경은 경악했다. 반쯤 찢어진 사진 속 주인공은 바로 자신이었다. 사진 속엔 교복을 입은 자신이 환하게 웃고 있었다.

순간 아까 녀석이 했던 말이 떠올랐다.

'좋아하는 여자 사진을 찢어서 쓰레기통에 버릴 리가 없잖아. 고이 모셔 뒀겠지.'

이 녀석이 왜 내 사진을 지갑에 고이 모셔 둔 거지?

철컥.

때마침 이 궁금증을 해결해 줄 당사자가 문을 열고 들어왔다. 녀석은 손에 장바구니를 들고 나타났다. 그 안엔 각종 식자재와 와인 그리고 얼핏 향초도 보였다. 오늘 고백한다더니, 뭔가 단단히 준비한 모양새였다.

쟤 진짠가 봐. 유경은 어안이 벙벙한 얼굴로 녀석을 바라봤다.

주방으로 향하던 녀석은 유경의 손에 지갑과 사진이 있는 것을 발견하곤 방향을 틀었다. 녀석은 유경에게로 향했다. 당황한 기색은 전혀 찾아볼 수 없는 얼굴로 말이다.

그래서 유경은 더욱 혼란스러웠다. 쟤 왜 저렇게 당당하지? 난 왜 이렇게 가슴이 떨리는 거야.

유경은 아주 조심스럽게 입을 열었다.

"저기 있잖아……."

유경의 말이 들리지 않는지 녀석은 묵묵히 그녀에게서 지갑과 사진을 뺏어 갔다. 그런 그를 흘끔 쳐다보며 유경이 말을 계속했다.

"니가 오늘 고백한다던 사람이 혹시…… 나야?"

녀석은 지갑 속에 사진을 고이 넣으며 덤덤하게 말했다.

"이제 알았어?"

"채서하 얘기부터 시작해. 「피어싱」 판권 어떻게 진행되고 있어?"

지웅의 물음에 최 비서가 머뭇거렸다. 결재판을 펼치려던 지웅이 도로 접어 책상 위에 던졌다.

"어떻게 됐냐니까."

지웅이 노려보자 최 비서가 잔뜩 기가 죽은 얼굴로 대답했다.

"죄송합니다. 채 작가와 연락이 닿질 않습니다. 제 번호도 그렇고 회사 번호도 다 차단한 것 같습니다."

지웅은 넥타이를 느슨하게 풀며 미간을 구겼다.

"최 비서, 내가 그깟 일로 또 그 애송이를 만나야겠어? 연락이 안 되면 찾아가. 가서 협박을 하든 줘 패든 모든 걸 총동원해서라도 판권 가져오라고."

최 비서는 난감했다. 국내 자동차 시장 점유율 1위인 명성자동차 사장이 대체 왜 그깟 추리 소설 판권에 목숨을 거냔 말이다. 게다가 협박과 줘 패는 건 자기 주특기면서 왜 자꾸 내게 그런 걸 시키는지. 한숨이 절로 나왔다.

오랜 세월 지웅의 밑에서 일해 왔지만, 아직도 상사가 많이 어렵고 너무 무섭다.

입사 초에 전화 좀 늦게 받았다고 '감히 내 전화를 늦게 받아? 내가 너 평생 전화 못 받게 해 줄까?' 라는 말을 그에게서 들었을 때, 그때 그만뒀어야 했는데. 그의 보복이 두려워서 그만둔다는 말을 못해 이날 이때까지 온 것이다.

그래도 요즘은 조용하다 싶었는데, 저번 달에 지웅이 회장님 서재에서 책 한 권을 가져와 읽더니 지금 이 난리가 벌어졌다. 아무래도 안 되겠다. 오늘은 나도 할 말은 해야겠다.

최 비서는 잠시 머뭇거리다 입을 열었다.

"사장님, 제가 알아본 바로는 미국 유명 영화 제작사에서 일하는 한국인 여성이 「피어싱」 판권을 계약하러 직접 한국에 들어왔다고 합니다. 사장님, 아무래도 「피어싱」은 포기하시는 것이……."

"포기?"

"죄송합니다."

최 비서가 바로 사과했다. 그리고 다시는 입바른 소리를 하지 않겠다고 다짐하며 입을 꾹 다물었다.

지웅은 지금 이 상황이 너무 기가 막혔다. 그깟 판권쯤 금방 손에 넣을 수 있을 줄 알았다. 지금껏 자신이 갖고자 하는 것은 다 가졌고, 갖지 못한 적은 단 한 번도 없었으니까. 그건 자동차가 갖고 싶다고 하면 자동차 회사를 통째로 줘 버리는 아버지의 영향이 컸다.

그런데 고작, 그깟, 소설 한 권을 손에 넣지 못하고 있다니. 이 사실을 아버지가 알면 맨몸으로 쫓아낼지도 모른다. 그깟 글쟁이 하나 못 다뤄서 무슨 큰일을 하겠냐고 호통을 치겠지.

문득 아버지의 성난 얼굴을 떠올리던 지웅의 눈빛이 살짝 흔들렸다. 이젠 갖고 싶어도 가질 수 없는 그녀가, 그녀의 미소가 눈앞에 어른거렸다.

"사장님?"

지웅의 눈치를 보며 최 비서가 그를 조용히 불렀다. 상념에 젖어 있던 지웅이 뒤늦게 정신을 차렸다. 그는 곧 페이스를 되찾고 차갑게 말했다.

"채서하 약점 같은 건 없어?"

최 비서의 표정이 조금 밝아졌다. 그가 무엇을 물을지 알고 있었기 때문이다. 최 비서는 미리 준비해 놓은 답변을 내놓았다.

"채 작가 모친이 에이즈 환자라는 얘기가 있습니다."

"계속해 봐."

지웅은 꽤 흥미롭다는 얼굴로 최 비서의 말에 귀를 기울였다.

"10년 전쯤 채 작가 모친이 에이즈 환자라는 소문이 돌았던 모양이에요. 그 때문에 채 작가도 학교생활이 힘들어졌고, 모친은 자기 때문에 아들이 힘들어하자 학교까지 찾아가 채 작가가 사실은 자신의 친아들이 아니라고 해명을 했대요."

"와. 눈물겹네. 그래서?"

"네?"

"그게 사실이야? 아니면 그냥 소문일 뿐이야?"

"그건 당사자만 알지 않을까요? 어쨌든 채 작가 고향에서 그 얘기를 모르는 사람이 없을 정도로 유명하더라고요."

지웅은 책꽂이에 꽂혀 있는 「피어싱」을 응시하다가 실소를 터뜨렸다. 말 한마디가 가족을 파멸의 길로 빠트리며 시작되는 소설.

책 속의 내용을 다시금 떠올리자 최 비서에게서 전해 들은 채서하의 일화가 소문이 아니라 사실이라는 쪽에 더욱 무게가 실렸다.

"채서하 모친에 대해 더 자세히 알아봐. 그게 그 자식의 약점이 확실한 것 같으니까."

"네. 알겠습니다. 그럼 전 이만 나가 보겠습니다."

"잠깐."

지웅이 나가려는 최 비서를 불러 세웠다.

"우유경은 요새 뭐 하고 있어?"

"황 대표 말로는 고향으로 내려갔다고 합니다."

"고향? 그 여자 고향이 어딘데?"

"아, 채서하 작가랑 동향이에요. 문화시."

"그래? 재밌네."

"근데 사장님은 우유경 씨랑 어떻게 아는 사이세요?"

도대체 무슨 사이길래. 아직 입봉도 못 한 감독에게 본인 돈으로 전액 투자를 해서 제작하겠다는 영화의 연출을 맡기려는 건지. 최 비서가 잔뜩 궁금한 얼굴로 지웅을 바라봤다.

하지만 지웅은 대답할 생각이 없는지 노트북을 열었다.

"뭘 보고 서 있어? 나가. 그리고 이따 주주총회 끝나고 스케줄 비워."

"네. 오늘 병원에 가십니까?"

지웅이 고개를 끄덕이자, 최 비서는 알았다며 인사를 하고 밖으로 나갔다. 그 후로 지웅은 수십 개의 기안문들을 검토했고, 결재 서류에 사인을 했다.

급하게 해야 하는 일들을 모두 마친 지웅은 자리에서 일어나 창가에 섰다.

문득 얼마 전 서킷에서 만났던 서하의 날 선 얼굴이 떠올랐다.

'그 눈빛. 분명 어디서 봤는데. 어디서 봤더라?'

한창 생각에 잠겨 있던 그때, 노크 소리와 함께 최 비서가 다시 들어왔다.

"사장님. 지금 회사 로비에 어머니 오셨습니다."

"이 새끼야! 누가 내 어머니야!"

지웅이 소리를 버럭 질렀다. 최 비서가 고개를 조아리며 사죄했다.

"죄송합니다. 지금 윤성희 씨가 주주총회에 참석하……."

"당장 가서 막아. 무슨 수를 써서라도 막으라고!"

지웅의 표정이 무섭게 굳어졌다.

덜그럭, 쏴아아아, 탕탕탕, 지글지글.

서하는 능숙하게 채소를 씻고, 자르고, 달궈진 웍에 기름을 두르고 볶았다.

거실 소파에 앉아 있던 유경은 감탄했다. 요리하는 녀석을 보고 있자니, 마치 드라마 속 한 장면을 보는 것 같았다.

세상에, 요리까지 잘하다니. 진짜 비현실적이잖아. 게다가 저 녀석이 10년 동안 짝사랑한 사람이 은설이가 아니라 나라니. 말도 안 돼.

유경은 아까 있었던 일을 다시금 떠올렸다.

니가 오늘 고백하려는 사람이 혹시 내가 맞냐고 묻자, 녀석은 '이제 알았어?' 라고 내게 되물었다. 그러곤 아주 평온한 얼굴로 주방으로 가서 요리를 시작했고.

그로부터 지금 딱 25분이 지나고 있었다.

"와서 먹어."

유경은 25분 만에 듣는 녀석의 목소리에 고개를 번쩍 들었다. 어느새 테이블 위엔 음식들이 가득했다. 유경은 저도 모르게 침을 꼴깍 삼켰다. 그리고 슬그머니 자리에서 일어나 주방으로 향했다. 식탁 앞에 앉을까 말까 머뭇거리고 있는데.

"빨리 앉아."

서하가 유경의 어깨를 끌어 의자에 앉혔다.

"먹을 땐 아무 짓도 안 해. 그러니까 일단 먹어."

그 말은 고백을 잠시 보류하겠다는 뜻인가? 유경은 사실 아까부터 숨이 막혀 죽는 줄 알았다. 이곳이 너무 불편해서. 오늘 고백을 한다던 녀석이 계속 입 다물고 요리만 하고 있으니 뭔가 폭풍 전야 같았다.

그래, 일단 먹자. 먹으라고 기껏 만들어 줬는데, 몽땅 다 먹어 버리자.

"잘 먹을게!"

유경이 표정을 풀고 환하게 웃었다. 그리고 제일 먼저 스테이크를 썰어 입에 넣었다.

"우와! 대박. 고기가 입에서 살살 녹아. 너무 맛있다."

얌전히 먹으려고 했는데 실패했다. 이 상황에 고기가 정말 맛있었다.

너무 게걸스럽게 먹었던 걸까. 녀석이 황당한 표정으로 쳐다봤다.

녀석과 눈이 마주친 유경은 민망했지만, 애써 아무렇지 않은 척하며 화제를 전환했다.

"근데 넌 요리를 이렇게 잘하는데 왜 맨날 편의점에서 밥을 먹어?"

"거기 서 있으면 누가 잘 보이거든. 출근하는 거, 퇴근하는 거, 술 취해서 집에 늦게 들어가는 거."

이건 또 뭔 소리야. 나 때문에 일부러 그 편의점에 서 있었다는 거야? 그 순간 아주 불편한 정적이 흘렀다. 유경은 고개를 푹 숙인 채 먹는 데만 집중하기로 했다.

하지만 밥도 안 먹고 자신의 얼굴만 쳐다보고 있는 녀석의 시선이 느껴졌다. 유경은 얼굴이 화끈거렸다. 이런 상황이 너무 어색해서 미칠 것만 같았다.

그때 마침, 유경의 시야에 와인이 들어왔다.

"나 저거 마셔도 돼?"

"얼마든지."

서하는 이제야 유경에게서 눈을 떼고 자리에서 일어났다. 그리고 와인을 가져와 유경의 잔에 따라 주었다. 속이 매우 탔던 유경은 와인을 벌컥벌컥 들이켰다.

캬아. 이제 살 것 같다. 와인 덕분에 겨우 심신의 안정을 되찾은 유경은 다시 열심히 음식을 먹기 시작했다.

어느새 그릇을 다 비웠고, 와인도 바닥을 보였다. 설거지는 내가 하겠다며 유경이 일어섰는데 술기운 때문인지 살짝 비틀거렸다.

그러자 서하가 무섭게 째려보며 거실에 가서 얌전히 앉아 있으라고 했다. 유경은 하는 수 없이 거실 소파에 얌전히 앉아 설거지하는 서하의 모습을 지켜봤다.

시간이 얼마나 지났을까. 와인 때문인지 아니면 아까 먹었던 감기약 때문인지 잠이 쏟아졌다. 눈이 자꾸만 감겼다. 유경은 허벅지를 찌르며 졸음을 참으려 애썼다.

하지만 정신은 점점 더 몽롱해졌다. 흐릿한 시야로 서하가 가까이 다가오는 것이 보였다. 곧 몸 위로 따뜻한 담요가 덮였다.

유경은 고맙다고 말하기 위해 게슴츠레 눈을 떴다. 그러다 바로 앞에서 저를 빤히 쳐다보던 녀석과 눈이 마주쳤다.

"내 앞에서 잠이 와?"

녀석이 아주 어이없어하며 말했다. 그 말에 놀라 유경이 눈을 번쩍 떴다. 그러곤 상체를 일으키려는 그 순간.

"으악!"

서하가 유경의 어깨를 눌러 다시 뒤로 눕혔다. 녀석의 눈빛이 전과는 확연히 달랐다.

"키스해도 돼?"

"뭐라고? 하하. 이거 혹시……."

"꿈 아니야."

꿈이 아니면 뭐란 말인가. 녀석의 눈빛은 멜로 영화에서나 볼 법한 남자 주인공의 눈빛과 닮아 있었다.

"키스해도 되냐고."

녀석은 집요하게 물었다. 유경은 녀석의 매끈한 입술에 시선을 고정한 채 저도 모르게 침을 꼴깍 삼켰다. 청각적 효과까지 가세한 둘 사이엔 미묘한 긴장감이 흐르고 있었다.

서하도 마찬가지로 유경의 입술에서 시선을 떼지 못하고 있었다. 그녀의 분홍빛 입술은 한입 머금으면 충분할 정도로 작았다. 가녀린 하얀 목선은 보호 본능을 자극했고, 옴폭 팬 쇄골을 지나 시선을 아래로 옮기면 더욱더 자극적인 것들이 그를 기다리고 있었다.

서하의 호흡이 점점 더 거칠어졌다. 그만 멈춰야 한다는 걸 알면서도 멈출 수가 없었다.

유경은 금방이라도 자신을 삼켜 버릴 듯 깊어진 녀석의 눈빛을 멀뚱히 쳐다보다가.

"으읍."

순식간이었다. 서하가 유경의 입술에 키스를 했다. 가볍게 시작된 키스는 점점 더 짙어져 갔다.

"자, 잠깐!"

키스에 홀려 있다가 뒤늦게 정신을 차린 유경은 고개를 획 돌렸다. 갑자기 고개를 돌리는 바람에 녀석의 뜨거운 입술이 목덜미에 닿았다가 천천히 떨어졌다. 유경은 숨을 고르며 녀석을 쳐다봤다. 그런 그녀를 지그시 바라보는 녀석의 입술이 촉촉이 젖어 있었다.

그게 왜 섹시하게 보이는 걸까. 이 상황에서 왜 그런 생각이나 하고 있는 건지, 이놈의 심장은 왜 뛰는 건지. 유경은 혼란스러웠다.

그때 섹시한 녀석의 입술이 열렸다.

"미안. 순서가 바뀌었어."

"……."

"나랑 사귀자."

유경은 어안이 벙벙했다. 사귀자고? 나랑? 놀란 자신과는 달리 녀석은 아주 차분한 목소리로 말했다.

"맞선 같은 거 보고 다니지 말고, 그냥 나한테 와. 내가 진짜 잘해줄게."

그렇게 말하며 녀석이 처음으로 미소를 보였다. 유경은 심장이 '쿵' 하고 내려앉았다. 저렇게 웃는 거 처음 봐. 웃는 게 훨씬 잘생겼네.

"괜찮아?"

한참 녀석의 얼굴을 감상하던 유경이 뒤늦게 정신을 차렸다.

"어?"

녀석이 유경을 걱정스레 쳐다보고 있었다.

"얼굴이 빨개."

서하가 조심스레 손을 뻗어 유경의 볼을 만졌다. 뜨거웠다.

"벗어 봐."

"벗다니, 뭘?"

"겉옷."

서하가 갑자기 유경의 정장 재킷을 벗기더니 얇은 블라우스만 입은 그녀의 몸을 이리저리 만져 보았다. 몸이 불덩이 같았다. 열이 나는 모양이다. 홍조 띤 얼굴이 아파서였다는 걸 뒤늦게 자각했다. 맞다. 감기 걸렸다고 했었지. 서하는 자책했다.

"들어가서 좀 잘래?"

"자…… 잔다고?"

"아, 그 자는 거 말고. sleeping. 몸에 열도 있고, 아까 약도 먹었으니까 좀 자고 일어나면 괜찮아질 것 같은데."

그녀의 놀란 얼굴이 풀어질 생각을 않자, 서하가 횡설수설했다.

"저기 침실에서 자고 일어나면 내가 이따 데려다줄게."

그래, 그러자. 침실로 도망가자. 이 상황이 어색해 죽을 것 같은 유경은 고개를 세게 끄덕이더니 방으로 후다닥 도망쳤다.

문이 쾅, 닫히는 소리와 함께 서하는 길게 한숨을 내쉬며 고개를 푹 숙여 버렸다.

"미치겠다."

망했어. 그것도 제대로 망했다. 자조 섞인 한숨과 함께 그는 머리를 마구 헝클어뜨렸다.

대체 어디서부터 꼬인 걸까? 오늘따라 왜 지갑을 바지 주머니가 아니라 재킷 주머니에 넣고 다닌 걸까.

사실 아까 내색은 하지 않았지만, 식재료를 들고 안으로 들어왔을 때 그녀의 손에 지갑이 있는 것을 보고 너무 놀랐다. 들고 있던 장바구니를 땅에 떨어뜨리지 않은 것을 다행으로 여겨야 했다.

내 입으로 직접 멋지게 고백하고 싶었는데. 정말 이런 식으로 모양 빠지게 들켜 버릴 줄은 꿈에도 몰랐다.

요리를 하면서도 이 빌어먹을 상황을 어떻게 하면 만회할 수 있을지 고민하다가 소금을 레시피보다 한 숟가락 더 퍼 넣었고, 고기는 원하는 굽기가 나오지 않았다. 그런 엉망인 요리를 그녀는 맛있게 먹어 주었다.

알고는 있었지만 정말 아무거나 잘 먹는 여자다. 그리고 아무 데서나 잘 잔다. 그녀가 코까지 골며 잘 자길래 이번에야말로 제대로 만회해야겠다는 생각을 했다.

그녀가 자는 틈을 타서 향초에 불을 붙이고 만반의 준비를 하려고 했는데, 하필 담요를 덮어 주다가 앙증맞은 그녀의 입술에 홀려 그대로 돌진해 버렸다.

내 인생 처음으로 정답이 아닌 길을 택하고 말았다.

"왜 하필 여기로 도망친 거지?"

유경은 벌게진 얼굴로 침대 앞을 서성였다. 지금이라도 집에 간다고 하고 나가야겠다. 일부러 더 씩씩한 얼굴로 문을 열고 나가려던 유경이 멈칫했다.

"어떡해. 치마가 더 찢어졌어."

유경은 거의 너덜너덜해진 치마를 붙잡고 울상을 지었다. 이러고 나가면 더 어색해질 것 같은데 어떡하지?

심각한 고민에 빠져 있는데, 마침 노크 소리와 함께 방문이 열렸다. 어디 숨을 겨를도 없이 녀석이 안으로 들어왔다. 녀석과 눈이 딱 마주친 유경은 왠지 민망하기도 하고 어색해서 먼저 눈을 피해 버렸다.

"몇 번 안 입은 거야. 이거라도 갈아입고 편하게 자."

녀석이 매너 좋게 다른 곳을 보며 트레이닝 바지를 건넸다.

"어? 어. 고마워. 근데 나 아무래도 집에 가서 쉬는 게 좋을 것 같아."

그 말에 녀석은 잠시 아무 말이 없더니, 작게 한숨을 내쉬곤 뒤늦게 입을 열었다.

"알았어. 갈아입고 나와. 데려다줄게."

유경이 바지를 받아 들자 서하가 서둘러 방을 나갔다. 문이 닫히자마자 유경은 찢어진 치마를 벗고 바지로 갈아입었다. 그리고 거울 속 자신을 바라봤다.

위에는 블라우스 밑에는 트레이닝 바지.

정말 우스운 차림이었다. 거기에 얼굴은 곧 터질 것같이 빨갰다. 모든 것이 부조화였다.

달아오른 얼굴을 조금이라도 식힐 겸 손부채질을 하던 유경은 얼굴이 식기는커녕 더 새빨개졌다. 소파 위에서 녀석과 나눴던 키스가 떠올라 온몸이 후끈거렸다. 유경은 고개를 절레절레 흔들었다.

"에헤이! 정신 차리자. 우유경, 정신 차려!"

기합을 단단히 넣은 후 방문을 열자 문손잡이에 걸려 있던 화이트 색상의 후드 점퍼가 툭, 하고 바닥으로 떨어졌다.

"그거 입어. 밖에 추우니까."

"고마워."

"그렇게 고마우면 얼굴 좀 들어."

유경이 고개를 푹 숙인 채 점퍼를 입고 있었다. 녀석은 한숨을 길게 내쉬었다.

"고개 들라고. 나 다신 안 볼 거야?"

"서하야…… 아까는 나도 정신이 없었고."

"알아. 넌 나한테 마음 없다는 거. 아깐 내 멋대로 키스해서 미안해. 근데 난 진짜 진심이었어. 그러니까 너도 이제 그만 오해했으면 좋겠어."

"……."

"내가 좋아하는 사람은 우유경, 너야."

"……."

"은설인지 뭔지 얼굴도 모르는 여자 말고. 너. 내가 너! 좋아한다고."

"그래……. 그랬구나. 근데 너 왜 아까부터 나한테 반말해? 막 너라고 하고."

"내가 방금 말했잖아. 너 좋아한다고. 난 좋아하는 여자한테 누나라고 할 생각 없어."

단호한 녀석의 대답에 유경은 꿀 먹은 벙어리가 되었다.

"이해가 안 돼? 다시 말해 줘?"

"아, 아니. 알겠어……. 알겠는데. 근데 왜? 왜 나를……."

유경은 정말 진심으로 궁금한 얼굴로 물었다. 녀석은 답답한 표정으로 생각에 잠겨 있다가, 이대론 안 되겠다 싶었는지 입을 열었다.

"원래 안 보면 괜찮았어. 궁금하긴 해도 참을 만했어. 근데 1년 전에 우연히 동네에서 널 만난 이후부턴 좀 달라졌어. 심장이 떨리고, 하루라도 안 보면 미칠 것 같았어."

"……."

"그동안은 바라보는 것조차 못 하게 될까 봐 참고 또 참았어. 근데…… 내 이름도 모르고! 연하는 별로라 그러고! 판권이며 시나리오다 던져 주며 꼬셔도 안 넘어오고! 갑자기 일도 그만두고 시집을 가겠다고 맞선이나 보고!"

처음엔 차분하게 시작했으나, 그동안 쌓인 게 많았는지 소리를 버럭버럭 질러 가며 힘주어 말하는 녀석을 유경은 입을 벌리고 바라봤다.

"나 정말 너 오래 기다렸어. 그건 알아줬으면 좋겠어."

녀석은 갑자기 진지해져서 자기 어필을 하더니.

"오늘 알았어. 나 진짜 너 많이 좋아하나 봐."

또 고백을 하며 유경을 빤히 바라봤다. 그러다 한참 후.

"집에 데려다준다더니 사람 붙잡고 저 새끼가 왜 자꾸 저러나 싶지?"

유경은 격하게 고개를 끄덕였다. 그러자 녀석은 모든 걸 통달한 표정으로 말했다.

"대답을 해야지. 내가 고백을 했잖아."

"저기 서하야. 난 대답을 안 했잖아."

"……."

"거절인 거지. 그래서 계속 미안해하고 있잖아."

처음으로 녀석이 당황해 하며 그녀를 향해 물었다.

"왜?"

"왜라니. 너도 아까 안다며. 내가 너한테 마음 없는 거."

"선봐서 결혼할 마음은 있고? 그럼 나랑 선보면 되겠네. 나랑 결혼도 하고."

"근데 너 진짜 말 잘한다. 갑자기 말도 엄청 빨라졌……."

"말 돌리지 마."

들켰네. 유경은 시무룩한 표정으로 녀석을 힐끔 쳐다봤다. 지금껏 본 녀석의 모습 중 가장 예민했다.

'맞아. 나 예민해. 한 가지에 몰두할 땐 더더욱. 그러니까 조심해.'

문득 아까 들었던 녀석의 경고가 떠올랐다. 생각해 보니, 지금 이 상황에 대한 복선이었구나. 원래 창작자들은 예민하고 또 아주 집요하다는 건 알고 있었지만, 녀석은 그중 최고봉인 것 같다.

"또 딴생각하지?"

"니 생각 했거든?"

"잘했네. 앞으로 더 많이 생각날 거야."

"그, 그게 아니라……."

"나와. 진짜 데려다줄게."

유경은 정신이 하나도 없었다. 내가 지금 얘랑 뭐 하고 있는 거지? 그나저나 나 제대로 거절한 거 맞지? 근데 저 녀석은 왜 거절당한 사람 같지 않을까?

고개를 갸웃하며 열심히 녀석의 뒤를 따라가던 유경의 걸음이 점차 느려졌다. 익숙한 차 한 대가 달려와 마당에 멈춰 섰기 때문이다.

"어? 유경아!"

멈춘 차에서 내린 사람은 태은이었다. 저 인간이 여길 왜? 태은은 유경이 있는 쪽으로 달려왔다.

유경은 당황스러운 표정으로 태은을 바라보다가 뒤이어 차에서 내린 은설 쪽으로 시선을 돌렸다. 은설은 유경을 흘끔 보더니 알은척도 하지 않고 서하에게 다가갔다.

"채서하 작가. 반가워요. 〈빅토리픽쳐스〉 기획 프로듀서 최은설이라고 해요."

은설이 환한 미소를 지었다. 그리고 녀석을 향해 손을 내밀어 악수를 청했다. 하지만 녀석은 은설에겐 눈길도 주지 않고, 태은과 같이 서 있는 유경을 향해 성큼성큼 걸어왔다. 그리고 단번에 유경의 팔목을 잡아끌어 차에 태웠다.

뒤이어 자신도 운전석에 타려는데, 누군가 차 문을 잡았다. 서하가 고개를 돌렸다. 태은이 차 문을 잡고 서 있었다.

"어린 게 예의가 없네. 사람이 인사를 하잖아."

태은이 뒤에 서 있는 은설을 가리키며 말했다. 시비조로 말하는 태은의 거만한 행동에도 서하는 동요하지 않고 피식 웃었다.

은설은 이때다 싶어 얼른 태은을 밀어내고 다시 서하 앞에 섰다.

"에이전시에서 채 작가님 지금 작업실에 있을 거라고 하더라고요. 대표님이 주소 알려 주셔서 왔어요."

"대표 이름이 뭔데?"

"윤성희 대표님이요. 대표님이 직접 저한테 시나리오까지 보냈……."

"난 모르는 사람이야. 윤성희."

"에이, 그러지 말고 우리 들어가서 얘기 좀 할 수 있을까요? 나 채 작가님 만나려고 미국에서 한국까지 왔는데."

"그래서 어쩌라고."

무표정하던 서하의 표정이 살벌하게 변했다.

"나이도 있는 분들이 예의가 없네. 나한테 연락도 없이 감히 여기가 어디라고 찾아와? 꺼져."

'꺼져.' 라는 마지막 단어는 정확히 태은을 쳐다보며 말했다.

"저 새끼가!"

태은이 주먹을 날리려고 하자, 은설이 태은을 째려봤다. 태은은 이를 악물고 주먹을 주머니에 구겨 넣었다. 그리고 괜히 민망했는지 조수석에 앉은 유경에게 말을 걸었다.

"유경아! 너 꼴이 왜 그래? 이 자식이랑 무슨 일 있었던 거 아니지?"

"아……니에요!"

"아니긴 뭐가 아니야. 너 어디 아픈 거 아니야? 왜 벌벌 떨고 그래? 얼른 내려. 오빠랑 병원 가자."

태은이 차 문을 열고 유경의 팔을 끌어당겼다. 유경은 '이 인간은 또 왜 이래.' 구시렁거리며 팔을 뿌리쳤지만, 다시 잡히고 말았다. 이번엔 허리였다. 태은은 억지로 유경의 허리를 안아 차에서 끌어 내리고 있었다.

"오빠가 부축해 줄게, 기대."

"됐고. 은설이한테나 가요. 난 내가 알아서 갈 테니까."

"저 자식이랑 가려고? 위험해. 쟤 눈빛 좀 봐. 추리 소설 작가라던데, 완전 음침해."

쾅!

그때였다. 갑자기 서하가 운전석 문을 쾅 닫고선, 태은에게로 성큼성큼 걸어왔다. 녀석은 유경의 허리에 두른 태은의 오른쪽 팔을 가만히 쳐다보며 입을 열었다.

"좌완 투수는 오른쪽 손 없어도 되나?"

"!!"

"머리가 나쁜가 봐. 못 알아듣네?"

"……."

"그 손 치우라고. 손목 잘라 버리기 전에."

자, 잘라 버린다니. 왠지 섬뜩했다. 녀석의 직업이 추리 소설 작가라 더욱이 그렇게 들렸는지도 모르겠다.

유경은 침을 꼴깍 삼키며, 살벌한 녀석의 얼굴을 쳐다봤다. 녀석의 시선은 오로지 한곳을 향해 있었다. 태은의 오른쪽 팔. 태은은 애써 태연한 척했지만, 많이 당황한 듯 보였다.

"하. 저 자식이 지금 뭐라는 거야."

하며 태은은 못 알아들은 척했다. 하지만 유경은 느낄 수 있었다. 아, 태은 오빠가 밀렸구나. 자신의 허리를 두른 태은의 팔에 점점 힘이 빠지고 있었기 때문이다.

하긴, 그럴 만도 했다. 녀석의 체격은 야구 선수인 태은에게도 절대 뒤지지 않았다. 투수인 태은의 넓은 어깨는 녀석과 함께 서 있으니 오늘따라 작아 보이기까지 했다. 녀석에게서 뿜어져 나오는 아우라 때문일까? 게다가 녀석의 키가 태은보다 좀 더 컸고, 다리도 더 길었다. 아우라는 물론 피지컬 면에서도 압승이었다.

유경은 태은의 야구 인생을 위해 얼른 태은의 곁에서 빠져나왔다. 그러곤 망설이다 녀석의 팔뚝을 조심스레 쿡쿡 찔렀다.

"가자."

"……."

녀석이 꼼짝을 하지 않자 유경은 한숨을 작게 내쉬었다. 그러다 뒤에 있던 은설과 눈이 마주쳤다. 그녀는 무슨 불만이라도 있는 듯한 얼굴이었다.

잰 또 왜 사람을 죽일 듯이 쳐다봐. 아깐 알은척도 안 하더니. 유경은 속으로 중얼거리며 먼저 은설의 시선을 피해 버렸다.

"엣취!"

갑자기 찬바람이 쌩, 불자 유경이 재채기를 하며 코를 훌쩍였다. 감기 때문에 컨디션이 급격히 떨어졌다. 몸이 아까보다 더 심하게 부들부들 떨렸다. 유경의 기침 소리에 서하가 놀라 고개를 돌렸다.

"추워?"

유경은 고개를 끄덕이며 녀석의 옷자락을 소심하게 잡아끌었다.

"싸우지 마. 나 싸우는 거 진짜 싫어."

"……."

"제발 그냥 가자."

그때였다. 절대 물러날 것 같지 않던 녀석이 유경의 작은 손에 이끌려 갔다. 서하는 얼른 조수석으로 달려가 문을 열어 유경을 태운 뒤 자신도 운전석에 올라탔다. 서하에게 태은과 은설은 이미 아웃 오브 안중이었다.

서하와 기싸움 중이던 태은은 갑자기 눈앞에 있던 상대가 사라지자 당황했다. 그저 차 뒤꽁무니를 허탈한 표정으로 쳐다볼 뿐이었다. 차는 빠른 속도로 마당을 벗어나고 있었다.

"뭐야. 저 자식이랑 유경이 둘이 무슨 사이라도 돼?"

"그게 왜 궁금한데?"

이 모든 상황을 뒤에서 조용히 관망하던 은설이 태은을 째려봤다.

"왜 그런 눈으로 봐?"

"오빠, 아직도 유경이 좋아하지?"

"아니거든? 넌 무슨 10년도 더 지난 얘길 꺼내고 그러냐."

"내가 모를 줄 알아?"

"뭘."

"오빠 나랑 헤어지면 유경이한테 가서 알짱대는 거."

은설은 멀리 떠나가는 차를 바라보며 불만스레 말했다.

"도대체 남자들은 쟤를 왜 좋아하는 거야?"

"왜긴. 귀엽잖아. 착하고, 같이 있으면 재밌고, 편하고, 사람 만날 때 이런저런 계산 안 하고."

"그러니까 아직도 저 모양이지."

"최은설!"

"왜!"

"유경인 단 한 번도 내 앞에서 네 욕한 적 없어."

"그래? 그렇게 좋으면 유경이랑 사겨!"

"무슨 말을 그렇게 해?"

"오빠가 먼저 열받게 했잖아!"

"너 판권 계약 때문에 예민한 건 알겠는데, 그 계약 그냥 포기해. 아까 그 새끼 너랑 일할 생각 전혀 없어 보이던데. 아, 맞다. 유경이도 영화사에서 일하지? 혹시 그 판권 유경이한테 먼저 넘긴 거 아니야?"

순간 은설의 표정이 살벌하게 굳어졌다. 태은은 괜한 말을 꺼냈다는 듯 제 입을 툭툭 치다가 너스레를 떨었다.

"자! 오늘의 할 일 다 끝났지? 우리 이제 저녁이나 먹으러 가자!"

태은은 그녀를 억지로 차에 태웠다.

"우유경이 착해? 착하긴 누가 착해! 걔가 정말 착한 애였으면 어제나 만났을 때 채서하 얘기 해 줬겠지. 근데 한마디도 안 하고 그냥 가더니, 이거 뒤통수 제대로 맞았네. 아까 꼬라지 보니까 몸으로 어떻게 들이댄 모양인데. 두고 봐. 나 절대 안 뺏겨. 이번 판권 계약 무조건 성사시킬 거야."

잔뜩 화가 난 은설의 눈치를 보며 태은은 작게 한숨을 내쉬었다. 그러곤 운전대를 잡으려는데 갑자기 은설이 태은의 목을 끌어안으며 키스했다.

좁은 차 안에서 두 사람의 몸이 격렬하게 엉키기 시작했다. 두 사람의 몸짓에 따라 차체가 마구 흔들렸다.

4.

내 옆에서 숨만 쉬어도 좋아

"스톱."

주주총회가 끝나고 임원들과 함께 퇴장하려던 윤성희가 걸음을 멈췄다. 지웅이 앞을 가로막고 서 있었기 때문이다. 윤성희는 당황하지 않고 지웅을 향해 미소를 지었다.

"나한테 할 말이 아주 많은 표정이구나?"

지웅은 대꾸하지 않았다. 그저 팔짱을 끼고 삐딱하게 서서 사람들이 모두 나가기만을 기다릴 뿐.

지웅이 살벌한 표정으로 서 있자 사람들은 도망치듯 회의장을 빠져나갔다.

"최 비서. 너도 문 닫고 나가."

지웅은 윤성희가 주주총회에 참석하는 것을 막지 못한 최 비서를 노려봤다. 최 비서가 움찔하며 마저 사람들을 내보내고 문을 닫았다.

회의실 안엔 이제 지웅과 윤성희 둘뿐이었다.

"회사에서 보니 반갑…… 윽!"

순식간이었다. 지웅이 윤성희의 멱살을 잡아 올렸다. 아무리 동안 외모라지만 어머니뻘 되는 여자의 멱살을 잡고도 그는 아무런 죄책감이 없었다. 그에게 윤성희는 그런 존재였다.

"진짜 반갑네. 죽여 버리고 싶게."

말뿐이 아니었다. 그는 당장이라도 여자의 숨통을 조여 죽여 버리고 싶었다.

멱살을 잡은 손에 잔뜩 힘을 주자 윤성희가 숨을 못 쉬겠는지 얼굴이 붉어진 채 괴로워했다. 지웅은 여자를 숨이 넘어갈 지경으로까지 몰아붙였다.

하지만 여자는 살려 달라는 말 한마디도 하지 않고 버티고 있었다. 지독한 여자의 모습에 지웅은 구역질이 날 것 같았다.

퍼억. 콰당.

그는 여자를 바닥으로 패대기쳤다. 넘어진 여자는 비틀거리며 자리에서 일어났고, 언제 그랬냐는 듯 옷매무새를 정리했다.

"여전히 힘이 좋구나."

여자는 미소를 되찾았다. 그 미소에 지웅은 피가 거꾸로 솟았다.

"진짜 죽고 싶어서 환장했어? 당신이 여기가 어디라고 와. 감히."

"얘, 나도 여기 주식 있는 사람이야. 그것도 아주 많이."

"또 무슨 개수작이야."

"넌 새엄마한테 말버릇이 그게 뭐니. 아버지가 고치라고 했……."

"닥쳐."

"……."

"우리 엄마 돌아가시자마자 안방 차지한 걸로 모자라서, 이젠 내 밥그릇까지 건드리겠다? 아줌마, 갑자기 왜 이렇게 욕심을 부려? 물려줄 자식도 없으면서."

"……."

윤성희의 눈빛이 살짝 흔들렸다. 지웅은 그걸 놓치지 않았다. 그는 날카로운 눈빛으로 여자를 쳐다봤다.

"그 표정은 뭐지? 어디 숨겨 놓은 애라도 있나? 아니면 남자?"

"미안하구나. 내가 일편단심 너희 아버지뿐인 사람이라서."

"불륜녀 주제에 일편단심 좋아하네."

불륜녀라는 말에 여자의 표정이 굳었다. 지웅이 가소롭다는 듯 여자를 비웃었다.

"내일 비서 통해서 서류 보낼 테니까 사인해."

"무슨 사인?"

"당신 주식 있다며. 그것도 아주 많이. 그거 원래 내 거잖아. 우리 아버지 돈으로 샀으니까."

"무슨 소리야. 그 돈에 대한 권리는 나한테도……."

"없어. 당신한텐 아무 권리도 없다고. 알아들었으면 조용히 나가. 시체로 나가고 싶지 않으면."

지웅의 협박에 윤성희는 분하지만 일단 후퇴하기로 마음먹었다.

"그래. 여기까지 하자. 그럼 아들, 집에서 보자."

윤성희는 태연한 척 웃으며 인사했다. 그러곤 또각또각 구두 소리를 내며 밖으로 나갔다.

"최 비서!"

윤성희가 나가자마자 지웅이 신경질적으로 소리를 버럭 질렀다. 최 비서가 달려 들어왔다.

"네. 사장님."

"저 아줌마 남자 있는 거 같으니까 그 새끼 찾아서 당장 끌고 와."

저 불륜녀 때문에 원통하게 죽은 엄마를 생각하니 지웅은 분노가 쉽게 가라앉지 않았다.

“잠깐.”

차에서 내리려는 유경의 팔목을 서하가 황급히 잡았다. 유경은 고개를 돌려 녀석을 의문스럽게 쳐다봤다.

“내 전화 무조건 받아.”

“근데 넌 안 내려? 여기까지 왔는데 너희 엄마 얼굴은 보고 가야지.”

“여행 가셨어. 지금 집에 안 계셔.”

“그래? 어쩐지 안 보이시더라. 아주머니 건강하시지?”

“말 돌리지 말고. 내 전화 받으라고.”

“알았어, 받을게. 근데 나한테 전화하게? 왜? 할 말 있으면 지금 해도 되는데…….”

“앞으론 할 말 없어도 전화할 거야. 매일매일 전화하고, 매일매일 만날 거야.”

서하가 다부진 눈빛으로 말하며 유경을 빤히 쳐다봤다.

하얀 얼굴, 매끈한 이마, 가지런한 눈썹, 동그랗고 귀여운 눈동자, 발그레한 볼, 오뚝한 코, 앙증맞은 입술.

이 상황이 적응이 되지 않는 모양인지 어색한 미소를 짓고 있는 그녀의 모습이 너무 귀여웠다.

“쪽.”

서하는 결국 또 못 참고 유경의 입술에 입을 맞췄다. 유경은 화들짝 놀라 녀석의 가슴팍을 퍽! 하고 밀쳤다.

“지금 뭐 하는 거야! 너…… 아까도 운전하면서 계속 내 손 잡으려 하고, 내가 모를 줄 알았지? 이 녀석! 순진한 줄 알았더니 완전 발랑

까졌어!"

"순진한 남자 좋아해?"

"그래! 너처럼 도대체 여자를 몇 명이나 만나 봤을까? 그런 궁금증이 생기는 남자보단 순진한 쪽이 훨씬 좋아! 그리고 너. 내가 혹시나 해서 묻는 건데, 나한테 이러는 진짜 이유가…… 그러니까 그게…… 그거, 그……."

"너랑 자고 싶어서냐고?"

유경은 얼른 양팔로 몸을 가렸다. 그리고 경계 가득한 눈빛으로 고개를 격하게 끄덕였다.

그러자 녀석은 작게 한숨을 내쉬더니 뭔가 잔뜩 실망한 눈빛으로 말했다.

"내가 그런 놈으로 보여?"

갑작스러운 녀석의 태세 전환에 유경은 당황스러웠다. 잘못은 재가 했는데 왜 내가 더 잘못한 것 같은 상황이 됐지? 머뭇거리던 유경은 녀석의 눈치를 보며 사과했다.

"미안, 내가 말이 너무 심했어. 그러니까 내 말은…… 난 아까 분명 니 고백에 대한 거절을 확실히 한다고 했는데, 니가 계속 이런 식으로 행동하니까, 딴 뜻이 있나 싶어서."

"알았어. 앞으론 안 그럴게."

녀석은 갑자기 순한 양처럼 굴었다. 이제야 말이 통하는군. 유경은 속으로 안도하며 애써 웃고 있는데.

"가. 들어가서 푹 자고 얼른 나아."

"알았어. 고마워."

"내일 저녁 6시까지 데리러 올게."

유경의 두 눈이 휘둥그레졌다.

"뭘 그렇게 놀라?"

"내일 데리러 온다고? 왜?"

"데이트하려고."

"앞으론 안 그런다고 방금 니 입으로 말해 놓고……."

"허락 없이 맘대로 스킨십 안 하겠다는 말이었지, 포기한다는 뜻은 아니었는데."

녀석의 당당함에 유경은 할 말을 잃었다. 잠시 잠깐 넋을 잃고 있다가 뒤늦게 정신을 차렸다.

"저기 서하야? 있잖아, 보통은 여자가 이렇게 여러 번 거절을 하면 남자 쪽에서 막 어색해하거나, 피하거나, 쌀쌀맞게 굴거나, 안 좋은 소문을 내거나, 뒤도 안 돌아보고 딴 여자한테 가던데?"

"그랬어? 인기 많았네? 거절 엄청나게 하고 다녔나 봐. 앞으로도 계속 그렇게 눈치 없이 거절하고 다녀. 남자들 다 떨어져 나가게."

"뭐?"

"내일 보자고. 뭐 해? 안 내리고."

탁, 하고 자동차 잠금장치가 풀렸다. 유경은 뭔가 제대로 말린 것 같은 기분이 들어 얼른 차에서 내렸다. 문을 닫고 그냥 가려다가, 녀석에게 인사를 건넸다.

"아무튼 데려다줘서 고마워. 조심히 가고 다음에 보자."

"어. 내일 봐. 맛있는 거 사 줄 테니까 저녁 먹지 말고."

"……."

"내일. 저녁 여. 섯. 시. 까먹으면 안 돼."

녀석은 끝까지 저녁 6시를 강조했다.

유경은 골목을 빠져나가는 차를 바라보며 고개를 절레절레 흔들었다.

"아, 모르겠다. 모르겠어. 어려워."

유경은 후다닥 집으로 뛰어 들어갔다.

"엄마얏!"

"왜 불러?"

"엄마 왜 거기 서 있어? 깜짝 놀랐잖아!"

바로 문 앞에 장 여사가 서 있었다. 장 여사는 유경의 꼴을 보고 기겁했다.

"너보다 내가 더 놀랬거든? 이 계집애가 꼴이 그게 뭐야! 너 선보러 안 갔지?"

"갔거든요."

"어땠어?"

"내 꼴을 보면 몰라? 망했지."

"아이고, 이 망할 놈의 계집애! 그게 어떤 자린데. 어휴! 아주 그냥 지 복을 걷어차요."

"그런 복은 사양할래. 그 남자 엄청 별로였어."

"별로였어?"

"응. 내 스타일 아니었어. 엄마도 알잖아. 나 눈 높은 거."

"알지. 너 해태 눈깔인 거. 그러니 태은이 같은 놈한테 홀려서 지금껏 연애 한 번 못 해 보고. 아이고 속 터져. 니가 그 모양이니까 이 엄마가 니 짝을 정해 주겠다는 거잖아. 오늘 맞선 본 놈 어디가 어떻게 별로였는데? 구체적으로 말해 봐."

"그냥……."

맞선남에게 직업 비하 발언과 함께 있는 힘껏 차이고 왔다고 말할 수 없는 노릇이었다.

유경은 그냥 아무렇게나 둘러댔다.

"태은 오빠보다 못생겼잖아. 나 잘생긴 거 좋아하는데."
"이년아! 태은이보다 잘생긴 놈이 어딨어! 차라리 이나영이한테 가서 원빈을 돌려 달라 그래라! 아이고."
"엄마. 있어."
"뭐가?"
"태은 오빠보다 잘생긴 놈."
"문제는 그런 놈이 널 안 좋아한다는 거지."
"아니야. 문제는…… 그런 놈이 날 좋아한다는 거야."
"풉. 뭐 하는 놈인데?"
"음……."
10분 전 차 안에서 입술을 맞추던 녀석의 얼굴이 떠오르자 유경의 가슴께가 간질거렸다.
갑자기 유경이 몸을 배배 꼬며 쑥스러워하자 장 여사는 쟤가 또 무슨 헛소리를 하는지 들어나 보자, 그런 표정으로 유경을 쳐다봤다.
그러다 유경이 걸친 옷이 눈에 들어왔다.
저거 딱 봐도 남자 옷인데. 내가 저 옷을 어디서 본 것 같은데…… 어디서 봤더라?
생각에 잠겨 있던 장 여사가 뒤늦게 유경의 말을 경청했다.
"엄마. 연하 어떻게 생각해?"
"얼씨구."
"역시 별로지? 근데 아빠도 엄마보다 연하였잖아."
"야. 니 아빠는 연하답지 않게 얼마나 어른스러웠는데."
"걔도 그래. 걔도 나보다 어른 같아."
이거 뭔가 냄새가 나는데. 장 여사가 눈을 게슴츠레 뜨며 유도 신문을 시작했다.
"어른 같은 연하면 좋지. 요즘 세상에 나이는 중요한 게 아니야.

몇 살 어린데?"

"어…… 여섯 살. 아무래도 너무 많이 차이 나지? 내가 생각해도 좀 그래. 하하."

유경이 어색하게 웃으며 부끄러워했다. 그리고 엄마의 눈치를 살폈다.

그런데 도둑년이라고 야단을 칠 줄 알았던 장 여사가 오히려 손뼉을 치며 반색했다.

"여섯 살, 완전 딱이네! 우리 우유경이 능력 좋네. 근데 중요한 건 성격이야. 그 남자 성격은 어때?"

포위망이 점점 좁혀져 오는 줄도 모르고 장 여사의 부드러운 목소리에 홀랑 넘어간 유경은 신이 나서 대답했다.

"성격은 조금 예민한 게 흠이긴 한데 그게 꼭 나쁘지만은 않아. 세심하달까."

"세심하면 완전 땡큐지. 우유경이는 덜렁대잖아. 딱 좋아. 그리고 또? 또 어떤데?"

"아, 맞다. 걔 요리도 잘해. 운전도 잘하고, 엄청 큰 별장도 있고. 그리고 걔가 하는 일이 있는데, 지금 그 분야에서 최고야. 1등. 사실 그래서 조금 부담스러워. 나랑은 안 어울리는 사람 같아서."

고백을 받고도 시무룩한 유경을 애틋하게 바라보던 장 여사가 화통한 목소리로 말했다.

"어울리는지 안 어울리는지는 만나 보면 알지. 고민할 게 뭐 있어. 당장 만나! 난 서하 같은 사위면 땡큐야."

"뭐? 나, 나…… 서하라고 안 했는데? 서하 아니야!"

"아니긴 뭐가 아니야. 지금 당장 서하한테 전화해서 오라 그래. 처녀 옷을 갈아입혔으면 책임을 져야지."

장 여사는 뭐가 그리 좋은지 껄껄대며 웃었다.

서하의 입꼬리가 기분 좋게 올라가 있었다. 그토록 원하던 그녀와 함께 밥을 먹었고, 키스를 했고, 차를 타고 드라이브를 했다. 물론 그녀는 자신에게 썩 좋은 감정은 아닌 듯했다.

하지만 내일은 꼭 만회하리라. 그렇게 다짐하며 운전대를 꽉 잡았다.

그는 창밖으로 보이는 노을 진 바다를 눈에 담으며 차에 속력을 높였다.

차를 달려 작업실에 도착한 그는 안으로 들어갔다. 껌껌한 거실의 불을 켜고 습관처럼 주머니에 있는 담배와 지갑을 테이블 위에 올려놓다가, 지갑을 펼쳤다. 그리고 아까 지갑 깊숙이 넣어 놓았던 사진을 도로 꺼냈다.

낮에 이 사진을 보고 놀라던 그녀의 얼굴이 떠오르자 서하는 한숨이 절로 나왔다. 좀 더 멋진 상황에서 멋진 말로 고백하고 싶었는데. 완전 망해 버렸다.

서하는 다시 사진을 애틋한 눈빛으로 응시했다. 반쯤 찢어진 사진 속엔 교복을 입은 유경이 환하게 웃고 있었다.

그녀는 모르겠지. 이 사진 속 여자가 자신의 인생을 어떻게 바꿔 놨는지. 지독히도 외롭고 이 지구에서 사라져 버리고 싶었던 그날. 모두가 내게서 도망가려고 할 때, 내게 다가와 준 유일한 사람.

서하는 자신이 먹던 아이스크림을 뺏어 먹으며 예쁘게 미소 짓던 그녀가 떠오르자 가슴이 먹먹해졌다.

지이잉. 지이잉.

상념에 젖어 있던 서하를 깨운 건, 핸드폰 진동음이었다. 기다리던 연락일지도 모른다는 생각에 황급히 전화를 받으려는데.

퍼억. 쨍그랑!

2층에서 들려온 소리였다. 서하는 당황하지 않고 가만히 소리에 귀를 기울였다. 2층에서 깨질 만한 건 창문밖에 없었다. 통유리가 쉽게 깨질 리는 없고, 그 전에 강한 마찰음도 함께 들렸으니 누군가 일부러 무거운 쇳덩어리 같은 것으로 유리를 깬 것이다.

집 주변에 통유리를 깰 수 있을 만한 쇳덩이가 있진 않았을 것이고. 그렇다면 범인이 준비했다는 것인데. 범인의 침입은 우발적 범행이 아닌 계획적 범행일 가능성이 높았다.

그리고 굳이 집주인이 집에 있을 때 창문을 깨트렸다는 건…….

지이잉. 지이잉.

또다시 핸드폰이 울리기 시작했다. 다행인지 불행인지 유경의 번호가 아니었다. 액정 위에 뜬 저장되지 않은 번호를 물끄러미 내려다보던 서하가 전화를 받았다.

— 서하야, 무슨 일 없지?

다급한 모친의 목소리가 들렸다.

— 너 지금 어디니? 왜 대답이 없어. 서하야, 채서하!

서하는 통화 음성에 귀를 기울이느라 알지 못했다. 뒤에서 검은 마스크를 쓴 남자가 다가오고 있다는 사실을. 남자의 왼손에 칼이 있다는 사실도.

"너 솔직하게 말해 봐. 서하 그 녀석이랑 어디까지 갔어?"

장 여사가 유경을 의심스럽게 쳐다봤다.

"서하 아니라니까. 걔 진짜 아니야."

유경이 시치미를 뚝 떼자 장 여사가 콧방귀를 뀌었다.

"이 계집애가 누굴 속이려고. 너 그 잠바랑 바지 서하 옷이잖아."
"엄마가 그걸 어떻게 알았어?"
"역시 채서하 맞구만."
말렸다. 유경은 체념하듯 말했다.
"엄만 나 놀리는 재미로 살지?"
"그렇지. 그럴 때마다 널 낳길 참 잘했다는 생각이 들어. 근데 서하 걔는 아직도 너 좋아한대냐? 걔도 참 근성 있네. 어릴 적부터 그렇게 니 뒤만 졸졸 따라다니더니."
"따라다녀? 걔가 날? 엄만 그걸 어떻게 알았어?"
"넌 몰랐어?"
유경이 고개를 격하게 끄덕였다. 그러자 장 여사가 한숨을 길게 내쉬었다.
"으이구. 유성이나 너나 지 아빠 닮아서 눈이 아주 발바닥에 달렸다니까. 얼른 서하한테 전화해서 '고맙습니다. 어서 데려가 주세요.' 하고 와."
"비굴하게 그게 뭐야. 근데 엄만 글 쓰는 남자 싫어하잖아. 아빠도 그렇게 타박을 하더니……. 서하 걔도…… 듣기론 글 쓰는 거 좋아한다던데."
유경은 문화시 확성기라 불리는 엄마에게 녀석이 작가인 것을 말하지 않았다. 녀석이 베일에 싸인 작가로 사는 이유가 분명 있을 거라고 생각했기 때문이다.
"어머, 서하 글 쓰는 거 좋아한대? 그 얼굴에 글까지 잘 쓰면 반칙 아니니?"
"엄만 채서하를 왜 이렇게 좋아해?"
"잘생겼잖니. 나도 잘생긴 거 좋아하거든? 한 가지 걸리는 게 있다면……."

장 여사가 고민에 빠진 얼굴로 말끝을 흐렸다. 유경이 조심스레 물었다.

“걸리는 거?”

“됐다. 그런 게 있어.”

장 여사가 대답을 피하자, 유경은 잔뜩 궁금한 얼굴로 장 여사를 쳐다봤다.

“뭔데 그래? 그러니까 더 궁금하잖아.”

“넌 일단 다른 건 신경 쓰지 마. 서하 애 자체만 놓고 보면 한번 만나 볼 만하지. 걔가 너 좋다는데 뭐가 문제야. 만나! 그러다 보면 자연스레 서로에 대해 알아 가는 거고, 영 안 맞는다 싶으면 헤어지면 되는 거고. 그냥 가볍게 생각해.”

“…….”

“우유경이, 만나고 헤어지는 거에 겁먹지 마. 인연이다 싶으면 헤어지더라도 어떻게든 다시 만나게 되어 있으니까.”

장 여사가 진지한 얼굴로 말했다. 유경도 진지하게 새겨듣다가 방으로 들어갔다. 그러고선 그대로 침대 위에 몸을 던졌다. 많이 피곤했는지 두 눈이 스르륵 감겼다.

그런데 어디선가 기분 좋은 향이 났다. 향수 냄새가 어디서 나는 거지? 눈을 감고 가만히 생각에 잠겨 있다가, 뒤늦게 향기의 근원지가 지금 자신이 입고 있는 녀석의 옷에서 나는 것임을 깨달았다.

이 향수 이름이 뭐였더라……. 청량하면서도 포근한 향. 향긋한 들판, 따사로운 햇빛, 봄이 생각나는 향.

‘맞선 같은 거 보고 다니지 말고, 그냥 나한테 와. 내가 진짜 잘해 줄게.’

그렇게 말하며 처음으로 미소를 보여 줬던 녀석의 얼굴이 문득 떠올랐다.

'내가 좋아하는 사람은 우유경, 너야.'

진심 어린 눈빛, 따뜻한 목소리와 말투가 떠오르자 갑자기 가슴이 쿵쾅거리며 세게 뛰기 시작했다. 그래. 그건 분명 진심이었어. 이번엔 확실해.

"내일 몇 시라고 했었지? 다……섯 시? 아니야, 여섯 시였어. 그래 여섯 시……."

유경의 얼굴이 발그레해졌다. 어느새 입가에 미소가 번졌고, 내일 6시에 무슨 옷을 입고 나가면 좋을지 고민하다가 어느새 깊은 잠에 빠졌다.

"으악! 내 얼굴……."

일어나자마자 제일 먼저 얼굴부터 확인한 유경은 좌절했다. 어젯밤 씻지도 않고 잠이 들어 오전 10시가 넘어서야 눈이 떠졌다. 장장 15시간을 스트레이트로 꿀잠을 잔 것이다. 덕분에 감기 기운은 말끔히 사라졌지만 얼굴은 보름달이 됐다.

팅팅 부은 얼굴을 이리저리 살펴보던 유경은 마음이 조급해졌다. 오늘 6시에 만나기로 했는데, 나 뭐 입지? 입을 것도 없는데. 머릿속이 하얘졌다.

벌컥—

그때, 문이 열리고 장 여사가 베이비핑크의 완전 소녀들 취향인 원피스를 들고 나타났다.

"설마……."

"침이나 닦어."

장 여사가 유경을 한심하게 쳐다보며 혀를 찼다.

"아침부터 시내 다녀온 보람 없게 꼴이 그게 뭐꼬! 쯧쯧, 옷이 예쁘면 뭐 하노. 그렇게 퍼져 있지만 말고 퍼뜩 목욕 갈 준비하고 나온나."

장 여사는 신경이 아주 예민해졌을 때 사투리를 쓴다. 그땐 무조건 묻지도 말고 따지지도 말고 기어야 한다. 박박.

"넵! 금방 나가겠습니닷!"

유경은 서둘러 준비를 마치고 장 여사를 따라 목욕탕으로 향했다.

"우유경이!"

"네!"

"너 서하랑 어떻게 하기로 했어?"

"어떻게 하다니 뭘……."

잠시 생각에 잠겨 있던 유경은 어젯밤 느꼈던 설렘을 떠올리며 용기를 냈다.

"몇 번 더 만나 보고 결정을……."

"그래. 잘 생각했어. 서하 걔 무조건 잡아야 해. 놓치면 안 돼. 알았지?"

"어젠 가볍게 만나라더니."

"아니야. 무겁게 만나. 아주 찐하게 만나라고. 엄마가 카드 줄 테니까 옷도 예쁜 걸로 사 입고, 아무튼 우리 이번 기회에 은설이 애미년 코를 아주 그냥 납작하게 만들어 주자고."

갑자기 사모님이 은설이 애미년으로 강등되었다. 이유는 어제 나온 맞선남이 사실은 이혼남이라나 뭐라나. 입에 거품을 물고 쓰러지기 일보 직전인 장 여사의 말에도 유경은 놀랍지 않았다. 비슷한 일을 은설에게 당한 적이 있기 때문이다.

“내가 그년 머리에 소금 한 바가지 끼얹고 왔어. 어디 감히 연애도 한번 안 해본 우리 딸을……. 우유경이 힘내! 엄마가 너 팍팍 밀어줄게.”

장 여사는 기합이 잔뜩 들어간 채 목욕탕으로 들어갔다.

“마침 요 있었네! 은영 엄마! 우리 유경이 그것 좀 해 줘.”

“그거 뭐?”

장 여사는 자신보다 덩치가 두 배는 더 큰 은영 엄마에게 다가가 작게 속삭였다. 그땐 미처 알지 못했다. 엄마가 해 달라는 그것이 무엇이었는지.

1시간 후.

“난 몰라. 이게 뭐야. 뭐냐구우…….”

목욕탕을 다녀온 지 1시간이 지나자마자, 목과 턱 그리고 뺨 여기저기 울긋불긋하던 것이 점점 푸르죽죽하게 변해 가고 있었다. 특히 광대뼈 쪽이 아주 심각했다. 꼭 누구한테 주먹으로 한 대 맞은 사람처럼 보였다.

젊었을 적 서울에서 마사지사로 아주 잘나갔다던 은영 엄마는 얼굴엔 절대 멍이 들지 않는다며, 아프지 않게 경락을 해 주겠다고 호언장담했다. 그 꼬임에 넘어간 유경은 결국 얼굴을 내어 주었고, 유경은 서하의 작은 얼굴을 떠올리며 이를 악물고 은영 엄마의 손길을 견뎌 냈다.

그 손길이 다시금 떠오르자 유경은 팔에 오소소 소름이 돋았다.

“망했어……. 이 꼴을 하고 어떻게 만나냐구.”

얼굴에 난 멍을 가려 보겠다고 시작한 화장은 점점 분장 수준으로 변해 갔다. 유경은 지칠 대로 지쳐 바닥에 털썩 주저앉아 버렸다.

꼬르륵.

이 와중에 배에선 밥을 달라고 아우성이다.

'여섯 살 연하랑 만나려면 그 정도 아픔은 감당해야지! 부지런하고 용감한 년이 연하를 얻는다! 그런 말 몰라?'

라고 말하던 장 여사는 볼때기에 멍이 든 딸을 보자 웃음이 터져 깔깔거렸다. 그러다 유경이 불쌍했는지 삶은 달걀을 가져다줬다. 달걀을 보고 유경의 얼굴에 화색이 돌자, 장 여사가 경고했다.

'먹지 말고 얼굴에 문질러. 문질러야 멍이 없어져.'

유경은 장 여사가 책상 위에 놓고 간 달걀로 멍이 든 얼굴을 문지르다가 '에라 모르겠다!' 하며 이마에 탁! 하고 깨뜨렸다. 그러곤 얼른 껍질을 까서 한입에 넣어 버렸다.

"데이트가 이렇게나 어려운 거였…… 캑캑."

노른자가 목에 걸린 유경은 부리나케 부엌으로 달려 나가 물을 벌컥벌컥 마셨다.

"으헉! 이 괴물은 뭐지?"

마침 현관문을 열고 들어온 유성이 동생 유경의 얼굴을 보더니 놀라 뒷걸음질 쳤다.

"죽을래?"

유경이 주먹을 내보이자, 유성은 얌전히 다가왔다.

"너 언제 왔냐?"

유성은 무심하게 물으며 식탁에 있는 달걀을 하나 집어 유경의 머리에 퍽! 하고 깨뜨렸다.

"아얏!"

"어쭈, 째려보면 어쩔 건데?"

"죽는다, 진짜. 나 오늘 건드리지 마."

"오키! 아, 맞다. 동생아 너 보유하고 있는 현금."

"없어."

"있던데? 잘 쓰마."

유성은 동생의 등을 토닥이더니 쌩하니 방으로 들어가 버렸다.

뒤늦게 유성의 말뜻을 이해한 유경은 방으로 달려가 돼지 저금통을 확인했다. 배가 찢어진 돼지 저금통 안이 텅 비어 있었다.

"저 망할 인간. 내가 고등학생 때부터 키우던 돼지를."

씩씩거리던 유경은 평정심을 되찾기 위해 옷장으로 시선을 돌렸다. 아침에 세탁소까지 가서 세탁해 온 녀석의 옷이 보였다. 엄마가 이 옷을 보자마자 서하 옷인 걸 알아차린 이유는 숙영 아줌마 때문이었다.

이 잠바로 말할 것 같으면, 작년에 숙영 아줌마와 우리 엄마가 백화점에 같이 가서 고른 옷이라고 한다. 아, 숙영 아줌마는 서하를 가슴으로 낳아 준 여자이자, 우리 엄마와는 어렸을 적부터 알고 지낸 친한 언니 동생 사이였다.

갑자기 비 오는 날에 숙영 아줌마가 가져다주던 김치전 맛이 떠오른 유경은 입맛을 다셨다.

"그나저나 오늘 만나는 거 맞나?"

유경은 오늘 하루 종일 잠잠한 핸드폰 액정을 내려다봤다. 시간은 벌써 5시가 다 되어 가고 있었다. 시간이 지날수록 설레는 마음보다 초조하고 불안한 마음이 더 크게 느껴졌다. 어쩐지 3년 전 그날이 떠올라 유경은 씁쓸했다.

3년 전…….

유경은 우연히 야구 영화 취재 현장에서 태은을 만났고, 태은은 은설과 헤어졌다며 위로를 해 달라는 핑계로 거의 날마다 유경을 만나러 왔다.

그러던 어느 날. 태은은 유경에게 고백할 게 있다며 강남에 있는 고급 레스토랑으로 초대했고, 유경은 그날 난생처음 숍에 가서 거금을 주고 머리와 메이크업을 받고 한껏 꾸민 채로 레스토랑으로 향했다.

하지만 레스토랑 영업이 종료될 때까지 그는 나타나지 않았다. 전화기도 꺼 놓은 채. 그날은 유경의 생일이었다.

며칠이 지난 후 그렇게도 기다리던 태은에게서 한 통의 문자가 도착했다.

[나 은설이랑 다시 만나기로 했어. 다 니 덕분이야. 그동안 고마웠어.]

유경은 그날 펑펑 울며 다시는 태은과 은설에게 놀아나지 않겠다고 다짐했다. 그리고 태은의 전화번호를 삭제해 버렸다. 그날 이후부터 그를 잊기 위해 더더욱 일에 매달렸던 것 같다.

"재수 없게, 왜 하필 그날이 떠오르는 거야……."

유경은 중얼거리며 핸드폰을 만지작거렸다.

그때였다. 갑자기 핸드폰이 진동했다. 유경은 화들짝 놀라 액정을 확인했다.

발신인은 녀석이었다.

"여보세요?"

— 저기 미안한데…….

다짜고짜 미안하다니. 괜히 울컥했다. 울먹거리던 유경은 자포자기하는 심정으로 씁쓸한 미소를 지었다.

"아…… 난 괜찮아. 그냥 그렇게 해."

— 내가 뭐라고 할 줄 알고 괜찮대?

습관이었다. 괜찮다고 하는 거.

유경은 갑자기 3년 전 그날의 악몽에서 벗어나고 싶다는 생각이 들었다. 아니, 어쩌면…… 녀석만큼은 정말 내게 진심이었으면 하는 마음이 간절했는지도 모른다.

핸드폰을 쥔 유경의 손에 힘이 들어갔다.

"너 못 온다는 말 하려고 하는 거지? 근데 미안하지만 그렇겐 안 돼."

— …….

"너 무조건 약속 지켜. 6시까지 나 데리러 와. 그렇게 하겠다고 니가 먼저 약속했잖아. 나 밥도 안 먹었고 아침부터 계속 기다렸단 말이야."

— 그럼 지금 나와.

"……."

— 나도 아침부터 계속 기다리고 있었으니까.

"……."

— 우리 1시간만 일찍 만나자. 너 보고 싶어서 더는 못 견디겠다. 이 말 하려고 전화했어.

서하의 말이 끝나자 긴장이 풀린 유경은 자리에 주저앉고 말았다.

문화대학병원 병실 안.

노크 소리와 함께 병실 문이 열렸다. 간호사가 혈압 재는 기계를 끌고 들어왔다. 하지만 이 넓은 병실의 주인은 자리에 없었다.

두리번거리며 환자를 찾던 간호사의 두 눈이 커다래졌다. 마침 화장실 문이 열리고 누군가 나왔기 때문이다.

"채서하."

간호사가 그의 이름을 부르더니 재빨리 고개를 돌렸다. 봐서는 안 되는 걸 본 사람처럼.

화장실에서 나온 그는 상의를 탈의한 채였다. 넓게 벌어진 어깨와 탄탄한 가슴 근육 밑으로 흰 붕대가 칭칭 감겨 있었다.

"미안."

얼굴이 빨개진 간호사를 지나쳐 가며 그가 무심하게 사과를 건넸다. 그는 테이블 위에 놓인 피 묻은 셔츠와 시계를 번갈아 가며 보더니.

"미치겠네."

서하가 셔츠를 들고 심각한 표정으로 읊조렸다. 간호사가 그를 의아하게 쳐다봤다. 가만 보니 그는 환자복이 아닌 어제 응급실에 실려 왔을 때 입고 있던 블랙 팬츠를 입고 있었다.

"어제 칼 맞고 응급실 실려 온 사람이 어딜 가려고. 맞다. 너 습격한 범인은? 잡혔대?"

서하는 지금 아무것도 들리지 않았다. 그저 머릿속엔 온통 유경과의 데이트에 늦지 않고 가야 한다, 이 생각뿐이었다. 서하는 심각한 고민에 빠졌다.

지금이라도 다시 전화해서 조금 늦는다고 할까? 하지만 그러기엔 불안하게 떨리던 그녀의 목소리가 너무 마음에 걸렸다. 지금 당장 그녀를 만나러 가야 해. 서하의 마음이 조급해졌다.

어떻게 하면 좋을지 고민에 빠져 있는데, 앞에 서 있는 간호사를 발견했다. 그녀는 고등학교 동창이었다. 불행 중 다행이었다.

"나 부탁 하나만 해도 될까?"

"부탁?"

자신의 직분이 간호사라는 것도 잊고 그녀의 가슴은 더욱 세차게 뛰기 시작했다.

학창 시절 짝사랑하던 남자와 성인이 돼서 재회했다. 이 얼마나 영화 같은 일인가.

수려한 외모와 명석한 두뇌. 같은 학교를 다니는 여학생 중에 채서하를 좋아하지 않는 여학생을 찾기 어려울 정도였다. 심지어 남학생들과 실습 나온 교생에게까지 고백을 받았다는 소문이 돌 정도였다. 그만큼 학창 시절 채서하의 인기는 대단했다.

그게 부담스러웠던 걸까? 그는 돌연 월반을 선언했고, 어느 날 갑자기 학교를 떠났다.

그가 이른 나이에 대학에 입학하면서 짝사랑은 강제 종료되었지만, 한 번씩 그가 뉴스에 등장할 때면 어렵게 접었던 마음이 금세 되살아났다.

하지만 가끔 그의 소식을 전해 들을 때면 절망스럽기도 했다. 그의 위상이 점점 더 높아지고 있었기 때문이다.

이제껏 월반해서 카이스트에 입학한 영재는 많았지만, 미성년인 저자의 논문이 국제 저널에 실린 적은 처음 있는 일이라고 했다. 그런 뉴스 보도를 볼 때면, 참 많이 씁쓸했다. 역시 채서하는 나같이 평범한 사람은 넘볼 수 없는 존재인 걸까.

그렇게 생각하며 포기하고 잊고 있었는데, 여기서 다시 만나다니. 이건 운명이야.

그녀의 가슴이 쉽게 진정되지 않았다. 기회라고 생각했고 이번엔 기필코 고백을 하리라 다짐까지 했다. 오늘 오프인데도 불구하고 집에 가지 않은 것도 다 아픈 그를 돌보며 기회를 엿보기 위해서였다.

"김은영."

상념에 빠져 있던 김 간호사가 퍼뜩 정신을 차렸다.

"어? 방금 내 이름 불렀어?"

"내가 지금 약속이 있어서 나가 봐야 하는데 이 꼴로 나갈 순 없잖아."

피가 범벅인 셔츠를 들어 보이며 곤란하다는 듯 서하가 말했다. 그러자 김 간호사의 얼굴이 전투적으로 바뀌었다. 어떻게든 그를 도와줘서 점수를 따야겠다는 생각이었다.

"내가 친한 인턴 쌤한테 셔츠 빌려다 줄게. 아마 사이즈 비슷할 거야. 금방 가져올게."

뛰어나가려던 김 간호사가 돌연 걸음을 멈췄다. 그러곤 뒤를 돌아 그를 향해 물었다.

"근데 무슨 약속인지 물어봐도 돼?"

김 간호사의 물음에 서하가 주저 없이 대답했다.

"내 인생이 달린 아주 중요한 약속."

철컥, 쾅.

요란한 소리와 함께 방문이 열리고 유경이 들어왔다. 문이 열리자마자 유성이 노트북을 껴안고 침대로 다이빙을 했다. 유경은 오빠를 한심하게 쳐다봤다.

"쯧쯧. 야동 좀 그만 봐."

"그런 거 아니거든? 너 이 녀석 노크도 없이 내 방엔 왜 들어와?"

"내가 여길 왜 왔더라……. 맞다! 나 어때?"

"별로야."

유경의 물음에 유성은 0.1초의 고민도 없이 답했다. 거기까지 했으면 그래도 중간이라도 갔을 텐데. 유성이 말을 덧붙였다.

"은설이는 하나도 안 늙었던데. 넌 왜 그 모양이냐?"

"뭐라고?"

"내가 아까 시내에서 은설이 봤거든. 걘 고대로더라. 근데 넌 얼굴이 그게 뭐냐. 개그하냐? 킥킥."

유성은 볼에 시퍼렇게 멍이 든 유경의 얼굴을 보고 배꼽을 잡고 웃었다.

"너 설마 그러고 밖에 나갈 건 아니지?"

얼마나 웃었는지 눈에 눈물까지 고인 유성은 뒤늦게 굳어진 동생의 표정을 마주했다. 아주 오래간만에 보는 표정이었다.

유성은 괜히 미안해졌다. 은설에게 밀려 항상 2등만 하던 유경의 학창 시절 모습이 떠오른 것이다. 만년 2인자의 설움을 누구보다도 유성이 잘 알았다.

유성 또한 학창 시절 태은과 라이벌 소리를 들을 정도로 촉망받던 고교 투수였다. 어깨 부상만 아니었어도 현재 태은보다 더 뛰어난 투수가 되었을지도 모른다는 것이 야구계 평가였다.

하지만 어쨌거나 저쨌거나 지금 그는 백수다. 무릎 나온 추리닝 바지와 머리엔 까치집까지.

그런 유성을 위아래로 훑어보며 유경이 말했다.

"오빠. 내가 무슨 말 할지 알지?"

"황태은 얘기 꺼내면 죽여 버린다."

주먹을 내보이는 유성의 행동에 유경은 깨갱, 하고 말을 돌렸다.

"나 진짜 이상해?"

"이상하다니까 왜 자꾸 물어. 너 어디 가는데? 어제 선봤다던 그놈 만나러 가냐?"

"미쳤어? 그 남자 이혼남이래. 게다가 성격도 진짜 별로야."

"이런 씨. 넌 그런 자릴 왜 나가!"

팔은 안으로 굽는다더니. 동생을 아끼는 오빠의 마음에 유경은 새삼 감동했다. 그리고 어리광을 부리듯 작게 웅얼거렸다.

"누군 알았나. 엄마가 나가라고 해서 나갔지……."

"하여튼 장 여사랑 넌 남자 보는 눈 진짜 없어. 황태은에 이어 이 혼남이 뭐냐. 차라리 옆집 꼬맹이를 만나라. 잘 컸더만."

저 인간은 잘 나가다 꼭 저래. 유경은 감동 모드에서 벗어나 유성을 흘겨봤다.

그나저나 저 인간이 방금 뭐라고 했지? 옆집 꼬맹이?

"그 꼬맹이 이름이 뭐였더라. 맞다, 서하. 채서하."

"오빤 취업 준비 안 해? 은설이는 그렇다 치고 서하는 또 언제 봤대."

"언제 보긴, 어제 편의점에 담배 사러 왔던데. 하마터면 몰라볼 뻔했잖아. 꼬맹이가 언제 다 커 가지고 담배를 사더라니까. 너도 채서하 걔 기억나지?"

"기억나지. 이제 기억 안 나면 큰일 날걸."

"하긴, 기억 못 하는 게 이상하지. 꼬맹이가 어렸을 때 맨날 니 뒤꽁무니만 따라다녔잖아."

그 녀석이 나를 쫓아다녔다고? 은설이가 아니라? 엄마도 그렇고 오빠도 그렇게 말하네. 역시 나만 몰랐던 건가.

"꼬맹이 걔 은설이 좋아했잖아. 괜히 은설이 좋아하는 거 들킬까 봐 만만한 너 따라다닌 거지."

엄마피셜 눈치가 발바닥에 달린 오빠의 헛다리에 유경은 코웃음 쳤다.

"그 표정은 뭐냐?"

"은설이가 아니라 나였대."

"뭐가."

"날 좋아했던 거래."

"누가."
유성은 아직도 상황 파악이 되지 않는지 고개를 갸웃하다가 유경의 옷차림을 위아래로 훑어봤다.
"뭐냐. 그 어려 보이기 위해 발악한 듯한 옷차림은……."
평소 입지 않는 핑크색 원피스 차림의 유경을 보고 유성은 경악했다. 그리고 어이없다는 듯 크게 웃어 버렸다.
"푸하하하. 얘가 미쳤네. 황태은한테 차이더니 머리가 어떻게 됐냐? 너 설마 지금 그렇게 입고 꼬맹이 만나러 가는 건 아니겠지?"
"……."
"어라? 얘 좀 봐라. 인마, 정신 차려. 걔가 너같이 늙은 아줌마를 왜 좋아하냐."
"아…… 아줌마?"
"그래. 십만 원 빵 할래? 그 어린 녀석이 너한테 진심이면 내가 십만 원 준다."
"됐거든? 내가 말을 말아야지."
"뭐야, 지금 무서워서 도망가는 거냐? 십만 원 빵 하자니까. 왜? 겁나?"
"십만 원도 없는 주제에."
"없지, 없으니까 하자는 거잖아. 내가 이길 게 뻔하니까."
유성이 자신만만하게 말하자 유경은 오기가 생겼다.
"그래. 십만 원 빵 하자. 해!"
"아싸. 십만 원 생겼네."
저 인간이 진짜. 유경은 이를 악물고 오빠를 노려봤다.
"야, 우유경! 정신 차려. 너 또 혼자 김칫국 마시고 차여 가지고 어디서 질질 짜지 말고. 너보다 여섯 살이나 어린 놈이 널 왜 좋아하겠냐."

오빠의 공격에 유경은 귀를 틀어막고 도망치다시피 방을 뛰쳐나왔다. 녀석이 날 좋아할 리가 없다는 오빠의 말이 자꾸만 머릿속을 맴돌았지만 무시하려고 노력했다.

하나만 생각하자. 녀석이 내게 했던 말. 진심 어린 눈빛과 행동들.

'내가 좋아하는 건 우유경, 너야.'

쿵쿵.

참 별일이 다 있네. 어제부터 녀석의 얼굴만 떠올리면 왜 이렇게 가슴이 떨리는 걸까.

유경은 외투를 걸치고 신발장 거울 앞에 섰다. 얼굴에 시퍼런 멍을 보자 한숨이 절로 나왔다. 못났다, 못났어. 유경은 목에서부터 얼굴까지 목도리로 꽁꽁 싸매며 마음을 진정시키려고 노력했다.

"일찍 들어와라."

"신경 끄셔!"

"야, 요새 문화시에 강력 범죄가 얼마나 많이……."

방에서 언제 나왔는지 유성이 배를 긁으며 잔소리를 늘어놓자, 유경이 들은 체도 하지 않고 밖으로 나와 버렸다.

"지가 언제부터 날 그렇게 걱정했다고. 칫."

유경은 구시렁거리며 골목을 내려왔다. 괜히 집 앞에 있다가 유성과 마주칠까 무서워 될 수 있으면 멀리까지 내려왔다.

그나저나 어디서 만나기로 했지? 정말 그렇네. 시간만 정하고 어디서 만날지, 어디로 갈지 아무것도 안 정했잖아.

유경은 핸드폰을 꺼내 시간을 확인했다. 시간은 벌써 5시가 훨씬 지나 6시가 다 되어 가고 있었다. 뭐야, 1시간 일찍 만나자더니 여태 전화도 없고…….

꼬르륵.

"배고파."

유경은 배를 움켜잡았다. 오늘 아침부터 지금까지 달걀 두 알 먹은 게 다였다. 지금 이 상태론 돌도 씹어 먹을 수 있을 것 같았다.

그런 유경의 시야에 맞은편 편의점에서 파는 호빵이 보였다. 김이 모락모락 나는 각양각색의 호빵. 저건 먹어야 해.

앞뒤 재지 않고 유경이 신호등으로 달려가려던 그때, 누군가 유경의 어깨를 잡아끌었다.

"엄마얏!"

유경이 화들짝 놀라 뒤를 돌았다. 뛰어왔는지 녀석이 숨을 고르며 서 있었다.

"역시 맞네."

"어?"

"어떤 여자가 호빵 보는 눈이 예사롭지 않길래 누군가 했더니. 하마터면 못 알아볼 뻔했잖아."

서하가 유경을 빤히 쳐다봤다. 옷은 원피스로 예쁘게 잘 차려입어 놓고 얼굴의 반을 목도리로 칭칭 감았다. 그녀의 수상한 패션을 서하가 의아한 눈으로 보자 유경이 서둘러 둘러댔다.

"감기가 아직 다 안 나아서. 콜록콜록."

"추운데 기다리게 해서 미안. 얼른 차로 가자."

녀석이 먼저 앞장서서 걸었다. 유경은 얼른 뒤쫓아 갔다.

그런데 갑자기 녀석이 걸음을 멈추고 뒤를 돌아보았다. 덩달아 걸음을 멈춘 유경은 고개를 갸웃했다. 녀석은 뭔가 할 말이 있는 사람처럼 머뭇거리다가 이내 포기하고 다시 앞을 보고 걸었다.

왜 저러지? 내 패션이 너무 과했나? 어려 보이려고 발악한 거 들켰으려나. 유경은 분홍색 원피스를 가리려 코트를 단단히 여몄다.

그리고 고개를 들었는데.

"어?"

유경의 두 눈이 커다래졌다. 녀석의 걸음걸이가 조금 이상했기 때문이다. 그러고 보니 어제보다 안색도 좀 창백한 게…….

"뭐 해?"

어느새 차 앞에 도착한 녀석이 조수석 문을 열고 유경을 기다리고 있었다. 유경은 후다닥 달려가 차에 올라탔다.

먼저 차에 탄 유경은 화들짝 놀랐다. 핸들에 씌워진 핑크색 커버와 아기자기한 동물 모양의 방향제.

"차가 고장 나서 친구한테 빌렸어."

뒤늦게 차에 올라탄 녀석이 서둘러 해명했다.

"아, 친구……."

유경은 뒷좌석에 굴러다니는 여자 머리띠를 발견하곤 말끝을 흐렸다. 분위기가 이상하다는 것을 감지한 녀석은 당황해 하며 이마를 긁적였다.

"그게 그러니까……."

"친구가 여자?"

"고등학교 동창. 거의 7년 만에 봤어."

"7년 만에 본 친구한테 차를 빌려주다니. 그 여자애 너한테 마음 있는 거 아니야?"

우유경 미쳤어. 지금 유치하게 뭔 소리를 하는 거야. 유경은 자신의 발언을 후회하며 아랫입술을 꽉 깨물었다.

"그런가? 걔가 나한테 마음이 있는 건가?"

저 녀석이 지금 누구 놀리나. 유경이 녀석을 흘겨봤다. 녀석은 터져 나오려는 웃음을 애써 숨긴 채 짓궂은 표정으로 말했다.

"그럼 뭐 해. 내가 좋아하는 여자가 나한테 마음이 없는데."

"……."

"아닌가? 있나?"

녀석이 알쏭달쏭한 얼굴로 고개를 갸웃했다.

"목도리 좀 내리면 안 돼? 얼굴 안 보이잖아."

유경이 고개를 절레절레 흔들자, 녀석은 심통이 난 얼굴로 유경을 빤히 쳐다보다가 급작스레 손을 뻗어 목도리를 아래로 잡아당겼다.

드디어 드러난 그녀의 얼굴을 마주한 서하의 표정이 굳었다. 그녀의 뽀얀 볼에 시퍼런 멍이 자리 잡고 있었기 때문이다.

"다쳤어?"

"어? 어…… 그냥 좀 어디 부딪쳤어."

"맞은 건 아니고? 자국의 크기나 색깔이……."

"그만 좀 봐. 뭘 그런 걸 추리하고 있어. 혹시 그거 직업병이야?"

유경은 서둘러 목도리를 올려 다시 얼굴을 가리려는데, 녀석이 다시 목도리를 잡아당겼다.

"나한텐 숨기지 않아도 돼."

"숨기긴 뭘. 그나저나 너 나랑 다니는 거 괜찮겠어? 누가 보면 니가 나 때린 줄 알겠다. 그치?"

농담인데. 어색해서 농담 한번 해 봤는데 쟨 왜 저렇게 진지한 거야? 유경은 자신을 뚫어져라 쳐다보는 녀석의 눈빛 때문에 얼굴이 화끈거렸다.

"상관없어. 사람들이 어떻게 생각하든. 지금은 그냥 누구랑 같이 있는 게 좋으니까."

그렇게 말하며 녀석이 피식 웃었다. 유경은 녀석의 적극적인 표현에 괜히 민망했다. 화끈거리던 얼굴이 터질 것만 같았다.

얼굴이 새빨개진 유경은 말을 돌렸다.

"아, 배고프다. 근데 우리 어디 가?"

"가 보면 알아."

녀석이 기세등등한 얼굴로 운전대를 잡았다. 차가 출발하고 유경은 운전하는 녀석을 흘깃거리며 훔쳐봤다.

어제와는 달리 조금은 수척해진 얼굴과 이마에 맺힌 식은땀. 운전하는 자세도 영 불편해 보였다. 혹시 배가 아픈가?

"직업병이야? 사람을 왜 그렇게 관찰하듯이 봐?"

갑자기 날아온 서하의 물음에 유경은 아무것도 아니라며 고개를 절레절레 흔들었다. 하지만 녀석은 그녀의 마음을 읽기라도 했는지 무심하게 말했다.

"내 차가 아니라서 조금 불편한 것뿐이야. 난 괜찮아."

"진짜야? 혹시 어디 아픈 건 아니지? 너 안색이……."

"내려."

서하가 어딘가에 주차를 하고 먼저 차에서 내렸다. 유경도 얼른 밖으로 나갔다.

어? 여긴……. 그저께 태은과 함께 왔던 레스토랑이었다. 왜 하필 여기야. 유경은 괜히 우울했다. 태은과 은설, 그 두 사람 사이에 껴서 비참한 퇴장을 하던 그날이 떠올라 기분이 썩 좋지 않았다.

"미안."

상념에 젖어 레스토랑 간판을 멍하니 바라보고 있는데, 녀석이 대뜸 사과를 했다. 어리둥절하던 유경은 레스토랑 앞 '휴무' 입간판을 발견했다. 그리고 그 앞에 당황한 듯 굳은 채 서 있는 녀석까지.

"미안은 무슨. 다른 데 가면 되지. 근데 너 추워?"

"아니. 왜?"

입술이 파래. 허리도 약간 구부정한 게 추워서 움츠린 것 같기도 하고. 갑자기 유경의 마음이 급해졌다.

"안 되겠다. 빨리 어디 들어가자. 근처에 갈 만한 곳이…… 한 군데 있어!"

유경이 녀석의 팔을 잡아끌었다. 그러곤 자신만만한 얼굴로 어디론가 향했다.

포장마차 안.

"이모! 광어 한 접시랑 매운탕 얼큰하게. 그리고 소주 1병이요!"

유경이 우렁찬 목소리로 주문을 했다. 포구 앞 포장마차는 유경의 단골집이었다.

유경은 목도리를 살짝 내려 오이를 한입 베어 물었다.

"너도 먹어 봐. 난 포장마차 오이가 제일 맛있더라."

유경이 오이를 건넸다. 하지만 서하는 받지 않았다.

"표정이 왜 그래?"

서하는 허름한 포장마차 안을 눈으로 둘러보더니 한숨을 길게 내쉬었다.

첫 데이트로 포장마차를 오다니. 녀석은 자책하는 듯했다.

그것을 알아챈 유경이 너스레를 떨었다.

"여기 회 완전 싱싱하고 죽여준다니까. 너도 먹어 보면 단골 될걸? 솔직히 아까 거긴 비싸기만 엄청 비싸고 별로더라."

"가 봤어?"

"어? 어……."

"누구랑?"

"그냥 뭐…… 치, 친구?"

"황태은이랑 갔지?"

어떻게 알았지? 당황해하는 유경을 새쭉한 표정으로 바라보던 서하는 오이를 아삭 씹어 먹었다.

유경은 녀석의 눈치를 보며 물을 마시다가 고개를 갸웃했다. 뭐지? 내가 무슨 죄를 진 것도 아니고, 막말로 녀석이랑 아직 사귀는 사이도 아닌데 누굴 만나든 말든.

당당해지자. 다시 자신감을 가지고 어깨를 펴려던 유경은 경악했다. 잽싸게 목도리로 얼굴을 가리고 몸을 움츠렸다.

"이모! 광어 한 접시랑 매운탕 얼큰하게. 그리고 소주 1병이요!"

어디서 많이 들어 봤던 멘트가 뒤에서 들려왔다. 이제 막 포장마차에 들어선 남자 세 명. 그중엔 유성이 있었다.

"저 인간은 여길 또 왜 온 거야."

구시렁거리며 고개를 숙인 유경은 정체를 숨기기 위해 목도리를 꽉 붙잡았다. 그런 유경을 의아하게 쳐다보던 서하는 구석 자리에 앉은 유성을 발견하곤 피식 웃었다.

"지금 웃을 때가 아니야. 저 인간한테 들키기 전에 우리 빨리 먹고 나가자."

마침 회와 매운탕이 나왔다. 유경은 매운탕을 그릇에 덜어 녀석에게 주며 빨리 먹으라는 제스처를 보냈다.

"야, 조만간 내가 크게 한턱 쏜다."

"너 돈 없잖아."

"곧 생길 예정. 우유경이랑 내기했거든. 십만 원 빵. 이건 내가 백퍼 이기는 내기야."

"무슨 내기를 했는데?"

문화시 확성기2 우유성이 친구들과 시끄럽게 떠드는 소리가 들려왔다. 유경은 아무것도 안 들리는 척 목도리를 살짝 내려 먹는 데만 집중했다. 다행히 녀석도 배가 고팠는지 열심히 먹기만 했다.

"너네도 알지? 우리 옆집 살던 채서하."

"아, 그 천재. 과학고에서 월반해서 카이스트 간 애. 뉴스에도 나왔잖아."

"맞다. 그랬었지. 그럼 더 말이 안 되네. 그런 천재가 우유경을 왜 좋아하냐고. 그래서 내가 우유경한테 말했지. 그 녀석이 너한테 진심이면 십만 원을 주겠다, 진심이 아니면 니가 나한테 십만 원을 내놔라. 어때? 내가 백퍼 이기겠지?"

"그래. 제발 좀 이겨라. 술이나 얻어먹게."

"아무튼 요새 우리 집 세상 시끄럽다니까. 우유경이가 혼자 김칫국 마시고 한 소리를 장 여사는 얼씨구나 좋다고 채서하를 사위 삼네 마네 아주 난리가 났어. 그 계집애 어려 보이려고 아침부터 목욕탕 가서 마사지받다가 눈탱이 밤탱이 돼 가지고. 아니, 호박에 줄 긋는다고 수박 되냐고. 그 얼굴을 찍어 놨어야 했는데. 푸하하."

"컥컥."

유경이 사레들려 기침을 해 대자 서하가 웃음을 참으며 물컵을 내밀었다. 민망해서 쥐구멍에라도 숨고 싶은 심정이었다.

유경은 물을 마시며 남몰래 유성을 째려봤다. 저 주둥아리를 그냥 콱. 제발 그 입 좀 다물어. 다물라고!

하지만 유경의 바람과 달리 유성의 헛소리는 계속되었다.

"상식적으로 말이 안 되잖아. 어린 데다가 천재인 채서하 같은 녀석이 뭐가 아쉬워서 우유경이를 좋아하냐고."

"니 동생 예쁘잖아."

"뭐라고? 너 제정신이냐? 예쁘긴 개뿔."

"야, 솔직히 유경이가 아깝지. 채서하 걔네 엄마 에이즈 환자잖아."

"넌 그걸 믿냐? 그거 다 개소리야. 헛소문이라고."

"뭐, 그건 그렇다 쳐도. 아무튼 채서하 걔 좀 질이 안 좋은 것 같

아. 어젯밤 일 몰라?"

"어젯밤 뭐?"

유성이 진지한 표정으로 물었다. 그러자 친구가 무슨 중대한 사안이라도 전하듯 허리를 숙여 작게 뭐라고 말했다.

그 친구를 흘끔 째려보던 유경의 손에 별안간 차가운 것이 맞닿았다. 녀석의 손이었다. 녀석이 다른 곳을 보는 유경의 시선을 제게로 오게 했다.

"아, 미안……. 내가 대신 사과할게. 저 사람들 얘기는 신경 쓰지 마. 술 먹고 하는 소리."

"어. 신경 안 써."

"근데 너 손이……."

얼음장보다 더 차가웠다. 그냥 추워서 차갑다고 할 수 없을 정도로.

유경이 놀라 녀석의 얼굴을 바라봤다. 녀석은 태연한 얼굴을 하고 있었지만, 눈빛이 꽤 쓸쓸해 보였다.

"나 잠깐 바람 좀 쐬고 올게."

"어? 어……."

유경은 녀석을 붙잡지 않았다. 아니, 정확히 말하면 잡을 수가 없었다.

녀석이 포장마차를 나가고도 유성과 그의 친구들의 뒷담화는 계속됐다. 남자들의 수다가 이렇게 무서운지 난생처음 알았다.

"채서하 친모는 뭐 하는 여자래?"

"다들 그만 좀 해!"

참다못한 유경이 의자를 박차고 일어나 유성이 있는 테이블로 향했다.

"넌 뭐야."

목도리로 얼굴을 칭칭 감은 유경을 알아보지 못한 유성의 친구들이 시비조로 말했다. 반면 유성은 깜짝 놀랐다.

"니가 왜 여기 있어?"

"내가 오빠 땜에 진짜 쪽팔려서 못 살겠어. 밖에서 남 얘기 좀 하고 다니지 마. 내가 서하 볼 면목이 없다, 없어."

설마, 하며 유성은 고개를 돌려 유경이 앉아 있던 테이블을 확인했다. 젓가락과 수저, 그리고 그릇이 두 개씩 놓여 있었다.

유성은 친구들의 눈치를 보며 작게 속삭였다.

"너 설마 채서하랑 같이 있었어?"

"그래."

"진짜? 진짜 채서하랑 같이 있었다고?"

"그렇다니까! 왜! 못 믿겠냐? 확인시켜 줘?"

유경이 발끈하며 소리치자, 유성이 유경을 끌고 구석으로 갔다. 그리고 진지한 눈빛으로 말했다.

"걔 어제 칼 맞고 응급실 실려 갔다던데."

"뭐? 칼?"

유경이 놀라 되묻자 유성은 방금 친구에게서 들은 말을 전했다.

"그래. 괴한한테 칼 맞고 지금 병원에 있다고……. 야, 우유경 어디 가!"

유성의 말이 끝나기도 전에 유경은 밖으로 달려 나갔다.

녀석을 찾느라 포장마차 근처를 뛰어다니던 유경은 마침내 녀석을 발견했다. 혼자 등대 난간에 기대선 녀석은 담배를 피우고 있었다. 아까보다 더 깊이를 가늠할 수 없을 정도로 외롭고 쓸쓸한 눈빛을 한 채.

"채서하!"

유경이 녀석의 이름을 크게 부르며 달려갔다. 유경을 발견한 서하는 서둘러 담배를 끄고 쓰레기통에 꽁초를 버렸다.

그사이 유경이 다가왔다. 서하는 자신에게 할 말이 많은 표정으로 서 있는 그녀를 어리둥절하게 바라봤다.

"왜 그래? 무슨 일 있어?"

"너 아까 낮에 나한테 왜 전화했어?"

유경이 대뜸 물었다. 녀석은 잠시 생각에 잠겨 있다가, 애써 미소를 지으며 대답했다.

"말했잖아. 보고 싶어서……. 윽!"

유경이 손가락으로 녀석의 배를 살짝 찔렀다. 그러자 녀석이 몸을 뒤로 피하며 고통스러워했다.

……정말 칼에 찔린 거야?

"너…… 너 미쳤어?"

유경은 너무 속이 상해서 녀석이 원망스럽기까지 했다. 이유는 모르겠지만 가슴이 찌릿찌릿 아리는 느낌이 들었다. 나 왜 이러지?

"아까 전화했을 때 못 온다고 했어야지. 이런 몸을 하고 나오면 어떡해!"

소리는 왜 지르는 거야. 유경은 머리를 움켜잡고 고개를 절레절레 흔들었다. 진정해, 진정하자. 겨우 정신을 차리고 고개를 든 유경은 녀석을 애틋하게 바라봤다.

"미안……. 내가 진작 알아차렸어야 했는데. 다친 덴 괜찮아?"

"지금 내 걱정 하는 거야?"

"그래. 그러니까 빨리 병원 가자."

유경은 녀석의 손을 꽉 잡고 주차장으로 이끌었다. 유경의 작고 따뜻한 손에 이끌려 가던 서하는 돌연 그녀를 잡아 제 쪽으로 돌려세웠다. 그리고 그녀를 와락 품에 안아 버렸다.

"진짜 큰일이다."

"……."

"앞으로 니가 더 좋아질 것 같아."

녀석이 말했다. 큰일이 났다고. 하지만 오히려 그 큰일을 반기는 듯한 어투였다.

남자 품에 처음 안겨 본 유경은 어떻게 포즈를 취해야 할지 몰라 그저 굳은 채 서 있었다. 녀석의 넓고 탄탄한 가슴은 생각보다 따뜻했다. 얼굴에 맞닿은 셔츠의 부드러운 촉감이 좋았고, 포근한 향수 냄새에 설렘 지수가 마구 폭발했다.

심장이 뛰기 시작했다. 그리고 동시에 심장 소리가 귓가에 울렸다.

하지만 이건 유경의 심장 소리가 아니었다. 지금 유경의 귀가 맞닿아 있는 서하의 가슴에서 나는 소리였다.

유경은 고개를 살짝 들어 녀석의 얼굴을 올려다봤다. 녀석은 차분한 얼굴을 하고 있었다.

쿵쿵.

하지만 태연한 얼굴과는 어울리지 않게 녀석의 심장은 세차게 뛰고 있었다. 그 울림과 함께 유경의 심장도 같이 요동쳤다. 동시에 유경의 얼굴이 새빨개졌다.

쿵쾅쿵쾅.

이제 누구의 심장 소리인지 구별하기도 어려웠다.

첫 포옹. 그렇게 두 사람은 서로의 떨림을 기분 좋게 느끼고 있었는데.

"우유경!"

좋았는데. 정말 너무너무 좋았는데! 하필 이 타이밍에 유성의 목소리가 멀리서 들려왔다.

유경은 잽싸게 몸을 움츠려 녀석의 품 안으로 더 파고들었다.

"우유경! 니가 숨는다고 숨어지냐? 너 우유경 맞잖아! 채서하, 우유경 이것들이!"

유성의 목소리가 점점 더 커졌다. 이쪽으로 걸어오는 유성을 발견한 유경은 재빨리 녀석의 품에서 벗어났다. 그리고 아주 작은 목소리로 말했다.

"하나 둘 셋, 하면 튀자."

"나 환자야."

"그럼 나 혼자 튈게."

일단 나부터 살고 보자. 유경이 혼자 튀려고 하자, 서하가 그런 유경의 손을 꽉 잡았다.

그 광경을 목격한 유성의 걸음이 더 빨라졌다. 손을 잡고 나란히 서 있는 유경과 서하를 보니 유성은 당황해서 말까지 더듬었다.

"너, 너희 둘 지금 뭐 하냐?"

유성의 물음에 서하가 진지한 얼굴로 말했다.

"형. 지금 십만 원 있어요?"

"갑자기 십만 원은 왜?"

서하가 턱 끝으로 유경을 가리키며 말했다.

"지금 십만 원 이쪽으로 주세요."

지금 당장 유경에게 십만 원을 주라는 서하의 뻔뻔한 요구에 유성은 갑자기 등에서 식은땀이 났다.

"하하하. 십만 원? 그 말은 지금 그러니까……."

"형이 졌어요. 내가 진심인지 아닌지 둘이 내기했다면서."

유성의 눈동자가 빠르게 굴러갔다. 상황 파악을 끝낸 유성이 갑자기 배를 움켜잡았다.

"아이고, 배야! 왜 이렇게 배가 아프지."

엄살을 부리며 뒷걸음질 치던 유성은 부리나케 달려 포장마차 안으로 들어가 버렸다.

십만 원이 없어서 찍소리도 못 하고 도망간 오빠의 모습에 유경은 너무 쪽팔렸다. 저 인간은 그냥 안에서 술이나 마시지 왜 따라 나온 거야. 유경은 녀석의 품에 안겨 헤벌쭉하고 있던 자신의 모습을 오빠에게 들켜 몸서리쳐질 정도로 부끄럽고 민망했다.

그나저나 이제 집에 가면 죽었다. 저 인간 앞으로 날 얼마나 놀려댈까. 유경이 울상을 지으며 두 눈을 꽉 감았다 떴는데, 녀석과 눈이 정면으로 마주쳤다.

"무슨 생각 해?"

"어? 아니야. 아무것도 아니……. 아이고!"

어색한 웃음을 흘리던 유경이 화들짝 놀랐다. 목도리가 풀어져 멍든 얼굴이 드러난 것이다. 못난 얼굴 때문에 자신감이 확 떨어진 유경은 당황해 하며 서둘러 목도리로 얼굴을 돌돌 말았다.

서하가 유경을 지그시 바라보더니, 피식 웃었다.

"얼굴, 나 때문에 그렇게 된 거라며?"

아우 씨, 우유성 이 망할 인간. 유경은 포장마차 쪽을 흘겨봤다. 아주 온 동네방네 다 소문나게 생겼네. 유경은 체념하듯 말했다.

"그래. 너 때문이다. 내가 진짜 한 살이라도 더 어려 보이려고 아침부터 얼마나 노력한 줄 알아?"

녀석이 갑자기 목도리를 쑥 잡아당겨 유경의 멍든 뺨을 손가락으로 어루만졌다.

"아팠겠네."

"어? 아니, 아픈 것보다……."

이상해. 지금 너무 이상하다고.

찌리릿.

녀석의 손가락이 닿은 뺨부터 시작해서 온몸에 전류가 흐르는 듯했다. 머리카락이 삐죽삐죽 설 것 같은 느낌.

심장이 멎을 것처럼 긴장되는 순간, 유경은 움찔, 하며 서하를 바라봤다.

"앞으론 그러지 마."

녀석이 말했다. 아주 다정한 눈빛과 부드러운 말투로.

"내가 좋아하는 건 그냥 우유경이야. 그건 나이가 적고 많고의 문제가 아니야. 그러니까 넌 아무 노력도 하지 않아도 돼."

"……."

"난 그냥 니가 내 옆에서 숨만 쉬어도 좋아."

녀석은 어제부터 쉬지도 않고 니가 좋다고 또 너무 좋다고 계속 말했다. 어려서 그런가, 직진하는 속도가 남달랐다.

유경은 어안이 벙벙했다. 도대체 이 녀석은 내가 왜 좋은 걸까? 나 자신조차도 요즘의 내가 너무 한심하고 정말 싫은데. 그래서 더욱 알고 싶고 궁금했다.

"근데 넌 내가 왜 좋아?"

지이잉. 지이잉.

정말 빌어먹을 타이밍이었다. 유경의 말이 끝나자마자 녀석의 대답이 아닌 핸드폰 진동음이 들렸다.

유경은 침을 꼴깍 삼켰다. 뒤늦게 질문이 너무 원초적이었음을 깨달은 유경의 얼굴이 달아올랐다.

"잠깐."

진동음이 계속되자, 녀석이 주머니에서 핸드폰을 꺼냈다. 액정 속 발신인을 확인한 녀석의 표정이 약간 굳어졌다.

"미안한데 전화 좀 받고 대답할게. 내가 널 왜 좋아하는지."

"어? 어……."

유경은 애써 태연한 척 고개를 끄덕였지만, 사실 굉장히 민망했다. 얼굴이 곧 터질 것처럼 빨갰다. 이미 뱉은 말을 주워 담을 수도 없고 미칠 노릇이었다.

유경은 애꿎은 목도리로 다시 얼굴을 가리며 방금 전 발언을 후회했다. 그딴 걸 왜 물어보냐고. 그냥 속으로만 생각했어야지. 나 연애 초짜인 거 다 티 났겠지? 나잇값도 못 하고, 바보 같아.

이상하게 녀석 앞에선 그런 모습만 보이게 된다. 일도 서툴고, 사랑은 더 서툰 내 진짜 모습. 녀석에게 좀 더 근사한 여자로 보이고 싶었는데, 마음대로 되지 않아 속상했다. 유경은 내적 갈등에 휩싸여 끙끙거렸다.

그 모습을 서하가 흘끔 보더니 귀여워서 피식 웃었다. 그러곤 살짝 몸을 돌려 전화를 받았다.

“어. 무슨 일이야?”

— 너 지금 어디야?

서하의 중학교 동창이자, 현재 문화지구대 순경 태진의 목소리가 들렸다.

“나 지금 밖인데. 왜? 무슨 일 있어?”

— 문병 왔는데 너 병실에 없길래. 몸은 좀 어때? 칼 맞았다며.

“괜찮아. 별거 아니야. 그냥 살짝 스쳤어.”

— 그래? 근데 지금 경찰서 난리 났던데. 너 혹시 이모 있어?

서하의 표정이 순식간에 얼어붙었다.

“그건 왜?”

— 니 이모라는 여자가 변호사를 여섯이나 대동하고 경찰서에 왔더래. 근데 변호사가 우리나라 3대 로펌 중 하나라던데. 그리고 내가 가해자 신상에 대해 들은 게 있는데…….

“그 얘긴 만나서 하자.”

서하는 옆에서 자신을 걱정스레 바라보고 있는 유경을 의식하며 서둘러 통화를 종료했다.

"무슨 일 있어?"

유경이 서하의 안색을 살피며 물었다. 그러자 서하가 아무렇지 않은 척 웃으며 대답했다.

"나 지금 병원에 가 봐야 할 것 같은데."

"어? 아……. 거봐, 내가 빨리 가자고 했잖아. 많이 아파?"

"그냥 조금."

"근데 도대체 어쩌다가 다친 거야? 사람들 말로는 칼에 찔렸다던데, 맞아?"

"칼에 찔렸으면 오늘 못 나왔지. 아니다. 나왔을 수도 있겠다."

"농담 그만하고. 얼른 병원으로 가자. 차 키 줘. 너 몸도 불편한데 내가 운전할게."

"몸이 아무리 불편해도 첫 데이트에 좋아하는 여자 운전시키는 머저리가 어딨냐."

유경은 서하의 손에 이끌려 차에 올라탔다.

"맞다. 내가 널 왜 좋아하냐고 물어봤었지?"

"그건 그냥 넘어가자. 질문 취소."

"왜? 아깐 엄청 궁금해하는 얼굴로 묻더니."

서하가 상체를 숙여 안전벨트를 매 주며 그녀를 지그시 바라보았다. 숨결이 느껴질 만큼 가까운 거리였다.

녀석이 그녀를 바라보며 곰곰이 생각에 잠겨 있다가 마침내 입을 열었다.

"미안한데, 그건 안 알려 줄 거야."

"뭐? 왜?"

"내 맘이야."

그렇게 말하며 녀석이 짓궂게 웃자, 은근히 대답을 기대하던 유경은 김이 팍 샜다. 하지만 내색하지 않고 말했다.

"알았어. 알았으니까 빨리 병원이나 가자. 그리고 오늘 미안했어. 너 다친 줄도 모르고 약속 지키라고 땡깡이나 부리고."

"그러게. 깜짝 놀랐어. 내가 어제 6시에 보자고 할 땐 들은 척도 안 하던 여자가."

"그건……."

두려워서 그랬다. 또 멋대로 오해하고 김칫국 마셨다가 결국 버림받고 상처받을까 봐.

유경이 말끝을 흐리자 서하가 묵묵히 시동을 켜고 차를 출발시키며 말했다.

"근데 난 오늘 너 만나서 좋았어. 넌?"

"어?"

갑자기 무슨 저런 질문을 해. 완전 돌직구. 핵직구. 유경은 뭐라고 대답을 하면 좋을지 고르고 또 고르고 있는데.

"생각할 게 뭐가 있어. 마사지까지 받고 나왔으면서."

"야!"

유경이 눈을 흘기자 서하가 말을 돌렸다.

"내일은 몇 시에 볼래?"

"내일 또 봐?"

"말했잖아. 매일매일 볼 거라고."

"안 돼. 너 당분간 어디 돌아다닐 생각 하지 말고 치료나 잘 받아. 다 나으면 만나 줄게."

"빨리 나아야겠네."

녀석은 그렇게 중얼거리며 운전을 했다.

그리고 얼마나 달렸을까. 어느새 집 앞에 도착해 곧 차가 멈췄다.

"조심히 가. 다음에 또 보자."

유경이 먼저 인사를 하고 차에서 내리려는데 녀석이 다급히 외쳤다.

"이따 밤에 전화할게."

"어? 어……."

유경은 얼떨결에 대답을 하고 차에서 내렸다. 그러곤 골목을 빠져나가는 차 뒤꽁무니를 보며 두 눈을 깜빡였다.

방금 대화는 완전 사귀는 사이 같았어. 뭐지? 나 쟤랑 사귀는 건가? 아님, 이게 썸인가? 이거 너무 복잡하고 어렵잖아. 이 어려운 걸 남들은 다 한다는 거지? 은설이 같은 애는 학창 시절부터 지금까지 쉬지 않고 쭉 해 왔던 거고.

나이 서른에 뒤늦게 미지의 세계에 발을 디딘 유경은 머리를 마구 헝클어뜨리며 혼란스러워했다. 그러다가도 아까 녀석과 포옹했던 순간과 전화하겠다며 박력 있게 말하던 모습을 떠올리자 가슴께가 간질간질했다.

이 생동감 있는 기분이 무척이나 좋았다. 여자가 된 것 같달까. 아…… 이래서 다들 연애하는구나.

황홀감에 빠져 발그레해진 유경은 기분 좋게 웃으며 집으로 들어가 신발을 벗고 있는데.

"어? 이 구두는 뭐지?"

신발장에 우리 집과는 전혀 어울리지 않는 새빨간 하이힐이 놓여 있었다. 이 시간에 손님이라도 왔나?

거실에 들어선 유경이 얼굴에 두른 목도리를 벗으며 두리번거리고 있는데, 마침 화장실 문이 열렸다.

"안녕하세요."

화장실에서 나온 낯선 여자와 눈이 마주친 유경은 반사적으로 고개를 숙여 인사했다. 그런 유경을 빤히 보던 윤성희는 대꾸도 없이 소파로 가서 앉았다.

윤성희의 머릿속은 온통 어제 습격당한 아들 생각뿐이었다. 서하를 습격한 범인의 배후가 아직 밝혀지지 않은 상황이었다. 현재 경찰 조사 중이지만 아마 배후를 밝혀내는 것은 쉽지 않을 것이다.

도대체 누굴까? 감히 누가 내 아들을!

그 순간 윤성희의 머릿속에 떠오른 인물이 하나 있었다. 요즘 자신의 뒷조사를 하고 다닌다는 그놈. 서지웅. 역시 그놈 짓이겠지?

"가만 안 둬."

윤성희가 혼잣말을 중얼거리며 빨간 입술을 깨물었다.

그런 윤성희를 옆에서 유심히 지켜보고 있던 유경은 여자의 표정이 갑자기 표독스럽게 변하자 흠칫 놀랐다.

"저기…… 근데 누구세요?"

유경의 물음에도 여전히 여자는 대꾸가 없었다. 그저 우아하게 다리를 꼬더니, 심지어 두 눈을 감고 관자놀이를 문지르며 생각에 잠겨 있었다.

유경은 기가 막혔다. 뭐야, 저 여잔? 엄마 친군가? 아니야. 너무 어려 보이는데. 그럼 아는 동생인가? 그것도 아니야. 엄마가 저런 성격의 여자랑 친할 리가 없잖아. 게다가 입고 있는 원피스와 착용한 귀걸이와 목걸이. 여자가 몸에 두르고 있는 모든 것이 다 명품이었다.

유경은 포기하지 않고 여자를 향해 재차 물었다.

"저기요. 누구시냐니까요?"

유경의 목소리에 여자가 눈을 번쩍 뜨더니 귀찮아 죽겠다는 얼굴로 대답했다.

"너희 엄마 오면 직접 물어보렴."

"그냥 대답해 주시지."

"얘, 너 덕희 딸이지? 얼굴은 왜 그 모양이니?"

유경은 여자가 자신을 한심스럽게 쳐다보자 황급히 멍이 든 뺨을 가렸다.

"울 엄마 친구분이세요?"

"그래. 친구다, 친구! 됐니? 이제 제발 조용히 좀 해. 내가 지금 머리가 깨질 것 같으니까. 애가 왜 이렇게 눈치가 없어. 지 엄만 안 그런데."

저 아줌마가 지금 뭐라는 거야, 남의 집에서. 적반하장도 유분수지. 유경은 여자를 흘겨보다가 방으로 쌩, 들어가 버렸다.

저런 여자가 엄마 친구라니, 믿기지 않는다. 은설이 엄마랑 친구라면 또 모를까. 우리 엄마랑은 전혀 친할 것 같지 않은데. 어떻게 아는 사이지?

여자의 정체를 잔뜩 궁금해하며 유경은 옷을 갈아입었다. 그리고 클렌징 티슈로 화장을 지우고 있는데 방문이 살짝 열렸다. 엄마였다.

유경이 장 여사를 반갑게 맞이했다.

"엄마! 밖에 저 아줌마 누구야?"

유경이 밖을 의식하며 작게 속삭였다. 그러자 장 여사가 머뭇거리다 입을 열었다.

"이따 얘기해 줄 테니까. 넌 나오지 말고 여기 가만히 있어."

"왜?"

"그런 게 있어."

장 여사는 착잡한 표정으로 다시 한번 나오지 말라고 유경에게 힘주어 말하곤 방문을 닫았다.

도대체 뭐야? 친구면 그냥 친구라고 하면 되지. 왜 저렇게 비장해? 유경은 엄마와 하이힐 아줌마와의 관계가 너무 궁금한 나머지 문에 귀를 바짝 댔다. 그러곤 티슈로 얼굴을 박박 문지르며 바깥 소리에 귀를 기울였다.

곧 두 사람의 대화 소리가 들렸다.

"두통약 이거 말고 다른 건 없어?"

"그냥 먹어. 편의점에 그거밖에 안 팔아."
"나 이 약 잘 안 들어. 머리 아파 죽겠는데. 넌 사 와도 하필 이걸 사 오니."
여자가 투덜거렸고, 엄마는 아무 반응이 없었다. 아마 속으로 화를 꾹꾹 눌러 참고 있으리라.
그나저나 엄마가 이 시간에 어딜 갔나 했더니, 편의점에 갔다 온 거였군. 그것도 저 아줌마 먹일 두통약 사러. 유경은 못마땅한 얼굴로 다시 대화 내용에 집중했다.
"근데 너 재혼 안 해?"
"재혼은 무슨 재혼이야. 남편 보낸 지 얼마나 됐다고."
"그럼 언제까지 이런 좁은 집에서 살 거야? 내가 돈 많은 남자 소개시켜 줄까?"
"쓸데없는 소리 그만하고, 넌 약이나 빨리 먹어. 약국 문 닫아서 다른 약 사러 갈 수도 없으니까."
"그러게 넌 왜 직업도 변변찮고 건강도 안 좋은 남자랑 결혼을 해선……."
저 아줌마가 지금 뭐라는 거야.
쾅.
유경이 더는 참지 못하고 문을 열어 거실로 나왔다. 문소리에 깜짝 놀란 윤성희가 입안에 머금고 있던 물을 꼴깍 삼켰다. 그러곤 자신을 노려보고 있는 유경을 황당하게 쳐다봤다.
"날 왜 그런 눈으로 보니? 나한테 무슨 불만 있어?"
"말씀 중에 죄송한데요. 아줌마, 저희 엄마 재혼엔 관심 꺼 주세요. 저는 엄마가 돈 많은 남자랑 재혼하는 거 반대거든요."
"왜?"
윤성희가 이해할 수 없다는 표정으로 되묻자, 유경은 잠시 말문이 막혀 있다가 자신 있게 대답했다.

"만약 엄마가 재혼을 하게 된다면 저는 돈 많은 남자보다, 우리 엄마를 아주 많이 사랑해 줄 수 있는 남자를 만났으면 하니까요."

"그러니까 왜?"

이 아줌마가 진짜. 유경은 여자가 일부러 자신에게 시비를 거는 것처럼 느껴졌다. 그래서 욱하고 말았다.

"이번엔 제가 물어도 될까요? 아줌마는 남편분이 돈이 많으신 것 같은데, 지금 행복하세요?"

"……."

"거봐요. 돈 많은 남자 만난다고 다 좋은 건 아니라니까요."

윤성희의 표정이 싸늘하게 굳었다. 유경은 말을 내뱉자마자 바로 미안한 기색을 내비쳤다.

"죄송해요. 제가 말이 너무 심했네요."

"죄송하면 다니?"

"둘 다 그만! 그만하고, 유경이 넌 어서 들어가."

지켜보던 장 여사가 나섰다. 친구 윤성희의 성격을 잘 알고 있었기 때문이다. 절대 당하고 가만히 있을 성격이 아니었다. 장 여사는 행여 윤성희에게 딸이 봉변이라도 당할까 싶어 유경에게 그만하라고 눈치를 줬다.

유경이 머뭇거리다 방으로 들어가려는데.

"나 갈래! 쟤 때문에 머리가 더 아파졌어."

윤성희가 신경질적으로 자리에서 일어나자, 장 여사가 걱정스레 물었다.

"어디로 가게?"

"어디긴. 돈 많은 남편한테 가지."

윤성희가 코웃음을 치며 유경을 쳐다봤다. 그러곤 유경의 어깨를 툭툭 건드리며 말했다.

"얘, 너 결혼할 때 나 꼭 부르렴. 니가 어떤 남자를 만나 결혼할지 엄청 궁금해졌거든."

말에 가시가 잔뜩 돋아 있었다. 지고 싶지 않았던 유경은 알겠다며, 꼭 연락드리겠다고 한마디 하려다가 장 여사와 눈이 마주쳤다. 장 여사의 따가운 눈초리에 유경은 입을 꾹 다물었다.

"장덕희! 언니 만나면 바로 나한테 연락해. 내 연락처 알지?"

"그래. 알았으니까 조심히 가."

윤성희는 장 여사 인사에 대꾸하지도 않고 그대로 나가 버렸다.

"우씨! 저 아줌마 진짜 엄마 친구 맞아? 말도 되게 기분 나쁘게 하고, 인사도 안 하고 가고!"

여자가 나가자마자 유경이 팔짝팔짝 뛰며 속에 있는 말을 쏟아 냈다. 그런 딸의 모습을 지켜보던 장 여사는 땅이 꺼져라 한숨만 내쉴 뿐이었다.

"엄마. 뭐라고 말 좀 해 봐. 엄마도 기분 나빴지? 근데 왜 가만히 있었어?"

"아무래도 안 되겠다. 저런 시어머니는 절대 안 돼."

"맞아. 나도 저런 시어머니 진짜 별로야."

"그렇지? 너도 그렇게 생각하지?"

"당연하지. 진짜 누가 저 집 며느리 될지 불쌍하다 불쌍해."

"우유경이."

"응?"

"너 서하 만나지 마."

장 여사가 비장한 표정으로 뜬금없는 소릴 하자 유경이 인상을 찡그렸다.

"여기서 갑자기 그 얘기가 왜 나와?"

"아까 그 여자, 윤성희가 서하 친모거든."

"뭐?"

방금 그 하이힐 마녀가 서하를 낳아 준 사람이라고? 유경의 입이 떡 벌어졌다. 귓가로 '이게 진짜일 리 없어' BGM이 깔리는 것 같았다.

"말이 돼? 친모가 갑자기 왜 나타나?"

"내 말이. 지 언니한테 애 버려 놓고 도망가서 다시는 안 나타날 줄 알았더니, 갑자기 왜 찾아온 건지. 아까 나도 놀랐어."

이건 또 무슨 소린가. 아까 그 하이힐 마녀가 서하의 친모이자, 옆집 아줌마의 동생이란다. 그러니까 옆집 아줌마는 자기 동생이 버리고 간 아이를 홀로 키운 것이다. 남편도 없이. 미혼모라는 사람들의 오해와 따가운 시선을 받으며.

옆집 아줌마와 막역한 사이인 장 여사가 아주 조심스럽게 꺼낸 얘기를 묵묵히 듣던 유경은 살며시 입을 열었다.

"엄마……. 근데 서하도 알아? 자기 친모 살아 있는 거."

"알지. 숙영 언니가 친모한테 보내 주겠다고 몇 번 얘기했는데도 애가 싫다고 했대. 서하 걔가 좀 효자니. 생각은 얼마나 깊고 바르니. 애가 어른스럽잖아. 아우, 아까워. 윤성희만 아니면 사윗감으로 딱 좋았는데."

"언제는 애만 괜찮으면 된다며."

유경의 볼멘소리에 장 여사가 의심스럽게 쳐다봤다.

"설마 둘이 사귀기로 하고 뭐 그런 건 아니지?"

"어? 그런 건 아니긴 한데……."

분위기가 꼭 그랬던 것 같기도 하고.

유경은 엄마에게 뭐라고 설명을 하면 좋을지 난감해하며 말을 얼버무렸다. 그러자 장 여사가 통쾌하게 답을 내렸다.

"그럼 됐어. 사귀는 거 아니면 됐지 뭐."

어머니, 되긴 뭐가 됐다는 겁니까. 유경은 굉장히 혼란스러웠다.

"아무튼 앞으로 서하 만나지 마. 우유경이, 알았지?"

이럴 거면서 어젠 왜 그렇게 만나 보라고 부추긴 거냐고!

엄마를 원망스레 쳐다보던 유경은 한숨을 길게 내쉬었다. 오늘 만나서 너무 좋았다고 고백해 오던 녀석의 얼굴이 떠올라 괜히 죄책감이 들었다.

5.

우리 지금 무슨 사이야?

다음 날.

아침마다 눈 뜨는 게 그렇게 힘들더니 오늘은 웬일인지 번쩍 떠졌다. 유경이 눈을 뜨자마자 제일 먼저 한 일은 핸드폰을 확인하는 거였다.

"뭐야. 전화한다더니."

유경은 부재중 전화는커녕 문자 한 통 없는 핸드폰을 노려봤다. 괜히 서운한 감정이 들었다가도 녀석에게 또 무슨 일이 생긴 건 아닌지 걱정되었다.

"신경 쓰여."

중얼거리며 문을 열고 거실로 나온 유경은 화들짝 놀랐다. 주방에서 녀석과 장 여사가 마주 보고 앉아 밥을 먹고 있었기 때문이다.

"이것도 먹고, 요것도 먹고. 어이쿠, 내 정신 좀 봐. 국을 깜빡했네. 잠깐만."

마침 국그릇을 들고 자리에서 일어난 장 여사와 유경은 눈이 마주쳤다. 유경이 '뭐야? 어젠 만나지 말라며.' 라고 입 모양으로 말했더니, 장 여사는 '그냥 만나. 잘생겼어.' 라고 수줍게 대답했다. 저 아줌마가 진짜!

정말 엄마 말대로 녀석을 그만 만나야 하나, 어제 심각하게 고민했던 유경은 억울한 얼굴로 장 여사의 뒷모습을 쳐다보고 있는데.

"잘 잤어?"

녀석이 뒤늦게 유경을 발견하곤 인사를 건넸다. 어디 반사판이라도 갖다 댄 것처럼 녀석의 얼굴은 아침 햇살보다 더 환하고 눈부셨다. 몇 초간 녀석의 얼굴에서 눈을 떼지 못하고 서 있던 유경은 뒤늦게 정신을 차렸다.

이런 망할. 내 쌩얼! 유경은 황급히 뒤로 돌아 화장실로 후다닥 달려갔다. 거울 속 엉망인 자신의 몰골을 보며 유경은 한숨을 내쉬었다.

그나저나 저 녀석은 어제 병원 간다더니 아침부터 우리 집은 왜 온 거야? 궁금함을 참지 못하고 유경은 대충 세수만 하고 거실로 나왔다. 식탁엔 녀석 혼자였다.

"엄마는?"

"방에서 통화하셔."

녀석의 말대로 안방에서 통화하는 엄마의 쩌렁쩌렁한 목소리가 들렸다.

"맞다. 너 어제 전화한다더니."

"기다렸어?"

"아니! 기다리긴 무슨! 나 어제 엄청 일찍 잤어."

"그래? 섭섭하네. 기다릴 줄 알고 아침부터 달려왔는데. 나 핸드폰 고장 났거든."

서하가 주머니에서 핸드폰을 꺼내 테이블 위에 내려놓았다. 유경은 녀석의 핸드폰을 유심히 살펴봤다. 박살 난 액정이 제일 먼저 눈에 들어왔다. 떨어뜨렸다고 해서 이 정도로 금이 가진 않는데, 집어 던진 건가? 유경은 궁금증이 가득한 눈빛으로 서하를 응시했다.

그러자 녀석은 서둘러 핸드폰을 다시 주머니에 넣었다. 뭔가 숨기고 싶어 하는 것 같았다. 그것을 알아챈 유경은 말을 돌렸다.

"근데 너 퇴원한 거야? 다 나을 때까지 병원에 있으라니까."

"다 나았어. 누구 얼굴 보니까."

"누구? 나?"

유경이 부끄러워하며 손가락으로 저를 가리키고 있는데, 녀석의 시선은 딴 데 향해 있었다. 불길한 느낌이 들어 뒤를 돌아보니 유성이 방에서 나오고 있었다.

하품을 하며 배를 박박 긁던 유성은 서하와 눈이 마주치자마자 문워크로 다시 방에 들어갔다. 그놈의 십만 원이 뭐길래. 아무리 돈이 없어도 난 저렇게 살지 말아야지.

유경이 속으로 다짐하고 있는데 서하가 불쑥 말했다.

"빨리 준비해."

"무슨 준비?"

서하가 자리에서 일어났다.

"오늘 서울 올라간다며. 아줌마가 너 데려다주라던데."

순간 유경이 시무룩해졌다.

"맞다. 나 오늘 서울 가야 하지. 엄만 아직 모르거든. 나 백수 된 거."

유경이 작게 속삭이자 녀석도 작게 말했다.

"그러니까 빨리 짐 챙겨서 나와. 나도 서울 가 봐야 해."

"둘이 사이좋게 뭔 얘기를 그렇게 쑥덕거려?"

마침 거실로 나온 장 여사가 둘 사이에 끼어들었다. 유경은 행여

장 여사가 들었을까 봐 허둥지둥하며 변명했다.

"그냥 뭐, 차 막히기 전에 빨리 가자고. 서하야, 나 금방 준비하고 나올게."

유경이 얼른 방으로 들어가더니, 몇 초도 안 돼서 도로 나와 화장실로 갔다가, 다시 방으로 들어가 짐을 챙기느라 정신이 없었다.

"우유경이! 빠지는 거 없이 잘 챙겨라. 저번처럼 핸드폰 놓고 갔다가 다시 오지 말고."

장 여사는 잔소리를 하며 냉장고에서 김치 통을 꺼내 서하에게 내밀었다.

"지금 먹기 딱 좋아. 가져가서 먹어."

"네. 잘 먹겠습니다. 아주머니, 저희 엄마 여행 끝나고 오시면……."

"당연하지. 비밀로 할게. 뭐 좋은 일이라고. 그나저나 다친 데는 괜찮은 거야?"

"네. 아침을 든든하게 먹어서 그런지 다 나은 것 같아요."

말도 잘생기게 한다면서 장 여사가 웃음을 터뜨렸다.

"다음에 또 찾아뵐게요. 먼저 나가 보겠습니다."

서하는 장 여사에게 깍듯이 인사를 하고 먼저 밖으로 나왔다. 그리고 뒷좌석에 김치 통을 내려놓고 운전석에 올라타려는데.

"채서하."

유성이 슬리퍼를 질질 끌고 밖으로 나왔다. 그러곤 서하를 향해 대뜸 물었다.

"너 인마, 진짜 우유경한테 진심이야?"

"네."

서하가 0.1초의 고민도 없이 대답했다. 유성은 기가 찬 듯 웃으며 주머니에서 오만 원권 지폐 두 장을 꺼냈다.

"너 우유경이 울리면 이거 백만 배, 아니 천만 배로 물어내라. 이건 서울 가서 우유경이 맛있는 거 사 줘. 걔 고기 좋아한다."

그렇게 말하며 유성이 서하의 손에 돈을 쥐여 주었다. 그러곤 잠시 머뭇거리다 입을 열었다.

"어제 포차에서 내 친구들이랑 한 얘기는 미안했다."

"괜찮아요. 익숙해서."

서하가 덤덤하게 말하자 유성은 서하의 어깨를 가볍게 두드리고는 골목을 내려갔다.

"오빠가 또 뭐래?"

언제 나왔는지 유경이 유성의 뒷모습을 물끄러미 바라보고 있었다. 서하는 유경의 짐을 뺏어 들곤 그녀의 손에 십만 원을 건넸다.

"맛있는 거 사 먹으래."

"에? 진짜? 저 인간이 그럴 리가 없는데."

유경은 믿기지 않는다는 듯 중얼거리며 차에 올라탔다.

차는 고속도로를 열심히 달려 서울 시내에 진입했다.

도로변에 차를 세운 서하는 고개를 돌려 유경을 바라봤다. 그녀는 아까 휴게소에서 산 호두과자 봉지를 손에 꽉 쥔 채 졸고 있었다. 방금 전까지만 해도 열심히 먹더니.

"흠흠."

서하가 일부러 헛기침을 했다. 그 소리에 그녀가 눈을 떴다. 졸음이 가득한 눈이었다.

"앗, 미안. 운전하는데 옆에서 잠이나 자고……. 어? 벌써 동네야? 차로 오니까 엄청 빠르네."

"나 잠깐 뭐 좀 살 게 있어서. 여기서 조금만 기다려."

"어? 어."

유경의 허락이 떨어지자 서하가 차에서 내렸다. 유경은 창밖으로 서하가 들어간 곳의 간판을 올려다봤다.

"핸드폰 매장?"

핸드폰 고장 났다더니, 아예 새로 장만할 모양인가.

그나저나 나 방금 잘 때 코 골거나 그러진 않았겠지? 침도 안 흘렸겠지? 유경은 얼른 백미러로 얼굴을 확인했다. 침 자국이 없어서 다행이긴 했지만, 볼에 새겨진 멍을 보니 또다시 심란해졌다. 앞으로 일자리도 구해야 하는데, 얼굴이 이래서 큰일이네.

유경은 시무룩한 얼굴로 호두과자를 마저 먹기 시작했다. 이 와중에도 이건 왜 이렇게 맛있는 거야.

한창 호두과자를 맛있게 먹고 있는데 차 문이 열렸다. 녀석은 운전석에 앉자마자 새 핸드폰에 번호를 찍더니 통화 버튼을 눌렀다. 곧 유경의 주머니에서 진동이 느껴졌다. 유경이 얼른 핸드폰을 꺼내 액정을 물끄러미 쳐다봤다. 모르는 번호였다.

"내 번호야. 저장해."

"번호도 바꿨어?"

"어. 니가 지금 내 번호 아는 유일한 사람이야."

"하하. 영광이네."

유경이 멋쩍게 웃으며 말했다. 그러자 녀석이 피식 웃더니 차에 시동을 걸었다.

"공일공팔……."

녀석의 번호를 읊조리며 입력하던 유경이 고개를 갸웃거렸다.

1월 8일? 어제잖아……. 뭐지? 혹시 생일인가? 보통 핸드폰 뒷자리는 생일로 많이 하니까.

유경은 녀석을 흘끔 보며 혹시 어제 생일이었냐고 물어보려고 입을 떼려는데, 차가 멈췄다. 유경은 고개를 돌려 창밖을 내다봤다. 편의점 앞이나 저번에 녀석과 만났던 골목길에 내려 주는 줄 알았는데…….

예상과 달리 차가 멈춘 곳은 유경이 사는 빌라 바로 앞이었다. 유경은 놀란 눈으로 녀석을 바라봤다.

"너 우리 집은 어떻게 알았어? 나 말 안 했는데."

"어떤 여자가 위험하게 새벽에 혼자 술 취해서 기어가길래 따라갔었어."

"내, 내가 언제!"

"작년 11월 2일."

날짜까지 정확히 기억하는 녀석의 대답에 유경의 입이 떡 벌어졌다.

"넌 왜 그런 걸 기억해?"

"그냥 기억이 난 거야. 워낙 인상 깊은 만남이어서."

"내가 뭐 이상한 짓 하거나 그러진 않았지?"

"이상한 짓은 아니고. 그냥 넘어져서 일으켜 준 사람을 변태라고 오해한 거? 그때 맞은 내 뒤통수가 아직도 아프다는 거?"

"내가 널 때렸다고?"

젠장. 기억이 안 나. 그래, 차라리 기억 안 나는 게 덜 쪽팔리지. 유경은 태연한 척 말을 돌렸다.

"아무튼 아침부터 데려다줘서 고마워. 버스 탔으면 한참 걸렸을 텐데. 너도 얼른 들어가서 쉬어. 몸도 안 좋은데."

"내일은 몇 시에 만날까?"

"내일 또?"

"사실 지금 헤어지기 싫은데 억지로 보내 주는 거야. 니가 나 질려

할까 봐."

녀석의 저돌적인 말투에 유경의 심장이 콩닥거렸다. 이러다 심장이 남아나지 않을 것 같았다. 가슴에 손을 얹고 속으로 릴렉스를 외쳐 대던 유경이 조심스레 입을 열었다.

"저기…… 지금부터 내가 하는 말 비웃지 말고 들어."

"어. 알았어. 말해."

녀석은 정말 뭐든 다 들어 줄 준비가 되어 있는 표정이었다. 그 부드러운 말투와 표정에 용기를 얻은 유경은 다시 천천히 말을 이었다.

"내가 어제부터 계속 궁금했는데……. 그러니까 그게……."

"……."

"우리 지금 무슨 사이야?"

말을 할까 말까 한참 고민하던 유경은 정말 궁금해서 못 참겠다는 얼굴로 대뜸 물었다. 그러자 녀석이 당황한 얼굴로 유경을 빤히 보더니.

"그게 왜 궁금해?"

"헷갈리니까."

"난 헷갈리게 한 적 없는데."

녀석은 억울한 듯한 표정으로 유경을 쳐다봤다. 유경은 자신이 무슨 큰 잘못이라도 했나 싶어 생각에 잠긴 채 이마를 긁적이고 있는데.

"어제가 1일."

녀석이 다부진 얼굴로 힘주어 말했다.

"오늘이 2일."

"……."

"난 어제부터 너랑 사귀고 있었어."

그게 혼자만의 생각이었다니, 서하는 씁쓸함과 동시에 그녀가 야속했다. 그리고 마음이 불안해지기 시작했다. 겨우 잡았다고 생각했던 그녀가 도망가 버릴까 봐. 워낙 어디로 튈지 모르는 그녀라서 서둘러 붙잡아 놓으려고 했던 것이 오히려 독이 됐을까.

조금만 더 천천히 갈걸. 더 멋진 말로 고백을 했어야 했는데. 매일 수만 자의 글을 쓰는 주제에 근사한 말 한마디를 고르지 못하고, 아까 내가 뭐라고 했더라. 짧은 순간에 오만 가지 생각이 교차했다.

서하는 아까부터 계속 벙쪄 있는 유경을 향해 조심스레 물었다.

"미안. 역시 나 혼자 착각한 거지?"

유경은 불안하게 떨리는 녀석의 눈빛을 보고 곧장 손사래를 치며 외쳤다.

"아니!"

"뭐가 아닌데?"

"2일 맞다고."

"……."

"맞는 것 같아. 너 혼자 착각한 거 아니야."

유경의 직설적인 대답에 서하는 얼떨떨했다.

"나 사실 어제 니 전화 엄청 기다렸어. 새벽까지 잠 못 이룰 정도로."

서하는 그녀가 하는 말 토씨 하나 빠뜨리지 않고 머릿속에 박제할 기세로 귀를 기울였다.

"그리고 아침에 널 봐서 기뻤고, 조금 떨렸어. 솔직히 아직 너에 대한 내 감정은 이게 전부야. 너 그래도 괜찮아?"

그녀의 말이 끝나기도 전에 서하가 고개를 세게 끄덕였다. 정말 괜찮았다. 그거면 충분했다.

서하는 이래서 그녀가 좋았다. 항상 자기감정에 솔직한 그녀가 정말 미치게 사랑스러웠다.

"그럼 앞으로 잘 부탁해!"

그녀가 방긋 웃으며 말했다. 서하는 그녀의 얼굴에서 눈을 뗄 수가 없었다.

"저기…… 왜 그렇게 봐?"

"키스해도 돼?"

녀석의 짙어진 눈빛이 닿은 곳은 유경의 입술이었다. 그것을 느낀 유경의 몸이 화락 달아올랐다. 히터 바람마저 차게 느껴질 정도로 얼굴이 뜨거웠다. 유경은 눈을 감아야 할지 말아야 할지 고민했다.

서하의 키스 예고로 인해 두 사람 사이에 숨 막히는 정적이 흘렀고.

쾅쾅.

그 정적을 깬 건 차창을 두드리는 누군가였다. 유경이 화들짝 놀라며 고개를 돌려 창밖을 봤다. 주인집 아저씨가 성난 얼굴로 소리치고 있었다.

"여기다 주차하면 안 돼요. 당장 차 빼요. 빼!"

나쁜 짓 하다 들킨 사람처럼 유경의 가슴이 콩닥거렸다. 아저씨가 몇 초만 늦게 나타났어도 정말 민망한 일이 벌어질 뻔했다.

안도하는 유경과 달리 키스 타이밍을 놓친 서하는 잔뜩 못마땅한 표정이었다. 처음으로 녀석이 귀여워 보였다. 유경은 애써 웃음을 참으며 말했다.

"너 얼른 차 빼야 될 것 같은데. 저 아저씨 주차 문제에 엄청 예민하시거든. 그럼 나 먼저 가 볼게. 내일 보자."

그녀가 짐을 들고 차에서 내려 후다닥 집으로 뛰어 들어갔다. 잡을 새도 없었다.

서하는 못내 아쉬운 표정으로 창밖을 내다보며 쉽사리 자리를 뜨지 못했다. 그러다 주차 문제에 예민한 아저씨한테 한 번 더 경고를 먹고서야 억지로 운전대를 잡았다.

무표정하던 그의 얼굴에 어느새 미소가 번지고 있었다. 표정을 굳히려고 해도 자꾸만 새어 나오는 웃음을 멈출 수가 없었다.

욕실에서 샤워를 하고 나온 유경은 머리를 말리다가도, 물을 마시다가도, 노트북으로 일자리를 찾다가도, 아까 차에서 있었던 일이 문득문득 떠올라 몸서리를 쳤다.

"으으, 나 미쳤나 봐. 내가 왜 그런 말을 했지?"

정말 아무 말 대잔치가 따로 없었다. 잘 부탁한다느니, 널 봐서 떨렸다느니, 좋았다느니…….

특히 니 연락 기다리다가 새벽까지 잠 못 잤다는 얘긴, 진짜 다시 생각해도 너무 부끄러웠다. 적당히 포장하고 덜어 낼 건 덜어 내고 말했어야 했는데, 그냥 속에 있는 것들을 몽땅 꺼내 보여 주고 말았다. 연애 무식자 인증 제대로 한 셈이다.

내가 도대체 왜 그랬을까? 유경은 곰곰이 생각에 잠겨 있다가 뒤늦게 그 이유를 깨달았다.

그래, 그 눈빛! 녀석은 우리가 사귀는 사이라고 생각하고 있었는데, 그게 자기 혼자만의 착각이었냐고 내게 물었다. 그때 녀석의 눈빛은 바람 앞에 촛불처럼 아주 위태롭게 흔들리고 있었다. 바로 그게 문제였다. 그 순간, 그 촛불을 꺼트리면 안 될 것 같다는 생각이 머릿속을 지배했다.

만나 보자는 내 말에 눈도 깜빡이지 않고 귀를 기울이던 녀석의 모습이 떠오르자 유경은 풉, 하고 웃음을 터뜨렸다.

"그건 좀 귀여웠어. 그리고……."

키스해도 되냐고 물어 오던 녀석의 농염한 눈빛이 떠오르자 유경은 침대 위에 몸을 던졌다. 그리고 파닥거리며 몸부림을 쳤다.

"그건 좀 과하게 섹시했……. 옴마낫. 나 미쳤나 봐."

녀석을 떠올리면 떠올릴수록 심장이 마구 요동쳤다. 헤벌쭉 웃으며 천장을 바라보던 유경은 고개를 절레절레 흔들었다.

"정신 차리자, 정신. 지금 이러고 있을 때가 아니야. 연애는 연애고, 일자리 찾아야지."

침대에 걸터앉은 유경은 다시 현실로 돌아가 핸드폰을 집어 들었다. 주소록에 있는 감독과 제작 PD들의 번호를 진지하게 살피다가도 저도 모르게 자꾸만 입꼬리가 올라가고 웃음이 비실비실 새어 나왔다.

2시간 후.

"액션 영화라서 남자 조감독을 구하신다고요? 네. 알겠습니다. 실장님, 다음에 찾아뵐게요."

"감독님도 몸 건강히 촬영 잘 마무리하시구요. 다음번엔 저한테도 꼭 연락 좀 주세요. 네. 들어가세요."

"최근 작품에서 제 롤이 퍼스트였는데……. 전 스크립터도 괜찮아요. 아…… 나이가 안 맞는다고요? 네. 알겠습니다. 들어가세요."

유경은 시무룩한 얼굴로 전화를 끊었다. 아까와는 확연히 다른 표정이었다. 그렇지 이게 현실이지. 유경은 한숨이 절로 나왔다.

방금 김 PD를 마지막으로 더 이상 전화를 걸 곳도 없었다. 지금 당장 투입될 수 있는 현장을 찾지 못한 유경은 다른 직종의 알바라도 해야 하는 것인지 고민스러웠다.

알바라……. 그쪽 방면으론 권오영이 제일 빠삭한데. 유경은 얼른 오영의 번호를 찾아 통화 버튼을 눌렀다. 한참이 지나서야 오영이 전화를 받았다.

— 선배! 소개팅하게요?

"그놈의 소개팅 타령. 넌 나한테 할 말이 그거밖에 없어?"

— 그거밖에라뇨. 그거 나한테 정말 중요한 일이었는데. 걔 진짜 나이 어린데 어린 티 하나도 안 나고 정말 괜찮은 애라니까요.

"야, 권오영. 괜찮은 애 말고, 괜찮은 알바 없을까?"

유경의 물음에 오영이 생각에 잠긴 듯 말이 없었다. 그러다 뒤늦게 목소리가 들려왔다.

— 내가 하려던 알바가 하나 있기는 한데. 선배가 대신할래요? 그렇지 않아도 나 요즘 시나리오 작업 중이라 바쁘거든요. 아마 페이도 많이 줄 거예요. 클라이언트가 돈이 많으신 분이라. 페이 미지급될 일도 없고.

"무슨 알반데?"

솔깃해진 유경은 스피커 볼륨을 높이고 오영의 말에 귀를 기울였다.

— 추모 영상 제작이요. 배우 강소윤 씨 5주기 추모식 때 띄울.

"아……."

벌써 그 일이 5년 전이라니. 유경의 표정이 씁쓸해졌다.

— 선배, 할 거예요?

"응! 근데 영상은 소속사에서 의뢰한 일이야?"

— 아니요. 강소윤 씨 팬이요.

"팬? 근데 그거 진짜 내가 해도 될까? 돈도 돈이지만 소윤 언니 추모 영상이라면 내가 만들어 보고 싶어서. 나 현장에서 막내일 때 많이 챙겨 주셨거든."

— 아…… 강소윤이랑 아는 사이였어요? 그럼 더 좋죠. 내가 클라이언트한테 말해 볼게요. 아, 그러지 말고 같이 만나 볼래요? 만나서 페이도 확실히 하고, 영상 콘셉트에 대해 직접 들으면 좋으니까.

"그래. 그럼 나야 좋지."

— 혹시 이따 저녁에 시간 돼요?

바로 된다고 대답하려던 유경이 멈칫했다. 맞은편에 세워진 전신 거울에 비친 자신의 얼굴을 발견한 것이다. 어떡하지. 이 얼굴로 나가면 신뢰감이 확 떨어질 텐데.

— 클라이언트 성격이 겁나 급해서 아마 오늘 내가 못 한다고 하면 금방 다른 사람 구할 텐데.

"어디로 가면 돼?"

유경이 다급히 외쳤다. 그러자 오영은 그럴 줄 알았다면서 웃더니, 문자로 주소를 보내겠다며 전화를 끊었다.

통화를 끝낸 유경은 거울 앞에 서서 멍을 어떻게 가릴까 고민하다가 좋은 수가 떠올랐는지 서랍을 열었다.

일식집 룸에 들어선 오영이 크게 놀랐다.

"세상에……. 형! 무슨 술을 이렇게 많이 마셨어요?"

테이블 위에 빈 사케 병이 세 개가 넘게 보였다. 비싼 다금바리 회부터 시작해서 먹음직스러운 음식들엔 손도 대지 않고 연거푸 술잔만 들이켜던 지웅이 오영을 쳐다봤다.

"호들갑 그만 떨고 앉아."

"취한 건 아니죠? 나 오늘 일찍 들어가야 하는데."

오영이 자리에 앉으며 투덜거렸다. 그러자 지웅이 그를 노려봤다.

"왜, 왜 그렇게 봐요?"

"너 나한테 할 말 없냐?"

"뭘요?"

"채서하."

"아, 맞다. 나 진짜 형한테 섭섭해요. 내가 서하랑 친하게 지내라고 그날 자리 마련한 거지, 둘이 싸우라고 소개해 준 줄 알아요?"

"그 새끼 맘에 안 들어."

제 앞에서 주눅 들지 않고 내내 꼿꼿하던 서하의 모습이 떠오르자 지웅은 아래턱에 힘이 들어갔다. 그는 신경질적으로 다시 술을 들이켰다.

"가진 것도 개뿔 없는 새끼가 자존심만 높아가지고."

"걔가 가진 게 왜 없어요? 머리 좋지, 나이 어리지, 잘생겼지, 심지어 돈도 많아."

"돈이 많아?"

지웅이 비웃음 쳤다. 충분히 그럴 만도 했다. 그는 대한민국 30대 중에 돈이 가장 많은 남자니까.

"물론 형이랑 비교하면 새 발의 피겠죠."

오영의 대답에 지웅이 피식 웃으며 술을 마시고 있는데.

"근데 잠재된 능력은 서하 걔가 형보다 우위일 수도 있어요."

"뭐라고 인마?"

"걘 천재거든요."

지웅은 술맛이 뚝 떨어졌다. 지웅의 심기가 불편한 것도 모르고 오영은 신나게 떠들었다.

"걔가 학부 때 낸 특허가 있는데 그걸 외국계 기업에서 5억 원인가 주고 사 갔어요. 그뿐이 아니에요. 그 회사 총매출의 1퍼센트 넘게 기술료를 받고 있다던데. 아마 건물도 여러 개 있을 거예요. 아무튼 채서하는 돈이 아쉬운 애는 아니에요."

"그래서?"

"그러니까…… 내 말은 둘이 사이좋게 지내라는 뜻이었달까. 자, 건배!"

오영은 뒤늦게 지웅의 굳은 표정을 발견하곤 잽싸게 술잔을 들이켰다.

"오늘 분위기가 영 아니네……. 괜히 오라고 했나?"

오영이 중얼거리는 소리를 들은 지웅이 그를 노려봤다.

"너 누구 불렀냐?"

"저번에 형이 나한테 부탁한 영상 있잖아요. 그거 내가 아는 선배가 대신 만들면 어떨까 싶어서……."

"너 뒤질래? 그거 니가 직접 하라고 했잖아."

지웅이 눈을 부릅떴다.

"에이, 한 번만 봐줘요. 나 요즘 진짜 죽이는 시나리오 쓰고 있단 말이에요. 완전 바쁘다고요. 그리고 그 선배가 나보다 훨씬 더 잘 만들걸요? 강소윤 씨랑도 아는 사이래요."

"됐어. 관둬. 그 선배라는 놈도 오지 말라고 해."

"벌써 오고 있을 텐데……. 어떡하지. 유경 선배 일자리 급한 것 같던데."

오영이 난처한 기색으로 머리를 긁적이고 있는데, 지웅이 술을 마시려다가 잔을 내려놓았다.

"방금 누구라고 했냐? 유경? 혹시 우유경?"

"네! 우유경 맞아요. 뭐야, 형도 유경 선배 알아요?"

"알지. 잘 알지."

지웅이 다시 잔을 손에 쥐며 읊조렸다.

그 순간, 노크 소리와 함께 문이 열렸다. 그리고 왼쪽 볼에 커다란 대일밴드를 붙인 유경이 들어왔다. 오영이 벌떡 일어나 유경에게로 다가갔다.

"선배, 얼굴이 왜 그래요?"

오영의 물음에 유경이 작은 목소리로 말했다.

"그냥 좀 다쳤어. 근데 저분이야? 클라이언트."

"네. 근데 저분은 선배를 잘 안다는데. 선배는 몰라요?"

오영의 말에 유경은 태연하게 앉아서 자신을 빤히 올려다보고 있는 남자를 흘끔 쳐다봤다. 유경의 표정이 심각해졌다. 그녀는 오영을 끌어다 작게 속삭였다.

"난 처음 보는 사람인데. 혹시 내가 저 클라이언트를 잘 알아야 하는 상황이야?"

"아니요. 그냥 모르면 모른다고 솔직하게 말하는 게 좋을 거예요. 저분 성격이 좀 유별나거든요."

"오케이."

클라이언트의 성향을 단번에 파악한 유경은 얼른 뒤돌아 남자를 향해 미소 지으며 인사했다.

"처음 뵙겠습니다. 우유경이라고 합니다."

자신을 소개하며 유경은 자리에 앉았다.

"처음이 아닐 텐데……."

지웅이 혼잣말을 내뱉으며 기가 찬 듯 웃었다.

유경은 침을 꼴깍 삼켰다. 괜히 속이 탔다. 저 남자 방금 나 비웃은 거 맞지? 유경은 남자의 거만한 태도에 놀랐고, 오영이 손을 흔들며 문 쪽을 향해 뒷걸음치고 있는 것을 보고 또 한 번 놀랐다.

"그럼 둘이 얘기 나누세요. 저는 바빠서 이만."

"자, 잠깐! 야, 권오영!"

오영이 갑자기 밖으로 나가 버리자 유경은 당황하여 자리에서 벌떡 일어났다. 그러곤 문으로 달려가 손을 뻗었다. 하지만 이미 문은 쾅, 닫힌 후였다. 저 망할 놈의 자식.

설마 여기 이상한 자리는 아니겠지? 그래, 아닐 거야. 권오영이 아무리 철이 없어도 그런 놈은 아니야. 아닌데……. 분위기가 어째 요상하다.

문 앞에 멀뚱히 서 있던 유경은 지웅을 흘끔 쳐다봤다. 그는 말없이 술만 들이켜고 있었다.

남자의 인상은 매우 차가웠다. 멀찍이서 보기만 해도 간담이 서늘할 정도로. 게다가 입고 있는 셔츠와 시계는 어디 브랜드인지는 모르겠지만, 딱 봐도 엄청 비싸 보였다. 그리고 뭐랄까. 뭔가 범접할 수 없는 아우라가 느껴졌다.

"앉아요."

"네!"

지웅의 묵직한 음성에 화들짝 놀란 유경은 반사적으로 대답했다. 그리고 자리로 가기 위해 한 발 떼려다가 멈칫했다. 유경은 지웅의 눈치를 슬쩍 보며 문을 살짝 열었다. 그러곤 메고 있던 가방을 문 사이에 내려놓고 있는데…….

"지금 뭐 합니까?"

"네? 그게……. 제가 가방을 자주 잃어버려서 집에 갈 때 안 잊어먹으려고……."

그녀가 횡설수설하며 변명을 늘어놓자 지웅의 표정이 점점 썩어갔다. 그것을 눈치챈 유경은 재빨리 사과했다.

"죄송합니다. 좀 무섭게 생기셔서요."

유경의 솔직함에 지웅은 실소를 터뜨렸다.

"이봐. 내 사회적 위치가 이런 데서 여자랑 뒹굴 만큼 저급하진 않아. 그러니까 앉아. 문 닫고. 가방도 챙기고."

갑자기 웬 반말? 유경은 입을 삐죽 내밀곤 가방도 챙기고 문도 닫고 자리에 털썩 앉았다. 빨리 일 얘기나 마무리 짓고 집에 가 버려야지. 유경은 굳게 마음먹고 입을 열었다.

"오영이한테 강소윤 씨 추모 영상 제작을 의뢰하셨다고……."

"일단 밥부터 먹고."

이 분위기에 뭘 먹어……야겠구나. 다 먹고 얘기해야겠다. 세상에 이 음식들은 다 뭐야? 난생처음 보는 음식들에 유경의 두 눈이 휘둥그레졌다.

"잘 먹겠습니다."

유경은 제일 먼저 회를 한 점 입에 넣었다. 입에서 살살 녹았다. 그렇지 않아도 어제 서하랑 회 먹으러 갔다가 오빠 때문에 제대로 먹지도 못하고 나왔는데. 그나저나 서하는 저녁 먹었으려나? 또 편의점 음식 먹고 있는 거 아니야? 여기서 초밥이나 포장해 갈까?

유경은 따뜻한 국물을 후루룩 마시며 메뉴판을 찾다가 지웅과 눈이 정면으로 마주쳤다. 그가 술잔을 입에 댄 채 유경을 신기하게 쳐다보고 있었다.

"왜 그렇게 보세요?"

그녀가 어색한 웃음을 흘리자 지웅이 술잔을 내려놓으며 대답했다.

"엄청 맛있게 먹어서."

"엄청 맛있어요. 회 좀 드셔 보세요. 아, 그러고 보니 성함도 안 물어봤네요. 성함이?"

"서지웅."

"아…… 서지웅 씨. 근데 저는 처음 듣는 이름인데 아까 오영이한테 듣기론 저를 안다고 하셨다면서요. 저를 어떻게 아세요?"

"기억력이 나쁜가? 내가 쉽게 잊힐 얼굴은 아닌데."

그래, 나 기억력 나쁘다. 어쩔래. 말하는 거 완전 재수 없어. 유경은 속으로 생각하며 떨떠름한 표정을 지었다.

"방금 속으로 내 욕 했지?"

귀신이네. 유경은 속을 들킨 것이 민망해서, 헛기침하며 말을 돌렸다.

"우리 어디서 만났었나요?"

"그랜드호텔 2024호."

"네?"

"우리가 처음 만난 곳."

"이봐요, 무슨 그런 말도 안 되는 소릴. 전 남자랑 그런 데 간 적 없……!"

유경은 입을 틀어막고 자신의 주둥이를 저주했다. 그러자 지웅이 피식 웃었다.

"우리 둘이 갔다고 안 했는데?"

"그럼요? 제발 그냥 한 번에 얘기하세요. 사람 놀리는 것도 아니고 진짜."

씩씩거리는 유경의 반응을 즐기는 듯 지웅이 아랑곳하지 않고 천천히 말했다.

"그날 호텔로 강소윤이랑 같이 나 찾아왔었잖아."

"……."

"그리고 다음 날, 강소윤은 죽었고."

"……!"

유경은 휘둥그레진 눈으로 지웅을 쳐다봤다.

"이제 기억이 난 모양이군."

"……."

"5년 만이야. 반가워."

"반갑다니요."

유경은 적대심을 한껏 드러낸 채 말했다.

"우리가 서로 반가워할 사이는 아니지 않나요?"

"왜? 난 엄청 반가운데."

유경은 장난스럽게 말하는 지웅을 경계하는 눈빛으로 바라보았다. 분명 잘생긴 얼굴은 맞는데, 차갑게 생겼다라는 말이 먼저 튀어나올 정도로 남자의 외모에서 풍기는 묘한 분위기가 있었다. 웃고 농담을 하는데도 어딘가 아주 날카로운 것을 숨기고 있을 것만 같은 인상. 그래서 괜히 옆에 있는 사람을 불안하게 만든다.

그는 조금이라도 가까이 다가가면 곧장 날카로운 그것을 꺼내 상대를 찔러 버릴 것 같은 냉혈한처럼 보였다. 아까 남자의 말마따나 솔직히 그의 얼굴은 여러 의미로 쉽게 잊힐 외모가 아니었다. 그럼에도 불구하고 이 남자가 왜 기억나지 않나 했더니. 첫 만남이 너무 최악이라 잊고 싶었나 보다.

그는 5년 전과 변한 게 하나도 없었다. 특히 당황한 상대방은 안중에도 없이 혼자만 여유가 철철 넘쳤다. 5년 전 그날도 그랬다.

"영상 콘셉트는 '과거의 영광'으로 잡고, 강소윤의 화려한 필모에 초점을……. 이봐, 우유경 씨. 내 말 안 들려?"

"들려요."

"근데 표정이 왜 그따위야?"

"어이가 없어서요."

"뭐?"

"어떻게 당신이 소윤 언니 추모 영상 만들 생각을 해요?"

지웅은 대답 대신 '그게 왜?'라는 눈빛으로 어깨를 으쓱였다. 태연한 척하는 건지, 아니면 정말 태연한 건지. 아마 후자에 가까우리라.

유경은 남자를 처음 만났던 5년 전을 떠올렸다. 그 당시 강소윤은 대한민국에서 제일 잘나가는 여배우였다. 외모만큼 연기력도 출중해

해외 유수의 영화제에서 상을 받으러 다니는 일정으로도 1년 스케줄이 가득 찰 만큼 대단한 배우였다. 그런 그녀가 추락하기 시작한 건, 마약 중독이라는 루머가 돌면서부터였다.

단순히 루머로 끝날 줄 알았던 사건은 그녀와 같이 마약을 했다는 증인이 등장하면서, 그녀가 사용했다는 주사기가 증거로 제출되면서 진흙탕 싸움이 시작됐다. 임신, 낙태, 동성애……. 근거 없는 루머까지 더해져 그녀의 명예는 더 이상 추락할 곳이 없을 정도로 더럽혀지고 말았다.

하지만 그게 사실이 아니라는 것을, 그녀가 누명을 쓰고 있다는 것을 유경은 알고 있었다. 검찰이 주장한 사건 당일, 그 날짜, 그 시간에 유경이 소윤과 함께 있었기 때문이다.

그날 소윤은 액션 스쿨에서 오전부터 오후 늦게까지 연습을 했고, 유경은 수정된 콘티를 설명하러 그곳에 갔다가 소윤과 하루 온종일 함께하며 다음 날 있을 촬영 준비에 매진했다. 유경은 소윤의 억울함을 풀어 주기 위해 뭐라도 할 작정이었다.

그런데 마침 소윤이 찾아왔고, 그녀가 뜻밖의 부탁을 했다.

'유경 씨, 내일 공판 때 증인으로 나오지 마. 대신 나한테 정말 소중한 사람이 있는데…… 그 사람한테만은 진실을 얘기해 줘. 부탁할게.'

소윤의 절실한 부탁에 유경은 그날 그녀와 함께 그랜드호텔 2024호로 향했다. 그리고 그곳에서 만난 사람이 바로 이 남자였다. 서지웅. 생각해 보니 '지웅 씨, 제발.' 이라며 소윤이 그를 애타게 불렀던 기억이 어렴풋이 떠올랐다.

유경은 지웅을 원망하듯 바라봤다.

"그날 소윤 언니한테 왜 그렇게 모질게 굴었어요? 얘긴 들어 보지도 않고, 막 사람 시켜서 쫓아냈잖아요."

경호원들에게 개처럼 질질 끌려 나간 호텔 복도에서, 작은 어깨를 파르르 떨며 숨죽여 울던 소윤의 마지막 모습이 떠오른 유경은 눈시울이 붉어졌다.

"그날 서지웅 씨가 소윤 언니 얘기 들어 줬으면……."

"그래도 강소윤은 죽었을 거야."

"어째서요?"

"그걸 내가 너 따위한테 말해야 해?"

조금 전과는 비교도 할 수 없는 차가운 표정이었다. 유경은 남자가 무서워서 잠시 동안 얼어 있었다. 그러다 정말 크게 용기를 내서 입을 열었다.

"저 그쪽이랑 일 안 할래요. 오영이한테는 제가 얘기할게요."

"안타깝네. 이제 너한테 선택권은 없는데."

"가 볼게요."

유경은 못 들은 척 자리에서 벌떡 일어났다.

"앉아. 아직 내 얘기 다 안 끝났어."

강압적인 말투. 유경은 굳은 채 서서 가방을 손에 꽉 쥐었다. 여차하면 이곳에서 도망칠 생각이었다.

그런 그녀의 생각을 읽었는지 지웅이 그녀를 따라 자리에서 일어났다.

유경이 흠칫 놀라 뒷걸음을 쳤다. 저 남자 앉아 있을 때는 눈빛으로 사람 불편하게 하더니, 일어나니까 숨이 막힐 것 같았다. 이곳 천장이 낮아서 그런지 지웅의 큰 키와 넓은 어깨가 더욱 위압적으로 느껴졌다.

"가고 싶으면 하나만 대답해."

"……."

"너 5년 전에 왜 돈 안 받았어? 증인 출석 취소하면 돈 준다고 했잖아. 어떤 무서운 사람들이."

"그걸 그쪽이 어떻게 알아요?"

"묻는 말에 대답이나 해."

"싫어요."

"너 진짜 말 안 듣는다. 사람 흥분되게."

지웅이 피식 웃으며 그녀를 조롱하듯 말했다.

"나 이런 데서 저급해지기 싫거든? 그러니까 대답해. 돈 왜 안 받았냐고."

수치스러움에 유경의 얼굴이 붉어졌다. 순간 어디서 그런 용기가 난 건지.

"나쁜 놈!"

"뭐라고?"

유경의 외침에 지웅은 자신의 귀를 의심하며 미간을 찌푸렸다.

"너 지금 나한테 나쁜 놈이라고 했냐? 뭐 이렇게 솔직해?"

"솔직한 게 아니라 난 그냥 사실을 얘기했을 뿐이야. 너 소윤 언니가 억울하게 누명 쓴 거 다 알면서도 그날 그렇게 모질게 대한 거지? 이거 지인짜 나쁜 새끼네. 소윤 언니는 너한테 진심이었다고!"

소윤이 증인으로 요청한 액션 스쿨 관장과 단원들이 진술을 바꾸는 바람에 그 공판에선 유경이 유일한 증인이었다. 아무리 소윤이 오지 말라고 했다지만, 유경은 천지가 개벽해도 그곳에 갈 생각이었다.

하지만 공판 당일 새벽, 그녀는 세상을 떠나고 말았다.

"너 진짜 그렇게 살지 마. 죽은 소윤 언니를 생각해서라도 그러면 안 되지."

지웅은 이해할 수 없다는 표정으로 유경을 쳐다봤다. 여자는 그가 생각했던 이미지와 전혀 달랐다. 이렇게 생동감 넘치고 온기가 가득한 여자일 줄은 몰랐다. 지웅은 사실 유경이 소윤을 원망하며 우울하게 살고 있을 줄 알았다.

"넌 억울하지도 않아? 강소윤 때문에 니 인생 망했잖아."

유경이 지웅을 노려보며 아까보다는 침착하게 대꾸했다.

"나 안 망했거든요? 잘 살고 있는 사람을 왜 망했다고 그러세요?"

"5년 전부터 일이 잘 안 풀렸을 텐데? 감독들이 널 안 써 준다든가. 니가 있는 프로젝트에 투자가 빠진다든가. 그래서 황 대표 같은 양아치 밑에서 일할 수밖에 없었겠지."

"내 뒷조사했어요?"

"이제 더 열심히 해 볼까 하고. 니가 아주 맘에 들었거든."

"죄송한데 전 그 맘에 들어갈 생각이 전혀 없네요!"

지웅이 황당하다는 듯 웃었다. 소리까지 내며 웃는 지웅의 눈치를 흘끔 보던 유경은 조금씩 뒷걸음질을 치더니.

"따라오면 신고할 거예요!"

외침과 동시에 그가 잡을세라 얼른 밖으로 도망쳤다.

"쟤 뭐야?"

룸에 홀로 남은 지웅은 멍하니 문을 쳐다보며 혼잣말을 했다.

그때, 다시 문이 열렸다. 별안간 지웅의 표정이 밝아졌다가 안으로 들어온 사람이 유경이 아니라 최 비서인 것을 확인하곤 인상을 확 찌푸렸다. 최 비서가 흠칫 놀라 고개를 숙였다.

"사장님, 집으로 모실까요?"

"최 비서. 그거 어떻게 됐어?"

그거라니. 그게 뭐지? 눈알을 또르르 굴리며 생각에 잠겨 있던 최 비서가 머뭇거리다 입을 열었다.

"사모님…… 아니, 윤성희 씨가 이미 주식을 빼돌리셨어요."

"그럼 그 여자 잡아서 어디에 빼돌렸는지 알아내야지."

"네. 알겠습니다."

"윤성희 말고 그거 어떻게 됐냐고."

"네? 뭘 말씀하시는지……. 시키신 일이 하도 많아서……."

"내가 너한테 제작사 하나 차리라고 아주 오래전에 얘기하지 않았냐?"

"아주 오래전은 아닌데. 아, 그거! 그건 준비 다 끝냈습니다."

"근데 왜 다 됐다고 말을 안 해? 너 자꾸 일을 이따위로 할래?"

"죄송합니다."

지웅이 최 비서를 한심하게 쳐다보며 말했다.

"우유경 어떤 여잔지 하나부터 열까지 전부 다 알아 와. 아니다. 그건 권오영한테 알아내면 되고, 넌 사무실이나 하나 마련해. 우리 회사랑 되도록 가까운 곳으로."

지웅의 입가에 의미를 알 수 없는 미소가 번져 갔다.

6.

편의점 주인의 정체

"채서하! 어서 사인해. 여기랑 여기만 하면 돼. 아니면 도장 있니?"

갑자기 집으로 들이닥친 윤성희가 서랍이란 서랍은 다 열어 보며 도장을 찾기 바빴다. 그러든지 말든지 서하는 묵묵히 노트북 앞에 앉아 글을 쓰고 있었다.

타닥타닥. 타다다닥.

타이핑 속도가 점점 빨라지던 그때, 도장을 찾다가 지친 윤성희가 다시 계약서를 들이밀며 애원하듯 말했다.

"얘, 엄마 말 안 들리니? 사인 좀 하라니까. 이거 다 너 좋으라고 하는 거야."

쾅!

노트북을 세게 덮으며 자리에서 일어난 서하의 표정이 살벌했다. 그는 윤성희가 손에 들고 있던 종이를 뺏어 물끄러미 보더니, 돌연 갈기갈기 찢어 버렸다. 종잇조각이 바닥에 흩뿌려지자 윤성희가 소리를 질렀다.

"이 녀석! 너 지금 뭐 하는 거야!"

"앞으로 한 번만 더 이딴 거 들고 오기만 해 봐."

"이딴 거라니! 너 이게 얼마짜리 주식인 줄 알아? 나중에 니 아버지한테 명성자동차 물려받아야지. 너 자동차 관심 있어 했잖아."

"내가 아버지가 어딨어? 아, 자식이 있는 줄도 모르는 그 할아버지?"

"그건……. 내가 말했잖아. 그럴 만한 사정이 있었다고. 조금만 기다리면 이 엄마가 원래대로 다 돌려놓을 거야. 니 자리도."

"제발 쓸데없는 짓 좀 하지 마. 당신 때문에 그저께 나 죽을 뻔했어. 벌써 잊었어?"

"그게 왜 나 때문이니?"

"나 찌른 새끼 10년 전에 징역 살다 나온 놈이던데. 그 새끼 당신이랑 관련 있는 거 맞잖아."

"그건 그러니까……."

윤성희가 난처해하며 얼버무리다가 말을 돌렸다.

"그나저나 너 몸은 괜찮니?"

"일찍도 물어보네."

"엄마가 너 걱정 많이 했어. 근데 당분간은 나 여기 못 와. 너 이렇게 만든 놈 찾아서 내가 꼭 복수해 줄 테니까 넌 그동안 몸 잘 챙기고 있어. 계약서는 내일 다시 보낼게. 사인 꼭 하고."

"……."

서하는 들은 척도 하지 않고 다시 자리에 앉아 노트북을 열었다. 그리고 애써 덤덤한 표정으로 타이핑을 시작했다.

그런 아들을 심란하게 바라보던 윤성희가 피곤한 기색으로 집을 나섰다.

나가는 문소리가 들리자마자 서하는 타이핑을 멈추고 자리에서 일어났다. 주방 테이블 위에 딱 보기에도 고급 레스토랑에서 포장해 온 음식들이 가득 쌓여 있었다. 그것들을 물끄러미 보던 서하는 마른세수를 하며 한숨을 길게 내쉬었다.

다음 날.

유경은 어제 지웅과의 일은 금세 잊고 일자리를 찾느라 오전부터 바빴다.

"결혼식, 돌잔치 가리지 않고 다 할게요. 사장님 꼭 연락 주세요. 네. 감사합니다."

전화를 끊고 다시 노트북을 들여다보던 유경은 배를 움켜잡았다.

"아, 배고파."

하필 쌀도 떨어졌고 라면도 없었다. 유경은 떡볶이라도 사 먹을 요량으로 패딩을 걸치고 밖으로 나갔다.

평소 자주 가는 떡볶이 트럭으로 달려간 유경은 빨간 떡볶이를 보자 군침이 바로 돌았다.

"이모, 1인분…… 아니 2인분 포장해 주세요. 1인분씩 따로 담아 주시면 땡큐."

서하도 아직 점심 안 먹었겠지? 갖다줘야겠다. 어제 휴게소에서 호두과자도 얻어먹었으니까 보답을 해야지.

뜨거운 어묵 국물을 국자로 떠서 종이컵에 담은 유경은 다른 한 손으로 핸드폰을 꺼냈다. 유경은 국물을 호호 불며 녀석의 번호를 찾아 통화 버튼을 누를까 말까 고민하고 있는데.

"맛있어?"

익숙한 목소리에 유경이 화들짝 놀라 고개를 돌렸다. 바로 뒤에 녀석이 주머니에 손을 꽂은 채 서 있었다.

"어? 이런 우연이!"

"우연 아닐걸?"

그렇게 말하며 녀석이 가까이 다가왔다. 포옹할 듯 아주 가까이 다가서는 녀석의 몸짓에 유경이 흠칫 놀라 두 눈을 꽉 감았다.

"눈은 왜 감아?"

녀석은 유경의 뒤쪽으로 팔을 뻗어 휴지를 뽑았다. 그러곤 그녀의 소매에 묻은 간장을 닦아 주며 웃음을 터뜨렸다.

뒤늦게 녀석이 포옹하려던 게 아니라는 사실을 알아차린 유경은 민망한 웃음을 흘리며 말을 돌렸다.

"이 시간에 여긴 웬일이야?"

"너 이 시간에 여기 자주 오잖아. 엄청 배고픈 얼굴로. 어묵 국물 국자로 퍼 담을 때마다 꼭 옷에 간장 묻히더라."

"와. 스토커."

"알면 조심해."

서하가 웃으며 주인아주머니가 건넨 떡볶이를 대신 받았다.

"근데 오늘은 왜 2인분이나 샀어?"

"하나는 너 갖다주려고."

"같이 먹자."

"어디서?"

"저 골목에 가면 들어갈 데 많아."

서하가 어느 골목을 가리켰다. 모텔이 사방으로 깔린 골목. 얼마 전 녀석과 길을 잃었던 그곳. 유경이 눈을 흘겼다.

"너 지금 나 놀리는 거지? 난 진짜 맹세코 그때 찻집이나 술집 들어가자는 말이었거든?"

“그래? 몰랐네. 난 자꾸 니가 어딜 들어가자길래 엄청 기대했었는데.”

모텔의 빨간 불빛을 눈에 담으며 들어갈 데 많다고 중얼거리던 녀석의 목소리가 떠오르자 유경의 얼굴이 달아올랐다. 이 녀석 은근히 야하단 말이야.

“채서하, 너 여자 많이 만나 봤지? 막 연상 킬러 뭐 그런 거 아니야?”

“어. 그런 거 아니야.”

“진짜?”

유경이 의심의 눈초리로 녀석을 쳐다봤다. 그러자 녀석이 또 자연스럽게 유경의 손을 잡으며 말했다.

“잊었어? 나 10년 동안 쭉 한 여자만 좋아한 거.”

“그럼 너도 처음이라고?”

“어.”

유경은 녀석이 잡은 손을 들어 올리며 말했다.

“처음이라면서 이런 거 왜 이렇게 자연스러워?”

“그러게. 연애는 경험이 중요한 줄 알았는데, 꼭 그렇진 않은가봐. 너 만나고 알게 됐어.”

녀석이 큰 깨달음을 얻은 듯한 표정으로 말했다.

“처음인 거 티 안 나지?”

유경이 고개를 격하게 끄덕이자 녀석이 피식 웃었다.

“다행이네. 갈 데 찾았다. 가자.”

녀석이 향한 곳은 길 건너에 있는 편의점이었다. 유경은 얌전히 녀석을 따라갔다.

두 사람이 편의점에 들어서자 공부를 하던 알바생이 고개를 번쩍 들었다.

"형, 오늘 아침엔 왜 안 오셨어요? 여학생들이 여기 맨날 서 있는 잘생긴 남자 어딨냐고 찾고 난리가 났었어요."

"조용히 해."

서하가 손가락을 입에 가져다 대며 알바 상혁의 입단속을 시켰다. 뒤에서 두 사람을 지켜보던 유경은 의아했다.

'알바생이랑 엄청 친하네? 편의점을 얼마나 자주 왔길래.'

"그리고 형. 아까 교대할 때 시재 점검했는데 마이너스가……."

"내가 저번에 준 체크카드 있지? 그 돈으로 채워 넣어."

"네. 그리고……."

"야. 나중에 얘기하고, 넌 공부나 해."

"네. 근데 누구?"

"신경 꺼."

상혁이 호기심 가득한 눈빛으로 유경을 쳐다보자, 서하는 그를 무시한 채 유경을 데리고 테이블로 갔다.

"근데 여기서 먹어도 돼?"

떡볶이 비닐을 벗기는 서하를 향해 유경이 조심스레 물었다.

"먹다가 주인 오면 어떡해?"

"괜찮아."

"괜찮긴. 괜히 저 알바생만 난처해지겠다. 너랑 친한 것 같던데. 그러지 말고 나가자."

"상혁아!"

유경이 계속 나가자고 보채자 서하가 상혁을 크게 불렀다. 그러자 상혁이 잽싸게 달려왔다.

"네. 뭐 필요한 거 있으세요?"

"너 점심 아직 안 먹었지? 너도 나가서 먹고 와. 카드 가져가고."

"네!"

서하의 말이 끝나기가 무섭게 상혁이 신나서 근처 분식집으로 뛰어가는 것을 보며 유경은 다시 서하를 쳐다봤다.

"너 뭐야?"

"여기 주인."

"진짜? 농담 아니고?"

"어."

"와! 대박! 완전 부럽다."

유경은 두 손까지 모으며 정말 부러워 죽겠다는 눈빛으로 서하를 쳐다봤다. 얼마 전 베스트셀러 작가가 돼서 부럽다는 말을 했을 때와는 확연히 다른 눈빛이었다. 그때보다 훨씬 더 반짝거렸다. 그녀는 진심으로 부러워하고 있었다.

그녀를 물끄러미 바라보던 서하가 젓가락을 톡 뜯으며 말했다.

"그런 표정 좀 짓지 마."

"응?"

"내가 가진 거 다 주고 싶어지잖아."

녀석은 판권과 시나리오에 이어 편의점까지 통째로 넘길 기세로 그녀를 바라봤다.

저번 날 그 귀한 시나리오를 들고 터미널까지 달려왔던 녀석의 모습이 떠오른 유경은 얼른 손사래를 쳤다.

"아니야. 주지 마. 제발 넣어 둬. 나 이제 너한테 아무것도 안 받을 거야."

"제대로 받은 것도 없으면서."

녀석이 잔뜩 서운한 표정으로 유경의 손에 젓가락을 쥐여 주며 물었다.

"「피어싱」 어떻게 할 거야?"

그러고 보니 그날 시나리오를 받기만 하고 녀석에게 아무런 답변도 주지 못했다. 녀석이 서운할 만도 했다.

유경은 곰곰이 생각에 잠겨 있다가 어렵게 입을 열었다.

"솔직히 지금은 자신 없어. 원작도 너무 좋고, 시나리오도 완벽한데, 내가 잘 구현해 낼 수 있을지 의문이야. 사실…… 니 작품이라서 더 조심스러워. 내가 훌륭한 니 작품 망칠까 봐 부담도 되고."

녀석의 시나리오를 읽은 사람들은 누구나 다 느꼈을 것이다. 작가가 이 시나리오를 완성하기 위해 얼마나 치열하게 고민했는지. 그게 정말 여실히 드러난 글이었다. 녀석이 쉽게 줬다고 나도 쉽게 받을 수 있는 작품이 아니었다.

실제로 유경은 녀석의 시나리오를 다 읽고 나서 온몸에 전율이 흐르기도 했다. 그때 느꼈던 감동이 다시금 피어오르자 유경은 저도 모르게 찬사가 튀어나왔다.

"채서하 너 진짜 천재 같아."

"천재? 뭐야. 지금 되게 뜬금없는 거 알지?"

서하는 자신을 선망의 눈빛으로 바라보는 유경을 의아하게 쳐다봤다.

"사실 줄곧 생각해 왔던 거야. 「피어싱」 말인데, 소설만큼 시나리오도 정말 너무 완벽했어. 시나리오가 원래 먼저 있고 나중에 소설이 나온 건 아닐까, 라는 생각이 들 정도로 각색이 정말 흠잡을 데가 없었어."

"어떻게 알았어? 그거 시나리오가 먼저였어."

"정말?"

"단편으로 써 놨던 걸 소설로 각색한 다음 다시 장편 시나리오로 각색한 거야."

"그럼 더 대단하네. 어떻게 멀티가 되지? 보통은 그게 쉽게 안 되거든. 게다가 소설도 시나리오도 완벽하잖아."

"그거 칭찬이지?"

"그럼. 칭찬이지."

"기분은 좋네."

악평의 대가로 유명한 평론가에게 호평을 받았을 때도 덤덤했는데, 유경의 칭찬 한마디에 서하는 기분이 제법 좋아졌다. 그녀와 함께 있으면, 넌덜머리가 날 정도로 반복되는 친모의 지독한 행위들을 잠시나마 잊을 수 있어서 좋았다.

그래서 한편으론 두렵기도 했다. 친모를 향한 원망이 커질수록, 그녀를 향한 애정도 커져 집착이 되어 버릴까 봐.

서하는 떡볶이를 보며 침을 꼴깍 삼키고 있는 유경을 애틋하게 바라봤다.

"아무튼 「피어싱」은 아무한테도 안 넘기고 기다릴 테니까, 준비되면 그때 말해. 서두를 거 없으니까."

"알았어. 알았으니까 우리 빨리 떡볶이나 먹자."

유경은 떡볶이를 한입에 쏙 집어넣었다. 오물오물 한창 맛있게 떡볶이를 먹던 그녀의 얼굴이 떡볶이만큼이나 새빨개지더니.

"쓰읍. 이거 완전 매워. 원래 이렇게 안 매웠는데. 씁. 이모가 오늘 떡볶이에 무슨 짓을 한. 으으. 매워."

매워서 어찌할 바를 모르는 유경을 심각하게 쳐다보던 서하가 뒤쪽에서 아이스크림을 하나 꺼내 오더니 껍질을 까서 그녀에게 내밀었다.

"고마워."

그녀가 얼른 아이스크림을 받아 한입 베어 물었다. 이제야 살 것 같은지 그녀의 표정이 한결 편안해졌다.

"와, 편의점 주인 진짜 좋다. 아무거나 필요할 때 갖다 먹어도 되고."

"너도 필요한 거 생기면 가져가. 계산은 내가 할 테니까."

"오올."

"아깐 나한테 아무것도 안 받는다더니, 편의점 싹 다 먹어 치울 눈빛이네?"

"그러니까 조심해. 나한테 막 함부로 뭐 준다고 하지 말고. 근데 넌 도대체 날 뭘 믿고 판권에 시나리오까지 준다는 거야?"

"본인을 너무 과소평가하는 거 아니야?"

아니야. 니가 날 과대평가하는 거야. 유경은 그 말을 속으로 삼켰다. 자존감 낮은 자신의 모습을 들키고 싶지 않았기 때문이다.

"나 이 얘기 처음 하는데, 「피어싱」은 내 어린 시절 자화상 같은 이야기야."

유경은 놀라지 않았다. 그 사실을 이미 어렴풋이 알고 있었기 때문이다. 입 밖으로 꺼낼 용기가 없었을 뿐이지.

실제로 녀석의 어머니는 잘못된 소문으로 인해 자해 시도까지 했었다. 그때 녀석의 나이는 고작 열두 살. 유경은 어렵게 상처를 꺼내 보이는 녀석을 지그시 바라봤다.

"시나리오는 소설과 다르게 옆집 소녀가 주인공이야."

"맞아. 소설에선 승대 시점이 많았지. 근데 그렇게 각색한 이유가 있어?"

"옆집 소녀는 그 파멸해 가는 이웃집 가족을 보며 무슨 생각을 했을까 궁금했어. 사실 그 궁금증에서 시작한 시나리오이기도 해. 그래서 난 더욱 니가 연출한 「피어싱」이 꼭 보고 싶어. 니가 보는 세상은 어떤 색깔인지 항상 궁금했거든. 분명 따뜻할 거야. 그래서 난 니가 꼭 내 작품을 연출해 줬으면 좋겠어."

유경은 어딘가 한 대 맞은 얼굴로 서하를 바라봤다.

"왜? 별로야?"

"아니. 그게 아니라……. 그렇게 명확한 이유가 있는 줄 몰랐어. 사실 난 니가 나한테 사심이 있어서 판권이며 시나리오며 준다는 줄 알았거든."

"당연히 사심도 있지. 아주 많지."

잘 나가다가 또 왜 저래? 유경은 녀석을 흘겨봤다.

그러자 녀석이 갑자기 자리에서 일어났다. 얘기하느라 정신이 팔려 몰랐는데, 손님이 들어와 카운터 주변을 서성이고 있었다.

"갔다 올게."

녀석은 카운터로 달려갔고, 그 뒤로도 몰려온 손님들을 맞이하다가 상혁이 들어오자 교대했다.

"우리 나가서 좀 걸을까?"

녀석의 제안에 유경은 흔쾌히 고개를 끄덕였다.

유경과 서하는 편의점에서 들고 나온 따뜻한 캔 커피를 마시며 근처 공원을 산책했다.

"안 추워?"

"응. 걸으니까 괜찮은데? 엄청 추울 줄 알았는데."

"그래도 이거 주머니에 넣어."

서하가 핫팩을 내밀자 유경이 반가워했다.

"오, 센스! 이것도 편의점에서 가져온 거지? 요즘 편의점엔 없는 게 없다니까. 진짜 너무 좋다."

"뭐가 좋은데? 편의점? 아니면 나?"

"우리 저기 가서 앉자!"

유경은 쑥스러워 말을 돌렸다. 그러곤 근처 벤치로 달려가 앉았다. 편의점한테 밀리다니, 중얼거리며 서하도 그녀를 따라 옆에 앉았다.

시큰둥한 녀석의 눈치를 흘끔 보며 유경이 대뜸 선언했다.

"나 앞으로 너보다 더 열심히 살 거야."

"나 별로 열심히 살고 있지 않아."

"무슨 소리. 열심히 안 사는 사람이 어떻게 그런 편의점도 있고, 책도 내고, 그리고 너 써 놓은 글도 많다며. 진짜 너에 비하면 난 가진 게 개뿔도 없어."

"가진 게 왜 없어? 넌 꿈을 가졌잖아."

"……."

"생각하면 가슴이 설레고 두근거리는 꿈을 가진 건 축복이야. 그렇지 않은 사람들이 대부분이니까."

이 녀석, 상대방 자존감 높여 주는 대화법 강의라도 듣나? 녀석의 말 한마디 한마디가 가슴을 울렸다. 그리고 나를 돌아보게 한다.

맞아. 난 영화감독이 되겠다는 그 꿈 하나로 버티며 살고 있지. 그 꿈이 없었다면 정말 우울했을 거야.

유경은 서하를 물끄러미 바라봤다. 곳곳에 눈이 쌓인 공원 풍경을 눈에 담고 있는 녀석의 옆얼굴을 보다가 문득 알고 싶어졌다. 내 얘기가 아닌 채서하의 이야기가.

"너는? 너도 설렐 만한 꿈 있지?"

"없어."

유경이 의아한 듯 쳐다봤다.

"없다고?"

당연히 자신이 쓴 글이 영상화되는 거라든가, 「피어싱」보다 더 완벽한 글을 써서 노벨 문학상과 같은 큰 상을 받고 싶다든가.

그런 멋진 꿈이 녀석의 입에서 나올 줄 알았다. 하지만 녀석은 아주 건조한 표정으로 꿈이 없다고 말했다.

혹시 번아웃에 빠진 걸까? 하긴, 남들보다 훨씬 어린 나이에 베스트셀러 작가가 된 것도 모자라 대한민국에 있는 시나리오 공모전이란 공모전은 다 휩쓸어서 현재 충무로에서 기대하는 신인이라던데. 창작의 고통……. 그거 정말 괴로운 일이지.

유경은 녀석을 애틋하게 바라봤다.

"왜 그렇게 봐?"

"나도 너한테 뭔가 힘이 되는 말을 해 주고 싶은데 떠오르지가 않아서. 미안."

"말 대신 몸으로 해 줘도 되는데."

"모, 몸? 변태!"

"농담이야."

"농담 아니었던 것 같은데? 방금 눈빛이 막……. 암튼 너 솔직히 말해. 여자 처음 사귀는 거 아니지? 저번에도 막 작업실에서 키스……."

부끄러워서 얼굴이 새빨개진 유경이 귀여운지 서하가 한결 편해진 표정으로 웃으며 생각했다. 꿈은 없지만 이렇게 바라보기만 해도 가슴 설레고 두근거리는 여자는 있으니, 난 이제 그 힘으로 살면 되겠다고. 그런 생각을 하며 서하는 아까부터 뭐가 그렇게 쑥스러운지 계속 어버버, 하는 유경을 놀렸다.

"언제라도 준비되면 말해. 기다릴 테니까."

"무슨 준비? 아……「피어싱」 연출 말인가? 하하."

유경이 말을 돌리며 어색하게 웃었다. 괜히 식은땀이 삐질삐질 났다. 시선을 어디다 둬야 할지 몰라 방황하고 있는데, 멀리서 사이좋게 핫바를 먹으며 걸어가는 고등학생들이 보였다.

"저거 먹고 싶어?"

"아니. 떡볶이 먹은 지 얼마나 됐다고."

"그래? 그럼 나 혼자 먹어야겠네."

녀석이 갑자기 주머니에서 핫바를 꺼내 껍질을 벗겼다. 유경의 두 눈이 휘둥그레졌다.

"그 주머니 뭐야? 뭐가 이렇게 계속 나와. 완전 탐나네."
통통한 소시지 핫바를 보며 유경은 입맛을 다셨다.
"맛있겠다."
서하가 그럴 줄 알았다며 핫바를 내밀었다.
"먹어."
"아니야. 괜찮아. 너 먹어. 떡볶이도 몇 개 못 먹었잖아."
"줄 때 먹어. 옛날엔 내 거 잘도 뺏어 먹더니."
"내가 언제!"
"기억 안 나?"
기억이…… 안 날 리가 없다. 핫바뿐이겠는가. 아이스크림도 뺏어 먹고, 핫도그도 뺏어 먹고, 사탕도 뺏어 먹고. 내가 뺏어 먹을 때마다 엄청 화가 난 얼굴로 서 있던 녀석의 모습이 아직도 생생했다.
상념에 젖어 있던 유경은 녀석을 흘끔 쳐다봤다. 마찬가지로 녀석도 뭔가 생각이 많아 보였다. 그러다 유경과 눈이 정면으로 마주치자 핫바를 그녀의 입 앞으로 내밀었다. 머뭇거리던 유경은 녀석이 먹여 주는 핫바를 순순히 한입 베어 먹으며 배시시 웃었다.
"맛있다."
"진짜 하나도 안 변했다."
그날도 이렇게 해맑게 웃더니.
"아마 그때부터였을 거야."
학교에 엄마가 에이즈라는 소문이 파다하게 났다. 사람들에게 병균 취급을 당하면서도 꿋꿋이 버티며 학교를 다니던 어느 날.
"옆집 사는 누나가 정말 아무렇지도 않게 내가 먹던 아이스크림을 뺏어 먹는 거야. 그래서 다음 날엔 핫바를 들고 나갔지. 근데 또 뺏어 먹는 거야."
"그래, 미안하다. 미안해. 니 거 뺏어 먹어서."

유경이 멋쩍게 웃으며 대꾸했다.

"그게 그렇게 싫었어?"

"아니. 좋았어."

"좋기는, 좋은 녀석이 사람을 그렇게 무섭게 쳐다봤냐?"

"예뻐서 쳐다본 건데."

유경은 씹다 만 핫바를 꿀꺽 삼켰다. 그러다 사레들려 캑캑거렸다. 서하가 그녀의 등을 부드럽게 두드리며 말했다.

"너 그때 일부러 그랬지? 일부러 내가 먹던 거 뺏어 먹은 거잖아."

"……."

"내가 모를 거라고 생각했어?"

유경이 부끄러운 듯 웃자, 서하가 그녀를 지그시 바라봤다. 그때 옆집 누나의 그 서툰 위로 덕분에, 내가 지금껏 버티며 살고 있다는 사실을 그녀는 모르겠지.

"그때 진짜 예뻤는데."

"지금은 아니라는 소리네?"

"안 예뻤으면 1년 동안 내가 저기서 기다렸겠어? 내 이름도 기억 못 하는 여자를."

이름 공격에 할 말이 없어진 유경은 헛기침을 하며 딴청만 피웠다. 그런 그녀를 바라보던 서하가 웃음을 터뜨렸다.

추위가 절정에 달한 겨울, 그녀와 함께 있으니 그의 마음은 벌써 봄이 온 것 같았다.

"그 여자 어딨어?"

지웅의 물음에 메이드가 우물쭈물하며 대답을 망설였다.

"어딨냐고!"

지웅의 고함 소리에 놀란 메이드가 반사적으로 어딘가를 가리켰다. 그곳은 세탁실이었다.

지웅은 욕을 읊조리며 세탁실로 향했다. 그리고 그 앞에 서서 아주 낮은 목소리로 말했다.

"아줌마. 좋은 말로 할 때 나와."

아무 대답이 없자 지웅은 최 비서를 향해 손가락을 까딱했다. 어서 가서 끌고 나오라는 뜻이었다. 최 비서가 난처한 기색을 한 채 세탁실로 달려갔다.

"제발 나오세요. 안 그럼 저 사장님한테 혼나요. 하나 둘 셋, 하면 끌고 가겠습니다."

애원 섞인 목소리와 함께 최 비서가 윤성희를 끌고 나왔다.

"이거 놔! 내가 갈게. 가면 되잖아."

지웅을 피해 세탁실에 쪼그리고 숨어 있던 윤성희는 언제 그랬냐는 듯 당당하고 우아한 자태로 옷매무새를 바로 했다.

"지웅이 왔구나. 나 찾았니?"

도도한 얼굴로 윤성희가 묻자 지웅은 최 비서를 향해 손을 내밀었다. 그러자 최 비서가 그의 손에 종이와 펜을 넘겼다. 그리고 지웅은 그것을 다시 윤성희에게 들이밀었다.

"사인해."

"무슨 사인?"

"몰라서 물어?"

"그래. 난 당최 무슨 소린지 모르겠네."

"모르는 사람이 그동안 왜 내 비서를 피해 도망 다녔을까? 아줌마, 내가 꼭 직접 나서야 말을 듣지?"

지웅은 윤성희의 팔목을 낚아채더니 손에 펜을 억지로 쥐게 했다.

"이거 봐!"

"잡아. 잡고 사인해."

"싫어! 너 이 손 놓지 못해? 곧 있으면 회장님 오셔."

"그러니까. 오시기 전에 하라고. 최 비서! 인주 가지고 와."

사인이 아니면 지장이라도 찍게 만들어서 윤성희가 가지고 있는 주식 전량을 뺏어 버릴 생각이었다.

윤성희가 몸부림을 치자 지웅은 아예 윤성희의 팔을 비틀어 꼼짝을 못 하게 만들었다. 지웅은 윤성희의 손가락에 인주를 묻혀 종이에 찍자마자 그녀를 바닥에 내팽개쳐 버렸다.

꽈당.

바닥으로 넘어진 윤성희는 빨간 인주가 묻은 손을 분한 얼굴로 보다가 지웅을 노려봤다.

"이 악마 같은 놈!"

악다구니를 써 대는 윤성희를 본 척도 하지 않고 지웅은 최 비서에게 서류를 넘겼다.

"당장 가서 처리해."

"네!"

서류를 챙긴 최 비서가 허리를 숙여 인사한 뒤 재빨리 집을 나섰다. 최 비서가 나가자마자 지웅은 계단으로 향했다.

"너 강소윤 알지?"

"……."

"내가 강소윤 누가 죽였는지 알려 줄까?"

주머니에 손을 꽂은 채 계단을 올라가던 지웅은 굳은 표정으로 뒤돌았다. 자리에서 일어난 윤성희가 물티슈로 손을 닦고 있었다.

"너 나랑 거래할래?"

"내가 아줌마랑 거래 따위를 왜 해? 원하는 게 있으면 당신 목을 비틀어서라도 뺏으면 되는데."

"……."

"그리고 아줌마도 아는 걸 내가 모를 거라고 생각해?"

"뭐? 그럼 너도 알고 있었다는 거야? 누가 강소윤을 죽였는지."

지웅의 눈빛이 살짝 흔들렸다가 다시 차갑게 굳었다. 그는 쓰게 웃었다.

"당연한 거 아니야?"

"너 진짜 지독하구나."

"몰랐어?"

"알고 있긴 했지만, 기대 이상이네."

"헛소리 지껄이지 말고 꺼져."

"너 그거 아니? 너, 너희 엄마랑 닮았어. 니 형제들 중 가장 많이 닮았어."

"……."

"피도 눈물도 없는 냉혈한."

윤성희는 과거 서하의 존재를 알아차린 지웅의 모친이 자신의 언니와 서하의 목숨을 놓고 협박하던 일이 떠오르자 소름이 끼쳤다.

역시…… 서하를 피습한 게 이놈이겠지? 분명 이놈이 사주했을 거야. 윤성희가 지웅을 잔뜩 경계하며 쳐다보고 있는데.

"회장님 오셨습니다!"

메이드의 외침과 함께 문이 열리고 서 회장이 들어왔다. 서로 죽일 듯 노려보던 윤성희와 지웅은 언제 그랬냐는 듯 멀쩡히 서서 서 회장을 맞이했다.

"지웅이 너 마침 잘 만났구나."

지웅을 보자마자 서 회장이 다가오더니.

짜악.

뺨을 내리쳤다. 어찌나 세게 맞았는지 지웅의 입술이 터져 피가 났다.

지웅은 태연하게 입가에 묻은 피를 닦았다. 그러곤 서 회장 뒤에 서서 미소를 숨기려 애쓰고 있는 윤성희를 노려봤다.

“지웅이 너도 얼른 와서 앉아.”

서 회장이 소파로 가서 앉자 그 뒤를 윤성희가 쪼르르 따라갔다. 지웅은 이를 악물고 서 있다가 뒤늦게 걸음을 옮겼다.

“여보, 무슨 일인데 그래요? 내 얼굴 봐서라도 화 좀 푸세요.”

윤성희가 서 회장의 어깨를 주무르며 옆에서 아양을 떨었다. 그런 윤성희를 노려보던 지웅은 소파에 털썩 앉았다.

“당신은 이제 들어가. 남자들 하는 얘기 별로 재미없어.”

“여보도 참. 재미없으면 어때요. 오래간만에 우리 세 식구 앉아서 얼굴 보니까 너무 좋은데.”

윤성희의 애교 섞인 목소리에 서 회장은 더 이상 그녀에게 뭐라 말하지 않았다.

서 회장의 시선이 이제야 지웅에게로 향했다. 윤성희를 볼 때와는 사뭇 다른 눈빛이었다.

“넌 애비한테 왜 맞았는지 모르겠다는 얼굴이구나?”

“아니요. 잘 알아요. 회사 때문이겠죠.”

팔순을 바라보는 서 회장은 아직도 일선에서 물러나지 않고 활발히 활동 중이었다. 젊었을 때부터 운동으로 다져진 몸이라 체격이 상당히 좋았고, 얼굴도 나이에 비해 동안이었다. 대한민국 10대 기업 재벌 총수 중에 나이가 가장 많지만, 아마 체격은 40대 총수와 겨루어도 뒤지지 않을 정도로 건강을 자랑했다. 그래서 작은집 식구 중 누구는 노인네 빨리 죽으라고 부적까지 썼다는 루머가 돌 정도였다.

서 회장이 너무 건강해서 곤란한 것은 사촌들만이 아니었다. 지웅을 제외한 세 명의 형제들도 마찬가지였다. 서 회장은 아직도 네 명의 형제들을 놓고 회사를 누구한테 물려줘야 할지 저울질 중이었다. 그는 꼭 그 재미로 사는 인간 같았다. 지웅이 독립하지 않고 아버지 옆에 붙어 있는 이유도 그 때문이었다.

그에겐 야망이 있었다. 형들을 제치고 명성그룹의 주인이 되는 것.

"서지웅."

서 회장이 매서운 눈초리로 아들을 쳐다보며 이름을 불렀다. 지웅은 아버지가 무슨 말을 할지 대충 짐작이 갔다.

"너 요새 정신을 어디다 놓고 다니는 거야!"

"……."

"영업 이익률이 1퍼센트로 떨어져? 명성자동차가 창사 이후 최악의 성적표를 받았다며 언론에서 떠들어 대는데, 사장이라는 놈이 뭐 하고 있는 거냐고! 내가 이런 꼴을 보자고 널 사장 자리에 앉힌 줄 알아?"

목에 핏대까지 세우며 소리 지르는 서 회장과 달리 지웅은 덤덤한 얼굴로 대답했다.

"다음 분기에선 반드시 되돌려 놓겠습니다."

"이미 실적이 곤두박질쳤는데 무슨 수로?"

"신차 중심의 판매 확대와 시장 분석을 통한……."

"매일 똑같은 소리 집어치워!"

그럼 날더러 어쩌라고. 지금 대한민국에서 판매 부진에 빠진 회사는 명성자동차뿐이 아니었다. 국민들 주머니 사정이 나빠진 것도 내 탓이란 말인가. 지웅은 갑자기 생트집을 잡는 서 회장의 속내가 궁금했다.

"아버지가 진짜 원하시는 게 뭔지 그냥 말씀해 주세요."

"세계가 아주 깜짝 놀랄 만한 신기술을 접목시킨 차를 만들어 와."

그게 말이 쉽지. 이미 운전자 없이 도로를 달리는 자율주행차가 개발되어 상용화를 기다리고 있다. 그만큼 이제 더 이상 새로운 것이 나오려야 나올 수가 없다. 나와 봤자 지금의 기술에서 조금 더 업그레이드하는 정도일 뿐. 실무에 있는 지웅은 답답했다.

"우리만의 새로운 기술을 보유하는 것. 그게 명성자동차의 구겨진 자존심을 세우는 일이야. 실적은 그다음 알아서 따라오게 돼 있어. 연구소로 사람 하나 스카우트해 와."

"아버지, 저희 연구소 기술자들 국내외 최고들이에요. 또 누굴 스카우트하라는 거예요?"

"M연구소에 있는 황은범 박사."

"그게 누군데요?"

"그 양반이 지금 아주 쓸 만한 연구를 하고 있다는구나. 우리 신차에 잘만 접목시키면 아주 좋은 게 나올 거야. 미국에서도 관심을 보이고 있는 기술이라니까 니가 무슨 수를 써서라도 황 박사 잡아. 황 박사 쪽에 연구비 지원 아끼지 않겠다 하고 꼭 데려오라고. 알겠어?"

"……네."

"이번에 너 하는 거 봐서 25층으로 보내 주마."

서 회장의 말에 지웅이 아닌 윤성희가 놀랐다. 25층은 회장실이 있는 곳이었다. 명성자동차는 서하가 꼭 물려받았으면 좋겠다고 생각했던 회사였다. 윤성희의 목소리가 높아졌다.

"여보, 회장이라뇨. 너무 이른 거 아니에요? 지웅이 아직 서른둘밖에 안 됐어요. 셋째는 아직 부사장인데."

"누가 그냥 시켜 주겠대? 명성자동차의 위상을 누구도 넘볼 수 없을 만큼 높이면, 그 자리 주겠다는 거야. 잘해 내면 그보다 더 위에 있는 자리를 줄 수도 있고."

지웅이 또다시 시험대에 오른 것이다. 5년 전 그날처럼.

명성자동차의 주식을 사 모을 정도로 자동차 쪽에 관심이 많은 윤성희가 전전긍긍했다. 그 모습을 빤히 쳐다보던 지웅은 갑자기 의욕이 넘쳤다. 그는 서 회장을 향해 크게 대답했다.

"아버지, 걱정 마세요. 아버지가 원하는 대로 꼭 잘해 낼게요. 25층 가야죠. 무조건."

지웅은 싸늘한 눈빛으로 윤성희를 노려보다가 자리에서 일어났다.

M연구소.

황은범 박사의 표정이 오래간만에 밝았다. 자신을 만나러 연구실을 방문한 제자 채서하 때문이었다.

흰머리가 듬성듬성 난 50대 중반의 황 박사는 코 중간까지 내려온 안경을 올려 쓰며 제자에게 캔 커피를 내밀었다.

"나가서 제가 더 맛있는 거 사 드리려고 했는데."

"이 꼴로 나가자고?"

황 박사가 며칠째 감지 않은 떡진 머리를 벅벅 긁으며 말했다. 여전한 스승님의 모습에 서하가 피식 웃었다.

"어쭈? 채서하가 웃어?"

"저도 사람이에요."

"너 학부 때 사람 아니었던 걸로 내가 기억하는데? 니 별명이 뭐였더라? 연구실 귀신이었잖아."

"교수님 보고 배운 건데요."

"에헴."

할 말이 없어지자 황 박사가 헛기침을 하며 말을 돌렸다.

"그나저나 내 연구실엔 어쩐 일이야? 혹시……."

"생각하시는 그 이유는 아닌 것 같은데."

"진짜? 다시 돌아온 거 아니야?"

"네. 아니에요."

"이 녀석아, 그렇게 딱 잘라 얘기하면 2년간 동고동락하던 이 스승님 마음이 찢어지잖니. 나랑 같이 연구하는 게 그렇게 싫었냐?"

"싫지 않았어요. 재밌었죠. 근데 더 재밌는 걸 찾았을 뿐이에요."

황 박사는 문득 서하가 예술대학으로 편입하겠다며 찾아온 그날이 떠올랐다.

처음엔 글을 쓴다는 것이 천재 소년의 작은 일탈쯤으로 여겼다. 하지만 글을 쓴다는 것은 소년에게 진짜 자신을 되찾을 수 있는 유일한 돌파구였음을 그의 소설을 보고 깨달았다.

어렸을 적부터 세간의 주목을 받으며 그 틀에 박혀 살 수밖에 없었던 고독한 천재의 비애를 누구보다도 잘 알고 있는 황 박사였다. 그래서 황 박사는 그때 소년이 자유로이 날 수 있도록 새장을 열어 준 자신의 판단을 결코 후회하지 않았다.

물론 천재 과학자가 될 수도 있었던 녀석의 재능은 아까웠다. 하지만 그가 새장을 나간 덕에 문학계가 발칵 뒤집힐 만한 괴물 신인이 탄생했으니, 이러나저러나 국가적 손실은 덜었다는 것이 그나마 위안이었다.

"차기작은 언제쯤 출간되냐? 글은 쓰고 있지?"

갑자기 채서하 작가 1호 팬 모드가 된 황 박사의 질문 공세가 펼쳐졌다.

"요샌 잘 써져?"

"아니요. 잘 안 써져요. 사실 그래서 온 거예요. 저 당분간 연구실 좀 쓸게요."

"연구실에서 글 쓰려고?"

"아니요."

"그럼 연구실에서 뭐 하게?"

"폭탄 좀 만들어 보려고요."

"뭐어?"

황 박사가 진심으로 놀라 두 눈을 크게 떴다.

반면 서하는 덤덤했다. 그는 테이블 위에 놓인 수많은 비커들 중 하나를 들었다. 그 안에 든 빨간 용액을 눈에 담으며 입을 열었다.

"사제폭탄 만들어서 복수하는 얘기를 시작했거든요."

"사제폭탄이라고?"

"네."

서하가 다시 비커를 내려놓으며 황 박사를 쳐다봤다. '무슨 문제 있어요?' 라는 표정이었다. 황 박사가 걱정스러운 눈빛으로 말했다.

"넌 왜 그런 것만 쓰는 거야? 「피어싱」도 나 무서워서 죽을 뻔했다고. 그리고 사제폭탄 만들면 징역 사는 거 알지?"

"그래서 문제예요."

그는 고민이 많은 얼굴이었다.

"리얼리티를 살리자니 모방 범죄가 일어날 가능성이 있고, 리얼리티를 포기하자니 재미가 없고."

"그래서 직접 만들어 보겠다? 그걸 왜 내 연구실에서 만들어? 너 그 좋은 머리로 시뮬레이션 하면 되잖아."

"직접 만들어 보면 재밌을 것 같아서요. 주인공한테 더 감정 이입을 할 수도 있고."

"아니, 그걸 왜 내 연구실에서 하냐니까?"

그냥 아무개가 와서 폭탄을 만들겠다고 하면 비웃을 수도 있었다.

하지만 화학 천재 채서하가 폭탄을 만들겠다고 하면 얘기가 달라진다. 연구소가 통째로 날아갈 수도 있는 상황이었다. 아니다. 흔적도 없이 사라지게 만들 수도 있는 녀석이다.

하지만 황 박사는 녀석을 말릴 수가 없었다. 녀석의 저 표정, 굉장히 즐거운 듯한 저 표정을 오래간만에 봤기 때문이다.

"근데 너 갑자기 왜 이렇게 열심히냐? 얼마 전까지만 해도 슬럼프였잖아. 내가 그렇게 연구실 한번 들르라고 해도 절대 안 오더니."

"갑자기 열심히 살고 싶어졌어요. 누가 그랬거든요. 날 보고 열심히 살아야겠다는 생각을 하게 됐다고. 그 사람한테 부끄럽지 않게 나도 앞으론 열심히 살 거예요."

즐기면서 하는 놈은 아무도 못 이긴다더니, 채서하가 딱 그랬다. 저 녀석은 뭐든 즐기면서 한다. 그런데 거기에 열심히까지 하겠단다. 황 박사는 어쩐지 「피어싱」을 뛰어넘을 수작이 탄생할 거라는 예감이 들었다.

"그래. 방 하나 내주마. 대신 가끔 방해해도 되지? 니 도움이 필요한 연구가 하나 있거든."

"촉매 기술 관련이에요?"

"맞아. 니가 학술지에 실은 그 촉매 말이다."

30년 전에 특허로 등록된 이후 아무런 진전이 없던 연구를 성공시켜 국제 학술지에 논문을 기재한 사람이 바로 이 녀석이었다.

황 박사는 그다음 연구를 진행 중이었다. 유해 물질을 유용한 화학물질로 전환해 주는 촉매를 서하가 발견했다면, 황 박사는 그 촉매를 어떻게 우리가 일상생활에서 사용할 수 있는지에 대한 연구를 하고 있었다.

"근데 이게 생각보다 잘 안 풀리네. 니가 도와주면 결과를 앞당길 수도 있을 것 같은데."

"교수님 혼자서도 충분히 잘해 내실 수 있어요. 그리고 연구소에 다른 좋은 인재들 많잖아요."

"그래서 안 도와주겠다고? 너 이 스승님을 이렇게 버리는 거야?"

"그럼 연구실 준비되면 연락 주세요."

서하가 장난스레 말을 돌리자, 황 박사도 더는 강요하지 않고 넘어갔다.

"밥은 먹고 가. 금방 점심시간인데. 여기 구내식당 밥 끝내준다."

"약속 있어요."

"누구? 혹시……."

"생각하시는 거 맞아요."

"내가 무슨 생각 했는 줄 알고?"

"애인 있냐, 뭐 그런 거겠죠."

"그렇지. 그런데……. 뭐라? 너 진짜 애인 생겼어?"

"네."

"어떤 여잔데? 예쁘냐?"

황 박사의 질문에 유경의 얼굴을 떠올리던 서하가 피식 웃었다. 황 박사가 기겁을 했다.

"인마, 너 왜 그렇게 웃어? 그 사랑에 빠진 미소는 뭐냐고."

"그만 좀 놀리세요."

"그 여자 언제 보여 줄 거야?"

"다음에 연구소 한번 데리고 올게요."

"그래. 꼭 데리고 와."

"네. 그럼 저 가 볼게요."

서하가 황 박사를 향해 인사한 뒤 연구실을 나왔다.

지금 유경은 뭘 하고 있을까. 얼른 가서 그녀를 만나야겠다는 생각에 서하의 걸음이 점점 더 빨라졌다.

"사장님, 다 왔습니다."

최 비서의 목소리에 지웅이 감았던 눈을 떴다. 그리고 창밖을 바라봤다. 무심한 눈빛으로 M연구소의 간판을 내다보며 지웅은 옷매무새를 바로 했다.

"황 박사 연구실에 있는 거 맞지?"

"네. 아까 출발하면서 확인했습니다."

"그리고 우유경 말인데."

최 비서는 당황스러웠다. 이 와중에 우유경이 왜 나오느냔 말이다. 회장 자리, 아니 더 나아가 후계 자리가 걸려 있는 이 중대한 미션을 앞두고.

"최 비서. 내 말 안 들려?"

"네? 뭐라고 하셨……."

"우유경 그 여자 채용했냐고."

"죄송합니다. 아직 연락도 못 했……."

"너 진짜 잘리고 싶지? 그치?"

"아니요! 저 잘리고 싶지 않습니다. 빠른 시일 내에 우유경 씨 회사로 들이겠습니다."

"그래. 그럼 어떻게 하면 가장 빨리 그 여자 회사로 데리고 올 수 있을지 앉아서 고민하고 있어. 황 박사는 나 혼자 만나고 올 테니까."

"저기……."

차에서 내리려는 지웅을 최 비서가 붙잡았다. 지웅이 미간을 찌푸린 채 고개를 돌렸다.

"왜?"

"황 박사님이 좀 괴짜로 유명하시거든요. 말 안 통한다고 뭐 집어 던지고 그러시면 안 돼요."

"내가 그럴 놈이야?"

"그래서 미리 말씀드리는 거잖아요."

"뭐 인마? 너 지금 나 디스하는 거냐?"

"조심히 잘 다녀오세요."

지웅의 매서운 눈초리에 최 비서는 조용히 눈을 내리깔았다. 저 새끼를 잘라, 말아, 구시렁거리며 지웅이 차에서 내렸다.

빠른 걸음으로 로비에 들어선 지웅의 걸음이 점차 느려졌다. 맞은편에서 익숙한 얼굴이 걸어오고 있었기 때문이다. 그 익숙한 얼굴의 주인은 바로 채서하였다.

'저 자식이 여길 왜?'

최 비서가 매일 수십 통의 전화를 하고, 백방으로 찾으러 다녀도 절대 만날 수가 없었다던 그 녀석이 바로 지금 내 눈앞에 있다. 지웅은 예상치 못한 만남이 꽤 흥미로웠다. 그래서 기껏 주머니에 꽂은 손까지 빼서 녀석을 향해 흔들었는데.

녀석이 쌩하니 자신을 그냥 지나쳐 가는 게 아닌가.

'저 새끼가.'

지웅이 휙 뒤로 돌아 녀석을 향해 외쳤다.

"스톱!"

그래도 그가 멈추지 않자, 지웅은 한걸음에 달려가 서하의 어깨를 잡았다.

서하가 그제야 걸음을 멈추었다. 그는 자신의 어깨에 닿은 지웅의 손을 응시하며 나지막한 목소리로 말했다.

"손 치워."

여전히 손을 치우지 않은 채, 오히려 손에 힘을 더 꽉 주며 지웅이 대꾸했다.

"그러니까 왜 사람을 개무시해? 부르면 대답을 해야지."

"당신이 언제 날 불렀는데? 스톱, 이라고 했지."

"거봐, 들었네. 내가 스톱, 했으면 멈춰야지."

"그쪽이랑 말장난하고 있을 시간 없으니까 꺼져."

서하가 제 어깨를 잡은 지웅의 손을 비틀어 버릴 듯이 떼어 내더니 곧장 허공에 내던졌다. 녀석의 힘에 살짝 놀란 지웅은 다시 주머니에 손을 꽂으며 포커페이스를 되찾았다.

"전화는 왜 안 받아? 내 비서가 여러 번 전화했을 텐데."

"받아야 할 이유가 없으니까. 그쪽도 나랑 엮이지 않는 게 좋을 텐데?"

"그럴 순 없지. 내가 너한테 용건이 많거든. 예를 들면 「피어싱」 판권."

"그 얘긴 끝나지 않았나? 너 따위한테 내 작품 안 판다니까."

"좋게 말할 때 그냥 넘겨. 내 승부욕 자극해 봤자 너한테 좋을 거 없어."

"싫은데."

서하가 지웅을 빤히 쳐다보며 말했다. 지웅이 웃음을 터뜨렸다.

"너 진짜 맘에 든다?"

"그건 더 싫고."

"하."

한마디도 지지 않는 서하 때문에 지웅은 속이 마구 뒤틀렸다.

지웅이 어이없는 웃음만 내비치는 사이, 서하는 아무 일도 없었다는 듯이 다시 가던 길을 걸었다. 로비를 빠져나가는 녀석의 뒷모습을 바라보던 지웅이 욕을 읊조렸다.

"저 새끼 진짜 뭐야!"

권오영 말대로 저 녀석이 뭐, 머리도 좋고 가능성이 무궁무진한 천재라고 치자. 근데 그래 봤자 노트북 앞에서 글이나 끄적이는 글쟁이다. 녀석은 자신과 견줄 수 있는 레벨이 아니었다.

고작 소설 판권 하나 가진 놈이 뭐가 저리 잘났어? 두고 봐. 저 자식 조만간 내 앞에 납작 엎드려 무릎 꿇게 만들 거야.

지웅은 이를 바득바득 갈며 황 박사의 연구실로 향했다.

그리고 황 박사를 만난 지웅은 그곳에서 뜻밖의 말을 들었다.

"이런, 그 촉매 기술 특허로 등록한 건 내가 아니라 내 제자인데. 날 설득하기 전에 그 녀석부터 설득하고 와야 할 거예요. 그 녀석 허락 없이 그 기술에 대한 연구 아무 데서나 진행 못 합니다. 그게 명성그룹이라 할지라도."

주먹 쥔 지웅의 손에 힘이 잔뜩 들어갔다.

7.
착하지 않은 남자

"어떡해, 너무 떨려!"

버스에서 내리자마자 유경은 가슴에 손을 얹고 심호흡까지 했다. 유경이 이토록 긴장한 이유는 오늘 아침 영화 제작사 〈문필름〉의 대표인 문정환 감독에게 미팅 제안을 받았기 때문이다.

문 감독이 몇 년 전부터 청춘 로맨스 영화를 준비하고 있다는 사실은 충무로에서 모르는 사람이 없을 정도로 유명했다. 최근 시나리오가 완성됐다더니 이제 본격적으로 프리 프로덕션(촬영 전 준비를 하는 단계)에 들어간 모양이다.

프리 프로덕션 단계에서 중요한 일 중 하나가 연출부를 꾸리는 것이었다. 이 시기에 유경에게 미팅을 제안한 것은 아마도 연출부의 일원으로 스카우트를 하기 위함일 것이다. 그런 이유로 유경은 긴장되고 설레는 마음을 도무지 감출 수가 없었다.

유경은 문 감독의 영화를 좋아했다. 문 감독 특유의 감성적인 연출과 따뜻한 영상미는 인물들의 평범한 일상마저도 아주 특별하게 만들어 버리는 마술 같은 힘이 있었다.

신호등 앞에 멈춘 유경은 떨리는 마음을 애써 진정시키려 노력했다. 그리고 파란 신호가 켜지길 바라며 고개를 들었다.

그 순간, 밝았던 유경의 표정이 돌연 굳어 버렸다. 그녀의 시선이 향한 곳은 빌딩 외벽에 설치된 스크린이었다. 스크린에선 개봉을 앞둔 영화의 예고편이 나오고 있었다.

유경은 씁쓸한 얼굴로 읊조렸다.

"감독 명지훈……."

웅장한 스케일과 압도적인 영상미를 뽐내는 예고편 위로 타이틀이 떠올랐다. 2년 전 연출부 세컨드(제2 조감독)였던 녀석의 이름이었다.

'명지훈. 너 이번에 공모전에 당선된 시나리오 말인데, 설마 아니지? 내가 작년에 너한테 보여 준 내 시나리오…….'

'그거 선배가 나 쓰라고 준 거 아니었어?'

'뭐? 내가 언제! 난 그저 피드백 차원에서…….'

'아님 말고. 어차피 그 아이템 나도 생각하고 있었던 거야. 솔직히 그 아이템으론 플롯이 그렇게 나올 수밖에 없는 거 선배도 잘 알잖아.'

'그렇다고 그걸 그대로 가져다 써?'

'그리고 나 이미 저작권 등록도 다 해 놨어. 막말로 선배 연출엔 별 관심 없잖아. 이참에 진로를 바꾸는 건 어때? 황 대표 비서로. 킥킥.'

믿었던 후배에게 배신당하고, 제작사에선 이리 치이고 저리 치이며 버텨 온 지난날들이 떠오르자 유경은 헛웃음을 지었다.

'난 니가 꼭 내 작품을 연출해 줬으면 좋겠어.'

이 지구상에서 날 인정해 주는 사람은 그 녀석밖에 없네. 근데 나 갑자기 왜 그 녀석이 보고 싶지?

'알았어. 잘하고 와. 집에서 얌전히 기다릴게. 끝나면 연락하고.'

아까 20분 전에 버스에서 통화했는데 또 듣고 싶어. 그 목소리. 잘하고 오라는 말. 넌 할 수 있다는 말. 엄청 별거 아닌 말인데, 엄청 기운이 난다.

띠리리. 띠리리.

마침 신호등이 켜졌고, 유경은 서하의 응원을 떠올리며 힘차게 영화사로 향했다.

"우 감독, 어서 와!"

유경이 사무실에 들어서자 문 감독이 반갑게 맞이했다. 그리고 그녀가 자리에 앉자마자 책으로 된 시나리오를 건넸다.

"내용은 내가 아까 말해서 알지? 장르가 청춘 로맨스라 여자 감독을 찾고 있었거든. 나는 각본이랑 제작으로 갈 거고. 우 감독은 어때? 입봉작으로 괜찮겠어?"

"네? 입봉이요? 그럼 조감독 제의하러 부르신 게 아니라……."

"조감독 하려고 이렇게 달려온 거야?"

"네? 네……. 솔직히 뭐든 상관없었어요. 스크립터도 괜찮고, 안 되면 세컨이라도 하려고 했어요. 평소 감독님 밑에서 꼭 한번 배워 보고 싶었거든요."

"물론 내가 선배로서 많이 가르쳐야겠다, 각오하고 우 감독 부른 거지."

"근데 왜 저를……."

유경은 얼떨떨했다. 갑자기 날아온 행운에 정신을 차릴 수가 없었다.

"서정화 선생님이 우 감독을 추천하더라고. 선생님 까칠하기로 유명한데 우 감독 칭찬 엄청 하시던데? 사람이 착하고 인간을 바라보는 시선이 따뜻해서 좋다고."

유경은 칭찬이 어색한 사람이었다. 그녀의 얼굴이 순식간에 새빨개졌다.

"저 선생님한테 욕 엄청 먹으면서 일했었는데. 칭찬을 하셨다니. 쑥스럽네요."

"그게 다 애정이지. 애정 없으면 욕도 안 하셔. 그게 더 무섭다?"

농담을 주고받던 두 사람은 본격적으로 영화 얘기를 시작했다.

"우리 주연 배우는 정해졌어. 현소정 알지?"

"네. 알죠."

요새 가장 핫하다는 아역 배우 출신의 여배우. 청춘 로맨스에 딱 제격인 여주인공이었다.

"현소정 잡았다니까 투자 쪽도 두 팔 벌려 환영했고, 좋은 감독도 구했고. 이렇게 순조롭기도 어렵다니까. 대박이 나려나?"

문 감독이 너스레를 떨자 유경이 활짝 웃었다. 정말 느낌이 너무 좋았다. 이런 좋은 자리에 저를 추천해 준 서정화 선생님을 위해서라도 정말 열심히 해야겠다는 생각을 하고 있었는데.

"감독님. 저 왔어요."

"저도 왔습니다. 선배님."

문이 열리고 익숙한 얼굴들이 들어왔다. 한 명은 현소정이었고, 또 다른 한 명은 명지훈이었다.

재를 하필 여기서 만나다니. 유경은 이를 악물었다.

"어. 소정 씨 마침 잘 왔어. 명 감독도 오래간만이야. 둘 다 인사해. 여긴 우유경 감독."

두 사람의 시선이 유경에게로 향했다. 유경은 자리에서 일어나 소정에게 눈인사를 건넸다.

그러자 문 감독이 두 사람을 뿌듯하게 바라보며 말했다.

"소정 씨, 앞으로 우 감독이랑 친하게 지내. 이번에 우리랑 같이 작품 하게 됐으니까."

"이 여자랑 같이 작품을 한다고요?"

"이 여자라니, 감독님한테……. 둘이 아는 사이야?"

소정이 대답이 없자, 문 감독은 유경을 바라봤다. 유경은 고개를 절레절레 흔들었다. 소정이 왜 저러는지 모르겠다는 표정으로.

"감독님, 드릴 말씀이 있어요. 저랑 둘이 얘기 좀 해요."

"알았어. 일단 앉아."

문 감독에게 당차게 말하던 현소정은 명지훈을 바라보며 울상을 짓더니 소파에 앉았다. 중간에 있던 문 감독은 난처한 기색으로 유경을 향해 말했다.

"우 감독, 미안한데 로비에서 조금만 기다려 줄래? 소정 씨랑 얘기 끝내고 내가 나갈게."

"네? 네……."

뭔가 분위기가 싸했다. 문으로 향하던 유경은 하필 명지훈과 눈이 마주쳤다. 명지훈이 비웃음을 흘리고 있었다. 유경은 자리가 자리이니만큼 얌전히 밖으로 나갔다.

그리고 로비로 향하려는데.

"저 이 영화 안 할래요!"

듣고 싶지 않았지만 다 들렸다. 소리가 워낙 컸다. 마치 나 들으라고 말하는 것처럼. 그래서 유경은 걸음을 멈추고 안에서 들리는 소리를 잠잠히 듣고 있었다.

현소정이 대뜸 영화를 안 하겠다고 했고, 문 감독은 말까지 더듬거리며 이유를 물었다. 그러자 현소정이 대답했다.

"우유경 저 여자 영화 '비밀' 막내 출신이죠?"

"그렇다고 들었는데, 그게 왜?"

"감독님은 소문에 둔하셔서 잘 모르시나 본데. 그 영화 찍을 때 강소윤 선배랑 사귀었대요. 막 호텔도 드나들고 그랬다던데. 우유경 저 여자가 바람피워서 소윤 선배가 자살했다는 소문도 있고."

"그건 소문이잖아. 서정화 선생님도 그렇고, 스태프들한테 물어보니까 일 잘한다던데. 후배들 잘 챙기고, 임기응변 뛰어나고. 무엇보다 나랑 결이 맞는 사람 같아서 좋아. 협업하면 아주 좋은 결과로 이어질 거야."

"몰라요. 전 싫어요. 안 해요."

"소정 씨. 다시 한번 생각해 봐."

"아마 제가 이 작품 까면 투자받기 어려울걸요? 감독님이 선택하세요. 고작 신인 감독 하나 붙잡겠다고, 투자 끼고 들어온 주연 배우 버릴 만큼 어리석지 않으시겠죠?"

현소정의 카랑카랑한 목소리 때문인지 내용이 하도 어이가 없어서인지 유경은 속이 울렁거렸다. 유경은 다음에 이어질 문 감독의 대답은 듣지 않고 곧장 로비로 향했다.

"선배."

유경이 로비에 있는 소파에 멍하게 앉아 있는데 멀리서 명지훈이 다가왔다.

"오래간만이야?"

"그래. 오래간만이다. 밖에 니 영화 걸렸더라?"

"봤구나? 이따 저녁에 VIP 시사회 하는데, 티켓 좀 줄까?"

저 뻔뻔한 새끼.

"됐어. 바빠."

"바쁘긴. 감독 자리도 까인 것 같던데."

명지훈이 손가락으로 사무실 쪽을 가리키면서 말했다.

"감독님이 선배 어떻게 거절하나 고민하고 있던데? 그냥 선배가 먼저 들어가서 안 하겠다고 해. 그게 모양새가 훨씬 좋잖아. 현소정 놓치면 문 감독님도 다른 대안 없어. 투자 다 빠지고 망하는 거라니까? 선배 때문에 문 감독님이 망하면 좋겠어?"

유경이 자리에서 벌떡 일어났다.

"니가 뭔데 상관이야? 비켜."

유경은 차갑게 말하곤 명지훈을 지나쳐 반대쪽으로 향했다. 그런데 명지훈이 쫓아와 유경의 앞을 가로막았다.

"왜 나한테 아무 말도 안 해? 내 영화 예고편 걸린 거 봤다며."

"무슨 말이 듣고 싶은데? 쌍시옷 듣고 싶냐?"

"쿨한 척은. 그래, 이왕 입 다문 거 쭉 입 다물고 살아."

"어. 그럴 거야. 근데 그건 너 때문이 아니라, 그 영화 스태프들 때문이야. 돈 엄청 쏟아부은 것 같은데 표절로 영화 망하면 스태프들 돈 한 푼도 못 받으니까. 터뜨려도 영화 내려가면 터뜨릴 거야."

"착한 척 오지네. 그런다고 누가 알아주나? 이러니까 나한테 시나리오도 뺏기고 크레딧도 뺏기고. 뺏긴 게 아니라 그냥 준 건가? 선배 혹시 나 좋아해?"

"너 돌았냐? 너 같은 양아치를 내가 왜 좋아하냐!"

너무 열이 받아 유경이 버럭 소리를 질렀다. 그러자 명지훈이 가깝게 다가와 속삭였다.

"내숭 그만 떨고 나랑 한번 하자. 나 강소윤보다 잘할 자신 있는데."

"뭐?"

"말 나온 김에 오늘 밤 어때? 누가 더 나은지 한번 해 보면 알 거 아니야?"

"이 더러운 새끼!"

유경은 들고 있던 가방으로 명지훈의 머리를 내리쳤다.

"내가 너 왜 그냥 두는지 알아? 너 같은 놈은 어차피 금방 사라질 거거든. 시나리오도 남의 거. 머리에 든 게 없으니까 배우들한테 디렉션도 못 줘. 배우고 스태프들이고 다시는 너랑 촬영 안 한다고 이 바닥에 소문 다 났어. 착한 척 오지는 내가 더 낫지. 무쓸모 무능력한 너보다."

"지금 말 다 했어?"

"아니. 아직 다 안 했는데? 너 막내 때 밥 굶는다고 촬영장까지 도시락 싸 들고 오던 어머니 생각해서라도 똑바로 살아. 남의 거 훔쳐다가 번 돈 가져다드리면 퍽이나 좋아하시겠다? 불쌍한 새끼."

유경의 공격에 명지훈이 입술을 부르르 떨더니 주먹을 꽉 움켜쥐었다. 그걸 본 유경은 엄마 얘긴 하지 말았어야 했는데, 하며 후회했다.

안 되겠다. 도망가자.

"꺄악!"

명지훈이 도망가려던 유경의 머리카락을 움켜잡았다. 유경이 깜짝 놀라 비명을 지르자 사람들이 웅성거리며 모여들었다.

"이 미친년이 너 지금 뭐라고 지껄였어!"

"이거 놔! 놓으라고!"

유경은 손을 마구 휘젓다가 명지훈의 뺨을 할퀴었다. 그 바람에 명지훈이 손을 놓쳤고, 몸이 자유로워진 유경은 씩씩거리며 명지훈을 노려봤다.

그러다가 주변에서 수군거리며 서 있는 관중들 속에 문 감독이 있는 걸 발견했다. 그의 얼굴엔 실망한 기색이 역력했다.

이게 아닌데…….

"이 계집애가, 너 빨리 사과해. 사과하라고!"

유경은 사과하라고 날뛰는 명지훈을 무시하고 문 감독을 향해 고개를 숙였다. 그러자 명지훈이 자신을 무시하고 다른 쪽을 보고 서 있는 유경을 험악한 얼굴로 보더니.

짜악!

유경의 뺨을 날려 버렸다. 휘청거리며 바닥으로 쓰러진 유경은 하늘이 노래 보였다. 순간 너무 어지러워서 정신을 차릴 수가 없었다.

그러다 겨우 정신을 차린 유경은 비틀거리며 자리에서 일어났다. 하필 넘어진 곳이 문 감독 바로 앞이었다.

"감독님……."

"우 감독, 미안한데 오늘은 그만 가 줘. 내가 소정 씨 겨우 설득해서 우 감독이랑 같이 가기로 했는데, 아무래도 다시 생각해 봐야겠어. 이렇게 시작도 전에 트러블 일으키는 감독은 제작자로서 아주 곤란하거든."

지금은 아픈 것보다 쪽팔린 게 더 컸다. 참을걸. 어제도 참고 그저께도 참았는데. 오늘 하루만 더 참을걸. 난 여기서 왜 이런 꼴로 있는 거야. 너무 비참했다.

유경은 아직도 분이 안 풀리는지 씩씩거리고 있는 명지훈 따위는 무시하고, 문 감독을 향해 꾸벅 인사를 했다. 그리고 그곳을 도망치듯 벗어났다.

서하가 차에서 내렸다. 그는 유경이 사는 빌라를 물끄러미 보다가 다시 핸드폰을 확인했다.

[미안. 나 지금 집이야. 오늘은 그냥 집에서 쉬고 싶어. 우리 내일 보자.]

이미 집 앞까지 왔는데 그냥 돌아가는 건 아쉽고, 그렇다고 내일 보자는 사람 억지로 나오라고 할 수도 없고.

'잠깐 얼굴이라도 보고 가고 싶은데.'

고민하던 서하는 작게 한숨을 내쉬며 차에 올라탔다.

'영화사 미팅 가서 무슨 일 있었나?'

서하가 걱정스레 창밖으로 빌라 외관을 쳐다보고 있는데.

지이잉. 지이잉.

핸드폰이 진동했다. 서하가 잽싸게 핸드폰을 들었다.

하지만 발신인에 뜬 이름은 유경이 아니라 오영이었다. 서하의 표정에 실망한 기색이 역력했다. 이 인간한테 번호를 알려 주지 말았어야 했다. 그런 생각을 하며 전화를 받았다.

"어. 왜."

— 너 또 왜 저기압이냐? 보고 싶어서 전화한 사람 무안하게.

"난 선배가 안 보고 싶었으니까."

— 짜식, 너무하네. 그러지 말고 저녁에 시간 좀 내 줘. 나랑 영화 VIP 시사회 같이 가자.

"선배는 애인 없어?"

— 지도 없으면서.

난 있는데, 라는 말을 삼키며 서하가 시큰둥하게 말했다.

"나 오늘 바빠."

— 그러지 말고 가자. 놀러 가는 거 아니야. 일하러 가는 거지. 업계 사람들 많이 알아 두면 좋잖아.

"좋긴 뭐가 좋아. 인맥으로 글 쓰나?"

— 영화는 인맥으로 만들거든? 날 위해서 니가 희생 좀 해. 나 혼자 가면 없어 보인단 말이야.

오영이 간절하게 부탁하자 서하는 듣는 척이라도 해야 할 것 같아서 예의상 물었다.

"무슨 영화야?"

— 투명 인간 이야기! 명지훈이라고 신인 감독 영화야.

서하가 미간을 찌푸렸다.

"그 감독 소문 안 좋던데, 영화가 좋게 나왔겠어?"

— 그러니까 더더욱 보러 가야지. 대체 어떻게 찍었길래 개봉도 전에 평이 이렇게 안 좋아. 시나리오는 완전 죽이던데.

"난 별로. 시간 낭비 같아서 안 갈래."

— 아, 진짜! 같이 좀 가 주지. 나 너 말고 같이 갈 사람도 없는데. 맞다. 유경 선배 있구나. 선배한테 같이 가자고 할……. 아, 안 되지. 오늘은 안 되겠구나.

"어. 안 돼. 그리고 앞으로 누가 우유경 소개시켜 달라고 하면 거절해."

— 왜?

"남자 친구 생겼대."

— 뭐? 무슨 그런 말도 안 되는 소릴. 누가 그러냐?

"내가 직접 들은 얘기야."

— 누구한테? 유경 선배한테? 둘이 언제 만났는데?

오영이 시끄럽게 질문을 쏟아 내자 서하가 잔뜩 귀찮은 얼굴로 전화를 그냥 끊어 버리려는데.

— 나도 유경 선배 한번 만나야 하는데. 만나서 위로주라도 사 줘야 하나.

"위로주? 왜?"

서하가 멀리 떼 놓았던 핸드폰을 귀에 바짝 가져다 댔다.

— 왜긴. 오늘 난리도 아니었어. 유경 선배 명지훈한테 맞았잖아.

"누가 누구한테 맞아?"

순간 서하의 표정이 싸늘하게 굳었다.

"확실한 거야? 진짜 그 새끼한테 우유경 맞았어?"

— 그렇다니까. 목격자가 한둘이 아니야. 하필 그 빌딩이 영화사 대여섯 개 모인 건물이라……. 여보세요? 채서하. 내 말 듣고 있어?

"내가 나중에 전화할게. 끊어."

서하가 서둘러 전화를 끊고 창밖을 내다봤다. 바로 옆으로 유경이 지나가고 있었기 때문이다. 어제까진 시퍼렇던 그녀의 뺨이 빨갛게 부어올라 있었다.

그것을 본 서하가 험한 욕을 읊조리며 곧장 차에서 내리려다가…… 멈칫했다. 저 얼굴 보여 주기 싫어서 오늘 만나지 말자고 했을 텐데.

서하는 화를 억누르며 그녀에게서 시선을 떼지 않았다. 그녀는 서하의 차도 알아보지 못하고 지나쳐 갔다.

바닥으로 내리깐 시선, 축 처진 어깨, 눈물 고인 눈동자.

도저히 못 보겠다. 피가 거꾸로 솟을 것만 같았다.

서하는 그녀가 집으로 들어가는 것을 확인하자마자 오영에게 곧장 전화를 걸었다.

"선배. 그 시사회 몇 시야?"

"관객분들은 선을 좀 지켜 주십시오!"

"배우들은 이쪽으로 오세요!"

영화관이 시끌벅적했다. 1시간 후에 시작할 VIP 시사회 때문이었다. 배우들이 한 명씩 도착할 때마다 영화관 전체가 술렁였고, 포토월에선 플래시가 쉴 새 없이 번쩍거리며 터졌다. 분위기만 봐서는 흥행 예감이었다.

하지만 대부분의 배우들은 사진만 찍고 그냥 돌아가기 일쑤였다.

"기술 시사(제작진들을 대상으로 하는 시사회)에서 먼저 본 스태프들이 영화 진짜 별로래."

"그래? 그럼 우리도 그냥 가야겠다. 매니저!"

바깥 상황이 이러한데, 감독인 명지훈은 대기실에서 벌써 축하주를 마시고 있었다. 명지훈은 대기실 곳곳에 걸린 영화 포스터와 속속 도착하는 화환들을 보며 벌써 천만 관객을 달성한 감독이라도 된 듯 한껏 도취된 상태였다.

"내가 이런 사람이라고! 우유경 그년은 알지도 못하는 게. 야, 누가 우유경한테 전화 좀 해 봐. 내가 어떤 사람인지 아주 오늘 똑똑히 보여 줘야겠어."

명지훈이 핸드폰을 찾으며 지인들을 향해 주정을 부리던 그때, 대기실 문이 열리고 현소정이 들어왔다. 명지훈이 벌떡 일어나 현소정을 반겼다.

"우리 소정이 사진 잘 찍고 왔어? 근데 옆에는 누구야?"

현소정과 함께 들어온 남자를 위아래로 훑어보던 명지훈은 적대감을 한껏 드러냈다. 큰 키와 수려한 외모를 가진 남자였다. 하지만 저를 보는 눈빛이 서늘했다.

명지훈은 영 마뜩잖은 표정으로 현소정에게 재차 물었다.

"누구냐니까? 신인 배우?"

"배우는 아니고, 나랑 같은 학교 동기."

"동기? 참나."

"서하야, 이쪽은 명지훈 감독님이셔. 얼른 인사드리고 나가자. 내가 다른 감독님들도 소개해 줄게. 제작사 대표들도 나 아는 사람 되게 많아. 너 오늘 진짜 잘 온 거야. 히힛."

현소정이 서하를 향해 배시시 웃으며 아양을 떨었다. 하지만 서하의 시선은 오로지 명지훈에게만 꽂혀 있었다.

서하의 차가운 눈빛을 정면에서 마주한 명지훈은 저도 모르게 시선을 휙 피해 버렸다. 그러곤 괜히 현소정을 나무랐다.

"야, 현소정. 넌 여기가 어디라고 아무나 막 데리고 들어오냐?"

"아무나가 아니야. 오빠, 얘 작가야 작가. 시나리오 공모전에서 대상도 받았다고. 오빠가 앞으로 서하한테 잘 보여야 할걸?"

학교에서도 좀처럼 보기 어려웠던 채서하를 우연히 영화관 복도에서 만난 현소정은 그에게 말이라도 걸어 볼 요량으로 아는 감독들을 소개해 주겠다며 다가갔다. 채서하의 성격상 당연히 거절당할 거라고 예상했는데, 웬일로 그가 순순히 저를 따라온 것이다.

이게 웬 횡재야. 동시에 현소정의 마음이 급해졌다. 현소정은 어떻게든 서하를 유명 감독들과 제작사 대표들에게 소개시켜 주면서 자신의 위치를 그에게 과시하고 싶은 욕심이 생겼다.

"여긴 이만하고, 우리 빨리 나가자."

현소정이 서둘러 나가려고 하는데 명지훈이 그녀를 붙잡았다.

"야. 너 아까 문 감독한테 우유경 제대로 깠지?"

"맞다. 그거 내가 알아봤는데, 우유경 그 여자 괜찮다던데? 일 엄청 잘한대."

"일 잘하는 게 연출 잘한다는 소린 줄 알아? 우유경 걘 그냥 위에서 시키는 것만 잘하는 거야. 그밖엔 완전 멍청하다니까."

"멍청한 여자가 쓴 시나리오는 왜 베꼈는데?"

"야! 베끼긴 누가 베꼈다그래!"

"베껴? 하."

가운데서 묵묵히 상황을 지켜보고만 있던 서하가 어이가 없다는 듯 웃으며 명지훈을 노려봤다. 자존심이 확 구겨진 명지훈은 험악한 얼굴로 소리쳤다.

"아, 시발!"

현소정이 놀란 표정을 지으며 서하 뒤쪽으로 몸을 숨겼다.

"이 새끼가. 너 방금 나 비웃었냐? 작가 지망생 주제에?"

명지훈이 서하의 어깨를 기분 나쁘게 툭툭 건드리며 말했다.

"형아가 오늘 좋은 날이라 봐줄 테니까, 애새끼는 조용히 대기실 구경이나 하다 가라. 엉?"

서하를 잔뜩 노려보던 명지훈은 지인들이 있는 테이블로 다시 돌아갔다.

"서하야, 미안. 저 오빠 취했나 봐."

"베꼈다는 게 무슨 소리야?"

"아…… 그거. 그건 나가서 얘기하면 안 될까?"

"그냥 얘기해."

명지훈의 눈치를 보며 현소정이 작게 속삭였다.

"오늘 이 영화 시나리오 어떤 여자 감독이 쓴 거 베낀 거야. 말로는 같이 썼다고 하는데, 아닌 것 같아. 아무튼 여긴 진짜 별 볼 일 없으니까 나가자. 내가 정말 좋은 감독님들로 소개해 줄게."

현소정은 서하가 저를 따라온 이유가 아직도 인맥 때문이라고 착각하고 있었다. 옆에서 계속 쫑알거리는 현소정을 무시한 채 서하는 애써 화를 억눌렀다.

유경이를 때린 것도 모자라 뭘 베껴? 저 새끼를 확 죽여 말아.

"하아……."

서하는 한숨을 길게 내쉬며 주먹을 꽉 움켜쥐었다. 그러곤 지인들과 신나게 떠들고 있는 명지훈을 쳐다봤다.

"이년이 내 전화를 안 받네? 야, 김 PD. 니 핸드폰 좀 줘 봐."

"왜요? 우유경한테 전화하려고요? 그 여자 아까 형한테 맞았다면서요. 근데 전화를 받겠어요?"

"또 맞기 싫으면 받아야지. 이 계집애는 왜 이렇게 말을 안 들어."

명지훈이 핸드폰을 붙잡고 계속 유경에게 전화를 걸고 있던 그때였다.

"채서하……."

현소정의 두 눈이 휘둥그레졌다. 서하가 명지훈이 있는 곳으로 성큼성큼 걸어갔기 때문이다.

"이 새끼는 또 뭐야! 아까부터 기분 나쁘게, 너 그 눈 안 깔아?"

금세 제 앞으로 다가온 서하를 발견한 명지훈이 자리에서 벌떡 일어나 소리쳤다.

"눈 깔라고 시바아아악!"

서하가 단번에 명지훈의 멱살을 잡아 벽으로 밀쳤다. 그러곤 영화 전단지 더미 위에 놓인 스테이플러를 집어 들어 곧장 명지훈의 입술에 가져다 댔다.

"이……이 새끼…… 뭐야아아압!"

그는 당장 스테이플러로 명지훈의 입술을 어떻게 할 기세였다. 입술에 차가운 쇠가 닿자 명지훈이 소스라치듯 놀라며 입을 꾹 다물었다.

순간 정적이 흘렀다. 스테이플러로 명지훈의 입술을 누른 채서하가 아주 낮은 목소리로 말했다.

"이대로 박아 버릴까? 평생 그 더러운 입 못 열게."

"!!"

스테이플러를 잡은 서하의 손에 힘이 더 들어가자, 명지훈이 사지를 벌벌 떨었다. 꽉 닫힌 입술 사이로 살려 달라는 웅알이가 새어 나오기도 했다.

주변에 있는 사람들은 경악을 금치 못했다. 어떻게 사람 입술을 스테이플러로!

현소정도 놀라 입이 떡 벌어졌다. 학교에서 보던 채서하가 아니었다. 그는 다른 사람 일에는 좀처럼 나서는 법이 없었고, 동기가 바로 옆에서 넘어져도 그냥 지나쳐 갈 정도로 개인주의 성향이 강한 남자였다. 그런 사람이 도대체 뭐 때문에 저렇게 화가 난 걸까? 현소정은 이런 상황에서도 박력 넘치는 채서하의 모습에 푹 빠져 버리고 말았다.

이 대기실에서 서하를 말릴 수 있는 사람은 단 한 명도 없었다. 그렇게 숨 막히는 정적이 계속되고 있었는데.

주르륵.

얼굴이 하얗게 질린 명지훈의 발아래로 노란 물이 줄줄 흘러내렸다. 그걸 본 사람들은 서로 민망해하며 고개를 돌려 버렸다. 현소정도 마찬가지였다.

쾅!

서하는 미간을 확 찌푸리며 명지훈을 바닥으로 밀어 버렸다. 그러곤 들고 있던 스테이플러도 내던졌다.

바닥에 떨어진 스테이플러가 활짝 열렸고, 안에는 심이 없었다. 그것을 확인한 사람들은 저도 모르게 안도의 한숨을 내쉬었다.

하지만 서하는 이미 알고 있었다는 듯 명지훈을 한심하게 쳐다봤다.

"무대 인사 취소하고 집에 가서 바지나 빨아. 그리고 내 얼굴 똑똑히 기억하고 있어. 조만간 또 만날 테니까."

서하는 수치스러움에 고개도 못 들고 부들부들 떨고 있는 명지훈을 하찮게 쳐다보다가, 유유히 그곳을 빠져나갔다.

"얘는 도대체 어딜 간 거야? 전화도 안 받고."

오영은 혼자 팝콘을 먹으며 어리둥절한 얼굴로 주변을 두리번거렸다.

팝콘을 사러 갔다 오니 서하가 사라지고 없었다. 분명 여기 있었는데, 어디로 사라진 거지?

콜라는 이미 다 먹고 빨대만 쪽쪽 빨고 있던 그때.

"채서하!"

서하를 발견한 오영이 자리에서 벌떡 일어났다.

"너 어디 갔었어?"

"쓰레기 버리러."

"뭐? 쓰레기? 쓰레기통 여기 많은데 어디까지 갔다 온 거야? 야, 얼른 들어가자. 영화 시작하겠다."

"선배. 영화는 혼자 봐. 나 간다."

"여기까지 와서 그냥 가겠다고? 농담이지? 야! 채서하!"

갑자기 무슨 급한 일이라도 생긴 사람처럼 그는 엘리베이터로 향했다. 오영은 황급히 팝콘을 들고 서하를 뒤쫓아 갔다.

"인마! 같이 가…… 앗!"

"윽!"

열심히 서하를 뒤쫓아 가던 오영은 반대쪽에서 걸어오는 사람을 발견하지 못하고 세게 부딪쳤다. 새하얀 코트를 입은 여자가 고개를 숙인 채 고통스러워하고 있었다. 오영이 놀라서 여자에게로 바짝 다가갔다.

"죄송합니다!"

오영이 잔뜩 미안한 표정으로 사죄하자, 여자가 인상을 찌푸리며 고개를 들었다.

"세상에."

여자의 얼굴을 보자마자 오영은 감탄사가 튀어나왔다. 그녀의 동그랗고 맑은 눈망울에 금방이라도 빠져들 것만 같았다. 여자는 미인이었다. 그것도 엄청난. 이제껏 수많은 여배우들의 실물을 봐 왔지만, 이토록 예쁜 여자는 처음이었다. 짜증이 가득한 여자의 표정은 보지 못했는지 오영의 눈엔 하트가 가득했다.

"괜찮으세요? 제가 부축해 드릴까요?"

"아니요. 됐어요."

은설은 퉁명스럽게 대답했다. 그러곤 이상한 표정으로 자신을 쳐다보고 있는 오영을 째려보다가 엘리베이터 쪽으로 고개를 돌렸다. 없다. 채서하가 사라졌다. 서하를 놓친 것을 안타까워하던 은설은 강아지같이 생긴 남자가 아직도 저를 쳐다보고 있자 미간을 잔뜩 찌푸렸다.

'잠깐, 이 남자 아까 채서하랑 같이 있었던 것 같은데.'

어떻게 할까 잠시 고민하던 은설은 갑자기 태도가 돌변해 오영을 향해 활짝 웃으며 말했다.

"혹시 시간 되시면 우리 조용한 데 가서 차라도 한잔할까요?"

오영은 은설의 말이 끝나기도 전에 고개를 세게 끄덕이고 있었다.

서하가 초조한 기색으로 현관 앞을 서성거렸다.

노크를 할까, 말까. 그냥 돌아가, 말아.

아깐 그렇게 살벌한 얼굴로 사람을 짓밟아 버리더니, 지금은 동일

인물이 맞나 싶을 정도로 아주 순한 얼굴이었다.

문 앞에서 한참을 망설이던 서하가 기어코 노크를 했다.

쾅쾅.

노크 소리와 함께 안에서 우당탕거리는 소리가 들렸다. 이게 무슨 소리야? 서하가 걱정스러운 얼굴로 서 있는데, 급작스럽게 문이 열리더니.

"누구세…… 어? 자, 잠깐! 잠깐만!"

쾅!

하고 문이 다시 닫혔다.

순식간이었지만 분명 보았다. 캐릭터 잠옷 차림으로 빼꼼 내밀었던 그녀의 놀란 얼굴.

그 뒤로 안에선 '옷 어딨지.', '비비크림이 사라졌어.', '으, 미치겠다.' 등등의 소리가 들리더니, 정확히 10분 후 다시 문이 열렸다. 달라진 점은 옷이 바뀐 거 하나였다. 어제도 입었던 후드 티보다는 차라리 아까 그 캐릭터 잠옷이 훨씬 귀여웠는데, 라고 속으로 생각하며 서하는 그녀를 바라봤다.

아까완 달리 당당한 자태로 문을 활짝 열어 준 걸 보니, 그녀는 스스로 지금이 아까보다는 훨씬 나은 모습이라고 생각하고 있는 모양이었다. 가만 보니 입술에 뭘 바른 것도 같았다.

"허헉. 이 시간에 헉. 웬일이야?"

안에서 얼마나 바빴는지 유경은 숨까지 헐떡거렸다. 서하는 아무 말 없이 그녀의 얼굴에 시선을 고정했다. 혹시 혼자 울고 있진 않을까 걱정돼서 달려왔는데. 뒤집어 입은 후드 티며, 머리카락에 묻은 밥풀이며, 집 안에서 풍기는 고소한 참기름 냄새.

"잘 먹고 잘 있었네?"

서하가 그녀의 머리카락에 묻은 밥풀을 떼며 웃었다.

"앗, 그거 이리 줘."

유경이 부끄러워하며 서하의 손가락에서 밥풀을 뺏어 갔다.

"아까 밥 비벼 먹다가 튀었나 봐."

"밥까지 비벼 먹었어? 잘했어."

"넌? 저녁 먹었어?"

서하가 고개를 절레절레 흔들자, 잠시 고민하던 유경이 서하의 소매를 잡아끌었다.

"들어와."

"들어가도 돼?"

그렇게 물으며 서하는 그녀보다 먼저 안으로 들어가고 있었다.

"으하하하. 집이 좀 지저분하지."

1.5룸의 작은 집은 서하가 들어오자 꽉 들어찼다.

서하는 생경한 눈빛으로 집 안을 둘러보았다. 인테리어는 그녀를 닮아 아기자기하면서도 꽤 유니크했다. 현장에서 쓰던 슬레이트가 식탁 위에 아무렇게나 놓여 있었고, 창문엔 영화 포스터들이 붙어 있었다. 바닥엔 널브러진 옷들, 그리고 테이블 밑에 숨겨 놓은 빈 밥통, 빨래통에서 삐져나온 브래지어.

서하는 시선을 어디에 둬야 할지 몰라 그저 천장만 바라보고 있었다.

"어뜩해!"

열심히 옷을 치우던 유경이 거울을 보더니 갑자기 당황해하며 얼굴이 새빨개졌다.

"서하야, 일단 아무 데나 앉아 있어! 나 잠깐 화장실 좀."

뒤늦게 옷을 거꾸로 입은 것을 깨달은 유경은 쪽팔림에 고개를 푹 숙인 채 화장실로 뛰어 들어갔다. 그 모습에 서하가 작게 웃음을 터뜨리며 침대에 걸터앉았다.

분명 위로하러 왔는데, 위로받고 갈 것 같은 기분이 들었다. 얼굴

본 지 몇 분 되지도 않았는데 벌써부터 이렇게 기분이 좋아지면 어쩌란 말인가.

그가 기분 좋게 그녀가 나오기만을 기다리고 있던 그때였다.

지이잉. 지이잉.

주머니에서 핸드폰이 진동했다. 핸드폰을 꺼내 액정을 확인하니 모르는 번호였다. 수신 거절을 하고 주머니에 도로 핸드폰을 넣으려는데 또다시 핸드폰이 진동했다. 서하는 끈질긴 전화에 화가 나 굳은 얼굴로 전화를 받았다.

— 채서하 작가 번호 아닌가요?

"너 누구야?"

— 나예요. 빅토리의 최은설. 우리 저번에 작업실에서 인사했었잖아요.

"기억 안 나는데요?"

— 에이, 그러지 말고 우리 언제 따로 한번 만나요. 채 작가는 시간 언제가 괜찮으세요?

"내가 그쪽을 왜 만납니까? 내 여자 친구 만날 시간도 부족한데. 그리고 내 번호 어떻게 알았어요?"

— 유경이가 알려 줬어요.

서하가 어이없다는 듯 웃었다.

"유경이가 알려 줬다고? 이거 말이 안 통할 여자네. 당장 내 번호 지우고, 다시는 나한테 전화하지 마."

— 잠깐! 잠깐만요! 아직 끊지 마세요. 할 얘기가 있…….

은설의 당황한 목소리가 들려왔지만 가차 없었다. 서하는 곧장 전화를 끊어 버렸다.

그러자 이번엔 테이블 위 유경의 핸드폰이 진동했다. 서하는 혹시나 하는 마음으로 자리에서 일어나 발신인을 확인했다. 역시나 최은설이었다. 서하가 낮게 욕을 읊조리며 유경의 핸드폰을 집어 들었다.

"뭐 해?"

마침 옷을 갈아입고 화장실에서 나온 유경은 자신의 핸드폰을 들고 있는 서하를 물끄러미 바라봤다.

"나한테 전화 왔어?"

"스팸 전화."

"또? 나 요즘 왜 이렇게 스팸 전화가 많이 오지? 내 정보 어디 팔렸나."

"그런가 봐. 내가 스팸 전화 차단하는 앱 설치해 줄게."

그렇게 말하며 서하는 재빨리 손가락을 움직여 최은설과 명지훈 플러스 황태은을 스팸으로 등록하고 있었다. 그 사실을 모른 채 유경은 환하게 웃었다.

"아…… 그런 앱이 있었구나. 땡큐. 대신 내가 저녁으로 스팸마요 덮밥 해 줄게. 좀만 기다려."

서하에게 밥을 해 줄 생각에 신이 난 유경은 후다닥 주방으로 달려갔다. 그러곤 찬장을 열어 아껴 두었던 스팸을 꺼냈다. 하지만 싱크대 앞에 서서 스팸 뚜껑을 열던 유경의 손이 멈칫했다.

갑자기 뒤에서 서하가 껴안았기 때문이다.

"유경아……."

유경의 어깨에 얼굴을 포갠 녀석이 나지막한 목소리로 이름을 부르더니.

"그동안 많이 피곤했지? 주변에 쓰레기가 많아서."

"어? 아…… 미안. 집이 좀 많이 지저분하지."

엉뚱한 소리를 하는 그녀를 더욱 꽉 껴안으며 서하가 다짐하듯 말했다.

"앞으론 내가 다 치워 줄게. 걱정하지 마."

1시간 후.

쿠션을 꽉 끌어안은 채 앉아 있던 유경은 서하를 흘끔 쳐다봤다. 녀석은 선비처럼 허리를 곧게 편 채 양반다리를 하고 앉아 있었다.

'벌써 11시인데, 집에 안 가나? 다리도 엄청 저릴 텐데.'

하품을 하며 눈을 비비던 유경이 조심스레 입술을 열었다.

"저기…… 서하야."

묵묵히 앉아 커피 잔만 만지작거리던 서하가 태연하게 대답했다.

"왜?"

"너 집에 안 가?"

그녀의 물음에 서하가 미간을 구기며 퉁명스럽게 말했다.

"나 빨리 갔으면 좋겠어?"

"어? 아니…… 밥도 다 먹었고, 커피도 지금 세 잔째 마셨잖아. 커피 이제 그만 마셔. 밤에 잠 안 오겠다."

"그러게, 잠 안 올 것 같은데. 니가 책임져."

"니가 마셔 놓고 왜 내가 책임져?"

"니가 커피를 너무 맛있게 타서 내가 집에 못 가고 있잖아."

이게 무슨 말이야. 채서하가 말도 안 되는 소릴 할 때가 다 있네. 유경은 의아한 눈초리로 녀석을 바라봤다. 녀석도 뭔가 본인이 내뱉은 말이지만, 논리에서 굉장히 벗어났다는 걸 깨달았는지 다시 묵묵히 커피를 마시기 시작했다.

유경은 곰곰이 생각에 잠겼다.

'나한테 무슨 할 말이라도 있나? 갑자기 집을 찾아온 이유도 그 때문일까?'

유경은 자꾸만 집에 가지 않으려고 버티고 있는 녀석을 걱정스레 보며 물었다.

"혹시, 너 오늘 무슨 일 있었어?"

"일은 내가 아니라 너한테 있었던 것 같은데."

"……."

"언제 얘기해 줄 거야?"

"……."

"나 그냥 갈까?"

유경이 계속 아무 대답이 없자, 서하가 자리에서 일어나려고 하는데.

"잠깐."

유경이 서하의 팔을 붙잡았다. 서하가 다시 천천히 자리에 앉으며 유경을 바라봤다. 뭐든 다 들어 줄 준비가 되어 있다는 얼굴로. 녀석의 다정한 눈빛을 마주한 유경은 애써 웃으며 말했다.

"나 사실 문 감독님 영화 못 하게 됐어. 정확히 말하면 감독님이 나 믿고 엄청 큰 기회를 주셨는데, 내가 날려 버렸어. 그래서 오늘 기분이 매우 안 좋아."

"근데 왜 웃어?"

"그럼 울까?"

"울고 싶으면."

유경은 울음을 꾹 참고 고개를 흔들었다.

"울긴 왜 울어. 내가 잘못해서 기회 날린 건데. 그리고 울어서 해결될 일은 이 세상에 아무것도 없어."

성질 못 참고 일을 그르친 건 명백한 내 잘못이었다. 애초에 명지훈을 무시하거나 피했어야 했는데. 거기에 넘어가서 그놈과 똑같이 소리 지르고 싸웠다. 정말 프로답지 않은 행동이었다.

사실 오늘 있었던 일을 녀석에게만큼은 절대 말하고 싶지 않았다. 그래서 오늘 일부러 혼자 쉬겠다고 한 거였고, 밥을 먹으면서도 커피를 마시면서도 꾹 참았는데. 어느새 난 녀석에게 미주알고주알 오늘 있었던 일들을 몽땅 털어놓고 있었다.

"회사 로비에서 후배랑 크게 싸웠는데 문 감독님이 그걸 봤어. 너도 나랑 같이 있었으면 엄청 쪽팔렸을 거야. 문 감독님도 막 나 꼴도 보기 싫은 눈빛으로 보더라. 엄청 비참하더라고."

"자책하지 마."

서하가 유경의 머리를 쓰다듬으며 말했다.

"그리고 그때 내가 너랑 같이 있었으면, 그 새끼는 아마 바지에 오줌을 쌌을 거야."

"응? 오줌?"

유경이 서하의 말을 잠시 곱씹더니 뒤늦게 웃음을 터뜨렸다.

"풉! 채서하 너 그런 농담도 할 줄 알아? 웃겼다. 인정."

웃으라고 한 소린 아니었는데 그녀가 웃으니 좋았다. 서하는 그녀를 따라 미소 지으며 위로했다.

"지나간 일은 잊어. 앞으로 더 좋은 기회가 있을 거야."

"그럴까?"

"어. 반드시 그럴 거야. 난 개인적으로 영화는 착한 사람들이 만들어야 한다고 생각하거든. 올바른 가치관을 가진 선한 사람. 본인이 그런 사람이라고 생각하지 않아?"

"음…… 쪼끔? 근데 이 바닥에서 착하면 성공 못 한다는 속설이 있지. 그래서 내가 성공을 못 하나?"

유경의 농담에 이번엔 서하가 진지해졌다.

"그래서 난 요즘 고민이야."

"무슨 고민?"

"난 착한 사람이 아니거든."
"어?"
"나 같은 놈은 글 쓰면 안 되는데. 가끔 그런 생각 해."
유경의 두 눈이 휘둥그레졌다.
"저기…… 우리 대화가 갑자기 로맨스에서 스릴러가 된 것 같지 않아? 아까 좋았는데. 나 막 힐링되고 그랬는데."
서하가 피식 웃었다.
"웃지 마. 웃으니까 더 무서워. 갑자기 지가 안 착하대. 그럼 난 안 착한 남자랑 왜 사귀는 거야?"
"니가 착하니까."
"농담 그만하고. 암튼…… 넌 착해."
"무슨 근거로?"
근거? 곰곰이 생각에 잠겨 있던 유경은 좋은 답변이 떠올라 손뼉까지 치며 외쳤다.
"너 엄마한테 잘하잖아! 엄청 효자잖아."
"사이코패스 중에 효자 없을 것 같아?"
"니가 사이코패스는 아니잖아. 또 무섭게 왜 이래."
"무섭지? 오늘 밤에 혼자 못 잘 것 같지 않아?"
"야!"
이제야 진짜 목적을 드러낸 서하에게 유경은 안고 있던 쿠션을 던졌다. 하지만 서하가 쿠션을 아주 가볍게 한 손으로 탁, 잡더니 짓궂게 웃었다.
"던지려면 세게 던져야지. 착해 가지고."
"너 지금 웃음이 나와? 놀랐잖아."
"넌 스릴러 찍으면 진짜 잘 찍을 것 같아. 원래 겁 많은 사람들이 그 포인트를 귀신같이 잘 알거든. 코미디도 잘 찍을 것 같고. 슬랩스

틱 같은 거. 옷 뒤집어 입고, 밥풀 머리카락에 붙이고, 넘어지고, 얼굴에 멍들고.”

“너 이 누나 놀리냐?”

“아니. 나 진지한데?”

정말 서하가 진지한 얼굴로 고민하자, 거기에 홀라당 넘어간 유경 또한 진지해졌다.

“사실 요즘 그게 고민이긴 해. 내가 무슨 장르를 잘할 수 있는지, 그걸 잘 모르겠어.”

“그러니까 당장 급하게 일자리 구하지 말고, 당분간 쉬면서 시나리오 작업 해 보는 건 어때? 장편이 무리면 단편이라도. 일단 자기 색깔 찾는 게 제일 중요하니까.”

그건 항상 하는 고민이었다. 단지 그 색깔을 찾기 전에 굶어 죽을까 봐 매번 돈을 벌러 나가야 했지만.

진지하게 조언을 해 주는 녀석이 고맙다가도, 뭔가 생계형 프리랜서들의 고민을 녀석이 알기는 할까? 떠올려 보면 그건 의문이었다. 잘난 이 녀석은 아마 평생 가도 모를 것 같다는 생각이 들어 씁쓸하기도 했다.

하지만 녀석의 진심을 알기에 유경은 애써 웃으며 대답했다.

“알았어. 시나리오 한번 써 볼게.”

“어떤 이야기를 쓰면 좋을까?”

백지상태인 워드 화면을 바라보며 유경은 고민에 빠졌다. 어젯밤 애정 넘치는 조언과 격려를 해 준 녀석을 위해서라도 내 색깔이 팍팍 들어간 아주 멋진 시나리오를 완성해야 하는데.

장르는 뭘로 할까? 스릴러? 코미디? 로맨스? 시작부터 꽉 막혔다.

그렇게 오전부터 노트북 앞에서 끙끙거리며 고뇌에 빠져 있던 유경을 방해한 건 메시지 알림음이었다.

[월세 빠른 시일 내에 입금 바람. —집주인]

문자를 확인하자마자 유경은 달력을 살폈다. 매달 2일이 월세 입금일인데, 벌써 1월 중순이었다. 일을 안 하니까 시간 개념이 없어진 모양이다. 어떻게 월세 이체하는 날을 까먹을 수가 있지?

"미쳤나 봐. 내가 지금 글 쓰고 앉아 있을 때가 아니었어."

통장 잔고를 떠올리며 유경은 울며 겨자 먹기로 노트북을 접었다. 그러곤 종종 돈이 필요할 때마다 결혼식과 돌잔치 촬영 알바를 하며 친분을 쌓았던 사진관 사장님께 전화를 걸었다.

"사장님. 당장 촬영 나갈 수 있는 곳 없을까요?"

— 토요일에 결혼식 하나 있는데 잡아 줄까?

"토요일이요?"

유경은 토요일에 녀석과 데이트 겸 시나리오 작업을 같이하기로 한 것이 떠올라 대답을 머뭇거렸다.

8.

날벼락 같은 통보

토요일, 그랜드호텔 앞.

"미안. 친구 결혼식이 있어서 지금 강남 와 있어. 기다린다고? 아니야. 뒤풀이도 가기로 해서 조금 늦을 것 같아. 우리 오늘 말고 내일 만나자. 응. 미안해. 집에 도착하면 연락할게."

전화를 끊자마자 유경은 한숨을 길게 내뱉었다. 결국 거짓말을 하고 말았다.

하지만 어쩔 수가 없었다. 이십만 원이 부족해서 월세도 못 내고 있다는 사실을 녀석에게 어떻게 말한단 말인가. 일단 돈부터 해결하고, 나중에 이런 일이 있었다고 사실대로 말하자. 그래, 그러면 되지. 서하는 다 이해해 줄 거야.

유경은 자신의 말이라면 뭐든 다 이해해 주고 배려해 주던 녀석을 떠올렸다. 그러자 마음이 한결 편해졌다.

주말에 녀석 혼자 집에 버려둔 게 마음에 걸렸지만, 빨리 일 끝내고 녀석과 저녁이라도 한 끼 먹어야겠다는 생각으로 유경의 발걸음이 빨라졌다. 카메라를 어깨에 멘 유경은 당당히 호텔 안으로 들어갔다.

"결혼식장이 몇 층이더라……."

유경은 두리번거리며 안내 데스크를 찾다가 로비에 있는 오픈형 커피숍에 시선을 빼앗겼다.

'주말에도 일하는 사람들이 많네? 다들 좋아서 하는 일일까? 아니면 나처럼 어쩔 수 없이 하는 일일까?'

노트북과 태블릿으로 업무를 보거나 서류를 검토하는 사람들을 멍하니 바라보던 유경은 한숨을 길게 내쉬었다.

그러다 창가 쪽에 앉아 있는 서지웅을 발견하고 화들짝 놀랐다.

'저 인간이 왜 저기 있어?'

그는 긴 다리를 꼰 채 특유의 거만한 포즈로 느긋하게 커피를 마시고 있었다.

"누가 보면 지네 집 안방인 줄 알겠네. 뭐가 저렇게 자연스러워?"

중얼거리며 지웅을 흘겨보던 유경이 흠칫했다. 마침 지웅이 고개를 든 것이다.

그 순간, 유경이 반대쪽으로 고개를 휙 돌려 버렸다.

'설마 나 본 건 아니겠지? 아니야. 못 봤을 거야. 여기 사람이 이렇게 많은데 봤을 리가 없어. 빨리 도망가자.'

유경은 재빨리 카메라로 얼굴을 가린 채 후다닥 달려 엘리베이터로 향했다.

2시간 후.

촬영은 순조로웠다. 비싼 조명 덕인지 카메라를 들이대는 곳마다 예술이었다. 편집만 잘하면 영화보다 더 멋진 영상을 만들 수 있을 것 같아 뿌듯했다. 이렇게나마 카메라로 뭐라도 찍을 수 있는 기회가 감사하게 느껴진 유경은 기분이 좋았다.

그렇게 모든 촬영을 마치고 로비로 내려온 유경의 발걸음이 가벼웠다.

하지만 얼마 못 가 경쾌하던 걸음이 느려지더니 이내 멈췄다.

"유경아!"

유경은 자신을 향해 다가오는 태은을 원망스레 쳐다봤다. 오늘 왜 이래? 저 인간은 또 왜 나타난 거야! 눈치는 어디다 팔아먹었는지 태은이 환하게 웃으며 달려오고 있었다. 옆에 여자 친구 최은설을 두고 말이다.

"유경이 너도 지은이 결혼식 왔구나?"

지은이? 고등학교 때 같은 반이었던 지은이가 오늘 결혼을 하나 보다. 하필 오늘, 이 시간에, 이곳에서. 그래도 2시간 전이 아닌 게 어디야. 하마터면 알바하다가 동창들 다 만날 뻔했네.

유경은 안도의 한숨을 내쉬며 어느새 다가온 은설의 차림을 훑어봤다. 화이트 컬러의 코트를 입어서인지 반사판이 따로 필요 없었다. 그녀의 얼굴에선 광채가 났고, 눈빛에선 레이저가 쏟아져 나왔다. 그녀는 언제나 내게 불만이 많았다.

"오빠. 우유경 쟤 결혼식 온 거 아니야. 딱 보면 몰라? 청바지 입고 결혼식 오는 사람이 어딨어. 그리고 우리 동창들 쟤 다 포기했어. 맨날 일 핑계 대고 안 오는데 뭐 하러 불러. 백수 주제에 뭐가 그렇게 바쁜지."

저게 보자 보자 하니까. 유경이 은설을 한껏 노려봤다.

"야, 최은설. 나 아무리 바빠도 청첩장 보낸 친구들 결혼식은 꼭 갔거든? 그리고 나 백수 아니야. 오늘도 이 호텔 커피숍에서 클라이언트랑 미팅 있어서 온 거야."

"웃기고 앉아 있네. 니가 클라이언트랑 미팅을 해? 입봉도 못 한 주제에 무슨 미팅."

"최은설, 너 유경이한테 말이 너무 심하잖아."

태은이 말려 봤지만 소용없었다. 오히려 은설은 태은을 죽일 듯이 노려봤다.

"오빠, 지금 우유경 편드는 거야?"

"내가 언제."

"그런 거 아니면 먼저 올라가. 나 얘랑 할 얘기 있으니까."

머뭇거리며 은설의 눈치를 보고 서 있던 태은이 양손을 들었다. 항복한다는 제스처였다. 그렇게 그는 항복을 외치며 서둘러 엘리베이터에 올라탔다.

태은이 사라지자마자 은설이 유경을 향해 물었다.

"너 채서하랑 무슨 사이니?"

"그건 니가 알아서 뭐 하게?"

"당연히 내가 알아야지. 이제 채 작가랑 나는 파트너가 될 사이인데."

"파트너?"

"그래, 파트너. 우리 회사에서 채 작가 판권 사려고 공들이고 있는 거 알지? 채 작가 내 거야. 건드리면 가만 안 둬."

니가 날 가만 안 두면, 서하가 널 퍽이나 가만두겠다. 유경은 어이가 없었다.

"그건 니 생각이고. 작가가 팔 생각이 없다는데, 니가 무슨 수로 가져갈 건데?"

"내가 못 가지면 너도 못 가져. 우유경, 내 말 명심해."

뭐 이런 미친년이 다 있어. 유경은 몇 년 사이에 심보가 더 고약해진 은설을 기가 막힌 듯 쳐다보다가 한마디 쏘아붙이려는데, 하필 엘리베이터에서 사람들이 우르르 내렸다. 주변으로 몰려든 사람들을 보자, 얼마 전 명지훈과의 일이 떠올라 구역질이 나올 것 같았다.

망할. 나 로비 트라우마 생겼나 봐.

유경이 기를 쓰고 욕지거리를 꾹꾹 눌러 참았다. 참는 자에게 복이 있나니.

하지만 복은커녕 적군에게 호구만 잡힌 것 같았다. 은설이 또 가만히 있는 유경의 속을 살살 긁었다.

"너 클라이언트랑 미팅 있다고 했지? 그거 진짜야?"

"그럼, 내가 거짓말했을까 봐?"

"무슨 미팅인데?"

무슨 미팅이었지? 무슨 미팅이라고 할까. 유경이 당황한 기색으로 대답을 쥐어짜고 있는데.

"혹시 저 사람이니?"

은설이 떨떠름한 표정으로 커피숍 창가 쪽을 가리켰다.

"아까부터 계속 너만 쳐다보던데. 클라이언트 맞아? 혹시 스폰서 아니야? 돈 아주 많은."

"너 진짜 사람 많은 데서 처맞고 싶냐?"

결국, 욱하고 말았다. 유경이 주먹을 꽉 쥐자, 은설이 흠칫 놀라며 말을 돌렸다.

"어서 가 봐. 클라이언트가 기다리잖니."

"그래. 기다리니까 이만 갈게. 가는데. 너 한 번만 더 그딴 말 지껄이면 나도 더는 못 참아. 안 참아. 알았어?"

유경은 화를 억누른 채 뒤로 돌았다가, 다시 돌아서서 은설을 똑바로 쳐다보며 말했다.

"그리고 너나 서하 건드리지 마. 채서하 니 거 아니고, 내 거야!"

"뭐?"

"아까 서하랑 무슨 사이냐고 물었잖아. 우리 깊은 사이야. 알아들었으면 너도 어서 올라가 봐. 태은 오빠 너 기다리다 목 빠지겠다."

"야, 우유경……."

유경은 은설이 뭐라고 되받아치려 하자 휙 돌아섰다. 그리고 아주 빠른 걸음으로 걷기 시작했다.

그냥 이대로 밖으로 나가려던 유경은 클라이언트와 미팅한다고 뱉은 말도 있었고, 아까부터 계속 뚫어져라 저만 쳐다보고 있다는 저 남자한테 할 얘기도 있으니 뒤에서 자신을 지켜보고 있을 은설을 의식하며 커피숍으로 향했다.

"잠깐 실례할게요."

유경이 의자에 엉덩이를 반쯤 걸친 채 앉았다. 그러자 지웅이 피식 웃었다.

"너 아까 나 씽까더라?"

"제가요? 언제?"

"2시간 전에."

"저 여기 방금 왔는데요."

유경이 시치미를 뚝 떼고 말했다. 그러다 앞에 놓여 있는 커피 잔을 뒤늦게 발견했다.

"아, 미안해요. 일행 있는 거였어요?"

"마셔. 니 커피야. 왜 이렇게 늦게 왔어? 다 식었잖아."

뭐라는 거야. 설마 2시간 전부터 여기서 기다린 거야? 나를? 왜? 유경이 황당한 얼굴로 지웅을 쳐다봤다. 그러자 그는 편안한 얼굴로 팔짱을 낀 채 등받이에 등을 기댔다. 그러곤 유경을 빤히 쳐다보더니.

"2시간 동안 위에서 뭐 했어?"

"그러는 그쪽은 2시간 동안 날 왜 기다렸어요?"

"너 언제 내려오나 궁금해서."

"그게 왜 궁금한데요?"

"남자랑 둘이 호텔 가 본 적 없다며. 거짓말이었어? 난 또 순진하게 믿어 버렸네."

지웅이 미간을 찌푸리며 유경을 노려봤다.

"여기 남자랑 자러 온 거 아니면 할 게 없는데. 잤냐? 누구랑?"

"이봐요. 지금 이거 성희롱이에요."

"성희롱 아니고 걱정이지."

"그쪽이 내 걱정을 왜 하는데요?"

"묻는 말에나 대답해. 위에서 뭐 했냐고."

유경은 대답 대신 다 식은 커피를 벌컥벌컥 마셨다.

지웅은 이제 슬슬 화가 나기 시작했다. 도대체 이 여자는 왜 이렇게 거슬리는 거야? 지웅은 그녀가 메고 있는 카메라를 물끄러미 쳐다봤다.

"그건 왜 들고 다녀?"

"왜긴 왜예요. 돈 벌라고 들고 다니지."

"돈 필요해? 얼마?"

"그건 그쪽이 알아서 뭐 하게요?"

"내가 10배는 더 줄 테니까 내일부터 출근해."

10배? 잠시 잠깐 솔깃했던 유경은 이런 제 자신이 너무 싫었다. 속으면 안 돼. 이놈이 어떤 놈인데. 10배 준다는 것도 다 거짓말일 거야. 이놈이 소윤 언니한테 한 짓을 생각해 보라고.

"싫어요. 100배를 준다고 해도, 그쪽 밑에선 절대 일 안 해요."

"그래? 어쩌지? 난 너랑 꼭 해야겠는데."

갑자기 자리에서 벌떡 일어난 지웅은 그녀가 메고 있던 카메라 끈을 낚아챘다. 그러곤 카메라를 켜서 그녀가 아까 찍은 웨딩 사진들을 확인하더니 피식 웃었다.

"자러 온 게 아니라, 찍으러 온 거였네."

"왜 남의 걸 함부로 봐요! 이리 내놔요."

"카메라 멀쩡히 돌려받고 싶으면 입 다물고 조용히 따라와."

카메라를 뺏어 든 지웅은 빠른 걸음으로 커피숍을 나가 버렸다.

이 자리에 앉지 말았어야 했어. 유경은 뒤늦은 후회를 하며 지웅을 쫓아 밖으로 달려 나갔다.

한편, 호텔 밖으로 나가는 두 사람을 흥미롭게 지켜보던 은설은 핸드폰을 꺼내 두 사람의 뒷모습을 찍더니 어디론가 전송했다.

사진을 전송하자마자 전화벨이 울렸다. 은설은 승리의 미소를 지으며 여유롭게 전화를 받았다.

"이제야 채 작가를 만날 수 있겠네요?"

— 거기 어디야.

스피커 너머로 서하의 싸늘한 목소리가 들려왔다.

서하는 차에 올라타자마자 백미러로 뒤쪽을 살폈다. 얼마 전부터 수상한 남자들이 주변을 배회하는 듯한 느낌을 받았기 때문이다.

기둥 뒤에 숨은 놈, 엘리베이터 앞을 서성이는 놈, 시동을 끄고 운전석에 앉아 있는 놈.

놈들의 위치를 확인한 서하는 곧장 차의 속력을 높여 주차장을 빠져나왔다.

부우웅— 끼이이익—

쫓아오는 차를 피해 도로를 질주했다.

사실 서하는 자신을 미행하는 사람들이 누구인지 별 관심 없었다. 지금 그에게 중요한 건 따로 있었다.

블루투스 이어폰을 낀 서하는 통화 버튼을 꾹 눌렀다.

— 연결이 되지 않아 음성 사서함으로…….

하지만 들려온 건 유경의 밝은 목소리가 아닌, 음성 사서함으로 넘어가는 차가운 안내였다. 서하는 답답한 마음에 핸들을 세게 내리쳤다.

그랜드호텔, 커피숍.

화장을 고치던 은설은 멀리서 서하가 걸어오고 있는 것을 발견하곤 화들짝 놀랐다. 동시에 그녀의 손이 바빠졌다. 재빨리 파우더를 가방 속에 넣고 옷매무새를 바로 했다. 그리고 여유로운 미소를 내보이며 서하를 향해 손을 흔들었다.

“여기예요!”

서하가 무표정한 얼굴로 다가오더니 맞은편 의자에 앉았다. 은설은 별 관심 없는 척 커피를 마시며 서하의 얼굴을 흘끔 훔쳐보았다.

남자 친구인 태은도 어디 가서 외모로는 꿀리지 않는 편인데, 저번에 작업실에서 두 사람의 투샷을 봤을 때도 느꼈지만, 확실히 레벨이 달랐다. 채서하와 비교했을 때 태은의 외모는 어디 가서 명함도 못 내밀 수준이었다.

감상을 마친 은설은 아까보다 더 환하게 웃으며 커피 잔을 내려놓았다.

'그나저나 왜 아무 말도 안 하는 거야?'

은설은 자신을 빤히 쳐다보고 있는 서하의 시선에 괜히 긴장되기 시작했다. 결국, 은설이 먼저 입을 열었다.

"유경이 걔 누구랑 어디 갔는지 안 물어봐요?"

"유경이가 누구랑 어딜 가든, 갈 만하니까 갔겠죠."

"근데 여긴 왜 왔어요?"

"그쪽한테 경고하려고."

"경고라니. 내가 무슨 나쁜 짓이라도 했나?"

은설이 기가 찬 듯 웃으며 손으로 부채질을 했다.

"여기 왜 이렇게 더워."

급기야 생수를 벌컥벌컥 마시더니 은설이 서하를 서운한 눈빛으로 쳐다봤다.

"저번에 작업실에서도 그렇고, 왜 이렇게 나한테 적대적이에요? 내가 채 작가한테 무슨 잘못이라도 했어요? 그리고 먼저 나한테 시나리오 보내온 건 그쪽 에이전시 대표라니까요."

"그럼 그 대표 찾아가서 계약하세요. 내가 계약 무효 소송 걸 테니까."

"계약 무효……라니. 채 작가, 우리 회사 할리우드에서 제일 잘나가는 제작사예요. 도대체 계약 안 하겠다는 이유가 뭐예요?"

"그걸 아직도 모르면 어떡합니까."

"얘길 해 줘야 알죠."

"난 이미 충분히 표현했는데."

"네?"

"너 때문이잖아."

"……."

은설이 할 말을 잃은 채 동공 지진을 일으켰다.

"당신 같으면 내 여자 친구를 학창 시절부터 깔아뭉개고, 상처 주고 울린 사람과 동업자가 되고 싶겠어요?"

"무슨 소릴 하는 거예요? 채 작가 여자 친구가 누군데요?"

"알면서 왜 물어?"

"말도 안 돼. 진짜 우유경이랑 사귀어요? 채 작가 우리랑 나이 차이 꽤 나지 않나? 유경이 옛날부터 연하는 별로라고 그랬었는데. 둘이 진심으로 사랑하는 사이 맞아요? 내가 봤을 땐 채 작가 혼자만 좋아하는 것 같은데. 맞죠?"

은설이 일부러 나이까지 언급하며 서하를 자극했다. 하지만 서하는 무표정으로 은설이 하는 말을 묵묵히 듣고만 있었다. 은설은 멈추지 않았다.

"채 작가, 유경이 걔가 나에 대해 뭐라고 떠들었는지는 모르겠지만. 다 오해예요. 오히려 학창 시절에 유경이한테 당한 건 나라구요. 특히 유경이 남자 문제 때문에 곤란했던 적이 한두 번이 아니에요."

"……."

"그리고 이런 말 해서 미안한데, 걔가 아까 나한테 뭐라고 한 줄 알아요? 내가 보내 준 사진 봤죠? 사진 속 그 남자랑 아주 깊은 사이라고 대놓고 자랑하더라고요. 지금쯤 둘이 어디 갔으려나."

"유경이가 그렇게 말했다고?"

"네!"

"너 죽고 싶냐?"

"!!"

서하가 싸늘한 눈빛으로 말하자 은설은 입을 꾹 다문 채 침을 꼴깍 삼켰다. 뭔가 한마디만 더 하면 큰일이 벌어질 것 같은 분위기였다.

"내가 빅토리에 아는 사람 없을 것 같아? 대표한테 전화해서 PD라고 찾아온 최은설이 무례하게 굴어서 계약 못 하겠다고 하면, 어떻게 될까? 재밌을 것 같지?"

"……."

은설은 아무리 초조한 기색을 숨기려고 해도 숨길 수가 없었다. 이번 계약 문제는 그녀에겐 승진이 달린 아주 중요한 일이기 때문이었다.

서하는 얼굴이 하얗게 질린 은설을 짜증이 가득 실린 눈빛으로 쳐다보다가 자리에서 일어났다.

"내가 말했잖아. 경고하러 온 거라고. 다음번엔 말로 안 끝나. 명심해."

서하가 은설을 무섭게 노려보며 말했다. 그러곤 잔뜩 굳은 얼굴로 그곳을 빠져나왔다.

유경에게 전화를 걸며 주차장으로 내려온 서하는 차로 향하다가 갑자기 뒤돌더니 미친 듯이 달렸다.

쾅!

서하가 차 뒤쪽으로 달려가 웬 남자의 목덜미를 거칠게 잡고 질질 끌고 나왔다. 그러곤 남자의 머리를 벽에 밀어 꼼짝도 못 하게 만들더니.

"너 누구야!"

서하가 거친 숨을 몰아쉬며 남자를 향해 물었다. 남자는 입을 앙다문 채 몸부림을 쳤다. 하지만 몸을 움직이면 움직일수록 목덜미를 세게 짓누르는 서하의 힘을 당해 낼 수가 없었다.

지이잉. 지이잉.

남자의 주머니에서 핸드폰이 진동했다. 서하는 남자의 팔을 꺾은 채 놈의 뒷주머니에서 핸드폰을 꺼냈다.

[사모님]

액정에 뜬 발신인을 확인한 서하는 통화 버튼을 눌렀다.

— 호텔 커피숍에서 여자를 만나다니. 그게 무슨 소리야? 그 애가 여자가 있을 리 없는데. 어떤 여자야? 생김새는?

스피커 너머로 들리는 익숙한 목소리. 순간 화가 치밀어 올랐다. 서하는 남자를 바닥으로 패대기친 후 다시 핸드폰을 귀에 가져다 댔다.

— 일단 그 여자 사진 찍어서 나한테 보내고, 지금 그 애 주변에 수상한 놈들은 없지?

"없기는. 엄청 많아. 셀 수도 없을 지경이야."

— ……서하니?

"나 감시하는 거야?"

— 감시가 아니라 보호야, 보호.

미행하다 걸린 주제에 윤성희는 당당했다.

— 하필 첫날 딱 걸리냐. 걔 당장 잘라야겠다.

"첫날이라고?"

— 왜? 첫날 아니니? 그동안 누가 너 따라다녔어?

"나한테 사람 붙인 이유가 뭐야? 보호? 누구한테서?"

— 누구긴 누구야. 서지웅이지.

지웅의 이름을 듣자마자 서하의 아래턱에 힘이 잔뜩 들어갔다.

— 너도 지웅이 만나 봐서 알지? 그 자식은 사람이 아니야. 악마 같은 놈이라고. 저번에 너 피습당한 것도 아마 서지웅이 사주했을 거야. 그러니까 될 수 있으면 서지웅이랑 마주치는 일 없게 해. 서하야, 알았어? 이게 다 널 위해서…….

서하는 윤성희의 말을 끝까지 듣지도 않고 핸드폰을 바닥에 쓰러져 있는 놈 위에 내던졌다. 그러곤 차에 올라탔다.

윤성희의 말에 따르면 얼마 전부터 제게 미행을 붙인 놈이 서지웅이라는 거였다.

'어째서? 이유가 뭔데?'

시동을 켠 채 생각에 잠겨 있던 서하는 다시 어디론가 전화를 걸었다. 상대방이 전화를 받자, 뭔가 단단히 각오를 한 듯한 표정으로 서하가 입을 열었다.

"교수님. 저번에 명성자동차 서지웅 사장이 찾아왔다고 했었죠? 네. 자리 만들어 주세요. 제가 그분을 좀 만나야 할 일이 생겨서요."

"왜 안 먹어?"

"이 상황에 먹을 게 입으로 들어가겠어요?"

지웅이 카메라를 돌려주겠다는 핑계로 유경을 데리고 온 곳은 고급 레스토랑이었다. 주말이라 1층은 사람들로 북적이는 반면, 2층에 있는 이 넓은 홀에는 두 사람뿐이었다.

품위 있게 스테이크를 썰어 입에 넣고 있는 지웅과 달리 유경은 조급했다. 그녀는 살며시 손을 뻗으며 지웅의 왼편에 놓인 카메라를 호시탐탐 노렸다.

점점 영역을 침범해 오는 그녀의 작은 손을 물끄러미 보던 지웅이 갑자기 물컵을 들더니.

"안 먹으면 확 부어 버린다?"

지웅이 카메라에 물을 쏟을 기세로 컵을 점점 기울이자, 유경이 경악했다.

"스토옵! 스톱! 먹을게요. 먹어! 먹을 테니까 당장 그거 내려놔요!"

저 미친놈. 유경은 포크로 고기를 푹 찍어 덩어리째 입안으로 가져가려 했다.

"좋게 먹어라."

"아, 네."

하지만 지웅의 명령이 떨어지기가 무섭게 유경은 얼른 포크와 나이프를 고쳐 잡았다. 그리고 이 고기가 서지웅이라 생각하고 팍팍 썰어 입에 넣곤 잘근잘근 씹었다.

'이잉? 근데 이거 왜 이렇게 맛있어?'

생각보다 고기가 너무 맛있어서 유경의 두 눈이 휘둥그레졌다. 그러다 뒤늦게 지웅이 쳐다보고 있는 것을 알아차리곤 재빨리 표정을 굳혔다.

유경은 마음속으로 최면을 걸었다. 이 고기는 맛이 없다. 난 더럽게 맛없는 고기를 먹고 있다. 하지만 입안에선 육즙이 팡팡 터지며 포크는 본능적으로 접시를 향해 움직였다.

"회보다 고기를 더 좋아하나 봐? 잘 먹네."

지웅은 맛있게 고기를 먹는 유경을 쳐다보며 물잔을 내려놓았다.

"카메라 때무네. 어찌로 멍는. 거거든여?"

오물오물 먹으면서도 제 할 말 다 하는 유경을 보며 지웅은 피식 웃었다.

"이깟 카메라 얼마나 한다고. 망가지면 하나 사면 되지."

"안에 들어있는 건 망가지면 못 사니까 그러죠. 그 안엔 아까 결혼한 부부의 인생 중 가장 행복한 순간들이 담겨 있다구요."

"그들이 행복한지 안 한지 니가 어떻게 알아?"

"표정을 보면 알죠. 지금 서지웅 씨가 아주 불행해 보이는 것처럼."

"아닌데? 나 지금 무지 행복한데?"

지웅이 어깨를 으쓱이며 너스레를 떨자, 유경이 작게 눈을 뜨며 그를 흘겨봤다.

"실례지만, 뭐 하시는 분이세요?"

"차 팔아."

"아……. 자동차 딜러세요? 근데 안 바쁘세요? 아니면 혹시 저한테 영업하시는 거예요?"

"너 차 살 돈은 있냐?"

"없으니까 하는 말이잖아요. 차 팔라고 그러는 것도 아니면, 도대체 나한테 왜 이러는 거예요?"

"이번 달까지 강소윤 영상 만들어야 해."

또 그 얘기. 유경은 넌덜머리가 났다. 이 남자의 집요함에.

"나 분명 그거 안 한다고 했어요. 그리고 그 영상 원래 오영이가 만들기로 한 거잖아요."

"그건 내가 널 만나기 전에 결정한 일이고. 이젠 반드시 너여야만 해."

"너무 뻔뻔하다고 생각 안 해요? 갑자기 이런 영상 만든다고 그쪽이 과거에 잘못한 일이 없어지는 것도 아니고. 영상을 제작하려는 진짜 의도가 뭐예요?"

"강소윤이 백호영화제에서 상 받는 거."

"네?"

유경은 살아생전 수많은 영화제에서 상을 받았지만, 백호영화제에서만큼은 수상을 하지 못하고 세상을 떠난 소윤이 떠오르자 가슴이 먹먹해졌다. 조금은 가라앉은 목소리로 유경이 입을 열었다.

"추모 영상 만드는 거랑 소윤 언니 상 받는 거랑 무슨 상관이 있는데요?"

"궁금하면 만들어 봐. 무슨 상관이 있는지 내가 보여 줄 테니까."

"서지웅 씨, 마지막으로 딱 하나만 더 물어볼게요."

"마지막은 싫은데."

지웅이 농담조로 말하자 유경이 눈을 흘겼다. 그러자 지웅은 손을 들어 올려 얼른 말하라는 제스처를 취했다.

유경이 비장한 얼굴로 입을 열었다.

"5년 동안 뭐 하고 있다가, 왜 이제 와서 난리예요?"

"……누군가의 마지막 소원이거든."

한 방 먹이려던 유경은 오히려 한 방 먹은 표정으로 지웅을 응시했다. 지웅의 표정이 꽤 진지했다.

유경은 지웅의 살짝 떨리는 듯한 눈빛을 마주하자 말문이 막혔다. 저 남자 뭐야? 갑자기 왜 저런 표정을 짓고 난리야. 진심인가?

유경의 마음이 약해지려고 하던 그때, 지웅이 입을 열었다.

"돈 많이 줄게. 나랑 일하자. 내가 입봉도 시켜 주고, 이런 카메라 한 100개 사 줄게. 고기도 맨날 사 주고."

또 장난! 그럼 그렇지. 진심일 리가 없어. 분명 영상 팔아서 돈 벌라고 그러는 걸 거야. 유경은 그렇게 추측하며 고개를 절레절레 흔들었다.

"서지웅 씨, 그렇게 돈 돈 하다가 언젠가는 돈한테 잡아먹혀요."

"지금 내 걱정 해 주는 거야?"

"아니요. 악담하는 건데요."

"넌 뭘 믿고 이렇게 까부냐?"

"아음. 맛있다. 고기 굽기가 딱이네요."

유경은 지웅의 말을 무시하고 다시 고기를 열심히 먹기 시작했다. 그런 유경을 지그시 바라보던 지웅은 와인을 마시며 잠시 생각에 잠겨 있었다.

그때였다. 유경의 눈빛이 번뜩이더니, 잽싸게 손을 쭉 뻗어 카메라를 잡았다.

나이스! 드디어 카메라를 손에 넣은 유경은 자리에서 벌떡 일어났다.

"그럼 마저 드시고 가세요. 나중에 차 살 일 있으면 그때 연락드릴게요. 그럼 이만."

유경은 그가 잡을세라 후다닥 달려 계단을 내려갔다. 도망치는 그녀의 뒷모습을 재밌다는 듯 웃으며 지켜보던 지웅은 넓은 홀에 혼자 남게 됐다.

하지만 그는 혼자가 익숙한 듯 마시던 와인을 들고 창가에 섰다. 그리고 아래를 내려다봤다.

카메라를 품에 꽉 껴안고 버스 정류장으로 달려가는 그녀를 바라보며 지웅은 느긋하게 와인을 마셨다.

"세상에!"

집에 도착하자마자 가방 속에 처박아 두었던 핸드폰을 확인한 유경의 입이 떡 벌어졌다. 부재중 전화가 무려 30통이나 넘게 찍혀 있었다.

"어떡해."

촬영할 때 무음으로 해 놓고 그대로 방치해 둔 게 화근이었다. 유경은 재빨리 통화 버튼을 눌렀다. 신호음이 몇 번 울리지도 않고 바로 녀석의 목소리가 들렸다.

— 어디야?

"나 이제 뒤풀이하고 집에 왔어."

이런, 또 거짓말을 하고 말았다. 유경은 제 입술을 찰싹찰싹 때리며 후회했다.

그 순간, 스피커 너머로 녀석의 한숨 소리가 들려왔다.

— 집이라니 다행이네.

유경은 놀랐다. 녀석의 말투가 평소와 많이 달랐다.

“저기, 서하야…….”

— 왜?

“그게…… 그러니까. 니 목소리가 좀 안 좋은 것 같아서. 혹시 무슨 일 있어?”

— 너는?

“나? 난…… 사실…… 미안해! 나 오늘 너한테 거짓말했어. 친구 결혼식 갔다 왔다고 한 거 다 거짓말이야.”

유경은 결국 이실직고했다. 녀석에게 혼날 각오를 하고 말했는데.

— 알아.

녀석이 아주 차가운 목소리로 대답했다. 유경은 또 한 번 놀랐다.

“안다고? 어떻게 알았어?”

— 유경아.

“응?”

녀석은 잠시 아무 말이 없었고. 무슨 일이냐고 재차 물으려던 그 때, 마침내 녀석이 입을 열었다.

— 우리 당분간 만나지 말자.

날벼락 같은 통보에 유경의 심장이 덜컹 내려앉았다.

“사장님. 편집할 거 또 없을까요?”

“당근 있지. 돌잔치부터 시작해서 팔순잔치까지, 말만 해. 어떤 걸 원해?”

김 사장이 노트북을 펼쳐 유경에게 보여 줬다.

"웹하드에 유경 씨 이름으로 폴더 하나 만들어 뒀어. 여기서 하고 싶은 거 골라서 부탁해. 아, 그리고 어제 보내 준 영상은 좀 수정해 줘야겠는데."

김 사장이 영상을 하나 띄웠다.

"BGM이 너무 우중충한 것 같아. 웨딩 영상에 '보고 싶어', '다시는 널 볼 수 없다니, 마음이 아파' 요런 이별 관련 가사는 좀 아니지 않아?"

아…… 이게 이별 노래였구나. 어쩐지 가슴에 확 와닿더라.

"죄송해요. 멜로디가 서정적이고 좋아서 넣었는데. 바로 수정해서 다시 업로드할게요."

"그나저나 유경 씨 요즘 돈 많이 필요해? 벌써 영상을 몇 개나 만든 거야? 나야 좋지만 쉬엄쉬엄해. 안색이 안 좋네. 요새 잠 못 잤지?"

"일 때문은 아니고, 그냥 요즘 잠이 안 와서요."

"젊을 때 몸 관리 잘해야지. 맞다. 다음 주는 졸업 시즌인데 나랑 같이 대학교 한 바퀴 돌 수 있어? 일당 많이 줄게."

그래. 뭐라도 하자. 움직이자. 당. 분. 간. 만날 사람도 없는데.

"네! 좋아요."

돈이나 벌자.

"근데 유경 씨 지금 울어?"

"아니요. 큼큼. 울긴 제가 왜 울어요. 졸려서 하품한 거예요."

유경은 새빨개진 눈을 비비며 훌쩍였다. 그러곤 손에 꽉 쥐고 있는 핸드폰을 내려다봤다.

벌써 3일째였다. 그날 밤 이후로 녀석에게선 아무런 연락도 없었다.

'나…… 차인 걸까?'

도대체 왜? 내가 왜 차인 거지? 거짓말해서? 솔직히 그게 얼굴도 안 보고 전화로 그만 만나자고 통보받을 만큼 잘못한 일이야? 분명 뭔가 다른 이유가 있을 거야. 아무 이유도 없이 그런 말을 할 녀석이 아니야.

유경은 복잡한 마음을 안고 스튜디오를 뛰쳐나와 어디론가 급히 달려갔다.

도착한 곳은 편의점 앞이었다. 유경은 녀석이 항상 서 있던 테이블 쪽을 바라봤다. 그곳엔 녀석이 아니라 교복을 입은 소녀들이 라면을 먹고 있었다.

잔뜩 실망한 유경은 힘없이 편의점 안으로 들어갔다. 그리고 음료수를 고르는 척하며 알바생 상혁의 눈치를 힐끔 살폈다.

'저번에 보니까 저 알바생 서하랑 친한 것 같던데……. 오늘 서하 왔었냐고 살짝 물어볼까?'

게슴츠레 뜬 눈으로 상혁을 보며 고민에 빠져 있는데, 하필 상혁과 눈이 딱 마주쳤다. 민망해진 유경은 멋쩍은 웃음을 흘렸다. 그러자 상혁은 마치 구세주를 만난 듯 뛸 듯이 기뻐하며 달려왔다.

"저기……."

오줌 마려운 강아지처럼 이리저리 왔다 갔다 하던 상혁이 갑자기 래퍼처럼 말을 쏟아 냈다.

"누나, 진짜 죄송한데요. 사장님 여자 친구니까 특별히 드리는 부탁인데요. 여기 카운터 좀 봐 주시면 안 돼요? 손님 있어서 화장실도 못 가고 참고 있었거든요."

"어? 여자 친구? 특별 부타악?"

그래, 난 아직 그 녀석의 여자 친구야. 이상한 포인트에 꽂힌 유경은 발그레해진 볼을 어루만지며 말했다.

"알았어! 얼른 갔다…… 오라고 하려 했는데 벌써 갔네."

유경의 말이 끝나기도 전에 상혁이 쌩하니 밖으로 뛰쳐나갔다. 무지 급했나 보다. 내가 저 맘 잘 알지. 소싯적에 편의점 알바 좀 했었던 유경은 마치 제자리를 찾아가듯 계산대 안으로 들어갔다.

마침 라면을 다 먹었는지 여고생들이 아이스크림을 들고 계산대로 왔다.

"5천8백 원입니다."

유경은 계산도 척척, 할인 카드 적립도 척척. 역시 편의점 사장 여자 친구답게 능수능란했다.

"아줌마. 뭐 물어볼 게 있는데요."

아줌마라니. 내가 어딜 봐서 아줌마니.

라고 말하고 싶었지만, 여고생의 아이라인이 너무 뾰족했다. 요즘 애들은 화장도 참 잘하고 다니네. 나 어렸을 때는 비비크림만 발라도 선생님이 폼 클렌징 들고 쫓아다니면서 세수까지 시켰는데.

"아줌마!"

"어?"

상념에 젖어 있던 유경을 방해한 건 여고생들의 앙칼진 목소리였다. 유경은 결국 아줌마 소리에 반사적으로 대답을 하고 말았다.

"요즘 그 잘생긴 오빠 왜 안 오냐구요."

"잘생긴 오빠?"

"저기 창가에 맨날 서 있던 오빠요."

"아…… 너도 그 오빠 기다리니?"

나도 기다리는데.

유경은 시무룩한 얼굴로 투덜거리는 여고생들을 동병상련의 눈빛으로 쳐다봤다.

"아, 졸라 짜증 나. 그 오빠 완전 내 이상형이었는데. 이제 여기 안 올 건가 봐. 우리도 이제 여기 오지 말자!"

쭈쭈바를 쭉쭉 빨며 울상을 짓는 여고생들을 보고 있자니, 유경은 남 일 같지 않았다.

'그 녀석 정말 여기 안 올 건가?'

그때, 또 한 무리의 여고생들이 우르르 편의점으로 들어오더니, 쭈쭈바를 입에 물고 있는 여고생들과 아는 사이인지 껴안고 때리고 욕하고 난리가 났다. 편의점 안이 순식간에 도떼기시장보다 더 시끄러워졌다.

그나저나 여기 장사 엄청 잘되네. 그러니까 알바생이 화장실도 못 가고 일하지. 이게 다 채서하 때문이야! 유경의 맘속에 서하를 향한 원망이 슬금슬금 올라오기 시작했다.

"얘들아! 김진희 전화로 차였대."

여고생들은 알바생이 각을 맞춰 진열해 놓은 과자를 엉망으로 만들며 수다를 떨었다. 전화로 차였다는 말에 유경의 귀가 쫑긋 세워졌다.

"완전 개매너. 전화로 뭐라고 했는데?"

"몰라. 흑흑. 그냥 당분간 만나지…… 흑…… 말자고…… 흑흑."

"제대로 까였네. 야, 그 새끼 다시는 만나지 마."

"아줌마, 이거 계산해 주세요."

"어? 어……."

아이라인이 뾰족한 여고생이 쭈쭈바에 이어 이번엔 과자를 가득 담은 바구니를 계산대 위에 올려놓았다. 전화로 차인 친구에게 줄 위로의 선물인가 보다. 뾰족한 아이라인과 달리 둥그런 마음씨를 가진 착한 아이였다. 유경은 전화로 차인 여고생을 애틋하게 바라보며 바코드를 찍었다.

"근데 학생."

계산을 마친 유경이 과자를 담은 봉지를 건네주며 여고생을 진지하게 쳐다봤다.

"내가 일부러 엿들으려고 한 건 아니고. 그냥 들려서 들었는데……."

"뭘요?"

"전화로 그 남자애가 당분간 만나지 말자고 했잖아. 당. 분. 간. 그게 사전적으로 앞으로 얼마간 또는 잠시 동안이라는 의미거든? 그러니까 그 잠시 동안의 시간이 지나면 다시 만나자는 얘기가 아니었을까? 난 그렇게 해석을 했는데."

여고생들이 저 아줌마가 지금 뭐래, 하는 표정으로 쳐다봤지만 유경은 뻔뻔한 얼굴로 두 눈을 깜빡였다.

"왜? 내 말이 틀렸니?"

"네. 당분간은 핑계고, 헤어지자가 팩트예요. 아줌만 국어 다시 배우셔야겠어요."

라는 폭탄을 던지고 여고생들은 편의점을 나갔다.

얼마 지나지 않아 상혁이 개운한 얼굴로 돌아왔다. 반면 유경은 울고 싶었다. 울어서 해결될 일 없다는 거 아는데, 진짜 오늘만큼은 펑펑 울어 버리고 싶었다.

"누나 표정이 왜 그래요? 어디 아파요?"

그래 마음이 아프다. 심장이 쿠크다스 부스러기가 된 기분이야.

"요새 서하 형이 안 보이시던데. 무슨 일 있는 건 아니죠? 혹시 둘이 사랑싸우우움?"

저 자식 기껏 화장실 보내 줬더니, 입만 살아서 돌아왔네. 잔망스러운 표정을 지으며 어른을 놀리고 있는 몹쓸 알바생을 유경은 흘겨보았다. 그러자 상혁이 금세 열일 모드로 바뀌어 여고생들이 어지럽혀 놓은 테이블을 치우기 시작했다.

유경은 한동안 멍하니 서 있다가 산산조각이 난 가슴을 부여잡고 편의점을 나왔다.

유경이 한숨을 푹푹 내쉬며 골목을 올라가다가 걸음을 우뚝 멈췄다. 가로등 아래에 키가 크고 어깨가 넓은 남자의 실루엣이 보였다.

"서하?"

빌라 앞을 서성이는 남자의 뒷모습에 유경의 표정이 별안간 환해졌다.

그럼 그렇지. 당분간 만나지 말자더니, 3일이었나 봐. 그 당분간이 3일이었어! 유경은 기쁨의 미소를 날리며 날아갈 듯한 발걸음으로 그를 향해 달려갔다.

"헉."

하지만 뒤를 돌아본 남자의 얼굴을 확인하자 헉, 소리가 절로 튀어나왔다.

"어쭈? 그 반응은 뭐지? 기분 되게 더럽네."

지웅이 미간을 찌푸리며 유경을 쳐다봤다.

유경은 눈을 마구 비볐다. 이런 망할. 녀석을 며칠 못 봤더니 각막에 무슨 문제라도 생겼나. 어떻게 저 인간을 서하로 착각할 수가 있지? 노안인가?

"야. 인사 안 해? 사람을 봤으면 인사를 해야지."

뭐라는 거야. 무시하자. 저 인간이랑 말 섞으면 기분만 더 나빠져.

유경은 지웅을 그냥 지나쳐 가려는데 지웅이 그녀의 옷에 달린 모자를 휙 낚아챘다.

"으억! 캑캑. 뭐예요! 이거 놔!"

지웅이 옷을 잡아당기는 바람에 목이 졸려 유경이 캑캑거렸다. 그러다 지웅에게서 풍기는 알코올 향에 코를 막았다.

"술 냄새!"

"오버하지 마. 와인 조금 마셨어."

지웅은 잡았던 모자를 놔주며 나른한 얼굴로 유경을 응시했다. 그는 며칠 사이에 많이 야윈 유경의 얼굴을 호기심 어린 눈빛으로 보다가 대뜸 말했다.

"고기 사 줄까?"

"아니요!"

유경은 저번 날 지웅이 카메라를 인질로 삼아 레스토랑으로 끌고 간 것도 모자라, 카메라에 물을 쏟으려고 했던 일이 떠올라 치를 떨었다.

"그쪽이랑은 두 번 다신 밥 안 먹어요."

"그럼 술 마실래?"

"그건 더더욱 싫거든요? 근데 우리 집은 어떻게 알았어요?"

"비서가 데려다줬지."

"자동차 딜러가 비서도 있어요?"

"어. 일 엄청 못 하는데, 착한 놈 하나 있어."

"좋으시겠네요. 암튼 그 일 엄청 못 하는데 착한 비서 다시 불러서 집에 가세요."

"나 방금 왔는데?"

"이봐요, 서지웅 씨. 나 오늘 기분 무지하게 안 좋거든요? 그러니까 나 건드리지 말고 곱게 사라져 주세요. 아셨죠?"

유경은 술에 취한 지웅이 알아듣기 쉬우라고 또박또박 말했다. 할 말을 다 끝낸 유경이 집으로 들어가려고 몸을 돌렸는데.

"가지 마."

"……."

"가기만 해 봐……. 내일 또 올 거야."

저 인간이 뭐라는 거야. 유경은 다시 뒤로 돌아 지웅을 한심하게 쳐다봤다.

"진짜 이상한 사람이야. 우리 친해요? 어디서 술주정이야."

"넌 내가 싫냐?"

"네."

"뭘 또 그렇게 바로 대답해. 섭섭하게. 내가 왜 싫은데?"

"그걸 몰라서 묻는 거예요?"

"아니. 알아. 대부분 사람들은 날 싫어하니까. 뭐, 익숙해."

지웅이 자조 섞인 미소를 지었다.

"근데 말이야. 니가 날 싫어하니까 괜히 억울하고 화가 나네?"

조금 전까지만 해도 술기운이 돌아 흐릿하던 지웅의 눈빛이 어느새 다부지게 변해 있었다.

"이유가 뭘까?"

그 이유가 뭔지 유경은 궁금하지 않았다. 그저 추워 죽겠는데 길바닥에서 사람 붙잡고 술주정이나 하는 지웅이 싫었다.

유경은 신경질적으로 입으로 바람을 불어 앞머리를 날렸다. 그러곤 애써 화를 억누르며 말했다.

"내가 아까 말했죠? 나 오늘 기분 진짜 안 좋다고. 그러니까 건들지 말라고."

"왜? 남자한테 차이기라도 했어?"

"……."

아 씨, 정곡을 찔렸다. 아니라고 해야 하는데, 이미 늦어 버렸다. 지웅이 어이가 없다는 듯 웃으며 저를 쳐다보고 있었다.

"너 남자 있었냐?"

"있었냐가 아니라 있거든요? 남자."

"차였다며."

“내가 언제요? 그런 적 없는데요. 우리 아주 행복하게 잘 만나고 있거든요?”

“근데 왜 밥 한 끼 못 먹은 얼굴이야? 헤어진 거 맞네. 그치?”

그렇다고 말해.

“아니라니까요.”

유경의 단호한 대답에 지웅은 왠지 배신감이 들었다.

“사귄 지 얼마나 됐는데?”

“100년이요.”

헛소리를 하는 유경을 보고 있자니 지웅은 속이 마구 뒤틀렸다.

‘남자가 있단 말이지?’

지웅은 유경을 똑바로 쳐다보며 신경질적으로 물었다.

“잤냐?”

“이 남자가 진짜. 저번부터 왜 자꾸 남의 수면 상태를 체크해?”

“오케이. 안 잤고.”

“이봐요!”

유경이 소리쳤다. 그러자 지웅이 아까와는 사뭇 다른 꽤 진지한 표정으로 입을 열었다.

“너 말이야, 그냥 내가 하라는 대로 좀 하면 안 될까? 자꾸 내 신경 거슬리게 하지 말고.”

“…….”

“마지막으로 기회 줄게. 다음 주부터 출근해. 그리고 내가 만들라는 영상 만들어.”

강압적인 지웅의 말투에 유경은 아랫입술을 꽉 깨물었다.

“서지웅 씨, 또 그 얘기예요? 내가 말했죠. 그 일 안 한다고. 그리고 내가 이 말까진 진짜 안 하려고 했는데, 그쪽 너무 염치없다고 생각하지 않아요?”

"무슨 염치?"

"소윤 언니 영상 제작하는 거요. 그거 누군가의 마지막 소원 때문이랬죠? 그게 누군데요?"

"……."

"역시, 그냥 지어낸 말이죠? 그러니까 내가 그쪽을 싫어하는 거예요. 진심이 안 느껴지니까."

"……."

"소윤 언니가 나한테 한 마지막 부탁이 뭐였는지 알아요?"

"그만해."

지웅이 표정을 굳혔다. 더는 듣기 싫다는 듯 그녀를 노려보았다. 하지만 유경은 계속했다.

"세상 사람 모두가 다 자길 욕하고 손가락질해도 상관없다고 했어요. 서지웅 씨만 믿어 주면 된다고, 그러니까 제발 날 좀 도와 달라고. 저요, 그래서 그날 그 호텔에 간 거예요."

"……."

"당신만 믿어 줬으면, 옆에 있어 줬으면, 언니 안 죽었어요. 그러니까 당신 때문에 죽은 거예요. 근데 이제 와서 당신이 무슨 염치로 소윤 언니 영상을 만들어?"

"……."

"아무튼 난 그 장단에 놀아날 생각 추호도 없으니까, 서지웅 씨도 이제 그만하세요."

"……."

이제껏 한마디도 지기 싫어하던 지웅이 아까부터 계속 묵묵부답이었다. 왠지 그게 더 무서웠다. 유경은 그를 흘끔 쳐다보며 도망갈 타이밍을 찾고 있는데.

지이잉. 지이잉.

마침 지웅의 핸드폰이 진동했다. 그는 코트 주머니에서 핸드폰을 꺼내 전화를 받았다. 동시에 지웅의 표정이 심각해졌다.

"알았어. 금방 갈게."

통화를 종료함과 동시에 지웅은 유경과 대화 중인 것을 잊었는지, 그녀를 본 척도 하지 않고 차로 달려갔다.

"뭐야, 왜 저래?"

잠깐, 저 인간 술 마셨잖아!

"잠깐만요!"

유경은 빛의 속도로 달려가 운전석 문을 열려는 지웅의 앞을 막았다.

"비켜."

"안 돼요! 대리 불러요. 술 마셨잖아요."

"니가 무슨 상관이야. 시간 없으니까 빨리 비켜! 비키라고!"

지웅이 소리를 버럭 지르자 유경이 화들짝 놀랐다. 하지만 그를 이대로 보낼 순 없었다. 그렇지 않아도 나쁜 놈, 이 나쁜 놈이 음주운전까지 하면 잠재적 살인마가 되는 건데, 이 사회를 위해서도 그 꼴을 그냥 두고 볼 수만은 없지.

유경은 애써 놀란 마음을 가라앉혔다. 그러곤 다부진 눈빛으로 지웅의 차 키를 뺏었다.

"내가 운전할게요. 가려는 곳이 어디예요?"

"여기 맞아요?"

지웅이 급히 가야 한다던 곳은 경기도 인근의 작은 병원이었다.

차가 멈춰 서자마자 지웅이 차 문을 열고 밖으로 뛰어나갔다. 그는 응급실을 향해 달렸다.

"도대체 무슨 일이야? 누가 아픈가?"

주차를 하고 차에서 내린 유경은 손에 쥔 차 키를 가만히 응시하다가 지웅을 따라 병원 안으로 들어갔다.

응급실 근처를 배회하던 유경은 안을 살짝 들여다봤다. 모퉁이에 있는 침대에는 중년 여성이 누워 있었는데, 병세가 완연한 모습이었다. 그리고 중년 여성 옆을 지키고 있는 사람은 지웅이었다.

'서지웅 씨 어머님인가?'

중년 여성은 지웅의 손을 잡으며 괜찮다는 듯 고개를 끄덕이고 있었다.

그때 마침 도착한 의사를 따라 지웅이 밖으로 나왔다. 문 앞에서 기웃거리던 유경은 지웅과 의사가 복도로 나오자 정수기 뒤쪽으로 얼른 몸을 숨겼다. 졸지에 두 사람의 대화를 엿듣는 꼴이 되어 버렸다.

"어떻게 된 겁니까."

"마지막으로 따님 얼굴 한 번 보고 싶다고 하셔서 간병인 여사님이랑 같이 외출했다가 응급실로 실려 오셨어요. 이제 길어야 3주 남았습니다. 마음의 준비를 하셔야……."

"당장 병실로 올려 보내 주시죠."

그는 고통스러운 표정으로 의사의 말을 자르고 응급실로 들어가 버렸다.

'서지웅 씨도 어머님이 많이 편찮으신가 보네…….'

유경은 아버지를 먼저 떠나보낸 자신의 처지를 떠올리다가, 아까 병원에 빨리 가야 한다며 이성을 잃고 소리를 지르던 지웅의 모습이 생각나 착잡했다.

유경은 복잡한 심경을 안고 데스크 쪽으로 나왔다.

"저기 선생님."

유경이 원무과 직원을 살짝 불렀다. 그러곤 차 키를 건네며 말했다.

"지금 응급실에 있는 환자 보호자분께 이 키 좀 전해 주시겠어요? 오늘 말고 내일이요."

"내일이요?"

"네. 꼭 내일 전해 주셔야 해요. 그분 오늘은 운전하면 안 되거든요."

"아…… 네. 근데 어떤 환자지? 김 쌤! 지금 응급실에 누구 있어?"

뒤에 있던 간호사가 노트북으로 뭔가를 확인하더니 말했다.

"지금 응급실에 박자영 씨 계시는데? 그 5층에 장기 환자 있잖아."

"아…… 그 배우 강소윤 씨 어머니."

간호사의 말에 유경이 화들짝 놀랐다.

"방금 뭐라고 하셨어요? 강소윤 씨 어머니요?"

유경은 망치로 머리를 세게 얻어맞은 듯했다. 그녀는 멍해진 얼굴로 응급실 쪽을 바라봤다.

지웅이 병원 밖으로 나왔다. 그는 마른세수를 하며 한숨을 길게 내쉬다가, 건물 모퉁이에 쪼그리고 앉아 있는 유경을 발견했다.

'아, 저 여자랑 같이 왔었지…….'

지웅은 유경에게로 다가갔다. 발걸음 소리를 들었는지 유경이 자리에서 벌떡 일어났다.

"안 갔냐?"

"타고 갈 게 있어야 가죠. 여기 외진 곳이라 버스도 없다구요."

"내 차 훔쳐서 가지 그랬어. 키 너한테 있잖아."

"아, 그 방법이 있었네. 지금이라도 서지웅 씨 차 훔쳐 타고 집에 가야겠다."

"야."

"왜요."

"나 좀 집까지 데려다주라. 대리비 줄게. 많이 줄게."

유경은 농담조로 말하는 지웅을 응시했다. 아까 응급실에서 봤던 지웅의 초조한 표정은 조금도 찾아볼 수 없었다. 도대체 서지웅의 진짜 얼굴은 뭘까?

유경은 잠시 생각에 잠겨 있다가 주차장 쪽을 가리켰다.

"차 저쪽에 있어요. 추우니까 빨리 가요."

"진짜 나 데려다주는 거야?"

"대리비 왕창 뜯어낼 거니까 각오하세요. 그리고……."

유경이 말끝을 흐렸다. 지웅이 호기심 어린 눈빛으로 그녀를 쳐다봤다. 유경은 말을 할까 말까 머뭇거리다가 뒤늦게 입을 열었다.

"소윤 언니 영상…… 만들게요. 대신 돈은 안 받아요."

지웅이 사뭇 진지해진 얼굴로 물었다.

"갑자기 생각이 바뀐 이유는?"

"진심일지도 모른다는 생각이 들어서요……."

"……."

"서지웅 씨가 하려는 일이요. 어쩌면 진심일지도……."

지웅은 유경의 말간 얼굴에 시선을 고정했다. 그녀는 죄지은 사람처럼 고개를 떨구었다.

"아깐 내가 말이 너무 심했어요."

"니가 무슨 말을 했는데? 난 기억이 안 나서."

"편견이라는 거 되게 무서운 건데. 나도 당해 봐서 알거든요. 누군가의 말이나 행동 하나만 보고 그 사람을 매도하는 거요. 그거 진짜 나쁘다고 생각했는데, 나도 서지웅 씨한테 똑같이 굴고 있었어요."

"……."

"당신 때문에 소윤 언니 죽었다고 말한 거 정말 미안해요. 제삼자인 내가 잘 알지도 못하면서 멋대로 떠들었어요. 분명 그날 내가 본 게 다가 아니었을 텐데, 그쪽한테도 무슨 사정이 있었을 텐데……."

이 여자 집에 못 간 게 아니라, 안 간 거였다. 나한테 사과하려고. 밖에서 얼마나 기다렸는지 빨개진 손가락을 만지작거리며, 저에게 미안해서 눈도 못 마주치는 여자를 지웅은 어떻게 대해야 할지 머릿속이 캄캄했다.

"그동안 서지웅 씨 나쁜 사람이라고 오해하고 막 함부로 대했어요. 죄송해요."

그녀의 진심 어린 사과에 지웅은 가슴이 아렸다. 그리고 이제야 알았다. 왜 이 여자애한테 나쁜 놈 소리를 들으면 그토록 억울하고 화가 나서 견딜 수가 없었는지.

"우유경."

"네?"

"이건 오해해도 돼."

유경이 무슨 소린지 몰라 고개를 들자, 지웅이 그녀의 팔을 잡아당겨 꽉 끌어안았다.

지웅이 포옹을 하자, 유경의 두 눈이 휘둥그레졌다.

"지, 지금 뭐 하시는 거예요?"

유경은 너무 당황스러워서 말까지 더듬었다. 이 남자가 미쳤나.

고개를 번쩍 든 유경은 신기한 광경을 목격했다. 귀부터 시작해서 목까지 지웅의 얼굴이 빨갛게 물들어 가고 있는 것이 아닌가.

'뒤늦게 술기운이 올라왔나? 얼굴이 왜 저렇게 빨개?'

유경이 인상을 팍 쓰며 소리쳤다.

"이거 놔요!"

있는 힘껏 몸부림을 쳐 봤지만 소용없었다. 지웅은 꿈쩍도 하지 않았다. 아니, 오히려 그녀를 더욱 세게 껴안았다. 놓으라며 소리를 지르던 유경은 도저히 안 되겠는지 뭔가 결연한 얼굴로 입을 벌렸고.

꽉.

그녀는 마치 핵이빨로 유명한 축구 선수 수아레스처럼 지웅의 가슴을 물어 버렸다.

"윽!"

지웅은 곧바로 극심한 통증을 느꼈지만, 꾹 참았다. 그가 남자의 자존심을 지키려고 무던히 노력하고 있는데.

퍼억!

이번엔 유경이 지웅의 정강이를 걷어차 버렸다.

"으아악!"

이건 도저히 참을 수 없는 수준의 고통이었다. 뒤로 밀려난 지웅은 까인 정강이를 잡더니 한 발로 깽깽 뛰어올랐다. 그러곤 유경을 향해 버럭 소리를 질렀다.

"야!"

"왜!"

"너 미쳤냐? 사람을 왜 물어? 그리고 감히 나를 발로 차?"

먼저 껴안은 게 누군데! 적반하장도 유분수지. 유경은 씩씩거리며 지웅을 노려봤다.

"다시 한번 말하지만, 저 남자 친구 있어요."

"알아. 곧 헤어질 남자 친구 있다는 거."

"아니요. 우리 안 헤어져요."

"차였다며."

"안 차였다니까요! 그리고 설사 차였다고 해도 쉽게 안 물러나요!

저요, 걔 많이 좋아하거든요. 그래서 절대 안 놓칠 거예요. 무슨 일이 있어도."

이 말을 그 녀석에게 하고 싶었는데……. 시작은 너였을지 몰라도, 이제는 나도 널 많이 좋아하고 있다고. 그러니까 기다릴 거야. 당분간이 언제가 됐든.

유경은 속으로 다짐하며 녀석을 떠올렸다.

자존감이 떨어진 나를 따뜻하게 안아 주고 위로해 주고. 꿈을 포기하지 않도록, 열심히 살고 싶어지도록 만들어 준 사람.

유경은 이 순간에도 녀석이 너무 보고 싶었다. 같이 먹던 떡볶이가, 커피가, 산책하던 그 길이 너무나 그리웠다. 녀석을 떠올리면 떠올릴수록 그동안 저를 얼마나 소중하게 여기고 대해 줬는지 알 수 있었다. 특히 서지웅 이 사람과 같이 있으면 더더욱 녀석의 소중함을 느낀다.

"서지웅 씨!"

"왜?"

"나 함부로 대하지 마세요. 나도 내 남자 친구한텐 엄청 소중한 사람이거든요? 그러니까 당장 사과하세요. 아까 그쪽 멋대로 나 껴안은 거 사과하시라구요."

아까부터 계속 남자 친구 타령을 하는 유경 때문에 지웅의 심기가 매우 불편했다.

"야. 추워서 안은 거야, 추워서. 별것도 아닌 걸로 유난은."

"사과하라니까요!"

"내가 사과 백만 개는 사 줄 수 있어. 근데, 사과는 못 해. 어떻게 하는지 모르거든."

유경은 하도 기가 차서 할 말을 잃어버렸다. 그러자 지웅은 잔뜩 억울한 눈빛으로 아직도 통증이 남은 가슴을 어루만졌다.

"사과고 나발이고. 너 이거 내가 상해죄로 고소하면 잡혀 들어가는 거 알아, 몰라?"

"고소? 씨……."

"너 지금 나한테 욕했냐?"

"그래! 욕했다, 어쩔래!"

"어쭈, 반말까지?"

"너 몇 살인데?"

"너보단 많겠지."

"그래서 어쩌라고……요!"

유경은 지웅과 닿았던 제 몸을 손으로 마구 털어 내며 기분 나빠했다. 지웅은 헛웃음을 지었다.

"너 지금 뭐 하냐? 내가 무슨 전염병 환자도 아니고, 뭘 그렇게까지 정색을 해. 나 지금 완전 상처받은 거 안 보여?"

유경은 한숨을 크게 내쉬며 제 머리통을 주먹으로 툭툭 때렸다.

"으이구. 내가 미쳤지. 저런 놈을 좋은 사람일지도 모른다고 생각했다니."

"그거 나 들으라고 하는 말이지? 너 또 막말한다? 아깐 오해해서 미안하네, 어쩌네 하더니. 너야말로 나한테 또 사과하고 싶냐?"

유경은 도저히 이해가 되지 않았다. 저 뻔뻔한 태도, 진지함이라곤 1도 찾아볼 수 없는 인간이었다. 저런 놈이 5년 동안 남의 엄마 간병을 했다고? 유경은 의심쩍은 눈빛으로 지웅을 쳐다봤다.

"뭘 봐."

"간호사들 말로는 그쪽이 소윤 언니 어머니를 쭉 보살피고 있었다던데……. 진짜예요?"

지웅은 이제야 납득이 갔다. 유경이 왜 자신에게 오해해서 미안하다고 했는지.

"맞다면 어쩔래? 남자 친구랑 헤어지고 나한테 올래? 나도 너 엄청 소중하게 잘 대해 줄 수 있는데."

지웅은 나름 진지하게 말한 거였다. 하지만 유경에겐 그저 농담으로밖에 들리지 않았다. 유경이 정색하며 대꾸했다.

"그쪽 진짜 구제 불능이네요. 내가 지금 진지하게 묻고 있잖아요. 근데 왜 계속 장난만 쳐요? 정말 안 되겠네. 집엔 혼자 가세요."

유경이 몸을 틀어 반대편으로 걸어갔다. 그러자 지웅이 재빨리 그녀를 뒤쫓아 갔다.

"야! 나 집에 혼자 못 가. 술 마셨다고. 니가 나 음주운전 하지 말라며."

"……."

"그럼 차 키라도 내놔!"

"가다가 버릴 거예요. 돈 많으시니까 새로 사든지 말든지 알아서 하세요."

"넌 뭐 타고 가게? 버스 없다며."

"신경 끄세요."

유경의 걸음이 점점 더 빨라졌다. 지웅이 그녀를 따라가며 다급한 목소리로 외쳤다.

"잠깐! 우유경! 영상은? 그건 할 거지? 니가 먼저 한다고 했으니까, 그 약속은 꼭 지켜."

유경이 걸음을 멈추고 뒤를 돌아봤다. 그녀를 신나게 뒤쫓던 지웅도 급브레이크를 밟은 듯 우뚝 멈춰 섰다.

"왜? 왜 그렇게 봐?"

"영상은 다 만들면 오영이 통해서 보낼 테니까, 그 핑계로 나한테 연락하지 마세요. 그리고 따라오지 마요."

"따라가면?"

"반대쪽도 확 물어 버릴 거야!"

유경이 아랫입술을 질끈 깨물며 협박하더니, 곧장 뒤로 돌아 정문을 향해 달렸다.

"젠장. 진짜 제대로 물렸네."

지웅은 아직도 따끔거리는 가슴께를 어루만지며 도망가는 그녀의 뒷모습을 바라봤다. 아직 제 가슴엔 그녀와 포옹했을 때 느꼈던 온기가 그대로 남아 있는데, 자신을 대하는 그녀의 태도는 차갑기 그지없었다. 애정이라곤 눈곱만치도 없는 유경의 눈빛을 떠올리자 지웅은 심장이 저려 왔다.

몇 시간 전에 망원동에서 강제 퇴근을 당했던 최 비서가 황급히 택시에서 내렸다. 최 비서는 저를 보자마자 인상을 확 구기는 지웅을 향해 볼멘소리를 했다.

"사장님, 진짜 저한테 너무하시는 거 아니에요? 대리를 부르시지. 이 밤에……."

"차 키가 없다니까."

"차 키가 왜 없으신데요?"

"어떤 여자가 훔쳐 갔어. 비상 키 가져왔지? 빨리 차 문 열어. 나 추워."

지웅이 코드를 여미며 차로 향했다.

"그럼 아까 퇴근을 시키지 말든가."

최 비서가 구시렁거리며 지웅을 따라 차에 올라탔다. 그러곤 곧장 차를 출발시켰다.

얼마나 지났을까. 갑자기 조용하던 차 안에서 지웅이 작게 웃음을 터뜨렸다. 그 소리를 들은 최 비서가 백미러로 지웅을 흘끔 훔쳐봤다.

최 비서는 흠칫 놀랐다. 지웅이 실실 쪼개고 있는 게 아닌가! 그는 웃음이 멈추지 않는 모양이었다.

"사장님. 왜, 왜 그러세요? 어디 아프세요?"

"최 비서, 너 사람한테 물려 본 적 있냐?"

"아니요. 저는 타인이 저를 물 정도로 나쁜 짓을 하고 다니지 않아서요."

디스였는데, 디스도 알아차리지 못하고 지웅이 피식 웃었다.

"물리는 거 다음은 뭘까? 궁금해지네."

도통 무슨 소린지 모르겠다. 최 비서가 고개를 갸웃하며 운전을 계속했다.

"맞다. 우유경 영상 만든대."

"잘되셨네요."

"내가 우유경 어떻게 설득했는지 안 궁금해?"

"네. 저는 그 일에 별로 관심이 없어서……."

퍽.

지웅이 긴 다리를 뻗어 운전석을 걷어찼다. 최 비서가 화들짝 놀라 두 눈을 크게 뜨며 운전대를 꽉 잡았다.

"최 비서, 너 일 똑바로 안 하냐? 이번에도 내가 해결했잖아. 월급 받는 거 미안하지도 않아?"

"네. 대신 이 밤에 달려오잖아요. 만사 제쳐 두고."

"대신 내가 돈 많이 주잖아."

최 비서는 입을 꾹 다물었다. 돈 때문에 최악의 근무 조건에서도 묵묵히 일하는 최 비서는 오늘도 열심히 차를 몰았다.

덕분에 운전석을 걷어채고도 무사히 목적지까지 올 수 있었다.

"도착했습니다."

최 비서가 조신한 목소리로 말하자, 아까부터 가슴팍을 계속 문지르던 지웅이 차에서 내리며 한마디 했다.

"수고했다. 조심히 가라."

엥? 지금 나한테 한 소리야? 최 비서는 귀를 의심하며 얼른 창밖을 내다봤다.

그런데 이번엔 두 눈을 의심했다. 지웅이 뭔가 기분 좋은 일이라도 있는 듯 미소 띤 얼굴로 집에 들어가고 있었다.

"저 양반이 오늘 뭘 잘못 먹었나?"

최 비서가 고개를 갸우뚱하며 머리를 긁적였다.

지웅이 불 꺼진 거실에 들어섰다. 그의 입가엔 여전히 미소가 자리 잡고 있었다.

거실을 가로질러 계단으로 향하던 지웅이 갑자기 걸음을 멈췄다. 세탁실 문틈 사이로 새어 나온 불빛을 발견한 것이다. 지웅은 그곳으로 천천히 걸음을 옮겼다.

"만나는 사람은 따로 없고? 알았어. 계속 감시해. 아, 그 녀석 지금 집에 없다고 했지? 그럼 그 집 좀 뒤져 봐. 뒤져서 도장이나 문서 같은 거 혹시 있나 찾아보라고."

누군가와 은밀한 대화를 나누고 있는 윤성희의 그림자를 흥미롭게 지켜보던 지웅이 실소를 터뜨렸다.

'그 녀석? 저 아줌마 연하 만나나? 역시, 남자 있는 거 맞네. 일편단심은 무슨.'

통화 소리가 더 이상 들리지 않자 지웅은 다시 계단으로 향하며 생각에 잠겼다.

저 난잡하고 더러운 아줌마를 어떻게 쫓아낼까? 멀쩡하게 두 발로 내보내진 말아야지. 온몸에서 피를 철철 흘리며, 될 수 있으면 아주 고통스럽게 손과 발을 다 잘라서 내보낼 거야. 지웅의 눈빛이 차갑게 굳어졌다.

9.

극적인 졸업식

M연구소.

황 박사가 뒷짐을 진 채 복도를 서성였다. 그러다 도저히 안 되겠는지 창문에 바짝 붙어 안을 들여다보았다.

"저 녀석…… 저러다 또 쓰러지는 거 아니야?"

벌써 며칠째 노트북 앞에 앉아서 꼼짝도 하지 않고 있는 서하의 뒷모습을 황 박사가 걱정스레 쳐다봤다.

결국, 참다못한 황 박사가 노크를 하고 안으로 들어갔다.

"인마, 너 집에 안 가? 글 쓰라고 연구실 빌려줬더니, 여기다 아예 뼈를 묻을 판이네?"

황 박사가 괜히 더 오버하며 서하를 나무랐다. 그러곤 서하가 작업하고 있던 모니터를 물끄러미 쳐다봤다.

워드 창은 백지상태였다. 녀석은 한 줄은커녕 한 글자도 쓰지 못한 채 몇 날 며칠을 잠도 안 자고, 밥도 안 먹으면서 의자에 앉아 있었던 것이다.

“너 무슨 일 있구나?”

황 박사의 물음에 서하가 노트북을 덮으며 자리에서 일어났다.

“교수님, 저 술 좀 사 주세요.”

서하의 눈빛이 작게 떨리고 있었다. 황 박사가 당황한 기색으로 제자의 위태로운 모습을 바라보다가 흔쾌히 외쳤다.

“오케이! 가자. 술 마시러.”

두 사람은 근처 포장마차로 자리를 옮겨 소주잔을 기울였다. 잠시 화장실을 다녀온 황 박사가 자리에 앉으며 연신 밖을 흘끔거렸다.

“혹시 저 남자들 아는 사람들이야?”

천막 사이로 밖을 서성이고 있는 덩치 큰 남자 셋이 보였다. 서하는 말없이 소주를 잔에 가득 따랐다.

“서하 너, 저 남자들 때문에 집에 못 가고 있는 거였구나? 대체 무슨 일이야?”

황 박사가 재차 물었지만, 서하는 여전히 대답이 없었다. 아무 말 없이 술만 들이켜는 서하를 안타깝게 쳐다보던 황 박사가 길게 한숨을 내쉬더니 앞에 있는 소주를 원샷했다.

“그래. 마시자. 오늘 아주 먹고 죽자!”

그 후로 시간이 얼마나 흘렀을까. 테이블엔 빈 소주병이 가득했다. 그리고 술에 취한 황 박사의 코는 빨개져 있었다.

하지만 서하는 멀쩡했다. 오늘따라 그는 아무리 술을 마셔도 취하지 않았다.

“교수님…….”

드디어 서하가 입을 열었다. 황 박사가 천천히 술잔을 내려놓으며 서하의 말에 귀를 기울였다. 서하는 소주잔을 꽉 쥔 채 말했다.

"도대체 제가 어디까지 참고 견뎌야 할까요?"

서하는 밖을 지키고 있는 남자들을 노려봤다. 저들은 보호라는 명목으로 감시를 하고 있는 중이었다. 서하의 생모인 윤성희에게는 기회였을 것이다. 아들의 일거수일투족을 감시할 수 있는 좋은 기회.

"빨리 어른이 되면 벗어날 수 있을 거라고 생각했어요."

그래서 죽어라 공부해서 월반을 했고, 대학에 갔다. 돈을 많이 벌어서 엄마와 함께 외국으로 도망가야겠다는 생각도 했었다. 그래서 더욱 연구에 매달렸고, 운이 좋게 엄청난 성과를 냈다.

그런데 노력할수록, 그 결과가 값질수록, 여자의 탐욕은 끝을 모를 정도로 커져만 갔다.

"아마 내가 죽으면 관 뚜껑 열어서 도장 어딨냐고 물어볼 거예요. 날 낳은 그 여자는."

서하가 술을 마시며 쓰게 웃었다. 그러자 서하의 가정사를 어느 정도 알고 있던 황 박사가 그를 위로했다.

"하아……. 부모를 원망하는 것만큼 고통스러운 일이 없지. 그렇게 되면 내 존재도 같이 부정하고 싶어지니까. 그래도 서하야, 절대 너 자신을 놓으면 안 돼."

황 박사가 서하의 어깨를 어루만지며 다독였다.

서하에게 황 박사는 스승이자 친구이자 아버지 같은 존재였다. 그리고 생명의 은인이었다.

몇 년 전, 서하가 연구실에서 쓰러져 죽을 뻔한 걸 살린 게 황 박사였다. 그때, 황 박사가 조금만 늦게 발견했어도 서하는 과로사로 요절했을 것이다.

황 박사는 응급실에서 겨우 눈을 뜬 어린 제자의 첫마디가 떠올라

눈시울이 붉어졌다.

'좋은 기회였는데…….'

죽을 수 있는 좋은 기회를 놓쳐 버렸다는 허무함이 가득했던 눈빛. 그때 그 아이는 겨우 열아홉 살이었다.

"생모는 도대체 어떤 사람이야? 어떤 사람이길래 널 이렇게까지 괴롭히는 거냐고."

화가 난 황 박사의 목소리가 격앙되었다. 황 박사의 물음에 서하는 얼마 전 문화시에서 자신을 피습했던 놈을 떠올렸다.

순경인 친구 태진에게 들은 바로는 그놈은 사기, 폭력, 도박 등으로 총 전과가 20건이 넘는 조직폭력배였다. 또한, 과거 허위사실유포 및 명예훼손죄로 유죄를 선고받은 전과도 있다고 했다.

그렇다. 바로 그놈이었다. 10년 전 내 어머니가 에이즈 환자라고 소문을 퍼뜨렸던 남자. 그 사실을 알게 된 서하는 당장 그놈을 찾아갔고, 놈에게서 충격적인 얘기를 전해 들었다.

'10년 전 그날 나한테 소문을 퍼뜨리라고 사주한 건 윤성희 그년이었어! 근데 그년이 돈도 안 주고 내빼더니 날 죽이려 했다고!'

모든 사건의 원흉은 나의 생모였다. 원하는 게 있으면 친언니를 에이즈 환자로 몰아 짓밟아 버릴 수도 있는 여자. 서하는 생각만으로도 치가 떨렸다.

서하에게서 생모와 관련된 얘기를 전해 들은 황 박사도 충격으로 더 이상 말을 잇지 못했다.

"아마 앞으로도 그럴 거예요. 내가 자기 생각대로 움직이지 않으면, 내 사람들을 다치게 하겠죠. 우리 엄마를 망가뜨린 것처럼. 그 생각을 하면 견딜 수가 없어요. 아무것도 할 수가 없다고요."

서하는 며칠 동안 작은 연구실에 갇혀 그 생각만 했다. 어떻게 하면 악랄한 생모에게서 내 소중한 것들을 지킬 수 있는지.

특히 지금 내가 가장 아끼는, 절대 놓치고 싶지 않은 여자. 서하는 저를 향해 해맑게 웃어 주던 유경의 얼굴이 떠오르자 가슴이 아렸다.

"나만 불행하면 되는데, 내 불행이 옮겨 갈까 봐. 그게 가장 두려워요."

"여자 친구 때문에 그래?"

황 박사가 넌지시 물었다. 서하가 복잡한 심경을 담은 눈빛으로 고개를 끄덕였다.

"우습죠? 그 사람이 내 옆에 있으면 행복할 줄만 알았는데, 막상 옆에 있으니 이젠 그 사람이 언제 내 곁을 떠날까 불안해하고 있다는 게……."

"뭐가 우스워. 그게 연애야. 근데 불안한 만큼 또 행복하잖아. 그러니까 연애라는 걸 하는 거지. 그나저나 진짜 궁금하네? 널 웃게도 만들고, 이렇게 불안하게도 만드는 여자가 누군지."

서하는 이 순간 그녀가 너무 그립고 보고 싶었다. 그녀 얼굴 한 번만 보면 또 여러 날을 견디며 살 수 있을 것 같은데. 숨이 쉬어질 것 같은데.

지이잉. 지이잉.

그때 서하의 핸드폰이 진동했다.

액정을 확인한 서하의 표정이 굳어졌다. 저장되지 않은 번호였다. 하지만 누구의 번호인지 잘 알고 있었다.

전화가 계속 울리자, 서하는 아예 핸드폰 배터리를 빼 버렸다.

"전화는 왜 꺼? 그러다 여자 친구한테 연락 오면 어쩌려고."

황 박사의 말에 서하는 술을 들이켰다. 그리고 분리된 핸드폰을 보며 생각했다.

그녀가 먼저 내게 연락할 일은 없겠지. 아직 우리들의 관계는 나의 의지가 더 크니까. 그녀를 꽉 잡고 있는 이 손을 놓으면, 얼마 가지 못해 끊어져 버릴 관계라는 것 또한 잘 알고 있었다. 아마 그녀가 먼저 내 손을 붙잡는 일은 절대 없을 것이다.

다 알고 시작한 건데, 그래서 욕심부리지 않기로 했는데. 서하는 오늘따라 왜 이렇게 외롭고 쓸쓸한 건지 알 수 없었다.

며칠 후, 한국대학교 정문.

졸업식을 맞아 꽃을 파는 상인들이 장사진을 이뤄 정문 앞을 가득 메웠다. 그 사이에 유경도 끼어 있었다.

"사진 찍어 드립니다아아!"

샘플 사진들을 붙여서 만든 입간판 앞에서 유경이 목청껏 외쳤다.

"사진!!"

이번엔 절규에 가까웠다. 주변 상인들은 그녀를 미친년 꽃다발쯤으로 여기며 혀를 내찼다.

그때 김 사장이 다가왔다.

"유경 씨, 손님들 무서워서 다 도망가겠어. 무슨 소리를 그렇게 무섭게 질러?"

"네? 아…… 죄송해요."

손님 유치를 핑계로 고함을 지르며 스트레스를 풀어 볼까 했던 유경은 멋쩍게 웃었다. 그러곤 목소리 볼륨을 약간 낮춰 다시 영업을 시작했다.

시간이 지날수록 춥고, 배고프고, 다리까지 아파 왔다. 노력에 비해 성과는 영 별로였다.

유경은 괜히 핸드폰을 꺼내 액정을 툭 건드렸다.

"채서하 진짜 너무하네……."

벌써 일주일이나 지났다. 그동안 녀석에게서 전화는커녕 문자 한 통 오지 않았다.

그저께는 너무 답답해서 술을 왕창 마시고, 용기를 내서 먼저 전화를 걸었는데. 세상에. 전원이 꺼져 있었다. 그것도 모르고 그동안 전화를 할까 말까 고민하던 자신이 너무 우습고 서러웠다.

'이 녀석 이거 진짜 뭐야?'

처음엔 이렇게 화가 나다가도, 시간이 조금 지나면 그게 금세 걱정으로 바뀌었다.

'혹시 무슨 일 있는 거 아니야? 저번처럼 칼에 맞았다든가……. 어떡하지? 경찰에 실종 신고를 해야 하나?'

유경의 표정이 점점 심각해지고 있는데.

"저기요, 언니!"

하필 손님이 찾아왔다. 유경은 만약 오늘도 녀석에게서 연락이 없다면 신고를 하든, 녀석을 찾아 나서든, 뭔가 결단을 내려야겠다는 생각을 하며 손님을 맞이했다.

"어서 오세요! 사진 찍어 드릴까요?"

"언니, 그 카메라 줌 왕창 되나요?"

"그럼요! 이거 줌 왕창해도 화질 장난 아니게 좋아요. 근데 줌은 왜?"

여대생들이 꺅꺅거리더니 설레발을 치며 요란을 떨었다.

"우리 하나 찍어 달라고 할까?"

"그래, 그러자. 우리가 언제 또 선배를 볼 수 있겠어."

"어떡해. 오늘 졸업식에 선배 오는 줄 알았으면 풀메 하고 올걸."

서하 때문에 마음이 복잡한 유경은 금방 또 넋이 나가 핸드폰을 들여다보느라 여대생들이 하는 말은 귀에 들어오지도 않았다.

"언니!"

여대생들의 부름에 유경은 재깍 고개를 들었다. 그리고 기계처럼 영업 멘트를 줄줄 읊었다.

"한 장 하세요. 진짜 예쁘게 찍어 드릴게요. 찍은 사진은 인화도 되고, 파일 보정해서 메일로도 보내 드려요."

"어멋, 좋다. 그럼 저희 찍을게요!"

"오케이. 갑시다. 어디서 찍을까요? 저기 동상 앞? 아님 호숫가?"

유경은 미리 파악해 둔 포토존을 추천했지만, 여대생들은 그저 따라오라며 유경을 데리고 어딘가로 향했다.

"언니, 저희 말고 저기 벤치에 앉아 있는 남자 찍어 주시면 돼요."

"벤치?"

"네! 최대한 클로즈업해서 얼굴 위주로 찍어 주세요."

"근데 본인 허락도 없이 막 찍어도 돼요?"

"제발요. 부탁드려요. 제가 2년 동안 짝사랑한 선배예요. 이제 선배 졸업하면 다신 못 보는데, 사진이라도 간직하고 싶어서요."

여대생의 간절한 부탁에 유경은 조금 찝찝했지만, 2년 동안 짝사랑했다며 인정에 호소하는 여대생을 외면할 수 없었다.

"알겠어요. 저쪽 맞죠?"

유경은 카메라 렌즈를 응시하며 여대생들이 가리킨 벤치로 향했다. 벤치 주변엔 사람들이 바글바글했다. 누가 앉아 있는지 잘 보이지도 않았다. 세상에……. 도대체 어떤 선배길래 여자애들이 저렇게나 많이 모여 있어? 무슨 연예인이라도 되나?

유경은 구시렁거리며 인파를 뚫고 벤치 쪽으로 점점 더 가까이 다가갔다. 오케이. 이쯤이면 되겠다. 유경은 마침내 자리를 잡고, 카메라 초점을 맞추려고 렌즈를 들여다봤다. 그리고 줌을 서서히 당기기 시작했다.

"어디 잘난 선배님 얼굴 좀 봅시……."

하지만 유경은 더 이상 말을 잇지 못했다.

"쟤가 왜 저기 있어?"

프레임 안에 들어온 잘난 선배님은 다름 아닌 서하였다. 유경이 화들짝 놀라 렌즈에서 눈을 떼고 앞을 봤다.

"저런 씨."

유경이 울먹이는 얼굴로 씩씩거렸다. 멀지 않은 곳에 졸업식 가운을 걸친 서하가 있었다.

유경은 벤치에 앉아 있는 녀석을 머리끝부터 발끝까지 쭉 스캔했다. 혹시 손가락이 부러져서 전화를 못 하나, 다리가 부러져서 만나러 못 오나 걱정했는데, 녀석은 아주 멀쩡했다. 다행이다. 다행이지만…….

벤치 위에 산처럼 쌓여 있는 꽃다발에 파묻힌 녀석을 보자 유경은 괜히 울컥했다.

"언니. 뭐 하고 있어요? 어서 찍어요!"

여대생의 재촉에 유경은 뒤로 돌아 그녀들을 노려봤다.

"너네들 이거 초상권 침해거든?"

"아깐 찍어 주신다면서요."

"아깐 내가 돌았었나 봐. 나 이거 못 찍어. 안 찍어!"

"뭐야. 이 언니 이상해. 그럼 됐어요. 얘들아, 우리 폰으로라도 찍자."

여대생들이 폰을 꺼내 녀석을 도촬하려고 했다.

"이것들이. 찍지 말라니까!"

여대생들은 유경을 철저히 무시하고 열심히 카메라 버튼을 눌렀다. 그러자 유경이 여대생들을 마구 밀치며 갑자기 녀석에게로 돌진했다.

"야! 채서하!"

유경은 녀석의 이름을 힘차게 불렀다. 하지만 아까 영업할 때 목을 너무 많이 쓴 나머지 쉿소리가 났다. 유경은 당황스러웠지만, 걸음을 멈추지 않았다. 더 빠른 속도로 녀석을 향해 달렸다.

반면, 쉿소리였지만 그녀의 목소리를 단번에 알아들은 서하가 고개를 돌렸다. 유경이 성난 황소처럼 달려오고 있었다. 서하가 놀란 표정으로 그녀를 쳐다봤다.

"너 따라와!"

유경은 이를 악물더니 서하의 손목을 잡아끌었다. 그 기세가 마치 한국 드라마 속 남자 주인공 같았다.

여자들의 따가운 시선을 피해 달리느라 유경은 보지 못했다. 저한테 손이 잡혀 질질 끌려오고 있는 녀석의 얼굴을.

서하는 그녀가 꽉 잡고 있는 제 손을 믿기지 않는 듯 응시했다. 어느새 서하의 입가에 미소가 번졌다. 그는 미소를 머금은 채 그녀가 이끄는 대로 질질 끌려갔다.

사람 없는 곳을 찾다 보니 건물 뒤쪽으로 와 버렸다.

여긴 너무 으슥하잖아. 이런 분위기를 원한 게 아닌데……. 이곳은 마치 내가 녀석을 벽으로 밀친 후 돈을 뺏어야 할 것 같은 분위기였다.

됐어. 지금 장소가 문제야? 유경은 녀석을 흘끔 쳐다봤다. 그러다 녀석과 눈이 딱 마주쳤다.

"뭐, 뭘 봐!"

유경은 눈에 힘을 주고 녀석을 잔뜩 째려봤다. 그러자 갑자기 녀석이 잡혀 있던 손목을 빼내더니 단단하게 손깍지를 껴 왔다. 유경은 황당한 얼굴로 녀석을 쳐다봤다.

"너 지금 뭐 하냐?"

"니 손 제대로 잡으려고."

"손은 무슨! 우리가 지금 사이좋게 손잡고 있을 때야? 이거 놔!"

유경은 녀석의 손을 세게 뿌리쳐 버렸다. 하지만 녀석이 상처받은 얼굴로 손을 만지작거리며 서 있는 것을 보자 금세 마음이 약해졌다.

'너무 세게 뿌리쳤나?'

미안하다고 사과를 하려던 유경은 그동안 녀석 때문에 마음 졸였던 날들이 떠올라 다시금 화가 치밀었다.

"그런 표정으로 보지 마. 상처받은 건 나거든?"

"미안해."

"뭐가 미안한데? 너 도대체 나한테 왜 그래? 당분간 만나지 말자는 게 무슨 소린데?"

"그렇지 않아도 졸업식 끝나고 연락하려고 했는데……."

"그래, 졸업식 끝나……. 졸업? 자, 잠깐만! 너……."

유경은 녀석이 걸친 까만 가운을 뒤늦게 확인하곤 두 눈이 휘둥그레졌다.

"너 대학생이었어?"

"이제 아니야. 방금 졸업했으니까."

"어제까진 대딩이었다는 거잖아. 근데 난 왜 몰랐지?"

"나한테 별로 관심이 없었으니까 몰랐겠지."

그게 아니라, 난 이 녀석이랑 있으면 나이를 잊는 것 같다. 호칭까지 제멋대로 내 이름을 막 부르니까 동갑 친구인 줄. 하긴, 이 녀석

나이가 대학교 다닐 나이긴 하지. 대학교가 뭐야 스물넷이면…….

"어떡해!"

녀석의 나이를 계산하던 유경은 불현듯 뭔가 떠올랐다. 유경의 표정이 심각해졌다.

"저기…… 너 그럼 군대는?"

"그건 걱정하지 마. 나 전역하고 이 학교로 편입 온 거야."

"휴우…… 다행이다."

유경이 안도의 한숨을 내쉬다가, 갑자기 자신이 왜 안도하고 있는지 의문이 들었다.

'그나저나 가까이서 보니 이 녀석 안색이 좀 안 좋네?'

유경은 일주일 사이에 얼굴이 많이 야윈 서하를 걱정스레 쳐다봤다. 그러곤 다소 누그러진 말투로 물었다.

"너 그동안 어디서 뭐 했어?"

"니 생각."

"우, 웃기지 마! 농담하지 말고, 지금부터 내가 묻는 말에 똑바로 대답해."

"농담 아닌데……."

진지하게 대답하는 서하를 무시하고 유경은 질문 공세를 펼쳤다.

"나한테 당분간 만나지 말자고 한 이유가 뭐야? 내가 친구 결혼식 간다고 거짓말하고 알바 가서?"

"아…… 거짓말하고 알바 간 거였구나."

"말 돌리지 말고."

"……."

"너 정말 말 안 할 거야? 안 되겠네. 그럼 이번엔 내가 너한테 이 말을 해야겠다."

"……."

"채서하, 우리 당분간 만나지 말자. 잘 있어."

유경이 잔뜩 화가 난 얼굴로 차갑게 말하며 돌아섰다.

"잠깐! 가지 마……."

서하가 다급한 목소리로 그녀를 붙잡았다. 녀석의 목소리에서 떨림을 느낀 유경은 한 발자국도 앞으로 나가지 못했다.

가만히 서 있던 유경은 못 이기는 척 뒤를 돌았다. 녀석의 눈동자가 흔들리고 있었다.

"너 왜 그래? 무슨 일 있어?"

"하아……."

대답 대신 녀석이 한숨을 길게 내쉬었다. 도대체 왜 저러는 거야?

유경은 그 이유가 뭔지 온갖 상상력을 동원했다. 그리고 조심스레 물었다.

"혹시 내가 싫어졌어? 그래서 지금 미안해서 아무 말도 못 하는 거야?"

"아니! 그건 절대 아니야."

"그럼 왜……."

"미행당하고 있어."

"뭐?"

상상하지도 못한 대답에 유경의 입이 떡 벌어졌다. 유경은 심각한 얼굴로 서하를 바라봤다.

"미행이라니. 갑자기 왜 또 스릴러야?"

유경이 주변을 두리번거리며 작게 속삭였다.

"근데 누가 널 미행하는데? 위험한 거야? 막 생명의 위협을 느끼는 중?"

유경은 몸을 더욱 움츠리며 목도리로 얼굴을 가렸다. 그러곤 재빨리 녀석을 지나쳐 도망가려는데,

"갑자기 어디 가?"

"너랑 같이 있다가 나도 위험해지면 어떡해."

"……."

"라고 말할 줄 알았냐?"

"어?"

유경은 신경질적으로 목도리를 풀어 손에 꽉 쥐었다. 그러곤 입바람을 불며 앞머리를 흐트러트렸다. 화가 많이 난 듯 보였다.

서하는 약간 당황스러웠다. 그녀가 화를 내고 있는데, 기분이 왜 이렇게 좋은 걸까? 오늘 처음 만났을 때부터 그녀는 화가 많이 나 있었다. 지금도 감정이 오르락내리락, 저 스스로 제어가 안 되는 것 같았다. 그런 그녀의 모습에 서하는 이상하게 안심이 되었다. 나 변태인가?

"야! 채서하! 내 말 듣고 있어?"

"어? 뭐, 뭐라고 했는데?"

서하가 당황해서 말까지 더듬었다. 하지만 녀석을 봐주지 않고 유경이 소리를 버럭 지르며 화를 냈다.

"미행당하고 있는데 뭐 어쩌라고. 괜한 변명 하지 말고, 진짜 이유를 말해."

평소엔 둔하더니, 이럴 땐 진짜 예리하네. 서하는 고민스러웠다. 그녀는 제대로 된 이유를 듣지 못하면 오늘 여기 자리 깔고 드러누울 기세였다.

결국 서하가 어렵게 입을 열었다.

"나를 낳아 준 여자가 감시하고 있어. 내가 누굴 만나는지, 뭐 하고 돌아다니는지 일거수일투족 전부 다."

"아……."

유경이 말끝을 흐렸다. 낳아 준 여자라면……. 순간 머릿속에 저번에 만났던 하이힐 마녀가 떠올랐다.

그사이 서하가 말을 계속 이어 나갔다.

"내가 널 만나는 걸 알면 아마 그 여자가 널 찾아갈 거야. 그리고 그 여자를 만나게 되면, 넌 내가 싫어질 거야. 도망가고 싶어질 거야."

"왜?"

유경은 이해할 수 없다는 표정으로 되물었고, 서하는 뭐라고 대답을 해야 할지 몰라 막막했다. 생모가 어떤 여잔지 유경에게 말하고 싶지 않았다. 그건 그에게 가장 큰 치부이자 약점이었다.

그런데 그때.

"나 이미 그분 만났는데?"

유경이 대수롭지 않게 말했다. 서하가 화들짝 놀랐다.

"누굴 만나?"

"너 낳아 준 분. 니 생모."

"뭐? 언제?"

"언제였더라……. 맞다, 너랑 첫 데이트 한 날! 우리 집에 놀러 오셨더라고. 울 엄마랑 동창이라던데?"

"근데 왜 나한테 말 안 했어?"

"니가 별로 안 좋아할 것 같아서. 근데 내 예상이 맞았네. 역시 안 좋아하는구나. 그것도 엄청."

"……어땠어?"

"뭐가 어때? 아…… 그분?"

"응."

"엄청 별로였지."

유경의 대답에 서하가 한숨을 크게 내쉬며 마른세수를 했다.

유경은 이제야 이상하다고만 느꼈던 녀석의 행동들이 납득됐다. 생모 때문이었구나. 이미 하이힐 마녀의 성격을 겪어 본 유경은 녀석의 심정이 백 번 천 번 이해가 됐다. 나 같아도 멘붕 오겠다. 어릴 때 버리고 간 주제에 왜 이제 와서 감시하고 간섭하고. 도대체 그 여자는 왜 그러는 걸까? 유경은 서하를 안타깝게 바라봤다.

"그분 때문에 내가 겁먹고 도망갈까 봐 당분간 만나지 말자고 한 거였어? 그래서 뭐, 대책은 세웠어?"

"미안해……."

"채서하. 너 바보야? 그럼 나한테 더 잘해 줘어야지. 나 도망 못 가게."

"그런 방법이 있었네."

"그래. 그런 방법이 있었는데, 당분간 만나지 말자가 뭐냐! 그리고 너 밥도 제대로 안 먹었지? 얼굴 더 작아졌잖아! 난 너 때문에 폭식해서 얼굴 더 커졌다고!"

유경이 또 울컥해서 소리쳤다. 서하는 그녀를 어떻게 달래 줘야 할지 막막했다. 그냥 무조건 빌자.

"미안해. 다시는 안 그럴게."

"못 믿겠어."

"진짜야. 앞으론 절대 그럴 일 없어. 그러니까 제발 화 풀어. 응? 내 얼굴 좀 보고."

녀석이 갑자기 유경의 얼굴을 잡아 저를 보게 하더니 빤히 쳐다봤다.

"보고 싶었어."

그 말 한마디에 유경의 마음이 사르르 녹아 버렸다. 그동안 녀석도 마음고생이 심했다는 걸 알았으니 유경은 이쯤 하기로 하고, 넌지시 말을 돌렸다.

"근데 너 인기 엄청 많더라? 아까 여자애들한테 둘러싸여 가지고……. 맞다, 거기 예쁜 애들도 무지 많던데."

"난 니가 제일 예쁘던데."

이런 립서비스, 닭살이 돋을 줄 알았는데 광대가 승천하고 있었다. 유경이 끝을 모르고 올라가는 광대를 철썩철썩 때리며 진정하려고 애쓰던 그때.

"근데 나도 뭐 하나만 물어봐도 돼?"

"응? 뭔데?"

서하가 까칠한 표정으로 핸드폰을 쭉 내밀더니 사진 한 장을 보여줬다.

"이 남자 누구야?"

아깐 분명 댕댕이 모드였는데, 지금은 아주 그냥 상남자가 따로 없었다. 서하가 사진 속 남자의 뒷모습을 가리키며 인상을 팍 쓰고 있었다. 분위기가 또 왜 이렇게 흘러가는 걸까. 1분 전까지만 해도 내가 갑이었는데.

하지만 유경은 입이 열 개라도 할 말이 없었다. 하필 이 순간, 서지웅과 포옹했던 그날 일이 떠오른 것이다.

유경은 침을 꼴깍 삼켰다. 정신 차리자. 그건 그 자식이 강제로 한 거잖아. 내가 잘못한 게 아니라고. 하지만 그 사실을 이 녀석이 알게 된다면? 그땐 나 진짜 차이는 거 아니야?

대답 못 하는 유경을 빤히 쳐다보던 서하의 표정이 굳어졌다.

"너 이 남자랑 뭐 있었지?"

"아니이! 근데 넌 미행당한다는 사람이, 나 미행한 거야? 이 사진 니가 찍었어?"

"최은설이 보내 줬어."

그 망할 놈의 계집애. 그날 안 가고 계속 날 감시하더니 사진 찍고 있었구만.

"이 남자 누구냐고."

두 사람의 전세가 완벽하게 역전되고 말았다.

"그냥 클라이언트야. 그날 우연히 만나서 일 얘기 좀 했어. 됐지? 앗! 나 알바하고 있던 중이었는데. 이만 가 볼게. 이따 전화해. 내가 너 졸업한 기념으로 자장면 사 줄게. 그럼 간다!"

유경이 도망치듯 후다닥 달려 밖으로 나가 버렸다.

으슥한 건물 뒤에 홀로 남은 서하는 사진 속 남자가 마음에 걸리긴 했지만, 지금 그게 중요한 게 아니었다.

"이거 꿈은 아니겠지?"

서하는 정말 믿기지 않았다. 얼떨떨한 얼굴로 아까 그녀가 잡았던 제 손을 응시했다.

사실, 졸업식에 오지 않으려고 했다. 하지만 학과장님이 오늘 중요하게 꼭 할 얘기가 있다며, 꼭 와야 한다고 신신당부를 하는 바람에 반강제로 끌려온 자리였다.

그런데 이렇게 큰 행운을 만나다니. 이따 학과장님을 만나면 절이라도 해야 할 판이었다.

어제, 아니 20분 전까지만 해도 세상은 온통 잿빛이었다. 이 암흑 속에서 어떻게 벗어나면 좋을지 아무리 방법을 강구해 봐도 길이 보이지 않았는데, 그녀와 나눈 몇 마디로 다 해결됐다. 그동안의 고민이 무색할 정도로 정말 아무것도 아닌 일이 되어 버렸다.

그녀는 항상 내게 왜 자꾸 스릴러로 장르를 변주하느냐고 하는데, 그녀 또한 만만치 않았다. 그녀는 구질구질한 신파인 내 장르를 코믹과 로맨스로 매번 변주시켜 버린다. 심각한 상황에서도 그녀만 보면 웃음이 나오고. 절망적인 상황에서도 사랑 하나만 있으면 뭐든 다 할 수 있을 것 같은 자신감이 생긴다.

그 사람 많은 곳에서 자신의 손목을 잡아끌고 당당히 걸어 나가던 그녀의 모습이 떠오르자, 서하는 웃음을 터뜨리고 말았다.

"아…… 보고 싶다."

방금 얼굴 보고 돌아섰는데, 금세 또 보고 싶다. 진짜 큰일 났다.

머리를 헝클어뜨리며 바깥으로 나온 서하는 학과장님을 만나러 본관으로 향했다.

"선배님! 사진 한 장만 같이 찍어 주……."

서하를 발견하자마자 여자 후배들이 우르르 따라붙었다.

하지만 서하는 그녀들에게 눈길 한 번 주지 않고 그냥 지나쳐 갔다. 유경이 앞에서와는 다르게 아주 말도 못 붙일 정도로 서늘한 표정이었다.

2시간 후, 중국집.

"오, 맛있다. 졸업식 날 먹으니까 더 맛있네."

"졸업식은 핑계고, 그냥 자장면 먹고 싶어서 온 거 아니야? 그런 것 같은데."

뭘 이렇게 맛있게 먹어? 자장면 못 먹고 죽은 귀신이 붙었나. 복스럽게 잘도 먹는 유경을 서하가 신기하게 쳐다보며 말했다.

"천천히 먹어."

서하는 컵에 물을 따라 유경에게 건넸다.

"땡큐."

유경은 녀석이 건넨 컵을 받아 물을 마셨다. 세상에, 물도 맛있어. 녀석과 함께 있어서 그런가? 유경은 식욕이 폭발했다.

"넌 왜 안 먹어? 혹시 자장면 싫어해?"

"딱히 좋아하는 편은 아니었는데, 니가 맛있게 먹으니까 갑자기 좋아졌어."

자장면이 좋아졌다는 말을 왜 저렇게 설레게 해. 유경의 얼굴이 화락 달아올랐다. 그녀는 뭐라고 대답을 하면 좋을지 몰라, 엉뚱한 말만 늘어놓았다.

"일할 땐 중국 음식 못 먹거든. 특히 밤샘 촬영 할 땐 절대 입에도 안 대."

"아…… 졸려서?"

"응. 졸려서. 근데 난 그것도 모르고 막내 때 저녁 메뉴로 중국 음식 시켰다가 엄청 혼났어."

밤새 이어지는 촬영 현장에선 중국 음식은 금기시되는 메뉴였다. 갑자기 현장에서 고생했던 일들이 떠오른 유경은 괜히 콧잔등이 시큰해졌다.

"지금 생각해도 그 감독님 진짜 너무했어. 아무리 막내여도 사람들 다 보는 앞에서 멍청하다느니 어쨌다느니 막 인신공격하고. 난 그냥 금방 오고, 빨리 먹을 수 있어서 자장면 시킨 거였는데. 아무튼 그때 그 감독님이 나 엄청 갈궜어. 으으. 다신 돌아가고 싶지 않아."

"그 감독 이름이 뭔데?"

"이름은 왜?"

"그냥 궁금해서."

왠지 녀석의 표정이 좋은 의도로 물어보는 것 같진 않았다. 당장 그 감독을 찾아내 자장면 그릇에 얼굴을 처박아 버릴 기세였다.

녀석은 재차 감독 이름이 뭐냐고 물었고, 유경은 어물쩍 말을 돌렸다.

"그래도 그때 현장에 내 편 있었어. 딱 한 명."

"누구?"

"강소윤 배우. 그때 언니가 주연이었거든. 주연 배우가 자장면 먹고 싶었다고 막 맛있게 먹으니까, 다들 뭐 어쩌겠어. 먹을 수밖에. 언니 덕분에 현장 분위기 다시 좋아졌고, 그 뒤로도 언니가 나 많이 도와줬어."

"몇 년 전에 죽은 강소윤 말하는 거야?"

"응. 사실…… 아까 사진 속 남자 있잖아. 내 후배가 소개해 준 클라이언트인데. 그 사람이 소윤 언니 추모 영상 좀 만들어 달라고 부탁하더라고. 그래서 그 영상 내가 제작하기로 했어. 소윤 언니한테 고마운 게 참 많거든."

"잘했어. 근데 그 일을 후배가 소개해 줬다고?"

"응. 현장에서 만난 동생인데, 말이 좀 많은 거 빼곤 착한 애야."

"글쎄, 착한가? 오영 선배 말 많은 건 인정."

"어? 너도 권오영 알아?"

"연하는 절대 싫다고 했다면서?"

"헐."

유경은 갑자기 권오영의 소개팅 타령이 떠올랐다. 틈만 나면 자기 아는 후배 소개해 준다고, 소개받으라고 얼마나 나를 괴롭혔던가. 유경이 황당해하는 얼굴로 서하를 쳐다봤다.

"그 후배가 너였어?"

"내가 말했잖아. 가만히 있었던 거 아니라고. 간접적으로 차여도 보고 울어도 봤다니까."

"울었다고? 니가? 완전 안 어울려. 풉."

유경이 웃음을 터뜨렸다. 눈물 흘리는 녀석은 도무지 상상이 되지 않았다.

"뭐가 그렇게 웃겨?"

그녀를 지그시 바라보던 녀석은 손을 뻗더니, 금방이라도 그릇에 닿을 것처럼 길게 흘러내려 온 그녀의 머리카락을 귀 뒤로 넘겨 주었다.

"그거 알아?"

"뭘?"

"안 본 사이에 더 예뻐졌어. 너."

서하의 시선이 유경의 얼굴에서 떠날 줄 몰랐다. 그 시선이 너무 뜨거워서 유경은 견딜 수가 없었다. 그녀가 부끄러워하며 고개를 푹 숙인 채 괜히 중얼거렸다.

"안 본 사이에 예뻐지긴, 더 늙었지. 내가 진짜 누구한테 차인 줄 알고 맘고생을 얼마나 했는데……."

이 여자 뒤끝 있다. 무안해진 서하는 고개를 돌려 헛기침을 했다. 유경은 그런 녀석을 놀리는 재미에 푹 빠지고 말았다.

젓가락으로 자장면을 빙빙 돌리며 유경은 한숨을 푹푹 내쉬었다. 그러곤 가련한 척 연기를 했다.

"어휴. 세상에 믿을 남자 없다더니, 내가 그 말을 이번에 실감……읍!"

유경이 더 이상 말을 잇지 못했다. 자리에서 일어난 서하가 허리를 숙이더니 유경의 입술에 기습 키스를 한 것이다.

서하의 입술이 닿았다 떨어지자마자, 유경이 동그랗게 토끼 눈을 뜨고 손으로 입술을 가렸다.

"밥 먹다가 뭐 하는 거야?"

유경이 당황해하며 묻자, 서하는 태연하게 자리에 앉았다.

"너 은근슬쩍 몸으로 때우려고 하는 거지?"

"몸으로 때워도 돼? 그만 먹고 집으로 갈까?"

"대딩 주제에!"

"졸업했다니까. 아, 맞다. 나 아직 졸업 안 한 거 하나 있는데."

"그게 뭔데?"

유경의 물음에 갑자기 녀석의 눈동자가 짙어지더니.

"나 언제 졸업시켜 줄 거야?"

녀석이 아주 진지하게 물었다. 뒤늦게 말뜻을 이해한 유경의 얼굴이 새빨개졌다.

"하하. 난 도대체 니가 무슨 말을 하는지 전혀 모르겠다."

유경은 어색한 웃음을 흘리며 국어책을 읽는 듯한 말투로 딴청을 피웠다.

"모르면 내가 가르쳐 줄 수 있는데."

"뭐, 뭘 가르쳐 줘!"

"졸업하는 방법."

"그, 그걸 가르쳐 준다고? 니가? 너…… 그거 해 봤어?"

유경이 눈을 흘기며 작은 목소리로 묻자, 서하가 아주 자랑스러운 얼굴로 고개를 흔들었다.

"아니. 한 번도 안 해 봤는데, 왠지 잘할 수 있을 것 같아."

"그걸 어떻게 알아?"

"내가 원래 뭐든 하면 잘하거든. 한번 파면 그 분야에서 최고가 되는 게 특기야."

녀석은 갑자기 자기 어필을 하더니.

"그러니까 나 믿어도 된다고. 그냥 이 말이 하고 싶었어."

"아, 네. 그러세요? 쓸데없는 소리 그만하고 자장면이나 드시죠."

유경은 다시 그릇에 얼굴을 처박고 자장면을 먹었다. 그런 그녀를 바라보며 서하가 짓궂은 얼굴로 미소를 머금고 있는데, 갑자기 유경이 고개를 치켜들었다.

"너 딴 데 가서 졸업하면 죽어!"

문득 불안한 마음이 들었는지 유경이 녀석을 향해 주먹을 내보였다. 그러자 그 기세에 눌린 녀석이 두 눈을 끔뻑이다가 고개를 세게 끄덕였다.

녀석의 태도가 아주 흡족했던 유경은 다시 자장면을 열심히 먹기 시작했다. 서하는 그런 유경을 흐뭇하게 바라보다가 너무 귀여워서 남몰래 웃음을 터뜨렸다.

"두 분 화해하셨나 봐요?"

유경과 서하가 편의점에 들어서자 상혁이 반겼다.

"누나, 오늘은 멀쩡하시네요?"

유경은 서하의 눈치를 흘끔 보더니 상혁에게 눈빛을 보냈다.

'입 다물어!'

하지만 눈치가 더럽게 없는 상혁은 숙취 해소제를 유경에게 내밀며 말했다.

"드세요. 숙취엔 이게 직빵이에요. 누나 올 줄 알고 제가 미리 준비해 놨어요."

"얘가 지금 무슨 말을 하는 거야. 나 술 안 마신 지 꽤 됐는데."

"에이, 누나야말로 무슨 말을 하시는 거예요. 어제도 팩소주 세 개나…… 아얏!"

"모기. 여기 모기 있어!"

유경이 모기를 잡는다는 핑계로 상혁의 입술을 손바닥으로 살짝, 아주 살짝 때렸다.

"겨울에 모기가 왜 있어요!"

상혁이 잔뜩 억울한 눈으로 서하를 바라봤다.

"형! 저 누나 완전 이상해요. 도대체 둘이 왜 사귀는 거예요?"

"두 사람은 나 없는 사이에 엄청 친해졌다? 야, 이상혁. 저 누나랑 친하게 지내지 마. 알았지?"

상혁의 눈엔 이제 서하도 이상하게 보였다. 저럴 사람이 아닌데.

이상한 누나랑 사귀더니 이상해졌나 보다.

"저야말로 저 누나랑 친하게 지내고 싶지 않거든요?"

상혁이 툴툴거리자, 유경은 과자 진열대로 쪼르르 달려갔다. 그러곤 과자를 고르는 척하며 상혁을 향해 입술 지퍼 채우는 제스처를 취했다.

"형, 저 누나 봐요. 지금 저 협박했어요!"

상혁의 고자질에 서하가 바로 뒤를 돌았다. 하지만 유경은 천연덕스러운 얼굴로 과자를 고르고 있었다. 서하는 두 사람 사이에 분명 뭔가 있음을 직감했다.

"상혁아, 그냥 말해. 뭔데?"

"형 없는 동안 체크카드에서 삼만 오천팔십 원 빼서 썼어요."

"잘했어."

"어디다 썼는지 안 물어봐요?"

"어디다 썼는데?"

"저 누나 외상값 갚았어요."

"외상?"

"네. 저 누나 여기 맨날 왔어요. 그저께는 막 술 취해서 형 어딨냐고 내놓으라고 내 멱살 잡았구요. 채서하 나쁜 새끼라고 욕도 했고요. 아이스크림도 다섯 개나 먹고 외상 달아 놓고 튀었어요. 어제는 팩소주 세 개 먹고 취해가지고 라면이랑 과자 잔뜩 가져가면서 채서하 나쁜 놈한테 돈 받으라고……."

억울함을 토로하던 상혁이 말끝을 흐렸다. 멀리서 유경이 노려보고 있었기 때문이다.

유경은 자신의 찌질한 흑역사를 열거하는 상혁에게 깊은 배신감을 느꼈다. 아, 쪽팔려.

"저기 상혁아, 삼만 얼마라고? 이걸로 다시 계산해 주라."

유경이 카드를 들고 카운터 앞에 섰다. 그리고 그동안의 일은 전혀 기억이 나지 않는 척 연기했다.

"근데 내가 진짜 그랬어? 막 서하한테 욕을 했다고? 이상하네. 난 그런 주사 없는데."

"CCTV 확인해 보실래요?"

"아니. 아니야! 미안해. 내가 진짜 그동안 미안했다."

유경이 재빨리 사과했다. 얼굴이 새빨개진 유경을 지켜보던 서하가 고개를 돌려 웃음을 참느라 애썼다. 그런 그를 흘끔 보던 유경은 눈을 흘겼다.

"야. 너 지금 웃음이 나와? 이게 다 너 때문이잖아. 니가 당분간 만나지 말……."

"알았어. 미안해. 다 내 잘못이야. 대신 이건 넣어 둬. 나 때문에 열받아서 먹은 것들이니까 내가 살게."

서하가 계속 웃음을 참으며 유경에게 카드를 돌려주었다. 카드를 받아 든 유경은 괜히 민망해서 서하와 상혁의 눈치를 흘끔 보더니, 지정석으로 쪼르르 가 버렸다.

내가 진짜 술을 끊어야지. 유경이 머리카락을 마구 헝클어뜨리며 괴로워하고 있는데.

지이잉. 지이잉.

핸드폰이 진동했다. 유경은 주머니에서 핸드폰을 꺼냈다. 액정을 확인하니 모르는 번호였다. 번호를 가만히 응시하던 유경은 통화 버튼을 눌렀다.

"여보세요?"

— 네. 안녕하세요. 제이미디어 대표 최생록입니다.

"제이미디어? 거기가 어딘데요?"

— 네? 저희 사장님……. 아니, 그 서지웅 씨한테 얘기 못 들으셨

나요? 분명 우유경 씨랑 얘기가 다 됐다고 하셨는데. 혹시 강소윤 씨 추모 영상 제작하기로 하지 않았어요?

"아…… 네. 그거 하기로 했는데. 근데 그게 왜요?"

— 서지웅 씨가 저희 회사에 외주를 맡겼거든요. 우유경 씨가 그 영상을 제작하려면 저희와 계약서를 하나 작성해야 해요. 그래야 페이가 지급되거든요.

"근데 거기 이상한 회사는 아니죠?"

— 이상한 회사요? 아마 아닐 거예요. 신생이긴 하지만, 돈 떼어먹을 일은 절대 없어요. 저희 회사 뒷배경이 아주 빵빵하거든요.

뭐라는 거야.

그 뒤로도 최생록이라는 대표는 영상 콘셉트라든지, 영상 작업 툴(Tool)은 어떤 프로그램을 써야 하며, 기한은 언제까지 등등의 얘기를 차분히 설명했다.

— 자세한 건 만나서 얘기하시죠.

그렇게 말을 많이 해 놓고? 생각에 잠겨 있던 유경은 일단 회사를 한번 가 보기로 결정했다.

— 그럼 주소는 문자로 보낼게요. 내일 뵙겠습니다.

남자는 마지막까지 아주 깍듯한 말투로 인사를 하고 전화를 끊었다.

"무슨 전화야?"

어느새 다가온 서하가 커피를 내밀며 물었다. 유경은 땡큐, 하며 커피를 받아 들었다.

"소윤 언니 영상 제작하는 일 때문에. 클라이언트가 회사에 외주를 줬대. 그래서 계약서를 작성해야 한다고 내일 오래."

"어떤 회산데?"

"나도 처음 듣는 회사라. 신생이래. 아마 너도 잘 모를 거야."

"그 클라이언트 믿을 만한 사람이야?"

"음……."

서하의 물음에 유경은 지웅을 떠올렸다. 응급실에서 소윤 언니의 모친을 바라보던 애틋한 눈빛. 그건 분명 진심이었다. 지웅의 그 눈빛이 떠오르자 유경은 잠시 숙연해졌다. 또라이도 맞고 이상한 사람도 맞지만, 죽은 사람 이름 들먹이면서까지 장난칠 나쁜 인간은 아니었어.

유경은 자신 있게 대답했다.

"응. 믿어도 돼."

"그래도 혹시 모르니까 내일 나랑 같이 가자. 회사까지 데려다줄게."

"알았어. 근데……."

"응. 왜?"

"너 미행당하고 있다고 했잖아. 혹시 저 사람들이야?"

유경은 길 건너 카페를 가리켰다. 그곳에는 검은 양복을 입은 사내들이 커피를 마시며 이쪽을 주시하고 있었다.

"미행 맞아? 완전 대놓고 따라다니던데?"

"일부러 저러는 거야. 나 열받으라고. 그 사람은 그게 특기거든."

"그럼 나 조만간 그분 만나겠네?"

"내가 최대한 막아 볼게. 근데 혹시 내가 막지 못하면, 그래서 그 여자 만나게 되면 나한테 꼭 연락해. 알았지?"

유경은 고개를 끄덕이며 서하의 어깨를 토닥였다.

"너무 걱정하지 마. 이 누나만 믿어."

유경의 너스레에 서하가 심각하던 표정을 풀고 웃었다. 녀석의 미소를 보자 유경도 한결 편해진 기분으로 미소를 지었다.

10.

네가 필요해

다음 날.

"저 건물인가 봐. 나 요기 앞에서 세워 주라."

유경이 차에서 내릴 준비를 하며 가방을 어깨에 멨다.

"저기 맞아?"

서하의 물음에 유경은 다시 핸드폰 내비게이션 어플을 확인했다.

"응. 저 건물 맞아."

갓길에 차를 세운 서하는 창밖을 내다봤다. 유경이 가리킨 빌딩을 올려다보던 서하의 표정이 굳었다. 그런 그를 의아하게 쳐다보던 유경은 시간을 확인하더니 바쁘게 움직였다.

"아, 미팅 시간 늦겠다. 나 갔다 올게. 이따 저녁에 보자."

유경이 서둘러 차에서 내렸다. 환한 미소로 손을 몇 번 흔들더니 유경이 빌딩 안으로 달려 들어갔다.

유경의 뒷모습을 지켜보던 서하는 고개를 돌려 명성자동차 로고가 걸린 빌딩을 응시했다.

'왜 이렇게 불안하지?'

서하는 애써 불안한 마음을 억누른 채 차를 출발시켰다.

얼마나 달렸을까.

끼이익—

잘 달리던 차를 갑자기 갓길에 세운 서하의 표정이 심각해졌다.

'아까 사진 속 남자 있잖아. 내 후배가 소개해 준 클라이언트인데…….'

문득 어제 중국집에서 유경이 했던 말이 떠오른 것이다. 뭔가 불길한 기분에 휩싸인 서하는 곧장 핸드폰을 꺼내 저번에 최은설이 보낸 사진을 띄웠다. 사진 속 남자의 뒷모습을 최대한 확대했다.

사진을 응시하던 서하의 표정이 점차 서늘하게 변하더니 이내 주먹으로 핸들을 쾅, 내리쳤다.

"이 새끼 서지웅이잖아."

"스톱."

지웅의 낮은 목소리가 스피커를 타고 강당 안을 울렸다. 사원들의 시선이 일제히 무대 중앙 가장 앞자리에 앉아 있는 지웅에게로 향했다.

지웅은 무대 위에서 발표를 하고 있는 박 팀장을 노려보더니 최 비서가 대 주고 있던 마이크를 아예 뺏어 들었다. 그러곤 박 팀장을 향해 말했다.

"박 팀장, 다음 주에 M연구소 가서도 이따위로 할 거야?"

"네?"

프레젠테이션을 진행하던 박 팀장은 당황한 나머지 들고 있던 레이저 포인터로 지웅의 얼굴을 마구 쏘아 댔다. 지웅의 심기가 더욱 불편해졌다.

"이런 쓰레기 같은 내용으로 그 머리 좋은 양반들 설득해서 계약서에 사인받아 올 수 있겠냐고!"

"노, 노력하겠습니다."

"노력? 그거 내가 제일 싫어하는 말이야. 노력은 때때로 배신을 때리거든. 박 팀장이 밤낮 야근하고 코피 쏟으면서 노력한다고 한들, 이번 계약이 성사될 수 있을까? 몇 퍼센트 예상하는데?"

"네?"

"이번 계약이 성사될 가능성이 몇 퍼센트냐고!"

"그게…… 팔십 퍼……센트 정도? 아니, 팔십오 퍼센트?"

지웅의 살벌한 표정을 마주한 박 팀장은 거의 울먹거리며 수치를 점점 높였다.

"구…… 구십 퍼센트요!"

"그럼 다시 질문. 박 팀장이 이번 달 안에 해고당할 확률은?"

"!!"

"내가 장담하는데, 백 퍼센트야. 그러니까 빠른 시일 내에 이직할 데 알아봐."

수십 명이 쳐다보고 있는 자리에서 부하 직원을 밟아 버리는 사장의 무자비함에 직원들은 치를 떨다가도, 지금 밟히고 있는 게 자신이 아니라는 사실에 안도의 한숨을 내쉬었다.

"최 비서. 기획본부장 연락해서 당장 발표자 바꾸라 해."

옆에 있던 최 비서가 화들짝 놀라며 작게 속삭였다.

"사장님. 박 팀장 정도면 프레젠테이션 매우 잘하는 편이에요. 또 왜 그러세요?"

왜 괜한 걸로 트집을 잡느냐고요! 최 비서가 죽을상을 하고 지웅을 쳐다봤다.

하지만 지웅은 자신의 잘못을 절대 인정하지 않았다. 오히려 큰소리쳤다.

"저게 잘하는 거야? 회사에 그렇게 인재가 없어?"

"그거야 사장님이 바로 밑에서 잡아먹을 듯이 쳐다보고 있으니까 그러죠. 그렇게 무섭게 쳐다보는데 말 안 더듬고, 안 떨고, 발표 끝까지 할 수 있는 사람이 어디 있어요. 아마 우리 회사엔 없을걸요?"

"없으면 만들어서라도 와. 이번 계약 백 퍼센트 성사시킬 수 있다고 자신 있게 말할 수 있는 발표자 찾아 오라고."

"어휴……."

말이 안 통한다. 최 비서가 길게 한숨을 내쉬자, 지웅이 째려봤다.

"너 지금 한숨 쉴 때가 아닐 텐데? 이번 계약이 나한테 얼마나 중요한지 몰라? 나 이번에 승진 못 하면 너 해고해 버릴 거야."

"……."

"어쭈. 왜 대답이 없냐? 아, 해고당하고 싶구나? 그럼 말을 바꿔야겠네. 나 이번에 승진 못 하면 너 죽을 때까지 안 놔줄 거야. 최생록은 평생 내 비서만 하다 인생 쫑 나는 거지."

"발표자 찾아보겠습니다."

최 비서가 깍듯이 대답했는데, 지웅의 기분이 묘하게 나빴다. 이럴 땐 눈치가 빠른 최 비서가 잽싸게 말을 돌렸다.

"다음 주 미팅에 황 박사님 제자분도 같이 참석하신답니다."

"같이 연구했다는 그 제자?"

"네. 아무래도 계약은 쉽게 성사될 것 같은데요? 그쪽에서 먼저 미팅을 제안한 것도 그렇고."

"그 제자라는 사람 말이야. 누군지 알아봤어?"

"알아볼까요?"

"넌 꼭 내가 시켜야 하더라? 그런 건 미리미리 알아봤어야지."

지웅이 탐탁지 않은 눈빛으로 쏘아보자, 최 비서는 지웅의 시선을 피해 자리에서 냉큼 일어나 마이크에 대고 '이상 마치겠습니다.' 라는 말과 함께 공포의 세미나를 종료시켰다.

지웅이 자리에서 일어나자 직원들이 그의 눈을 피하며 딴청을 피우기 바빴다. 그 모습을 한심하게 쳐다보던 지웅이 가장 먼저 강당을 나왔다. 최 비서를 비롯해 직원들이 지웅의 뒤를 줄줄이 사탕처럼 길게 따라갔다.

지웅은 주머니에 손을 꽂은 채 터벅터벅 로비를 가로질러 엘리베이터로 향하고 있었는데.

"사장님?"

최 비서가 두 눈을 동그랗게 뜨고 지웅을 불렀다. 멀쩡하게 잘 걸어가던 지웅이 갑자기 로비 가운데 놓인 실사 크기의 자동차 모형 뒤로 몸을 숨긴 것이다.

"사장님! 가, 갑자기 왜 그러세요?"

최 비서를 비롯한 열댓 명의 직원들도 얼떨결에 지웅을 따라 모형 뒤로 숨었다.

"조용."

이 양반이 요새 진짜 왜 이러는 거야! 최 비서는 미치고 팔짝 뛸 노릇이었다.

같이 모형 뒤로 숨은 직원들이 수군거리자, 최 비서는 상사의 체면을 살리기 위해 얼른 수습에 나섰다. 최 비서는 주차 요원처럼 현란한 손동작으로 직원들을 향해 가시던 길 가시라고 친절히 안내했다.

덕분에 의아한 표정으로 지웅을 보던 직원들은 최 비서의 안내에 따라 모형 뒤에서 나와 각자 사무실로 흩어졌다.

최 비서는 안도의 한숨을 내쉬다가 지웅을 원망스레 쳐다봤다.

"도대체 요즘 왜 그러세요?"

하지만 지웅은 최 비서의 말이 전혀 귀에 들어오지 않았다. 그는 지금 엄청난 집중력을 발휘하며 창밖을 응시하는 중이었다.

회사 앞 갓길에 세운 차에서 유경이 내렸고, 유경은 운전자를 향해 밝은 미소로 손을 흔들고 있었다. 선팅이 짙어 운전자의 얼굴이 보이진 않았지만, 유경의 표정이나 행동을 유추해 봤을 때 운전자는 남자 친구가 확실했다.

눈꼬리가 휘어지게 웃고 있는 유경을 빤히 쳐다보던 지웅은 괜히 속이 뒤틀렸다.

"어쭈, 웃어? 나한텐 맨날 소리 지르고 화만 내더니."

옆에서 지웅의 중얼거림을 들은 최 비서가 지웅을 따라 창밖으로 시선을 돌렸다. 그곳엔 유경이 있었다. 마침 유경이 건물 안으로 들어왔고, 최 비서는 아차 싶었다.

"아, 맞다. 우유경 씨랑 오늘 계약서 작성하기로 했는데."

"그걸 왜 이제 얘기하냐?"

"회의 준비로 정신이 없……. 죄송합니다."

지웅의 따가운 눈초리에 최 비서가 얼른 사과했다.

"잘해. 저 여자 도장 꼭 찍게 만들라고."

"알겠습니다."

"아, 그리고 남자 친구 뭐 하는 사람인지 물어봐."

"초면에요?"

"왜? 안 돼?"

"도장 찍게 만들라면서요. 그건 도망가게 만드는 건데."

"그럼 도장 찍고 물어보면 되잖아. 꼭 물어봐. 알았지?"

"……네."

최 비서가 억지로 대답하는 사이, 지웅의 시선은 엘리베이터에 올라타고 있는 유경에게로 향했다.

계약서를 정독하던 유경은 크게 문제가 없어 보이자, 믿기지 않는 듯 고개를 갸웃했다. 옆에서 지켜보던 최 비서가 슬그머니 물었다.

"마음에 안 드는 조항이라도 있으세요?"

"아니요. 계약서가 엄청 정직해서요. 애매한 단어도 없고. 딱 좋아요."

"하하. 그렇죠? 사실 그게 제 전문이거든요."

지웅의 뒤치다꺼리를 하며 운전하는 일보다, 사무실에 앉아 서류 작업 하는 게 더 적성에 맞는 최 비서였다.

"근데 여기 계약금으로 오백만 원을 지급한다고 되어 있는데, 이건 삭제해 주세요. 서지웅 씨한테도 말했지만, 돈은 안 받기로 했거든요."

"돈을 안 받으신다고요? 왜요? 일을 했으면 당연히 노동의 대가를 받으셔야죠."

"그래도 이건 액수가 너무 큰데……."

"그 정도 값어치 있는 영상을 만드시면 되죠. 완성된 영상 퀄리티에 따라 인센티브도 드릴 생각이에요."

"인센티브요?"

뭔가 엄청 파격적인 제안이었다. 아직 신생이라 대표가 이 바닥의 생리를 잘 모르나? 영상 하나 제작하는 데 무슨 계약금을 오백만 원이나 주는 데가 어디 있어.

유경은 대표라는 남자를 흘끔 보며 생각했다. 수더분한 인상의 최 대표는 지웅과 달리 참 선해 보였다. 깔끔한 계약서를 봐도 그렇고, 멀끔하게 차려입은 정장도 그렇고, 사람을 대하는 태도와 매너까지. 아무리 봐도 최 대표는 이쪽 업계에서 일하는 사람처럼 보이지 않았다.

겉모습만 봤을 땐 딱 회사원인데. 그게 결코 나쁜 의미는 아니었다. 오히려 유경은 그래서 더 최 대표가 마음에 들었다. 같이 일하는 동안 크게 싸울 일은 없겠다는 생각이 들었기 때문이다.

"하하. 제 얼굴에 뭐가 묻었나요?"

최 비서가 유경을 의식하며 자신의 얼굴을 매만졌다. 그러자 곰곰이 생각에 잠겨 있던 유경이 입을 열었다.

"대표님. 아무래도 계약서는 수정해 주셔야 할 것 같아요. 돈은 안 받는 걸로 할게요. 대신 돈 많이 받은 것처럼 퀄리티 좋은 영상 만들 거예요. 그럼 됐죠?"

"그래도 그렇지, 그냥 받으시지. 저도 어차피 서지웅 씨한테 받은 돈 유경 씨랑 나눠 갖는 건데."

"그러니까요. 그래서 안 받을래요. 서지웅 씨 돈."

최 비서는 지웅의 돈은 절대 받지 않겠다고 말하는 유경을 이겨 낼 재간이 없었다. 결국, 최 비서는 계약서를 수정해 다시 프린트해 왔다.

"이렇게 수정하면 될까요?"

"잠시만요."

다시 꼼꼼하게 계약서를 살펴보던 유경은 다부진 얼굴로 준비해 온 도장을 꺼냈다. 그러자 최 비서가 환하게 웃으며 잘 생각하셨다고, 앞으로 잘해 보자고 주저리주저리 떠들고 있는데 도장을 찍으려던 유경이 멈칫했다. 그러곤 의심스러운 눈초리로 물었다.

"근데 사무실이 왜 명성자동차 본사 안에 있어요?"

"네?"

최 비서가 침을 꼴깍 삼켰다. 알고 보니 이 여자, 의심이 엄청 많았다.

"좀 이상하잖아요. 제작사 사무실이 대기업 본사 건물에 있다는 게."

찻잔을 잡은 최 비서의 손이 떨렸다. 도장 찍기 전까진 자신이 누구인지 절대 들켜선 안 된다고 지웅이 신신당부했었는데, 이를 어쩌면 좋지?

"아…… 그게, 그러니까, 그…… 사실 제가 여기 높으신 분이랑 형님 동생 하면서 지내는 사이인데, 사무실 없다고 하니까 당분간 여기 쓰라고 하셔서……."

"그러시구나. 대표님 인맥이 참 좋으시네요."

그녀는 의심이 많았지만, 그다지 깊진 않았다. 유경은 사무실 안을 둘러보며 감탄사를 연발했다.

"오오. 컴퓨터도 그렇고 책상도 다 새거네."

"네! 새로 다 준비했어요. 유경 씨도 앞으로 이 사무실에서 작업하시면 돼요."

"그래도 돼요?"

"그럼요. 그리고 이건 나중 일이긴 한데……."

"네. 말씀하세요."

"제가 영화 제작에도 관심이 많거든요."

"정말요? 저도 지금은 어쩔 수 없이 이런저런 영상을 만들며 돈을 벌고 있지만, 사실 영화감독이 꿈이거든요."

"잘됐네요. 저희 회사에서 지금 사려고 하는 판권이 하나 있는데,

혹시 유경 씨만 괜찮으면 같이 진행해 보는 건 어떠세요?"

"어떤 판권인데요?"

"추리 소설인데요. 「피어싱」이라고."

"네?"

유경이 화들짝 놀랐다.

"지금 그 작품 판권 사려고 작가랑 접촉 중이에요. 근데 작가가 엄청 까다롭더라고요."

"아……."

그렇죠. 그 녀석이 까다롭긴 하죠. 그 까다로운 원작자가 내 남친이라고 말할 수도 있었지만, 유경은 말을 아꼈다.

「피어싱」은 빅토리 같은 유명 제작사에서도 탐내는 작품이었다. 그런데 괜히 저 때문에 이런 신생 회사에 발목 잡히게 만들고 싶지 않았다. 유경은 도장 뚜껑을 열며 말을 돌렸다.

"영화는 일단 강소윤 씨 영상부터 잘 만들어 내고 그다음 얘기하시죠. 도장은 여기 찍으면 되나요?"

유경이 드디어 도장을 찍었다. 겨우 한 고비 넘긴 최 비서에게 더 큰 고비가 남아 있었다.

"유경 씨, 근데……."

최 비서가 머뭇거렸다. 지웅의 지시가 귓가에 계속 맴돌았다.

'아, 그리고 남자 친구 뭐 하는 사람인지 물어봐.'

갑자기 물어보면 엄청 이상한 놈으로 볼 텐데. 최 비서가 고민하고 있는데, 유경이 먼저 질문을 던졌다.

"근데 최 대표님은 서지웅 씨랑 어떻게 아는 사이세요?"

"네? 사이요? 그분과 저는 뭐랄까……. 가깝고도 먼……."

순발력이 다소 떨어지는 최 비서는 식은땀을 삐질 흘리며 말을 잇지 못했다.

"별로 안 친하신가 봐요?"

"네! 절대 안 친합니다. 이번 일도 돈 때문에 어쩔 수 없이 하는 거예요. 저는 힘없는 신생 제작사 대표니까."

"그러시구나. 다행이다. 그럼 이 회사에서 서지웅 씨를 마주치거나 뭐 그럴 일은 없겠죠?"

"네? 네……."

양심에 찔리지만 어쩔 수 없었다. 서지웅이 바로 당신 머리 위, 15층에 있다는 말을 꺼내는 순간 그녀는 당장 계약서를 찢어 버릴 것만 같았다. 최 비서는 슬며시 손을 뻗어 계약서를 챙겼다.

"근데 유경 씨는 서지웅 씨를 별로 안 좋아하시나 봐요? 뭐, 저도 딱히 좋아하는 편은 아니지만……."

"네. 별로예요. 굳이 말하자면 싫어하는 쪽에 가깝죠."

"왜 싫으신데요?"

"제멋대로잖아요. 세상이 온통 자기중심으로 돌아가는 사람이에요, 그 사람은. 그래서 싫어요."

"아…… 그렇죠. 그렇긴 하죠."

고개를 끄덕이던 최 비서는 유경과 함께 열심히 서지웅의 뒷담화만 해 대다가 남자 친구 질문은 깡그리 잊고 말았다.

서하는 당장 차를 돌려 유경을 데리고 와야겠다는 생각을 했다. 하지만 강소윤에게 고마운 것이 많다며 영상을 꼭 잘 만들어 내고 싶다고 말하던 유경이 떠오르자 쉽게 움직일 수가 없었다. 게다가 이 사진 속 남자가 진짜 서지웅이 맞는지 확인이 필요했다.

서하는 오영의 번호를 찾아 통화 버튼을 눌렀다.

— 오, 채서하. 너 마침 전화 잘했다. 내가 지금 니 메일로 시나리오 하나 보낼 테니까 피드백 좀 해 주라.

"선배."

— 무섭게 또 왜 그래. 난 니가 그런 목소리로 부를 때마다 심장이 막 가출할 것 같아.

"혹시 선배가 우유경한테 서지웅 소개시켜 줬어?"

— 어? 응! 마침 지웅이 형이 영상 제작해 줄 사람 구하고 있어서…….

"알았어. 끊어."

확인을 마친 서하가 전화를 매몰차게 끊어 버렸다. 그렇지 않아도 생모 때문에 심란해 죽겠는데, 엎친 데 덮친 격으로 서지웅까지 화를 보탰다. 그 집 사람들과 더는 얽히고 싶지 않았던 서하의 마음이 복잡했다.

그런데 그때 핸드폰이 진동했다. 확인하나 마나 그 여자일 것이다.

서하는 무시하고 재빨리 차를 출발시키려고 하는데, 누군가 차창을 두드렸다. 며칠간 계속 서하의 뒤를 쫓아다니던 남자였다.

서하가 창문을 내리자 남자가 핸드폰을 불쑥 내밀며 말했다.

"사모님입니다. 안 받으면 우유경 씨 가만 안 두겠다고 전하라고 하셨습니다."

남자의 협박에 서하는 억지로 화를 눌러 참으며 말했다.

"내가 직접 걸죠."

서하는 핸드폰을 들어 통화 버튼을 눌렀다. 신호음이 몇 번 울리지도 않고 상대방의 목소리가 들렸다.

— 채서하!

"용건이 뭔데."

— 니가 덕희 딸을 왜 만나? 설마…… 아니지? 그냥 서로 알고 지내는 사이지? 얘! 왜 아무 말도 안 하니? 내가 우유경 걔를 직접 만나서 물어볼까?

"유경이 찾아가기만 해 봐."

— 찾아가면 뭐 어쩔 건데!

"그럼 나도 찾아갈 거야. 어디로 갈까? 한남동? 아니면 명성그룹 32층?"

한남동은 서 회장의 저택이었고, 명성그룹 32층은 회장실이었다.

— 너 갑자기 왜 이래? 어쩐지 요새 좀 이상하다 했어. 이게 다 그 계집애 때문이지?

"한남동으로 갈게."

— 오긴 어딜 와! 회장님 오늘 일찍 들어오신댔어. 너 오면 안 돼.

"갈게. 기다려."

서하는 핸드폰을 끊고 조수석 의자에 내던졌다. 그러곤 곧장 차를 출발시켰다. 도로를 질주하며 서하는 다짐했다.

오늘 반드시 생모 윤성희와의 관계를 완전히 끊어 버리겠다고.

화장대 앞에 앉은 윤성희의 표정이 초조했다. 그녀는 손에 쥔 핸드폰이 울리자 재빨리 전화를 받았다.

"놓쳤다고? 아마 이쪽으로 오고 있을 거야. 당장 막아! 무슨 수를 써서라도!"

윤성희가 격앙된 목소리로 소리치고 있는데, 노크 소리와 함께 메이드가 들어왔다.

"사모님. 누가 찾아오셨습니다."

윤성희가 화들짝 놀라 거실로 나갔다. 인터폰 화면에 뜬 서하의 얼굴을 보자마자 윤성희가 기겁했다.

"따라오지 마세요."

윤성희는 메이드의 걸음을 저지하고 홀로 외투를 걸치고 밖으로 나갔다. 마당을 지나 대문을 열고 나오니 서하가 떡하니 서 있었다.

윤성희가 서하의 팔을 잡아끌었다. 하지만 서하는 꿈쩍도 하지 않았다.

"너 미쳤어? 여기가 어디라고 와! 빨리 가. 가라니까!"

서하는 자신의 옷을 마구 잡아당기며 어떻게든 쫓아내려고 안간힘을 쓰는 윤성희를 냉소적인 눈빛으로 쳐다봤다.

"앞으로 내 일에 간섭하지 않겠다고 약속해."

"알았어! 알았으니까 어서 가라고!"

윤성희가 연신 골목을 흘끔거리며 서하를 끌어당겼다. 서하는 모친이 잡은 팔을 뿌리치며 차갑게 말했다.

"그렇게 소원이면 갈게. 대신 당신도 내 앞에 두 번 다시 나타나지 마."

"뭐? 나타나지 마? 너 진짜 너무하는구나. 그래도 내가 니 엄만데……."

"내 어머니는 윤숙영 한 분이야."

"……."

윤성희의 입술이 파르르 떨렸다. 뭔가 할 말이 많은 눈빛으로 아들을 보던 윤성희가 경악했다. 골목에 들어선 서 회장의 차 때문이었다.

빠른 속도로 달려온 차는 어느새 서하와 윤성희 앞에 멈춰 섰다. 그리고 그 차에서 서 회장이 내렸다. 이미 타이밍을 놓쳐 어디 숨을 수도, 도망갈 수도 없는 상황이었다.

"당신, 왜 나와 있어? 옆에는 누구?"

서 회장이 윤성희 옆에 있는 서하를 호기심 가득한 눈빛으로 쳐다봤다. 놀란 표정의 윤성희가 얼른 포커페이스를 되찾곤 미소 지으며 바로 대답했다.

"조카예요. 저희 언니 아들."

"그래? 근데 왜 밖에서 이러고들 있어? 들어갑시다. 자네도 들어와요."

서 회장이 서하를 향해 말했다. 그러자 윤성희가 얼른 두 사람 사이를 가로막았다.

"조카는 급한 일이 있어서 바로 가 봐야 한대요. 얘, 얼른 회장님께 인사드리고 가 보렴."

윤성희가 고개를 돌려 서하를 향해 제발 살려 달라는 눈빛을 보냈다. 그런 윤성희를 무표정한 얼굴로 빤히 쳐다보던 서하는 이내 고개를 돌려 서 회장을 바라봤다.

'이렇게 생겼구나. 나의 생물학적 아버지는.'

역시, 아무런 감흥이 없었다.

하지만 서 회장은 달랐다. 저를 응시하는 서하의 눈빛이 영 마음에 걸렸다. 서하가 아무 말 없이 서 있자, 서 회장이 먼저 말을 걸었다.

"만나서 반가웠네. 급한 일이 있다고? 어서 가 봐요."

"아니요. 급한 일 없습니다."

서하의 발언에 윤성희가 이제 다 끝장났다는 듯 두 눈을 꽉 감아버렸다. 그런 윤성희를 응시하던 서하는 서 회장을 향해 차분한 목소리로 말했다.

"회장님께 드릴 말씀이 있습니다."

서하의 눈빛엔 전혀 흔들림이 없었다.

최 비서가 사장실에 들어오자 지웅이 자리에서 벌떡 일어났다.

"갔어?"

"네. 갔습니다. 근데 우유경 씨가 돈은 안 받겠다고 하네요. 여기 계약서요."

최 비서가 내민 계약서를 받아 든 지웅은 대충 훑어보더니 책상 위에 던지듯 내려놓았다. 그가 지금 궁금한 건 따로 있었다.

"남자 친구 뭐 하는 놈이래?"

"아! 까먹었어요. 죄송해요."

"인마. 그거 하나 시켰는데 그걸 까먹고 와?"

그거 궁금해서 업무도 제대로 보지 못하고 최 비서만 기다렸던 지웅은 김이 팍 샜다.

"사장님, 지금 그게 문제가 아니에요."

"아니야. 난 그게 문제야."

"회장님 호출이십니다. 당장 댁으로 가셔야 할 것 같습니다."

"노인네, 이 시간에 집은 왜 오라는 거야."

지웅은 투덜거리면서도 곧장 외투를 걸쳤다. 그 모습을 최 비서가 멀뚱히 보고 있자, 지웅이 괜히 멋쩍어 변명하듯 말했다.

"나 아버지 하나도 안 무서워. 지금은 그저 원하는 걸 얻기 위해 몸을 낮추고 있는 것뿐이야. 내가 회장 되면 최 비서도 좋잖아. 월급 올라가니까."

"하하. 그러게요. 사장님 꼭 승진하셔야겠네요. 제 월급을 위해서라도."

"그래서 우유경은 언제부터 출근한대?"

기, 승, 전, 우유경.

이쯤 되니 최 비서는 지웅이 무섭기까지 했다. 아주 빠른 속도로 유경에게 빠지고 있는, 아니 이미 빠져서 허우적대는 지웅을 최 비서가 안타깝게 쳐다봤다.

사실 얼마 전까진 저러다 말겠지, 했다. 어차피 지웅은 돈과 사랑 중 택하라고 하면 돈을 택할 사람이었다. 5년 전 강소윤이 아닌 명성자동차 사장 자리를 택한 것처럼. 그래서 이번에도 크게 다르진 않을 거라고 생각했는데, 아무래도 자신의 예상이 빗나간 것 같다.

최 비서는 착잡한 마음을 애써 숨긴 채, 지웅과 함께 주차장으로 내려갔다.

서 회장의 저택 안.

“서하 군은 아직 나이도 어린데 아주 대단한 능력을 가졌네. 어려워 말고 편하게 차 마시게.”

서 회장이 호탕하게 웃으며 서하를 향해 차를 마시라는 제스처를 취했다.

서하가 차를 마시며 눈으로 넓은 거실을 둘러보다가 윤성희와 시선이 마주쳤다. 윤성희는 언제 터질지 모를 시한폭탄을 안고 있는 기분으로 아들을 바라봤다.

“그러니까 황 박사가 말하는 제자가 자네였단 말이지?”

서하를 향한 서 회장의 관심이 점차 고조되고 있었다. 두 사람은 꽤 말이 잘 통했다. 자동차 이야기만 벌써 30분째 했는데, 서 회장은 전혀 지루해하지 않았다.

하지만 그 모습을 바라보는 윤성희의 마음은 결코 편하지 않았다.

언제 서지웅이 들이닥칠지 모르는 상황이었다. 그 전에 빨리 서하를 내보내야 한다. 윤성희가 손톱을 깨물며 초조해했다.

"그럼 서하 군은 지금 무슨 일을 하고 있지?"

"현재는 백수나 다름없습니다. 카이스트도 졸업한 걸로 아시는데, 저 거기 예전에 중퇴했어요."

"허. 어째서 이런 인재가 백수가 됐을까? 잘 다니던 학교도 그만두고."

서 회장이 실망한 기색을 내비치자, 조용하던 윤성희가 황급히 나섰다.

"여보, 얘 백수 아니에요. 서하가 지금 농담하는 거예요. 얘 직업이 뭐냐면, 당신이 얼마 전에 재밌게 읽은 소설……."

"아버지 저 왔습니다."

윤성희가 서하의 직업을 오픈하며 두둔하려던 찰나, 하필 지웅이 등장했다. 서 회장이 지웅을 반겼다.

"지웅이 어서 와서 인사해. 여긴 채서하 군."

"채서하?"

지웅은 서 회장의 왼편에 앉아 있는 서하를 뒤늦게 발견하곤 표정이 굳어졌다.

'저 자식이 왜 여기 있지?'

지웅의 궁금증을 해결해 준 건 서 회장이었다.

"서하 군이 우리가 관심 있어 하던 그 촉매 기술을 황 박사와 공동으로 연구한 제자라고 하더구나."

황 박사님이 말한 제자가 이 자식이라고? 지웅이 실소를 터뜨리며 소파에 털썩 앉았다.

"이 사람 조카라니까 서로 친하게들 지내."

"윤성희 씨 조카라면 더더욱 친하게 지낼 수 없을 것 같은데요?"

지웅이 비아냥거리자, 서 회장이 얼굴에 불편한 심기를 잔뜩 드러냈다. 하지만 지웅은 계속했다.

"제가 윤성희 씨랑도 안 친한데, 그 조카랑 어떻게 친하게 지내요. 안 그래요? 윤성희 씨?"

지웅이 계속 조롱하는 어투로 윤성희를 향해 말했다. 하지만 윤성희는 아무런 대꾸도 하지 않았다.

서하는 자신의 앞에서와는 사뭇 다른 생모를 허무한 눈빛으로 쳐다봤다. 그러자 윤성희가 서하의 시선을 피하며 차를 마셨다.

서하가 허탈한 듯 웃어 버렸다. 이 집에서 어떤 취급을 받으며 살고 있을지 대충 예상은 했지만, 실제로 마주하니 서하의 기분이 이상했다.

"어이, 그럼 다음 주에 황 박사님이랑 같이 나온다던 제자가 너냐?"

지웅의 다음 공격 대상은 서하였다.

"와, 미치겠네. 이 상황을 내가 어떻게 받아들이면 될까? 이게 다 우연이라고?"

그러니까 정리를 해 보면, 내가 갖고 싶어 하는 소설 판권의 주인도 채서하. 내가 가져야 하는 기술 특허를 소유하고 있는 것도 채서하라는 건데. 이게 말이나 돼? 지웅은 너무 황당해서 웃음밖에 나오지 않았다.

그러다가 서로 멀찍이 떨어져 앉은 서하와 윤성희가 눈에 들어왔다. 두 사람의 얼굴을 번갈아 가며 보던 지웅은 쌔한 기분이 들었다.

'닮았어…….'

그래, 이러면 또 말이 되지. 지웅은 재미난 장난감이라도 발견한 듯 웃으며 서하를 똑바로 쳐다봤다. 서하도 그 시선을 피하지 않았다.

두 사람의 기싸움이 한창이던 그때.

"서지웅, 손님 앞에서 지금 뭐 하는 게야!"

서 회장이 지웅을 나무랐다. 그러자 지웅은 여유로운 자태로 다리를 꼬더니 팔짱을 꼈다.

"반가워서 그래요. 반가워서. 우리가 구면이거든요."

"구면이면 이렇게 예의 없게 굴어도 되는 건가?"

서하가 싸늘한 목소리로 말했다. 갑자기 서하의 눈빛이 냉랭해지자, 서 회장이 서둘러 말을 돌렸다.

"서하 군. 아까 내게 할 얘기가 있다고 하지 않았나? 아직 그 얘기는 못 들은 것 같은데."

서하는 지웅을 한 번 응시하더니, 서 회장 쪽으로 시선을 돌렸다.

"괜찮으니 어서 말해 보게."

"아무래도 명성자동차와의 협업은 불가능할 것 같습니다."

"그게 무슨 말인가?"

"이미 외국계 자동차 회사와 기술 판매를 놓고 협의 중이거든요."

"거기가 어떤 회산가?"

"서지웅 사장님이 서킷에서 신나게 즐기던 스포츠카를 만든 회사죠."

서하의 도발에 서 회장과 지웅의 표정이 단번에 굳어졌다. 반면 서하는 여유로운 미소를 지으며 지웅을 쳐다봤다.

"서킷에 있는 차량 절반 이상이 수입한 차들이던데."

할 말이 없어진 지웅의 아래턱에 힘이 잔뜩 들어갔다.

"제가 그 서킷에서 명성자동차의 미래를 봤거든요. 아주 어둡더라고요. 그게 제가 명성자동차랑 협업하지 않겠다고 결정한 가장 큰 이유입니다."

"뭐라?!"

소파 손잡이를 잡은 서 회장의 손이 분노로 부들부들 떨리고 있었다. 그를 본 윤성희의 얼굴이 하얗게 질렸다.

소름 끼치도록 고요한 정적이 흘렀다. 서하는 그 무거운 정적 속에서도 태연히 자리에서 일어났다.

"그럼 제 용건은 다 끝났으니 먼저 일어나 보겠습니다."

서하의 말에 대꾸하는 이는 아무도 없었다. 서하는 서 회장을 향해 고개를 숙여 인사했다. 처음이자 마지막으로.

"안녕히 계세요. 회장님. 그리고…… 이모님."

마지막 말은 윤성희를 보며 했다. 그렇게 서하는 그곳을 빠져나갔다.

쾅! 쨍그랑.

서하가 나가자마자 서 회장이 찻잔을 바닥으로 내던졌다. 유리 파편이 사방으로 튀었다. 서 회장이 고함을 치듯 지웅을 불렀다.

"서지웅!"

지웅이 잔뜩 귀찮은 표정으로 대답했다.

"네."

"저 자식 반드시 꿇어앉혀."

"당연하죠. 아버지가 말씀하시지 않아도 그럴 생각이었습니다."

지웅과 서 회장의 대화를 들은 윤성희는 자꾸만 구겨지려는 표정을 애써 숨겼다.

"감히 어디서 주제도 모르고 내 회사와 내 아들을 무시해?"

"여보, 걔가 아직 어려서……."

"당신은 나서지 마! 내 이참에 당신 조카 교육을 아주 제대로 시켜 줄 테니."

처참한 심정으로 고개를 숙이고 있던 윤성희를 향해 지웅이 말했다.

"근데 조카분이 이모를 참 많이 닮았던데?"

지웅의 말에 고개를 번쩍 든 윤성희의 입술이 작게 떨렸다.

서하는 연구실에 먼저 들러 황 박사에게 자초지종을 설명하고 다음 주 미팅을 취소시켰다. 그리고 잔뜩 지친 얼굴로 집으로 돌아왔는데, 현관문을 열자 신발장 앞에 놓인 하이힐이 제일 먼저 보였다.

우당탕탕. 콰르르르쾅.

거실에서 요란한 소리가 들렸다. 윤성희가 와인을 병째 마시며 테이블 위 장식품들을 손으로 쓸어 버렸다. 집에 있는 서하의 물건들을 모조리 다 망가뜨릴 기세였다. 심지어 작업실에서 노트북을 들고 나오더니 있는 힘껏 바닥으로 내던졌다.

쾅!

서하가 괴물이 되어 버린 생모에게 눈길도 주지 않고 다시 밖으로 나가려고 하는데.

퍽! 쨍그랑.

윤성희가 마시고 있던 와인병을 현관을 향해 집어 던졌다. 유리 파편과 함께 적색 와인이 사방으로 튀었다. 서하의 얼굴에까지.

"니가 다 망쳤어! 니가 내 인생을 다 망쳐 버렸다고!"

윤성희가 고함을 질렀다.

생모를 차가운 눈빛으로 쳐다보던 서하는 얼굴에 묻은 와인을 손등으로 닦아 냈다. 하지만 아무리 닦아도 붉은 액체가 계속 흘러내렸다. 그건 와인이 아니라 피였다. 유리 파편이 스치고 지나간 자리에서 피가 흘렀다. 대리석 바닥 위로 빨간 피가 뚝뚝 떨어졌다.

피 흘리는 아들은 보이지 않는지 윤성희가 악다구니를 써 댔다.

"20년 넘게 내가 어떤 마음으로 그 집에서 버텼는지 알아? 다 널 위해서, 내가 정말 악착같이 버티고 또 버텼는데……."

악에 받쳐 소리 지르는 윤성희를 서하가 싸늘하게 쳐다보며 말했다.

"날 위해서라고? 웃기지 마. 쓰레기보다 못한 취급을 당하는, 그런 시궁창 인생을 선택한 건 당신이야."

"뭐라고? 쓰레기?"

"그래. 오늘 보니 확실히 알겠던데? 그 집에서 당신이 어떤 위치의 사람인지."

"너 어떻게 엄마한테 그런 말을……."

"더한 말도 할 수 있어. 그러니까 당장 내 집에서 나가! 주거침입죄로 신고해 버리기 전에."

"신고? 그래, 어디 한번 해 봐. 이 나쁜 놈! 너 같은 건 애초에 낳지 말았어야 했어!"

"……."

윤성희가 울분을 토해 내듯 격노했다. 하지만 서하는 태연하게 바닥에 떨어진 것들을 주우며 집을 정리하기 시작했다. 자신을 투명 인간 취급 하는 아들을 한껏 노려보던 윤성희는 그대로 밖으로 뛰쳐나갔다.

엉망이 된 거실에 홀로 남은 서하는 고개를 숙여 버렸다. 그의 뒷모습이 한없이 쓸쓸해 보였다.

그는 축 처진 어깨로 욕실로 향했다. 세수를 하고 고개를 든 서하는 거울 속 자신의 모습을 바라봤다. 얼굴에 난 상처에서 피가 멈추지 않았다. 어느새 새하얀 세면대는 빨간 피로 물들고 있었다.

김 사장에게 알바비 입금했다는 연락을 받은 유경은 인터넷 뱅킹에 접속해 통장 잔고를 확인했다. 녀석에게 차인 줄 알고 매일 밤 눈

물 뚝뚝 흘리며 밤새 영상을 편집한 결과, 당분간 월세 걱정은 하지 않아도 될 거 같았다.

그럭저럭 돈은 벌었지만, 유경에겐 두 번 다신 돌아가고 싶지 않은 일주일이었다. 유경은 그 공포의 일주일이 자꾸만 떠오르자, 고개를 절레절레 흔들며 노트북을 펼쳤다. 계약서를 작성하고 납기일이 정해진 만큼, 이제 본격적으로 소윤의 영상을 만들어야 했다.

지이잉. 지이잉.

그런데 핸드폰 진동음이 열심히 일을 하려던 유경을 방해했다. 액정에 뜬 발신인은 우유성이었다.

유경은 시큰둥한 표정으로 전화를 받았다.

"왜."

— 나 돈 좀.

하여튼 이 인간, 돈 냄새 하난 기가 막히게 잘 맡는다니까. 내 통장에 돈 들어온 건 어떻게 알고 전화했지?

"내가 돈이 어딨어. 없어."

— 저번에 내가 채서하 통해서 준 십만 원 그거 내놔.

"뭐야. 그거 나 맛있는 거 사 먹으라고 줬다면서!"

— 나 진짜 급해서 그래. 그러지 말고 십만 원만 계좌로 보내 줘. 지금 서울로 친구네 집들이 가고 있는데, 선물 살 돈이 없다고.

"그럼 안 가면 되지. 돈도 없는데 왜 밖에 싸돌아댕겨?"

— 인마. 너 오빠한테 말버릇이 그게 뭐냐.

정색하는 유성의 목소리가 들리자, 유경은 괜히 주눅이 들어 사과했다.

"미안……. 십만 원만 보내면 돼?"

— 십오만 원.

"이 인간이 진짜! 갑자기 왜 오만 원이나 올려?"

— 너 지금 오빠한테 소리 질렀냐? 그럼 이십만 원.

이 날강도! 유경은 입을 꾹 다물었다. 입만 뻥긋해도 입금할 액수가 마구 올랐기 때문이다.

— 자, 그럼 10분 안에 입금해라.

이 인간 내 친오빠 맞아? 하다 하다 이젠 전화로 삥을 뜯냐.

신경질적으로 전화를 끊은 유경은 애써 마음을 다잡았다. 그래, 참자. 오늘 돈도 들어왔겠다, 오빠한테 한턱 쏘는 셈 치지 뭐. 통장 잔고를 떠올리니 유경의 마음이 절로 너그러워졌다. 순식간에 계좌 이체를 마친 유경은 다시 마음을 다잡고 노트북을 열었다.

3시간 후.

"벌써 시간이 이렇게 됐어?"

영상 콘티 작업 때문에 소윤이 출연한 영화를 보던 유경은 창밖으로 뉘엿뉘엿 저물어 가는 저녁 해를 보다가 시간을 확인했다. 살짝 어두워진 실내가 답답해서 일어나 불을 켰는데, 형광등이 무서운 속도로 깜빡거렸다.

"뭐야, 형광등 갈아야겠네."

유경은 일단 불을 끄고, 찬장에서 여분으로 챙겨 놓았던 형광등을 꺼냈다.

"으, 너무 높아."

문득 저번 날 형광등을 갈다가 의자에서 떨어져 바닥을 굴렀던 것이 떠올랐다. 유경은 최대한 조심하며 손을 뻗었다. 하지만 쉽지 않았다.

"이걸 어쩌지……."

고민에 빠져 있던 유경은 갑자기 녀석의 큰 키가 떠올랐다. 그래! 이럴 때 남친 찬스 쓰는 거지. 유경은 괜히 뿌듯해하며 핸드폰을 들어 녀석의 번호를 누르려고 하는데, 마침 밖에서 노크 소리가 들렸다.

"누구세요?"

유경이 달려가 현관문을 열자 서하가 나타났다. 유경이 활짝 웃으며 서하를 반겼다.

"오! 그렇지 않아도 전화하려고 했는데……. 근데…… 너 얼굴이 왜 그래? 다쳤어?"

유경은 녀석의 왼쪽 뺨에 붙은 반창고를 보더니 걱정스레 물었다. 유경의 물음에 녀석은 평소와 다를 거 없는 미소를 지으며 그녀를 바라봤다. 하지만 눈빛이 많이 흔들리고 있었다.

유경은 녀석의 얼굴을 응시하다가, 저도 모르게 손을 뻗어 반창고를 뜯었다. 생각보다 상처가 꽤 컸다. 순간 유경이 미간을 확 좁히며 화를 냈다.

"이거 누가 그랬어?"

누가 감히 이 잘생긴 얼굴에 흠집을 낸 거야! 유경이 씩씩거리고 있는데, 갑자기 녀석이 상체를 숙여 그녀의 입술에 기습 키스를 했다.

"읍!"

녀석은 유경의 허리를 끌어안고 안으로 들어갔다. 현관문이 소리를 내며 닫혔고, 현관 센서 등 아래에 선 두 사람의 입술이 맞붙었다.

"하아……."

유경은 숨을 쉬어야 할 포인트를 찾지 못하고 달뜬 숨을 내뱉었다. 맞붙은 입술 사이로 뜨거운 숨결이 오고 가며 키스는 더욱 농밀해졌다. 그렇게 몇 번이나 센서 등이 꺼졌다 켜졌다, 반복할 동안 입술은 더욱 깊게 얽혔다.

그녀의 뒷머리를 움켜잡고 키스에 집중하던 녀석이 갑자기 입술을 떼더니.

“하아……. 유경아…….”

서하가 거친 호흡을 몰아쉬며 유경의 이름을 불렀다. 얼굴이 발그레해진 유경은 대답 대신 숨을 고르며 녀석을 바라봤다. 그러자 녀석의 입술이 열렸다.

“나 오늘 너 안고 싶어.”

간절한 눈빛으로, 마치 절벽 끝에 내몰린 사람처럼 위태로운 얼굴로 녀석이 말했다. 딱 잘라 거절할 수 있는 분위기가 아니었다. 평소처럼 농담으로 얼버무리며 넘어갈 수 있는 상황도 아니었고.

유경은 녀석을 걱정스레 바라봤다.

“무슨 일 있었어?”

“말하자면 길어. 그래서 오늘 자고 가야 할 것 같은데…….”

다른 말이었지만 의미는 같았다. 녀석은 아무래도 오늘 졸업하려고 마음을 단단히 먹은 것 같다.

유경은 조금 전 키스의 여파로 입술도 눈빛도 촉촉해진 녀석의 얼굴을 넋을 잃고 바라보고 있는데.

“허락해 줘. 잘할게.”

자, 잘하다니 뭘? 유경은 얼굴에 열이 확 올라 새빨개졌다.

콩닥콩닥.

가슴이 세차게 뛰기 시작했다. 어떡하지? 사귄 지 얼마 되지도 않았는데 벌써? 이거 너무 빠른 거 아니야? 아니지. 내 나이에 지금 해도 빠른 건 아니긴 해.

사실 얼마 전부터 졸업시켜 달라며 분위기를 은근 야릇하게 만드는 녀석 때문에 어느 정도 마음의 준비는 하고 있어야겠다는 생각을 하긴 했는데……. 그게 오늘일 줄이야. 아참, 나 오늘 속옷 뭐 입었더라?

유경의 머릿속에 오만 가지 생각이 다 들었다.

그렇게 유경이 생각에 잠겨 망설이고 있는데, 갑자기 서하가 그녀의 뺨을 어루만지며 애틋하게 바라봤다.

"오늘 누가 그러더라. 나 같은 건 태어나지 말았어야 했다고."

"……."

복합적인 감정이 마구 뒤섞인 녀석의 눈빛은 매우 혼란스러워 보였다. 그 눈빛을 마주한 유경은 직감적으로 알 수 있었다. 녀석에게 그런 모진 말을 한 사람이 누구인지.

저번에도 느꼈지만, 생모 이야기를 할 때면 녀석은 꼭 이렇게 흔들렸다. 목소리도, 눈빛도, 마음도.

"사실 나도 그렇게 생각할 때가 많았어. 나 같은 건 이 세상에 필요 없는 존재라고."

"서하야……."

"그런데 오늘은 문득 니가 떠올랐어. 너라면 날 필요로 하지 않을까……. 그래서 왔어."

또 다른 말이었지만, 내용은 같았다. 날 좀 안아 줘.

"넌 돌려서 말하면 잘 모르니까 그냥 솔직하게 말할게."

"……."

"나 너랑 자고 싶어."

녀석은 쉽게 물러날 것 같지 않았다. 밀어내면 당장이라도 벼랑 끝으로 떨어질 것만 같았다. 그런 녀석을 안타깝게 바라보던 유경은 순간 그런 생각이 들었다.

'그래, 안아 주자. 오늘 이 녀석 혼자 집에 돌려보낼 순 없어.'

유경은 단단히 마음을 먹은 후 용기를 내서 입을 열었다.

"저기……."

"알았어."

"응?"

실망한 기색이 가득한 녀석의 표정에 유경의 두 눈이 동그래졌다.

"알았다니, 뭐가?"

"이제 그만 표정 풀어. 안 잡아먹을게. 내가 너무 내 생각만 했어. 미안해."

미안하면 다야? 왜 안 잡아먹어? 오히려 녀석을 잡아먹으려고 만반의 준비를 하고 있던 유경은 너무 민망해서 억지로 웃음을 터뜨렸다.

"하하하하."

"이만 가 볼게. 쉬어."

그냥 간다고? 날 이렇게 만들어 놓고? 나 지금 좀 달아올랐는데? 유경은 저도 모르게 나가려는 서하의 손목을 붙잡았다.

"잠깐!"

서하가 고개를 돌려 유경을 의아하게 쳐다봤다. 그러자 무슨 말을 어떻게 하면 좋을지 고민하던 유경이 소리쳤다.

"나 오늘 너 필요해!"

서하가 기대감이 가득 찬 눈빛으로 그녀를 바라보자, 유경은 침을 꼴깍 삼켰다. 어떡해. 나 너무 떨려. 다리도 후들거리고. 갑자기 용기를 잃어버린 유경은 두 눈을 꽉 감고 천장을 가리켰다.

"형광등 좀 갈아 줘!"

"아……."

실망하는 녀석의 목소리가 들리자, 유경은 자책했다. 이게 아닌데……. 유경은 아랫입술을 꽉 깨물었다. 살짝 눈을 뜨자 녀석이 약간 떨떠름한 표정으로 말했다.

"알았어. 뭐 이런 식의 필요도 나쁘진 않지."

서하는 다시 발길을 돌려 거실로 들어갔다. 녀석은 아까 유경이 테이블 위에 꺼내 놓은 형광등을 들고 곧장 의자를 밟고 올라갔다. 의자 다리가 균형이 맞지 않아 덜컹거리자 유경이 잽싸게 달려가 의자를 잡았다.

"내가 잡고 있을……게……."

유경의 말이 점점 느려졌다. 녀석이 팔을 번쩍 들어 형광등을 끼우는 바람에 니트가 올라가 복근이 살짝 보였다. 유경은 침을 꼴깍 삼켰다. 그리고 저도 모르게 녀석의 복근에 시선을 고정했다. 선명한 복근은 딱 봐도 엄청 단단해 보였다.

아…… 섹시해. 만져 보고 싶다아……. 옴마얏. 나 미쳤나 봐. 주책이야 주책! 그나저나 이 녀석 뭐야? 이거 실화냐고. 왜 복근까지 완벽해? 도대체 부족한 게 뭐야. 아까 안고 싶다고 했을 때 그러라고, 빨리 그러시라고 바로 대답할걸. 그랬으면 저 복근의 완전체를 볼 수 있었을 텐데.

유경은 소리 없는 아우성을 치며 점점 이성을 잃어 갔다. 그런 유경과 달리 녀석은 아주 평온한 상태로 형광등을 갈아 끼우는 데에만 집중하고 있었다.

"이제 불 켜 봐."

어느새 형광등을 다 갈아 끼운 녀석이 의자에서 내려왔다. 바로 눈앞에서 복근이 사라지자 유경은 아쉬운 눈빛으로 녀석의 배를 쳐다보며 입맛을 다셨다.

"뭐 해?"

"어? 뭐, 뭐라고 했어?"

"불 켜 보라고."

"아…… 응!"

유경이 얼른 달려가 불을 켰다. 그러자 순식간에 방이 환해졌다. 덕분에 여기저기 폭격이라도 맞은 듯 너저분한 방구석이 훤히 드러났다. 유경은 또 열심히 옷을 줍기 시작했다.

대충 정리를 마무리한 유경은 멋쩍은 웃음을 흘리며 서하를 향해 감사 인사를 건넸다.

"고마워. 덕분에 환해졌다."

"고마우면 여기서 자고 가도 돼?"

녀석은 아직 포기하지 않은 모양이었다.

"손만 잡고 잘…… 자신은 없지만, 노력해 볼게. 내일까지 같이 있자."

"그래. 그러자."

나도 원하던 바다. 유경은 다부진 눈빛으로 녀석을 바라봤다. 이번엔 놓치지 않을 거야.

선뜻 떨어진 허락에 녀석은 놀랐는지 눈이 커졌다.

"그러자고?"

"응. 왜? 왜 그렇게 봐? 사람 민망하게."

부끄러움을 감추느라 말투가 약간 퉁명스러워진 유경은 헛기침을 하며 딴청을 피우고 있는데.

"아까 노력해 본다고 한 거 취소할래. 손만 잡고 자는 거 안 할래."

녀석은 양심도 없이 제가 뱉은 말을 다시 주워 담았다.

"잠깐. 손 좀 씻고 올게."

형광등을 갈아 끼우느라 녀석의 손이 더러워져 있었다.

녀석이 화장실에서 손을 씻는 동안 유경은 얼른 티셔츠를 쭉 잡아당겨 속옷을 확인했다.

'아우 씨, 왜 하필……!'

가진 것 중 가장 볼품없고 낡은 속옷이었다. 유경의 얼굴이 흙빛이 되었다.

마침 녀석이 화장실에서 나오자 유경은 얼른 손을 내리고 아무 일도 없었던 것처럼 서하를 바라봤다. 허둥지둥하는 그녀를 귀엽다는 듯 바라보던 녀석이 피식 웃으며 다가왔다.

"괜찮아. 뭘 입었는지는 별로 중요하지 않아. 어차피 다 벗길 건데."

봤나 보다. 속옷 확인하는 거 다 봤나 보다! 유경은 심장이 두근거려 지구 밖으로 튕겨져 나갈 것만 같았다. 이 분위기 어쩔 거야. 차라리 빨리하는 게 나을까? 그러면 덜 떨릴까? 유경은 너무 긴장돼서 등에서 식은땀이 흘렀다.

"왜 계속 쳐다보고만 있어? 우리 그냥 빨리하자!"

"빨리해?"

"그, 그래! 하자!"

유경이 두 눈을 감고 소리쳤다.

일순 정적이 흘렀고, 입술에 부드러운 것이 닿았다 떨어졌다. 유경이 천천히 눈을 떴다. 녀석이 유경에게서 시선을 떼지 않은 채 코트를 벗고 있었다. 그러다 유경과 눈이 마주치자 환하게 미소 지었다.

유경은 녀석을 따라 어색한 미소를 짓다가, 괜히 민망해서 주저리 주저리 떠들기 시작했다.

"근데 나 처음인데…… 너 진짜 잘할 수 있어? 너 믿어도……."

"돼. 믿어."

녀석은 유경의 볼을 부드럽게 어루만졌다. 그 손길이 너무 따뜻해서 유경은 긴장했던 마음이 한결 가벼워졌다.

"알았어. 너만 믿을게."

유경은 수줍게 얼굴을 붉히며 고개를 끄덕였다. 동시에 아까보다 더 깊게 녀석의 입술이 맞닿았다. 아까 나눈 키스는 예고편에 불과했다는 것을 유경은 뒤늦게 알아차리고 말았다.

뜨겁고 말캉한 것이 입술 안으로 훅 들어왔다. 난생처음 남의 살이 제 입술 안으로 들어온 기적 같은 순간이었다. 남의 살이 안에서 제 멋대로 굴고 있는데도 전혀 위화감이 없었다. 젖은 입술의 야릇한 마찰음은 분위기를 더욱 달아오르게 만들었다.

어째서 이 녀석은 키스까지 잘하는 거지? 유경은 녀석의 리드에 끌려가기 급급했다. 키스는 다리가 휘청거릴 정도로 아찔했고, 유경은 녀석의 단단한 팔을 붙들고 있어 겨우 중심을 잃지 않을 수 있었다.

입술은 아래로 내려가 목에 닿았다. 유경은 저도 모르게 소리를 냈다.

"아흣."

녀석은 멈추지 않았다. 입술에 하듯 그녀의 가녀리고 하얀 살결에 부드럽지만 강하게 키스를 했다. 입술만큼 녀석의 손도 바쁘게 움직였다.

"아, 흐, 서…… 서하야……."

갑자기 옷 안으로 들어온 손길이 느껴지자, 유경은 곤란한 얼굴로 녀석의 이름을 다급히 불렀다. 하지만 손길을 멈추지 않은 채 녀석은 고개를 들었다. 녀석의 번들거리는 눈빛이 과하게 섹시했다. 평소엔 절대 볼 수 없는 눈빛이었다.

유경은 어쩐지 녀석의 새로운 면을 보게 된 것 같아 좋았다. 나만 볼 수 있는 녀석의 모습이라는 생각에 기쁘기도 했다.

그러다 문득 그런 생각이 들었다. 지금 녀석이 보는 내 모습은 어떨까? 그 생각이 머릿속을 스치자 부끄러워서 얼굴이 터질 것 같았다.

"저기…… 우리, 불…… 끄면 안 될까?"

녀석은 얼마든지, 라는 얼굴로 팔을 뻗어 불을 껐다. 창문으로 새어 들어오는 주황색 가로등 불빛은 분위기를 더욱 끈적하게 만들었다.

녀석의 손길이 다시 다급해졌다. 그녀의 허리를 끌어당겨 맞댄 채, 다시 키스를 하려고 입술을 겹치던 그 순간. 그때였다.

삑삑삑삑.

도어록 풀리는 소리가 들리더니, 문이 열리며 누군가 들어왔다.

"우유경 너 비밀번호 그대로…… 어이쿠, 내 눈!"

유성이 황급히 두 눈을 가린 채 소리쳤다.

"이것들이! 셋 셀 동안 둘이 빨랑 떨어지고, 당장 불 켜라. 하나. 둘. 셋!"

"이런, 망할!"

유경은 너무 당황한 나머지 서하를 밀치고 화장실로 줄행랑을 쳤다. 힘이 어찌나 세던지 서하가 뒤로 자빠져 엉덩방아를 찧는 동안 유성이 불을 켰다. 서하는 원래 앉아 있었던 것처럼 태연한 얼굴로 유성을 향해 인사했다.

"반가워요. 형."

"전혀 반가운 눈빛이 아닌데?"

서하는 굳이 부정하지 않았다. 그녀와 함께 있을 수 있는 시간을 망쳐 버린 유성이 전혀 반갑지 않았다. 서하는 불만스러운 말투로 말했다.

"벨 정도는 누르고 들어오시지 그랬어요?"

"벨이 뭐야. 내가 전화를 얼마나 했는지 알아? 문자도 했거든? 지금 간다고."

두 사람은 키스에 정신이 팔려 핸드폰 진동음 따위 듣지 못한 것이다.

"인마, 천천히 해라. 천천히. 우유경 재 모쏠이거든?"

유성은 서하를 향해 으름장을 놓으며, 돌멩이를 걷어차듯 발로 서하의 엉덩이를 밀쳤다.

"우유경이! 좋은 말로 할 때 튀어나와!"

유성은 화장실을 향해 소리쳤다. 그러곤 양손 가득 들고 온 비닐봉지를 테이블 위에 내려놓았다. 봉지 안엔 맥주와 과자가 잔뜩 담겨 있었다.

잠시 후.

"둘 다 표정이 왜 그러냐? 내가 좋은 시간 방해해서?"

유성이 맥주를 마시며 유경과 서하를 놀렸다. 유경은 너무 민망해서 고개를 푹 숙이고 있었다. 그런 그녀를 걱정스레 쳐다보던 서하가 그녀 쪽으로 고개를 살짝 숙여 작게 속삭였다.

"괜찮아. 고개 들어."

유경이 고개를 돌려 녀석을 바라봤다. 녀석이 웃어 주는데 뭔가 든든한 기분이 들었다. 그래. 내가 무슨 큰 죄를 진 것도 아니고 말이야. 자신감을 얻은 유경은 유성을 한껏 째려봤다.

"오빠, 대체 우리 집엔 왜 온 거야? 오늘 친구 집들이 간다며!"

"야, 말도 마라. 집들이하기로 한 그 집 부부 싸움 해서 난리도 아니었어. 지금 이혼을 하네 마네 그러고 있다니까. 집들이는 당연히 취소됐지."

"그럼 집으로 돌아가야지, 여긴 왜 왔냐고. 이 술은 다 뭐야. 이거 아까 내가 준 돈으로 산 거지? 이 인간이 진짜!"

테이블 위에 널브러진 맥주와 소주 그리고 과자들을 보며 유경은 머리에 스팀이 끓어올라 터질 것 같았다.

"내가 오늘 특별히 우유경이를 찾아온 이유는……. 두구두구두구!"

현란한 효과음을 입으로 내는 유성을 유경과 서하가 마뜩잖은 표정으로 쳐다봤다. 거기에 굴하지 않고 유성의 입방정은 계속됐다.

"나 취업했다잉!"

"웃기고 있네."

유경이 콧방귀를 뀌자, 유성이 발끈해서 소리쳤다.

"인마, 진짜야! 부영식품 알지? 거기 보안팀에 취업했다니까."

"정말?"

유경이 의심스러운 눈초리로 물었다. 그러자 유성은 자신감 넘치는 표정으로 고개를 끄덕였다.

"자, 그런 의미에서 건배!"

유성은 서하와 유경에게 캔 맥주를 하나씩 건넸다. 그리고 본인도 맥주를 따서 벌컥벌컥 마셨다. 그런 유성을 영 미덥지 않은 눈빛으로 쳐다보던 유경이 조심스레 물었다.

"진짜 취업했어? 어디 다단계 같은 데 들어간 건 아니지?"

"뭐? 다단계? 야, 넌 내가 그런 거에 빠질 사람으로 보여? 넌 오빠를 너무 무시하는 거 아니냐?"

유성이 눈을 흘기자 미안해진 유경은 맥주를 들어 '건배!'를 외쳤다. 시원하게 맥주를 마시는 유경을 흘끔 보던 유성이 넌지시 말했다.

"당분간 불편해도 참아. 월급 탈 때까지만 잘 지내보자."

"컥컥!"

하마터면 맥주를 뿜을 뻔했다.

유경이 화들짝 놀라 소리쳤다.

"그게 뭔 소리야?"

"회사가 여기 바로 근처야."

"그래서 뭐 어쩌라고."

"당분간 여기에서 지내면서 출퇴근하려고. 와, 서울 진짜 장난 아니더라. 아까 근처에서 월세 알아보니까 보증금이 완전 비싸."

"무슨 말도 안 되는 소리야. 이 좁아터진 데서 오빠랑 어떻게 같이 살아! 그냥 문화시에서 출퇴근해."

"직업 특성상 3교대라고. 2시간 넘게 걸리는 거리에서 어떻게 출퇴근을 하냐. 차도 없는데. 이 오빠 힘들어서 안 돼."

유성이 잔뜩 불쌍한 표정을 짓자, 유경은 할 말을 잃었다. 남매 사이에 냉기가 넘쳐흐르고 있었다.

그런 두 사람의 대화를 옆에서 묵묵히 듣고만 있던 서하가 유경을 향해 말했다.

"우리 집으로 갈래?"

얘는 또 뭐래? 유경이 두 귀를 의심하며 서하를 쳐다봤다. 그러자 녀석이 당당하게 말했다.

"형은 여기서 지내라 하고, 넌 우리 집으로 가자고."

"뭐라고?"

"그러게 지금 저 자식이 뭔 소릴 하는 거냐. 인마, 채서하!"

유성이 잔뜩 화가 난 얼굴로 서하의 이름을 큰 소리로 불렀다. 서하는 자신이 무슨 잘못을 했는지 전혀 모르겠다는 얼굴로 유성을 쳐다봤다.

그러자 유성이 서하 옆으로 바짝 다가갔다.

"우유경 말고 나 데려가라."

"네?"

"니네 집에 나 데려가라고. 우유경 쟤는 봐 봐. 이 집 꼬라지 좀 봐. 엄청 게으르다니까. 근데 난 빨래도 잘하고, 밥도 잘해."

"그건 좀……."

서하가 절대 싫다는 듯 고개를 절레절레 흔들자, 유성이 다시 원위치로 돌아가 맥주를 마시며 시큰둥하게 말했다.

"그럼 우유경이도 못 가! 어디 남자 혼자 사는 집에 가긴 어딜 가. 절대 안 돼!"

"그래. 그건 좀 아닌 것 같아."

유경이 유성의 말을 거들자 서하는 자신의 편을 들어 주지 않는 유경을 뚱한 얼굴로 쳐다봤다. 녀석과 눈이 마주친 유경은 모르는 척 맥주를 마셨다.

2시간 후.

"2차 가……자구우……. 크르렁크르렁……."

술에 취한 유성이 우렁차게 코를 골며 침대 위로 엎어졌다.

"와 진짜, 저 웬수 같은 인간……."

유경이 이를 바득바득 갈며 유성을 내려다보고 있는데, 서하가 좁은 집을 둘러보며 미간을 구겼다.

"넌 어디서 자?"

"바닥에서 자야지 뭐."

"바닥에서 잔다고?"

서하는 미지근한 바닥을 만져 보더니 유성을 흘겨봤다. 진짜 그녀의 말대로 웬수가 따로 없었다. 녀석은 유성에게로 다가갔다.

"형. 일어나요. 일어나라고."

내 여자 바닥에서 자는 꼴 못 보겠다. 마음 같아선 그녀를 집으로 데려가고 싶은데……. 데려가서 아까 하던 거 마저…… 하진 않더라도, 좀 더 같이 있고 싶은데.

서하는 그런 염원을 담은 눈빛으로 유경을 바라봤다.

"안 돼."

하지만 가차 없었다. 그녀가 어떻게 알았는지 제 속내를 눈치채고는 고개를 절레절레 흔들며 거절했다. 서하는 풀이 죽은 얼굴로 유성의 팔을 죽 잡아당겨 일으켰다.

"아우 씨."

술에 취해 축 늘어진 커다란 몸은 꽤 무거웠다.

"갑자기 오빠는 왜 일으켜?"

유성을 간신히 일으켜 세워 부축한 녀석은 유성을 질질 끌고 현관으로 나가며 말했다.

"침대에서 편하게 자. 간다."

유경은 서하에게 전화를 걸며 침대에 누웠다. 녀석은 이제 막 집에 도착했는지 다소 숨이 찬 목소리로 전화를 받았다. 유경은 잔뜩 미안한 목소리로 사과했다.

"미안. 오늘 우리 오빠 때문에 많이 힘들었지?"

— 형 말고 너 때문에 많이 힘들었는데?

"나? 내가 뭘 어쨌다고."

— 아까 참느라 죽을 뻔했어.

"앗, 야한 말 금지!"

— 어느 대목이 야한데?

전부 다! 다 야하다고! 심지어 스피커 너머로 들리는 녀석의 숨소리조차도 색정적으로 들렸다. 녀석과 뜨겁게 입을 맞추던 감각이, 옷 속으로 들어오던 야릇한 손길이 자꾸만 떠올라 기분이 이상했다.

이런 느낌은 처음이야. 유경은 고개를 절레절레 흔들었다.

"자, 이제 그만하고 잡시다. 잘 자."

— 잠깐.

전화를 끊으려는데, 녀석의 다급한 목소리가 들렸다.

"응. 말해. 왜?"

— 저번에 그 사진 속 클라이언트 말이야.

"갑자기 그 얘긴 왜?"

— 서지웅이랑 친하게 지내지 마.

"당연하지. 서지웅 씨랑 난 절대 친해질 수 없는 사이라고."

— 서지웅 씨? 그 남자를 그렇게 불러? 기분 진짜 별로네.

별로를 넘어서 짜증이 가득한 녀석의 목소리가 들렸다. 유경은 서둘러 말을 돌렸다.

"근데 니가 그 사람을 어떻게 알아?"

— 나도 오영 선배한테 소개받았거든. 근데 질이 별로 안 좋아. 그래서 될 수 있으면 너도 서지웅이랑 엮이지 말라고, 그 말 하고 싶었어.

"알겠어. 그렇지 않아도 엮이지 않으려고 노력 중이야. 지금 하고 있는 일만 끝나면 다시는 볼 일 없는 사람이고. 그러니까 너무 걱정하지 마."

— 알았어. 잘 자.

한결 가벼워진 녀석의 목소리를 끝으로 통화는 종료되었다. 유경은 핸드폰을 머리맡에 내려놓으며 생각에 잠겼다.

둘이 아는 사이라니……. 찝찝해. 서지웅이 혹시 서하한테 쓸데없는 소리 하고 그러는 건 아니겠지? 예를 들면 저번에 병원 밑에서…….

강제로 지웅에게 포옹당한 일이 떠오르자, 유경은 고개를 절레절레 흔들었다. 괜히 녀석에게 죄책감이 들어 기분이 영 별로였다.

서지웅, 이 나쁜 놈! 하여튼 서하한테 이상한 소리 하기만 해 봐. 진짜 가만 안 둘 거야.

이를 바득바득 갈던 유경은 베개에 머리를 대자마자 잠이 들었다.

11.
약점

드림월드 스피드웨이에선 헤드라이트를 켠 스포츠카가 서킷을 질주하고 있었다.

부우우웅—

따라오는 차도 없었고, 따라갈 차도 없었다. 하지만 차는 미친 속도를 내며 달렸다. 레이싱 카의 현란한 불빛이 서킷 위를 어지럽혔다.

운전을 하는 지웅의 마음도 어지러웠다.

'제가 그 서킷에서 명성자동차의 미래를 봤거든요. 아주 어둡더라고요. 그게 제가 명성자동차랑 협업하지 않겠다고 결정한 가장 큰 이유입니다.'

낮에 봤던 서하의 말이 떠오른 지웅은 레이싱 카가 낼 수 있는 극한의 속도로 질주했다. 헬멧 너머로 보이는 지웅의 눈빛이 서늘했다.

끼이이이익.

잘 달리던 차를 갑자기 멈춘 지웅은 헬멧을 거칠게 벗어 조수석에 내던졌다.

"건방진 새끼!"

지웅이 신경질적으로 차에서 내렸다. 그가 서킷 밖으로 나오자 최 비서가 달려왔다.

"낮에 댁에서 무슨 일 있으셨어요?"

최 비서가 걱정이 가득한 눈빛으로 물었다. 그러자 지웅이 차고에 진열되어 있는 10여 대가 넘는 스포츠카를 응시하더니.

"저거 다 치워라."

그가 무심하게 말하곤 최 비서를 지나쳐 갔다. 최 비서가 화들짝 놀라며 지웅의 뒤를 따라갔다. 지웅이 치우라는 '저거'는 그가 비서인 자신보다 더 소중하게 여기는 것들이었다.

"치우라니, 어디로 치울까요? 댁으로 옮겨 드릴까요?"

"갖다 버리라고."

"네? 정말요? 갑자기 왜요?"

"명성자동차의 밝은 미래를 만들어 보려고."

탈의실로 향한 지웅은 레이싱 슈트를 벗으려다 말고, 뭔가 좋은 수가 떠올랐는지 최 비서를 불렀다. 최 비서가 얼른 달려왔다.

"네. 뭐 필요하신 거라도 있으세요?"

"M연구소에 연락해서 다음 주 미팅은 예정대로 진행한다고 통보해."

"네? 그건 이미 그쪽에서 취소한 일정이잖아요. 통보해 봤자, 연구소 쪽 사람들은 참석 안 할 텐데요."

"그럼 참석하게 만들어야지."

"어떻게요?"

"또 내가 일일이 알려 줘야 하나?"

"그런 방면으론 사장님이 뛰어나시잖아요."

최 비서가 아부를 떨며 납작 엎드렸다. 오늘 지웅의 표정을 보니, 저 성질 까딱 잘못 건드렸다간 뭔가 사달이 날 것 같은 불안감이 엄습했다.

"어떻게 해야 그 새끼가 빡이 칠까?"

제 앞에서만 그런 줄 알았더니, 무섭기로 소문난 서 회장 앞에서도 그 녀석은 눈 하나 깜짝하지 않고 평정심을 유지했다. 무감각한 채서하의 얼굴이 떠오르자 지웅의 아래턱에 힘이 잔뜩 들어갔다.

그 자식 혹시 감정이란 게 없나? 소시오패스 그런 건가? 생모한테도 이모님, 소리가 아무렇지 않게 나오고. 어쩌면 생부일지도 모르는 아버지 앞에서도 전혀 흔들림이 없었다.

잠시 고민하던 지웅이 마침내 입을 열었다.

"황 박사가 제자인 채서하를 그렇게 아낀다며?"

"네? 네. 그렇다고 합니다만."

"그럼 황 박사를 한번 건드려 볼까?"

지웅의 표정은 마치 먹잇감을 발견한 사나운 맹수 같았다.

서 회장 저택.

지웅은 레이싱을 끝내고 집으로 돌아왔다. 그는 2층으로 올라가려다가 걸음을 멈췄다. 그러곤 거실 끝에 위치한 다이닝룸에 불이 들어와 있는 것을 응시하다가 그곳으로 걸음을 옮겼다.

윤성희가 넓은 테이블에서 홀로 와인을 마시고 있었다. 술을 얼마나 많이 마셨는지, 그녀는 제대로 몸을 가누지 못해 테이블 위로 엎어져 버렸다.

그런 윤성희를 입구에서 한심하게 쳐다보던 지웅이 그냥 걸음을 돌리려는데.

"……리지 마."

웅얼거리는 소리에 지웅이 뒤를 돌아봤다. 윤성희가 비틀거리며 자리에서 일어나 지웅이 있는 곳으로 다가오고 있었다.

"스톱. 거기 서. 나한테 오기만 해 봐!"

지웅이 뒷걸음을 치며 윽박지르자, 윤성희가 걸음을 멈췄다. 제대로 몸 가누기도 힘든지 윤성희는 테이블을 잡고 간신히 서 있었다.

"그 애는…… 건드리지 마. 부탁할게……."

지웅은 어이가 없었다.

"조카 사랑이 아주 끔찍하시네? 누가 보면 아줌마 자식인 줄 알겠어."

"자식 아니야. 그 애는 내 언니 아들이야. 니가 오해하는 거야."

지웅이 실소를 터뜨렸다.

"웃기고 앉아 있네. 아줌마, 나한테 다 들켰어. 그러게 자식새끼 간수 잘했어야지. 이제 관건은 그거겠네. 채서하의 아버지가 누구인지."

"그건 너랑 상관없잖아!"

"왜 상관이 없어? 우리 아버지 핏줄이면, 형들도 그렇고 내가 좀 곤란하지. 아버지 유산이 걸려 있는데. 가만있을 순 없지."

"……."

"아, 채서하가 만에 하나 아버지 핏줄이라고 해도, 아마 아버진 절대 인정 안 하실 거야. 이유는 알지? 아니까 본인도 지금까지 그 잘난 아들을 꽁꽁 숨겨 뒀겠지."

"……."

윤성희가 평소와 달리 아무 말도 못 하고 있자, 지웅이 재미난 듯 크게 웃음을 터뜨렸다.

"와, 드디어 찾았네. 아줌마 약점."

"내가 어떻게 하면 될까? 가만히 쥐 죽은 듯이 살라고 하면 그렇게 할게. 그러니까 그 애는 건드리지 마. 제발 부탁이야. 서하는 아무 잘못도 없어."

"왜 잘못이 없어? 당신 아들인 게 잘못이지."

"……."

"가만히 앉아서 당신 새끼 인생 쫑나는 거 구경이나 해."

지웅은 잔뜩 날이 선 눈빛으로 차갑게 말하곤 2층으로 올라가 버렸다.

홀로 남은 윤성희는 다리에 힘이 풀려 의자에 털썩 주저앉아 버렸다. 결국, 다 들키고 말았다. 하필이면 이 집안에서 제일 악마 같은 저 자식한테.

윤성희의 눈빛이 분노로 가득 찼다. 테이블을 꽉 잡은 그녀의 손이 부들부들 떨렸다.

"이대로 가만히 있을 순 없지."

서지웅……. 니 약점이 뭔지 나도 찾아낼 거야. 찾아내서 똑같이 짓밟아 버리고 말 거야.

윤성희는 다짐을 하며 남은 와인을 들이켰다.

결재를 받으러 사장실에 들어온 최 비서는 텅 빈 사무실을 보고 의아해했다.

"어디 가셨지?"

물음과 동시에 최 비서는 지웅이 어디에 있는지 알 것 같았다.

최 비서는 서둘러 제이미디어 사무실이 있는 6층으로 향했다. 이곳은 몇몇 협력 업체들이 모여 있는 층이었다. 협력 업체의 간부들을 제외하고 웬만한 직원들은 명성자동차 사장이 어떻게 생겼는지 잘 알지 못한다는 건 참 다행인 일이었다.

복도 끝에 있는 사무실 앞을 기웃거리는 지웅을 직원들이 이상하게 쳐다보며 지나쳐 가고 있었다.

"저 사장님이 정말!"

최 비서가 길게 한숨을 내쉬었다. 그러곤 지웅을 안쓰럽게 쳐다봤다. 그는 사무실 안을 몰래 훔쳐보다가, 갑자기 주저앉아 몸을 숨겼다가, 혼자 난리 블루스를 추고 있었다.

"그러다 우유경 씨한테 들키면 다 끝장인 거 아시죠?"

어느새 지웅의 뒤에 바짝 다가선 최 비서가 말했다. 그 소리에 놀란 지웅은 언제 그랬냐는 듯 허리를 곧게 펴고, 헛기침을 하며 옷매무새를 매만졌다.

"인마, 내가 뭘! 그리고 내가 여기 사장인 거 알면 지가 어쩔 건데."

"어쩌긴요. 이제 두 번 다시 우유경 씨 못 만나는 거죠."

"뭐?"

"우유경 씨가 사장님 엄청 싫어하던데. 같은 건물에 있는 거 알면, 아마 기겁을 하고 도망……. 사장님, 어디 가세요?"

얘기하다 말고 지웅이 몸을 틀어 엘리베이터 쪽으로 향했다. 그런 지웅을 이상하게 쳐다보던 최 비서가 갑자기 뒤에서 문 열리는 소리가 들리자, 화들짝 놀라 뒤를 돌았다.

"최 대표님. 누구랑 얘기하세요?"

유경이 밖으로 나와 어리둥절한 얼굴로 물었다. 최 비서가 황급히 유경의 시야를 가로막았다. 행여 도망가는 지웅의 모습을 그녀가 보기라도 할까 봐 필사적으로 막아섰다.

유경은 그런 최 비서를 의아하게 쳐다봤다.

"어디 불편하세요?"

"아니요! 저 멀쩡해요! 근데 왜 나오셨어요?"

"화장실 가려고요."

"화장실은 반대쪽이에요!"

"아, 네. 감사합니다."

유경이 뒤로 휙 돌아 반대쪽으로 걸어갔다. 최 비서가 안도의 한숨을 내쉬며 고개를 돌렸다. 다행히 지웅은 이미 내빼고 없었다. 살다 살다 사장님이 여자 때문에 도망가는 모습을 보게 될 줄이야. 정말 두 눈으로 보고도 믿기지 않았다.

최 비서는 고개를 절레절레 흔들며 사무실로 들어갔다. 아침부터 출근한 유경의 책상 위는 각종 자료들로 너저분했다. 눈에 띄는 것은 벽면에 걸린 대형 화이트보드였다. 보드에는 그림이 그려져 있었다. 장면마다 넘버가 붙은 걸 보니 콘티인 듯했다.

"이런 걸 이쪽 용어로 스토리보드(영상 속 주요 장면을 그림으로 그린 문서)라고 했던가?"

요즘 본의 아니게 영상 제작에 대해 공부하고 있던 최 비서가 그림을 순서대로 쭉 훑어봤다.

보통 스토리보드를 그려 주는 그림 작가가 따로 있다고 들었다. 간혹 감독이 직접 그리는 경우도 있다고는 하지만, 영화 쪽에서는 거의 대부분 그림 작가가 그린다고 했다. 하지만 유경은 본인이 직접 그리는 쪽인 것 같았다. 그림 실력이 나쁘지 않은 걸 보니, 한두 번 그려 본 솜씨가 아니었다.

정말 그 소문이 맞나 보다. 유사시엔 그녀가 세 사람, 아니 그 이

상의 몫을 현장에서 척척 해낸다는 소문 말이다. 겉보기엔 엄청 허당 같았는데, 일은 잘하나 보네. 그렇게 최 비서는 유경에 대해 속으로 생각하며 다시 그림을 들여다봤다.

"대표님, 어떠세요?"

마침 사무실로 들어온 유경이 최 비서를 향해 물었다. 최 비서가 웃으며 대답했다.

"너무 좋아요. 이대로 영상이 만들어지는 건가요?"

"아니요. 아직 픽스 한 건 아니에요. 너무 감성팔이 식으로 가면 안 될 것 같아서요. 어쨌든, 좀 많이 고민스럽네요."

유경은 팔짱을 낀 채 심각한 얼굴로 보드를 응시했다. 프로페셔널한 유경의 모습을 신기하게 쳐다보던 최 비서는 수고하라는 인사와 함께 사무실을 나갔다.

최 비서가 나가고도 유경은 그 자리 그대로 서서 한참 동안 고민에 빠져 있었다.

4시간 후.

소윤의 인터뷰 영상들을 모니터하던 유경의 마음이 더욱 무거워졌다.

그녀의 인터뷰에서 빠지지 않고 등장하는 사람은 '어머니' 였다. 게릴라 데이트에서 맛있는 음식이 나오자 어머니가 좋아하는 음식이라면서 포장해 갈 거라며 환하게 웃는 그녀. 어머니와 힘들게 살아온 지난날을 떠올리며 눈물 흘리는 그녀. 시상식에서 가장 먼저 어머니에게 감사 인사를 드리며 통곡하는 그녀. 어머니에 대한 소윤의 효심은 남달랐다.

지웅의 말대로라면 그녀가 그토록 사랑한 어머니의 마지막 소원은 딸의 실추된 명예를 되찾고, 그녀가 당당히 백호영화제에서 수상하는 거였다.

그렇다. 이번 영상은 단순히 추모 영상을 만드는 데 목적이 있는 것이 아니었다. 대중들의 마음을 움직여야 했다. 온갖 더러운 추문으로 대중들의 기억 속에서 사라져 버린 배우 강소윤을 되살려야 한다. 그런데 고작 5분짜리 영상으로 사람들을 어떻게 설득한단 말인가.

유경은 머리를 쥐어뜯으며 의자에 앉아 보드를 멀뚱히 바라보다가, 뒤늦게 시간을 확인하고 화들짝 놀랐다.

"어머! 벌써 시간이 이렇게 됐네?"

유경이 서둘러 자리에서 일어났다. 나머지는 집에 가서 더 고민을 해 봐야겠다고 생각하며, 가방을 어깨에 메고 사무실을 나왔다.

엘리베이터에 올라타자마자 핸드폰이 진동하며 문자가 도착했다.

[회사로 데리러 갈게. 몇 시에 끝나?]

서하였다. 유경은 히죽거리며 답장을 보냈다.

[지금 끝나고 집에 가는 중. 동네에서 보자.]

회사 밖으로 나온 유경은 서하와 톡을 하면서 걷느라 앞에 누가 있는 줄도 몰랐다.

지웅은 유경이 저를 본 척도 하지 않고 핸드폰만 들여다보며 버스 정류장 쪽으로 향하자, 미간을 확 구겼다.

"야!"

"엄마얏!"

갑자기 뒤에서 가방을 잡아당긴 사람 때문에 유경이 화들짝 놀랐다. 뒤를 돌아보니 지웅이 화가 난 얼굴로 서 있었다. 마찬가지로 유경도 화를 냈다.

"뭐예요! 놀랐잖아요. 여긴 또 왜 왔어요?"

"너 열심히 일하고 있다고 해서 격려차 왔다, 왜! 아직 저녁 안 먹었지? 가자."

"제가 그쪽이랑 저녁을 왜 먹어요. 가방이나 어서 내놔요!"

유경이 가방을 마구 잡아당겼다. 그러자 지웅이 유경에게서 가방을 완전히 뺏어 품에 꽉 안았다.

"같이 밥 먹으면 가방 줄게."

"됐어요. 그 가방 그냥 그쪽 가져요."

유경이 흥, 하며 뒤를 돌았다. 그리고 가던 길을 가려는데, 이번엔 지웅이 유경의 손목을 잡아끌었다.

이 미친놈이! 유경이 아랫입술을 꽉 깨물며 지웅을 노려봤다.

"나 그쪽이랑 밥 안 먹는다고요!"

"너 영상 만드는 데 돈도 안 받기로 했잖아. 저녁 정도는 사게 해줘. 그래야 내 마음이 편해."

"내 마음은요? 내 마음은 생각 안 해요? 난 그쪽이랑 같이 있는 거 엄청 불편하다고요."

"왜?"

"그러는 서지웅 씨는 나한테 왜 이러세요?"

"몰라서 물어?"

"네! 몰라서 묻는 거예요. 싫다는데 왜 자꾸 이러세요?"

왜 이러냐고? 지웅은 유경의 질문을 제게 되물으며, 잠시 생각에 잠겨 있다가 입을 열었다.

"그건 내가 널……."

"그 손 치워."

지웅이 어렵게 자기 마음을 드러내려던 그때였다. 뒤쪽에서 익숙한 목소리가 들렸다. 멀지 않은 곳에서 서하가 걸어오고 있었다.

서하를 발견한 지웅의 표정이 굳어졌다.

"니가 여길 왜?"

"당장 그 손 놓으라고!"

상대가 무슨 말을 지껄여도 미지근한 반응으로 사람 열받게 하던 녀석이, 무감각한 얼굴로 일관하던 녀석이, 유경의 손목을 잡은 지웅을 향해 살벌한 얼굴로 소리를 질렀다. 당장 이 자리에서 살인을 저질러도 전혀 이상하지 않을 것 같은 서늘한 눈빛이었다.

서하가 유경을 잡고 있는 지웅의 손목을 잡아 비틀어 떼어 내더니 허공에 내던졌다. 그러곤 그녀를 끌어당겨 자신의 뒤에 숨겼다.

"하……."

지웅이 실소를 터뜨리며 유경을 빤히 쳐다봤다. 서하의 소매를 꽉 잡은 채 뒤에 숨은 유경을 바라보는 지웅의 눈빛이 마구 흔들렸다.

너였구나? 내가 찾던 채서하의 약점이.

"우유경, 이 자식 뭐야? 둘이 무슨 사이냐고."

지웅은 지푸라기라도 잡는 심정으로 유경을 향해 물었다. 하지만 대답은 서하가 했다.

"그게 왜 궁금한데?"

"우유경, 니가 대답해. 둘이 무슨 사이냐고!"

지웅이 소리를 버럭 지르자, 유경은 놀라 서하의 팔을 꽉 잡으며 소리쳤다.

"내가 말했잖아요! 남자 친구 있다고."

"그놈이 이놈이다?"

마치 실연이라도 당한 사람처럼 넋이 나간 지웅을 어이없게 쳐다보던 서하가 주머니에서 차 키를 꺼내 유경에게 건넸다.

"미안한데, 주차장에 내 차 있으니까 차에 가 있어. 나 서지웅 씨랑 할 얘기가 있거든."

"어? 응. 그럼 차에 가 있을게."

유경이 얌전히 차 키를 받아 주차장 쪽으로 향했다. 그런 유경을 지웅이 황당한 듯 바라봤다. 내 말은 단 한 번도 고분고분하게 들은 적 없으면서!

"내 여자 그만 쳐다봐."

서하가 험악한 표정으로 말했다. 그제야 지웅의 시선이 서하에게로 향했다. 지웅의 표정 또한 서하 못지않게 살벌했다.

"둘이 어떻게 아는 사이야?"

"그걸 그쪽이 알아서 뭐 하게?"

"뺏으려고."

"미친 새끼."

"어린놈이 어른한테 하는 말버릇 좀 봐라. 가정 교육 제대로 못 받은 티가 나네."

"그쪽이 나한테 할 소린 아닌 것 같은데?"

"볼수록 마음에 안 드는 것도 많이 닮았네. 윤성희 씨랑."

"다행이네. 그쪽 마음에 안 들어서."

"그러게. 다행이지? 난 앞으로 아무런 죄책감 없이 니가 가진 걸 뺏어도 되니까."

"저번에 내가 말했을 텐데? 뺏기고 가만히 있을 놈 아니라고."

"너 이미 하나 뺏겼을 텐데? 연락 못 받았어? 아까 황 박사가 찾아와서 바로 계약하겠다고 사인하고 갔는데. 이걸 어쩌나. 믿었던 스승님한테 배신당했나 보네."

승자의 미소를 지으며 지웅이 말했다. 하지만 무슨 일인지 녀석은 눈 하나 깜짝하지 않았다. 설마…….

"너 알고 있었냐?"

"계약금 3배나 올려 줘서 고마워. 역시 돈지랄이 취미인가 봐?"

"!!"

"그런 건 뺏은 게 아니라, 주운 거야."

"뭐?"

"그쪽이 오늘 주운 건 내가 가진 것 중 아주 소소한 거야. 난 그런 소소한 거 가지고 괜히 시간 낭비하고 싶지 않아서 그냥 버린 거고. 잘 주웠다니 됐어. 이제 다시는 그딴 일로 나 찾아오지 마. 황 박사님 식구들 가지고 협박하거나 그런 유치한 짓도 그만하고."

지웅의 표정이 일그러졌다. 어쩐지 황 박사 그 양반이 갑자기 나타나서 터무니없는 계약금을 제시하더라니. 그게 다 이 자식이 계획한 거라고? 돈은 돈대로 날리고, 녀석에게 완전히 속았다는 생각에 지웅의 기분이 몹시 더러웠다. 지웅은 주먹을 꽉 쥔 채, 침착함을 유지하려 애썼다.

"그럼 이번에도 시간 낭비하지 말고 버려. 우유경 말이야. 그것도 내가 가져야겠거든."

"그 문제는 나한테 시간 낭비가 아니지. 목숨을 걸어야 할 문제지."

"……."

"유경이 건드리지 마. 죽고 싶지 않으면."

"잘됐네. 앞으로 죽고 싶으면 너 찾아가면 되겠다. 나 같은 놈 죽이는 방법 연구한다고 했었지? 앞으로 더 열심히 연구해 봐."

지웅은 서하의 어깨를 툭툭 기분 나쁘게 건드리며 들고 있던 유경의 가방을 건넸다. 그러곤 여유 있게 손까지 흔들며 차에 올라탔다.

엔진음과 함께 차가 도로를 달려 빠져나가자, 서하는 한숨을 길게 내쉬며 마른세수를 했다. 결국, 우려했던 일이 벌어지고 말았다. 유경을 바라보던 지웅의 눈빛이 떠오른 서하는 분노가 확 치받아 올랐다.

"으, 추워! 오늘 날씨 진짜 춥다. 그치?"

유경이 운전하는 서하의 눈치를 흘끔 보며 조심스레 말을 건넸다. 녀석은 아까 차에 타면서부터 계속 말이 없었다. 이번에도 그녀의 물음에 녀석은 아무런 대답도 하지 않았다. 그저 버튼을 눌러 내부 온도를 올리기만 할 뿐.

녀석을 물끄러미 바라보던 유경은 너무 불안했다.

'설마 서지웅 그 인간, 서하한테 이상한 소리 한 건 아니겠지?'

유경은 지웅을 원망하며 죽을상을 지었다.

"서지웅이랑 꼭 같이 일해야겠어?"

드디어 녀석이 입을 열었다. 하지만 표정이 좋지 않았다.

"어?"

"그 자식이랑 어울려서 좋을 거 없어."

"나도 알아. 그래서 조심하고 있는데……."

"내가 웬만하면 참견 안 하려고 했는데, 안 되겠어. 영상 만드는 거 그만둬."

서하가 단호하게 말했다. 처음이었다. 녀석이 내가 하려는 일에 대해 부정적으로 말한 것은. 그동안은 무슨 일이든 내가 하겠다고만 하면, 넌 잘할 수 있다고 무조건 응원해 줬었는데.

유경은 잠시 할 말을 잃고 생각에 잠겨 있었다. 그러다 뒤늦게 조심스레 입을 열었다.

"소윤 언니 어머니가 많이 아프셔. 죽기 전에 딸의 명예 되찾기를 바라시는데……."

"다른 사람보고 하라 해. 꼭 니가 할 필요는 없잖아. 원래 오영 선배 일이었다고 하니까 오영 선배가 하면 되겠네."
"사실…… 나한테도 책임이 있어. 소윤 언니 죽은 거."
"……."
"힘들어할 때 같이 있어 줬어야 했는데…… 괜찮다고 하는 말을 믿어 버렸어. 그게 내내 마음의 짐으로 남아 있어. 늦었지만 이제라도 언니한테 빚을 갚고 싶어."
"그래서 하겠다는 거야? 내가 싫다는데도?"
"응……."
유경은 고개를 끄덕이며 대답했다. 서하가 미안해하는 유경을 보더니 한숨을 작게 내쉬었다. 심각한 녀석의 표정에 유경이 눈치를 보며 물었다.
"근데 너 서지웅 씨랑 무슨 얘기 했어?"
"……."
"무슨 얘길 했길래 이렇게 화가 났을까……."
유경이 혼자 중얼거리고 있는데.
꼬르륵.
눈치 없는 배가 꼬르륵 소리를 냈다.
들었겠지? 유경은 쪽팔려서 이를 악물고 있다가, 배에서 또 소리가 나려고 하자 괜히 더 큰 소리로 떠들었다.
"에헴! 아! 배고프다. 우리 자장면 먹으러 갈래? 저번에 진짜 맛있었는데……."
"……."
화가 단단히 났는지 녀석은 대답이 없었다. 유경은 시무룩한 얼굴로 주린 배를 움켜잡았다. 이게 다 서지웅 그 자식 때문이야. 분명 나한테 하는 것처럼 서하한테도 막 대했을 거야. 그러지 않고서야 이 녀석이 이렇게 화가 났을 리가 없어.

유경이 녀석의 화를 어떻게 풀어 줘야 하나 고민하고 있던 찰나, 갑자기 차가 멈췄다.

"내려."

"여기가 어딘데?"

쾅.

녀석은 또 대답도 없이 차에서 먼저 내렸다.

아이고 무서워라. 잊고 있었다. 채서하가 화나면 엄청 무서운 거. 오늘은 말 잘 들어야지, 중얼거리며 차에서 내린 유경은 녀석이 들어가고 있는 가게 간판을 올려다봤다. 중국집이었다.

"같이 가!"

금세 기분이 좋아진 유경은 해맑게 웃으며 녀석을 뒤쫓아 갔다.

내 말 안 듣는 척하면서 은근 다 들어 주고 있네. 귀여운 녀석! 테이블에 자리를 잡고 앉은 유경이 계속 히죽거리며 웃자, 서하가 퉁명스럽게 말했다.

"왜 웃어? 뭐가 좋다고 웃냐?"

"그냥 너랑 있으니까 좋아서 웃는다. 어쩔래?"

"……."

표정이 풀어질 듯 말 듯, 녀석이 멋쩍어하며 물을 마셨다. 그사이 주문한 자장면이 나왔다.

"오! 맛있겠다."

유경은 자장면을 보자 군침이 마구 돌았다. 서하와 냉전 상태인 것도 잊고, 열심히 자장면을 비벼 후루룩 면치기까지 하며 맛있게 먹었다. 그 바람에 자장면 소스가 튀어 서하의 얼굴에 묻고 말았다.

"앗, 미안!"

유경이 얼른 휴지 한 장을 뽑아 녀석의 얼굴에 묻은 소스를 닦아 주며 민망한 웃음을 흘렸다. 서하는 가까이 다가온 유경의 얼굴을 빤히 쳐다보다가 저도 모르게 입을 맞추고 말았다.

쪽.

유경의 얼굴이 빨개졌다.

"뭐야……. 갑자기 막 화내다가, 뽀뽀하고 막 그래도 되나?"

"안 돼?"

"뭐, 안 될 건 아니지만……."

"빨리 먹어. 자장면 불겠다."

유경은 다시 젓가락을 잡고 자장면을 먹으며 넌지시 말했다.

"우리 앞으로 싸우면 여기 오자."

"안 싸울 거야."

"지금 우리 싸운 거 아닌가?"

"아니야."

"그럼 표정 좀 풀어라. 되게 무섭네."

"내가 뭘."

"너 진짜……."

유경이 녀석을 원망스레 쳐다봤다. 서하는 까딱 잘못하면 그녀를 울릴 것 같은 예감이 들어 서둘러 사과했다.

"미안해."

"……."

"그러니까 내가 어제 말했잖아. 서지웅 조심하라고. 아깐 둘이 왜 같이 있었어?"

"그 사람이 갑자기 나타나서 그냥 밥 사 준다고……."

"그 자식이랑 밥 먹기만 해 봐."

"클라이언트랑 밥 정돈 먹을 수도 있는 거지. 그게 뭐 어때서……."

"밥 먹었냐?"

"하, 한 번? 아니, 두 번인가……."
"하아……."
"왜…… 왜 그래 또."
"그 자식이랑 단둘이 밥을 먹었다는 거지?"
"그게 니가 생각하는 것처럼 분위기 좋은 자리는 아니었어."
그건 니 생각이고. 서하는 피가 거꾸로 솟을 것 같았다.
밥 먹을 때 니가 얼마나 귀여운 줄 아냐. 그 자식도 봤을 거 아니냐고. 그러니까 대뜸 나타나서 밥 사 주겠다고 따라다니지.
서하는 물을 벌컥벌컥 마셨다. 유경은 분위기가 점점 더 안 좋아지자 그냥 조용히 자장면을 먹었다.
"후루룩. 후루룩."
그녀가 열심히 자장면을 먹을수록 얼굴에 검은 점이 몇 군데 생겨났다. 작은 입으로 오물오물 맛있게 먹는 그녀를 멀뚱히 쳐다보던 서하가 웃음을 터뜨리고 말았다.
"푭."
"……."
녀석의 웃음소리에 유경이 고개를 들었다.
"왜 웃어?"
"아, 진짜. 너 일부러 이러는 거지? 얼굴에 다 묻었잖아."
서하가 비실비실 새어 나오는 웃음을 애써 감추며 휴지로 그녀의 얼굴을 닦아 주었다.
"가게에 있는 휴지 다 쓰겠네."
"너 지금 나 비웃은 거지?"
"아니야."
"그럼 왜 웃냐고."
"귀여워서 웃었다, 왜."

"귀여운 사람한테 아깐 왜 화냈냐?"

그녀가 토라져서 툴툴거리자, 서하가 잔뜩 미안한 얼굴로 대답했다.

"불안해서 그랬어."

"뭐가?"

"서지웅…… 나랑 좀 악연이야. 근데 니가 내 여자 친구인 거 이제 알게 됐으니까, 앞으로 더 심해질 거야."

더 심해질 거라고? 유경은 놀랐지만 애써 덤덤한 척 단무지를 먹으며 말했다.

"내가 더 조심할게. 그 사람이랑 되도록 안 부딪칠게. 그러니까 영상 만드는 거……."

"언제까지 만드는 건데?"

"다음 주."

"알았어."

"이해해 줘서 고마워. 이번 일만 끝나면 진짜 다시는 서지웅 씨랑 엮이는 일 없을 거야."

그녀는 자신 있게 말했지만, 서하는 걱정이 한가득이었다. 그녀를 못 믿어서가 아니었다. 서지웅, 그 자식을 믿을 수가 없었다.

"우리 앞으로 싸우거나 좀 어색해지면 자장면 먹자."

"왜?"

"내가 어떤 순정 만화에서 봤는데 연인끼리 싸웠을 때 사탕을 먹기로 한 거야. 그 사탕을 먹으면 상대에게 아무리 화가 나고 기분 상한 일이 있어도, 다 잊고 다시 시작하는 룰을 만든 거지."

"사탕이 로맨틱하고 좋은데, 왜 자장면으로 각색했어?"

"난 사탕보다 자장면이 좋거든."

"자장면 먹고 싶어서 일부러 싸움 걸기만 해 봐."

"내가 미쳤냐! 일부러 싸움 걸게?"
유경이 진지한 얼굴로 말했다.
"너 내가 왜 이런 룰까지 정한 줄 알아?"
서하가 고개를 흔들자, 유경이 약간 속상한 표정을 지었다.
"나 너랑 싸우기 싫어."
"……."
"저번에 너한테 차였을 때……."
"잠깐. 말 끊어서 미안한데, 내가 널 언제 찼어?"
"안 찼었나?"
"그건 니 멋대로 생각한 거고. 내가 널 왜 차냐. 미치지 않고서야."
서하가 억울한 듯이 말하자, 유경은 금세 수긍했다.
"암튼 그때 너랑 연락 안 됐을 때 나 진짜 가슴 찢어지는 줄 알았다고. 그러니까 오늘 일은 자장면 먹고 다 잊자. 다시는 서지웅 씨 일로 우리 싸우지 말자고."
그녀가 씩씩하게 제 할 말을 다 끝내고, 다시 자장면을 먹었다. 서하도 이제야 편안한 표정으로 그녀를 바라봤다. 질투에 눈이 멀어 그녀에게 퉁명스럽게 대한 행동들을 반성하면서 젓가락을 들었다.
"맞다. 울 오빠 집에 갔지?"
"유성이 형 아직 안 일어났어."
"뭐? 지금 저녁인데 아직도 안 일어났다고?"
"내가 나올 때 보니까 자고 있더라고."
유경이 잔뜩 미안한 표정으로 사과했다.
"미안. 내가 오빠한테 전화해서 빨리 집에 가라고 할게."
"됐어. 신경 쓰지 마. 갈 때 되면 알아서 가겠지."
"어휴. 그 인간은 무슨 취업을 했다고 난리야. 회사가 어디였더라?"

"부영식품이라고 하지 않았어?"

"맞다. 근데 거기 대기업인데…… 오빠가 어떻게 취업했지?"

유경은 영 미덥지 않은 표정으로 고개를 갸웃거렸다.

"부영식품 막내. 올해 서른하나. 직책은 상무."

저녁을 먹다 말고 서 회장이 테이블 위에 사진 한 장을 올려놨다.

"올해 안으로 결혼해."

"아직 결혼 생각 없어요."

지웅은 테이블 위 사진은 쳐다보지도 않았다.

"이미 정 회장과는 얘기 다 끝났어."

"아버지!"

"처가가 부영식품 정도는 돼야, 막내인 니가 그룹 총수에 무사히 오를 수 있지."

"아니요. 제 힘으로도 충분히 가능해요."

"너 혹시 여자 있는 게야?"

빌어먹을! 하필 이 순간 우유경의 얼굴이 왜 떠오르는 건지. 지웅은 머릿속이 복잡했다. 애써 유경의 얼굴을 떨쳐 내고 지웅이 대답했다.

"여자 없습니다."

"있더라도 정리해. 또 여자 때문에 죽네 사네 하지 말고."

"……."

서 회장이 지웅의 손목을 빤히 보더니 자리에서 일어났다.

"애비 말 명심해. 이번 주말에 시간 비워 두고. 정 회장과 그 딸도 같이 나오기로 했으니까 그렇게 알고 있어."

서 회장이 식탁을 벗어나 거실로 나갔다. 밥맛이 뚝 떨어진 지웅도 수저를 내려놓고 자리에서 일어나려는데.

"넌 좋겠구나?"

윤성희가 비아냥거리며 말을 걸었다. 지웅은 화풀이 대상이라도 찾은 듯, 너 오늘 잘 걸렸다는 표정으로 윤성희를 쳐다봤다.

"아줌마는 왜 또 시비야? 한동안 조용하더니."

"부러워서 그래. 회장님이 아예 너로 정하신 모양이네. 차기 회장으로."

"부러운 게 아니라 배가 아파 보이는데?"

"그럴 리가."

"아직 그 소식 못 들었나 봐? 채서하 그 새끼가 가지고 있던 기술 내가 뺏었는데. 돈으로."

"……."

"다음은 베스트셀러 작가라는 그 자식의 타이틀을 박살 내 버려야지."

수저를 잡은 윤성희의 손이 미세하게 떨렸다.

"일단 그 자식 사진 좀 언론에 퍼뜨리려고. 얼굴 좀 반반한 게 대중들이 참 좋아하겠어. 인기 좀 끌면 다음엔 표절로 엮어서 한 방에 보내 버리면 되겠네."

"그만해."

"오. 자식 사랑이 아주 끔찍하네? 그러게 왜 날 건드려? 그렇지 않아도 기분 개 같은데."

쾅!

지웅은 제 성질을 이기지 못하고 의자를 걷어차 버렸다. 그러곤 식탁을 벗어나 방으로 향했다.

방으로 들어온 지웅은 그대로 침대 위에 누워 버렸다. 천장을 바라보던 지웅은 며칠 전 서하 뒤에 숨어 자신을 벌레 보듯 쳐다보던 유경의 얼굴이 떠오르자 미칠 것 같았다.

"왜 하필 그 자식이야……. 왜!"

이제 어떤 게 먼저인지 모르겠다. 그녀가 좋아서 그녀를 만나고 싶은 건지. 그 자식이 싫어서 그녀가 보고 싶은 건지. 전자도 후자도 괴롭긴 마찬가지였다.

서재에서 핸드폰을 손에 쥔 채 누군가의 연락을 기다리던 윤성희의 표정이 초조했다.

지이잉. 지이잉.

핸드폰이 울리자마자 윤성희가 전화를 받았다.

"그래. 알아봤어? 서지웅 여자 있는 거 맞지?"

윤성희는 확신했다. 지웅에게 여자가 있다고. 그렇지 않고서야 부영식품과의 혼담을 거절할 리가 없다. 돈에 환장한 그 미친 자식이.

— 확실한 건 아닌데요. 며칠 전에 만난 여자가 딱 한 명 있긴 합니다. 일단 사진 전송하겠습니다.

전화를 끊은 윤성희는 사진이 오기만을 기다렸다. 얼마 지나지 않아 곧 사진이 도착했다. 사진 속 지웅과 같이 서 있는 유경의 얼굴을 확인한 윤성희의 표정이 굳어졌다.

12.

커플링

보통 작가는 게으를 것이라는 사람들의 편견이 있다. 하지만 작가 채서하는 그런 편견을 깨부술 수 있는 사람이었다. 그는 확실히 게으름과는 거리가 멀었다.

그의 하루는 직장인들과 비슷하거나, 어떨 땐 훨씬 이른 시간에 시작된다. 아침엔 주로 한강에서 조깅을 하고, 기상 악화나 컨디션이 나쁠 땐 집에 따로 마련한 피트니스룸에서 러닝을 하며 체력 관리에 힘썼다. 작가에게 체력 관리만큼 중요한 게 없다고 생각하기 때문이다.

그리고 운동은 글이 안 풀리거나 생각이 복잡할 때, 돌파구를 찾을 수 있도록 도와주는 아주 좋은 취미였다.

오늘 아침 운동의 목적은 체력 관리보다 돌파구를 찾는 쪽에 더 가까웠다. 요즘 서하의 머릿속이 아주 복잡했다.

"하아, 하아……."

가쁜 숨을 몰아쉬며 러닝머신 위를 달리던 서하가 운동을 멈추고 바닥으로 내려왔다. 그는 물을 마시며 창가에 섰다. 안개가 자욱하게 낀 도시를 내려다보던 서하는 얼마 전 지웅이 했던 말을 떠올렸다.

'그럼 이번에도 시간 낭비하지 말고 버려. 우유경 말이야. 그것도 내가 가져야겠거든.'

미친 자식.

서하는 심란했다. 그녀에게 티는 내지 않았지만, 그날 이후부터 계속 마음이 불안했다. 그래서 그녀가 끝나는 시간에 맞춰 회사로 데리러 가기도 하고, 수시로 문자나 전화로 안부를 묻기도 했다.

그렇게 나름 서지웅에게서 유경을 철통 방어 하고 있는데도, 마음이 편치 않았다. 다행인지 불행인지 그녀는 서지웅에 대해 아는 것이 별로 없었다. 서지웅의 직업도 자동차 딜러라고 알고 있으니 말이다.

직업까지 속여 가며, 자신이 사장으로 있는 회사 건물에 그녀를 끌어들이다니. 그 자식 도대체 무슨 속셈인 거야! 서하는 당장이라도 그녀에게 이 사실을 말하고, 회사에서 나오라고 하고 싶었다.

하지만 그럴 수 없었다. 그녀가 서지웅에게 속았다는 사실을 알게 되면, 자책하며 속상해할 것이 뻔히 보였기 때문이다. 게다가 그 사실을 안다고 해도 그녀가 책임감 없이 계약까지 한 일을 중간에 그만둘 성격도 아니었고, 아마 일을 그만두라는 내게 미안해하면서도 끝까지 해내려고 할 것이다.

어차피 하기로 한 일인데, 그녀가 자신의 눈치를 보느라 불편한 마음으로 회사를 다니게 하고 싶진 않았다.

그래, 당분간만 참자.

쏴아아아.

서하는 샤워 부스로 들어가 물을 틀었다. 그리고 쏟아지는 물줄기를 맞으며 두 눈을 감고, 자꾸만 엄습해 오는 불안을 떨쳐 내려 노력하고 있는데.

철컥.

갑자기 욕실 문이 열렸다. 서하가 화들짝 놀라 고개를 돌렸다.

문을 열고 나타난 사람은 다름 아닌 유성이었다. 입이 찢어져라 하품하는 유성의 까치집 머리는 한강에 있는 조류들을 죄다 부를 기세였다.

"굿 모닝."

변기 앞에 선 유성은 아무렇지도 않게 바지를 내렸고, 시원하게 볼일을 보며 서하의 근육질 몸매를 감상했다.

"와우. 대박. 몸도 좋네. 우유경이는 무슨 전생에 나라를 구했나."

유성이 몸을 부르르 떨며 다시 바지를 올리고 화장실을 후다닥 나갔다. 문이 닫히자, 서하는 방금 무슨 일이 있었나 싶어 두 눈을 깜빡거렸다.

저 형이 왜 여기 있지? 아직 안 간 거야? 그동안 신경 쓸 일이 하도 많아서 유성의 존재를 까마득히 잊고 있었던 서하가 고개를 절레절레 흔들었다.

씻고 거실로 나온 서하는 테이블 위에 차려진 아침 밥상을 보고 또 한 번 놀랐다.

"이게 다 뭐예요?"

"내가 솜씨 좀 발휘했지. 너 아침에 토스트만 먹는 것 같던데, 한국인은 밥을 먹어야지. 앞으론 내가 매일매일 챙겨 줄게, 걱정하지 마. 그리고 조깅도 같이 나가 줄까? 내가 또 한 운동 하잖아."

야구 선수 출신인 유성이 자신감 넘치는 얼굴로 말했다. 하지만 서하의 반응이 영 뜨뜻미지근한 것을 느끼고 금세 말을 돌렸다.

"그나저나 집 진짜 좋다. 여기 그 펜트하우슨가 뭔가 그거 맞지?

맞다. 너 그거 알아? 저기 거실에서 우리 회사 보인다. 여기서 엄청 가깝나 봐. 그래서 말인데, 저기…….”

유성이 말끝을 흐리며 뭔가 허락을 구하는 눈빛으로 서하를 바라봤다. 서하는 유성의 눈빛을 피하며 젓가락을 들더니 건성으로 말했다.

“당분간만이에요. 저 누구랑 같이 못 살아요.”

“치이. 유경이한텐 같이 살자고 하더니.”

“그건 다르죠. 어차피 누나랑은 나중에 결혼하면 평생 같이 살 거니까.”

“와…… 대박. 너 우유경이랑 결혼까지 하려고?”

서하가 당연하다는 표정으로 고개를 끄덕이자, 유성의 입이 떡 벌어졌다.

“인마. 나이도 어린 녀석이 다른 여자도 만나 보고 그래야지. 우유경이도 마찬가지고. 너같이 어린 남자 만나 봤으면, 나이 많은 남자도 만나 보고, 동갑도 만나 보고…….”

서하가 굳은 얼굴로 쳐다보자, 열심히 떠들던 유성이 갑자기 입을 꾹 다물었다. 유성은 혹시라도 이 집에서 쫓겨날까 싶어 얼른 고개를 숙이고 밥 먹는 시늉을 했다.

서하는 갑자기 짜증이 확 치밀었다. 그녀가 나 말고 다른 남자를 만나는 상상만으로도 끔찍했다.

서하의 표정이 점점 험악해지자, 유성이 슬그머니 고개를 들고 진지하게 물었다.

“너 무슨 고민 있지? 혹시 유경이 걔 다른 남자 있어?”

“그럴 리가요.”

“그렇지? 그럴 리가 없지. 우리 우유경이는 의리가 있어 가지고 절대 바람 같은 거 피울 애는 아니야. 근데 너 표정이 왜 그렇게 심각해? 뭔데, 말해 봐. 이 형아가 다 들어 줄게."

유성이 의기양양한 얼굴로 말했다. 그러자 무슨 생각을 하는지 서하의 표정이 더욱 심각해졌다.

"말해 보라니까. 무슨 고민인데? 내가 또 연애 상담 하난 끝내주게 잘하거든."

유성의 끈질긴 설득 끝에 서하가 드디어 입을 열었다.

"형도 연애할 때 그런 생각 한 적 있어요?"

"무슨 생각?"

"이 여자랑 어디 무인도 같은 곳에 떨어져서 단둘이서만 살았으면 좋겠다는 생각."

"뭐어?"

"섬을 하나 사야 하나."

정말 진지하게 고민하는 서하를 보며 유성은 떨떠름한 표정을 지었다. 유경이 얘는 도대체 무슨 짓을 했길래, 이 녀석이 이렇게 푹 빠졌을까? 유성은 서하가 신기하기만 했다. 상대방에게 내 모든 걸 다 줘도 아깝지 않은, 그런 진짜 사랑을 하고 있는 녀석이 부럽다는 생각도 들었다.

유성은 딱히 할 일도 없고, 집주인 서하에게 점수라도 따낼 요량으로 청소를 하기로 했다.

"우와. 역시 천재는 달라. 책을 이렇게 많이 읽으니 똑똑할 수밖에."

청소기를 들고 서재로 들어간 유성의 입이 떡 벌어졌다. 서재뿐만이 아니었다. 거실에도 책, 주방에도 책, 피트니스룸에도 책, 피팅룸에도 책, 어딜 가나 책이 있었다.

"그나저나 채서하 재는 뭐 하는 애지? 유경이 만나러 나가는 거 아니면 거의 대부분 집에만 있는 것 같은데."

게다가 집은 어찌나 깨끗한지 먼지 한 톨도 없었다. 걸레를 들고 있는 손이 민망할 정도였다.

청소가 아니라 어슬렁거리며 집을 투어하던 유성은 문득 2층에서 들리는 서하의 목소리에 귀를 기울였다.

"저는 괜찮아요. 제가 더 죄송하죠. 저 때문에 연구소에 폐만 끼쳤잖아요. 네. 조만간 또 들를게요. 아…… 그 폭탄이요?"

녀석은 누군가와 통화를 하는 것 같았다.

"죽이기로 결정했어요. 그 자식이랑 자폭하는 것도 나쁘지 않을 것 같아서요. 거기에 어울리는 폭탄은 뭐가 좋을지 고민 중이에요."

포…… 폭탄? 죽여? 누굴? 걸레를 든 유성의 손이 덜덜 떨렸다. 마치 들어서는 안 되는 얘기를 들은 사람처럼 유성의 얼굴이 하얗게 질렸다.

그럼 그렇지, 정상인 녀석이 우유경이를 좋아할 리가 없지. 역시 이런 거였어. 저 녀석 위험한 녀석이었어!

유성이 충격받은 얼굴로 거실에서 허둥지둥하고 있는데.

"으아아악!"

어느새 1층으로 내려온 서하와 눈이 마주쳐 괴성을 지르고 말았다. 서하가 유성을 이상하게 쳐다보다가 주방으로 가서 물을 마시며 말했다.

"형, 청소는 됐어요. 누가 제 물건 만지는 거 싫어요. 그리고 2층은 올라오지 마시고요. 위험한 거 있으니까."

"위, 위험한 거?"

유성이 기겁하며 말까지 더듬자, 서하가 그를 의아하게 쳐다봤다.

"왜 그래요? 어디 아파요?"

"너! 뭐 하는 녀석이야?"

"네?"

"폭탄으로 누굴 죽여? 내가 다 들었어! 너 혹시 테러범이야? 아까 무인도 어쩌고 하더니. 너 설마 내 동생 납치하려고……. 안 돼!"

"아……."

지금 쓰고 있는 글의 진도를 궁금해하는 황 박사에게 전화로 스토리를 설명했을 뿐인데. 졸지에 테러범과 납치 계획을 세우고 있는 범죄자가 되고 말았다. 서하가 잔뜩 귀찮은 표정으로 유성을 쳐다봤다.

그러자 유성은 아무 변명도 하지 않는 서하의 태도가 더욱 수상했다.

"왜 아무 말도 안 해? 그럼 내가 더 무섭잖아."

"음……."

"으아악! 이 녀석 진짜가 봐. 너 유경이도 알아? 너 뭐 하는 사람인지?"

"알죠. 아주 잘 알죠."

서하가 장난기 가득한 얼굴로 살짝 미소를 지었다. 그러자 유성이 경악했다. 마치 사이코패스의 두 얼굴을 마주한 영화 속 주인공처럼 말이다.

"푸하하. 진짜? 오빠가 도망갔다고?"

유경은 점심시간에 근처 분식집에서 밥을 먹고 회사로 들어가며 서하와 통화를 했다. 서하에게서 오전에 있었던 얘기를 전해 들은 유경이 배꼽을 잡고 웃었다.

"그래서 어떻게 됐는데?"

— 따라가서 겨우 잡았어. 유성이 형 엄청 빠르더라.

"그 인간이 운동 하난 끝내주게 잘하잖아. 그래서 결국 커밍아웃한 거야?"

— 어. 말로 해도 안 믿어서 책 보여 줬지. 다 들켰어.

차라리 도망가게 둘 걸 그랬다면서, 작가인 거 밝혀진 후부터는 오빠가 더욱 귀찮게 한다고 녀석이 심드렁한 말투로 말했다. 유경은 녀석이 지금 어떤 표정일지 상상이 갔다.

엘리베이터 앞에 선 유경이 작게 웃으며 말했다.

"나 이제 올라가서 작업 마저 하려고. 응. 너도 수고해. 이따 데리러 온다고? 안 그래도 되는데……. 알았어. 끝나면 연락할게."

통화를 서둘러 종료하고 유경은 엘리베이터에 올라탔다.

"어?"

유경이 화들짝 놀랐다. 엘리베이터 문 사이로 저 멀리 지웅이 서 있는 것을 보았기 때문이다. 두 눈을 크게 뜨고 다시 확인하려 하는데 문이 닫히고 말았다. 유경은 두 눈을 마구 비볐다.

"내가 잘못 봤나?"

고개를 갸웃거리며 사무실에 들어온 유경은 뭔가 찜찜했다. 마침 최 비서가 문을 열고 들어왔다.

"점심 맛있게 드셨어요? 이건 커피."

최 비서가 테이크아웃해 온 커피를 내밀었다.

"감사합니다."

유경이 커피를 받아 한 모금 마시더니, 두 눈을 번쩍 떴다.

"우와! 이거 완전 맛있어요."

"그쵸? 우리 사장님 입맛이 엄청 까다롭거든요. 그 양반도 꼭 그 커피만 마셔요. 그게 무려 이탈리아 장인이 직접 로스팅한 커피예요."

"사장님이요?"

"네? 제, 제가 방금 뭐라고 했나요?"

"사장님이 이 커피만 마신다고……. 근데 대표님이 사장님 아니었어요? 대표님 위에 또 누가 있어요?"

"아, 뜨거!"

최 비서가 당황해서 커피를 벌컥벌컥 마시려다가 뜨거워서 그대로 뿜고 말았다.

"여기 휴지요. 얼른 닦으세요."

옷이 엉망이 된 최 비서에게 유경은 휴지를 건네며 걱정스레 물었다.

"괜찮으세요?"

"으…… 네에……."

혀 천장이 데었는지 제대로 말도 못 하고 최 비서가 울먹였다. 이래서 사람은 죄짓고는 못 사나 보다.

"저느 이마 가 보께여."

혀가 데어서 팅팅 부은 최 비서가 혀 짧은 소리를 내더니 도망치듯 나가 버렸다.

"대표님은 보면 볼수록 허당이시네."

그런 생각을 하며 유경은 커피를 마셨다.

"근데 이거 진짜 맛있다. 이따 대표님한테 어디서 산 커피인지 물어봐야지."

맛있는 걸 먹으면 서하가 절로 생각났다. 분명 이 커피도 서하가 좋아할 거라는 생각에 유경은 들뜬 마음으로 노트북을 켰다. 잔뜩 업이 된 마음을 애써 가라앉히며 다시 작업물을 열었다.

뚝.

그런데 하필 그때, 머리 끈이 끊어져 바닥으로 떨어졌다.

"뭐지? 이 불길한 기운은……."

유경은 중얼거리며 머리 끈을 주워 들었다. 웬만하면 묶어서 쓰려고 했는데, 그럴 수준이 아니었다. 묶어 봤자 또 끊어질 것 같았다.

유경은 작업할 때 머리를 묶는 것이 습관이자 버릇이었다. 재활용이 불가능한 머리끈을 심란한 눈빛으로 응시하던 유경은 다른 고무줄이 없나 가방을 뒤적였다. 하지만 오늘따라 머리를 묶을 만한 것이 하나도 남아 있지 않았다.

유경은 하는 수 없이 머리를 돌돌 말아 볼펜을 비녀처럼 꽂았다.

"자, 이제 시작해 볼까!"

단단히 기합을 외치고 마우스를 꽉 잡았다.

사실 그동안 유경은 조금 무리다 싶을 정도로 일에 열중했었다. 일주일 안에 영상을 다 만들고 이 회사를 나오기로 녀석과 약속했기 때문이다. 녀석은 모르겠지만 며칠 동안 꼬박 밤을 새워 일했고, 그 결과 영상은 어느 정도 완성되어 가고 있었다.

'서지웅…… 나랑 좀 악연이야. 근데 니가 내 여자 친구인 거 이제 알게 됐으니까, 앞으로 더 심해질 거야.'

저번 날 녀석이 했던 말이 떠오르자, 유경은 또다시 궁금증이 스멀스멀 올라왔다.

두 사람은 도대체 무슨 악연일까? 추리 소설 작가와 자동차 딜러가 무슨 연관이 있지? 접점이랄 게 딱히 없는데…….

에잇, 알 게 뭐야! 어차피 이제 다음 주면 서지웅 그 사람과는 두 번 다시 볼 일 없는데. 그렇게 되면 서하도 더 이상 서지웅의 존재를 신경 쓸 일도 없고. 그래, 빨리 열심히 만들자.

유경은 하루라도 빨리 영상을 완성해야겠다는 의지를 다지며 모니터에 집중했다.

4시간 후.

오늘까지 끝내야 할 작업을 대충 마친 유경은 겉옷을 걸치며 창가에 섰다.

"비가 많이 오네……."

눈이 아니라서 다행이라는 생각이 들 정도로 비가 무섭게 쏟아졌다. 솔로일 때는 우산도 없는데 비가 이렇게 많이 쏟아지면 한숨이 절로 나왔다.

하지만 이젠 아무 걱정도 없었다. 서하가 데리러 온다고 했으니까. 유경은 괜히 뿌듯해서 웃음이 절로 나왔다.

예전처럼 비 쫄딱 맞으며 편의점까지 뛰어나가 우산을 사지 않아도 된다는 게 좋았고, 무엇보다 제일 좋은 건 나를 걱정해 주는 사람이 생겼다는 것이다.

부모님 이후로 녀석이 처음이었다. 내가 우산이 없어서 비 맞을까 봐 걱정해 주는 사람.

아…… 이래서 다들 연애하는구나.

유경은 흐뭇한 미소를 지으며 시계를 올려다봤다. 서하가 오기로 한 시간이 얼추 다 되었다.

유경은 서둘러 사무실을 나섰다.

툭.

그런데 문을 열고 밖으로 나가자 커다란 장대 우산 하나가 바닥으로 쓰러졌다.

"어? 이거 누가 놓고 갔지? 아까 화장실 갔을 땐 없었는데."

이건 누가 봐도 유경에게 주고 간 우산이었다. 유경도 그렇게 생각하며 우산을 주고 간 사람이 누구인지 생각에 잠겨 있다가 뒤늦게 알아차렸다.

"역시 최 대표님, 매너 있으셔."

"어라? 내 우산이 어디 갔지?"

최 비서가 사장실 앞 비서 데스크에 쪼그리고 앉아 우산을 열심히 찾고 있었다. 그러다 이내 포기하고 자리에서 힘없이 일어났다.

마침 지웅이 들어오고 있었다.

"사장님! 어디 갔다 오셨어요? 퇴근 안 하세요?"

"너 먼저 해라."

"정말요? 이따 또 부르실 거면 그냥 기다릴게요."

"안 불러. 퇴근해."

저기압인 지웅의 눈치를 보며 최 비서는 인사를 하고 나갔다. 그러자 지웅은 사장실로 들어가 소파에 앉아 몸을 뒤로 기댔다.

엘리베이터 앞에서 누군가와 통화를 하며 활짝 웃던 그녀의 얼굴. 머리에 웬 볼펜을 꽂은 채 창가에 선 그녀는 누굴 생각하는지 얼굴에 미소가 가득이었다.

제게는 단 한 번도 보여 주지 않았던 미소.

그 미소의 원인이 누구인지 잘 알고 있었다. 그래서 더 화가 났다. 지웅은 자꾸만 나쁜 마음이 생겨났다.

널 웃게 만들 수 없다면……. 한번 울려 볼까? 내가 그건 자신 있는데.

생각이 거기까지 닿자, 무표정하던 지웅의 얼굴에 쓸쓸함이 묻어났다.

비가 오는 날엔 뜨끈한 버섯전골을 먹어야 한다며 유경은 차에 올라타자마자 자주 가는 전골집 주소를 내비게이션에 찍었다. 하여튼 먹는 거 참 좋아한다니까. 서하는 피식 웃으며 내비게이션의 안내를 따라 전골집으로 향했다.

서울 근교에 위치한 전골집은 궁서체 간판과 건물 외관부터 딱 보기에도 맛집 포스를 제대로 풍겼다. 아니나 다를까, 가게 안은 사람들로 북적였다.

"이모! 저 왔어요!"

유경이 주인아주머니를 향해 손을 흔들며 인사하자, 아주머니가 달려 나와 유경을 반갑게 맞이했다.

"잘 왔어. 그렇지 않아도 내가 오늘 아침에 유경이가 올 때가 됐는데, 그랬다니까. 근데…… 옆엔 누구?"

아주머니가 유경과 함께 온 서하를 흘끔 보며 작게 물었다.

"혹시 배우야?"

"아니요. 일반인이에요."

"잘생겼네."

"제 남자 친구예요. 으히히."

본인 입으로 말하고도 부끄러운지 유경이 몸을 배배 꼬며 얼굴을 붉혔다. 그런 그녀를 옆에서 귀엽다는 듯 보던 서하가 아주머니와 눈이 마주치자 괜히 어색해서 눈인사를 건넸다. 이번엔 아주머니의 얼굴이 붉어졌다.

"정말 배우 아니야? 진짜 잘생겼다."

아주머니 입에서 잘생겼다는 말이 계속 튀어나왔다. 아주머니는 서하의 얼굴에서 시선을 떼지 못한 채 두 사람을 방으로 안내했다.

"메뉴는 맨날 먹는 걸로?"

"네! 이모, 저희 고기 많이 주세요. 배고파요."

"언젠 많이 안 줬나. 좀만 기다려. 금방 갖다줄게."

아주머니가 서둘러 나가고, 서하는 유경을 신기하다는 눈빛으로 쳐다봤다. 참, 어딜 가나 예의 바르고 싹싹하고, 어디 하나 모난 데 없이 밝다.

그녀의 가족들 모두 그랬다. 그녀의 모친인 장 여사는 걸걸한 말투와 행동과는 어울리지 않게 인정 넘치는 성격으로 동네에서 마당발로 유명했고, 그녀의 오빠 유성도 단순한 성격 때문에 가끔 생각 없이 말할 때가 있지만, 잘못했을 땐 잘못했다고 사과할 줄 아는 사람이었다.

그리고…… 돌아가신 그녀의 부친은 다정다감하고 자상한 성격이었다. 어렸을 땐 옆집 사는 아저씨가 내 아버지였으면, 하고 바랐을 정도였다.

생각해 보면 자전거도 아저씨한테 배웠고, 독서하는 습관도 아저씨한테 배웠고, 마음의 응어리를 글쓰기로 풀어내는 방법도 아저씨한테 배웠다. 서하는 새삼 아저씨의 따뜻한 미소가 그리웠다.

"무슨 생각을 그렇게 해?"

어느새 나온 전골이 보글보글 끓고 있었다. 유경은 국자로 국물을 떠서 그릇에 가득 담았다.

"자, 먹어 봐. 여기 진짜 맛있어."

맛있는 음식 앞에서는 표정과 목소리부터 달라지는 유경을 서하가 지그시 바라봤다. 이제 보니까 아저씨랑 많이 닮았네.

서하가 웃으며 그녀가 건넨 그릇을 받았다. 그러곤 그녀의 바람대로 수저로 맑은 국물을 떠서 한입 먹었다. 속이 개운하면서 따뜻해졌다. 생각보다 맛있어서 서하의 눈이 번쩍 떠졌다.

"맛있지? 맛있지?"

서하가 맛있게 먹자 행복해진 유경이 활짝 웃었다. 서하도 그녀를 따라 미소 지었다.

"도대체 이런 맛집은 어떻게 아는 거야?"

"예전에 요리 영화 준비한 적 있었거든. 그때 찾아낸 곳이야. 맛도 맛인데, 가게 분위기가 되게 정스럽고 좋지 않아?"

"그러게. 여기서 촬영하면 그림 예쁘게 나올 것 같네."

서하의 말에 유경이 손으로 입을 가리며 작게 얘기했다.

"너한테만 말하는데, 여기 내 장소 리스트에 있어. 아직 그 어떤 영화에도 등장하지 않은 곳이야. 이모가 나 입봉하기 전까진 아무한테도 섭외 허락 안 한다고 했거든."

"이모님이 의리가 끝내주시네."

"응. 근데 걱정이야."

"왜?"

"나 입봉하기 전에 여기 문 닫을지도 몰라. 재개발 때문에. 벌써 근처 상권 다 죽었어."

시무룩해진 유경이 고개를 푹 숙이자, 볼펜이 아래로 툭 떨어지며 묶어 올렸던 그녀의 머리카락이 풀어졌다. 유경이 대수롭지 않게 다시 머리카락을 돌돌 말아 올려 볼펜을 꽂았다.

사실 아까 차에서부터 볼펜의 정체가 내내 궁금했던 서하가 물었다.

"그게 뭐야?"

"머리 끈이 끊어져서."

"하나 사 올까?"

갑자기 일어나더니 밖으로 나가려는 서하를 유경이 서둘러 붙잡았다.

"사 오긴 무슨. 나 집에 머리 끈 많아. 그러지 말고 빨리 먹자."
그녀의 만류에 서하는 하는 수 없이 다시 자리에 앉았다. 그러곤 입봉 생각에 조금 심란해진 유경을 달랬다.
"입봉하는 거 너무 조급하게 생각하지 마. 니가 포기하지 않는 한, 분명 잘될 거야."
"……고마워."
"고맙긴. 내가 뭘 했다고."
"그렇게 말해 주는 사람 너밖에 없어. 다들 안 된다고 포기하라고만 하거든. 심지어 우리 가족들도 그래. 그래서 난 니가 좋아. 너랑 있으면 정말 다 잘될 것 같아. 막 기운이 나."
"밥 먹다가 갑자기 고백하면 어떡해. 떨리잖아."
녀석이 가슴팍에 손까지 얹으며 장난스레 말하자 유경이 웃음을 터뜨렸다. 그런 그녀를 향해 서하가 다부진 눈빛으로 말했다.
"우리 밥 다 먹고, 영화 보러 갈래?"
"좋지. 근데 무슨 영화?"
유경의 물음에 서하가 의미심장한 미소를 지으며, 마치 비밀 얘기를 하듯 속삭였다.
"가서 보면 알아."

서하가 유경을 데려간 곳은 한강 근처에 있는 소극장이었다. 주말에는 주로 가족들이 모두 함께 즐길 수 있는 영화를 상영하고, 평일에는 어린이들을 위한 연극을 공연하거나, 노인들을 위한 인문학 강좌가 열리는 곳이었다. 그리고 한 달에 한 번 독립 영화를 무료로 볼 수 있는 곳이기도 했다. 그 때문에 유경도 몇 번 와 본 곳이었다.

사실 유경은 녀석이 영화를 보러 가자길래, C땡땡이나 롯땡땡땡땡 같은 대형 영화관에 데려갈 줄 알았다. 소극장에 올 줄은 정말 꿈에도 몰랐다. 뜻밖이었지만, 싫지 않았다. 오히려 더 반갑고 좋았다.

오늘은 어떤 영화가 상영되고 있을지 기대감에 한껏 부푼 얼굴로 입구에 세워진 안내 게시판을 살펴보고 있었는데, 갑자기 손에 따뜻하고 부드러운 감촉이 와 닿았다.

"들어가자."

서하가 유경의 손을 잡고, 작지만 아늑한 소극장 안으로 들어갔다. 은은한 불빛이 감도는 소극장의 분위기가 낭만적이었다.

하지만 유경의 표정은 낭만과는 다소 거리가 멀어 보였다. 그녀의 얼굴이 약간 경직되어 있었다. 서하가 그녀를 걱정스레 바라봤다.

"왜 그래? 어디 불편해?"

서하가 다정하게 묻자, 유경이 고개를 절레절레 흔들었다.

"아, 아니야!"

강한 부정을 하며 유경은 녀석이 잡은 손을 흘끔 쳐다봤다.

미쳤나 봐. 손잡는 거 이제 익숙해질 만도 하잖아. 근데 나 왜 떨리지? 장소 때문일까? 녀석과 함께 새로운 장소에 와서? 손에서 식은땀 나는 것 같아. 어떡해.

쿵쿵.

이번엔 가슴이 미친 듯이 뛰기 시작했다. 심장 뛰는 소리가 녀석에게 들릴까 봐, 유경은 일부러 약간 큰 목소리로 말했다.

"근데 여기 왜 아무도 없어?"

말하고 보니 진짜 이상했다. 입구에 늘 계시던 관리인 아저씨조차 없었다. 유경이 휘둥그레진 눈으로 다시 서하를 바라봤다. 그러자 서하가 유경을 극장 정중앙 좌석에 앉히며 무심하게 말했다.

"내가 빌렸어."

“빌렸다고? 왜?”

“너랑 단둘이 보고 싶은 영화가 있어서.”

심. 쿵.

유경은 침을 꼴깍 삼키며 녀석을 올려다봤다. 녀석은 다정한 눈빛으로 저를 응시하다가, 갑자기 주변을 두리번거리더니.

“잠깐만 있어. 영화 좀 틀고 올게.”

“어? 어…….”

유경이 대답을 마치기도 전에, 녀석은 아주 빠른 걸음으로 뒤쪽을 향해 달려갔다. 객석에 홀로 남은 유경은 괜히 멋쩍어서 이마를 긁적였다. 녀석이 고른 영화가 무엇일지 무척 궁금했다. 유경은 기대와 호기심이 가득한 눈빛으로 스크린을 쳐다봤다.

그런데 그때였다. 은은한 불빛이 완전히 꺼지고 스크린에 불이 들어왔다. 곧이어 뜨거운 태양이 내리쬐는 휴양지의 모습이 스크린 가득 들어찼다. 경쾌한 BGM과 함께 금발의 여자 주인공이 등장하자 유경은 너무 반가워서 입이 떡 벌어졌다.

“이 영화…….”

농담이 아니라 수백 번은 더 봤을 영화의 오프닝이 눈앞에서 펼쳐졌다.

1989년에 개봉한 미국 로맨스 영화 「애니와 샘」이었다. 이 영화는 휴양지에서 우연히 만난 두 남녀가 사랑에 빠지는 과정을 그린 이야기로, 로맨틱 코미디의 바이블이라 불리며 30년 동안 꾸준히 전 세계에서 사랑받고 있는 작품이었다.

유경의 집에 걸려 있는 포스터도 이 영화의 엔딩 장면이었다. 주인공 애니와 샘이 해변에서 두 손을 잡고 걸어가는 뒷모습은, 상상만으로도 가슴을 두근거리게 하는 명장면이었다.

이 영화를 이렇게 큰 스크린으로 보게 될 줄이야! 유경은 너무 기뺐다. 근데 저 녀석 내가 이 영화 좋아하는 거 어떻게 알았지? 그냥 우연인가?

유경이 궁금함을 참지 못하고 고개를 돌려 녀석을 찾고 있는데, 마침 녀석이 어디서 났는지 팝콘을 들고 걸어오고 있었다.

"채서하, 이 영화……."

"옛날에 우리 옆집 살던 누나가 엄청 좋아하던 영화야."

역시 우연이 아니었어. 유경은 감동 어린 눈빛으로 녀석을 바라봤다. 그러자 녀석이 옆에 앉으며 말을 이었다.

"그 누나가 이 영화 OST를 아주 밤낮으로 듣더라고. 내 방이랑 그 누나 방이랑 마주 보고 있었거든. 진짜 시끄러워서 공부를 할 수가 없었어."

"아, 진짜? 그럼 그때 시끄럽다고 얘기를 하지. 난 몰랐어……."

"그러다가 나도 좋아졌어. 이 영화가. 그리고…… 그 누나도."

또 고백이다. 녀석은 또 내가 좋다고 말하며, 조금은 쑥스러운지 괜히 내게 핀잔을 줬다.

"하여튼 예전이나 지금이나, 뭐 하나에 꽂히면 정신을 못 차린다니까. 자, 먹어."

뭔가 말투가 굉장히 부자연스러웠다. 게다가 처음 보는 녀석의 긴장한 표정.

왜 저러지? 유경이 의아한 눈초리로 쳐다보자, 녀석은 애써 아무렇지 않은 척 웃으며 팝콘을 내밀었다. 그런데 녀석의 손이 약간 떨리고 있었다.

아, 알았다! 유경은 웃음을 참으며 팝콘을 받았다. 그러곤 능청스럽게 말했다.

"근데 이거 이벤트 그런 거야? 혹시 이 팝콘에서 반지 나오나?"

"……."

"헐! 진짜?"

서하가 당황한 표정으로 얼어 있자, 유경이 웃음을 터뜨리며 얼른 팝콘 안에 손을 집어넣어 뒤적거렸다.

"찾았다!"

반지를 꺼내자마자 유경은 옷에 반지를 문질러 기름기를 닦아 냈다.

"연애 안 해 봤다더니, 이런 건 어떻게 귀신같이 잘 맞춰."

서하가 괜히 민망해서 중얼거리는데도, 유경은 반지에서 눈을 떼지 못하고 있었다. 그런 그녀가 너무 사랑스러웠다.

서하가 피식 웃으며 반지를 뺐었다. 그러곤 다시 유경의 손가락에 끼워 주며 말했다.

"빼면 혼난다."

"응. 절대 안 뺄 거야. 좋다……. 나 이런 거 처음 받아 봐."

"나도 좋다. 니가 이런 거 처음 받아 봐서. 이제 영화 볼까?"

유경이 고개를 끄덕이며 영화를 보다가 서하를 흘끔 쳐다봤다.

두근두근.

스크린 화면에서 새어 나오는 불빛을 조명 삼은 녀석의 근사한 옆모습. 넋을 잃고 녀석을 바라보던 유경의 얼굴이 화끈 달아올랐다. 낮엔 폭탄 만들어서 적에게 복수하는 내용의 시나리오를 쓴다는 남자가, 밤엔 이렇게 꿀이 뚝뚝 떨어지는 달콤한 이벤트를 준비하다니. 어떻게 이런 녀석이 나한테 왔지?

"영화 안 볼 거야? 안 보면 키스한다?"

갑자기 서하가 고개를 돌려 유경을 빤히 쳐다봤다. 화들짝 놀란 유경은 고개를 홱 돌려 앞을 응시했다. 영화가 아니라 녀석을 감상하고 있던 사실을 들켜 버린 유경은 민망해서 죽을 것만 같았다. 시치미를 뚝 떼고 영화를 보는 척하긴 했지만, 신경은 온통 옆에 앉은 녀석을 향해 있었다.

이번엔 녀석이 영화를 안 보고 저를 쳐다보고 있었다. 녀석의 눈빛이 어찌나 뜨거운지 얼굴이 다 익어 버릴 것 같았다.

"영화가 눈에 안 들어올 텐데?"

그러니까 말이다. 그 좋아하던 영화도 눈에 들어오지 않았다. 졌다, 졌어. 유경이 그렇게 생각하며 고개를 돌리려던 찰나였다.

서하가 유경의 턱 끝을 당겨 키스했다.

부드럽게 시작한 키스는 점점 더 농밀해졌다. 집이 아닌 곳에서 녀석과 입술을 맞대고 숨결을 나누는 행위가 아찔하면서도 짜릿했다. 멈춰야 하는데 어떻게 멈춰야 하는지 방법을 몰랐다. 급기야 녀석의 손이 또!

어떡해. 여기서 이러면 안 되는데…….

"……자, 잠깐."

"어? 하아……."

녀석이 거친 숨을 몰아쉬며 유경을 애타게 바라봤다. 눈빛은 금세 또 달려들 기세였다. 유경은 저라도 정신을 차리자는 생각에 서하의 어깨를 토닥이며 진정시키려 애썼다.

"서하야, 우리 영화…… 봐야지. 그러려고 온 거잖아. 응?"

"그러려고 온 거 맞는데, 영화는 다시 틀면 돼."

영화는 벌써 중반부에 접어들고 있었다. 세상에, 키스를 몇 분이나 한 거야? 그런데도 녀석은 지친 기색 하나 없이, 오히려 아쉽다는 듯 입술을 매만지고 있었다.

그런 녀석을 경이롭게 바라보던 유경은 뒤늦게 녀석의 손가락에 끼워진 반지를 발견하곤 배시시 웃었다.

"어? 커플링이네?"

반지는 처음 껴 보는 거라 어색하다며 서하가 멋쩍게 웃었다. 그러곤 부끄러운지 영화를 앞으로 돌리고 오겠다며 자리에서 일어났다.

그렇게 서하는 세 번 정도를 더 자리에서 일어나야 했고, 결국 두 사람은 영화의 엔딩을 보지 못하고 극장을 나왔다.

어제저녁 극장 이벤트의 여파가 아직도 남아 있는지, 유경의 얼굴에서 미소가 떠날 줄 몰랐다.

아침 일찍 출근한 유경은 엘리베이터 앞에 섰다.

나이 서른에 생긴 첫 남자 친구. 그리고 첫 커플링. 간혹 남자든 여자든 상대 잘못 만나서 신세 망치는 친구들을 여럿 봐 왔던 유경은 처음으로 사귄 남자가 그 녀석이라는 게 참 다행이라는 생각이 들었다.

아주 오래전에 그런 생각을 한 적이 있었다. 내가 만약 연애를 하게 된다면, 어제 본 영화 속 주인공 애니와 샘처럼 사랑의 힘으로 스스로 더 발전하고 성장할 수 있는 그런 이상적인 연애를 하고 싶다고.

그런데 어제 영화를 보고 집으로 돌아와서 곰곰이 생각해 보니, 내가 지금 그런 연애를 하고 있었다. 어느 노래 가사처럼 녀석은 멈춰 있는 내가 열심히 글을 쓰게 하고, 춤을 추게 하고, 모래와 먼지뿐인 하루에 꽃을 선물했다.

그 사실을 깨달은 순간, 어찌나 감사하고 또 어찌나 녀석에게 고마운지.

"아, 보고 싶다……."

날 좀 더 나은 사람이 되고 싶게 만드는 녀석이 너무 보고 싶었다. 보고 싶은 마음을 달래기 위해 유경은 콧노래를 흥얼거리며 반지를 만지작거렸다.

마침 엘리베이터 문이 열렸다. 유경은 여전히 반지에 시선을 고정한 채 엘리베이터에 올라탔다. 사람이 한 명 타고 있었지만, 유경은 반지를 보느라 사람이 있다는 사실을 알아차리지 못했다.

먼저 타 있던 남자는 지웅이었다. 지웅은 갑자기 유경이 엘리베이터에 올라타자 깜짝 놀랐다. 그러곤 뒤로 휙 돌아 구석으로 갔다.

뒤에서 인기척이 들리자 그제야 유경이 고개를 돌렸다. 구석에 웬 남자 한 명이 뒤돌아서 있었다.

어디서 많이 본 뒤태인데? 어디서 봤더라? 저 비싼 슈트와 구두……. 설마…….

"서지웅 씨?"

유경이 반신반의하며 그의 이름을 불렀다. 아닌가? 남자는 듣지 못한 건지, 듣고도 모른 척하는 건지 꿈쩍도 하지 않았다. 유경이 의심의 눈길을 거두지 않고 남자에게로 가까이 다가가 얼굴을 확인했다.

"뭐야. 서지웅 씨 맞잖아요!"

유경의 볼멘소리에 지웅이 태연한 척 뒤를 돌았다.

"맞는데 어쩌라고."

지웅의 당당함에 유경은 당황스러웠다.

"어쩌긴요. 여긴 또 왜 왔어요? 서지웅 씨는 할 일이 그렇게 없어요?"

"할 일이 없냐니. 내가 하루 동안 처리하는 일의 양을 알면, 너 진짜 깜짝 놀랄걸?"

뭐라는 거야. 유경은 어이가 없다는 듯 지웅을 쳐다봤다.

"아…… 그러셔요? 그렇게 바쁘신 분이 여긴 왜 왔냐고요."

지웅이 뭐라고 둘러댈까 고민하다가 뒤늦게 입을 열었다.

"나 이 회사 다녀."

"네?"
"차 판다고 했잖아. 여기 내가 다니는 회사라고. 명성자동차."
"딜러가 왜 본사로 출근해요? 영업점으로 가야 하는 거 아니에요?"
"난 특별한 사람이거든."
"특별? 이 사람 미쳤나 봐."
"그러게. 내가 생각해도 나 좀 미친 것 같아. 너 보니까 되게 반갑네? 어제는 그 새끼랑 뭐 했어?"
"그건 그쪽이 알아서 뭐 하게요? 그리고 그 새끼라뇨! 말이 너무 심하시네요."
"지금 내 앞에서 그 새끼 편드는 거야? 이러면 내가 좀 마음이 아픈데."
유경은 고개를 절레절레 흔들며 지웅을 쳐다보다가, 더 길게 얘기해 봤자 싸울 것 같아서 그냥 피하는 쪽을 선택했다.
"그럼 출근하세요. 전 이만."
유경은 대충 인사를 하고 엘리베이터 문이 열리자마자 내리려는데.
"아얏!"
지웅이 유경의 손목을 확 낚아챘다. 유경이 놀라서 고개를 돌리자, 지웅이 그녀의 손을 응시했다. 정확히는 그녀의 손가락에 끼워져 있는 반지를.
"이거 뭐냐?"
미간을 잔뜩 찌푸린 얼굴로 지웅이 물었다. 유경은 지웅의 손을 뿌리치며 원망스레 쳐다봤다. 그러곤 자신 있게 대답했다.
"커플링 처음 봐요?"
유경의 당돌함에 지웅은 실소를 터뜨리며 반지를 뚫어져라 쳐다봤다.

아침부터 지웅과 한바탕하고 사무실로 돌아온 유경은 책상 앞에 앉아서도 쉽게 화가 가라앉지 않았다.

'커플링? 진짜 더럽게 안 어울리네.'

'뭐라고요?'

'지금 한가롭게 연애질하고 돌아다닐 때가 아닐 텐데?'

'왜요? 난 연애하면 안 돼요? 그리고 그쪽이 뭔데 남의 사생활까지 간섭하세요?'

'너 자신 있냐? 영상 말이야.'

'네! 그리고 영상 지금 거의 마무리 단계거든요?'

'마무리? 좋아. 기대할게.'

비웃던 지웅의 얼굴이 떠오른 유경은 이를 악물고 마우스를 꽉 잡았다.

"내가 진짜 이거 빨리 완성해서, 서지웅 그 인간이랑 연을 완전히 끊어 버려야지."

유경은 손가락에 끼워진 반지를 물끄러미 응시했다. 그러다 문득 어제 녀석이 했던 말이 생각났다.

'나도 그렇고 너도 손을 많이 쓰는 직업이니까, 심플한 걸로 골랐어. 화려한 거 원하면 따로 하나 더 해 줄게.'

반지 하나를 고르는 데도 나를 위한 배려가 넘쳤다. 녀석의 세심함에 감동한 유경은 반짝거리는 반지를 웃으며 바라봤다.

4시간 후.

최 비서가 사무실 문을 열고 들어왔다. 헤드셋을 낀 유경은 그것도 모른 채 작업에 집중하고 있었다. 진지한 눈빛으로 모니터를 보고 있는 유경을 최 비서가 신기하게 쳐다봤다.

"저거 봐. 일할 땐 멋있다니까."

사실 처음엔 지웅이 왜 그렇게까지 유경에게 집착하는지 이해가 되지 않았다. 유경이 예쁜 편에 속하긴 하지만, 솔직히 첫눈에 반할 정도로 소름 끼치게 예쁜 얼굴은 아니었다. 게다가 지웅의 주변엔 연예인 뺨치게 예쁜 여자들이 많았다. 단지 그가 눈길을 주지 않아서 문제였지. 그런데 왜 하필 우유경 저 여자일까?

요 근래 그게 가장 큰 미스터리였던 최 비서는 마침내 그 이유를 알 수 있었다. 며칠간 그녀와 같이 일하며 겪어 본 결과, 일단 그녀와 같이 있으면 기분이 좋아졌다. 그녀의 밝음이 전염되는 느낌이랄까.

털털하고 웃음이 많은 그녀는 상대방을 불편하거나 불쾌하게 만들지 않으려고 노력하는 사람이었다. 적당한 위트와 넘치는 배려심은 그녀의 가장 큰 매력이었다. 그런 성격을 가진 사람이면 예뻐 보이는 게 당연했다.

아마 지금 자신이 열거한 유경의 매력들을 지웅도 이미 다 알고 있을 것이다. 그러니 그렇게 푹 빠졌겠지.

최 비서가 중얼거리며 유경에게로 다가갔다.

똑똑.

책상 위에 노크를 하자, 그제야 유경이 고개를 들었다.

"어? 대표님, 언제 오셨어요?"

유경이 헤드셋을 벗고 활짝 웃었다. 최 비서가 화답이라도 하듯 웃으며 말했다.

"점심 식사 안 하세요?"

"시간이 벌써 그렇게 됐어요?"

"네. 가시죠. 오늘은 제가 살게요. 초밥 괜찮으시죠?"

"초밥이요? 네. 좋죠."

"그럼 준비하고 내려오세요. 로비에서 기다릴게요."

"네!"

유경의 대답을 듣고 최 비서가 먼저 나갔다.

유경은 작업하던 프로그램을 저장하고 컴퓨터를 종료시켰다. 그리고 서둘러 외투를 걸치고 로비로 향했다.

일식당.

유경은 최 비서를 따라 룸으로 들어갔다. 고급스러운 인테리어로 꾸며진 전통 일식집을 둘러보며 유경이 조심스레 물었다.

"점심인데 너무 무리하시는 거 아니에요? 여기 비쌀 것 같은데."

"런치는 별로 안 비싸요. 그리고 가격보다 여기 초밥이 엄청 맛있어요. 드셔 보시면 아마 깜짝 놀랄 거예요."

"어제 그 커피처럼요? 어제 사다 주신 커피 진짜 맛있었어요. 아, 그리고 우산도 너무 감사했어요."

"우산이요?"

"대표님이 어제 사무실 앞에 검은색 장대 우산 놓고 가신 거 아니었어요?"

내 우산이 어디 갔나 했더니 여기로 갔었구나. 어제 주차장에서 내려 집까지 비를 쫄딱 맞고 걸어가야 했던 최 비서가 괜히 코를 훌쩍였다.

"유경 씨가 잘 쓰고 갔다니 다행이네요. 우산은 꼭 돌려주세요. 선물받은 거라서."

"네. 그럴게요. 근데 누구한테 선물받은 건데요? 애인?"

"아니요. 그냥 아는 형님이 해외 출장 갔다가 사다 주신 거예요. 근데 아마 기억도 못 하실 거예요."

어떻게 지가 사 준 선물을 도로 뺏어 가서 짝사랑하는 여자한테 던져 주냐. 나쁜 사장님.

최 비서가 내심 속상한 마음을 내비치며 국물을 마시고 있는데.

"대표님!"

유경이 대뜸 비장한 표정으로 최 비서를 불렀다. 최 비서가 두 눈을 동그랗게 떴다.

"왜요?"

"대표님도 그거 아셨어요?"

"뭘요?"

"서지웅 씨 우리랑 같은 건물에 있대요."

"캑캑……. 네?"

최 비서가 하마터면 물을 뿜을 뻔했다. 이놈의 사장님이 드디어 들켰구나. 그렇게 뻔질나게 왔다 갔다 하더니. 들키고 말았어. 일단 시치미를 떼자.

"그게 무슨 말씀이신지?"

"대표님도 모르셨구나. 서지웅 씨 자동차 딜러인 건 아시죠?"

"디, 딜러요?"

"네. 근데 딜러도 본사에서 일을 하나? 이상한데……."

"네! 해요. 딜러도 본사에서 일합니다."

"그래요?"

"네! 그럼요."

"그걸 어떻게 아세요?"

"그, 그…… 제가 잘은 모르지만, 아마 그럴 거예요."

최 비서의 허술한 거짓말에 유경은 고개를 갸웃했다. 위기에 봉착한 최 비서를 살린 건 초밥이었다. 종업원이 음식을 들고 들어왔다.

"우와. 맛있겠다."

형형색색의 초밥을 보자 유경은 금세 의심을 거두고 두 눈을 반짝거렸다. 최 비서가 남몰래 안도의 한숨을 내쉬었다. 그러곤 바로 옆에 있는 미닫이문을 살짝 흘겨봤다.

"대표님도 어서 드세요."

"네? 네. 유경 씨도 많이 드세요."

"근데 여기 룸이 되게 커요. 이거 미닫이문 열면 옆에도 손님이 있나?"

뜨끔한 최 비서가 서둘러 말을 돌렸다.

"어? 반지 못 보던 건데!"

"아…… 이거 어제 받은 거예요."

"남자 친구한테요?"

"네."

"두 분은 어떻게 만났어요?"

꽤 자연스럽게 말을 돌린 최 비서가 스스로 만족해하며 유경의 대답을 기다렸다.

남자 친구 얘기에 유경의 얼굴이 발그레해졌다. 아마 지금 그녀의 모습을 지웅이 봤다면 상을 뒤엎었을지도 모른다고, 최 비서는 속으로 생각했다.

"원래는 옆집 살던 동생이었어요."

"오, 연상연하 커플이시구나."

"네. 하하. 제가 남자 친구보다 나이가 좀 있어요. 근데 같이 있으면 그런 거 하나도 안 느껴져요. 남자 친구가 엄청 어른스럽거든요. 그래서 듬직해요."

남자 친구 얘기를 하는 그녀의 얼굴엔 웃음꽃이 만개했다. 이런 분위기에 찬물을 끼얹어야 하는 최 비서의 마음이 불편했다. 최 비서가 머뭇거리다가 겨우 입을 열었다.

"저기…… 서지웅 씨 말인데요."

"서지웅 씨는 왜요?"

지웅의 이름을 듣자마자 그녀의 얼굴에 피어 있던 꽃이 순식간이 사그라들었다. 그리고 경계의 눈빛이 떠올랐다. 최 비서는 이미 질문도 전에 답을 들은 것 같았다.

"서지웅 씨도 남자답고, 카리스마 있고, 듬직하거든요. 게다가 아버지가 엄청 부자래요."

"그럼 뭐 해요. 대표님도 저번에 그러셨잖아요. 부자면 뭐 하냐고. 성격이 개떡 같은데."

"네? 제가 언제요! 저 그런 말 한 적 없거든요!"

"에이, 기억 안 나세요? 저번엔 서지웅 씨 욕 엄청 했으면서. 막 성격도 불같고, 욕도 잘한다고."

"그건 다른 사람! 다른 서지웅 씨 얘기 한 거였어요."

최 비서의 아무 말 대잔치에 유경은 의아했다. 점잖던 대표님이 오늘따라 왜 저렇게 정신이 없을까?

유경은 애써 웃으며 초밥을 입에 쏙 집어넣었다. 역시 맛있었다. 다음에 서하랑 꼭 같이 와야겠다는 생각을 하며 유경은 오물오물 맛있게 먹었다.

한편, 최 비서가 오늘 눈알 빠지게 흘끔거리던 미닫이문 너머엔 지웅이 있었다. 유경과 최 비서가 있는 룸보다 훨씬 더 넓은 공간이었다.

그곳에서 홀로 밥을 먹던 지웅이 젓가락을 던지듯 내려놓았다. 그리고 물을 마시며 옆에서 들리는 소리에 귀를 기울였다. 대화의 주제는 여전히 자신의 뒷담화였다.

“서지웅 씨는 자신을 너무 숨기는 것 같아요. 그래서 그 사람 진짜 모습이 어떤 건지 모르겠어요.”

무슨 기회를 줘야, 내 진짜 모습을 보여 주든가 말든가 하지. 매번 도망가기 바빴으면서. 지웅은 너무 억울해서 당장 문을 열고 들어가 그녀에게 따지고 싶었다. 왜 나랑은 같이 밥도 한번 안 먹어 주냐고.

지웅이 물을 벌컥벌컥 마시며 겨우 속을 달래고 있는데, 또 그녀가 신경에 거슬리는 발언을 하고 있었다.

“무조건 사랑이 우선이죠. 저는 조건 맞는 사람보다 제가 사랑하는 사람이랑 결혼할 거예요. 아무리 재벌이 와서 결혼하자고 해도 안 해요. 사랑하지도 않는 사람이랑 어떻게 결혼을 해요?”

유경의 말을 가만히 듣던 지웅은 그녀와 저 사이를 가로막은 문을 굳은 얼굴로 응시했다.

명성자동차 사장실.

점심 먹은 게 얹혔는지 지웅의 안색이 좋지 않았다. 최 비서가 집에 가서 쉬라고 권유했지만, 결재해야 할 서류가 산더미처럼 쌓여 있었다. 집에 가고 싶어도 갈 수가 없었다. 지웅은 답답한 마음에 셔츠 맨 위의 단추를 거칠게 풀어 헤치며 일에 집중하려 노력했다.

그런데 그때, 인터폰이 시끄럽게 울렸다. 지웅이 미간을 찌푸리며 인터폰을 받았다.

— 사장님, 부영식품 상무님 오셨…….

쾅.

최 비서의 말이 끝나기도 전에 사장실 문이 열리더니, 쇼트커트 헤어스타일을 한 여자가 들어왔다. 지웅은 수화기를 던지듯 내려놓고 다시 서류를 들여다봤다.

"서지웅 씨, 안녕하세요. 제가 급하게 드릴 말씀이 있어서 왔어요. 잠깐 얘기 좀 하시죠."

그녀는 제멋대로 들어와서 제멋대로 소파에 앉았다. 그리고 제멋대로 지웅을 불렀다.

그러거나 말거나, 지웅은 여자에게 눈길도 주지 않고 결재 서류에 사인을 했다.

"서지웅 씨! 저 바쁘거든요? 빨리 얘기 끝내고 가 봐야 해요. 뒤에 스케줄 있어요."

"아이 씨."

갑자기 지웅의 입에서 거친 욕이 튀어나오자, 여자가 놀라서 두 눈을 동그랗게 떴다. 지웅이 결재판을 책상 위에 내던지더니 자리에서 일어났다. 그러곤 허리춤에 손을 얹고 여자를 매섭게 노려봤다.

"야. 너 나보다 바빠?"

"저기요. 초면에 너라뇨. 조금 어이가 없네요."

"나야말로 존나 바쁘니까, 할 얘기 있으면 빨리하고 꺼져."

입에 걸레를 물었나. 말끝마다 욕뿐인 지웅을 당황스럽게 바라보던 여자는 덜덜 떨리는 손을 꽉 부여잡았다. 그리고 애써 침착한 얼굴로 이곳에 찾아온 용건을 말했다.

"주말에 맞선 취소해 주세요!"

"내가 왜?"

"왜긴요. 사랑하지도 않는 사람이랑 결혼을 어떻게 해요?"

지웅의 표정이 구겨졌다. 문득 아까 유경이 했던 말이 떠오른 것이다.

유경과 같은 말을 하는 여자를 지웅이 매서운 눈초리로 쳐다봤다. 여자가 움찔했다.

"왜, 왜요? 왜 그렇게 보세요? 제가 무슨 틀린 말 했어요? 저는요, 제가 사랑하는 사람이랑 결혼할 거예요. 서지웅 씨처럼 무례한 사람 말고!"

"너 지금부터 내가 하는 말 잘 들어."

"……."

"난 내가 사랑하지 않는 여자랑 결혼할 거야."

"……."

"왜? 불행한 건 나 하나면 되니까."

"저기…… 그럼 그쪽과 결혼할지도 모르는 나는 불행해도 된다는 거예요?"

"그건 내 알 바가 아니지."

지웅의 표정이 더욱 살벌해졌다. 그는 여자를 향해 낮은 목소리로 말했다.

"그러니까 주말에 시간 맞춰서 나와. 늦지 말고. 니가 늦으면 내가 그 엿 같은 곳에서 노인네들한테 잔소리 들어야 하잖아. 바빠 죽겠는데."

"……."

"도망갈 생각도 접어. 내가 너 어떻게든 찾아내서 식장에 세울 거니까. 알았어?"

재계의 망나니라는 소문은 익히 들어 각오는 했지만, 생각보다 훨씬 더 미친놈이었다. 토끼 눈이 된 여자가 딸꾹질을 하며 소파에서 벌떡 일어났다. 그러곤 지웅이 붙잡을세라 후다닥 바깥으로 도망갔다.

최 비서가 차를 들고 들어왔다. 밖에서 두 사람의 대화를 들은 최 비서가 지웅을 향해 걱정스레 물었다.

"괜찮으세요? 정말 이 결혼 하시려고요?"

"아니."

"그럼 아깐 왜……."

"결혼은 저 여자가 망치게 할 거야. 괜히 내가 나섰다가 아버지 눈 밖에 나면 곤란하니까."

"아……."

그런 거라면 아무래도 성공인 것 같았다. 사장실을 뛰쳐나오던 여자의 겁에 질린 얼굴을 떠올리며 최 비서가 작게 한숨을 내쉬고 있는데.

"근데 너 우유경한테 내 욕 하고 다녔냐?"

"아니요!"

지웅이 다 들었으니까 좋은 말로 할 때 불어, 라는 눈빛으로 쳐다보자 최 비서가 이실직고했다.

"처음에만 살짝 했어요. 유경 씨랑 친해지려고. 원래 같이 뭔가를 욕하면서 친해지는 것만큼 쉬운 방법이 없거든요."

"핑계도 가지가지다?"

"진짜예요."

"나가."

지웅이 손짓하며 나가라고 하자, 최 비서가 나가려다가 말고 다시 뒤를 돌았다.

"사장님, 아까 들어서 다 아시겠지만……. 우유경 씨는 사장님께 전혀 마음이 없는 것 같아요. 게다가 남자 친구도 있고, 이쯤에서 그만하시는 게……."

최 비서가 용기를 내서 말했다. 하지만 지웅은 들은 척도 하지 않고 뒤로 돌아 창가에 섰다.

사실 아까 지웅의 진짜 모습이 무엇인지 모르겠다는 유경의 말에 최 비서는 격하게 공감했다. 지금도 저렇게 자신의 진짜 표정을 감추기 위해 등을 보이고 있으니, 가까이 있는 것 같아도 멀게 느껴졌다. 저한테라도 솔직하게 말하면 좋을 것을.

최 비서는 지웅의 뒷모습을 안타깝게 바라보다가 조용히 밖으로 나갔다.

문이 닫히고, 지웅은 마른세수를 하며 작게 한숨을 내쉬었다.

"뭘 그만하라는 거야. 아직 시작도 안 했는데……."

답답해서 죽을 것만 같았다. 순간 치밀어 오르는 화를 주체하지 못하고 지웅은 주먹으로 책상을 쾅, 하고 내리쳤다.

"너도 진짜 지극정성이다."

매일 퇴근 시간에 맞춰 유경을 데리러 가고, 저녁 먹이고, 집까지 데려다준 후 저녁 늦게야 집에 돌아오는 서하를 향해 유성이 엄지를 치켜세웠다. 서하는 괜히 멋쩍어서 말을 돌렸다.

"형은 오늘 출근한다더니, 잘 다녀왔어요?"

"어. 나 회사 갔다가 대박 소식 들었어. 명성자동차 사장이랑 우리 회사 막내딸이랑 결혼한대. 부영식품 주식 좀 미리 살까?"

서지웅 소식은 1도 관심 없었다. 서하는 괜히 들었다는 표정으로 겉옷을 벗어 옷걸이에 걸었다.

피팅룸까지 따라 들어온 유성이 뒤에서 계속 종알거리며 수다를 떨었다.

“근데 유경이 걔는 지금 무슨 영상 같은 걸 만든다던데, 도대체 입봉은 언제 한대? 지금 그러고 알바나 하고 있을 때가 아닌데. 애가 왜 그렇게 철이…….”

서하가 유성을 매섭게 노려보자, 유성이 말끝을 흐렸다.

“형.”

“어. 왜?”

“입봉하는 게 쉬운 줄 알아요? 그래도 지금 누나 나이에 조감독까지 간 거 대단한 거예요. 어제 형이 재밌게 본 형사물, 그 영화감독님도 입봉하는 데 17년이나 걸렸어요.”

“알았어. 내가 생각이 짧았어. 우리 야식 시켜 먹을래?”

유성이 말을 돌렸지만, 우유경 대변인 채서하의 잔소리는 끝나지 않았다.

“옆에서 너무 입봉 언제 하냐고 닦달하지 마세요. 누군 하기 싫어 안 하나. 본인이 가장 바라는 게 그건데, 지금 얼마나 힘들겠느냐고요. 형, 아셨죠?”

유성은 입도 뻥긋 못 하고 고개를 끄덕이더니 조용히 거실로 나갔다.

옷을 다 갈아입은 서하는 핸드폰을 꺼냈다. 그리고 아까 그녀와 함께 저녁을 먹고 산책하며 같이 들었던 OST를 재생시켰다. 피팅룸에 울려 퍼지는 감미로운 피아노 선율과 함께 얼마 전 극장에서 영화를 보며 행복해하던 그녀의 미소가 떠올랐다.

서하가 서둘러 음악을 끄고 누군가에게 전화를 걸었다.

— 아이고, 이게 누구야. 서하니?

스피커 너머로 학과장의 들뜬 목소리가 들렸다.

— 고민은 다 끝났어? 이번 주까지는 결정을 좀 해 줬으면 좋겠는데.

학과장이 졸업식 날 서하를 급하게 호출한 이유는 다름 아닌 「애니와 샘」 리메이크 각색 때문이었다. 그땐, 좀 더 생각해 본다고 결정을 미뤘던 서하가 다부진 눈빛으로 말했다.

"교수님, 각색 제가 하겠습니다."

— 진짜? 로맨스는 자신 없다더니. 괜찮겠어?

학과장의 말에 서하가 웃으며 대답했다.

"네. 갑자기 자신이 생겼어요. 지금이라면 잘할 수 있을 것 같아요."

유경이 제일 좋아하는 영화가 한국에서 리메이크된다니. 이 소식을 그녀가 들으면 기뻐할 거라는 생각에 미소가 절로 지어졌다.

— 그래. 그럼 같이 잘해 보자. 근데 우리가 다음 주에 판권 연장하러 미국을 가야 하는데. 존 라이너 감독님이 각색 작가를 만나고 싶어 하셔.

기분 좋게 웃으며 통화를 하던 서하의 표정이 갑자기 진지해졌다.

— 서하야, 다음 주에 나랑 같이 미국으로 가 줄 수 있겠니?

13.

나 좀 사랑해 줘

어제도 밤새 작업하느라 유경의 두 눈이 퀭했다. 피폐한 몰골로 로비에 들어선 유경은 터덜터덜 걷다가 갑자기 걸음을 멈췄다. 엘리베이터 앞에 서 있는 서지웅 때문이었다.

후다닥 자동차 모형 뒤에 숨은 유경은 지웅을 째려봤다.

'저 인간은 생긴 거랑 다르게 회사 엄청 열심히 다니네. 불편해 죽겠어.'

유경이 속으로 지웅의 흉을 보고 있는데.

"유경 씨, 여기서 뭐 하세요?"

갑자기 뒤에서 최 비서가 큰 소리로 알은척을 했다.

"쉿!"

혹시라도 지웅이 뒤를 돌아볼까 봐 겁을 먹은 유경은 얼른 검지를 세워 입가에 가져다 댔다. 그녀의 바람대로 최 비서는 입을 꾹 다물고 유경을 따라 모형 뒤에 숨었다. 그러곤 그녀가 보고 있던 곳을 응시했다. 그곳엔 지웅이 있었다.

최 비서는 난처한 기색으로 유경을 바라보았다. 이 여자, 사장님 정말 싫어하나 보다.

"대표님. 저는 비상계단으로 올라갈게요."

"네?"

얼마나 싫었으면, 며칠째 밤새 일하느라 다크서클이 턱까지 내려온 여자가 6층을 걸어 올라간다고 하겠는가. 최 비서가 말릴 새도 없이 유경은 비상구로 달려갔다.

"어후. 허억. 죽겠다."

계단이 어찌나 많은지 이제 겨우 3층 올라왔는데, 체감은 10층 넘게 올라온 것 같았다.

"내가 진짜 내일은 꼭 끝내고 만다. 영상 다 만들면 이 회사 근처에도 오지 말아야지."

유경은 이를 악물고 열심히 계단을 올라갔다.

드디어 6층이다. 마치 산 정상에 도착한 사람처럼 유경이 환희에 찬 얼굴로 문을 열었는데.

"으악, 깜짝이야!"

문 앞에 지웅이 서 있었다.

"그쪽이 왜 여기 있어요?"

지웅은 저를 벌레 보듯 쳐다보는 유경이 마음에 들지 않아 퉁명스럽게 말했다.

"너 아까 로비에서 나 대놓고 피하더라?"

"참나. 진짜 이상한 사람이네. 내가 그쪽 대놓고 피하는 거 알면서, 왜 굳이 여기까지 올라와서 알은척해요?"

"줄 게 있어. 기다려 봐."

잠시 머뭇거리던 지웅이 주머니에 손을 넣었다. 유경은 그의 코트 주머니가 툭 튀어나와 있는 것을 보자마자 손사래를 쳤다.

"꺼내지 마세요! 저 안 받을래요."

유경이 딱 잘라 거절하자, 지웅이 불퉁한 눈빛으로 그녀를 째려봤다.

"뭔지 알고 안 받는대? 1억이 나올 수도 있고, 10억이 나올 수도 있는 주머니야."

"100억이 나와도 서지웅 씨가 주는 건 안 받아요."

순간 지웅의 표정이 싸늘해졌다.

"야. 너 뭘 믿고 이렇게 까부냐?"

지웅이 시비조로 묻자, 유경은 살짝 기가 죽었다.

"채서하, 그 자식이 시켰지? 나 보면 도망가고, 나랑 말도 섞지 말라고."

"말이 나와서 하는 얘긴데요. 서하한테 들었어요. 두 사람 별로 사이 안 좋다면서요."

"그냥 안 좋은 정도가 아닐 텐데?"

"이쯤에서 그만하세요."

"뭘 그만해?"

"서하 때문에 일부러 저 괴롭히는 거잖아요."

"괴롭혀? 내가 널 언제 괴롭혔는데."

"지금이요. 지금 괴롭히고 있잖아요."

유경의 말에 지웅은 어딘가 한 대 맞은 듯 경직되었다. 갑자기 지웅이 아무 말도 하지 않고 저를 빤히 쳐다보자, 유경은 서둘러 말을 이었다.

"영상은 내일이면 다 만들어질 거예요. 제가 영상 만들겠다는 약속 지켰으니까, 서지웅 씨도 거기에 대한 보답을 해 줬으면 좋겠어요."

"무슨 보답?"

"앞으로 두 번 다시 그쪽 볼 일 없었으면 좋겠어요."

유경은 아주 날카로운 칼날로 선을 긋듯이 말했다. 그러곤 지웅을 지나쳐 사무실로 들어가 버렸다.

복도에 홀로 남은 지웅은 한참이 지나도록, 그 자리를 떠나지 못하고 멍하니 서 있었다.

"으…… 졸려."

노트북 앞에 앉아 꾸벅꾸벅 졸던 유경의 두 눈이 새빨갰다. 더는 못 참겠다. 30분만 자고 일어나자. 유경이 쓰러지듯 책상 위에 엎드렸다. 곧 새근새근 숨소리가 들렸다.

이마가 책상에 닿자마자 잠이 든 유경은 30분이 지나도 깨어나지 못했다.

1시간 후.

"헤헤."

무슨 좋은 꿈이라도 꾸는지 유경이 히죽 웃었다. 그녀는 지금 서하와 카페에서 데이트하는 꿈을 꾸고 있었다.

"으악!"

그런데 갑자기 꿈에서 지웅이 나타나자 유경이 화들짝 놀라 두 눈을 번쩍 떴다.

"아씨. 그 사람은 왜 꿈에까지 나타나는 거야. 서하랑 카페에서 커피도 마시고 좋았는데."

유경은 자리에서 일어나 씩씩거렸다. 그런데 정말 어디선가 은은한 커피 향이 났다. 향기의 근원지는 책상 위였다. 까만 일회용 종이컵에서 김이 모락모락 올라오고 있었다.

"대표님이 놓고 가셨나?"

아마 이 향기 때문에 카페에서 녀석과 커피 마시는 꿈을 꿨나 보다. 잠이 든 자신이 깰까 봐 몰래 커피를 두고 간 최 대표의 세심함에 유경은 감동했다. 그러곤 따뜻한 커피를 홀짝홀짝 마셨다.

잠도 잤겠다, 맛있는 커피를 마시니 정신이 번쩍 들었다. 유경은 다시 노트북을 켜 작업에 박차를 가했다.

"오케이! 끝!"

드디어 모든 작업을 마무리했다. 이제 최종 확인만 남겨 둔 상태였다. 정말 내일이면 끝이라는 생각에 마음이 들떴다.

일도 힘들었지만, 사실 그동안 녀석 때문에 마음이 많이 불편했었다. 녀석은 티를 내지 않는다고 했겠지만, 유경은 다 알고 있었다. 매일 퇴근 시간에 맞춰 데리러 오고, 문자로 무슨 일 없었는지 수시로 확인하고. 혹시라도 내가 서지웅과 만나기라도 했을까 봐, 녀석은 항상 불안해했다.

이제 작업도 다 끝났겠다, 오늘은 직접 물어볼까? 도대체 서지웅이랑 무슨 악연이냐고.

지이잉. 지이잉.

양반은 못 되는지 녀석에게서 문자가 도착했다.

[회사 앞이야. 일 다 끝나면 천천히 내려와.]

문자를 받자마자 유경은 서둘러 외투를 걸쳤다.

로비에 내려온 유경의 발걸음이 빨라졌다. 비상등을 켠 채 도로변에 정차되어 있는 녀석의 차를 발견한 것이다. 마찬가지로 달려오는 유경을 발견한 모양인지 서하가 차에서 내려 보도로 올라왔다. 유경이 환하게 웃으며 녀석에게로 달려갔다.

목도리가 풀어져 땅에 끌리는 줄도 모르고 신나게 달리던 유경은 그만 목도리를 밟고 그대로 넘어지려는데.

"으아아악!"

양팔을 마구 휘저으며 넘어지지 않으려 몸개그를 하는 유경을 서하가 얼른 달려가 품에 안았다. 쿵, 하고 녀석의 가슴팍에 머리를 박은 유경은 멋쩍게 웃으며 고개를 들었다.

"미안."

서하가 유경의 어깨를 잡아 바로 세웠다. 그러곤 목도리에 묻은 먼지를 털어 낸 후 유경의 목에 돌돌 말아 주었다.

"그냥 안아 달라고 해도 안아 줬을 텐데."

"담부턴 그럴게."

유경이 배시시 웃자, 서하가 물었다.

"무슨 기분 좋은 일 있었어?"

"응. 나 영상 다 만들었어. 내일 최종 확인만 하면 돼."

"진짜? 잘됐네. 그렇지 않아도 나 너한테 할 얘기가 있……."

서하가 말을 꺼내려던 그때였다.

부아아아앙—

멀지 않은 곳에서 고급 승용차가 미친 속도로 달려오고 있었다. 그 소리를 들은 서하와 유경의 시선이 도로로 향했다.

유경의 두 눈이 커다래졌다. 차의 주인이 누군지 잘 알고 있었기 때문이다. 서지웅 저 미친놈! 유경이 속으로 욕을 하고 있는데, 갑자기 녀석이 저를 품에 꽉 안고 몸을 돌렸다.

그 순간.

첨벙! 촤아아악!

서지웅의 차가 빗물 고인 웅덩이를 지나가며, 인도에 빗물을 뿌렸다. 그 바람에 서하가 빗물을 그대로 뒤집어쓰고 말았다.

서하 덕분에 물벼락을 피할 수 있었던 유경은 살며시 고개를 들어 녀석을 바라봤다.

"괜찮아?"

"어."

단답형으로 말하는 녀석의 표정은 전혀 괜찮아 보이지 않았다. 녀석은 도로를 질주하는 차 뒤꽁무니를 노려보고 있었다. 아무래도 녀석도 차의 주인이 누구인지 아는 모양이었다.

오늘에야말로 녀석에게 서지웅과 무슨 악연인지 묻고 싶었던 유경은 입을 다물 수밖에 없었다.

백미러로 껴안고 있는 두 사람의 모습을 보자 지웅은 부아가 치밀었다.

차를 달려 집에 도착한 지웅은 거실에서 우아한 자태로 차를 마시고 있는 윤성희를 본 척도 하지 않고 방으로 들어가 버렸다.

"어떻게 인사 한 번을 안 해. 저 싸가지 없는 놈."

차 맛이 뚝 떨어졌는지, 윤성희가 찻잔을 테이블 위에 세게 내려놓았다. 그러곤 자리에서 일어나 방으로 들어갔다가 다시 거실로 나왔다. 그녀는 슬그머니 2층으로 올라갔다.

문 앞을 서성이던 윤성희는 방문을 살짝 열고 안을 들여다봤다. 예상대로 지웅이 씻고 있는지 보이지 않았다. 윤성희가 얼른 안으로 들어갔다. 그리고 뭔가를 찾는 듯 두리번거리다가 책상 위에 놓인 핸드폰을 발견하곤 화색이 돌았다.

핸드폰을 집어 든 윤성희가 액정을 터치했다. 하지만 잠금이 걸려 있었다.

그럼 그렇지. 이걸 어쩐다.

고민하던 윤성희의 시야에 침대 밑에 떨어진 지웅의 코트가 들어왔다. 코트 주머니가 튀어나온 것을 의아하게 쳐다보던 윤성희는 재빨리 핸드폰을 내려놓고 코트를 주워 들었다. 그리고 얼른 주머니에 손을 넣었다. 주머니에서 작은 상자를 꺼내 든 윤성희는 당황스러웠다.

"세상에. 서지웅이 이런 걸 샀어? 오래 살고 볼 일이네."

명품 로고가 박힌 상자를 열자 머리핀이 나왔다.

철컥.

하필 그때, 욕실 문이 열리고 지웅이 등장했다. 샤워 가운을 입은 그는 험악한 얼굴로 윤성희를 노려봤다.

"누구 맘대로 내 방에 들어와!"

지웅이 윤성희의 손에 들린 머리핀을 홱 뺏더니 소리를 버럭 질렀다.

"같이 사는 사이에 방에도 못 들어오니? 너도 내 방 많이 들어왔잖아. 들어오기만 했나? 내 물건 뒤졌잖아."

"당신이랑 말 섞을 기분 아니니까, 꺼져."

지웅이 윤성희를 문 쪽으로 세게 밀쳤다. 그러자 휘청거리며 뒤로 밀려난 윤성희가 지웅의 손이 닿았던 제 팔을 기분 나쁘다는 듯 털며 말했다.

"그 머리핀은 누구 주려고 샀을까? 부영식품 막내? 아니다. 그 여잔 머리가 짧던데. 너 정말 여자 있니?"

"남의 사생활에 신경 꺼. 그쪽이랑 상관없잖아."

"왜 상관이 없어? 부영식품 막내는 내가 탐내고 있던 며느리인데. 듣기론 아주 현명하고 착하다더라. 너랑은 안 어울리지."

"하."

지웅은 너무 어이가 없어서 실소를 터뜨렸다.

"왜 웃니?"

"아줌마 미쳤어? 지금 어디다 누굴 들이대. 부영식품에서 고작 작가 나부랭이한테 금지옥엽 막내딸을 내줄 것 같아? 꿈도 크시네."

"작가 나부랭이?"

자존심이 상한 윤성희가 지웅을 노려봤다.

"얘, 내 꿈 별로 안 커. 난 그저 니가 망하는 거 보고 죽는 거. 그거 하나야."

"그래? 그럼 난 망할 것 같으면 아줌마 먼저 죽여 버려야겠네. 아, 채서하부터 죽여야지. 내 꿈은 아줌마 눈에서 피눈물 나는 거니까."

당황한 표정으로 서 있던 윤성희가 돌연 미소를 지으며 말했다.

"서하가 죽으면 그 애 여자 친구가 많이 슬퍼할 텐데?"

"……뭐라고?"

"너 우유경 알지?"

"알면?"

"그냥. 나도 알고 있다는 거 너한테 알려 주고 싶어서. 그럼 잘 자렴."

윤성희가 비웃음을 치며 밖으로 나가자, 지웅은 분노 가득한 얼굴로 들고 있던 머리핀을 바닥으로 내던졌다. 대리석 바닥 위에 떨어진 머리핀은 그의 마음처럼 두 동강 나 버렸다.

서하가 학과장을 만나러 모교를 찾았다.

길을 걷다 문득 벤치 쪽을 돌아본 서하의 입가에 미소가 번졌다.

저 벤치였다. 졸업식 날 유경이 나타나 멋지게 제 손을 잡아끌었던 곳.

그날 다짐했다. 두 번 다시 그녀의 손을 놓지 않겠다고. 무슨 일이 있어도 옆을 지키겠다고.

사실 어제 그녀에게 같이 미국으로 가자는 말을 하려고 했다. 하지만 서지웅 그 자식 때문에 옷이 엉망이 됐고, 서둘러 집으로 돌아갈 수밖에 없었다.

생각해 보면 오히려 잘된 일이었다. 오늘 좀 더 화기애애한 분위기 속에서 말할 수 있게 됐으니까.

그녀는 오늘 회사에 완성된 영상을 넘기고, 내일부터는 더 이상 출근하지 않을 거라고 했다. 서하의 마음이 한결 가벼워졌다.

어느새 학과장실 앞에 도착한 서하는 노크를 하고 안으로 들어갔다.

"졸업하더니 얼굴이 더 좋아졌네?"

학과장이 서하를 반갑게 맞이했다. 두 사람은 차를 마시며 얘기를 나눴다.

"다음 주 수요일 출국 예정이고, 비행기 티켓이랑 숙박은 우리 제작사에서 다 준비할 거니까, 서하 넌 몸만 오면 돼."

"네. 근데 교수님. 드릴 말씀이 있는데요."

"뭔데? 혹시 안 한다는 얘긴 아니지?"

학과장이 불안에 떠는 목소리로 묻자, 서하가 서둘러 입을 열었다.

"그게 아니라, 여자 친구도 같이 갔으면 해서요. 괜찮을까요?"

"그럼. 괜찮지. 근데 서하 너 여자 친구 있었니?"

학과장이 놀란 눈으로 묻자, 서하가 고개를 끄덕였다.

"아, 그래서 로맨스 자신 있다고 한 거였어? 여자 친구가 우리 회사 은인이었구먼. 그럼 당연히 같이 가야지. 미팅 일정도 빡빡하지 않으니까, 끝나고 둘이 데이트하면 되겠네. 그럼 여자 친구 티켓도 끊어 줄까?"
"아니요. 그건 제가 준비할게요. 숙박도 제가…… 예약하겠습니다."
서하가 멋쩍어하며 말하자, 학과장이 꾹 참다가 결국 웃음을 터뜨리고 말았다.
"푸하하."
"왜 웃으세요?"
"너 여자 친구 많이 좋아하는구나?"
"네."
"우리 학교는 아니지? 우리 학교였다면 니가 그렇게 학교를 안 나오진 않았을 테니까. 거참 신기하네. 집에서 글만 쓰는 녀석이 여자는 어디서 만난 거야?"
"원래 알던 사이예요."
"뭐 하는 여잔데?"
"같은 계통에 있어요."
"작가? 연출?"
"연출이요."
"그럼 더 잘됐네. 존 라이너 감독 제작사에서 지금 촬영하고 있는 영화가 있는데, 헐리우드 시스템은 어떤지 공부도 할 겸 여자 친구 데리고 세트장도 가 보고 그래. 아마 이번 미국 일정이 여자 친구한테 큰 도움이 될 거야."
"네. 그래서 꼭 데려가고 싶었어요."
서하는 학과장 앞이라 티는 내지 않았지만, 그녀와 함께 미국으로 떠날 생각에 기분이 매우 들떠 있었다. 분명 그녀도 좋아하겠지? 서하가 살짝 미소 지으며 학과장과 대화를 이어 나갔다.

얘기를 다 마친 후 인사를 하고 밖으로 나온 서하는 기분 좋게 웃으며 차에 올라탔다. 그리고 그동안 영상 만드느라 힘들었을 그녀를 위해 분위기 좋은 레스토랑을 예약하고, 차에 시동을 켰는데.

지이잉. 지이잉.

액정에 유경의 이름이 떠오르자, 서하가 얼른 전화를 받았다.

"벌써 다 끝났어?"

— 그게 아니라. 나 좀 늦을 것 같아.

그녀의 목소리가 초조했다. 서하가 걱정스레 물었다.

"무슨 일 있어?"

— 노트북이 없어졌어. 영상 저장해 놓은 외장 하드도 같이. 누가 훔쳐 갔나 봐. 도대체 이게 무슨 일인지 모르겠어.

당황한 모양인지 유경의 목소리가 작게 떨렸다. 그래서 서하가 일부러 더 침착한 말투로 물었다.

"CCTV는 확인해 봤어?"

— 지금 대표님이 보안실로 확인하러 갔어.

"다른 데 업로드해 놓은 건 없고?"

— 그저께 클라우드에 업로드한 파일이 있긴 한데. 노트북 못 찾으면 다시 이어서 작업하려고. 근데 아무래도 시간이 좀 걸릴 것 같아. 미안해. 기다리지 말고 오늘은 너 먼저 집에…….

"지금 당장 그 회사에서 나와."

차분하던 서하의 목소리가 고조되었다. 노트북을 훔쳐 간 사람이 누구인지 알 것 같았기 때문이다. 서하가 애써 화를 억누르며 말했다.

"그리고 집에 가 있어."

— 서하야…….

"나 믿지?"

— 어? 어…….

"그럼 내 말대로 해. 노트북은 내가 찾아 줄 테니까, 집에 가 있으라고."

힘없이 알았다고 말하는 유경의 대답을 끝으로 서하는 전화를 끊었다. 그러곤 곧장 차를 출발시켜 어디론가 향했다.

"사장님. 이건 진짜 아니에요!"

최 비서가 지웅을 향해 비난조로 말했다. 그럼에도 불구하고 지웅은 무표정한 얼굴로 책상 위에 놓인 노트북을 응시할 뿐이었다.

"유경 씨가 알면 아마 사장님 다신 안 보려고 할 거예요. 그러길 원하세요?"

"우유경한테 가서 일주일 더 시간 줄 테니까 영상 다시 만들라고 해."

"그게 다 무슨 소용이에요. 유경 씨가 여기 일주일 더 있는다고 뭐가 달라지는데요? 어서 그거 저한테 주세요. 제가 유경 씨 모르게 원래대로 갖다 놓을게요."

더는 두고 볼 수 없었다. 최 비서가 얼른 노트북과 외장 하드를 집어 품에 안았다.

"야. 내놔."

지웅이 자리에서 일어나 문 쪽으로 도망가는 최 비서를 따라갔다. 그런데 그때.

쾅!

거칠게 문이 열리고 누군가 들어왔다. 서하였다. 서하는 제일 먼저 최 비서가 품에 안고 있는 노트북을 봤다. 이럴 줄 알았다는 표정과 동시에 지웅을 죽일 듯이 쳐다봤다.

"이게 누구야? 여기서 보니까 더 반갑…… 윽!"

퍽!

서하가 지웅을 향해 성큼성큼 걸어가, 발로 그의 복부를 걷어찼다. 지웅이 뒤로 쓰러졌고, 서하는 바로 지웅의 멱살을 잡아 올렸다. 그리고 싸늘한 눈빛으로 지웅을 노려보며 말했다.

"내가 요즘 폭탄을 만들고 있는데."

"……."

"나쁜 곳에 쓰고 싶게 만들지 마, 이 미친 새끼야."

말이 끝남과 동시에 서하가 지웅의 얼굴을 주먹으로 내리쳤다.

한편, 서하의 말을 듣고 집으로 가려던 유경은 걸음을 돌려 보안실로 향했다. 도둑놈이 누군지 제 눈으로 확인하고 싶었기 때문이다.

곧이어 보안실 직원과 함께 CCTV를 확인한 유경의 표정이 굳어졌다.

격앙된 상태로 사장실을 나온 서하는 자꾸만 서지웅의 표정이 떠올라 기분이 더러웠다. 피가 나는 입술을 무심하게 닦으며 비소를 날리던 놈의 얼굴. 역시 한 대로 끝내는 게 아니었다는 생각이 들었다.

고개를 돌려 사장실을 노려보던 서하가 애써 화를 억누르며 복도를 걸었다.

"하아……."

무거운 한숨과 함께 엘리베이터로 향하고 있는데, 누군가 팔을 붙잡았다.

“잠깐만요!”

고개를 돌리자, 노트북을 품에 안은 남자가 팔을 잡고 있었다. 서하는 제 팔을 잡고 있는 남자의 손을 놓으라는 듯 빤히 쳐다봤다. 그러자 남자가 얼른 손을 내렸다.

“안녕하세요. 저는 서지웅 사장님 비서 최생록입니다.”

남자의 이름을 듣는 순간, 서하의 표정이 훨씬 더 차가워졌다. 유경에게서 생록의 이름을 들었던 기억이 떠올랐기 때문이다. 대표가 이름은 특이한데 평범하고 아주 좋은 사람이라고 말하던 그녀의 목소리가 생생했다.

서하가 생록을 무섭게 노려봤다.

“당신들 지금 뭐 하는 겁니까? 사람 가지고 장난치는 것도 정도가 있지.”

본인 비서까지 이용해서 유경을 속인 지웅에 대한 분노도 같이 끓어올랐다.

“죄송합니다. 저라도 사장님을 말렸어야 했는데…….”

“진짜 죄송하면, 앞으로 둘 다 유경이 근처엔 얼씬도 하지 마세요.”

“네. 주의할게요. 대신 유경 씨한텐 비밀로 해 줄 수 있을까요? 아무래도 유경 씨가 이 사실을 알면 상처받을 것 같아서요.”

“당연한 거 아닙니까? 말 안 할 테니까, 그쪽이나 서지웅 비서인 거 들키지 말고 좋게 마무리하세요.”

서하는 생록에 대한 칭찬을 아끼지 않았던 유경이 떠올라 착잡했다.

“비밀은 무슨! 저 이미 다 알았어요!”

이 목소리는? 서하와 생록이 놀라 고개를 돌렸다.

갑자기 벽 뒤에서 유경이 튀어나왔다.

"진짜 너무 황당해서 말도 안 나오네."

머리가 지끈거리는지 유경은 손으로 이마를 문질렀다. 보안실 직원을 통해 오늘 제이미디어 사무실에 출입한 생록과 지웅의 정체를 알게 된 유경은 생록을 원망스레 쳐다봤다.

"유경 씨……. 미안해요."

"됐어요. 대표님이 무슨 잘못이 있겠어요. 서지웅 씨가 시켜서 한 일일 텐데. 근데 이제껏 대표님이 저한테 베푼 호의들이 진심이 아니었다고 생각하니까 화가 나네요."

맛있는 커피도, 맛있는 식사도, 우산도……. 그게 다 서지웅이 시켜서 한 일이라는 거야? 유경은 너무 어이가 없어 실성한 듯 웃다가 금세 표정을 굳혔다.

"그 노트북은 회사 거니까 반납하고 갈게요. 그 안에 작업물 다 있으니까 알아서 사용하시고, 원래 수정 한 번 하기로 했는데, 안 하겠습니다."

"네. 그럼요. 정말 입이 열 개라도 할 말이 없네요. 다시 한번 죄송합니다."

생록의 진심 어린 사과에도 화가 가라앉지 않았다. 유경이 배신감에 치를 떨며 서 있는데, 서하가 그녀의 어깨를 어루만지며 엘리베이터 안으로 이끌었다.

"가자."

서하는 서둘러 엘리베이터 닫힘 버튼을 눌렀고, 문이 완전히 닫힐 때까지 생록은 허리를 굽힌 채 사죄의 인사를 하고 있었다.

문이 닫히자, 엘리베이터 안은 정적이 흘렀다. 정적을 깨고 먼저 말문을 연 건 유경이었다.

"넌 언제부터 알았어?"

"……."

"처음부터 알고 있었구나? 서지웅 씨가 이 회사 사장인 거. 그래서 그렇게 날 걱정한 거였어? 내가 그 사람 손에 놀아나고 있으니까?"

"잊어. 어차피 니가 꼭 해야 한다던 그 일 무사히 끝냈고, 니 말대로 이제 두 번 다시 볼 일 없는 사람들이잖아."

"그렇긴 한데……."

유경이 서하를 똑바로 쳐다봤다.

"서하야, 내가 또 모르는 게 있어? 그런 게 있다면 지금 말해 줘."

"알고 싶은 게 뭔데?"

"서지웅 씨랑 너 무슨 사이야? 정확히 어떤 악연인데?"

유경의 물음에 서하가 작게 한숨을 내쉬었다. 유경은 녀석의 표정을 살폈다. 괜히 물어봤나? 표정이 너무 안 좋네…….

유경은 결국 질문에 대한 대답을 듣기보다 녀석의 마음을 편하게 해 주는 쪽을 택했고, 괜찮으니 말하지 않아도 된다는 얘기를 꺼내려는데 녀석이 먼저 입을 열었다.

"그 여자가……."

그 여자? 누굴 말하는 거지? 유경은 알쏭달쏭했다. 하지만 곧 적대감 가득한 녀석의 눈빛을 마주하자 그 여자가 생모일 거라고 확신했다.

"서지웅네 집에 살고 있어."

"뭐라고?"

"날 낳은 여자가 서지웅 계모라고."

"!!"

유경이 놀란 얼굴로 서하를 쳐다봤다.

"근데 그것보다 더 지독한 악연이 지금 시작된 것 같아."

"그게 무슨 말이야?"

그 자식 마음에 니가 있다는 사실만큼은 절대 참을 수 없어. 내 생모를 개보다 더 못한 취급을 하고, 내 일을 방해하고, 내가 가진 걸 모두 다 뺏어 버리겠다고 선전 포고할 때도 참을 수 있었다. 그런데 유경을 건드리는 것만큼은 도저히 견딜 수가 없다.

서하가 주먹을 꽉 움켜쥐었다. 아까 주먹질을 할 때 까졌는지 손등에서 피가 나고 있었다. 상처를 발견한 유경이 녀석을 안쓰럽게 바라보다가 손을 잡아 주었다. 그러자 녀석이 꽉 쥐고 있던 주먹을 풀더니, 손깍지를 끼며 그녀의 손을 맞잡았다.

서하가 유경을 애틋하게 바라보며 말했다.

"그동안 고생 많이 했어. 이제 다 잊고, 맛있는 거나 먹으러 가자."

엘리베이터에서 내리는 두 사람의 발걸음이 조금은 가벼워졌다.

"사장님, 병원으로 가시죠."

"병원은 무슨 병원이야. 이깟 상처 아무것도 아니야."

지웅은 대충 손수건으로 터진 입술을 닦으며 대수롭지 않게 말했다.

"넌 퇴근이나 해."

"그럼 약국 가서 연고라도 사 올게요. 어디 가지 마시고 여기 계세요."

"야, 호들갑 떨지 마."

"주말에 맞선 잊으셨어요? 그러고 나가시면 회장님께 더 맞습니다."

"뭐 한두 번 맞아 본 것도 아니고."

그가 피식 웃자, 생록이 한숨을 길게 내쉬었다.

"지금 농담이 나오세요? 진짜 괜찮으신 거 맞아요? 유경 씨가 다 알았다니까요? 저랑 사장님 관계. 화 엄청 났던데."

“…….”

“사장님, 유경 씨한테 진짜 진심이면…… 사과하세요. 그리고 사장님의 진짜 모습을 보여 주세요.”

“그런다고 뭐가 달라져?”

“그다음 깨끗하게 포기하시라고요. 후회 없이.”

생록이 진지하게 말했다.

“비서가 아닌 같은 남자로서 조언드리는 거예요.”

그렇게 말을 끝낸 생록은 약국을 다녀오겠다며 사무실을 나갔다.

지웅은 다시 책상 앞에 앉았다. 어느새 평정심을 되찾은 그는 밀린 결재 서류에 사인을 하다가, 문득 떠오른 생각에 펜을 내려놓고 서랍을 열었다. 서랍 속에는 작은 상자가 자리를 차지하고 있었다. 오늘 그녀에게 주려고 사 둔 선물이었다.

하지만 결국 전하지 못했다. 아마 앞으로도 평생 전할 수 없겠지. 이 선물도. 내 마음도.

창밖으로 반짝이는 도심의 야경이 내려다보였고, 실내는 은은한 조명 덕분인지 로맨틱한 분위기가 물씬 풍기는 레스토랑이었다.

유경은 주위에 깔린 곱게 화장한 예쁜 여자들을 보니 괜히 어깨가 작아졌다. 어제도 입었던 청바지, 대충 걸친 패딩, 낡은 운동화. 장소와 어울리지 않는 복장이었다.

게다가 쌩얼 상태인 자신은 앞에 있는 잘생긴 녀석과도 어울리지 않았다. 이미 등장할 때부터 여자들의 시선을 단숨에 사로잡은 녀석의 얼굴은 오늘도 자비 없이 아름다웠다.

“맛이 없어?”

유경은 그 좋아하는 파스타를 먹지도 않고, 포크로 돌돌 말기만 하고 있었다. 서하가 걱정스레 묻자, 유경이 뒤늦게 정신을 차리더니 엉뚱한 질문을 했다.

"너 이런 데 자주 와?"

"왜? 역시 맛이 별로구나? 나갈까?"

"아니. 맛있어서 그래. 근데, 그냥 니가 이런 데는 어떻게 알았나 궁금해서. 여기 여자들이 딱 좋아할 만한 곳이잖아."

"지금 나 의심하는 거야? 다른 여자랑 왔었냐고 돌려 묻는 거지?"

"어떻게 알았어?"

"얼굴에 다 써 놓고, 어떻게 알았냐니. 먹기나 해. 식으면 맛없어."

"치이."

녀석이 은근슬쩍 말을 돌리자, 유경이 뾰로통한 얼굴로 피클을 와그작대며 씹어 먹었다. 누가 봐도 삐진 얼굴이었다. 그런 그녀를 곤란하게 쳐다보던 서하는 하는 수 없이 다 털어놓았다.

"검색했어. 리뷰도 오십 개나 넘게 읽었는데, 다들 맛있다더라."

너무 숙맥 같아 보일까 봐 비밀로 하려고 했는데.

"나 여자랑 이런 데 온 거 오늘이 처음이야."

"풉!"

"왜 웃냐?"

갑자기 그녀가 저를 보고 웃자, 서하가 약간 기분이 상한 듯 미간을 구겼다. 역시 비밀로 할 걸 그랬다.

"미안. 난 그냥 니가 리뷰 막 정독하고 분석했을 거 생각하니까 귀여워서."

역시 숙맥같이 보였나 보다. 귀엽다는 말이 싫었던 서하가 퉁명스럽게 말했다.

"내가 뭐가 귀엽냐. 니가 더 귀여워."

"웃기시네. 나 지금 완전 폐인이거든? 여기 있는 여자 중에 내가 제일 못생겼다고."

"잘됐네."

"잘되다니, 뭐가?"

"난 니가 더 못생겨졌으면 좋겠어."

유경이 황당한 표정으로 녀석을 쳐다봤다.

서하는 어떤 대목에서 그녀가 토라졌는지 알 수 없었다. 이래 봬도 언어 영역 1등급이었는데.

"더 못생겨지라고? 그럼 지금 못생겼다는 말이네?"

"그런 말이 아닌데."

"아니긴. 그래, 나 못생겼다."

유경이 삐져서 툴툴거리자 서하는 물을 마시며 눈치만 살피다가.

"너 잘생긴 거 좋아한다고 했지?"

"그래. 못생긴 주제에 잘생긴 거 좋아한다, 왜!"

"나도 예쁜 거 좋아해."

"……."

"그래서 니가 좋아."

유경은 저를 빤히 쳐다보는 녀석의 눈빛에 얼굴이 새빨갛게 달아올랐다. 이러면 안 되는데, 자꾸만 웃음이 나온다. 유경은 새어 나오려는 미소를 애써 숨기며 파스타를 먹었다.

"와, 맛있다."

이제야 맛있게 먹는 유경의 모습에 서하는 미소를 숨길 수 없었다.

식사를 마치고, 디저트가 나올 때쯤 서하가 유경을 향해 넌지시 물었다.

"근데 서지웅에 대해 더 안 물어봐? 궁금한 거 이제 없어?"

"없어. 그리고 그 사람에 대해 궁금했던 게 아니라, 너에 대해 궁금했던 거야. 니가 서지웅 씨만 보면 막 무섭게 구니까. 근데 갑자기 그 사람 얘긴 왜 꺼내?"

"갑자기 궁금한 게 생각났거든."

유경이 놀란 얼굴로 녀석을 쳐다보다가 물을 마셨다. 그러곤 물컵을 내려놓으며 조심스레 물었다.

"궁금한 게 뭔데?"

"서지웅이 강소윤 추모 영상을 제작한 이유."

"아……. 내가 말 안 했었나? 서지웅 씨랑 소윤 언니 연인 관계였어."

처음 듣는 얘기였다. 서하는 짐짓 아무렇지 않은 척 물었다.

"근데 그동안 가만히 있다가 5년이 지난 지금에서야 이러는 이유가 뭔데?"

"나도 자세히는 몰라. 근데 아마 죄책감 때문이지 않을까?"

"죄책감?"

"애인이었던 사람을 먼저 떠나보냈잖아. 그 사람 소윤 언니 어머니 병간호도 하고 있더라. 그런 거 보면 그렇게 나쁜 사람은 아닐지도 모른다고 생각했는데……. 뭐가 진짜 모습인지 모르겠어."

"음료 더 시킬까?"

지웅을 떠올리는 모양인지 유경의 표정이 어두워지자, 서하는 서지웅 얘기를 먼저 꺼낸 자신의 입을 저주하며 서둘러 말을 돌렸다. 아주 잠깐이라도 그녀가 그 자식을 떠올리는 게 싫었다.

이런 게 질투일까? 하지만 그녀의 첫사랑 황태은에게 느꼈던 감정과는 확실히 달랐다. 지웅을 떠올리면 그보다 더 큰 분노가 차올랐다.

"맞다. 어제 하려던 얘기가 뭐야? 오늘 해 주기로 했잖아."

생각에 잠겨 있던 서하를 향해 유경이 넌지시 물었다. 유경의 목소리에 서하가 뒤늦게 정신을 차렸다. 그러곤 무슨 말부터 꺼내면 좋을지 고민하다가 좋은 소식부터 전했다.

“「애니와 샘」 한국에서 리메이크한대.”

애니라는 단어가 나오자마자 유경의 얼굴에 화색이 돌았다. 그리고 리메이크라는 말에 그녀가 손뼉까지 치며 반겼다.

“정말? 어디서 들은 얘기야?”

“학과장님.”

“아, 너희 학교? 그 학교 학과장님이라면……. 영화사 스푼 대표님?”

“맞아. 「애니와 샘」 지금 그 회사에서 판권 가지고 있대.”

“대박. 난 왜 몰랐지? 그래서 지금 어디까지 진행됐대? 그거 각색이 제일 중요한데. 감독님이 직접 하시나? 아님 작가 따로 구했나?”

“어제 계약서 작성했어.”

“뭐?”

유경의 두 눈이 휘둥그레졌다.

“설마…… 니가 각색 작가야?”

“어. 왜? 별로야?”

“아니! 세상에……. 너 진짜 대단한 사람이었구나?”

“몰랐어?”

“알고는 있었지만, 어떻게 「애니와 샘」 각색을…….”

유경은 두 눈을 끔뻑거리며, 경이롭다는 듯 녀석을 바라봤다. 이제 하다못해 로맨스까지. 도대체 넌 못하는 게 뭐냐. 이런 녀석이 내 남자 친구라니.

유경은 녀석이 너무 자랑스럽기도 했지만, 한편으론 약간 초조한 마음이 들기도 했다. 나도 얼른 성공해야 하는데.

그런 마음을 애써 감춘 채 유경은 녀석에게 축하 인사를 건넸다.

“축하해. 그리고 잘 부탁해. 그 영화 내가 진짜 좋아하는 영환 거 알지?”

"나보다 더 좋아? 그럼 나 이거 안 할래."

"농담이지?"

"농담 같아 보여?"

아니. 전혀 농담 같아 보이지 않았다. 녀석은 당장 집에 가서 계약서를 찢을 기세였다. 유경이 서둘러 녀석을 진정시키려 노력했다.

"영화보다 당연히 니가 더 좋지."

"진심이 안 느껴지는데?"

"그래서 각색 방향은 정했어?"

유경이 재빨리 말을 돌렸다. 녀석은 넘어가 주겠다는 제스처를 하며 그녀의 물음에 대답했다.

"방향은 아직 안 정했어. 원작자 만나 보고 정하려고."

"원작자를 만난다고? 존 라이너 감독을 어떻게 만나?"

"다음 주에 만나기로 했어."

유경의 입이 떡 벌어졌다. 확실히 녀석과 나는 노는 물이 달랐다. 그 사실을 진작 알고는 있었지만, 오늘에서야 제대로 체감한다.

세상에. 존 라이너 감독을 만나 각색 방향을 논의할 수 있는 사람이 눈앞에 있다니. 이 녀석 대체 뭐야?

"나랑 같이 가자."

"어딜?"

"할리우드."

녀석은 미국 가자는 말을 마치 동네 편의점 가자는 말처럼 쉽게 했다.

"하하. 이건 진짜 농담이지?"

유경이 얼버무리며 대답을 하지 않자, 서하가 진지하게 말했다.

"나 사실 너 믿고 이 작품 각색한다고 한 거야. 도와줄 거지?"

"내가 뭘 도와줄 수 있는데?"

"나 좀 사랑해 줘."

갑자기 사랑 고백이라니. 얘 왜 이러지? 또……. 졸업각인가? 유경이 침을 꼴깍 삼키며 당황스러워하자 서하가 피식 웃었다.

"긴장 풀어. 졸업 얘기 안 할 테니까."

졸업이라는 단어에 얼굴이 빨개진 유경을 보니 장난기가 발동했다. 서하가 야시시한 눈빛으로 그녀를 쳐다보며 물었다.

"근데 궁금하지 않아? 졸업하면 어떤 기분일지."

"너 당분간 야한 말 금지."

"야하다니 뭐가? 그 졸업 말한 거 아닌데? 나 얼마 전에 졸업했잖아. 그때 기분 말한 건데."

유경이 민망해하며 녀석을 흘겨봤다. 그러자 녀석이 웃으며 부드러운 말투로 말했다.

"미국 같이 가 줄 거지?"

"근데 너 일하러 가는 거잖아. 나 따라가도 돼?"

"회사엔 이미 허락받았어."

"그래? 그럼 한번 생각해 볼게."

"긍정적인 답변 부탁해."

"알았어."

"충분히 생각해 보고 이번 주까지 얘기해 줘."

"응."

웃으며 대답했지만 주스를 마시는 유경의 표정이 밝지만은 않았다.

"비행기 티켓, 숙박, 식비……."

노트북 앞에 앉아 미국 여행에 들어갈 경비를 계산해 보던 유경은 시무룩해졌다. 여행 갔다 오면 개털 되게 생겼다. 저번에 알바해서 모아 놓은 돈으로 당분간 시나리오 작업을 하며 재충전의 시간을 가지려고 했는데…….

아니야. 멀리 봐야지. 앞으로 내 영화 인생을 위해라도, 할리우드에 가 보는 것도 나쁘지 않아. 게다가 녀석이 날 위해 만들어 준 기회인데. 일단 가자! 나중 일은 나중에 생각하고. 여행 갔다 와서 돈 없으면 오빠한테 빌려도 되고, 그 인간 취업도 했으니까.

하지만 유경은 너무 잘 알고 있었다. 자신은 아무리 가족이라도 쉽게 손 벌릴 성격이 아니라는 것을.

"으…… 모르겠다!"

유경은 머리카락을 마구 헝클어뜨리며 노트북 위에 엎드려 버렸다. 할리우드를 가느냐, 마느냐. 잘난 남자 친구를 둔 덕분에 복에 겨운 고민 중이라고 생각을 하고 있는데.

지이잉. 지이잉.

핸드폰이 울렸다. 유경이 고개를 번쩍 들어 핸드폰을 확인했다. 액정에 뜬 발신인을 물끄러미 보던 유경이 화들짝 놀랐다. 그녀는 얼른 무릎을 꿇고 통화 버튼을 눌렀다.

"선생님! 안녕하세요. 이 시간에 어쩐 일이세요?"

유경의 목소리, 말투, 얼굴까지 기합이 잔뜩 들어갔다.

그럴 만도 했다. 유경에게 전화를 건 사람은 서정화였다. 지난번 유경을 문 감독에게 추천해 준 여배우 선생님.

— 야, 넌 저번에 문자로 구구절절 미안하니 어쩌니 하더니, 한 번을 안 찾아오니? 정말 미안하면 찾아와서 직접 사과를 해야지.

스피커 너머로 조곤조곤한 선생님의 목소리가 들렸다. 농담조의 말에는 뼈가 단단히 박혀 있었다. 거기에 쿡쿡 찔린 유경이 납작 엎드렸다.

"선생님, 죄송해요. 진짜 너무 죄송해서 감히 찾아뵐 용기가 나지 않았어요."

— 하여튼 입만 살아선. 오늘 뭐 하니? 별다른 스케줄 없음, 이따 점심에 우리 집으로 좀 와.

"네? 댁으로요?"

— 문자로 주소 보낼게.

통화를 마친 유경은 어깨를 축 늘어뜨렸다.

"혼내려고 그러시나."

물론 백 번 천 번 혼나도 마땅했다. 선생님이 기껏 생각해서 문 감독님과 연결해 줬는데, 그걸 망치다니. 입봉할 수 있는 기회를 날린 것보다, 문 감독에게 신뢰를 얻지 못한 것이 더 뼈아팠다.

유경은 로비에서 명지훈과 육탄전을 벌였던 일이 떠오르자 다시금 울화가 치밀었다. 다행인지 불행인지 명지훈의 영화는 망했고, 그는 입봉과 함께 영화계에서 사라질 위기에 처했다는 소문을 바로 어제 서하에게 들었다.

서하와는 관심사도 비슷하고 같은 계통에서 일을 하다 보니, 같이 있으면 대화가 끊기지 않았다. 「애니와 샘」의 엔딩 장면 하나로도 하루 종일 수다를 떨 수 있었다. 그 정도로 녀석과 죽이 잘 맞았다. 그런 녀석과 함께 미국에 가면 얼마나 즐거울까?

유경의 마음이 또 미국행으로 기울어지고 있던 그때, 선생님에게서 메시지가 도착했다. 한남동 어디라고 주소가 적힌 메시지를 보며 유경은 한숨을 길게 내쉬었다.

택시에서 내린 유경의 두 눈이 휘둥그레졌다. 도착한 곳은 높은 담과 넓은 정원이 있는 고급 주택들이 즐비한 동네였다. 동네 이름을 보고 어느 정도 예상은 했지만, 정말 상상을 초월했다.

"여기가 선생님 집?"

으리으리한 저택을 올려다보던 유경이 조심스레 초인종을 눌렀는데, 기다리기라도 한 듯 곧장 문이 열렸다.

"세상에……."

선생님 남편분이 IT기업 회장님이라더니, 재벌은 진짜 우리랑 사는 세계가 다르구나. 정말 드라마에서나 볼 법한 집이었다. 드넓은 정원 위에 우뚝 선 저택을 보며 유경은 감탄사를 연발했다.

그사이 선생님의 매니저가 밖으로 나왔고, 매니저의 안내를 받아 유경은 안으로 들어갔다.

"선생님, 안녕하세요. 오래간만에 뵙……."

유경이 놀란 얼굴로 말끝을 흐렸다. 차를 마시고 있는 서정화에게 인사하다가 맞은편에 있는 문 감독과 눈이 마주친 것이다.

"왜 그러고 서 있어? 얼른 와서 앉아."

"네? 네."

서정화의 재촉에 유경은 자리에 앉으며 문 감독을 향해 고개를 숙여 인사했다. 문 감독도 멋쩍어하며 눈인사를 보냈다.

"자. 내가 하던 얘기를 계속해 보면."

서정화가 문 감독을 향해 따지듯 말했다.

"문 감독. 그러니까 결국 그 신인 감독 걔 이름 뭐야. 아무튼 그 자식한테 유경이가 맞았다는 거잖아. 근데 얘가 뭘 잘못했는데? 얘가 때린 것도 아니고. 우유경, 니가 말해 봐. 니가 잘못한 게 뭐야? 너 문 감독한테 왜 까였어?"

서정화의 물음에 유경이 머뭇거리다가 대답했다.

"그게 선생님……. 사실 제가 먼저 때렸어요. 신인 감독 걔."

"때렸어? 먼저?"

자신 있게 유경은 아무 잘못 없다고 우기던 서정화가 당황해 하더니 다시 큰소리쳤다.

"맞을 짓을 했으니까 때렸겠지. 그치?"

"네!"

유경이 대답과 동시에 열심히 고개를 끄덕였다. 거기에 힘입어 서정화가 다시 문 감독을 설득했다.

"문 감독, 뭔가 오해가 있었던 것 같은데 다시 한번 잘 생각해 봐. 현장에서 유경이만큼 책임감 있게 자기 일 열심히 하는 애 없어. 그건 진짜 내가 보증한다."

문 감독이 생각에 잠겼다.

"고민할 게 뭐가 있어. 문 감독도 아직 적임자 못 찾았다면서. 현소정이가 지 이미지 바꾼다고 교복 안 입는다고 했다며. 현소정 빠지고 투자 빠지고. 시나리오도 전면 수정해야 하고."

하루아침에 영화가 엎어질 위기에 처한 문 감독의 한숨이 깊어졌다.

"이 바닥이 그렇다니까. 한 치 앞도 내다볼 수가 없어요."

서정화의 말에 유경이 격하게 공감했다. 그러곤 문 감독에게 위로의 시선을 보냈다.

"감독님, 힘내세요. 더 좋은 배우 나타날 거예요."

유경의 응원을 가만히 듣던 문 감독이 고민을 끝냈는지 입을 열었다.

"우 감독, 저번엔 내가 다른 사람들 말에 휩쓸려 가지고 오해해서 미안해."

"아니에요. 저야말로 그날 감독님 회사에서 소란 피워서 죄송했어요."

"그래, 그럼. 우리 이제 오해 다 푼 거다?"

"네? 네."

유경이 얼떨결에 대답하자, 문 감독이 웃으며 말했다.

"우 감독, 저번에 내가 제안했던 거 다시 받아 줄 수 있을까?"

"저번에 제안했던 거라면……."

"우 감독이 연출 좀 맡아 줬으면 좋겠어. 방금 선생님께서 하시는 말씀 다 들었지? 상황이 아주 안 좋아. 시나리오도 다시 수정해야 하고……. 혹시, 도와줄 수 있어?"

"네! 물론이죠. 저 할게요. 하겠습니다."

유경이 시원스럽게 대답하자, 문 감독이 손을 내밀어 악수를 청했다. 유경과 문 감독은 악수를 하며 밝게 웃었다.

그렇게 유경은 문 감독과 영화를 하게 되었고, 얼마 지나지 않아 문 감독은 미팅이 있다며 자리에서 먼저 일어났다.

"유경아, 너 점심 아직이지? 먹고 가. 지금 준비하고 있으니까."

"네. 사실 아까부터 계속 맛있는 냄새가 나서 기대하고 있었어요."

"하여튼 먹는 거 참 좋아해. 너 돈 많이 벌어야겠다. 먹고 싶은 거 다 먹으려면."

서정화가 놀리듯 말했다. 유경이 부끄러워하며 차를 마시는 서정화를 슬그머니 쳐다봤다.

"왜 그렇게 보니?"

"선생님은 저한테 왜 이렇게 잘해 주세요?"

일부러 자리까지 마련해 문 감독과 오해를 풀도록 도와준 것도 모자라, 놓쳤던 입봉 기회까지 다시 안겨 주었다. 유경은 잔뜩 궁금한 눈빛으로 물었다.

그러자 차를 한 모금 더 음미하던 서정화가 찻잔을 내려놓더니 유경을 애틋하게 바라봤다.

"젊었을 때 나 보는 거 같아서."

"에이. 선생님이 저 같았다고요? 저는 선생님처럼 독설가가 아닌데요."

서정화가 유경을 흘겨봤다. 애정이 담긴 눈빛으로.

"야. 독설가라니. 난 그냥 바른 말을 했을 뿐이야."

"아, 네."

그럼요. 선생님은 늘 바른 말 고운 말만 하시죠, 하며 금세 꼬리를 내린 유경이 장난이었다는 듯 환하게 웃자 서정화도 크게 웃음을 터뜨렸다.

"유경아. 너 내가 소윤이 데뷔시킨 거 아니?"

"아니요. 처음 들어요."

"모델이던 소윤이한테 연기자 권유한 게 나야."

사실 두 사람이 친했다는 사실도 유경은 지금 알았다.

"5년 전에 나라도 나서서 소윤이 억울한 누명 벗겨 줬어야 했는데."

하지만 그때 나섰더라도 소용없었을 것이다. 그때 나섰다면, 소윤과 같이 매장당해 배우 생명은 끝이 났겠지. 제아무리 국민 엄마라 불리던 여배우 서정화라도 당시 들끓던 여론을 잠재울 재간이 없었다.

"솔직히 나도 그땐 내가 누리고 있는 것들을 잃고 싶지 않다는 욕심이 컸어. 대신 소중한 후배 한 명을 잃었지……."

"선생님. 너무 자책하지 마세요. 저라도 그때 선생님 입장이었다면 쉽게 나서지 못했을 거예요."

"넌 나섰잖니."

"네?"

"2년 전인가, 친한 기자 녀석한테 들었어. 5년 전에 열렸던 소윤이 재판 말이야. 그때 너 증인으로 출석하기로 했었다며."

"결국 못 했잖아요."
"소윤이 안 죽었으면 했겠지. 근데 넌 어디서 그런 용기가 났어?"
"그땐 지금보다 어렸고, 전 선생님처럼 가진 것도 많지 않고, 잃을 게 없으니까 무서울 것도 없었던 것 같아요."
"생각할수록 안타까워. 소윤이 살아 있었으면 둘이 자매처럼 잘 지냈을 텐데."
"그러게요. 저도 소윤 언니 참 좋아했는데."
각자 추억 속에 있는 소윤을 떠올리던 두 사람의 가슴이 먹먹해졌다. 서정화의 눈가가 촉촉이 젖었다. 그녀가 눈물을 훔치며 말을 돌렸다.
"근데 넌 그동안 뭐 하고 지냈니?"
"사실…… 소윤 언니 추모 영상 제작 의뢰받아서 어제까지 그거 작업했어요."
"추모 영상? 누가 의뢰했는데?"
"그게……."
말을 해도 되는 건지 유경은 판단이 서지 않았다. 어제 알게 된 사실이지만, 서지웅이 비서 이름으로 가짜 회사까지 만들어 소윤의 추모 영상을 제작했다.
그런데 그걸 왜 몰래 하지? 다른 사람들한테 들키면 안 되는 이유라도 있나? 나도 참. 이 상황에 왜 그런 것까지 걱정하는 거야.
"혹시…… 서지웅한테 의뢰받았니?"
"네? 어떻게 아셨어요? 선생님, 서지웅 씨 아세요?"
"지웅이 잘 알지. 명성그룹 막내아들. 걔 우리 동네 살아. 그리고 지웅이한테 소윤이 소개시켜 준 게 나야."
"왜요? 소윤 언니한테 왜 그런 사람을……."
유경이 이해가 안 된다는 얼굴로 서정화를 쳐다봤다. 그러자 서정화도 유경을 이해할 수 없다는 듯 보며 되물었다.

"그런 사람이라니?"

"이건 그냥 제 개인적인 생각인데요. 서지웅 씨가 소윤 언니만큼 좋은 사람 같아 보이진 않았거든요."

"아……. 지웅이가 요즘 많이 달라졌지? 근데 옛날엔 안 그랬어."

안 그랬다니. 유경은 믿기지 않았다.

"꽤 괜찮은 놈이었어. 의리 있고, 잘생겼고, 유머러스하고, 사업 수완 뛰어나고. 그러니까 소윤이가 자기가 이제껏 쌓아 올린 커리어 다 버리고 지웅이랑 결혼할 생각까지 했겠지. 그거 보통 쉬운 일 아니다? 넌 사랑하는 사람을 위해 니가 가진 거 다 버릴 수 있니?"

유경은 대답 대신 선생님의 말을 경청했다.

"소윤이 갠 진짜 다 버렸어. 그만큼 지웅이를 사랑했으니까. 그걸 지웅이가 너무 늦게 알아 버린 거지."

유경은 무슨 말인지 몰라 가만히 듣고만 있었는데.

"걔도 오죽 괴로웠으면 소윤이 따라서 죽을 생각까지 했겠어."

죽을 생각을 했다고? 그 찔러도 피 한 방울 안 나올 것 같은 남자가? 유경은 놀란 눈으로 선생님을 바라봤다.

대화는 식사를 하면서도 계속 이어졌다. 지웅과 소윤의 러브 스토리부터 최근 영화 평론까지 수시로 대화 주제가 바뀌었다. 선생님과 신나게 수다를 떨고, 해가 질 무렵에서야 집에 갈 수 있었다.

유경이 대문을 열고 나옴과 동시에, 맞은편 저택의 대문도 열렸다. 그 문에서 나온 사람은 서지웅이었다. 선생님과 같은 동네에 산다더니, 바로 앞집이었나 보다.

그러려니 하는 유경과 달리 지웅의 표정엔 크게 동요가 일었다. 전혀 예상치 못한 곳에서 그녀를 만나 놀란 모양이다. 지웅의 눈빛이 흔들렸다.

그와 정면에서 시선이 마주친 유경은 고개를 홱 돌려 모른 척 골목을 내려갔다.

"잠깐."

지웅이 달려와 앞을 막아섰다.

"비켜요."

"할 얘기가 있어."

"뭔데요?"

유경이 쌀쌀맞게 말했다. 그러자 지웅이 작게 한숨을 내쉬더니.

"……미안해."

세상에. 이 사람이 뭘 잘못 먹었나? 유경은 당황한 얼굴로 지웅을 바라봤다.

그러자 제일 먼저 그의 입가에 난 상처가 눈에 띄었다. 미루어 짐작하건데, 서하한테 맞은 상처 같았다.

그러게 왜 맞을 짓을 하냐고요. 유경은 핏기 없는 지웅의 얼굴을 보니 어제 일을 따져 물으려던 말이 쏙 들어갔다.

"저기……."

이러지 말고 병원에나 가라고 말하려는데.

"지금까지 너한테 한 행동들 다 잘못했어."

"……."

"그러니까 일주일만 내 옆에 있어 주면 안 될까?"

하지만 지웅의 애원에 유경은 미간을 확 구겼다.

"서지웅 씨는 진짜 사과할 줄 모르네요. 방금 건 못 들은 걸로 할게요. 몸도 안 좋으신 것 같은데, 들어가세요."

할 말을 끝낸 유경이 그대로 지웅을 지나쳐 갔다. 그는 더 이상 따라오지 않았다.

단지 뒤에서 차에 시동 거는 소리가 들렸고, 곧 출발한 차는 그녀를 지나쳐 골목을 내려가는데…….

"어? 저 차 왜 저래?"

비틀거리던 차가 가로등을 향해 부우웅— 달리더니.

끼이이익—

쾅!

차가 가로등을 들이박고 멈춰 섰다.

유경이 화들짝 놀라 급히 차가 있는 곳으로 달려갔다. 그리고 얼른 운전석 문을 열었다. 핸들 위에 지웅이 엎드려 있었다.

"이봐요! 서지웅 씨!"

유경이 지웅을 흔들며 소리쳤다. 그 바람에 겨우 정신을 차린 지웅이 살짝 눈을 떴다.

"비켜."

그가 힘없이 유경을 밀치고 문을 닫으려는데, 유경이 다시 문을 잡았다.

"이 꼴로 어딜 가려고요!"

"……병원."

"119 불러 드릴게요. 지금 그쪽 운전할 수 있는 상태 아니에요."

"내가 아니라……."

지웅의 젖은 눈빛이 마구 흔들렸다. 그는 이내 제 얼굴을 그녀에게 보이기 싫었는지 고개를 숙여 버렸다. 곧 지웅의 커다란 어깨가 떨리는 것을 보며 유경은 직감했다. 아주 안 좋은 일이 생겼구나.

고개 숙이고 있는 지웅을 말없이 바라보던 유경이 문을 활짝 열었다.

"내려요. 제가 운전할게요."

잠시 망설이던 지웅이 비틀거리며 차에서 내려 조수석에 올라탔다. 운전대를 잡은 유경이 그를 향해 물었다.

"어디로 가면 돼요?"

유경의 물음에 지웅이 떨리는 목소리로 말했다.

"저번에 그 병원."

"……."

"……장례식장."

유경은 순간 울컥했다. 아까 서정화 선생님이 했던 말이 떠올랐기 때문이다.

'아마 지금까지 안 죽고 버틴 것도 그분 때문일 거야. 소윤이 죽고 아무도 챙길 사람이 없으니, 저라도 챙겨야지 했겠지.'

14.

일보다 니가 더 중요해

장례식장 빈소는 썰렁했다. 드문드문 빈소를 찾은 조문객들은 상주 노릇을 하고 있는 지웅을 보더니, 고인에게 아들이 있었는지 몰랐다는 눈치로 수군거렸다.

금방이라도 쓰러질 것 같은 지웅을 멀리서 지켜보던 유경은 빈소 밖으로 나가 생록에게 전화를 걸었다.

"대표님, 언제쯤 도착하세요?"

— 지금 가고 있어요. 유경 씨, 정말 죄송해요. 근데 저희 사장님은 괜찮으세요?

걱정스레 묻는 생록에게 유경은 지웅의 몸 상태가 별로 좋지 않으니 서둘러 와 달라고 얘기하고 통화를 마쳤다.

이제 곧 그의 비서도 올 거고, 이만 집으로 돌아가도 되겠지? 유경은 서하와 저녁에 만나기로 한 약속이 뒤늦게 생각나 마음이 조급해졌다.

그녀가 서둘러 발길을 돌려 건물을 나가려다가 걸음을 멈췄다. 썰렁한 빈소가 마음에 걸렸다.

문득 5년 전 그날이 떠올랐다. 소윤의 빈소도 이만큼 썰렁했었다. 취재진을 의식했는지 동료들은 그녀의 마지막 가는 길을 배웅하러 오지 않았다. 화려한 인생을 살았던 그녀의 빈소엔 작은 화환 하나 없이 삭막했다.

작게 한숨을 내쉬던 유경은 다시 주머니에서 핸드폰을 꺼내 통화 버튼을 눌렀다. 녀석이 기다렸다는 듯이 바로 전화를 받았다.

— 그렇지 않아도 전화하려고 했는데. 우리 저녁 뭐 먹을래?

녀석의 들뜬 목소리를 듣자 유경은 말을 꺼내기가 쉽지 않았다. 유경이 망설이고 있는데.

— 무슨 일 있어?

“미안해. 오늘 저녁 같이 못 먹을 것 같아.”

— 왜? 어디 아파?

“아니. 지금 좀 멀리 나와 있어서…….”

— 한남동 간 거 아니었어? 서정화 선생님 만나러.

“선생님 만나고 집에 오는 길에 소윤 언니 어머니가 돌아가셨다고 해서, 지금 장례식장이야.”

— 그럼 늦게 오겠네?

걱정, 근심, 불안 등 뭔가 많은 의미를 내포한 물음이었다.

— 데리러 갈까?

“서하야, 있잖아. 여기…….”

괜히 나중에 녀석이 알게 되면 오해가 생길 것 같아 먼저 서지웅 얘기를 꺼내려고 하는데.

— 거기 서지웅도 있어?

퉁명스러운 어조. 유경은 또 이런 상황을 만들어 버린 자신이 너무 답답했다.

"미안. 진짜 서지웅 씨랑 다신 엮이지 않으려고 했는데, 한남동에 갔다가 사고……."

— 됐어. 알았으니까 조심해서 와. 끊을게.

녀석이 화가 난 목소리로 먼저 전화를 끊었다. 처음이었다. 녀석이 먼저 전화를 끊은 것은. 어쩐지 심장 한구석이 아렸다.

"비키세요!"

멍해진 유경의 정신을 깨운 건 뒤쪽에서 들리는 소리였다. 고개를 돌리자 사람들이 웅성거리며 모여 있었다. 장례식장에서 뛰어나온 보안 직원의 등에는 지웅이 업혀 있었고, 직원은 응급실 쪽으로 달려갔다.

죽을힘을 다해 버티고 서 있던 남자가 결국 쓰러지고 말았다.

유성이 출출한 배를 벅벅 긁으며 방에서 나왔다. 라면이라도 끓여 먹을 요량으로 주방으로 향했다가 화들짝 놀랐다.

"아이고, 깜짝이야."

어두침침한 곳에서 홀로 술을 마시고 있는 서하를 발견한 유성이 얼른 환하게 불을 켰다.

"인마, 너 왜 집에 있어? 아까 유경이 만나러 나간 거 아니었어?"

녀석은 아무 말 없이 술만 들이켰다. 저기압인 녀석의 눈치를 보며 유성이 잔을 들고 와 식탁 앞에 앉았다.

"나도 그거 한 잔만 주라."

서하는 혼자 알아서 마시라는 듯 양주병을 밀어 유성에게 건넸다.

검은 라벨이 붙은 양주병을 바라보는 유성의 눈빛이 반짝거렸다.

평소 마셔 보고 싶었던 술인데, 오늘이 기회로구나! 유성이 들뜬 얼굴로 잔에 술을 가득 따라 한 모금 마셨는데!

"으!"

그가 오만상을 찌푸리더니 자리에서 벌떡 일어나 냉장고에서 생수를 꺼내 벌컥벌컥 마셨다. 그러곤 다시 자리로 돌아왔다.

"인마! 넌 이 독한 술을 안주도 없이 마시냐? 와, 대박이다 진짜."

아무리 물을 마셔도 속이 진정되지 않았던 유성은 가스 불로 달려가 금세 라면을 끓여 왔다.

"국물이라도 마셔. 너 그러다 속 버린다."

유성의 애정 어린 조언에도 녀석은 들은 척도 하지 않고 술만 마셨다. 유성이 조심스레 물었다.

"유경이랑 싸웠어?"

"……."

"뭐 때문에 싸웠는데? 이 형님한테 말해 봐. 내가 해결해 줄게."

너무 답답했던 나머지 서하가 술김에 입을 열었다.

"누나는 나 말고도 중요한 게 너무 많은 것 같아요. 가령 일이라든지, 의리라든지, 책임감이라든지."

서하의 고민을 들은 유성은 곰곰이 생각에 잠겨 있다가 넌지시 말했다.

"넌 너무 유경이 중심으로만 사는 거 아니야?"

"……."

"그러다 지친다. 속도 좀 조절해."

유성이 녀석의 잔에 술을 따라 주며 진지한 표정으로 말을 이었다.

"너도 알다시피 유경이 개 입봉에 엄청 목숨 걸잖아. 그거 돌아가신 아버지한테 죄송해서 그래. 그놈의 입봉 때문에 아버지 임종도 못 봤거든. 아마 걘 입봉하기 전까진 영화 절대 포기 못 할걸."

"저도 누나가 영화 그만두는 거 바라지 않아요. 다만……."

"걔가 지나치게 현실적이지? 일이랑 너 둘 중 하나 선택하라고 하면, 일을 선택할 것 같다는 생각에 괜히 쓸쓸하고 외롭지?"

유성이 정확히 서하의 마음을 읽어 냈다. 서하는 내심 놀랐지만, 짐짓 아무렇지 않은 척 술을 마셨다.

"평생 우선순위가 일이었던 사람이 한순간에 바뀌긴 힘들어. 그걸 깨닫게 되는 엄청난 사건이 있지 않는 한. 그러니까 니가 이해 좀 해 줘. 어이쿠, 내 라면 다 불겠네!"

유성이 울상을 지으며 허겁지겁 라면을 먹기 시작했다. 그런 유성을 보며 서하는 그저께 편의점에서 같이 라면을 먹던 그녀의 모습이 떠올랐다.

서하가 자리에서 벌떡 일어났다. 그러자 라면을 먹던 유성이 고개를 들었다.

"너 또 유경이한테 가려고? 인마, 내가 속도 조절 좀 하라고 했……. 나 누구랑 얘기하니."

녀석은 이미 주방을 나가고 없었다. 곧 거실에서 현관문 닫히는 소리가 들렸다.

유경이 지친 기색으로 골목을 걸어 올라갔다. 그러다 문득 고개를 들었는데, 가로등 아래 익숙한 실루엣이 보였다.

"서하야!"

유경이 반가운 얼굴로 달려갔다.

"추운데 밖에서 왜 이러고 있어?"

서하가 그녀를 빤히 쳐다보며 대답했다.

"보고 싶어서."

달콤하게 말하는 녀석에게서 알코올 향이 풍겼다.

"술 마셨어?"

"조금."

"왜?"

"왜겠어?"

"우리 추우니까 들어가서 얘기하자."

불만 가득한 녀석의 눈빛을 마주한 유경은 서둘러 말을 돌렸다. 그러곤 녀석을 데리고 집으로 들어갔다.

도대체 밖에서 얼마나 기다린 걸까? 녀석의 얼굴과 귀가 빨갰고, 손은 벌겋게 터 있었다. 추운 모양인지 작게 몸을 떠는 녀석을 걱정스레 쳐다보던 유경은 재빨리 따뜻한 차를 타서 내밀었다.

"마셔."

"잘 마실게."

유경은 차를 마시는 녀석을 물끄러미 보다가 조심스레 입을 열었다.

"아까 통화할 때 니 목소리 좀 안 좋아서 걱정했어. 혹시 화났어?"

"화났었는데, 너 얼굴 보니까 다 풀렸어."

정말 다 풀렸을까? 사실 녀석이 내게 화를 내도 충분히 이해할 만한 상황이었다. 만나지 말라는 남자와 함께 있었으니까.

물론 서지웅이 쓰러졌고 동행할 수밖에 없는 사정이 있었지만, 녀석은 그런 사정도 듣지 않고, 그저 괜찮다고만 했다. 유경은 녀석이 항상 저를 위해 참아 주는 게 늘 마음에 걸렸다.

"저기, 서하야……. 나한테 무슨 불만 같은 거 있으면 그때그때 얘기해."

"그러다 니가 나 싫어지면 어떡해."

"그럼 어쩔 수 없는 거지."

"뭐라고?"

녀석이 당황한 얼굴로 유경을 쳐다봤다. 그러자 유경이 손사래를 치며 변명했다.

"아니, 그게 아니라, 내 말은……. 야, 반대로 니가 그렇게 꾹꾹 참다가 나 싫어지면 어떡해?"

"어쩔 수 없는 거지."

복수다. 서하가 심드렁하게 말했다. 그러자 이번엔 유경이 당황해하며 멋쩍게 웃었다.

"하하. 이런 기분이었구나. 내가 말실수 크게 했네."

"알았으면 다시는 그런 말 하지 마."

"응. 미안해."

"근데 미국 가는 건 생각해 보고 있는 거지?"

서하가 힘주어 말했다.

"생각 그만하고, 그냥 나랑 같이 가자."

유경은 대답을 머뭇거렸다. 사실 아까 오는 길에 문 감독에게 전화가 왔는데, 용건은 다음 주부터 바로 일을 시작하자는 거였다. 유경은 서하에게 어렵게 말을 꺼냈다.

"오늘 서정화 선생님 댁에서 문 감독님 만났어."

이미 거절을 들은 듯 녀석의 얼굴에 허무함이 번졌다. 유경은 미안한 기색으로 말을 계속했다.

"문 감독님이 연출 제안하셨어. 서정화 선생님이 일부러 나 위해서 자리 마련해 준 거라 거절하기도 좀 그랬고, 무엇보다 내가 그 영화 꼭 하고 싶었거든. 그래서 말인데…… 다음 주부터 좀 바빠질 것 같아."

찻잔만 만지작거리던 녀석이 한 박자 느리게 웃으며 축하 인사를 건넸다.

"잘됐네. 축하해."

"고마워. 그리고 미안해. 미국 가는 건……."

"괜찮아. 나도 안 가면 되니까."

"뭐라고? 넌 왜 안 가?"

"애초에 너랑 같이 가고 싶어서 계획한 거였어. 너 아니었으면 미국 간다고 하지도 않았어."

"그래도 그거 너한테 엄청 큰 기회잖아. 무려 존 라이너 감독을 만날 수 있는."

"유경아, 있잖아. 난……."

"……."

"일보다 니가 더 중요해. 내가 가진 게 아무리 많아도 니가 없으면 그게 다 무슨 소용이야."

"……."

"그래도 넌 내가 갔으면 좋겠어?"

녀석을 위한 대답이 뭘까? 녀석의 미래를 생각하면 가는 게 분명 맞았다. 누구라도 가라고 했을 거다. 하지만 녀석이 원하는 대답은 반대였다. 유경은 그걸 알면서도 선뜻 입이 떨어지지 않았다.

유경이 대답을 머뭇거리자, 서하가 자포자기하는 심정으로 말했다.

"알았어. 나 혼자 갔다 올게."

"서하야……."

"니 맘 다 알아. 아니까 표정 풀어."

서하가 애써 웃으며 유경의 머리를 쓰다듬어 주었다. 유경은 작게 한숨을 내쉬었다.

"배웅은 해 줄 거지?"

"당연하지. 근데 출국 날짜가 언제야?"

"다음 주 수요일."

하필 주요 스태프들과 시나리오 회의를 하기로 한 날이었다. 유경이 손톱을 물어뜯으며 초조한 얼굴로 있자, 서하가 그녀를 흘끔 보더니 금세 말을 바꿨다.

"아니다. 배웅 같은 거 하지 말자. 어차피 금방 올 건데 무슨 배웅이야. 그냥 전날 같이 밥이나 먹자. 저번에 갔던 전골집 어때?"

끝까지 자신을 배려해 주는 녀석에게 너무 미안해서 유경은 도저히 고개를 들 수가 없었다.

며칠 후.

"우 감독, 무슨 생각을 그렇게 해?"

"네? 아니에요."

유경은 회의실 벽에 걸린 시계를 올려다봤다. 벌써 4시였다. 오전 8시부터 이어진 회의는 좀처럼 끝날 기미가 보이지 않았다. 문 감독과 기획 피디를 비롯한 스태프들은 녹초가 된 지 오래였다. 특히 그 중에서 유경이 제일 힘들어 보였다.

하지만 지금 유경이 죽을상을 하고 있는 이유는, 시나리오가 잘 안 풀려서가 아니었다.

'지금쯤 공항에 도착했겠지?'

'근데 이 녀석은 왜 아침부터 문자에 답장도 없고, 전화도 안 받아?'

유경은 어제 녀석과 같이 점심을 먹고 헤어졌다. 그때 보았던 녀석의 잔뜩 아쉬워하던 얼굴이 떠오르자 가슴이 아렸다.

녀석은 저번 날 내가 미국행을 거절한 이후, 단 한 번도 미국 얘기를 꺼내지 않았다. 그것도 날 위한 배려였을 것이다. 내가 미안해할까 봐.

"10분만 쉬었다 하자."

문 감독의 말에 스태프들이 흩어졌다. 유경도 잠시 바람이라도 쐴 겸 옥상으로 향했다.

찬바람이 코끝을 스치자 눈물이 핑 돌았다. 왜 이렇게 허전한 걸까? 심장에 구멍이라도 난 것처럼 쓰리고 아팠다.

유경은 하늘을 올려다봤다. 뿌연 하늘을 가르고 날아가는 비행기를 보니 후회가 밀려왔다. 같이 갈 걸 그랬나.

"하아……."

한숨만 나왔다. 현실은 그럴 수 있는 상황이 아니었기 때문이다. 오늘 모인 스태프만 십여 명인데, 이런 자리에 감독으로 처음 입봉한다는 사람이 빠질 순 없는 노릇이었다.

유경은 그렇게 자기 합리화를 하며 마음을 진정시키려 노력하고 있었는데.

지이잉. 지이잉.

핸드폰이 진동했다. 녀석인가 싶어서 얼른 발신인을 확인했다.

하지만 애석하게도 발신인은 녀석이 아닌 유성이었다. 또 돈 빌려 달라는 전화겠지. 유경은 무시하고 핸드폰을 도로 주머니에 넣었다.

그런데도 진동은 계속되었다. 결국 유경이 신경질적으로 전화를 받았다. 그러곤 화풀이 대상이라도 만난 듯 아주 날카로운 목소리로 말했다.

"나 돈 없거든?"

— 돈 얘기 아니거든?

"그럼 뭔데."

— 내가 이 말을 할까 말까 고민했는데 말이야.

"또 쓸데없는 소리 할 거면 끊어."

— 잠깐!

유경이 전화를 끊으려고 하자 유성이 재빨리 소리쳤다.

— 우유경! 너, 서하랑 인사는 제대로 했냐?

"무슨 인사?"

— 작별 인사.

"일주일 뒤에 오는 사람한테 무슨 작별 인사!"

— 일주일 아니야. 언제 올지 모른다던데.

"뭐? 누가 그래?"

유경은 말도 안 된다는 듯 따져 물었다. 그러자 유성이 진지한 목소리로 대답했다.

— 내가 통화하는 거 살짝 들었거든. 미국에서 집필을 하네 마네 하면서 1년 얘기하던데? 아무튼 심상치가 않았어.

"그게 무슨 소리야. 나한텐 아무 얘기 없었는데."

— 너 요새 바쁘니까 말 안 했겠지. 그 녀석 어제저녁에도 혼자 밥 먹고 있더라. 너 안 만나냐고 물으니까, 미팅 준비 때문에 너 바쁘다고 방해하고 싶지 않다고 그러던데? 걘 무슨 놈의 우유경 관련된 일은 다 괜찮대.

"……."

— 암튼 서하 걔 불쌍하더라. 너 여자 친구 맞냐? 배웅도 안 하고. 이러다 채서하 미국에서 영영 안 돌아오는 거 아니야?

"!!"

유경의 얼굴이 하얗게 질렸다. 오늘 아침부터 문자에 답장도 없고, 전화도 안 받는 이유가 혹시?

불안해하는 유경의 귀를 유성의 말이 강타했다.

— 얼마 전에 그 녀석이 그러더라. 자기한텐 니가 항상 우선인데

넌 아닌 것 같다고.

"……."

— 난 그냥 니가 나중에 그 녀석 놓치고 후회할까 봐 얘기해 주는 거야. 선택은 니 몫이다. 아, 곧 비행기 뜨겠는데? 끊는다.

유경이 재빨리 핸드폰으로 시간을 확인했다.

"우 감독, 회의 다시 시작하자."

문 감독이 옥상까지 올라와 그녀를 불렀다.

"네? 네……."

얼떨결에 대답을 하고 문 감독을 뒤따라가던 유경이 돌연 걸음을 멈추었다.

"감독님!"

옥상이 울릴 정도로 큰 목소리에 문 감독이 놀라 유경을 쳐다봤다.

"왜? 무슨 일 있어? 우 감독 안색 안 좋아."

"감독님. 저요, 진짜 입봉하고 싶었거든요."

"알지. 걱정 마. 이제 하면 되잖아."

"근데 입봉했는데…… 내 옆에 그 사람이 없으면 어떡해요? 그럼 진짜 하나도 기쁘지 않을 것 같아요."

어쩌다 이렇게 된 걸까? 아니, 난 왜 이 사실을 이제야 알았을까? 녀석은 이미 알고 있었겠지?

'일보다 니가 더 중요해. 내가 가진 게 아무리 많아도 니가 없으면 그게 다 무슨 소용이야.'

그래서 그런 말을 했던 거겠지. 그 마음을 알아주지 못한 것이 너무 미안해서 눈물이 핑 돌았다.

"감독님, 죄송해요. 저 가 봐야 할 것 같아요. 이대로 그냥 보낼 순 없어요."

"오! 바로 그거야! 우 감독, 나 방금 우리 시나리오 수정 방안 떠올랐어."

유경의 말에서 힌트를 얻어 기막힌 엔딩 포인트를 떠올린 문 감독이 손뼉을 치며 기뻐했다. 하지만 지금 유경에게 영화는 나중 일이 되어 버렸다.

"그럼 저 먼저 가 보겠습니다. 연락드릴게요!"

유경은 계단을 미친 듯이 내려갔다. 그리고 택시를 잡아탔다.

"기사님, 인천 공항이요!"

그 시각, 서하네 집에서는 유성이 청소를 하고 있었다. 교대 근무를 마치고 돌아왔는데 딱히 만날 친구도 없고, 할 일도 없어 청소를 택한 것이다.

청소기를 끌며 서재에 들어간 유성은 책상 위에 놓여 있는 무언가를 발견하곤 화들짝 놀랐다. 유성은 그대로 청소기를 내팽개치고 책상 앞으로 달려갔다. 그러곤 직사각형의 녹색 여권을 집어 들었다.

"미국 간다던 녀석이 여권은 왜 놓고 갔지?"

인천 공항.

등장과 함께 사람들의 시선을 사로잡는 여자가 있었다. 몸에 핏 되는 청바지에 블랙 컬러의 무스탕 재킷을 걸친 은설은 연예인 빰치는 공항 패션을 뽐내며 캐리어를 끌고 게이트로 향했다. 사람들의 시선을 의식한 듯 그녀는 허리를 더욱 곧게 펴고 걸었다.

지이잉. 지이잉.

핸드백에서 핸드폰 진동음이 들리자 은설의 입술이 비틀렸다. 그녀는 신경질적으로 핸드폰을 꺼내 발신인을 확인했다. 〈빅토리픽쳐스〉 기획팀장 케이티였다.

입사 동기 케이티 때문에 팀장 승진에서 물먹었던 게 바로 작년이었다. 은설은 케이티에 대한 감정이 별로 좋지 않았다.

굳은 얼굴로 액정을 내려다보던 은설이 통화 버튼을 눌렀다. 그녀의 입에서 원어민 빰치는 수준의 영어가 튀어나왔다.

《케이티, 무슨 일이야? 그렇지 않아도 이제 막 공항에 도착했어.》

은설은 통화를 하며 대기 의자에 앉았다. 통화는 길어졌고, 그녀의 표정도 점점 굳어져 갔다.

《뭐라고? 출국을 미루라고? 그게 무슨 소리야.》

— 니가 먼저 판권 못 따 오면 사표 쓴다고 했잖아.

《그건 대표가 무시하니까 홧김에……. 설마 지금 날 해고하겠다는 거야?》

— 계약서 없이 돌아오면 그렇게 되겠지.

청천벽력 같은 소리에 은설의 머리가 빠르게 굴러갔다.

《잠깐, 「피어싱」 말고 다른 판권은 어때? 일본에…….》

— 은설. 그건 회사를 기만하는 행동이지. 지금 우리 회사에 필요한 건 「피어싱」이야. 그리고 작가 채서하.

《채 작가는 내가 만나 봤는데 나이도 어리고, 아무튼 말이 안 통해. 협업이 불가능한 사람이야.》

— 불가능하면 가능하게 만들어야지. 그게 프로듀서가 하는 일 아니야? 이럴 줄 알았으면 차라리 내가 한국에 갈걸. 그랬으면 일이 더 수월했을 텐데.

핸드폰을 쥔 은설의 손에 힘이 잔뜩 들어갔다. 하지만 수화기 너머로 들려오는 케이티의 날카로운 목소리는 멈추지 않았다.

— 채 작가 무조건 잡아야 해. 아, 이번에 존 라이너 감독이랑 같이 작업하게 된 한국인 남성 이름도 채서하던데, 동일 인물인지도 좀 알아봐. 만약 동일 인물이라면, 더더욱 놓쳐선 안 돼. 은설, 알았어?

계약서 없이 미국으로 돌아올 생각은 꿈도 꾸지 말라며, 케이티는 은설을 협박했다.

통화를 마친 은설은 신경질적으로 머리를 쓸어 넘겼다. 그러곤 아랫입술을 질끈 깨물었다. 초조함을 숨기려 애썼지만 쉽지 않았다. 일이 어디서부터 꼬여 버린 걸까?

순간, 자신을 벌레 보듯 쳐다보던 채서하의 눈빛이 떠올랐다.

'이게 다 우유경 때문이야!'

그 계집애가 채서하한테 나에 대해 쓸데없는 소리만 안 했어도 이깟 판권 계약쯤 쉽게 따 올 수 있었을 텐데. 그나저나 이제 어떡하지? 채서하는 물론이고, 시나리오를 보낸 윤성희라는 대표도 연락이 두절된 지 오래다.

은설은 이를 바득바득 갈며 어떻게 하면 이 위기에서 벗어날 수 있을까, 고민하고 있는데 저 멀리서 이 모든 일의 원흉인 우유경이 달려오고 있었다.

'우유경 저 계집애가 공항엔 왜 왔지? 아무튼 너 잘 만났다!'

은설이 자리에서 벌떡 일어났다. 그리고 급히 달리던 유경의 앞을 가로막았다. 하지만 유경은 은설을 못 본 척 그냥 지나쳐 갔다.

"저게, 진짜!"

은설이 이를 악물고 유경을 뒤쫓아 갔다. 그리고 유경의 어깨를 잡아끌었다.

"야! 우유경! 너 뭔데 나 무시해?"
"무시할 만하니까 하지."
유경이 은설의 손을 세게 뿌리쳤다.
"이거 놔! 너 또 뭐야? 왜 또 방해하냐고."
"너 내 전화 왜 안 받아?"
"전화 언제 했는데? 몰랐어. 됐지? 이제 더 할 말 없지? 그럼 나 간다."
유경이 건성으로 대답하고 다시 가던 길을 가려는데, 은설이 또 앞을 막아섰다. 유경이 잔뜩 화가 난 얼굴로 은설을 노려봤다.
"좋은 말로 할 때 비켜. 나 지금 엄청 바쁘거든?"
"니가 바쁠 일이 뭐가 있는데?"
유경이 눈빛으로 레이저를 발사하며 말하는데도 은설이 태연하게 제 할 말을 이어 갔다.
"나 채서하 좀 만나게 해 줘. 둘이 사귀는 사이라며? 니가 오라고 하면 올 거 아니야. 한번 보여 줘 봐."
"너 미쳤냐? 내가 서하를 너한테 왜 보여 줘? 나 혼자 보기도 아까운데."
"뭐?"
유경이 애써 화를 억누르며 말했다.
"너 내가 진짜 경고하는데, 서하 근처에서 알짱대지 마. 너희 회사랑 계약 안 한다잖아."
"그러니까 왜 계약을 안 하냐고. 이게 다 너 때문이잖아!"
"야, 그게 왜 나 때문이야? 니가 능력 모자라서 계약 못 따 놓고 왜 나한테 신경질이냐고! 너 진짜 오늘 상대 잘못 골랐어. 나 갈 건데, 또 내 앞길 막아 봐. 가만 안 둬."
유경이 주먹을 들어 보이며 한 대 칠 기세로 말했다. 그 기세에 눌린 은설은 한마디 더 했다간 정말 맞을 것 같아서 조용히 입을 다물었다.

그런 은설을 한껏 째려보던 유경이 가던 길을 급히 달려갔다.

"저 망할 놈의 계집애. 왜 하필 여기서 만나냐고. 아무튼 서하 놓쳤기만 해 봐. 진짜 가만 안 둬."

중얼거리며 항공사 데스크를 향해 달리던 유경은 혹시 몰라 녀석에게 전화를 걸었다. 역시 전화를 받지 않……을 줄 알았는데!

— 여보세요?

달리던 유경이 걸음을 우뚝 멈췄다. 녀석의 목소리가 아니었다. 수화기 너머로 들리는 낯선 남자의 목소리. 그 소리에 귀를 기울이던 유경의 표정이 굳어졌다.

기사식당 앞.

서울에 있는 한 식당 앞에 도착한 유경이 가게 안을 들여다보며 누군가를 찾고 있자, 그 옆으로 택시 기사가 다가왔다.

"아까 통화하신 분?"

택시 기사가 핸드폰을 들이밀며 말했다. 분명 녀석의 핸드폰이었다. 유경이 얼른 핸드폰을 받으며 인사했다.

"감사합니다. 근데 제 남자 친구가 어쩌다 기사님 택시에 핸드폰을 떨어뜨렸을까요? 그럴 애가 아닌데……."

"그거야 나도 모르죠. 아무튼 무음으로 돼 있어서 하루 종일 바닥에 떨어져 있는 것도 몰랐어요. 아까 밥 먹기 전에 청소하다가 발견했는데, 마침 그때 아가씨한테 전화가 온 거야. 근데 그 잘생긴 청년이 아가씨 남자 친구예요?"

택시 기사가 의심쩍은 얼굴로 말하자, 유경은 괜히 기분이 상했다. 눈치 빠른 택시 기사가 서둘러 변명했다.

"그 청년보다 아가씨가 못났다는 게 아니라……."

나도 알아요. 그 녀석보다 내가 못난 거. 그래서 이 모양 이 꼴로 녀석을 찾아 헤매고 있잖아요.

비행기는 떠났고, 핸드폰까지 택시에 두고 가다니. 혹시 두고 간 게 아니라, 버리고 간 걸까? 내가 자기 맘도 몰라주고 일만 하니까, 홧김에 열받아서 도망갔나? 그런 몹쓸 상상까지 하며 유경의 얼굴이 시무룩해졌다.

점점 더 표정이 굳어지는 유경의 눈치를 보던 택시 기사가 조심스레 말했다.

"이런 말 해도 되려나 모르겠네."

유경이 호기심 어린 눈빛으로 보자, 택시 기사가 기다렸다는 듯 입을 열었다.

"내가 그 청년을 호텔에 내려 줬거든."

"호텔이요? 공항이 아니고요?"

"공항? 아니야. 호텔 앞이야. 그 청년이랑 같이 탄 여자가 엄청 예뻐서, 내가 똑똑히 기억해."

"여자요? 에이, 말도 안 돼."

"진짜라니까. 둘 다 예쁘고 잘생겨서 처음엔 연예인인 줄 알았거든. 대화 내용도 딱 연인 사이였어. 사랑이 어쨌네, 저쨌네 하면서……."

시무룩해진 유경의 표정을 살피던 택시 기사가 말끝을 흐렸다.

유경은 얼떨떨했다. 녀석이 미국에 안 갔다는 사실에 기뻐해야 하는 건지. 그 사실을 내게 숨긴 것에 화가 나야 하는 건지. 여자랑 둘이 호텔 갔다는 소리에 분노해야 하는 건지. 게다가 같이 있었다던 여자는 누구이며……. 아이고, 머리야!

붉으락푸르락 유경의 얼굴이 일그러지자 택시 기사가 서둘러 명함을 내밀며 말을 마쳤다.

"그럼 거기 명함에 적힌 계좌로 사례비 보내시고, 난 바빠서 이만."

"기사님, 잠깐만요!"

"왜, 왜요?"

사례비 못 준다는 말을 꺼내는 줄 알고 택시 기사가 눈치를 보자, 유경이 다부진 눈빛으로 물었다.

"그 호텔이 어디예요?"

택시 기사가 말한 호텔에 도착한 유경은 한숨을 길게 내쉬었다.

내가 지금 뭐 하고 있는 거지? 녀석은 왜 미국이 아닌 이 호텔에 왔단 말인가. 그것도 정체 모를 여자와 함께.

유경은 답답한 마음에 손에 쥔 녀석의 핸드폰을 노려봤다. 오는 길에 오빠한테 전화해서 녀석의 행방에 대해 물으니, 녀석이 여권도 놓고 갔고 애초에 미국 갈 생각이 없었던 것 같다고 했다. 그리고 아직 집에도 안 들어왔단다.

"설마……."

혹시 저번처럼 미행을 당하고 있다든가, 급히 숨어야 하는 상황에 처한 걸까? 유경은 녀석에게 무슨 일이 생긴 건 아닌지 걱정되기 시작했다.

"으아, 미치겠다. 도대체 어떻게 된 거냐구우."

머리카락을 헝클어뜨리며 울상을 짓던 유경은 자신을 이상하게 쳐다보는 사람들과 눈이 마주치자, 멋쩍게 웃으며 바로 옆 라운지로 몸을 피했다.

"여기요, 맥주 한 잔만 주세요."

바 테이블로 가서 자리를 잡은 유경이 맥주를 시켰다. 맨정신으론 도저히 견딜 수가 없었다.

곧 주문한 맥주가 나오자마자 유경은 벌컥벌컥 들이켰다. 빈속이라 그런지 취기가 금방 올라왔다.

유경은 테이블 위에 녀석의 핸드폰을 내려놓았다. 그리고 액정을 툭툭 건드렸다. 패턴을 입력하라는 문구와 점 아홉 개를 뚫어져라 쳐다보다가, 고심한 끝에 점을 따라 패턴을 그렸다. 역시 틀렸다. 또 틀렸다.

진짜 알 수가 없었다. 녀석의 핸드폰 비밀번호도 그렇고, 녀석의 마음도 그렇고. 그 녀석은 도대체 무슨 생각인 거야. 왜 매번 날 이렇게 애타게 만들어? 이런 감정 너무 불안하고 싫어.

유경은 너무 속상했다. 일까지 내팽개치고 왔는데, 녀석은 사라졌고, 만날 방법은 없고. 이놈의 핸드폰 비밀번호도 모르고!

유경은 화풀이라도 하듯 패턴을 마구 그려 넣기 시작했다. 멈춰야 하는데 이놈의 손이 말을 듣지 않았다. 결국, 배터리가 얼마 남아 있지 않았던 핸드폰은 전원이 꺼져 버렸다.

"여기 맥주 한 잔 더 주세요!"

유경의 폭음은 이제부터 시작이었다.

다음 날, 아침.

지끈거리는 이마를 부여잡고 유경은 코를 킁킁거렸다. 어디선가 좋은 향기가 났다. 우리 집 디퓨저는 이런 향이 아닌데…….

두 눈을 게슴츠레 뜨고 높은 천장을 올려다보던 유경은 의아했다. 우리 집 천장이 원래 이렇게 높았나? 저 블링블링한 샹들리에는 뭐야? 여기 우리 집 아닌가? 그럼 어디?

"옴마얏!"

상체를 벌떡 일으킨 유경이 기겁하며 침대에서 내려왔다. 골드와 화이트 조합의 넓은 호텔 스위트룸. 유경은 집이 아닌 낯선 호텔 룸에서 깨어난 사실에 경악했다.

그런데 그때.

철컥.

갑자기 욕실 문이 열렸다. 동시에 침대 위로 점프해 이불 속으로 들어간 유경은 두 눈을 꽉 감아 버렸다.

세상에, 혼자가 아니었어. 그렇다면 대체 누구랑? 어떡해. 내가 미쳤지, 미쳤어. 아니야, 이건 꿈일 거야. 내가 아무리 취해도 그렇지 아무나하고 호텔에 올 리가 없어. 이건 꿈이야. 꿈이어야만 해!

유경이 주문을 외우듯 중얼중얼하고 있는데 홱, 누군가 이불을 들추었다.

"잘 잤어?"

어라, 이 목소리는? 익숙한 목소리에 유경이 두 눈을 번쩍 떴다.

눈앞에는 서하가 수건으로 머리를 말리며 서 있었다. 씻고 나온 녀석의 뽀송뽀송한 얼굴에서 광채가 났다.

어휴, 살았다. 유경이 안도의 한숨을 내쉬고 있는데.

"너 진짜 혼날래?"

녀석이 잔뜩 미간을 찌푸리며 말했다. 그러자 유경이 고개를 갸웃하며 되물었다.

"내가 왜 혼나?"

"왜? 어제 대체 술을 얼마나 마신 거야? 그리고 취해서 아무 데나 그렇게 누워 있으면 어떡해. 나 말고 딴 놈이 너 데려갔으면 어쩔 뻔했냐고."

"너 말고 누가 날 데려가."

"까불지 마. 방금 나 말고 딴 놈이랑 왔을까 봐 겁먹었던 주제에."

들켰네. 괜히 멋쩍어서 웃었더니 녀석의 눈초리가 가늘어졌다.

"뭘 잘했다고 웃어? 앞으로 술 마시기만 해 봐."

녀석은 화가 잔뜩 나 있었다.

어제 무슨 일 있었나? 아무리 기억을 더듬어 봐도 바에서 맥주를 마시고 난 후의 일이 전혀 기억나지 않았다. 유경은 조용히 입을 다무는 수밖에 없었다.

아니지. 지금 화를 낼 사람이 누군데! 유경은 문득 어제 인천 공항에서부터 녀석을 찾아 헤매느라 가슴 졸였던 기억들이 떠올랐다.

"채서하!"

유경이 소리를 버럭 질렀다. 그러자 서하가 흠칫 놀랐다가, 짐짓 아무렇지 않은 척 그녀를 바라봤다. 유경이 씩씩거렸다.

"너 미국 간다는 사람이 왜 여기 있어?"

"난 여기 남아서 화상으로 회의 참여하기로 했어."

"어? 아…… 그, 그래? 왜?"

"왜긴 왜야. 가면 언제 올지 모르는데, 너 보고 싶어서 안 돼."

말을 저렇게 예쁘게 하면 어떡해. 화내고 있는 사람 민망하게. 유경이 조금 얌전해진 목소리로 다시 따져 물었다.

"근데 나한테 왜 말 안 했어?"

"너 어제 바빴잖아. 퇴근하면 말하려고 했는데 핸드폰이 없어졌네. 핸드폰 찾으러 나가다가 로비에서 술 취해 뻗은 널 봤고."

"누가? 내가?"

유경이 시치미를 뚝 떼고 고개를 절레절레 흔들었다.

"난 기억 안 나."

박박 우기던 유경의 머릿속에 순간 어떤 장면이 스치고 지나갔다. 로비 소파에 널브러져 자고 있는 자신을 흔들어 깨우던 녀석의 얼굴. 그리고 녀석과 같이 서 있던 여자.

"야! 너 어제 같이 있던 여자 누구야?"

혹시 그 여자가 택시 기사가 말한 그 여잔가?

"누구냐니까?"

"기억 안 난다며?"

"방금 났어. 그 여자 엄청 예뻤던 것 같은데. 여기 어디 그 여자 숨어 있는 거 아니지?"

갑자기 초조한 기색으로 유경이 호텔을 두리번거리자, 서하가 어이가 없다는 듯 그녀의 이마에 꿀밤을 먹였다.

"아얏!"

"너 지금 나 의심하는 거야?"

"아니, 그게 아니라 택시 기사가 너 어제 아침부터 어떤 여자랑 호텔 갔다고……."

"그 여자 제작사 직원이고, 회사 사무실 지금 공사 중이라 당분간 이 호텔 미팅룸 사용하기로 했어. 그래서 그 직원이 아침에 안내해준다고 해서 같이 왔고. 이 룸은 어제부터 사용하게 된 내 작업실이고, 난 어제 아침부터 회의실에서 존 라이너 감독님이랑 화상으로 회의하느라 그 직원이랑 통성명도 못 했어. 그 말인즉, 이름도 모르는 사이라는 거지. 지금은 얼굴도 기억 안 나고."

빈틈없는 해명에 유경은 그저 두 눈을 끔뻑이며 녀석을 멍하니 쳐다볼 수밖에 없었다.

"이제 궁금증 다 풀렸어?"

"어? 어."

"그럼 이번엔 내가 너한테 궁금한 거."

"뭔데?"

"어제 어떻게 된 거야? 일은 어쩌고 여기까지 왔어? 중요한 미팅이라며."

아까까지만 해도 눈을 흘기던 녀석이 걱정이 가득 담긴 눈빛으로 묻는다. 유경은 순간 울컥했다. 이런 순간에도 내 일을 먼저 생각해 주는 녀석의 마음이 너무 고마웠고, 이런 녀석을 두고 그동안 난 내 일만 하느라 녀석을 제대로 돌보지 못한 것이 미안했다.

"왜 그래?"

유경의 표정이 좋지 않자 서하가 허리를 숙여 그녀와 눈을 마주치며 다정한 목소리로 물었다.

"어제 미팅 가서 무슨 일 있었어?"

유경이 고개를 끄덕였다. 그러자 서하가 걱정스레 쳐다봤다.

"무슨 일인데?"

"회의를 하는데 집중이 안 되더라. 너 보고 싶어서."

그녀의 대답에 서하가 자꾸만 새어 나오려는 웃음을 애써 참으며 그녀를 놀렸다.

"뭐라고? 다시 말해 봐. 나 못 들었어."

그녀 쪽으로 얼굴을 더욱 가까이 들이밀며 서하가 다시 말해 달라고 졸랐다. 유경은 코가 닿을락 말락 한 거리에서 녀석의 얼굴을 마주 보고 있다가…… 저도 모르게 쪽, 하고 입을 맞췄다.

그녀의 입술이 닿았다 떨어지자 서하가 당황한 얼굴로 그녀를 바라봤다. 이 여자 오늘 왜 이렇게 적극적이지?

"너 우리 오빠한테 그랬다면서. 내가 너보다 일을 더 중요하게 생각하는 것 같다고."

"난 그런 너도 좋아해."

"어?"

하던 말을 까먹을 정도로 달콤한 고백이었다. 아침부터 심장이 쿵, 하고 내려앉았다.

저를 빤히 쳐다보는 녀석의 시선을 마주한 유경은 뒤늦게 정신을 차리고 다시 말을 이었다.

"서하야, 근데 아니야. 너보다 일이 더 중요하지 않아."

"……."

"내가 아무리 입봉을 하고 성공을 한다고 해도, 내 옆에 니가 없으면 아무 의미가 없다는 걸 어제 깨달았어. 나 바보 같지?"

"난 바보도 좋아."

"그거 나 바보라는 말이지?"

"농담이야. 역시 미국 안 가길 잘했네."

저를 향한 그녀의 진심을 듣게 됐으니 말이다. 서하가 환하게 웃으며 양팔을 벌렸다. 그러자 유경이 폴짝 뛰어 녀석의 품에 안겼다. 서로의 체온을 느끼며 부둥켜안고 있는 두 사람을 방해한 건 협탁 위에 놓인 핸드폰이었다.

드르륵. 드르륵.

핸드폰이 무섭게 몸을 떨자, 서하가 고개를 돌려 물끄러미 액정을 보더니 유경의 귀에 속삭였다.

"문 감독님 전화."

"헉!"

유경이 잽싸게 서하의 품에서 떨어져 나와 전화를 받았다. 뒤로 밀려난 서하가 멋쩍은 표정으로 이마를 긁적였다. 방금 전까지만 해도 나보다 일이 더 중요하지 않다더니. 씁쓸한 얼굴로 그녀를 보던 서하가 이내 피식 웃어 버렸다.

"감독님, 어젠 너무 죄송했습니다."

유경이 마치 이 자리에 문 감독이 있는 것처럼 허리까지 숙여 사죄했다.

그 모습을 지켜보던 서하는 미안한 마음이 들었다. 미국 안 간 거 진작 말해 줄걸. 그랬다면 그녀가 일까지 내팽개치고 날 찾으러 뛰어다니지 않았을 텐데.

서하가 미안해하는 동안 어느새 유경이 통화를 마쳤다. 서하가 넌지시 물었다.

"어떻게 됐어?"

"어제 일은 괜찮다고, 중요한 일 잘 해결됐냐고 물으셔서, 아주 잘 해결됐다고 했지. 이따 점심때 회의 다시 하자고 하시네."

"그래? 그럼 집으로 가자. 데려다줄게."

"벌써? 아직 시간 남았는데……."

"지금 10시야. 집에 가서 준비하고 나오려면 시간 걸리잖아."

"여기서 씻고 바로 출근할까? 그럼 좀 더 같이 있을 수 있잖아."

"여기서 씻는다고? 그건 좀 위험할 텐데?"

"……알아."

유경이 몸을 배배 꼬면서 부끄러운 듯 서하의 눈을 피하며 말했다.

"저기…… 시간 얼마나 걸릴까?"

"무슨 시간?"

"그게…… 그……."

선뜻 말을 잇지 못하던 유경이 슬며시 고개를 들더니, 여전히 서하와 눈도 못 마주치며 작게 말했다.

"졸업……하는 데 시간 얼마나 걸려?"

유경의 물음에 서하가 침을 꼴깍 삼켰다. 그러곤 새빨개진 그녀의 얼굴을 당장이라도 잡아먹을 듯이 바라봤다.

어제저녁.

19층 비즈니스 센터에 있는 미팅룸 문이 드디어 열렸다. 문을 열고 나온 서하의 얼굴엔 피곤한 기색이 역력했다. 이럴 줄 알았으면 그냥 미국 갔다 올 걸 그랬다. 유경이 얼굴 한 번이라도 더 보려고 미국 안 간 건데, 사람을 이렇게 호텔에 가둬 두다니.

서하는 미간을 잔뜩 찌푸리며 엘리베이터로 향했다. 존 라이너 감독과 나눴던 각색 방향들을 머릿속으로 정리하며 엘리베이터를 기다리고 있는데.

"작가님, 아침부터 고생 많으셨어요. 이거 드세요."

아침부터 제 뒤만 졸졸 따라다니던 직원이 다가와 피로회복제를 건넸다.

"존 라이너 감독님이 판권 연장하는 건 채 작가님이랑 얘기 나눠 보고 결정한다고 했다던데, 아까 분위기만 봐서는 우리 대표님 미국에 도착하자마자 계약서에 도장 찍자고 할 것 같은데요? 다 작가님 덕분이에요. 어쩜 영어도 그렇게 잘하세요? 근데 미국엔 왜 안 가신 거예요? 대표님이랑 같이 가셨으면 진짜 좋았을 텐데."

"저기요."

"네? 아, 제 이름 까먹으셨구나? 저는 장……."

"저 혼자 좀 있고 싶은데요."

서하가 장씨 성을 가진 직원을 귀찮다는 듯 쳐다봤다. 하지만 여자는 전혀 주눅 들지 않았다.

"혼자 좋죠. 근데 저녁 식사는 하셔야죠. 대표님이 아주 좋은 음식으로 대접하라고 저한테 신신당부했거든요. 이미 예약도 다 해 놨어요. 얼른 가시죠. 빨리 먹고 보내 드릴게요. 가서 또 글 쓰셔야 하잖아요."

여자는 연기를 하다가 잘 안 돼서 영화 홍보와 마케팅 쪽으로 넘어왔다고 TMI를 대방출하더니, 혼자 뭐가 좋다고 꺄르르 웃었다.

5시간이나 넘게 회의를 했는데, 지친 건 나뿐인가? 왜 저 여자의 목소리 톤은 아침부터 한결같은 건지. 듣기 싫어 죽겠네. 유경이 목소리는 안 그런데. 하루 종일 듣고 있어도 하나도 안 질리는데.

서하는 문득 유경의 애교 섞인 목소리가 미치도록 듣고 싶었다. 지금 전화하면 어차피 못 받겠지? 회의 중일 거야. 됐어. 회의고 나발이고, 못 참겠다. 그가 재빨리 코트 주머니에서 핸드폰을 꺼내려는데…….

서하의 표정이 굳어졌다. 주머니에 핸드폰이 없었다.

"작가님, 뭐 찾아요?"

서하가 갑자기 주머니를 뒤적이자, 여자가 호기심 어린 눈빛으로 바라봤다.

"혹시 핸드폰 없어졌어요?"

눈치 빠른 여자는 얼른 자기 핸드폰을 꺼내 전화를 걸더니.

"작가님 핸드폰 지금 전원 꺼져 있는데요? 근데 오늘 핸드폰 만지시는 거 전혀 못 봤는데, 집에 두고 나오신 거 아니에요?"

아마 그럴지도 모르겠다. 오전에 갑자기 학과장님의 호출을 받아 사무실에 갔더니, 이 여자가 기다리고 있었다. 그리고 이 호텔로 끌려왔고, 미팅룸에 들어가자마자 공항에 있는 학과장님과 전화로 회의, 뒤이어 존 라이너 감독과 시나리오 회의. 오늘 하루 종일 정신이 하나도 없었다.

"작가님, 표정이 안 좋으시네요. 중요하게 연락 올 때라도 있으세요?"

"연락해야 할 사람이 있죠."

"아…… 혹시 여자 친구?"

"네. 그러니까 식사는 다음에 하죠."

"아쉽다. 예약 겨우 했는데. 거기 진짜 맛있기로 유명한 곳이거든요. 작가님 핑계로 한번 가 볼까 했는데……. 알겠어요, 알겠어. 그냥 보내 드릴게요. 그럼 같이 택시 타고 사무실로 가시죠. 작가님 차도 사무실에 있잖아요."

"하아……."

서하가 한숨을 길게 내쉬었다. 차는 또 왜 거기다 두고 온 걸까. 모든 게 다 이 여자 때문이다. 이 여자가 주차 문제를 들먹이며 사무실에 차를 놓고 택시 타고 호텔로 가는 게 좋다고 정신없이 우겨 댔고, 사무실 직원들도 그렇게 하는 게 좋겠다고 거들며 나를 택시에 구겨 넣은 것이다.

젠장. 이 멍청한 여자. 집에 갈 때 불편한 건 생각도 하지 않고. 서하가 일 못하는 여자를 은근히 노려보며 엘리베이터에 올라탔다.

살벌한 분위기를 감지한 여자가 서하의 눈치를 보며 멋쩍게 웃었다.

"하하. 죄송해요. 이럴 줄 알았으면 아까 회의하실 때 차 가져다 놓을걸. 대신 호텔에 장기 주차 할 수 있도록 등록해 뒀어요. 아, 혹시 작업실로 사용할 룸은 들어가 보셨어요? 불편한 거 있으시면 언제든지 말씀하세요."

"그럼 입 좀 다물어 주시겠어요? 그게 가장 불편했거든요. 머리가 너무 아프네요."

서하가 관자놀이를 어루만지며 피곤한 듯 말하자 여자가 얼른 입을 꾹 다물었다. 이제야 조용해졌다. 서하는 점차 마음의 평온을 되찾아 가며 엘리베이터에서 내려 로비를 걷고 있는데.

"어머 저 변태 새끼. 앗, 이건 혼잣말이에요. 진짜예요. 저기 좀 보세요……."

서하가 째려보자 여자가 얼른 변명하며 로비 구석을 가리켰다. 서하는 신경질적으로 여자가 가리킨 쪽을 쳐다봤고, 곧 얼굴이 굳어졌다.

그곳엔 오늘 그토록 보고 싶었던 유경이 있었다. 구석 소파에 앉은 그녀는 허공에 헤드뱅잉을 하며 졸고 있었다. 그리고 그 옆에 일행인 척 앉아 음흉한 눈빛으로 그녀를 향해 손을 뻗고 있는 중년 남성.

"아이 씨."

낮게 욕을 읊조리며 서하가 재빨리 달려가 중년 남성의 손목을 잡아 단번에 비틀었다.

"으윽!"

남자의 표정이 고통으로 일그러지자, 서하가 윽박지르듯 말했다.

"아저씨, 여기서 개망신당하기 싫으면 당장 꺼져."

서하가 잡고 있던 남자의 손목을 세게 내던지자, 그는 부리나케 도망쳤다. 남자가 그녀를 만지기 전에 발견했으니 망정이지, 아마 만졌다면 저 남잔 두 다리로 멀쩡히 이곳을 걸어 나가지 못했을 것이다.

"어머, 저 변태 새끼! 겁도 없이 공공장소에서 미쳤나 봐. 작가님, 신고해야 하는 거 아니에요?"

여자가 또 옆에 와서 시끄럽게 굴었지만, 신기하게도 아까만큼 거슬리진 않았다. 유경이가 몹쓸 짓을 당하기 전에 도움을 준 은인이라 생각하니, 아까 여자에게 짜증 부린 것이 미안해지기까지 했다.

"고마워요."

"네?"

하루 종일 옆에서 뒤치다꺼리를 해 줘도 예의상이라도 고맙다는 말 한마디 하지 않던 작가가 갑자기 예의 바르게 인사를 하니 여자는 당황스러웠다.

여자의 의아한 시선에도 아랑곳없이 서하는 유경에게 다가갔다. 그러곤 그녀를 흔들어 깨웠다.

"야, 우유경. 일어나. 일어나라고."

"으음. 응?"

게슴츠레 눈을 뜬 유경이 서하를 보더니 히죽 웃다가, 서하 옆에 있는 여자를 보자 울상을 지었다.

"우이 씨, 너 진짜…… 여자랑 있네? 저 여자 왜케 예뻐. 나보다 예뻐? 나쁜 노옴……. 내 전화 왜 안 받아, 왜 안 받냐구우……."

술 취해서 헛소리를 실컷 하던 유경이 다시 까무룩 잠이 들었다. 도대체 술을 얼마나 마신 거야. 서하가 작게 한숨을 내쉬며 유경을 번쩍 안아 들었다.

"작가님 아는 분이세요? 혹시 여자 친구? 어멋, 그럼 잠깐만 기다리세요."

여자가 재빨리 바닥에 떨어진 유경의 가방을 집어 들어 서하의 목에 걸어 주더니 프런트로 향했다. 그러곤 카드 키를 받아 달려왔다.

"룸 업그레이드했어요. 저녁 식사는 이걸로 대신한 걸로 하죠. 그럼 푹 쉬세요. 내일은 연락 안 드릴게요. 대신 대표님한테 장 과장이 엄청 맛있는 저녁 샀다고 칭찬 꼭 날려 주세요!"

여자가 의미심장한 미소를 지으며 카드 키를 서하의 코트 주머니에 쏙 넣고 사라졌다. 정말 친화력 갑인 여자다.

여자의 뒷모습을 경이롭게 쳐다보던 서하는 뒤늦게 사람들의 시선이 저에게로 향해 있음을 깨달았다. 정신 잃은 성인 여자를 안고 있으니 그럴 만도 했다.

"유경아. 일어나. 일어나라니까. 우유경."

서하는 괜히 유경의 이름을 더욱 친근하게 부르며 이 여자는 내 여자 친구라는 티를 팍팍 내며 걸었다. 그렇게 룸으로 향하는 서하의 발걸음이 점점 더 빨라졌다.

침대 위에 그녀를 눕혔다. 세상모르고 잠이 든 그녀를 깨워서 혼을 내 줘야겠다는 생각이 들다가도, 새근새근 잘도 자는 유경을 보니 금세 마음이 약해졌다. 어제도 점심 먹으면서 그렇게 졸더니, 무지 피곤했나 보다.

그래도 그렇지, 어떻게 길바닥에서 잠을 자?

"하아……. 진짜 널 어쩌면 좋냐."

하마터면 그녀의 몸에 다른 남자 손이 닿을 뻔했다. 상상만으로도 피가 거꾸로 솟을 것 같았다. 아, 미친 새끼. 역시 손모가지를 부러뜨렸어야 했는데. 서하가 뒤늦게 후회하며 이를 악물었다. 그러곤 그녀의 머리부터 발끝까지 어디 다친 곳은 없는지 찬찬히 살펴봤다. 머리카락에 치킨 부스러기가 대롱대롱 매달려 있는 거 빼곤 멀쩡했다.

부스러기를 떼 주며 서하가 웃음을 터뜨렸다. 이 와중에 안주로 치킨까지 먹었나 보다. 내가 진짜 너 때문에 웃는다.

그녀를 혼내야겠다는 마음은 이미 사라진 지 오래였다. 서하는 조심스러운 손길로 유경의 코트를 벗겨 이불을 끌어 목까지 덮어 주었다.

자는 그녀를 지그시 바라보던 서하는 침대에서 내려와 코트를 옷걸이에 걸었다. 그러다 주머니에 핸드폰 두 개가 들어 있는 것을 발견했다. 하나는 자신의 것이었고, 하나는 그녀의 것이었다.

자고 있는 유경의 눈치를 흘끔 보던 서하는 그녀의 핸드폰 액정을 켰다. 괜히 양심에 찔려 손가락이 빨라졌다. 혹시 서지웅이 연락해서 괴롭히진 않는지, 그게 걱정됐던 서하는 재빨리 통화 목록을 열었다. 진지하게 최근 통화 목록을 확인하던 서하의 입가에 미소가 번졌다.

[서하♥ (34통)]

이 귀여운 하트는 뭐야. 몰래 애인 핸드폰 훔쳐보고 있는 놈 무안하게. 그리고 내 핸드폰은 자기가 가지고 있으면서, 나한테 전화를 34통이나 걸다니. 아까 로비에서 왜 전화 안 받냐고 주정 부리던 그녀가 떠오르자 서하가 고개를 절레절레 흔들었다. 어지간히도 취했나 보군.

피식 웃으며 다시 통화 목록을 보고 있는데, 1시간 전에 찍힌 부재중 전화에 서하의 시선이 멈췄다. 그녀의 핸드폰엔 등록되지 않은 번호였지만, 서하는 잘 아는 번호였다.

통화 목록에 뜬 번호를 보는 서하의 눈빛이 서늘했다. 30분 전에 그 번호로 메시지가 한 통 도착해 있는 것도 발견했다.

[서하 문제로 할 얘기가 있으니 일요일 5시 그랜드호텔 파인홀로 오렴. —윤성희]

서하는 가차 없이 그 문자를 삭제했다. 그리고 문제의 그 번호도 스팸으로 등록해 버렸다. 그래도 불안한 마음이 가시지 않았다. 그녀가 취해서 뻗은 바람에 이 연락을 받지 못한 것은 다행이었지만, 생모가 기어코 그녀에게 연락을 시도했다는 사실이 소름 끼치도록 싫었다.

서하가 마른세수를 하며 침대에 걸터앉았다. 손을 뻗어 그녀의 흐트러진 머리카락을 정리해 주며 부드러운 뺨을 어루만졌다. 그리고 다짐했다.

내가 넌 꼭 지켜 줄게.

"……으음."

뒤척이던 그녀가 잠꼬대를 하며 서하의 손을 쭉 잡아당기더니 품에 파고들었다. 그녀와 몸이 완벽하게 겹쳐진 서하는 제 몸을 어떻게 하지 못하고 어정쩡하게 누워 있는데.

"서하야……."

"……."

"보……고 싶었어……."

무슨 꿈을 꾸는지 그녀가 수줍게 웃으며 잠꼬대를 했다.

서하는 그녀의 말간 얼굴을 보자 불안했던 마음이 싹 사라졌다. 그가 이제야 마음 놓고 미소를 지으며 그녀를 바라봤다.

밤새 찬물로 샤워를 몇 번이나 했는지 모른다. 새근새근 그녀가 숨쉬는 소리만 들려도 몸이 달아올랐다. 미치는 줄 알았다. 그런데 겨우 참고 또 참고 있는 내게 그녀가 말했다.

"졸업……하는 데 시간 얼마나 걸려?"

저도 모르게 침을 꼴깍 삼켰다. 당장이라도 그녀를 침대 위에 눕혀 버리고 싶은 충동이 들었다.

사실, 밤새 수십 번도 더 그렇게 했다. 머릿속으론. 하지만 실제론 그녀를 털끝 하나도 건드릴 수가 없었다. 그만큼 소중했다. 그렇게 지키고 또 지켜 줬는데.

"금방 할 수 있지?"

유경이 천진난만한 얼굴로 재차 물었다. 동시에 서하는 심각한 고뇌에 빠졌다. 금방 할 수 있다고 말하고 그냥 확 안아 버릴까? 상상만으로도 아까 겨우 찬물로 식혀 놓은 몸이 다시 후끈 달아올랐다. 이미 그의 몸은 준비를 마친 상태였다. 미쳐 버리겠다.

반면, 서하가 아무런 반응이 없자, 유경이 소심하게 물었다.

"저기…… 넌 나랑 하기 싫어?"

"아니!"

무슨 그런 말도 안 되는 소릴.

"그럼 빨리 뭐라도 해 봐……. 부끄러워."

시선을 어디에 둬야 할지 몰라 방황하던 유경은 서하의 품에 쏙 안겼다.

"윽."

그녀의 머리가 가슴에 쿵, 박히자 서하는 저도 모르게 소리를 냈다. 그 소리에 놀라 유경이 슬며시 고개를 들었다. 어딘가 잔뜩 불편해 보이는 녀석의 얼굴을 올려다보던 유경의 시선이 천천히 아래로 향했다. 유경의 얼굴이 새빨개졌다.

당황스러워하는 그녀의 시선을 느꼈는지, 서하가 침을 꼴깍 삼키며 애써 아무렇지 않은 척 말했다.

"미안한데, 나 금방 못 끝내. 오늘은 여기까지만 하자. 안 그럼 너 진짜 감독 자리에서 잘릴 수도 있어."

"잘려? 왜?"

"지금 시작하면 우리 오늘 여기서 못 나가니까."

유경은 맞닿은 녀석의 몸이 평소와는 아주 많이 다름을 느꼈다. 녀석의 품에 안겨 있던 유경은 엉덩이를 아주 살짝 뒤로 뺐다. 그렇게 유경은 어정쩡한 포즈로 어색한 웃음만 흘렸다.

청력도 좋고, 정력도 좋다더니, 빈말이 아니었나 보다. 금방 괜찮아질 거라며 조금만 더 안고 있자는 녀석의 말과는 달리 그의 몸은 점점 더 뜨거워졌다.

〈2권에서 계속〉

솔직히 말해서 너를 좋아해

초판 1쇄 찍음 2019년 6월 27일
초판 1쇄 펴냄 2019년 7월 5일

지은이 | 욱수진
펴낸이 | 정 필
펴낸곳 | **(주)뿔미디어**

기획 · 편집 | 이영은, 심은지, 박지희
표지 디자인 | 우 물

출판등록 | 2002년 9월 11일 (제1081-1-132호)
주소 | 경기도 부천시 원미구 소향로 17, 303(두성프라자)
전화 | 032)651-6513 / 팩스 | 032)651-6094
E-mail | dahyangs@naver.com
블로그 | http://blog.naver.com/dahyangs
비북스 | http://b-books.co.kr

값 9,000원

ISBN 979-11-315-9836-8 04810
ISBN 979-11-315-9835-1 04810 (세트)

※파본은 구입하신 서점에서 교환하여 드립니다.

www.b-books.co.kr

www.b-books.co.kr